A escravidão
na poesia brasileira

A escravidão na poesia brasileira
do século XVII ao XXI

Alexei Bueno (org.)

1ª edição

Editora Record
RIO DE JANEIRO • SÃO PAULO

2022

EDITOR-EXECUTIVO
Rodrigo Lacerda

GERENTE EDITORIAL
Duda Costa

ASSISTENTES EDITORIAIS
Thaís Lima, Beatriz Ramalho, Caíque Gomes
e Nathalia Necchy (estagiária)

PREPARAÇÃO DE ORIGINAL
Fabrício Corsaletti

REVISÃO
Renato Carvalho e Cristina Freixinho

DIAGRAMAÇÃO
Mayara Kelly (estagiária)

CIP-BRASIL. CATALOGAÇÃO NA PUBLICAÇÃO
SINDICATO NACIONAL DOS EDITORES DE LIVROS, RJ

B951e

Bueno, Alexei, 1963-
    A escravidão na poesia brasileira: do século XVII ao XXI / Alexei Bueno. – 1. ed. – Rio de Janeiro: Record, 2022.

    Inclui bibliografia
    ISBN 978-65-5587-372-6

    1. Poesia brasileira. 2. Escravidão na literatura. I. Título.
                             CDD: 869.1
21-73730   CDU: 82-1(81)

Camila Donis Hartmann – Bibliotecária – CRB-7/6472

Copyright © Alexei Bueno, 2022

A Editora intensificou esforços para a obtenção das cessões dos poemas reunidos nesta antologia, junto aos autores e/ou seus representantes legais. E, mesmo diante da impossibilidade da obtenção das cessões de alguns poemas, os devidos créditos são dados ao autor e à obra de onde foram retirados. Em caso único, optou-se por reproduzir fragmentos do poema, amparado no Art. 46 da Lei de Direitos Autorais, que se refere à citação em livros, jornais, revistas, ou qualquer outro meio de comunicação, de passagens de qualquer obra, para fins de estudo, crítica ou polêmica, na medida justificada para o fim a atingir, indicando-se o nome do autor e a origem da obra.

Todos os direitos reservados. Proibida a reprodução, armazenamento ou transmissão de partes deste livro, através de quaisquer meios, sem prévia autorização por escrito.

Texto revisado segundo o novo Acordo Ortográfico da Língua Portuguesa.

Direitos exclusivos desta edição reservados pela
EDITORA RECORD LTDA.
Rua Argentina, 171 – Rio de Janeiro, RJ – 20921-380 – Tel.: (21) 2585-2000.

Impresso no Brasil

ISBN 978-65-5587-372-6

Seja um leitor preferencial Record.
Cadastre-se em www.record.com.br
e receba informações sobre nossos
lançamentos e nossas promoções.

Atendimento e venda direta ao leitor:
sac@record.com.br

EDITORA AFILIADA

AGRADECIMENTO

Em livro de tal extensão e abrangência, não poderia deixar de registrar minhas dívidas com alguns grandes amigos, que não são todos aos quais sou devedor, mas que a todos representam. Primeiramente, pelas valiosas e importantes sugestões e lembranças, Manoel Portinari Leão, também compadre, Arnaldo Saraiva e André Seffrin, três grandes conhecedores da literatura brasileira. Em seguida, pela minha admiração e pela cessão de direitos dos importantes poemas que encerram esta obra, Iacyr Anderson Freitas, Carlos Newton Júnior — ao qual devo, igualmente, uma atenta e aguda leitura dos originais — e Edimilson de Almeida Pereira e Henrique Marques Samyn. Finalmente, o meu agradecimento a Rodrigo Lacerda, velho amigo e editor, e a Caíque Gomes.

SUMÁRIO

INTRODUÇÃO
    Delimitação temática e critérios da edição   19
    Substrato histórico   27
    Os temas da poesia sobre a escravidão   28
        1. O exílio forçado   28
        2. A travessia atlântica   31
        3. As sevícias físicas   35
        4. A profanação da mulher   39
        5. A separação das famílias   43
        6. A exploração dos velhos   47
        7. As revoltas e fugas   49
        8. Palmares, Zumbi e outras figuras míticas   52
        9. Reações às leis   62
        10. O túmulo do escravo   66
    Descrição, propaganda e permanência   71

A ESCRAVIDÃO NA POESIA BRASILEIRA

GREGÓRIO DE MATOS (1636-1695)
    "A um amigo, apadrinhando-lhe a escrava de alcunha a Jacupema..."   76
    "A um negro de André de Brito..."   76
    "Ao mesmo crioulo, e pelo mesmo caso"   77
    "A um cabra da Índia que se agarrava a esta Marta..."   80
    "À negra Margarida..."   82
    "Namorou-se do bom ar de uma crioulinha chamada Cipriana..."   86

FREI MANUEL DE SANTA MARIA ITAPARICA (1704-1769)
  "Descrição da Ilha de Itaparica" ("A pesca da baleia", excerto)   87

ALVARENGA PEIXOTO (1742-1793)
  Canto Genetlíaco (Excerto)   89

TOMÁS ANTÔNIO GONZAGA (1744-1810)
  Cartas chilenas (Carta 3ª, versos 108-148)   90
  Cartas chilenas (Carta 3ª, versos 227-296)   92
  Cartas chilenas (Carta 12ª, versos 164-241)   94

MARIA FIRMINA DOS REIS (1822-1917)
  "Hino à liberdade dos escravos"   97

GONÇALVES DIAS (1823-1864)
  "A escrava"   97

CALDRE E FIÃO (1824-1876)
  "Escravo brasileiro"   101

BERNARDO GUIMARÃES (1825-1884)
  "À sepultura de um escravo"   101
  "Coplas" [d'*A escrava Isaura*]   103
  "Hino à Lei de 28 de setembro de 1871"   104

LAURINDO RABELO (1826-1864)
  "As duas redenções"   106

ANTÔNIO JOSÉ DOS SANTOS NEVES (1827-1874)
  "Poeta acaso eu sou?"   110
  "A extinção da escravatura"   115
  "Soneto (Ao atual governo do Brasil)"   116

JOSÉ BONIFÁCIO, O MOÇO (1827-1886)
  "Saudades do escravo"   117

TRAJANO GALVÃO (1830-1864)
    "O calhambola"   120
    "A crioula"   122

LUÍS GAMA (1830-1882)
    "Quem sou eu? (A bodarrada)"   124
    "Minha mãe"   129
    "A cativa"   131
    "Lá vai verso!"   133
    "No Cemitério de São Benedito da cidade de São Paulo"   135

SOUSÂNDRADE (1833-1902)
    "A escrava"   137
    "A maldição do cativo"   141

BITTENCOURT SAMPAIO (1834-1895)
    "A mucama"   148

LUÍS DELFINO (1834-1910)
    "A filha d'África"   151

JOAQUIM SERRA (1838-1888)
    "O feitor"   172
    "A desobriga"   175

JUVENAL GALENO (1838-1931)
    "O escravo"   177
    "O escravo suicida"   181
    "A noite na senzala"   186
    "A escrava"   189
    "O abolicionista"   199
    "A abolição"   203

MACHADO DE ASSIS (1839-1908)
    "Sabina"   205

TOBIAS BARRETO (1839-1889)
"A escravidão (Improviso)" — 213

XAVIER DA SILVEIRA (1840-1874)
"Mote" — 214

FAGUNDES VARELA (1841-1875)
"Mauro, o escravo" — 215
"O escravo" — 238

MELO MORAIS FILHO (1844-1919)
"Partida de escravos" — 242
"Ama de leite" — 247
"O legado da morta" — 247
"Os filhos" — 248
"Imigração" — 250
"O remorso de Lucas" — 252
"Mãe de criação" — 253
"Verba testamentária" — 254
"A feiticeira" — 255
"Ingênuos" — 257
"A família" — 258
"Escravo fugido" — 260
"Cantiga do eito" — 263
"A reza" — 264
"Nos limbos (Elegia)" — 266
"Ave, César!" — 268

GONÇALVES CRESPO (1846-1883)
"A sesta" — 271
"Na roça" — 273
"Canção" — 274
"A negra" — 275
"As velhas negras" — 276

LUÍS GUIMARÃES JÚNIOR (1847-1898)
"Os escravos" — 279
"Nhanhã" — 279

CASTRO ALVES (1847-1871)
"Ao romper d'alva" — 281
"A visão dos mortos" — 284
"A canção do africano" — 286
"Mater dolorosa" — 288
"A criança" — 290
"A cruz na estrada" — 291
"Bandido negro" — 292
"América" — 295
"Antítese" — 297
"Canção do violeiro" — 299
"O vidente" — 300
"A mãe do cativo" — 303
"O navio negreiro (Tragédia no mar)" — 306
"Vozes d'África" — 315
"Saudação a Palmares" — 319
"Adeus, meu canto" — 321
"Sangue de africano" — 328
"Desespero" — 329
"História de um crime" — 331
"Despertar para morrer" — 333
"Loucura divina" — 334
"À beira do abismo e do infinito" — 335

CELSO DE MAGALHÃES (1849-1879)
"O escravo" — 335

SÍLVIO ROMERO (1851-1914)
"A escravidão" — 338

NARCISA AMÁLIA (1852-1924)
    "O africano e o poeta" — 342
    "Perfil de escrava" — 344

LÚCIO DE MENDONÇA (1854-1909)
    "A besta morta" — 345

EMÍLIA DE FREITAS (1855-1908)
    "A mãe escrava" — 346

MÚCIO TEIXEIRA (1857-1923)
    "O cântico da escravidão" — 347

ALBERTO DE OLIVEIRA (1857-1937)
    "Ruínas que falam" — 349

PAULA NEI (1858-1897)
    "A Abolição" — 359

PAULINO DE BRITO (1858-1919)
    "Zumbi" — 359

RAIMUNDO CORREIA (1859-1911)
    "Banzo" — 360
    "A Luís Gama" — 361

BARBOSA DE FREITAS (1860-1883)
    "Ave Libertas!" — 362

AFONSO CELSO (1860-1938)
    "Na fazenda" — 363
    "Na fazenda" — 364
    "13 de maio de 1888" — 365

LUÍS MURAT (1861-1929)
"Réquiem e apoteose" — 366

CRUZ E SOUSA (1861-1898)
"Escravocratas" — 368
"Da senzala..." — 368
"Dilema" — 369
"25 de março" — 370
"Grito de guerra" — 371
"Crianças negras" — 373

XAVIER DA SILVEIRA JÚNIOR (1862-1912)
"História de um escravo (Poema)" — 376

ENÉAS GALVÃO (1863-1916)
"Luís Gama" — 392
"Na fazenda" — 392

CATULO DA PAIXÃO CEARENSE (1863-1946)
"O Vento Vieira (Lenda sertaneja)" — 393

EUCLIDES DA CUNHA (1866-1909)
"Cenas da escravidão" — 403

VICENTE DE CARVALHO (1866-1924)
"Fugindo ao cativeiro" — 404

MARQUES DE CARVALHO (1866-1910)
"O sonho do monarca" — 418

MEDEIROS E ALBUQUERQUE (1867-1934)
"A Nadina Bulicioff (Em uma festa abolicionista)" — 426
"Hipócritas! (Lendo o nome de alguns subscritores...)" — 427

ALPHONSUS DE GUIMARAENS (1870-1921)
"*Tenebra et lux*" 428

FRANCISCA JÚLIA (1871-1920)
"Sonho africano" 429

BATISTA CEPELOS (1872-1915)
"Palmares" 430

CIRO COSTA (1879-1937)
"Pai João" 435
"Mãe Preta" 436

LUÍS CARLOS (1880-1932)
"Cemitério de escravos" 437

GOULART DE ANDRADE (1881-1936)
"Palmares" 438

AUGUSTO DOS ANJOS (1884-1914)
"*Ricordanza della mia gioventù*" 450

AMÉRICO FACÓ (1885-1953)
"Mãe preta" (Excerto) 450

OLEGÁRIO MARIANO (1889-1958)
"Velha mangueira" 453

OSWALD DE ANDRADE (1890-1953)
"A transação" 453
"Medo da senhora" 454
"Levante" 454

GUILHERME DE ALMEIDA (1890-1969)
"Santa Cruz!" — 455

MENOTTI DEL PICCHIA (1892-1988)
"Banzo" — 456
"Tarde fazendeira" — 457

JORGE DE LIMA (1893-1953)
"Pai João" — 458
"Essa negra Fulô" — 459
"História" — 462

ORESTES BARBOSA (1893-1966)
"Abolição" — 463
"Café" — 464

MURILO ARAÚJO (1894-1980)
"Toada do negro do banzo" — 465

CASSIANO RICARDO (1895-1974)
"Sangue africano" — 467
"A noite africana" — 469
"Mãe preta" — 469
"A morte de Zambi" — 471
"O navio negreiro" — 473
"Noite na terra" — 474

RIBEIRO COUTO (1898-1963)
"Santos" (Excerto) — 475
"João Nagô" — 476

RAUL BOPP (1898-1984)
"África" — 476
"Dona Chica" — 477

"Mãe preta" 478
"Negro" 479
"Diamba" 480

GILBERTO FREYRE (1900-1987)
"História social: mercado de escravos" 481

CECÍLIA MEIRELES (1901-1964)
"Romance VIII ou do Chico-Rei" (Excerto) 482
"Romance IX ou de Vira-e-Sai" (Excerto) 483
"Romance XIV ou da Chica da Silva" (Excerto) 484

MURILO MENDES (1901-1975)
"Cantiga dos Palmares" 486

AUGUSTO MEYER (1902-1970)
"Oração do Negrinho do Pastoreio" 487

CARLOS DRUMMOND DE ANDRADE (1902-1987)
"Inconfidência Mineira" 490
"Fala de Chico-Rei" 490

SOLANO TRINDADE (1908-1974)
"Quem tá gemendo?" 492
"13 de Maio da juventude negra" 493
"Conversa" 493
"Canto dos Palmares" 495
"Navio negreiro" 501
"Orgulho negro" 502
"Congo meu congo" 503
"Negros" 503
"Sou negro" 504
"Deformação" 505
"Zumbi" 506

JOSÉ PAULO PAES (1926-1998)
"Palmares" — 507
"O Primeiro Império" — 510
"O Segundo Império" — 511
"A redenção" — 511

CARLOS DE ASSUMPÇÃO (1927)
"Protesto" — 513
"Meus avós" — 517

ARIANO SUASSUNA (1927-2014)
"Ode a Capiba" — 522

AFFONSO ÁVILA (1928-2012)
"Os negros de Itaverava" — 524

WALMIR AYALA (1933-1991)
"Romance I" — 528
"Romance III" — 531

ABELARDO RODRIGUES (1952)
"À procura de Palmares" — 533
"Fragmentos marítimos" — 533
"O boi o escravo e o poeta" — 535

EDIMILSON DE ALMEIDA PEREIRA (1963)
"Cemitério marinho" — 538

IACYR ANDERSON FREITAS (1963)
"*QUILOMBO*" — 551
"Para satisfazer os ofendidos" — 551
"A liberdade possível" — 552
"Panorâmica" — 552
"O sonho acalentado" — 553

"Apresentação de Domingos Jorge Velho" 553
"Fala de Domingos Jorge Velho" 554
"O cerco" 554
"Oferenda mortuária" 555
"Semente" 555
"As roupas com seus dentes" 556
"Balanço" 556
"Despede-se Domingos Jorge, velho" 557
"Da nulidade" 557

CARLOS NEWTON JÚNIOR (1966)
Canudos: poema dos quinhentos (Excertos) 558
"VIII — Eram escuros, escuros" 558
"IX — Chegaram escuros, chegaram" 559
"X — Chegaram de angustiante travessia" 560
"XI — Atravessaram o mar e seus cardumes" 560
"XII — Palmares: este foi" 562
"XIII — Cansado estava, o fero e negro Heitor" 563
"XIV — Combateremos na sombra" 565

HENRIQUE MARQUES SAMYN (1980)
"Pretos Novos" 566
"Banzo" 566
"Feitor" 566
"Açoite" 567
"Tronco" 568
"Suplício" 568
"Pai João" 569
"Luzia Soares" 570
"Quilombos" 570
"Palmares" 570

OS POETAS 573
BIBLIOGRAFIA 709

INTRODUÇÃO

DELIMITAÇÃO TEMÁTICA E CRITÉRIOS DA EDIÇÃO

Este livro trata da escravidão negra na poesia brasileira. Seu tema não é o negro na poesia brasileira, assunto no qual todos os poemas aqui antologiados poderiam entrar, mas que daria uma obra imensamente mais vasta. Essa separação é às vezes muito melindrosa, ficando de todo incerto, no caso de determinados poemas, se se referem a um ambiente da época do cativeiro ou posterior a ele. Num exemplo entre inúmeros, poderíamos citar "Macumba do Pai Zusé", conhecido poema de cinco versos publicado por Manuel Bandeira em *Libertinagem*, de 1930. Não há como fixar o exato período em que a ação se passa. Em tais casos — com muito raras exceções que encontram outra justificativa para a sua inclusão —, os poemas não foram reproduzidos no presente livro. Entre as exceções poderíamos lembrar a célebre sátira "A bodarrada", de Luís Gama, que se refere muito mais à questão da mestiçagem brasileira do que à escravidão em si, mas, como a primeira depende em grande parte da segunda, e por tratar-se de um poema escrito por um dos nossos maiores abolicionistas e em plena vigência da escravidão, sua possível omissão nos pareceu fortemente descabida. No mesmo caso se encontra o soneto *"Ricordanza della mia gioventù"*, de Augusto dos Anjos, o mais célebre poema brasileiro sobre a icônica figura da ama de leite. Apesar da cronologia compatível, nada no soneto indica se a ama de leite em questão era livre, liberta ou escrava, mas pela representatividade ímpar o selecionamos. Sobre o mesmo tema, há o poema "Mãe preta", de Américo Facó, o único a referir-se em versos ao cativeiro entre a bela prosa poética do seu *Sinfonia negra*, de 1946.

Fosse o tema o negro na poesia brasileira, neste livro não poderiam faltar, por exemplo, as seguintes estrofes violentamente expressionistas da oitava parte de "Os doentes", do mesmo Augusto dos Anjos, espécie de dança macabra das misérias nacionais, mas a referir-se a um momento posterior ao fim da escravidão:

> [...]
> E hirto, a camisa suada, a alma aos arrancos,
> Vendo passar com as túnicas obscuras,
> As escaveiradíssimas figuras
> Das negras desonradas pelos brancos;
>
> Pisando, como quem salta, entre fardos,
> Nos corpos nus das moças hotentotes
> Entregues, ao clarão de alguns archotes,
> À sodomia indigna dos moscardos;
>
> Eu maldizia o deus de mãos nefandas
> Que, transgredindo a igualitária regra
> Da Natureza, atira a raça negra
> Ao contubérnio diário das quitandas!
> [...]

A escravidão, prática universal e milenar, de todos os povos e épocas, nunca se limitou à escravidão negra, como o comprova a quase invisível escravidão indígena — e também a escravidão entre os índios de tribos diversas — que existiu entre nós. Esta, no entanto, como analisaremos mais adiante, deixou rastros ínfimos na nossa poesia, enquanto a outra deu origem a um material que, provavelmente caindo muito no nível estético, exigiria vários volumes da extensão deste para ser recolhido em algo perto da sua totalidade.

Talvez a referência poética mais marcante à escravidão indígena na poesia brasileira seja a que encontramos, em forma de sonho profético, no magistral "O canto do Piaga", de Gonçalves Dias, em seus *Primeiros cantos*, de 1847. Após a impressionante descrição dos objetos desconhecidos — as caravelas — que, na visão do Pajé, trariam a desgraça para os Tupis, a menção ao cativeiro se explicita:

[...]
Oh! quem foi das entranhas das águas,
O marinho arcabouço arrancar?
Nossas terras demanda, fareja...
Esse monstro... — o que vem cá buscar?

Não sabeis o que o monstro procura?
Não sabeis a que vem, o que quer?
Vem matar vossos bravos guerreiros,
Vem roubar-vos a filha, a mulher!

Vem trazer-vos crueza, impiedade —
Dons cruéis do cruel Anhangá;
Vem quebrar-vos a maça valente,
Profanar Manitôs, Maracá.

Vem trazer-vos algemas pesadas,
Com que a tribo Tupi vai gemer;
Hão de os velhos servirem de escravos
Mesmo o Piaga inda escravo há de ser?
[...]

Ainda mais explícita, por já concretizada, é a que aparece nas duas oitavas finais de "Tabira (Poesia americana)", também do poeta maranhense, desta vez nos seus *Segundos cantos*, do ano seguinte, poema igualmente admirável e que expõe o quadro, que cremos único, de índios e negros a dividir a mesma senzala:

XXIV

Potiguares, que a aurora risonha
Viu nação numerosa e potente,
Não já povo na tarde medonha,
Mas só restos dum povo infeliz!

Insepultos na terra inclemente
Muitos dormem; mas há quem lh'inveja
Essa morte do bravo em peleja,
Quem a vida do escravo maldiz!

XXV

"Este o conto que os índios contavam,
A desoras, na triste senzala;
Outros homens ali descansavam,
Negra pel'; mas escravos também.
Não choravam; somente na fala
Era um quê da tristeza que mora
Dentro d'alma do homem que chora
O passado e o presente que tem!"

A escravidão indígena, portanto, que tantas páginas magistrais inspirou e tantos desgostos causou ao padre Vieira, quase não deixou marca, além das anteriormente citadas, na poesia brasileira, ou ao menos que de longe se aproxime daquela deixada pela escravidão negra, que desde a Colônia apareceu como tema, chegando, de maneira muito mais difusa, aos nossos dias, com um apogeu óbvio durante a campanha abolicionista, e uma fulminante e natural queda após o advento da Lei Áurea. Uma muito rara e tardia exceção, posterior a Gonçalves Dias, se encontra nas quatro décimas do "Mote", do tribuno santista Joaquim Xavier da Silveira, nas quais a referência inicial é ao cativeiro dos indígenas, passando em seguida à escravidão em sentido irrestrito.

Se o tema deste livro, como já afirmamos, fosse o negro na poesia brasileira, muito maior seria o seu conteúdo, e desde tempos mais recuados, bastando lembrar, para tanto, os muito numerosos poemas, comumente admiráveis, em que Gregório de Matos escarnece de quantos não são de puro sangue reinol, como ele mesmo era, ou assim se julgava, aí entrando ameríndios, africanos, e todas as mestiçagens possíveis e imagináveis entre eles. Exemplo marcante é o que encontramos no virtuosístico "Juízo anatômico dos achaques que padecia o corpo da República...", apenas uma parte de um desses títulos imensos tão característicos do período:

> [...]
> Quais são os seus doces objetos? ....Pretos.
> Tem outros bens mais maciços? ....Mestiços.
> Quais destes lhe são mais gratos? ....Mulatos.
>
> Dou ao demo os insensatos,
> Dou ao demo a gente asnal,
> Que estima por cabedal
> Pretos, mestiços, mulatos.
> [...]

De fato, para ficarmos nos primórdios da poesia nacional e na questão dos limites temáticos deste livro, muitas referências a escravos existem na imensa e textualmente problemática obra de Gregório de Matos, como no soneto ao desembargador Belquior da Cunha Brochado que traz por título a seguinte descrição: "Ao mesmo desembargador pede o poeta jocosamente um escravo seu alfaiate para lhe fazer uma obra", ou nas décimas a partir do mote "Por um escravo mandou o poeta à Betica um formoso cará com este", mas em ambos os casos — ainda que no último ele chegue a nomear o escravo Bernardo — o tema da escravidão não se desenvolve. O que é inesgotável no *corpus* poético do grande satírico baiano é a referência a tipos que ele claramente considerava, em consonância com a mentalidade da época, de "sangue impuro", negros, mulatos, pardos, pretos, crioulos, cabras, cristãos-novos, mamelucos, mestiços, muitíssimas vezes do sexo feminino, mas mesmo nos casos — como os cinco primeiros — nos quais a origem africana fica clara, a referência a alguma situação de cativeiro é na maior parte das vezes dúbia ou inexistente. Exatamente por isso a sua presença nesta obra se limita a meia dúzia de poemas, número que chegaria a muitas dezenas se o tema fosse o negro na poesia brasileira, e não especificamente a escravidão.

O presente livro não se pretende — e quanto a isso não deve restar dúvidas — um livro de história, mas um livro de poesia, uma poesia inextricavelmente ligada a ela e dentro dela nascida, como, aliás, ao fim e ao cabo, a de todos os tempos. Por outro lado, a sua parte antológica é uma amostragem possível duma quantidade de autores e poemas impublicável, obviamente tendo o valor estético e histórico como maior critério de seleção. Para se fazer uma ideia da vastidão do que foi escrito dentro do tema, basta a leitura de um ensaio como "Os poetas cearenses e a Abolição", de Sânzio de Azevedo, sabendo-se que apenas quatro autores, de valor desigual, daquela primeira província a extinguir o cativeiro — Juvenal Galeno, Paula Nei, Barbosa de Freitas e Américo Facó — estão aqui representados. De inúmeros outros, de todo o Brasil, a biografia é completamente desconhecida.

Se o conjunto mais vasto dos poemas aqui reunidos é composto por evidentes exemplos da poesia abolicionista, a ela não se filiam os poetas da fase colonial e — obviedade das obviedades — os posteriores à Abolição, ou seja, todos os que escreveram no período republicano. Mas ainda nos quatro primeiros versos da segunda estrofe da letra do "Hino da Proclamação da República", de Medeiros e Albuquerque, a lembrança da odiada instituição se faz presente:

Nós nem cremos que escravos outrora
Tenha havido em tão nobre País...
Hoje o rubro lampejo da aurora
Acha irmãos, não tiranos hostis.

Quanto aos quatro autores da época colonial, eles simplesmente descrevem aspectos de uma realidade social da qual a escravidão era a base, Gregório de Matos de maneira puramente circunstancial e fescenina; frei Manuel de Santa Maria Itaparica num fragmento de um poema célebre; Alvarenga Peixoto num caso único de visão encomiástica do trabalho dos cativos, e Tomás Antônio Gonzaga sob um aspecto crítico. O que nunca existiu, em época alguma, ao menos de nosso conhecimento, foram poemas elogiosos à instituição em si.

Há poemas que, por tratar do tema sem maior relação com a realidade histórico-sociológica direta, se situam numa posição à parte, a de referências bastante genéricas, como é o caso de "A escravidão", de Sílvio Romero, ou "Mote", de Xavier da Silveira. Outros se filiam aos quadros de gênero, sem maiores julgamentos éticos, como os de Trajano Galvão, Joaquim Serra ou Gonçalves Crespo — ou, mas de feição mais crítica, o soneto "Na fazenda", de Afonso Celso —, mais próximos de composições folclóricas do que de qualquer poesia de combate, com a exata exceção do último. De certo momento do romantismo até a época de convivência desarmônica entre parnasianismo e simbolismo, ou seja, mais ou menos de Bernardo Guimarães e Laurindo Rabelo até Cruz e Sousa e Vicente de Carvalho, a vertente de protesto e propaganda abolicionista é dominante. Após a proclamação da República, um ano e meio posterior ao 13 de Maio, e especialmente a partir do modernismo, o tema retorna como recuperação histórica, em todos os registros possíveis. Caso à parte — num livro composto de poema líricos, ainda que muitas vezes com algum sopro épico — é o poemeto dramático "Ruínas que falam", da quarta série das *Poesias* de Alberto de Oliveira, peça sobre a decadência de grande parte da lavoura após o fim da escravidão, com evidentes ressonâncias shakespearianas, na qual o escravo exerce em relação a seu senhor a mesma função que o bobo exerce junto ao rei enlouquecido em *King Lear*. Este importante poema, totalmente esquecido, é um índice da injustiça com que a miséria crítica nacional sempre tratou todas as escolas, com a eterna exceção da última a entrar na moda...

Mais ou menos a partir da década de 1940 surge, finalmente, em convivência temporal com as outras, uma vertente de interpretação e reivindicação étnico-cultural, para a qual contribuíram as figuras de Léopold Sédar Senghor e Aimé Césaire, além de processos históricos tão diversos quanto a Guerra Fria, a descolonização e o movimento dos direitos civis dos negros nos Estados Unidos. No Brasil, após a ação pioneira de nomes como o de Solano Trindade, o surgimento da coleção *Cadernos Negros*, em 1978, marca uma diversificação tão visível que desafia qualquer tentativa de antologia. Tratando-se, programaticamente, de uma ficção e de uma poesia que buscavam afirmar suas características afro-brasileiras, e que, por isso mesmo, não poderiam deixar de, em muitos momentos, relembrar suas origens históricas, a partir daí qualquer tentativa de um levantamento exaustivo da poesia sobre a escravidão no Brasil passa a ser virtualmente inexequível.

Os poetas aqui agregados aparecem por ordem cronológica de nascimento, não dos poemas, que, sendo mais de um, podem ter variadas datas. Muitas vezes, mesmo nos casos de um único poema do autor citado, só se sabe a data de sua publicação, não a de sua criação, o que justifica, por mais lógico, este critério. O texto segue a ortografia vigente, com exceção de alguns casos nos quais isso implicaria a perda de algum valor expressivo. Aqueles poemas que têm a sua única fonte na imprensa, especialmente os do século XIX, comumente estão eivados de erros, o que era o normal para os compositores tipográficos da época. Nos casos de restituição evidente, ela foi feita. A pontuação muito aleatória do período romântico seguiu fielmente os originais. Os critérios de inclusão ou não de determinados autores e de suas obras seguiram um caráter duplo, tanto pelo valor estético quanto pela importância histórica, um podendo suprir o outro, além das normais limitações, muitas vezes determinantes, de espaço ou de excessivo número de poemas de um único autor. Vale a pena ressaltar que esta obra não contempla o imenso e muito rico território da poesia popular brasileira, já que a inclusão de obras da nossa literatura popular oral e escrita sobre o tema extrapolaria a extensão minimamente razoável para a sua existência, embora abarque alguns exemplos de poesia pseudopopular de autores que nela não poderiam ser autenticamente classificados. Finalmente, o autor só se responsabiliza pela escolha antológica dos poetas já em domínio público. A noção de limitação social da propriedade — como é consensual, por exemplo, em relação ao patrimônio histórico e artístico edificado do país — não chegou até este imenso patrimônio imaterial, e, em consequência, a seleção original que havia sido realizada para este livro foi, no que diz respeito a tal vasto segmento, duramente alterada e restringida.

A presente introdução ensaística poderia, evidentemente, se estender por espaço muito maior do que o que finalmente ocupa, mas tal estudo mais minucioso, dos mais atraentes, restringiria a fundo a parte antológica, à qual preferimos dar uma clara primazia, como documentário coligido para a fruição e análise dos leitores.

SUBSTRATO HISTÓRICO

Nenhuma realidade sociológica, na história do Brasil, deixou marcas mais indeléveis do que a escravidão africana, nos seus três séculos e meio de existência, nem deu margem a tão duradouras reivindicações, interpretações, ou inclusive, pura e simplesmente, lendas sem o menor fundamento. A escravidão indígena, à qual já nos referimos, que teve início antes dela e foi o primeiro móvel do bandeirismo, teve grande pujança nos séculos XVI e XVII e só se extinguiu oficialmente no século XVIII, por um decreto pombalino de 1757, embora já tivesse sido proibida por Carta Régia em 1570. Deixou, no entanto, poucas marcas, nalguns admiráveis poemas de Gonçalves Dias, como os anteriormente lembrados, e numa justificativa bastante controversa para a sua duração mais limitada. A grande superioridade tecnológica dos africanos escravizados em relação aos ameríndios, ao lado de numerosos e às vezes quase imponderáveis fatores, foi a origem dessa substituição na mão de obra compulsória entre nós.

A escravidão que se cristalizou no imaginário nacional, aquela que passou por vários ciclos econômicos, da década de 1530 à de 1880, do açúcar ao café, com notável expansão após as descobertas auríferas em Minas Gerais no final do século XVII, a escravidão *tout court* para quase todos os brasileiros, é a de origem africana, a escravidão negra, que justamente por isso deixou uma imensa marca na literatura brasileira, motivo pelo qual é exclusivamente dela que nos ocupamos no presente livro, e apenas em relação a um específico gênero literário.

Tal substrato histórico, do qual se originaram todos os poemas aqui reunidos, já produziu e continua a produzir uma vasta e valiosa, ainda que às vezes desigual, bibliografia, independentemente das metodologias adotadas e das consequentes interpretações do fato, bibliografia esta que se encontra ao alcance de qualquer leitor interessado, e da qual fazem parte nomes que vão de Nina Rodrigues e Gilberto Freyre a Alberto da Costa e Silva e João José Reis, numa enumeração extremamente restrita.

OS TEMAS DA POESIA SOBRE A ESCRAVIDÃO

1. *O exílio forçado*

A experiência de ser bruscamente arrancado da sua terra, e levado, depois de uma terrível travessia oceânica, para outro continente e outra cultura, para lá seguir uma vida que dificilmente mereceria tal nome, foi tema dos mais presentes nos poetas da escravidão, através da representação de uma África comumente idílica, com uma paisagem obviamente imaginária, na qual muitas vezes características da África mediterrânea se misturam às da África subsaariana. Se o Islã, de fato, se espalhou por imensa área do continente, não podemos minimizar essa influência, da qual um dos centros de força é *Les Orientales*, de Victor Hugo, que, ainda que se tratasse de uma obra filelênica, fascinou a todos com o exotismo de suas descrições.

Um dos poemas que inauguram este tema é "A escrava", dos *Primeiros cantos* de Gonçalves Dias, com a reiterada referência ao Congo, geograficamente imponderável.

Outro dos poemas que tratam detalhadamente desse tema muito disseminado é "A filha d'África", de Luís Delfino, como podemos constatar pelas seguintes estrofes:

> [...]
> E, às vezes, rola o fio de uma lágrima
>   Pela face... tão manso
> Como gota de azeite, que transborda
>   Da alâmpada ao balanço!...
>
> Naquele coração — naquele abismo —
>   Despenhada a ventura,
> Livre saltou, correu, rugiu, bem como
>   O leão na espessura

> Naquele coração — leito de pedras —
>   Malformado, é verdade
> Na virginal beleza em que, selvagem,
>   Bramia a liberdade!
>
> Nua, bem como um semideus de Homero,
>   A vida em segurança
> Levava aos ombros dentro de uma aljava,
>   Ou pendurada à lança!
> [...]

Aquele, no entanto, que se gravou na alma nacional, foi o sempre lembrado "O navio negreiro", com a bem sabida e invariável superioridade de Castro Alves, que passa, logo depois, por motivos óbvios, para o tópico seguinte, o da travessia atlântica:

> [...]
> São os filhos do deserto,
> Onde a terra esposa a luz.
> Onde vive em campo aberto
> A tribo dos homens nus...
> São os guerreiros ousados
> Que com os tigres mosqueados
> Combatem na solidão.
> Ontem simples, fortes, bravos.
> Hoje míseros escravos,
> Sem luz, sem ar, sem razão...
> [...]

Tal tema do exílio forçado tem, podemos dizer, um eco, um reflexo espelhado na questão da corrosiva saudade do escravo, já nos eitos brasileiros, de sua terra natal, o famoso "banzo" — sempre reivindicado como uma das causas da duvidosa ineficácia e efemeridade da escravidão indígena —, que já se delineia no começo d'"A canção do africano", também de Castro Alves:

> [...]
> Lá na úmida senzala,
> Sentado na estreita sala,
> Junto ao braseiro, no chão,
> Entoa o escravo o seu canto,
> E ao cantar correm-lhe em pranto
> Saudades do seu torrão...
> [...]

Tema que foi imortalizado num dos mais belos sonetos de todo o parnasianismo brasileiro, de Raimundo Correia, e intitulado justamente "Banzo":

> Visões que n'alma o céu do exílio incuba,
> Mortais visões! Fuzila o azul infando...
> Coleia, basilisco de ouro, ondeando
> O Níger... Bramem leões de fulva juba...
>
> [...]
>
> Vai co'a sombra crescendo o vulto enorme
> Do baobá... E cresce n'alma o vulto
> De uma tristeza, imensa, imensamente...

A saudade da terra de origem surge igualmente no poemeto *História de um escravo*, de Xavier da Silveira Júnior:

> [...]
> Somente e em atitude silenciosa,
> À proporção que o solo vai cavando,
> Nos olhos passa a negra mão calosa
> Às ocultas, suas lágrimas limpando.
> — É que lhe vem à mente o pátrio serro...
> Esta opulenta flora tropical
> Recorda-lhe na terra do desterro
> As solidões do seu país natal...

Tema que reaparece, ainda no período parnasiano, no soneto "Sonho africano", de Francisca Júlia — muito inferior ao de Raimundo Correia —, assim como, já no neoparnasianismo, no antológico "Pai João", de Ciro Costa, e, contemporaneamente, no poema "Meus avós", de Carlos de Assumpção:

[...]
E a história
Dos que morriam de banzo
Dos que se suicidavam
Dos que se recusavam
Qualquer alimento
E embora ameaçados
Por troncos e chicotes
Não se alimentavam
E acabavam morrendo
Encontrando na morte final
A porta da liberdade
[...]

Já no modernismo, aparece no poema também intitulado "Banzo", de Menotti Del Picchia, e em contexto, aliás, totalmente diverso, no poema "Filhos na rua", de Conceição Evaristo.

2. *A travessia atlântica*

A obrigatória travessia do oceano nos tumbeiros deu lugar a não poucas referências, sendo mesmo o tema do mais célebre entre todos os poemas brasileiros sobre a escravidão, "O navio negreiro", de Castro Alves, espantosa obra-prima dramática, sonora, coreográfica, pictórica etc.

Já no século XX, ele reaparece, numa calculadamente fria enumeração de misérias em "História", de Jorge de Lima, que de início se refere ao primeiro tópico, o do exílio forçado:

Era princesa.
Um libata a adquiriu por um caco de espelho.
Veio encangada para o litoral,
arrastada pelos comboieiros.
Peça muito boa: não faltava um dente
e era mais bonita que qualquer inglesa.
No tombadilho o capitão deflorou-a.
Em nagô elevou a voz para Oxalá.
Pôs-se a coçar-se porque ele não ouviu.
Navio negreiro? não; navio tumbeiro.
Depois foi ferrada com uma âncora nas ancas,
depois foi possuída pelos marinheiros,
depois passou pela alfândega,
depois saiu do Valongo,
[...]

Vale a pena registrar que o tema retorna, na poesia de Jorge de Lima, ainda que muito superficialmente, no poema "Distribuição da poesia", de *Tempo e Eternidade*, seu livro escrito com Murilo Mendes e editado em 1935.

Pouco depois, ressurge em *Urucungo, poemas negros*, de Raul Bopp, de 1932, como na terceira estrofe do poema "Negro":

Um dia
atiraram-te no bojo de um navio negreiro.
E durante longas noites e noites
vieste escutando o rugido do mar
como um soluço no porão soturno.

Já Cassiano Ricardo, no poema intitulado exatamente "O navio negreiro", pertencente a uma das muitas versões ampliadas de *Martim Cererê* — não à original, de 1928 —, se compraz numa exaustiva descrição fenotípica dos escravos, de gosto dos mais duvidosos, ainda mais para um brasileiro não oriundo de recente imigração, com todas as possibilidades de mestiçagem, portanto:

[...]
Cada qual mais resmungão...
Chegaram todos em bando.
Uns se rindo, outros chorando.
Vinham sujos de fuligem...
Vinham pretos de carvão
como se houvessem saído
de dentro de algum fogão.

Mais escuros do que breu.
Com eles aconteceu
o que acontece ao carvoeiro
trabalhando o dia inteiro
dentro de tanto negrume
que quando sai da oficina
sai que é um carvão com dois olhos
      de vaga-lume...

Vinham sujos de fuligem...
Tinham a tinta de origem
nas mãos, nos ombros, na face:
como se cada figura
de negro fosse um fetiche
que a treva pintou de piche
marcando-lhe a pele escura
a golpes cruéis de açoite
para que todos soubessem,
bastando vê-los, que haviam,
realmente, trazido a Noite.

Vinham de outro continente
onde jaziam os povos
a quem misteriosamente,
deus negara a cor do Dia...

Homens pretos picumã
de cabelo pixaim.
Por terem trazido a noite
ficaram pretos assim.

É interessante a comparação entre tal descrição, algo grotesca — Guilherme de Almeida chega a tangenciar tal uso, mas de forma muito mais sutil e fugaz, em *Raça* —, e a apologia do mesmo fenótipo feita pelo jovem Augusto dos Anjos, em soneto publicado n'*O Comércio* do Recife, em 24 de maio de 1905:

O NEGRO

Oh! Negro, oh! filho da Hotentótia ufana
Teus braços brônzeos como dois escudos,
São dois colossos, dois gigantes mudos,
Representando a integridade humana!

Nesses braços de força soberana
Gloriosamente à luz do sol desnudos
Ao bruto encontro dos ferrões agudos
Gemeu por muito tempo a alma africana!

No colorido dos teus brônzeos braços,
Fulge o fogo mordente dos mormaços
E a chama fulge do solar brasido...

E eu cuido ver os múltiplos produtos
Da Terra — as flores e os metais e os frutos
Simbolizados nesse colorido!

Em plena contemporaneidade, finalmente, tal tópico dá título a todo um livro, *Atlântica dor: poemas, 1979-2014*, de Abelardo Rodrigues, publicado em 2016. Num distanciamento subjetivado, o tema da travessia atlântica persevera, como em "Fragmentos marítimos":

[...]
Ó mar de incertezas
messiânicas
Ó terra
ainda estranha
de mim!
— geografia de histórias
abortadas na
via-sacra marítima —
[...]

Da mesma maneira, reaparece em Conceição Evaristo, como na primeira estrofe de "Vozes-mulheres":

A voz da minha bisavó
ecoou criança
nos porões do navio.
Ecoou lamentos
de uma infância perdida.
[...]

Reaparecendo, em estilo entre o lírico e o épico, em *Canudos: poema dos quinhentos*, de Carlos Newton Júnior, editado em 1999, e, com destaque, no longo e importante poema "Cemitério marinho", de Edimilson de Almeida Pereira, que retoma o título da obra-prima de Paul Valéry num vasto mural trágico do navio negreiro.

3. *As sevícias físicas*

Este talvez seja, por motivo facilmente compreensível, o tema mais universal e recorrente na poesia brasileira sobre a escravidão. A mistura de horror, medo, indignação, curiosidade e até fascínio que a dor infligida a um ser humano por outro ser humano sempre provocou, em todo tempo e lugar, foi e continua sendo uma realidade inafastável, daí a prevalência do tema sobre os outros todos. O próprio conhecimento dos instrumentos de retenção ou tortura, do tronco à gargalheira, da palmatória ao libambo, do vira-mundo ao azorrague, unidos à infinidade de tipos de grilhões e correntes, evocava imediatamente tais sevícias e castigos aos contemporâneos da nefanda instituição, como continua a evocar aos pósteros, através das muitas peças conservadas em antigas fazendas, museus e coleções particulares, bem como graças à volumosa iconografia da época.

Desse arsenal de instrumentos, a primazia em visibilidade cabe ao chicote, não só pelo chocante espetáculo de tirar sangue da vítima, como ser de uso, além de rural, urbano, como nas cenas de chicoteamento em praça pública — ação aliás paga ao Estado e por ele executada — com a vítima amarrada a um pelourinho, espetáculo cotidiano registrado em gravuras célebres por nossos artistas-viajantes da primeira metade do século XIX. O infame tronco, apesar de existir nas cidades, destacadamente nos estabelecimentos de mercadores de escravos, era sem dúvida de utilização majoritariamente rural. Impressionante, aliás, em relação ao chicote, é a quantidade de sinônimos, ou quase sinônimos, por certas especificidades secundárias, mas idêntico efeito, para o temido instrumento em língua portuguesa, cerca de meia centena: chicote, látego, azorrague, rebenque, rebém, vergasta, açoite, açoiteira, tala, chibata, cipó, cipó-de-boi, relho, vergalho, flagelo, vara, cinto, guasca, tagante, chabuco, bacalhau, vergueiro, muxinga, nagaia, chambrié, piraí, chiqueirador, peia, peia-boi, preaca, frança, ripeiro, sardinheta, taca, zeribando, estafim, habena, arreador, mango, manguá, mangual, tabica, pinguelim, jangoto, jingoto, verdasca, macaca, mansilha, baraço, buranhém etc.

Para nos limitarmos a exemplos deste, ei-lo em "O escravo", de Juvenal Galeno, ao que tudo indica o poeta que mais exaustivamente se refere ao instrumento:

[...]
Minha mãe! oh, quantas vezes
Por minha causa sofreu!
Sob os golpes do chicote
Ai, quanto sangue perdeu...
    Té que um dia a miseranda
Tanto penou que morreu!
    Minha mãe! que mil torturas
Por minha causa sofreu!
[...]

Ou em "Partida de escravos", de Melo Morais:

[...]
Os negros, sempre adiante,
Quase nus, marcham; se cansam,
Estala o chicote. Aos gritos,
São como animais, — avançam!
[...]

Passando, em meio a outros exemplos inumeráveis, pelas duas mais populares obras-primas de Castro Alves, "O navio negreiro" e "Vozes d'África", e chegando ao século XX com Jorge de Lima, como em "Pai João":

[...]
A pele de Pai João ficou na ponta
    Dos chicotes.
[...]

Ou, na mesma época, na bela "Oração do Negrinho do Pastoreio", de Augusto Meyer, ao descrever a rematada crueldade narrada na célebre lenda gaúcha:

[...]
Negrinho, Você que foi
amarrado num palanque,
rebenqueado a sangue
pelo rebenque do seu patrão,
e depois foi enterrado
na cova de um formigueiro
pra ser comido inteirinho
sem a luz da extrema-unção,
[...]

Num exemplo de poesia pseudopopular, um sucinto repertório de instrumentos de castigo aparece em "O Vento Vieira (Lenda sertaneja)", de Catulo da Paixão Cearense.

É evidente, apesar do uso vulgar e consuetudinário dos castigos físicos, que nem todos os senhores eram obrigatoriamente cruéis ou ainda menos sádicos. Embora o medo das revoltas e a noção de exemplo disciplinar os justificassem, seria um contrassenso econômico não zelar por um bem-estar mínimo para propriedades de alto valor como eram os cativos. Documentos preciosos dessa preocupação são os manuais escritos por fazendeiros no século XIX, destacadamente, entre outros, a *Memória sobre a fundação de uma fazenda na província do Rio de Janeiro*, de Francisco Peixoto de Lacerda Werneck, barão de Paty do Alferes, de 1847, no qual abundam os cuidados físicos, médicos, alimentares, e mesmo certa sutilidade psicológica, que, de acordo com o autor, um senhor deveria ter para com a sua escravaria.

Exemplo da lendária e sádica vingança por ciúme das senhoras sobre determinadas escravas encontramos no "Romance I", de *Memória de Alcântara*, de Walmir Ayala, publicado em 1979.

Se as sevícias físicas são o tópico dominante entre os elencados pela poesia brasileira sobre a escravidão, as três seções seguintes tratam das principais violências morais e psicológicas. Neste campo, um poema se destaca em posição única, "O escravo", de Fagundes Varela, este extraordinário poeta, precocemente desaparecido — como quase todos os nossos grandes românticos —, por ter por tema a mais abrangente, a mais vasta de todas elas, a aniquilação anímica do escravo, sua redução ao estado de coisa. Exatamente por trazer a visão de uma subjetividade destruída, ou impossibilitada de aflorar, ele não se presta ao uso dos extraordinários recursos visuais e dramáticos das obras-primas de um Castro Alves, por exemplo, atingindo, contudo, pelo mesmo motivo, uma profundidade quase filosófica que faz dele a peça sem paralelo que é em todo o vasto conjunto criado sobre o tema, e aqui reunido em seus momentos mais significativos.

Uma espécie de inventário poético minucioso e recente dos instrumentos de sevícias físicas — e de contenção, que é impossível separar dos outros — pode ser encontrado no livro *Levante*, de Henrique Marques Samyn, do qual reproduzimos alguns poemas.

4. *A profanação da mulher*

Outro tópico de grande recorrência, o mais importante depois daquele que acabamos de comentar, é, sem qualquer dúvida, o da desonra da mulher escrava, resultado óbvio do encontro entre a natural libido dos senhores com a redução ao estado de objeto e propriedade de qualquer cativa. Tão importante é o tema que serviu de origem a dois poemas longos de dois dos maiores poetas que escreveram sobre a escravidão no Brasil, "Mauro, o escravo" e *A cachoeira de Paulo Afonso*, respectivamente de Fagundes Varela e Castro Alves, amigos e colegas, por curto prazo, na Faculdade de Direito do Recife. No primeiro poema a desonrada é a irmã do protagonista, no segundo a sua amada. Antes disso, Sousândrade, em "A escrava", fraco poema das *Harpas selvagens*, já descrevera o assédio lúbrico sofrido por uma cativa:

> [...]
> Mendigando piedade, chora às portas
> Da fazenda vizinha: os homens riam,
> Em troco lhe pediam seus amores,
>   Sobre o seu colo uma hora:

E ela estremecia, e, d'inocente
Qual vagas de pudor vinham sobre ela.
E como o sol caísse, ela voltava
    De si mesma ao Senhor.
[...]

A primeira aparição do tópico na poesia brasileira encontra-se, porém, ao que tudo indica, ainda no século XVIII, na 12ª das *Cartas chilenas*, na qual Tomás Antônio Gonzaga narra, entre os versos 164 e 241, o rapto de uma escrava, reduzida a amásia pelo personagem Ribério, com a qual ele, aliás, tem dois filhos. Anteriores a esse episódio, as passagens libidinosas de Gregório de Matos têm caráter puramente fescenino.

Em outro poema longo, *História de um escravo*, de Xavier da Silveira Júnior, escrito em 1886 e publicado no ano da Abolição, a tentativa de desonra, pelo feitor da fazenda, é exercida sobre a filha de um velho escravo africano, e noiva de outro cativo.

De Castro Alves, em relação a este tópico, são características as seguintes quadras de "A mãe do cativo":

[...]
Ensina-o que morda... mas pérfido oculte-se
Bem como a serpente por baixo da chã
Que impávido veja seus pais desonrados,
Que veja sorrindo mancharem-lhe a irmã.

[...]

Criança — não tremas dos transes de um mártir!
Mancebo — não sonhes delírios de amor!
Marido — que a esposa conduza sorrindo
Ao leito devasso do próprio senhor!...
[...]

Dessas relações forçadas surge igualmente o tema do escravo filho bastardo do próprio senhor, como no desfecho de "Mauro, o escravo", de Fagundes Varela, tema que alcança a máxima hipérbole no coro das almas de crianças escravas em *O sonho do monarca*, de Marques de Carvalho, de 1886:

> [...]
> Quase todos nós somos filhos dos senhores
> De nossas boas mães, das míseras mulheres
> Que de dia sofriam do castigo as dores
> E à noite lhes davam sensuais prazeres...
> [...]

Se a concupiscência carnal do senhor, ou do feitor, ou de qualquer outro que mantivesse uma relação de poder sobre a mulher escrava é o aspecto dominante do tema, existiu também o da utilização do seu corpo em benefício alheio — não pelo trabalho compulsório, na lavoura ou no aluguel como mão de obra urbana, pois tal era igualmente masculino —, o que é o caso específico das amas de leite, figuras icônicas da nossa sociedade escravocrata, mais especificamente do leite desviado do filho da cativa para a amamentação da prole da senhora.

A tardia obra-prima sobre esse tema é, sem dúvida, o célebre soneto "*Ricordanza dela mia gioventù*", de Augusto dos Anjos. Independentemente dos exatos dados biográficos da "ama de leite Guilhermina", o fato de o autor ter nascido em 1884, num engenho de açúcar paraibano, relaciona-a incontornavelmente a uma ambiência ainda da escravidão, motivo pelo qual — sem falar do valor estético — não tivemos dúvida em reproduzi-lo na presente antologia. Entre os neoparnasianos, ele se encontra em "Mãe Preta", de Ciro Costa. A maciça presença da ama de leite escrava pode ser rastreada em todas as seções de classificados dos nossos jornais contemporâneos da escravidão, além de ter deixado uma larga memória afetiva e uma importante iconografia. Tal tema aparece, de forma trágica, no poema "A escrava", de Juvenal Galeno:

[...]
Tive um filho... meu filho? Ele chora...
Ai, quem foi que o meu leite secou?!
Bebe pois o meu sangue... Meu filho!
Onde está? oh, quem foi que o roubou?!
Ai, mataram meu filho! Vingança!
Eia... brancos! quem foi que o matou?
[...]

Aparece também em "As duas redenções", de Laurindo Rabelo:

[...]
Se mãe (é mãe escrava!)
Quem sabe se verias
Teu filho mãos impias
Do seio te arrancar?
E surdos ao teu pranto
Mandarem-te com calma
Do seio da tua alma
A outro alimentar?!
[...]

E naquele justamente intitulado "Ama de leite", de Melo Morais Filho.

Curiosamente, em paralelo ao tema da desonra da escrava, desenvolve-se o tópico da sua capacidade de sedução, às vezes de forma amena ou quase idílica, como no poema "A crioula", de Trajano Galvão — negação da imagem da escrava revoltada, mas antes confortavelmente manipuladora — ou em "A mucama", de Bittencourt Sampaio, bem como na maior parte dos poemas de Gonçalves Crespo aqui reunidos, atingindo o seu momento mais icônico com "Essa negra Fulô", de Jorge de Lima, em que o trágico, desta vez em relação à esposa do senhor, não à escrava, se delineia com uma sutilidade magistral. O mais antigo registro dessa atração carnal irresistível, dessa concupiscência animalesca que chegará em plena forma à nossa prosa naturalista, se encontra, na presente antologia, no notável romance "Namorou-se do bom ar de uma crioulinha chamada Cipriana, ou Supupema...", de Gregório de Matos. Embora não haja nele referência explícita ao estado de escravizada da inspiradora, o uso da palavra *cativo*, que o poeta faz em relação a si mesmo no penúltimo verso — e que nos lembra aquele que fez Camões nas suas "Endechas a Bárbara escrava" —, parece não deixar margem a dúvidas quanto a isso.

Momentos híbridos, que unem os temas das sevícias físicas com o da profanação da mulher, seriam todos aqueles que representassem as conhecidas e temíveis vinganças da senhora traída sobre a escrava que fascinou o seu senhor, como na parte VII do poema "Santos", de Ribeiro Couto, no qual a ação não chega ao nível maior da atrocidade:

> Tinha sido mulata muito bonita
> No tempo da escravidão.
> [...]
> Sinhá Maria do Bolo contava histórias,
> Casos de famílias, saudades de outro tempo.
> — Sinhá Maria do Bolo, qual foi a barbaridade
> Da sua sinhá, no tempo da escravidão?
> — Mandô rapá minha cabeça.

5. *A separação das famílias*

Uma das realidades da escravidão que maior horror causava ao mais empedernido senso comum sempre foi a da separação das famílias pela venda dos seus membros a diferentes senhores, tópico bastante recorrente, do qual podemos dar um exemplo de tratamento típico no longo poema "A escrava", de Juvenal Galeno, autor de grande importância na percepção indignada de tais fatos sociológicos:

> [...]
> — Um dia... por um capricho
> Mandou casá-la o senhor;
> Foi seu consorte um escravo...

Seu companheiro na dor:
Depois de um ano... vendido
Foi o consorte... oh, que horror!

Já a desgraçada o amava,
Quando o caso aconteceu...
Já dele tivera um filho,
Que trazia ao colo seu...
Toda entregue ao desespero,
A chorar... adoeceu.

[...]

Quando estava furiosa
Levava o tempo a gritar
Pelo esposo... pelo filho...
Por seu querido palmar...
Depois calma e dolorida
Levava o tempo a cantar:

[...]

E casei-me... onde foi meu esposo?
Por que tardas nos matos assim?
E chorava... por isso hoje o amo...
Era escravo... que penas sem fim!
Onde foi meu esposo? Vendido!...
E sozinha fiquei?... ai de mim!

O mesmo que encontramos em "As velhas negras", de Gonçalves Crespo, o único de seus poemas sobre a escravidão em que uma constatação dolorosa se sobrepõe à amenidade do quadro de gênero:

[...]
E pensam nos seus amores
Efêmeros como as flores
Que o sol queima no sertão...
Os filhos quando crescidos,
Foram levados, vendidos,
E ninguém sabe onde estão.

Conheceram muito dono:
Embalaram tanto sono
De tanta sinhá gentil!
Foram mucambas amadas,
E agora inúteis, curvadas,
Numa velhice imbecil!
[...]

Poema especificamente sobre tal tema é "A mãe escrava", da cearense Emília de Freitas, publicado em 1877, referindo-se ao tráfico interprovincial, entre o Norte e o Sul do Brasil — criticado até pelo barão de Cotegipe, como possível disfarce para o tráfico atlântico —, que muito cresceu após a Lei Eusébio de Queirós:

[...]
"Roubaram os meus filhos... estão a bordo...
Hoje mesmo o vapor levanta o ferro
Levando o meu Vicente... a minha Lúcia,
Eis porque hoje aqui chorando erro.
Sinhazinha, por Deus, antes queria
Como outrora cativa e maltratada
Tê-los juntos de mim, pois ora sinto
Qu'era assim muito menos desgraçada.
Estou velha e cansada, já não posso
Suportar deste golpe, a crueldade!

Vou morrer de pesar... eu por tal preço
Não queria esta inútil liberdade..."
[...]

A poesia de Emília de Freitas sofre de numerosas deficiências formais, talvez em parte devido a erros de transcrição, nada incomuns na época. Curiosamente, a sua transferência para o Norte — ela morre em Manaus, em 1908 — ilustra outra grande troca de populações, a dos milhares de cearenses que, especialmente após a grande seca de 1877 — ano do poema —, vão para a região amazônica, que vivia a prosperidade inicial da borracha, assim como os escravos da decadente lavoura do Nordeste eram vendidos para a florescente agricultura cafeeira das províncias meridionais.

A reação mais radical, mais extrema, a esta possibilidade da separação da prole, ou à simples passagem da escravidão, como uma herança maldita, à geração seguinte, surge nos poemas nos quais a mãe cativa liberta os filhos pelo infanticídio, como em "A feiticeira", de Melo Morais Filho, e "*Mater dolorosa*", de Castro Alves, tema que retorna, tardiamente, num dos elípticos poemas de Oswald de Andrade em *Pau-brasil*, "Medo da senhora":

A escrava pegou a filhinha nascida
Nas costas
E se atirou no Paraíba
Para que a criança não fosse judiada

Caso à parte se encontra no poema "Sabina", de Machado de Assis, no qual o amor entre o filho do senhor e a escrava era recíproco, mas que, uma vez frustrado, a conduz a uma não realizada tentativa de suicídio e infanticídio, já que grávida. Este poema de *Americanas*, de 1875, confirma a invariável correção formal do autor.

Outra peça sem paralelo é o primeiro e único soneto de uma série não continuada, "Cenas da escravidão", escrito por Euclides da Cunha aos

18 anos, no qual um escravo é obrigado a chicotear outro, que era o seu próprio filho, o que o classificaria igualmente no tema das sevícias físicas.

E os exemplos sobre o mesmo tópico são inumeráveis.

6. *A exploração dos velhos*

Um dos temas que mais revolta causava ao senso de justiça dos leitores do período sempre foi o do escravo idoso — e precocemente idoso pela vida de trabalho compulsório e privações — ser abandonado pelo senhor no ocaso de sua vida miserável. Foi exatamente este o motivo da grande reação negativa à Lei dos Sexagenários, ou Saraiva-Cotegipe, de 1885, outorgando uma liberdade que, no fundo, era a do senhor livrar-se de um fardo, ainda mais se tomarmos em conta a possibilidade de vida no Brasil oitocentista, o que pode ser muito bem rastreado na ficção da época. Só como exemplo, nesse grande e injustiçado clássico que é *A Moreninha*, de Joaquim Manuel de Macedo, existe a cena em que as duas crianças — os futuros protagonistas — assistem à morte do "venerando ancião", que tinha quase 50 anos! E tais exemplos são numerosos.

O poema mais fortemente ligado ao tema é "Verba testamentária", de Melo Morais Filho:

— Senhor. Um meu amigo, amigo que eu lamento,
Morreu; porém deixou por verba em testamento,
Para escravos remir, um capital, um fundo.
Eu venho aqui cumprir o que ele, moribundo,
Pediu-me, instou... Eu sei que vossa senhoria
Tem um escravo idoso. Em termos, eu queria
Resgatá-lo. Já vê que nessas condições...
É velho... o ajudou... São duplas as razões!
Não pode o preço seu subir, ser desmarcado:
Além de que, escravo assim tão dedicado,
É força confessá-lo, é mesmo lealdade,
Não sendo sacrifício, — à sua liberdade

Prestar auxílio em tudo...
— Entendo. Então quereis...
— A carta de alforria.
— E quanto me trazeis?
— Um conto.
Na surpresa de seus cegos enganos:
"Um conto? É pouco, é, me serve há quarenta anos."

A obra-prima gerada por tal tópico é, no entanto, o sublime "Antítese", de Castro Alves, que nenhuma relação tem com a Lei dos Sexagenários — embora às vezes se cite essa equivocada ligação causal —, catorze anos posterior à desaparição do autor, poema que traz uma epígrafe importante e característica de Maciel Pinheiro, e que se vai aproximando, com arte consumada, do seu objeto central, até desvelá-lo finalmente:

[...]
Tudo é deserto... somente
À praça em meio se agita
Dúbia forma que palpita,
Se estorce em rouco estertor.
— Espécie de cão sem dono
Desprezado na agonia,
Larva da noite sombria,
Mescla de trevas e horror.

É ele o escravo maldito,
O velho desamparado,
Bem como o cedro lascado,
Bem como o cedro no chão.
Tem por leito de agonias
As lájeas do pavimento,
E como único lamento
Passa rugindo o tufão.
[...]

Um dos momentos mais marcantes sobre o tema se encontra, no entanto, no poemeto "História de um escravo", escrito por Xavier da Silveira Júnior, em 1886, quando o senhor, preocupado em perder um escravo jovem que matara o seu feitor, por este haver tentado desonrar-lhe a noiva, mas que valia dois contos e quinhentos, resolve entregar à justiça, portanto à pena última na forca, o pai da escrava, já ancião. O raciocínio do senhor é longa e brilhantemente descrito, numa trama de vilania quase shakespeariana, neste poema de todo desconhecido:

> [...]
> "A história é clara... Adão vale dinheiro...
> É o meu primeiro enxada, e o é de lei,
> Ao passo que o outro... é um preto verdadeiro,
> Um bom e honrado preto... bem o sei...
> Mas velho, e já sem préstimo... coitado!
> Nem vale dous vinténs!... O desgraçado
> É velho..."
> [...]

7. *As revoltas e fugas*

O tema das revoltas é praticamente inexistente no *corpus* da poesia brasileira sobre a escravidão, e por um motivo óbvio, a ação necessariamente muito rápida com que elas podiam acontecer antes da infalível repressão. O da fuga de escravos, no entanto, às vezes resultado daquelas, tem uma razoável presença, com seu momento mais notável, no longo poema "Fugindo ao cativeiro", de Vicente de Carvalho:

> [...]
> Vão andrajosos, vão famintos, vão morrendo.
> Incita-os o terror, alenta-os a esperança:
> Fica-lhes para trás, para longe, o tremendo

Cativeiro... E através desses grotões por onde
Se arrastam, do sertão que os esmaga e os esconde.
Da vasta escuridão que os cega e que os ampara,
Do mato que obsta e apaga os seus passos furtivos,
Seguem, almas de hebreus, rumo do Jabaquara
— A Canaã dos cativos.
[...]

Já no modernismo Jorge de Lima menciona o fato, em dois versos do poema "História", que narra uma espécie de detalhada via-crúcis de uma cativa:

[...]
Fugiu para o mato.
Capitão do campo a levou.
[...]

Outro poema, aliás, que, por repassar quase todos os tópicos analisados neste livro, mereceria igualmente ser chamado de via-crúcis é o conhecido "Protesto", de Carlos de Assumpção, ganhador do Concurso de Poesia Falada, de Araraquara, em 1982.

Uma espécie de fuga, uma fuga metafísica, é a que dá origem a "O escravo suicida", provavelmente o mais importante dos poemas abolicionistas de Juvenal Galeno, todo na primeira pessoa, resultando numa admirável e lírica justificativa do escravo para o seu gesto desesperado. De fato, a motivação do ato extremo é para ele a fuga de uma existência infernal, como vemos na última estrofe:

É tempo... desponta a aurora...
Fiz o laço... pronto estou!
Em menos de um quarto d'hora,
Grande Deus, convosco, sou!
Mundo torpe... cativeiro...

> Ímpio branco e carniceiro...
> Vinde ouvir-me: — maldição!
> E tu, salve, ó liberdade!
> Vou entrar na eternidade...
> Santo Deus... Vosso perdão!
>   É tempo... só vive o livre,
>   O escravo não!
> Eis-me salvo deste inferno...
> Já não sinto... a escravidão!

Outra rara menção ao suicídio de escravos é a que encontramos em "Partida de escravos", de Melo Morais Filho:

> [...]
> É uma estrada maldita!
> Às vezes, dos arvoredos,
> À amplidão infinita,
> A nuvem dos urubus
> Desata os voos pesados:
> São escravos suicidas,
> São escravos enforcados!
> [...]

Quanto aos quilombos, que, nos casos das fugas rurais, especialmente as motivadas por alguma revolta, seriam o destino natural e quase obrigatório dos fugitivos, a centralidade mais indiscutível fica com aquele que é o mais célebre de todos, Palmares, que mantém a sua lendária grandeza intacta desde a sua destruição em 1695.

Se Palmares domina toda a história das revoltas e fugas de escravos, outras acabaram por impor-se à memória coletiva, como a Revolta dos Malês, em Salvador, em 1835, ou a de Manuel Congo, em Vassouras, grande região cafeeira da província do Rio de Janeiro, três anos mais tarde, ambas no conflagrado período da Regência. Sobre este último, aliás, Carlos Lacerda, natural da mesma cidade onde ele foi enforcado, escreveu um pequeno livro, em 1935, *O quilombo de Manuel Congo*, sua estreia literária, mas em prosa.

Poema sobre uma revolta de três escravos, redundando no assassinato do feitor, é "Os negros de Itaverava", de Affonso Ávila, na forma do romance, também utilizada, entre os poetas lembrados neste livro, por nomes como Cecília Meireles e Walmir Ayala.

Todos os aspectos do tema reaparecem, contemporaneamente, no livro *Levante*, de Henrique Marques Samyn, título, aliás, de um poema de Oswald de Andrade em *Pau-brasil*.

O maior poema sobre os quilombos e seus habitantes, no entanto, é *Os calhambolas* — variante pouco conhecida de *quilombolas* —, do maranhense Celso de Magalhães, publicado em 1870, cuja extensão, infelizmente, foi impeditiva de sua reprodução na presente obra.

8. Palmares, Zumbi e outras figuras míticas

Se a presença dos quilombos é relativamente limitada na poesia brasileira sobre a escravidão negra, a presença mais importante é, evidentemente, a de Palmares, o quilombo por antonomásia, não poucas vezes chamado de "república", embora de um reino se tratasse, o que é um dos fatos sobejamente reconhecidos no pouco que realmente se sabe sobre o grande evento histórico. Tal uso da palavra "república" — que só se justifica se ficarmos na sua etimologia latina — já aparece, e com maiúscula, em Batista Cepelos, no poema d'*Os bandeirantes* dedicado ao destruidor do quilombo:

> [...]
> Ora, por esse tempo, em Palmares, formando
> A República Negra os quilombos de escravos,
> Firmes na defensão, erguiam-se num bando
> Que Zambi transformou num pugilo de bravos
> [...]

e, duas décadas depois, em "A morte de Zambi", no *Martim Cererê*, de Cassiano Ricardo:

[...]
Na verde moldura da serra
riscou-se a carvão a República negra.
[...]

Castro Alves, aliás, esboçava, um ano antes de sua morte, a folha de rosto de certo *A república de Palmares, poema histórico-dramático*, que jamais escreveria. O outro quilombo que marca presença é o do Jabaquara, por tratar-se do objetivo dos escravos em "Fugindo ao cativeiro", de Vicente de Carvalho, sem dúvida a melhor e mais dramática descrição em verso de tal ação na poesia brasileira.

José Bonifácio, o Moço, em seu "Saudades do escravo", refere-se a certos palmares em minúscula, como se se tratasse da formação vegetal, mas é impossível para o leitor não pensar no quilombo da serra da Barriga, região onde, aliás, viria a nascer Jorge de Lima, aquele que entre os nossos poetas modernistas mais tratou da escravidão:

[...]
Escravo — não, não morri
Nos ferros da escravidão;
Lá nos palmares vivi,
Tenho livre o coração!
[...]

Em momento tardio, posterior à Abolição, o tema voltará no poema há pouco lembrado e intitulado exatamente "Palmares", no então celebrado *Os bandeirantes*, de Batista Cepelos — livro que, muito compreensivelmente, omite a escravidão indígena, de tão grande importância nos dois primeiros séculos do bandeirismo, mas não os confrontos épicos contra os silvícolas —, poema que tem por tarefa ingrata a glorificação de Domingos

53

Jorge Velho. Como comentaremos ao tratar do autor, ele se sai relativamente bem da empreitada, glorificando igualmente Zumbi — a forma Zambi é a utilizada, a mesma que Cassiano Ricardo utilizará em *Martim Cererê* — e limitando o elogio do bandeirante às suas virtudes bélicas:

> [...]
> De maneira que, um dia, o chapéu largo à testa,
> À guaiaca o facão, sopesando o trabuco,
> Depois de violentar o seio da floresta,
> Domingos Jorge Velho entrou em Pernambuco.
>
> Logo que ali chegou, as trombetas da fama
> Sopraram largamente o seu nome na altura,
> E a sua vasta fronte irradiou sob a chama
> De uma consagração de força e de bravura.
> [...]

Esteticamente, no entanto, nenhum poema ao menos se aproxima da "Saudação a Palmares", de Castro Alves, obra-prima daquele verbo épico sem paralelo entre nós, editado em livro, postumamente, em *Os escravos*, o que a citação de algumas estrofes comprova categoricamente:

> Nos altos cerros erguido
> Ninho d'águias atrevido,
> Salve! — País do bandido!
> Salve! — Pátria do jaguar!
> Verde serra onde os palmares
> — Como indianos cocares —
> No azul dos colúmbios ares
> Desfraldam-se em mole arfar!...
>
> Salve! Região dos valentes
> Onde os ecos estridentes
> Mandam aos plainos trementes

Os gritos do caçador!
E ao longe os latidos soam...
E as trompas da caça atroam...
E os corvos negros revoam
Sobre o campo abrasador!...

Palmares! a ti meu grito!
A ti, barca de granito,
Que no soçobro infinito
Abriste a vela ao trovão.
E provocaste a rajada,
Solta a flâmula agitada
Aos uivos da marujada
Nas ondas da escravidão!

[...]

Crioula! o teu seio escuro
Nunca deste ao beijo impuro!
Luzidio, firme, duro,
Guardaste p'ra um nobre amor.
Negra Diana selvagem,
Que escutas sob a ramagem
As vozes — que traz a aragem
Do teu rijo caçador!...

Salve, Amazona guerreira!
Que nas rochas da clareira,
— Aos urros da cachoeira —
Sabes bater e lutar...
Salve! — nos cerros erguido —
Ninho, onde em sono atrevido,
Dorme o condor... e o bandido!...
A liberdade... e o jaguar!

Muito belo soneto, mais tardio, sobre o líder de Palmares é "Zumbi", do poeta amazonense Paulino de Brito, publicado em 1884. O mais longo poema sobre o quilombo lendário é, no entanto, o que lhe leva o nome, escrito por Goulart de Andrade em 1900, e publicado nas suas *Poesias*, sete anos mais tarde. Esse importante e esquecido poema tem algumas características sem paralelo, a descrição dos ataques dos quilombolas contra os indivíduos e as propriedades da raça opressora, e uma muito violenta invectiva aos ameríndios, por sua covardia, inação e apoio interesseiro aos mesmos opressores, que exerciam, no entanto, igual papel em relação a eles.

No seu humorístico e injustamente renegado livro *História do Brasil*, de 1932, Murilo Mendes aparece com a "Cantiga dos Palmares", na qual, na primeira estrofe, trata também do tema da travessia atlântica:

[...]
Praquê que vancêis
Foi rúim pros escravo,
Jogou no porão
Pra gente morrê
Com falta de ar?

Seu branco dê o fora,
Sinão toma pau
Aqui no quilombo
Quem manda primero
Deus nosso sinhô,
Depois é São Cosme
Mais São Damião,
A Virge Maria,
Depois semo nóis.
Ezerço de branco
Não vale um real,
Zumbi aparece,

Mostrou o penacho,
Vai branco sumiu
Crúiz credo no inferno.
[...]

Outra redefinição do grande quilombo como símbolo libertário, e numa amplitude que extrapola visivelmente a da época e a da escravidão em si mesmas, encontramos no "Canto dos Palmares", poema de extensão incomum na obra de Solano Trindade. Ainda do mesmo poeta são os versos — com evidente função coral — de "Zumbi", na sua peça *Malungos*:

Zumbi morreu na guerra
Eterno ele será
Rei justo e companheiro
Morreu para libertar
Zumbi morreu na guerra
Eterno ele será
Se negro está lutando
Zumbi presente está
Herói cheio de glórias
Eterno ele será
À sombra da gameleira
A mais frondosa que há
Seus olhos hoje são lua,
Sol, estrelas a brilhar
Seus braços são troncos de árvores
Sua fala é vento é chuva
É trovão, é rio, é mar.

Talvez o poema mais violento, no entanto, e de longe, em relação à destruição de Palmares e a seu executor, Domingos Jorge Velho, seja o que tem por título o nome do quilombo, de José Paulo Paes, publicado em livro em 1986, e no qual podemos ler, na terceira e última parte:

Domingos Jorge, velho
Chacal, a barba
Sinistramente grave
E o sangue
Curtindo-lhe o couro
Da alma mercenária.
Domingos Jorge, velho
Verdugo, qual
A tua paga?
Um punhado de ouro?
Um reino de vento?
Um brasão de horror?
Um brasão: abutre
Em campo negro,
Palmeira decepada,
Por timbre, negro esquife.
Domingos Jorge Velho,
Teu nome guardou-o
A memória dos justos.
Um dia, em Palmares,
No mesmo chão do crime,
Terás teu mausoléu:
Lápide enterrada
Na areia e, sobre ela,
A urina dos cães,
O vômito dos corvos
E o desprezo eterno.

Em Abelardo Rodrigues, no poema "À procura de Palmares", o mítico quilombo chega à passagem do segundo para o terceiro milênio como uma espécie de intocado reservatório de força, de resistência:

[...]
E que meus olhos tremidos
estejam ainda na penumbra

>   da razão negada,
>   é preciso que se galgue
>   a poeira levantada
>   e se ache
>   entre palmeiras
>   lanças
>   guerreiras
>   intactas

Numa encarnação mais recente o herói mítico ressurge em dois importantes poetas da mesma geração, Iacyr Anderson Freitas e Carlos Newton Júnior, e em duas séries de poemas que reproduzimos integralmente. No primeiro, a figura — sempre imortalizada pela infâmia, independentemente do que haja de justo nisto, dentro da perspectiva histórica — de Domingo Jorge Velho divide o protagonismo com o líder do quilombo, no segundo este ressurge como um herói com ressonâncias gregas. Outra ressignificação importante de Palmares, assim como da figura quase antagônica do Pai João, pode ser encontrada nos poemas de Henrique Marques Samyn, já antes lembrados.

Se a figura histórica, ainda que pouco conhecida, de Zumbi, domina a lista de personagens míticos oriundos da escravidão, há outros de existência igualmente histórica, como Chica da Silva, que possui uma espécie de similar maranhense na figura de Catarina Mina, lembrada num poema de H. Dobal, ou o salteador Lucas da Feira, cantado por Melo Morais Filho; duvidosas, como Chico Rei, cantado por Cecília Meireles e Drummond; ou puramente lendárias, como a Escrava Anastácia, santa popular cuja devoção surgiu no Rio de Janeiro, e que tem a sua origem numa gravura, bastante impressionante, de Jacques Arago, na sua narrativa de viagem *Souvenirs d'um aveugle*, de 1839. Tal imagem, da qual uma cópia era exposta na igreja de N. S. do Rosário e São Benedito dos Homens Pretos, mostra uma jovem negra com uma espécie de horrível focinheira — a palavra mais exata seria esta — metálica, cuja função real parece ter sido a de reprimir o hábito da geofagia, ou seja, de comer terra. A partir dessa imagem foi construída, e continua a sê-lo, uma detalhada narrativa, sem qualquer base histórica, que a cada dia incorpora novos elementos. Finalmente, fecharia a lista a princesa Isabel, a Redentora, depois posta no ostracismo por ter protagonizado o ato final de uma realidade que a sua dinastia tolerou por quase dois séculos e meio. Exemplo disso é a última quadra do poema "João Nagô", de Ribeiro Couto:

> Ao morreres tinhas fé
> Em que Deus te deixaria
> Ir ao Céu no mesmo dia
> Ver a Princesa Isabé.

Não deixam de fazer parte das figuras lendárias enaltecidas pela poesia da escravidão as de grandes nomes do abolicionismo, e alguns poemas que cumprem tal função se encontram na parte antológica deste livro. Outros não têm lugar nela, por apenas tangenciarem a ação abolicionista do personagem homenageado, o que é o caso, por exemplo, dos dois sonetos "Sobre a morte de José do Patrocínio", escritos por Emílio de Meneses. Outros, por sua vez, não podem nela entrar por serem de autoria anônima, como essas três quadras, editadas numa folha volante, distribuída numa batalha de flores ocorrida em Petrópolis, capital de verão do Segundo Império, a quase exatos três meses da Lei Áurea, e a "Fada" neles mencionada mais uma vez se refere, obviamente, à princesa Isabel:

BATALHA DE FLORES

> Esta batalha preclara,
> De flores de mil matizes,
> Grandes venturas prepara
> À sorte dos infelizes.

> Com ardor é pelejada
> Por uma fila de bravos,
> Sob os auspícios da Fada
> Que se condói dos escravos.

Esta batalha de flores
É também da Liberdade.
Aos piedosos lutadores
Abençoa a Divindade!

                        Petrópolis, 12 de fevereiro de 1888.

Ou, além de anônimos, de datação duvidosa, como estes poemetos populares transmitidos por Olegário Mariano a Francisco de Assis Barbosa em 1944, o primeiro em homenagem ao médico e abolicionista paulistano Antônio Bento de Sousa e Castro:

No calendário da Igreja,
julgo não estar errôneo
o dia 13 de junho
é dia de Santo Antônio.

No calendário da Pátria,
da liberdade a contento,
é o dia 13 de maio
o dia de Antônio Bento.

O segundo em homenagem a seu pai, o grande abolicionista pernambucano José Mariano:

Ai, uê, vira moenda,
Ai, uê, moenda virou.
Eu estava em Beberibe
Quando a notícia chegou:
Mataram Zémariano,
O comércio se fechou,
Mas a notícia era farsa
Graças a Nosso Sinhô.

Ai, uê, vira moenda,
Ai, uê, moenda virou.

E como tais deve haver inúmeros outros.

9. *Reações às leis*

A reação dos poetas às leis antiescravistas só se firma tardiamente, depois da extinção oficial do tráfico atlântico, que nunca deixou de ser exercido, no entanto, de forma ilegal, embora em escala imensamente menor, com a exceção do tráfico interno, da decadente lavoura do Brasil setentrional para a florescente cultura cafeeira da parte meridional do país, que se manteve até a Abolição.

O Slave Trade Suppression Act ou Aberdeen Act, mais conhecido entre nós como Bill Aberdeen, promulgado pelo Parlamento do Reino Unido, em 8 de agosto de 1845, dando permissão aos navios britânicos para apresar qualquer navio negreiro encontrado no Atlântico, conduziu naturalmente à Lei Eusébio de Queirós, de 4 de setembro de 1850, que, cinco anos mais tarde, viria proibir o mesmo comércio entre as costas da África Ocidental e o Brasil.

Poemas diretamente motivados pela ambiência que levaria à Lei Eusébio de Queirós, e pela ameaça de intervenção britânica que a antecedeu, como no caso do Incidente de Paranaguá, são os dois primeiros, aqui reproduzidos, da autoria de Antônio José dos Santos Neves, especialmente o poema acróstico "A extinção da escravatura", publicado na imprensa da Corte em 16 de agosto de 1850:

[...]
Nobres, grandes da terra que orgulhosos
Gozai do vosso ouro mal havido,
Um termo ao contrabando proibido
Imploram Brasileiros generosos!
Nação falsária e estranha nos insulta;

> De tão vil proceder são o motivo;
> O povo que sem dó tornais cativo
> Para aqui conduzido mais se avulta!
> [...]

O grande momento da poesia da escravidão, no entanto, ainda não havia tido início. Gonçalves Dias, aos 27 anos, se aproximava do apogeu da sua transfiguração poética do indígena brasileiro — mesmo os antropófagos, como no insuperável "I-juca-pirama" — numa nobilíssima ancestralidade pátria, e Castro Alves, aquele que levaria a poesia abolicionista a um indiscutível ápice, tinha 3 anos de idade. A hora não havia soado.

A Lei do Ventre Livre, de 28 de setembro de 1871, aprovada sob o gabinete do visconde do Rio Branco, foi recebida de maneira controvertida. Se, por um lado, aprazava implacavelmente o fim da escravidão no Brasil, por outro, criava a categoria dos "ingênuos", ou seja, aquele nascido do ventre escravo só ficaria livre de fato aos 21 anos, e assim, a se contar da promulgação da lei, só teria liberdade plena em 1892, quatro anos após a Lei Áurea. Criado como uma espécie de semiescravo, este, aos 21 anos, se tornaria um cidadão em pleno direito, fato muito bem comentado por Joaquim Nabuco, e criticado pela brilhante pena de José do Patrocínio e pelo magnífico traço de Angelo Agostini. A reação poética a ela, quase sempre de baixo valor estético, foi, no entanto, geral e, compreensivelmente, favorável, como no "Hino à Lei de 28 de setembro de 1871", subintitulado "Emancipação da prole das escravas" — comemoração tardia do seu décimo primeiro aniversário, em 1882 —, de Bernardo Guimarães, mas encontra a sua crítica, por exemplo, no poema justamente intitulado "Ingênuos", de Melo Morais, cuja última estrofe é a seguinte:

> — E onde a moradia
> Que reserva aos demais?
> Quero dizer, os quartos,
> As casas dos casais?
> Com a lei do ventre livre,
> Que não nos traz proventos,

Achei desnecessário
Haver mais casamentos.

A maior apologia poética à Lei do Ventre Livre, verdadeira apoteose do visconde do Rio Branco, encontra-se, no entanto, no poemeto "O sonho do monarca", de Marques de Carvalho, de 1886, provavelmente o mais violento ataque em versos ao imperador, desrespeitosamente dedicado "Ao cidadão Pedro de Alcântara", no melhor estilo 1789. Vale a pena lembrar que, como chefe de Estado que conviveu por 48 anos com a "nefanda instituição", D. Pedro II foi cobrado por isso, com maior ou menor violência, durante grande parte do seu governo. Com seus defeitos e qualidades — nem "Neto de Marco Aurélio", nem "Pedro Banana", mas com momentos dignos de ambos —, a crueldade destilada contra ele nessa sátira impiedosa não tem paralelo em todo o universo da poesia abolicionista.

Ao contrário, a reação à Lei dos Sexagenários, ou Lei Saraiva-Cotegipe, de 20 de setembro de 1885, ou seja, catorze anos posterior, foi invariavelmente crítica, pois, embora, de certa maneira, elas juntas encerrassem definitivamente, entre duas muralhas inescapáveis, a escravidão no Brasil, a última tocava no ponto altamente sensível e já muito explorado do abandono dos escravos idosos.

Numa situação em que a sobrevivência do cativeiro se revelava virtualmente insustentável, foi finalmente promulgada a Lei Áurea, de 13 de maio de 1888, após reações ainda fortíssimas e grande batalha parlamentar. Com ela se extingue, por motivos óbvios, a poesia militante do abolicionismo brasileiro. A quantidade de poemas em sua homenagem, aparecidos na imprensa em toda a parte e lugar, no geral sem maior valor estético, aqui se encontra representada pelo soneto "A Abolição", de Paula Nei, poeta bissexto e boêmio profissional, um dos motivos, aliás, que o faz representativo de uma colheita que não valeria a pena ser vasta, assim como pelo soneto *Tenebra et lux*", do jovem Alphonsus de Guimaraens. O mesmo evento histórico deu origem ao soneto intitulado justamente "13 de maio de 1888", exemplo de aulicismo lírico de Afonso Celso, filho do visconde de Ouro Preto, que viria a ser um dos motivadores diretos do golpe de Estado republicano um ano e meio mais tarde. Também por ele motivado é o "Hino à liberdade dos escravos", de Maria Firmina dos Reis — muito mais prosadora do que poeta —, duas quadras muito singelas que foram musicadas por ela própria.

O mesmo 13 de Maio reaparece, com função e posicionamento totalmente diverso, no "13 de Maio da juventude negra", de Solano Trindade, muitas décadas depois, no século seguinte, assim como, muito ironicamente, em "A redenção", de José Paulo Paes, publicado pela primeira vez na *Revista Brasiliense*, em 1956. A rigor, o que se constata é a passagem de um júbilo mais do que justificado da parte daqueles que participaram da luta hercúlea e longa que levou à Lei Áurea, para uma visão crítica das suas evidentes e lamentáveis limitações por aqueles que a conheceram apenas como um consumado e distante fato histórico.

Um pequeno poema de Caldre e Fião, "Escravo brasileiro", de 1869, faz, na primeira estrofe, uma bastante evidente referência à Guerra do Paraguai, relembrando, a propósito, as Batalhas dos Guararapes e a ação nelas exercida pelo mestre de campo negro Henrique Dias:

> Quando é que eu disse que não era livre,
> Que a pátria minha defender não qu'ria?
> Quando neguei-me nas cruentas guerras
> Em que um Henrique sua espada erguia?!

Trata-se duma muito rara menção à vasta participação de ex-escravos na Guerra da Tríplice Aliança. A grande carência de homens nas tropas brasileiras levou, de fato, à promulgação do seguinte decreto, que não faz parte das leis que buscavam resolver o problema do "elemento servil", mas não deixa de relacionar-se ao tópico:

DECRETO Nº 3.725-A, DE 6 DE NOVEMBRO DE 1866

Concede liberdade gratuita aos escravos da Nação designados para o serviço do exército

Hei por bem ordenar que aos escravos da Nação que estiverem nas condições de servir no exército se dê gratuitamente liberdade para se empregarem naquele serviço; e, sendo casados, estenda-se o mesmo benefício às suas mulheres.

Zacarias de Góis e Vasconcelos, do Meu Conselho, Senador do Império, Presidente do Conselho de Ministros, Ministro e Secretário de Estado dos Negócios da Fazenda e Presidente do Tribunal do Tesouro Nacional, assim o tenha entendido e faça executar.

Palácio do Rio de Janeiro em seis de novembro de mil oitocentos sessenta e seis, quadragésimo quinto da Independência e do Império.

Com a rubrica de Sua Majestade o Imperador.

Zacarias de Góis e Vasconcelos.

Curiosamente, a Guerra do Paraguai, que sugou as energias da nação e dominou a atenção do país inteiro durante mais de cinco anos, rendeu alguns quadros bastante bons para a nossa pintura de então, mas na poesia nada de importante. Até o poema que Castro Alves escreveu sobre ela e recitou em público no Rio de Janeiro, "Pesadelo de Humaitá", era fraco, coisa muito rara no seu caso.

10. O túmulo do escravo

O túmulo do escravo, único lugar onde lhe seria dado o descanso, é outro tópico obrigatório, aquele que encerra os dramas da vida do cativo, e na verdade, numa sequência topológica, o fim de uma longa série, que se inicia com frequência na visão de uma África idílica e nostálgica, criadora do banzo; passa obrigatoriamente pelos navios do tráfico atlântico; chega ao mercado de escravos — tema específico do poema de Gilberto Freyre "História social: mercado de escravos", e de um outro de H. Dobal, "Museu do Negro", que funcionaria num deles, em São Luís do Maranhão —; para chegar enfim à senzala e ao eito, onipresentes; aos quilombos das revoltas e das fugas concretizadas, e, final obrigatório, até o *locus funebris* de que agora tratamos.

Nos *Cantos da solidão*, um dos livros que compõem suas *Poesias*, editadas em 1865, Bernardo Guimarães provavelmente inaugura o tema, com o poema "À sepultura de um escravo", em decassílabos brancos entremeados de hexassílabos. A respeito desse poema, Alphonsus de Guimaraens Filho publicaria a seguinte nota, na sua excelente edição das poesias de seu tio-avô, de 1959:

> Narra Basílio de Magalhães à pág. 20 de seu livro sobre Bernardo Guimarães: "Contava 22 anos, quando em 1847 se matriculou na Faculdade de Direito de S. Paulo. Acompanhou-o um escravo, o que o pai lhe dera, e de cujo trabalho só se aproveitou, montando para o mesmo uma vendola, cujos lucros, não consideráveis, ambos repartiam fraternalmente. Coração em que predominavam os sentimentos altruísticos, não admira que Bernardo, cujo abolicionismo estua na *Escrava Isaura* e em *Rosaura, a enjeitada*, tenha escrito, quiçá em memória do seu fiel e dedicado servo, as comoventes estrofes 'À sepultura de um escravo'."

O tema retorna com Luís Gama, no poema "No cemitério de São Benedito da Cidade de São Paulo". Como o seu livro teve duas edições, em 1859 e em 1861, e a epígrafe do poema, em decassílabos brancos, consta dos quatro primeiros versos daquele de Bernardo Guimarães:

Também do escravo a humilde sepultura
Um gemido merece de saudade:
Ah! caia sobre ela uma só lágrima
    De gratidão ao menos.

fica claro que ele já fora divulgado antes da sua primeira edição em livro.

Da mesma maneira, é do verso inicial dessa epígrafe que nasce, indubitavelmente, o primeiro verso da terceira estrofe de "A cruz na estrada", essa obra-prima de Castro Alves, que supera tudo quanto fora escrito sobre o mesmo tópico:

> É de um escravo humilde sepultura,
> Foi-lhe a vida o velar de insônia atroz.
> Deixa-o dormir no leito de verdura,
> Que o Senhor dentre as selvas lhe compôs.

e que traz a data "Recife, 25 de junho de 1865", publicado em livro, postumamente, n'*Os escravos*, de 1883.

Fagundes Varela, por sua vez, tangencia o tema, no seu admirável poema "O escravo", publicado nos *Cantos meridionais*, de 1869, em momentos como estes:

> [...]
> Sem defesa, sem preces, sem lamentos,
>   Sem círios, sem caixão,
> Passaste da senzala ao cemitério!
>   Do lixo à podridão!
>
> Dorme! Bendito o arcanjo tenebroso
>   Cuja cifra imortal,
> Selando-te o sepulcro, abriu-te os olhos
>   À luz universal!

A ressignificação mais radical do túmulo do escravo é, no entanto, a que se encontra numa estrofe do já lembrado "O escravo suicida", de Juvenal Galeno, num momento em que a palavra *jazigo* se referia não à campa do escravo, mas à sua própria vida:

> Assim ao Deus de bondade
> Direi gemendo a chorar,
> Ele, a suma piedade,
> O meu pranto há de enxugar;
> Serei salvo... em santo abrigo,
> Bem longe deste jazigo,
> Que me causa tanto horror!

Feliz então, meu destino
Sem o chicote ferino
Com que me açouta o feitor!
[...]

Em 1920, num dos melhores livros do neoparnasianismo brasileiro, *Colunas*, de Luís Carlos — Luís Carlos da Fonseca Monteiro de Barros, oriundo de uma das grandes famílias da aristocracia rural fluminense, diretamente ligada, portanto, ao que então eufemisticamente se nomeava "elemento servil" —, o tópico é representado pelo soneto "Cemitérios de escravos".

Finalmente, e de maneira pelo menos inesperada, o tema reaparece, em pleno século XXI, e graças a uma descoberta arqueológica, no soneto "Cemitério dos Pretos Novos (Gamboa)", do autor destas linhas (1963), por este exato motivo não incluído na antologia, mas, por seu exclusivo valor documental, aqui reproduzido:

CEMITÉRIO DOS PRETOS NOVOS
(GAMBOA)

O mar ficara atrás, defronte o nada.
Sem seu mundo, nem o outro, ei-los sepultos,
Ossos, cinzas, libertos dos insultos
Sob o asfalto, os assoalhos, a calçada.

Invisíveis, na alheia madrugada,
Levantam-se, reúnem-se, e seus vultos
Fitam a ruela livre de tumultos
E enxergam nela a cena insuspeitada.

Hienas, zebras e leões varam as casas,
Girafas e baobás nascem das telhas,
Os grous nos postes bicam suas asas,

E eles, ao fogo, com cauris e contas,
Dançam, estátuas brônzeas ou vermelhas,
Além da vida de ódios e de afrontas.

(*As desaparições*, 2009)

De fato, em 1996, durante obras numa casa térrea da rua Pedro Ernesto, no bairro da Gamboa — local muito próximo do famoso mercado de escravos do Valongo, no Rio de Janeiro —, foram encontrados numerosos e antigos restos humanos, chegando-se à conclusão posterior de que o terreno em que fora erguida a casa era uma pequena parte do que se conhecia pelos registros históricos como o Cemitério dos Pretos Novos, ou seja, a área na qual eram enterrados, sem cuidados de qualquer espécie, aqueles escravos que, tendo chegado da África doentes, pelas misérias da travessia ou outras causas, aqui faleciam antes de serem vendidos.

Como o autor foi, três anos mais tarde, nomeado diretor-geral do órgão responsável pelo patrimônio histórico do estado do Rio de Janeiro, o Inepac, teve contato próximo com esses frágeis ossos daqueles que, arrancados de sua terra natal, nem ao menos outra vida — por pior que fosse — chegaram a ter no local para onde foram destinados. Da sincera emoção de tal contato nasceu o soneto acima reproduzido.

O mesmo sítio arqueológico originou, pouco mais de uma década mais tarde, um curto e incisivo poema de Henrique Marques Samyn, no seu livro *Levante*.

Da mesma maneira, não é possível negar uma relação entre este tópico e o poema "Cemitério marinho", de Edimilson de Almeida Pereira, já que em parte dele o mar aparece como túmulo do escravo morto durante a travessia atlântica, destino sabido e compulsório após aquele "baque de um corpo ao mar" do poema icônico de Castro Alves.

DESCRIÇÃO, PROPAGANDA E PERMANÊNCIA

O que se delineia, de forma claríssima, no presente ensaio antológico, é como as imposições éticas de determinado momento da história são capazes de impor um assunto, um tema, aos artistas que nele vivem, e como o resultado estético desse fato permanece no obscuro imponderável da capacidade artística, território no qual um cientificismo cada vez mais exacerbado durante três séculos mal conseguiu adentrar, aliás, na verdade, não adentrou de todo.

Será curioso para o leitor ver como, no período dominante deste livro, poetas que nasceram na mesma época, que utilizavam as mesmas formas, em relação ao mesmíssimo tema, vão da indigência ao sublime. Nada o explica, nem o explicará. A bela eficiência propagandística a que chegaram um Juvenal Galeno ou um Melo Morais não permitiu que, nem de longe, algum deles se aproximasse da estesia a que chegaram um Castro Alves — este, repetimos, em altitude incomparável — ou seu companheiro mais velho Fagundes Varela, ou, muito mais perto de nós, o Jorge de Lima de "Essa negra Fulô" e outros poemas.

Os poemas diretamente ligados ao abolicionismo, parte maior desta recolha, visavam, evidentemente, um objetivo para o qual a qualidade estética era um meio. Mesmo na prosa jornalística ou na oratória tribunícia, dois sentimentos a serem despertados no público cumpriam, antes de tudo, o mecanismo de convencimento: a piedade e a indignação, a piedade despertada por cenas e realidades que independem de qualquer comentário, a indignação pela sobrevivência de uma forma de organização social que, apesar dos seus milênios de existência, era uma aberração prévia a todo o sistema jurídico, como o demonstraria Raul Pompeia, em 1882, no seu violento artigo "Srs. Escravocratas", que trazia por epígrafe a seguinte afirmação de Luís Gama, de quem ele fora secretário: "Perante o Direito é justificável o crime de homicídio perpetrado pelo escravo, na pessoa do senhor." Uma terceira forma de ação verbal, mas que se restringia naturalmente à prosa, estava na análise pragmática do imenso mal que representava a escravidão para o país, da qual um dos melhores exemplos se encontra no livro *O abolicionismo*, de Joaquim Nabuco.

O sentido de responsabilidade ética em relação à escravidão e às suas vítimas, diga-se de passagem, sobreviveu ao seu fim. É o que bem percebemos em Augusto dos Anjos, nas estrofes já lembradas de "Os doentes", assim como no soneto "O negro".

Todos os versos aqui reunidos cumpriram — desde os circunstanciais ou descritivos da Colônia até os militantes do Império e os memoriais e reivindicatórios da República —, com maior ou menor pujança, o papel histórico ao qual, na maior parte, se propuseram. A todos podemos ler como marcantes retratos de uma época e de uma luta. Alguns dentre eles, no entanto, são obras de arte definitivas, que transcendem longamente a situação específica de sua gênese, e que assim permanecerão. No momento em que constatamos isto, os comentários se encerram, e abrem a cortina para os poemas.

***

Gostaríamos, finalmente, de explicitar que, por uma questão de precisão semântica, e mesmo de fidelidade ao desenvolvimento literário do tema de que trata esta obra, nela utilizamos quase universalmente o substantivo *escravo*, e não o particípio *escravizado*, como se tornou de uso comum, com a exceção de alguma específica referência temporal ao momento da escravização. Se evidentemente a palavra escravo já carrega a óbvia noção do compulsório, e se todo o escravo é um escravizado, nem todo o escravizado é um escravo, pois este consiste em uma figura jurídica válida neste país até o penúltimo ano do Império, e inúmeros poemas aqui reunidos tratam de situações relacionadas diretamente a tal figura jurídica. Até hoje há no Código Penal Brasileiro (artigo 149) o crime de trabalho escravo, cujos casos, desgraçadamente, ainda existem, não só na área rural, mas mesmo em áreas urbanas. Tais trabalhadores, privados de liberdade e submetidos a maus-tratos e a trabalho não remunerado, estão obviamente escravizados, mas não perfazem a figura jurídica do escravo, ou seja, não podem ser pública e legalmente vendidos, comprados, alugados ou arrolados em inventários como herança, não pagam a "Taxa de escravos" nem é possível, em caso de fuga, oferecer legalmente uma recompensa por sua captura. Tudo isso era, no entanto, legal e notório em relação aos escravos brasileiros até a lei de 13 de maio de 1888 — a abolição mais tardia em todo o mundo ocidental — e como dessa vergonhosa aberração nasceram grande parte dos poemas aqui reunidos, utilizamos o substantivo que designava a exata figura jurídica que os gerou.

A ESCRAVIDÃO
NA POESIA BRASILEIRA

Do século XVII ao XXI

GREGÓRIO DE MATOS (1636-1695)

A UM AMIGO, APADRINHANDO-LHE A ESCRAVA DE ALCUNHA A
JACUPEMA, A QUEM SUA SENHORA QUERIA CASTIGAR PELO FURTO
DE UM OVO

Se acaso furtou, Senhor,
algum ovo a Jacupema,
o fez só, para que gema
c'os pesos do meu amor:
não creio do seu primor,
que furte a sua senhora,
sendo franca, e não avara,
porque para ela campar,
escusa claras comprar,
pois negra val mais que clara.

(*Obra poética*, 1999)

A UM NEGRO DE ANDRÉ DE BRITO, SOLICITADOR DE SUAS
DEMANDAS, GRÃ TRAPACEIRO E ALCOVITEIRO CHAMADO O
LOGRA, A QUEM UM IMAGINÁRIO VAZOU UM OLHO

Está o Logra torto? é cousa rara!
Diz que um olho perdeu por uma puta;
Barato o fez, que há puta dissoluta,
Que me quer arrancar ambos da cara.

Oh quem tão baratinho amor comprara,
Que um olho é pouco preço sem disputa;
Se não diga-o Betica, que de astuta
Mais de uma dúzia de olhos me almoçara.

Saí desta canalha tão roído,
E deixaram-me Harpias tão roubado,
Que não lograi da vista um só sentido.

Não foi o Logra não mais desgraçado,
Porque posto que um olho tem perdido,
O outro lhe ficou para um olhado.

(*Obra poética*, 1999)

AO MESMO CRIOULO, E PELO MESMO CASO

Estou pasmado e absorto,
de que o Logra em qualquer pleito
curasse do seu direito,
e agora cure do torto:
ele fora mui bem morto,
por que outra vez não insista
ir, onde se lhe resista:
mas se noutras ocasiões
requeria execuções,
agora pedirá vista.

Ia o Logra perseguindo
pela rua de São Bento
certo calcanhar bichento,
e ia-lhe a Negra fugindo:
quando a Dafne foi seguindo
Apolo pastor de Admeto:
ela por alto decreto
em Louro transfigurou-se,
e agora desfigurou-se,
ao Logra, que fica em preto.

A Negra sumiu-se, e quem
não sabe na medicina,
que em se perdendo a menina,
se perde o olho também:
andou o Logra mui bem
em perder o olho então,
porque noutra ocasião
saibam, que o Logra acertado
se co'a preta é desgraçado
com a branca é um Cipião.

Dizem as Putas por cá
com rostos muito serenos,
que o Logra cum olho menos
menos as vigiará:
mas quem não afirmará
neste azar, nesta agonia,
que as Putinhas da Bahia
ficam de melhor emprego,
que as guiava um amor cego,
e já agora um torto as guia.

Se é certo, que ele investia
as Damas, que acarretava,
quem com olhos se cegava,
sem olhos o que faria?
agora é, que eu temeria,
que ele me guiasse a Dama,
porque suposto que as chama,
será para a sua estufa,
porque quem fechou a adufa,
trata já de ir para a cama.

O imaginário impio
quis-lhe o vulto reformar,

e em vez de o aperfeiçoar,
botou-lhe a longe o feitio:
saltou-lhe uma lasca em fio,
e no caso que saltasse,
quis Deus, que o olho lascasse,
porque o escultor estulto
ou corresse ao Logra o vulto,
ou de todo o acabasse.

O Imaginário, que há
de todas tantas vantagens,
diz, que é mau para as imagens
o pau de Jacarandá:
mas que outra imagem fará
tão bela, e perfeita, que
sina entre as outras da Sé,
ou que de outro pau, que engenha,
fará um São Miguel, que tenha
o demo do Logra ao pé.

O Logra ficou zarolho,
porque o homem na estacada
lhe deu tão boa pancada,
que foi pancada do olho:
correu logo tanto molho
pela cara, que ao cair,
quem foi ali acudir,
disse, que quando chorava
o Logra, ao olho cantava
"ojos, que lo vieron ir".

Pelo seu olho gritava,
e quem o não entendia
outra cousa parecia,

que no olho lhe passava:
e demais gente, que estava
na casa atrás do rumor,
vendo o Logra em tanta dor
com o olho fora da cara,
cria, que era, o que o vazara,
prateiro, e não escultor.

Dizem por esta Cidade,
que seu Senhor enfadado
de o ver todo, e desairado
lhe quer dar a Liberdade:
bom fora metê-lo frade
na Arrábida, ou em Buçaco,
onde vestido de saco
dê graças ao Criador,
que em estado o pôs melhor
para ser maior velhaco.

(Obra poética, 1999)

A UM CABRA DA ÍNDIA QUE SE AGARRAVA A ESTA MARTA, VIVENDO DE ENGANAR POR FEITICEIRO A SUAS ESCRAVAS, E A OUTRAS

Veio da infernal masmorra
um cabra, que tudo cura,
às Mulatas dá ventura,
aos homens aumenta a porra:
acudiu toda a cachorra
e tratar do seu conchego,
e o cabra pelo pespego,
tanto a todos melhorou,

que aos amigos lhes deixou
as porras com seu refego.

Tanto cada qual se estira
nos refegos, que trazia,
que nos canos parecia
óculo de longa mira:
porém a mim não me admira,
que esta, e aquela putinha
desse a saia, e a vasquinha
pela cura, e pelo enredo,
senão que rompa o segredo
para perder a mezinha.

O Cura soube da cura,
e ao céu levantando as palmas
disse, que em curar as almas
ele somente era o Cura:
e porque de acusar jura
ao cabra das pataratas,
e em consequência às Mulatas,
elas ao Cura temeram,
e como a cura perderam,
ficaram muito malatas.

Sobre isto houve matinadas,
fostes vós, e não fui eu,
o cabra a vida perdeu,
e elas estão mal curadas:
as porras acrescentadas
estão na sua medida,
a mezinha está perdida,
o dinheiro se gastou,
e por que Chica falou,
anda de medo fugida.

Houve grande desafio
do sítio para a Catala,
na Antonica não se fala,
que enfim foi Moça de brio:
viu-se pendente de um fio
quase a Cajaíba toda,
e o que a mim mais me acomoda,
é, que vão durando as rinhas,
e arranhem-se as Mulatinhas
sobre a questão de uma foda.

A Custódia, e Antonica
se matam, porque se invejam,
[..]*
sobre mais, ou menos pica:
o que a medicina aplica
ao mal da fodengaria
é, que a cada uma o seu dia
se dê para pespegar,
porque saibam conjugar
tu fodias, e eu fodia.

(Obra poética, 1999)

À NEGRA MARGARIDA, QUE ACARIAVA UM MULATO CHAMANDO-
-LHE SENHOR COM DEMASIADA PERMISSÃO DELE

Carica, que acariais
aquele Senhor José
ontem tanga de guiné,
hoje Senhor de Cascais:

---
* Verso faltante.

vós, e outras catingas mais,
outros cães, e outras cadelas
amais tanto as parentelas,
que imagina o vosso amor,
que em chamando ao cão Senhor
lhe dourais suas mazelas.

Longe vá o mau agouro;
tirai-vos desse furor,
que o negro não toma cor,
e menos tomará ouro:
quem nasceu de negro couro,
sempre a pintura o respeita
tanto, que nunca o enfeita
de outra cor, pois fora aborto,
é, como quem nasceu torto,
que tarde, ou nunca endireita.

A nenhum cão chamais tal,
Senhor ao cão? isso não:
que o Senhor é perfeição,
e o cão é perro neutral:
do dilúvio universal
a esta parte, que é
desde o tempo de Noé,
gerou Cão filho maldito
negros de Guiné, e Egito,
que os brancos gerou Jafé.

Gerou o maldito Cão
não só negros negregados,
mas como amaldiçoados
sujeitos à escravidão:
ficou todo o canzarrão
sujeito a ser nosso servo

por maldito, e por protervo;
e o forro, que inchar se quer,
não pode deixar de ser
dos nossos cativos nervo.

Os que no direito expertos
penetram termos tão finos,
bem sabem, que os libertinos
distam muito dos libertos:
se há brancos tão inexpertos,
que dão benignos, ou bravos
alforrias por agravos:
os que destes são nascidos,
por libertinos são tidos,
porém são filhos de escravos.

O filho da minha escrava,
e dos meus vizinhos velhos,
que eu vejo pelos artelhos,
que ontem soltaram da trava;
porque tanto se deprava
com tal brio, e pundonor,
que quer lhe chamem Senhor:
se consta o seu senhorio
de um bananal regadio,
que cavou com seu suor!

E se são justos os brios
daqueles, que escravos têm,
nisso a mor baixeza vêm,
pois têm por servos seu tios:
e se algum com desvarios
diz, que o ter por natural
sangue de branco o faz tal,

nisso a condenar-se vêm,
porque se o branco faz bem,
como o negro não faz mal?

Tomem de leite um cabaço,
lancem-lhe um golpe de tinta,
a brancura fica extinta,
todo o leite sujo, e baço:
assim sucede ao madraço,
que com a negra se tranca;
do branco o leite se arranca,
da negra a tinta se entorna,
o leite negro se torna,
e a tinta não se faz branca.

Mas tornando a vós, Carira,
que ao negro Senhor chamais,
porque é Senhor de Cascais,
quando vos casca, e atira:
crede, amiga, que é mentira
ser branco um negro da Mina,
nem vós sejais tão menina,
que creiais, que ele não crê,
que é negro, pois sempre vê
em casa a mãe Caterina.

Dizei ao Vosso Senhor
entre um, e outro carinho,
que o negro do seu focinho
é cor, que não toma cor:
e que dê graças a Amor
que vos pôs os olhos tortos
para não ver tais abortos,
mas que há de esbrugar mantenha

daqui até que Deus venha
julgar os vivos, e mortos.

(Obra poética, 1999)

NAMOROU-SE DO BOM AR DE UMA CRIOULINHA CHAMADA
CIPRIANA, OU SUPUPEMA, E LHE FAZ O SEGUINTE ROMANCE

Crioula da minha vida,
Supupema da minha alma,
bonita como umas flores,
e alegre como umas páscoas.
Não sei que feitiço é este,
que tens nessa linda cara,
a gracinha, com que ris,
a esperteza, com que falas.
O garbo, com que te moves,
o donaire, com que andas,
o asseio, com que te vestes,
e o pico, com que te amanhas.
Tem-me tão enfeitiçado,
que a bom partido tomara
curar-me por tuas mãos,
sendo tu, a que me matas.
Mas não te espante o remédio,
porque na víbora se acha
o veneno na cabeça,
de que se faz a triaga.
A tua cara é veneno,
que me traz enfeitiçada
esta alma, que por ti morre,
por ti morre, e nunca acaba.

Não acaba, porque é justo,
que passe as amargas ânsias
de te ver zombar de mim,
que a ser mono não zombaras.
Tão infeliz sou contigo,
que a fim de que te agradara,
fora o Bagre, e fora o Negro,
que tinha as pernas inchadas.
Claro está, que não sou negro,
que a sê-lo tu me buscaras;
nunca meu Pai me fizera
branco de cachucho, e cara.
Mas não deixas de querer-me,
porque sou branco de casta,
que se me tens cativado,
sou teu negro, e teu canalha.

(*Obra poética*, 1999)

FREI MANUEL DE SANTA MARIA ITAPARICA (1704-1769)

DESCRIÇÃO DA ILHA DE ITAPARICA
("A pesca da baleia", excerto)

XIX

Tanto que chega o tempo decretado,
Que este peixe do vento Austro é movido,

'Stando à vista de Terra já chegado,
Cujos sinais Netuno dá ferido,
Em um porto desta Ilha assinalado,
E de todo o preciso prevenido,
Estão umas lanchas leves e veleiras,
Que se fazem c'os remos mais ligeiras.

XX

Os Nautas são Etíopes robustos,
E outros mais do sangue misturado,
Alguns Mestiços em a cor adustos,
Cada qual pelo esforço assinalado:
Outro ali vai também, que sem ter sustos
Leva o arpão da corda pendurado,
Também um, que no ofício a Glauco ofusca,
E para isto Brásilo se busca.

XXI

Assim partem intrépidos sulcando
Os palácios da linda Panopeia,
Com cuidado solícito vigiando
Onde ressurge a sólida Baleia.
Ó gente, que furor tão execrando
A um perigo tal se sentenceia?
Como, pequeno bicho, és atrevido
Contra o monstro do mar mais destemido?

[...]

XXXVI

Assim dispostos uns, que África cria,
Dos membros nus, o couro denegrido,
Os quais queimou Faeton, quando descia
Do terrífico raio submergido,
Com algazarra muita e gritaria,
Fazendo os instrumentos grão ruído,
Uns aos outros em ordem vão seguindo,
E os adiposos lombos dividindo.

(*Eustáquidos*, 1769)

ALVARENGA PEIXOTO (1742-1793)

CANTO GENETLÍACO
(Excerto)

[...]
Estes homens, de vários acidentes,
Pardos e pretos, tintos e tostados,
São os escravos duros e valentes,
Aos penosos trabalhos costumados;
Eles mudam aos rios as correntes,
Rasgam as serras, tendo sempre armados
Da pesada alavanca e duro malho
Os fortes braços feitos ao trabalho.

Porventura, senhores, pôde tanto
O grande herói, que a antiguidade aclama,
Porque aterrou a fera de Erimanto,

Venceu a Hidra com o ferro e chama?
Ou esse a quem da tuba grega o canto
Fez digno de imortal e eterna fama?
Ou inda o macedônico guerreiro,
Que soube subjugar o mundo inteiro?
[...]

(*Canto genetlíaco*, 1793)

TOMÁS ANTÔNIO GONZAGA (1744-1810)

CARTAS CHILENAS
(Carta 3ª, versos 108-148)

E sabes, Doroteu, quem edifica
Esta grande cadeia? Não, não sabes.
Pois ouve, que eu to digo: um pobre chefe
Que, na corte, habitou em umas casas
Em que já nem abriam as janelas.
E sabes para quem? Também não sabes.
Pois eu também to digo: para uns negros
Que vivem, (quando muito), em vis cabanas,
Fugidos dos senhores, lá nos matos.
Eis aqui, Doroteu, ao que se pode
Muito bem aplicar aquela mofa
Que faz o nosso mestre, quando pinta
Um monstro meio peixe e meio dama.
Na sábia proporção é que consiste
A boa perfeição das nossas obras.

Não pede, Doroteu, a pobre aldeia
Os soberbos palácios, nem a corte
Pode, também, sofrer as toscas choças.
Para haver de suprir o nosso chefe
Das obras meditadas as despesas,
Consome do senado os rendimentos
E passa a maltratar ao triste povo,
Com estas nunca usadas violências:
Quer cópia de forçados que trabalhem
Sem outro algum jornal, mais que o sustento
E manda a um bom cabo que lhe traga
A quantos quilombolas se apanharem
Em duras gargalheiras. Voa o cabo,
Agarra a um e outro e num instante
Enche a cadeia de alentados negros.
Não se contenta o cabo com trazer-lhe
Os negros que têm culpas, prende e manda
Também, nas grandes levas, os escravos
Que não têm mais delitos que fugirem
Às fomes e aos castigos, que padecem
No poder de senhores desumanos.
Ao bando dos cativos se acrescentam
Muitos pretos já livres e outros homens
Da raça do país e da europeia
Que, diz ao grande chefe, são vadios
Que perturbam dos povos o sossego.

(Cartas chilenas, 1863)

CARTAS CHILENAS
(Carta 3ª, versos 227-296)

Aqui, prezado amigo, principia
Esta triste tragédia, sim, prepara,
Prepara o branco lenço, pois não podes
Ouvir o resto, sem banhar o rosto
Com grossos rios de salgado pranto.
Nas levas, Doroteu, não vêm somente
Os culpados vadios; vem aquele
Que a dívida pediu ao comandante;
Vem aquele, que pôs impuros olhos
Na sua mocetona e vem o pobre,
Que não quis emprestar-lhe algum negrinho,
Para lhe ir trabalhar na roça e lavra.

Estes tristes, mal chegam, são julgados
Pelo benigno chefe a cem açoites.
Tu sabes, Doroteu, que as leis do reino
Só mandam que se açoitem com a sola
Aqueles agressores, que estiverem.
Nos crimes, quase iguais aos réus de morte:
Tu também não ignoras que os açoites
Só se dão, por desprezo, nas espáduas;
Que açoitar, Doroteu, em outra parte
Só pertence aos senhores, quando punem
Os caseiros delitos dos escravos.
Pois todo este direito se pretere:
No pelourinho a escada já se assenta,
Já se ligam dos réus os pés e os braços,
Já se descem calções e se levantam
Das imundas camisas rotas fraldas,
Já pegam dous verdugos nos zorragues,

Já descarregam golpes desumanos,
Já soam os gemidos e respingam
Miúdas gotas de pisado sangue.
Uns gritam que são livres, outros clamam
Que as sábias leis do rei os julgam brancos,
Este diz que não tem algum delito
Que tal rigor mereça, aquele pede
Do justo acusador, ao céu, vingança.
Não afrouxam os braços os verdugos,
Mas, antes, com tais queixas, se duplica
A raiva nos tiranos, qual o fogo
Que aos assopros dos ventos ergue a chama.
Às vezes, Doroteu, se perde a conta
Dos cem açoites, que no meio estava,
Mas outra nova conta se começa.
Os pobres miseráveis já nem gritam.
Cansados de gritar, apenas soltam
Alguns fracos suspiros, que enternecem.
Que é isso, Doroteu, tu já retiras
Os olhos do papel? Tu já desmaias?
Já sentes as moções, que alheios males
Costumam infundir nas almas ternas?
Pois és, prezado amigo, muito fraco,
Aprende a ter valor do nosso chefe
Que à janela se pôs e a tudo assiste
Sem voltar o semblante para a ilharga.
E pode ser, amigo, que não tenha
Esforço, para ver correr o sangue,
Que em defesa do trono se derrama.

Aos pobres açoitados manda o chefe
Que, presos nas correntes dos forçados,
Vão juntos trabalhar. Então se entregam
Ao famoso tenente, que os governa

Como sábio inspetor das grandes obras.
Aqui, prezado amigo, principiam
Os seus duros trabalhos. Eu quisera
Contar-te o que eles sofrem, nesta carta,
Mas tu, prezado amigo, tens o peito,
Dos males que já leste, magoado,
Por isto é justo que suspenda a história,
Enquanto o tempo não te cura a chaga.

(*Cartas chilenas*, 1863)

CARTAS CHILENAS
(Carta 12ª, versos 164-241)

Roubou um seu criado a certa escrava
E dentro lha meteu, do seu palácio.
Conheceu o senhor quem fez o furto,
E foi pedir ao chefe que mandasse
Que o terno roubador restituísse
A serva, com os lucros! pois cedia
De toda a mais ação, que a lei lhe dava.
Que entendes, Doroteu, que obrou o chefe?
Que fez um sério exame sobre o caso?
Que, conhecendo ser a queixa justa,
Meteu, em duros ferros, ao criado?
Que não lhe perdoou, enquanto o mesmo
Ofendido queixoso não lhe veio
Suplicar o perdão da culpa grave?
Devias esperar que assim fizesse,
Mas, quando a razão pede certa coisa,
Ele, então, executa o seu contrário.
Não zela, Doroteu, a sã justiça,
Nem zela a honra própria, maculada

Na sua habitação, que o servo muda
Em torpe lupanário. Não, não zela;
Antes, prezado amigo, austero, estranha
Ao mísero queixoso, que se atreva
A supor que os seus servos são capazes
De poderem obrar excessos destes.
Maldita sejas tu, pouca vergonha,
Que tanto influxo tens sobre este leso.

Passados alguns tempos, Ludovino
Encontrou, uma noite, a sua escrava
E à casa conduziu do bom Saônio,
Aonde, em hospedagem, se abrigava.
Aqui lhe perguntou a longa história
Da fugida que fez, e a triste serva,
Com ânimo sincero, assim lhe fala:
"Ribério me induziu a que fugisse,
Meteu-me no seu quarto, aonde estive,
Fechada, muitos dias. Alugou-me,
Depois, uma casinha; aqui me dava,
Dos sobejos da mesa de seu amo,
Para eu alimentar a pobre vida.
Tive dele dous filhos; o demônio
Enganou-me, senhor, cuidei..." E, nisto,
Queria mais dizer, porém, de pejo,
As lágrimas lhe estalam, e se cortam
As últimas palavras, com suspiros.
Agora dirás tu, amigo honrado:
"Agora, agora sim, agora é tempo,
Insolente Ribério, de nós vermos,
Para exemplo dos mais, o teu castigo.
Os soldados já marcham, já te prendem,
Já vens maniatado, já te metem
Na sórdida enxovia, já te encaixam,

No pescoço, a corrente, e vais marchando
Com rosto baixo, a ver Angola ou Índia."
Devagar, devagar com essas coisas:
Os servos de palácio são os duques
Do nosso Santiago, e não se prendem
Por essas, nem por outras ninharias.
Atrevidos soldados já se aprontam,
Mas não para prenderem a Ribério,
Sim para conduzirem, entre as armas,
Ao pobre Ludovino e à sua serva,
Que já buscando vão à sua casa,
Que dista desta terra muitas léguas.
É o mesmo Ribério quem caminha
A fazer, Doroteu, a diligência,
Cobrindo a testa da insolente esquadra.
Já viste, Doroteu, insultos destes?
Já viste que pertenda um homem sério
Que, à força, um bom senhor de si demita
A escrava desonesta, porque possa
Ficar na mancebia? Já, já viste
Que se mande prender ao ultrajado
Pelo mesmo ladrão? Ah! caro amigo
Que, destas insolências que te conto,
Apenas pode ver quem mora em Chile!
Maldita sejas tu, pouca vergonha,
Que tanto influxo tens sobre este leso!

(*Cartas chilenas*, 1863)

MARIA FIRMINA DOS REIS (1822-1917)

HINO À LIBERDADE DOS ESCRAVOS

    Salve Pátria do Progresso!
    Salve! Salve Deus a Igualdade!
    Salve! Salve o Sol que raiou hoje,
    Difundindo a Liberdade!

    Quebrou-se enfim a cadeia
    Da nefanda Escravidão!
    Aqueles que antes oprimias,
    Hoje terás como irmão!

                     ("Hino à liberdade dos escravos", 1888)

GONÇALVES DIAS (1823-1864)

A ESCRAVA

          O bien qu'aucun bien ne peut rendre,
          O Patrie, ó doux nom que l'exil fait comprendre!
                                  Marino Faliero

    Oh! doce país de Congo,
    Doces terras d'além-mar!
    Oh! dias de sol formoso!
    Oh! noites d'almo luar!

Desertos de branca areia
De vasta, imensa extensão,
Onde livre corre a mente,
Livre bate o coração!

Onde a leda caravana
Rasga o caminho passando,
Onde bem longe se escuta
As vozes que vão cantando!

Onde longe inda se avista
O turbante muçulmano,
O iatagã recurvado,
Preso à cinta do Africano!

Onde o sol na areia ardente
Se espelha, como no mar;
Oh! doces terras de Congo,
Doces terras d'além-mar!

Quando a noite sobre a terra
Desenrolava o seu véu,
Quando sequer uma estrela
Não se pintava no céu;

Quando só se ouvia o sopro
De mansa brisa fagueira,
Eu o aguardava — sentada
Debaixo da bananeira.

Um rochedo ao pé se erguia,
Dele à base uma corrente
Despenhada sobre pedras,
Murmurava docemente.

E ele às vezes me dizia:
— "Minha Alsgá, não tenhas medo:
Vem comigo, vem sentar-te
Sobre o cimo do rochedo."

E eu respondia animosa:
— "Irei contigo, onde fores!"
E tremendo e palpitando
Me cingia aos meus amores.

Ele depois me tornava
Sobre o rochedo — sorrindo:
— "As águas desta corrente
Não vês como vão fugindo?

Tão depressa corre a vida,
Minha Alsgá; depois morrer
Só nos resta!... — Pois a vida
Seja instantes de prazer.

Os olhos em torno volves
Espantados — Ah! também
Arfa o teu peito ansiado!...
Acaso temes alguém?

Não receies de ser vista,
Tudo agora jaz dormente;
Minha voz mesmo se perde
No fragor desta corrente.

Minha Alsgá, por que estremeces?
Por que me foges assim?
Não te partas, não me fujas,
Que a vida me foge a mim!

Outro beijo acaso temes,
Expressão de amor ardente?
Quem o ouviu? — o som perdeu-se
No fragor desta corrente."

Assim praticando amigos
A aurora nos vinha achar!
Oh! doces terras de Congo,
Doces terras d'além-mar!

* * *

Do ríspido Senhor a voz irada
    Rábida soa,
Sem o pranto enxugar a triste escrava
    Pávida voa.

Mas era em mora por cismar na terra,
    Onde nascera,
Onde vivera tão ditosa, e onde
    Morrer devera!

Sofreu tormentos, porque tinha um peito,
    Qu'inda sentia;
Mísera escrava! no sofrer cruento,
    "Congo!" dizia.

(*Primeiros cantos*, 1846)

CALDRE E FIÃO (1824-1876)

ESCRAVO BRASILEIRO

Quando é que eu disse que não era livre,
Que a pátria minha defender não qu'ria?
Quando neguei-me nas cruentas guerras
Em que um Henrique sua espada erguia?!

Negam-me tudo, meus irmãos na pátria,
Té mesmo o foro dos civis direitos,
A honra, o brio, sentimentos nobres,
Qu'altivos moram nos brasílios peitos!!

Mas sede injustos — muito embora, eu tenho
Por paga a dar-vos este peito irmão;
Na indústria e artes, no comum progresso
Serei convosco na mais santa união.

(*Revista Mensal da Sociedade Partenon Literário*, n° 5, 1869)

BERNARDO GUIMARÃES (1825-1884)

À SEPULTURA DE UM ESCRAVO

Também do escravo a humilde sepultura
Um gemido merece de saudade:
Uma lágrima só corra sobre ela
    De compaixão ao menos...

Filho da África, enfim livre dos ferros
Tu dormes sossegado o eterno sono
Debaixo dessa terra que regaste
    De prantos e suores.

Certo, mais doce te seria agora
Jazer no meio lá dos teus desertos
À sombra da palmeira, — não faltara
Piedoso orvalho de saudosos olhos
    Que te regasse a campa;
Lá muita vez, em noites d'alva lua,
Canção chorosa, que ao tanger monótono
De rude lira teus irmãos entoam,
    Teus manes acordara:
Mas aqui — tu aí jazes como a folha
Que caiu na poeira do caminho,
Calcada sob os pés indiferentes
    Do viajor que passa.

Porém que importa — se repouso achaste,
Que em vão buscavas neste vale escuro,
    Fértil de pranto e dores;
Que importa — se não há sobre esta terra
Para o infeliz asilo sossegado?
A terra é só do rico e poderoso,
E desses ídolos que a fortuna incensa,
    E que, ébrios de orgulho,
Passam, sem ver que co'as velozes rodas
Seu carro d'ouro esmaga um mendigante
    No lodo do caminho!...
Mas o céu é daquele que na vida
Sob o peso da cruz passa gemendo;
É de quem sobre as chagas do inditoso
Derrama o doce bálsamo das lágrimas;

É do órfão infeliz, do ancião pesado,
Que da indigência no bordão se arrima;
É do pobre cativo, que em trabalhos
No rude afã exala o alento extremo;
— O céu é da inocência e da virtude,
    O céu é do infortúnio.

Repousa agora em paz, fiel escravo,
Que na campa quebraste os ferros teus,
No seio dessa terra que regaste
    De prantos e suores.
E vós, que vindes visitar da morte
    O lúgubre aposento,
Deixai cair ao menos uma lágrima
De compaixão sobre essa humilde cova;
Aí repousa a cinza do Africano,
    — O símbolo do infortúnio.

(Cantos da solidão, in Poesias, 1865)

COPLAS [D'*A ESCRAVA ISAURA*]

Desd'o berço respirando
Os ares da escravidão,
Como semente lançada
Em terra de maldição,
A vida passo chorando
Minha triste condição.

Os meus braços estão presos,
A ninguém posso abraçar,
Nem meus lábios, nem meus olhos
Não podem de amor falar;

Deu-me Deus um coração,
Somente para penar.

Ao ar das livres campinas
Seu perfume exala a flor;
Canta a aura em liberdade
Do bosque o alado cantor;
Só para a pobre cativa
Não há canções, nem amor.

Cala-te, pobre cativa;
Teus queixumes crimes são;
É um afronta esse canto,
Que exprime tua aflição.
A vida não te pertence,
Não é teu teu coração.

(A escrava Isaura, 1875)

HINO À LEI DE 28 DE SETEMBRO DE 1871
Emancipação da prole das escravas

Quebrou-se a tremenda algema,
Que o pulso do homem prendia,
E resolveu-se um problema,
Que tanto horror infundia.

    Esta data gloriosa
    Em letras de ouro grava:
    — Em nossa pátria formosa
    Não nasce mais prole escrava.

Na terra da liberdade
Destruiu-se o jugo vil;
Onde impera a cristandade,
Não há mais raça servil.

    Esta data gloriosa, etc.

Graças ao sábio Monarca,
Da nação chefe eminente,
Não há mais do escravo a marca
No Brasil independente.

    Esta data gloriosa, etc.

De Rio Branco à memória
Rendamos eterno culto;
Ergam-se hosanas de glória
A seu venerando vulto.

    Esta data gloriosa, etc.

Ao Estadista eminente
Erga a pátria este padrão:
— No Brasil independente
Extirpou a escravidão

    Esta data gloriosa, etc.

Destruiu cruel vexame,
Que tanto nos humilhava;
Apagou labéu infame,
Que a fonte nos malsinava.

    Esta data gloriosa, etc.

Da liberdade ao ruído,
Ante a nova geração,
É uma voz sem sentido
A palavra — escravidão.

    Esta data gloriosa, etc.

Não mais nascerão escravos
Sobre o solo brasileiro;
Não mancha a terra dos bravos
O estigma do cativeiro.

    Esta data gloriosa
    Em letras de ouro grava:
    — Em nossa pátria formosa
    Não nasce mais prole escrava.

Ouro Preto, 28 de setembro de 1882

(*Folhas de outono*, 1883)

LAURINDO RABELO (1826-1864)

AS DUAS REDENÇÕES
Ao batismo e liberdade de uma menina

    Inda uma vez tanjamos
    A lira, e mais um hino
    Consinta-me o destino

Erguer nos cantos meus;
Que vá, de sons profanos
Despido e desquitado
Em voo arrebatado,
Voando aos pés de Deus.

Da liberdade a estrela
No berço da inocência
Derrama a providência
De duas redenções;
Mostrando um'alma limpa
Do crime primitivo
No corpo de um cativo
Que quebra os seus grilhões.

Que assunto mais merece
Um hino de poesia?
Que dia tem mais dia?
Que feito tem mais Luz?
Do cativeiro um anjo
Quebrando infames laços,
À cruz estende os braços
E os braços lhe abre a cruz.

Perfilha Deus o anjo
Na filiação da graça,
E o ser que o crime embaça
Puniu a redenção!
E o homem, dissipando
Do berço insano agravo,
Em menos um escravo
Abraça um novo irmão!

Que foras, inocente,
Que foras, nesta vida,
Da escravidão perdida
No bárbaro bazar!?
Pobre rola ferida
Da infâmia pelo espinho,
Em que ramo, em que ninho
Te havias de aninhar?

Infante, sem afagos,
Temendo-te altiveza,
Querendo-te a vileza
Plantar no coração,
Dariam-te nos gestos,
Nas vestes, no aposento,
Na mesa, no alimento,
Somente — escravidão!

Donzela (oh! sacrilégio!)
Amor, qual flor sem viço,
Mil vezes é serviço
Que fero senhor quer!
É dor que o fel requinta,
Que a ímpia sorte agrava
Daquela que é escrava
Depois de ser mulher!

Se mãe (é mãe escrava!)
Quem sabe se verias
Teu filho mãos impias
Do seio te arrancar?
E surdos ao teu pranto
Mandarem-te com calma

Do seio da tua alma
A outro alimentar?!

Criança mas sem veres
Da infância as verdes cores,
Donzela sem amores,
Talvez além sem Deus!
Não foras arrastada
Da vida pelos trilhos,
Nem tu, e nem teus filhos
Seriam filhos teus.

Ó vós que hoje lhe destes
O dom da liberdade,
Que junto à divindade
Matais a escravidão,
Ao trovador propícios
De ação tão excelente
Em culto reverente
Guardai esta canção.

Eu sei que haveis guardá-la,
Que em tão santa amizade
Não vem a variedade
Deitar veneno atroz.
Sou vosso desde a infância:
Da vida até o fim
Sereis tanto por mim
Como serei por vós!

(*Obras poéticas*, 1876)

ANTÔNIO JOSÉ DOS SANTOS NEVES
(1827-1874)

POETA ACASO EU SOU?

Poeta acaso eu sou? Oh! Não, não quero
Esses louros colher que tão somente
As frontes coroar devem de Gênios
Por estros abrasados, que se elevam
De sobre a terra ao céu, onde s'inspiram
Nas horas do silêncio! Oh! Sim, que os vates
Rompendo as trevas, vão grassando a esfera
Sondar os astros todos; esses mundos,
Mistérios para os mais, mas onde habitam
Ardentes pensamentos dos poetas!...

Poeta! Porém tu és como aqueles
Que as mesmas formas têm de humanos seres;
Sujeito estás também aos mesmos danos,
Que seus físicos sofre', és também presa
Dum golpe extremo que te rouba a vida,
Te corrompe a matéria iniquilada!...
Tu és da mesma espécie dos humanos,
Qual eles, também sofre', as mais das vezes
És sempre perseguido, não como eles
Por um acaso pelos infortúnios;
De ti (parece até) embora a busques.
Que foge a f'licidade, repelida
Por oculta potência que te espreita!...
E não te igualo acaso na feitura?
E não sofro também? Também sujeito
Não 'stá meu ser à fria mão da morte?

Por infortúnios mil não sou ferido?
Embora de feliz sorte futura
Eu busque conceber doce esperança,
Oculta mão me espreita, e me despenha
Num caos de realidade, apenas digo: —
Contigo, alfim me tens, oh! F'licidade!!..
Se tens essa porção, que não se explica,
Emanação divina! Dom celeste,
Que mil vezes te inspira, com que fazes
O pranto, o riso, o ódio, o desespero,
O ciúme, a vingança, d'improviso
No semblante pintar-se do que sabe
Nas tuas produções ir penetrando
Do estro inspirações que as produziu;
Também um dom que definir não posso,
Me escalda a mente que se inspira agora!..

Poeta acaso eu sou? Oh! Não, sou mero
Plagiário talvez de teus acentos!..
O mundo assim me brada... ele decide
Daquele que lhe exige um julgamento
Dedicando-lhe a musa!... Ele julgado
Assaz tem versos meus, tem decidido,
E eu sonhando vou louvores dele!...
Decide tu porém, que agora apelo
P'ra ti meus rudes versos; mas primeiro
Escuta os sonhos meus, e vê se igualam
Com teus sonhos, oh! vate, que me atendes! —
Aos mistérios do sono eu me entregando
Qual negra e espessa nuvem que ocupasse
A parte média da celeste esfera.
Baixado houvesse à terra que contê-la
Pudesse apenas, eu contemplo a massa
Desse povo Africano neste Império!

Humanas criaturas que nasceram
Libertas como nós, além da Europa,
Curvadas sob o peso de trabalhos,
Martírios, privações, tratos horríveis,
Eu vejo, me mostrando retalhadas
As carnes qu'inda vertem tinto sangue.
Torturadas sem dó por seus verdugos!
Cada qual vai na dor do cativeiro
Tragando um duro pão umedecido
No pranto que com ele tem de amargos,
A sede saciar, matar-lhe a fome!
Do meio dessa massa eis sair vejo
Um velho encanecido, e a voz erguendo
Cortada por soluços que o sufocam
Assim bradar a mim, que d'horror tremo: —
Oh! Monstros, tão cruéis, que m'iludistes,
Que da Pátria querida me arrancastes,
Que mocidade, amor, futuro, esp'rança,
Me esmagastes p'ra sempre, qual me esmagam
Os pulsos duros ferros que me prendem;
Que além de me humilhardes com desprezos,
Meu corpo fazeis alvo do azorrague;
Que sem primeiro o coração do peito
Me arrancardes, quereis me ver extinta
Essa chama tão pura e tão sagrada
Que o anima, vigora, que o alimenta
Com seu ardor, que a fria mão da parca
Só pode sufocar na sepultura;
Que essa liberdade que sabeis
Somente defendê-la quando é vossa,
Tranquilos me usurpais pelo produto
Do ouro que arrancar, expondo as vidas
Vão meus tristes irmãos de vossas terras;

Dizei, que mal vos fiz, quando o meu solo
Os restos guardará, qual guarda o vosso
Dos que neles libertos hão nascido?...
Oh! sábio e culto povo! Oh! povo ilustre!
Liberto, industrioso, iluminado,
Por artes e ciências, é dest'arte
Que o progresso quereis? É desta sorte
Que conquistais renome, fama e glória
À vossa ilustração tão decadente?...

....

Então eu sinto um fogo nas artérias
O sangue me escaldar, e em prol do velho,
Intérprete de mil milhões de escravos,
A lira empunho e vibro... ele se curva,
Eleva aos céus as mãos baixando a fronte,
E mudo vai tremendo, me escutando
Cadentes vibrações que eu vou soltando!

....

Meus sonhos vão além, ó vate, escuta:
Vejo a pátria querida, o independente
Brasil, terra de Heróis, potente Império,
Hostilizado por potência estranha!
Seu pavilhão, a cujo aspecto deve
Curvar-se a Europa inteira respeitosa,
Mutilado por vil falange imiga.
A cinzas reduzido os fragmentos,
E a forte muralha, testemunha
Dos cavilosos degradantes feitos
De mercenários vis, do mundo escórias,
Desmoronada por canhões do inferno!..
Vejo a massa feroz de vis sicários.
Armados de traições, com duros ferros
Pretendendo ceifar Americanos,

Reduzi-los a cinzas, quais as quilhas
Por eles incendidas sobre as vagas!
Depois vejo-os na arena, e entusiasmados
Patrícios meus a eles se arremessam;
Milhares de canhões que a morte espalham
Do nosso pavilhão vingando a ofensa,
Os pune, reduzindo a cinza e fumo.
Do leito eu me arremesso d'improviso
À massa combatente, rompo as nuvens
De negro fumo, e minha ardente musa
O Céu invoca altiva! Hercúlea força
Os pulsos me vigoram, de repente,
Meu corpo d'aço rijo se acoberta,
O meu rosto se oculta na viseira,
E destro como um raio, eu me confundo
No meio das falanges que se partem
Ao contacto somente dos arneses!
Manobro o arcabuz, manobro a espada,
Eis que a arena mudada em mar de sangue
Recebe mil cadáv'res d'inimigos
Insensíveis por mim, que salvo a pátria!..
Nas muralhas depois do Forte imenso,
Ao *Gigante* fronteiro vai meu corpo
Sem trincheira, servir d'alvo distinto
À britânica esquadra dos piratas!
Corajosos e destros companheiros,
Da Pátria defensores, me circulam!
À minha voz ligeiros vão mostrando
Às quilhas estrangeiras, que depressa
Se profundam nos antros do oceano,
As bocas dos canhões que altivos berram!...

....

Mil vozes me apregoam Gênio e Nume
Na paz e na peleja; e então cercado

De louros e troféus, entre o tumulto
De vivas, corro alçando o triunfante
Auriverde estandarte já vingado!
Brasileiros, repito, oh! Soberano,
Puni dos vis os feitos, vosso Trono
Respeitado será d'agora avante!
E qual cantou seu povo um Lusitano,
Que jamais no valor há de igualar-te,
Os teus feitos, oh! Povo Americano,
"Cantando espalharei por toda a parte!!..."
....

Poeta acaso eu sou? Decide, ó vate;
Mas se o negas também, e se é preciso
P'ra sê-lo, suportar infames zoilos,
Procede qual o mundo, da mesm'arte
Meus versos julga, a decisão me of'rece!!...

(*O Filantropo*, Rio de Janeiro, 19 de julho 1850)

A EXTINÇÃO DA ESCRAVATURA

Em prol do meu país, tão decadente!...
Soltando vou meus sons (talvez embalde!)
Talvez, porém me força a atualidade,
Inspirando meu estro em fogo ardente!...
Nobres, grandes da terra que orgulhosos
Gozai do vosso ouro mal havido,
Um termo ao contrabando proibido
Imploram Brasileiros generosos!
Nação falsária e estranha nos insulta;
De tão vil proceder sois o motivo;
O povo que sem dó tornais cativo
Para aqui conduzido mais se avulta!

Retrocedei em nome do progresso
Ao solo hospitaleiro que habitamos!
Sois a origem do mal com que lutamos,
Eia pois, extingui nosso regresso!
Mereceis nossos ódios justiçosos.
Por vossos feitos vis e degradantes;
Retrocedei, que fostes traficantes,
Esqueceremos todos venturosos!...
As somas d'Africanos, decadência
Em o nosso país somente of'recem
Se insulta a lei, moral, e não florescem
Comércio, agricultura, artes, ciência!
Respeitoso Monarca! Brasileiros,
Ativos e fiéis legisladores,
Varões sábios, ministros justiceiros,
Atendei um momento aos meus clamores: —
Tomai meus rudes sons, e se quereis
Uma sorte melhor, melhor futuro,
Reparai nestes versos, que achareis
Ao lado escrito um meio assaz seguro!...

      (*O Filantropo*, Rio de Janeiro, 19 de agosto de 1850)

SONETO
(Ao atual governo do Brasil)

> *Inspire Deus justiça à consciência*
> *Daquele que julgar-me os sons da lira!*
> *Por mim fale o regresso, a atualidade,*
> *Daquele que eu deploro a decadência!..*

Se vis Bretões, com vil ferocidade
Vos hostiliza', Ilustre Soberano,

Calcando o Pavilhão Americano
Que ostenta independência e liberdade;

Se contra as leis da terra e Liberdade
Comercia-se aqui povo Africano,
Que o atraso nos dá, e horrível dano
Trazer-nos-á de co'a posteridade;

Atende-me, ó Governo justiceiro!
Em prol da Ilustração, Artes, Cultura
Do seu País, te brada um Brasileiro: —

Salvar-nos-ás da atroz sorte futura!
Punirás as ofensas do estrangeiro,
Extinguindo p'ra sempre a escravatura!..

(*O Filantropo*, Rio de Janeiro, 6 de setembro 1850)

JOSÉ BONIFÁCIO, O MOÇO (1827-1886)

SAUDADES DO ESCRAVO

Escravo — não, não morri
Nos ferros da escravidão;
Lá nos palmares vivi,
Tenho livre o coração!
Nas minhas carnes rasgadas,
Nas faces ensanguentadas
Sinto as torturas de cá;
Deste corpo desgraçado

Meu espírito soltado
Não partiu — ficou-me lá!...

Naquelas quentes areias
Naquela terra de fogo,
Onde livre de cadeias
Eu corria em desafogo...
Lá nos confins do horizonte...
Lá nas alturas do céu...
De sobre a mata florida
Esta minh'alma perdida
Não veio — só parti eu.

A liberdade que eu tive
Por escravo não perdi-a;
Minha alma que lá só vive
Tornou-me a face sombria,
O zunir do fero açoite
Por estas sombras da noite
Não chega, não, aos palmares!
Lá tenho terras e flores...
Nuvens e céus... os meus lares!

Não perdi-a — que é mentira
Que eu viva aqui onde estou;
A toda hora suspira
Meu coração — p'ra lá vou!
Oiço as feras da floresta
Em feia noite como esta
Enchendo o ar de pavor!
Oiço, oh oiço entre os meus prantos
Além dos mares os cantos
Das minhas aves de amor.

Ó nuvens da madrugada,
Ó viração do arrebol,
Leva meu corpo à morada
Daquela terra do sol.
Morto embora nas cadeias
Vai poisá-lo nas areias
Daqueles plainos dalém;
Onde me chorem gemidos,
Pobres ais, prantos sentidos,
Na sepultura que tem.

Escravo — não, ainda vivo,
Inda espero a morte ali;
Sou livre, embora cativo,
Sou livre, inda não morri!
Meu coração bate ainda
Nesse bater que não finda;
Sou homem — Deus o dirá!
Deste corpo desgraçado
Meu espírito soltado
Não partiu — ficou-me lá!

S. Paulo, 1850.

(*Primeiras trovas burlescas de Getulino*, 1859)

TRAJANO GALVÃO (1830-1864)

O CALHAMBOLA

    Aqui, só, no silêncio das selvas
Quem me pode o descanso vedar?
Durmo à noite num leito de relvas,
Só a aurora me vem despertar.
Ante a onça, que afoita anda a corso,
Mais afoito meus passos não torço,
Nem é dúbia uma luta entre nós.
O bodoque a vez sopre da bala,
Toda a mata medrosa se cala,
Quando rujo — medonho na voz.

    Tenho fome? A palmeira se verga,
Seus coquilhos alastram o chão,
E debaixo a Cutia se enxerga
Assentada comendo na mão:
Se as entranhas se abrasam sedentas,
Tu, ó terra, mil fontes rebentas,
Como as fontes do leite à mulher!
Num terreno tão farto e maduro
Quem lá pode cuidar no futuro,
Quem de fome ou de sede morrer?

    Nasci livre, fizeram-me escravo,
Fui escravo, mas livre me fiz.
Negro, sim, — mas o pulso do bravo
Não se amolda às algemas servis!
Negra a pel, mas o sangue no peito,
Como o mar em tormentas desfeito,
Ferve, estua, referve em cachões!

Negro, sim; mas é forte o meu braço,
Negros pés, mas que vencem o espaço,
Assolando, quais negros tufões!

Negro o corpo, afinou-se minh'alma
No sofrer, como ao fogo o tambor;
Mas altiva reergue-se a palma
Com o peso, assim eu com a dor!
Como a língua recolhe, pascendo
Tamanduá, de formigas fervendo,
Tal de açoutes cingiram-me os rins:
E eu bramia, qual onça enraivada,
Que esbraveja, que brame acuada
Em um circo de leves mastins.

Eu bramia, porém não chorava
Porque a onça bramiu, não chorou
Membro a membro meu corpo quebrava,
A vontade ninguém ma quebrou!
Como reina a mudez na tapera,
No meu peito a vontade é que impera,
Aqui dentro só ela dá leis:
Se cometo uma empresa gigante
Co'o bodoque ou co'a flecha talhante,
A vontade me brada — podeis. —

Oh! que sim! estes ombros possantes
Digno assento da fronte de um rei
Não mos hão de sulcar vis tagantes
Nunca mais... nunca mais que o jurei!
O homem forte que brada aos verdugos
"Guerra, guerra, ou quebrai-me estes jugos"
Tem um eco, tem voz lá no céu.
O que a morte não teme, eis o forte,

E mal basta o temer-se da morte,
Quem na vida tormenta correu.

Outros há, cujo peito abebera
O temor, como ao peixe o tingui:
Oh! meu Deus! Oh! poder que eu pudera
Acendê-los num raio de mi!
Este sangue, em que bulha o insulto
De um covarde nas veias inulto
Não correra, ou vazara-o no chão!
Mas eu só... maldição sobre a escrava
Que o filhinho p'r'o jugo aleitava,
Sobre ti, minha mãe, maldição!

Vivo só... pouco fundem meus brios
Contra o número e a força brutal,
Ínvios matos, ocultos desvios
Não me of'recem guarida cabal!
De que vale ao pau-d'arco a rijeza
De seu tronco, que o ferro despreza,
Quando o céu vibra raios a mil?
Oh! se cai... toda a mata retumba!
Pouco importa que o bravo sucumba
Quando a morte é briosa, é viril.

Olinda, 1854.

(*Três liras*, 1862)

A CRIOULA

Sou cativa... que importa? folgando
Hei de o vil cativeiro levar!...
Hei de sim, que o feitor tem mui brando

Coração, que se pode amansar!...
Como é terno o feitor, quando chama,
À noitinha, escondido com a rama
No caminho — ó crioula, vem cá! —
Não há nada que pague o gostinho
De poder-se ao feitor no caminho,
Faceirando, dizer — não vou lá —?

Tenho um pente coberto de lhamas
De ouro fino, que tal brilho tem,
Que raladas de inveja as mucamas
Me sobre-olham com ar de desdém.
Sou da roça; mas, sou tarefeira.
Roça nova ou feraz capoeira,
Corte arroz ou apanhe algodão,
Cá comigo o feitor não se cansa;
Que o meu cofo não mente à balança,
Cinco arrobas e a concha no chão!

Ao tambor, quando saio da pinha
Das cativas, e danço gentil,
Sou senhora, sou alta rainha,
Não cativa, de escravos a mil!
Com requebros a todos assombro
Voam lenços, ocultam-me o ombro
Entre palmas, aplausos, furor!...
Mas, se alguém ousa dar-me uma punga,
O feitor de ciúmes resmunga,
Pega a taça, desmancha o tambor!

Na quaresma meu seio é só rendas
Quando vou-me a fazer confissão;
E o vigário vê cousas nas fendas,
Que quisera antes vê-las na mão.

Senhor padre, o feitor me inquieta;
É pecado...? não, filha, antes peta.
Goza a vida... esses mimos dos céus
És formosa... e nos olhos do padre
Eu vi cousa que temo não quadre
Com o sagrado ministro de Deus...

Sou formosa... e meus olhos estrelas
Que transpassam negrumes do céu
Atrativos e formas tão belas
Pra que foi que a natura mas deu?
E este fogo, que me arde nas veias
Como o sol nas ferventes areias,
Por que arde? Quem foi que o ateou?
Apagá-lo vou já — não sou tola...
E o feitor lá me chama — ó crioula
E eu respondo-lhe branda "já vou".

(*As sertanejas*, 1898)

LUÍS GAMA (1830-1882)

QUEM SOU EU?
(A bodarrada)

Quem sou eu? que importa quem?
Sou um trovador proscrito,
Que trago na fronte escrito
Esta palavra — Ninguém! —

(A. E. Zaluar, *Dores e flores*)

Amo o pobre, deixo o rico,
Vivo como o Tico-tico;
Não me envolvo em torvelinho,
Vivo só no meu cantinho:
Da grandeza sempre longe,
Como vive o pobre monge.
Tenho mui poucos amigos,
Porém bons, que são antigos,
Fujo sempre à hipocrisia,
À sandice, à fidalguia;
Das manadas de Barões?
Anjo Bento, antes trovões.
Faço versos, não sou vate,
Digo muito disparate,
Mas só rendo obediência
À virtude, à inteligência:
Eis aqui o Getulino
Que no pletro anda mofino.
Sei que é louco e que é pateta
Quem se mete a ser poeta;
Que no século das luzes,
Os birbantes mais lapuzes,
Compram negros e comendas,
Têm brasões, não — das Calendas,
E, com tretas e com furtos
Vão subindo a passos curtos;
Fazem grossa pepineira,
Só pela arte do Vieira,
E com jeito e proteções,
Galgam altas posições!
Mas eu sempre vigiando
Nessa súcia vou malhando
De tratantes, bem ou mal
Com semblante festival.
Dou de rijo no pedante

De pílulas fabricante,
Que blasona arte divina,
Com sulfatos de quinina,
Trabuzanas, xaropadas,
E mil outras patacoadas,
Que, sem pinga de rubor,
Diz a todos, que é DOUTOR!
Não tolero o magistrado,
Que do brio descuidado,
Vende a lei, trai a justiça
— Faz a todos injustiça —
Com rigor deprime o pobre
Presta abrigo ao rico, ao nobre,
E só acha horrendo crime
No mendigo, que deprime.
— Neste dou com dupla força,
Té que a manha perca ou torça.
Fujo às léguas do lojista,
Do beato e do sacrista —
Crocodilos disfarçados,
Que se fazem muito honrados,
Mas que, tendo ocasião,
São mais feroz que o Leão.
Fujo ao cego lisonjeiro,
Que, qual ramo de salgueiro,
Maleável, sem firmeza,
Vive à lei da natureza;
Que, conforme sopra o vento,
Dá mil voltas num momento.
O que sou, e como penso,
Aqui vai com todo o senso,
Posto que já veja irados
Muitos lorpas enfunados,
Vomitando maldições,
Contra as minhas reflexões.

Eu bem sei que sou qual Grilo,
De maçante e mau estilo;
E que os homens poderosos
Desta arenga receosos
Hão de chamar-me Tarelo,
Bode, negro, Mongibelo;
Porém eu que não me abalo,
Vou tangendo o meu badalo
Com repique impertinente,
Pondo a trote muita gente.
Se negro sou, ou sou bode
Pouco importa. O que isto pode?
Bodes há de toda a casta,
Pois que a espécie é muito vasta.
Há cinzentos, há rajados,
Baios, pampas e malhados,
Bodes negros, bodes brancos,
E, sejamos todos francos,
Uns plebeus, e outros nobres,
Bodes ricos, bodes pobres,
Bodes sábios, importantes,
E também alguns tratantes...
Aqui, nesta boa terra
Marram todos, tudo berra;
Nobres Condes e Duquesas,
Ricas Damas e Marquesas,
Deputados, senadores,
Gentis-homens, veadores;
Belas Damas emproadas,
De nobreza empantufadas;
Repimpados principotes,
Orgulhosos fidalgotes,
Frades, Bispos, Cardeais,
Fanfarrões imperiais,
Gentes pobres, nobres gentes

Em todos há meus parentes.
Entre a brava militança
Fulge e brilha alta bodança;
Guardas, Cabos, Furriéis,
Brigadeiros, Coronéis,
Destemidos Marechais,
Rutilantes Generais,
Capitães de mar e guerra,
— Tudo marra, tudo berra —
Na suprema eternidade,
Onde habita a Divindade,
Bodes há santificados,
Que por nós são adorados.
Entre o coro dos Anjinhos
Também há muitos bodinhos. —
O amante de Siringa
Tinha pelo e má catinga;
O deus Mendes, pelas contas,
Na cabeça tinha pontas;
Jove quando foi menino,
Chupitou leite caprino;
E, segundo o antigo mito,
Também Fauno foi cabrito.
Nos domínios de Plutão,
Guarda um bode o Alcorão;
Nos lundus e nas modinhas
São cantadas as bodinhas:
Pois se todos têm rabicho,
Para que tanto capricho?
Haja paz, haja alegria,
Folgue e brinque a bodaria;
Cesse pois a matinada,
Porque tudo é bodarrada!

(*Primeiras trovas burlescas de Getulino*, 1859)

MINHA MÃE

> Minha mãe era mui bela,
> — Eu me lembro tanto dela
> De tudo quanto era seu!
> Tenho em meu peito guardadas
> Suas palavras sagradas
> C'os risos que ela me deu.
>
> (Junqueira Freire)

Era mui bela e formosa,
Era a mais linda pretinha,
Da adusta Líbia rainha,
E no Brasil pobre escrava!
Oh, que saudades que eu tenho
Dos seus mimosos carinhos,
Quando c'os tenros filhinhos
Ela sorrindo brincava.

Éramos dous — seus cuidados,
Sonhos de sua alma bela;
Ela a palmeira singela,
Na fulva areia nascida.
Nos roliços braços de ébano,
De amor o fruto apertava,
E à nossa boca juntava
Um beijo seu, que era vida.

Quando o prazer entreabria
Seus lábios de roxo lírio,
Ela fingia o martírio
Nas trevas da solidão.
Os alvos dentes nevados
Da liberdade eram mito,

129

No rosto a dor do aflito,
Negra a cor da escravidão.

Os olhos negros, altivos,
Dous astros eram luzentes;
Eram estrelas cadentes
Por corpo humano sustidas.
Foram espelhados brilhantes
Da nossa vida primeira,
Foram a luz derradeira
Das nossas crenças perdidas.

Tão ternas como a saudade
No frio chão das campinas,
Tão meiga como as boninas
Aos raios do sol de abril.
No gesto grave e sombrio,
Como a vaga que flutua,
Plácida a mente — era a Lua
Refletindo em céus de anil.

Suave o gênio, qual rosa
Ao despontar da alvorada,
Quando treme enamorada
Ao sopro d'aura fagueira.
Brandia a voz sonorosa,
Sentida como a Rolinha,
Gemendo triste sozinha,
Ao som da aragem faceira.

Escuro e ledo o semblante,
De encantos sorria a fronte,
— Baça nuvem no horizonte
Das ondas surgindo à flor;

Tinha o coração de santa,
Era seu peito de Arcanjo,
Mais pura n'alma que um Anjo,
Aos pés de seu Criador.

Se junto à cruz penitente,
A Deus orava contrita,
Tinha uma prece infinita
Como o dobrar do sineiro,
As lágrimas que brotavam,
Eram pérolas sentidas
Dos lindos olhos vertidas
Na terra do cativeiro.

(*Primeiras trovas burlescas de Getulino*, 1859)

A CATIVA

> Uma graça viva
> Nos olhos lhe mora,
> Para ser senhora
> De quem é cativa.
>
> (Camões)

Como era linda, meu Deus!
Não tinha da neve a cor,
Mas no moreno semblante
Brilhavam raios de amor.

Ledo o rosto, o mais formoso,
De trigueira coralina,
De Anjo à boca, os lábios breves
Cor de pálida cravina.

Em carmim rubro engastados
Tinha os dentes cristalinos;
Doce a voz, qual nunca ouvira,
Dúlios bardos matutinos.

Seus ingênuos pensamentos
São de amor juras constantes;
Entre a nuvem das pestanas
Tinha dous astros brilhantes.

As madeixas crespas, negras,
Sobre o seio lhe pendiam,
Onde os castos pomos de ouro
Amorosos se escondiam.

Tinha o colo acetinado
— Era o corpo uma pintura —
E no peito palpitante
Um sacrário de ternura.

Límpida alma, flor singela
Pelas brisas embaladas,
Ao dormir d'alvas estrelas,
As nascer da madrugada.

Quis beijar-lhe as mãos divinas,
Afastou-nas — não consente;
A seus pés de rojo pus-me
— Tanto pode o amor ardente!

Não te afastes, lhe suplico,
És do meu peito rainha;
Não te afastes, neste peito
Tens um trono, mulatinha!...

Vi-lhe as pálpebras tremerem,
Como treme a flor louçã,
Embalando as níveas gotas
Dos orvalhos da manhã.

Qual na rama enlanguescida
Pudibunda sensitiva,
Suspirando ela murmura;
Ai, senhor, eu sou cativa!...

Deu-me as costas, foi-se embora
Qual da tarde do arrebol
Foge a sombra de uma nuvem
Ao cair da luz do sol.

(*Primeiras trovas burlescas de Getulino*, 1859)

LÁ VAI VERSO!

Quero também ser poeta,
Bem pouco, ou nada me importa
Se a minha veia é discreta
Se a via que sigo é torta

(F. X. de Novais)

Alta noite, sentindo o meu bestunto
Pejado, qual vulcão de flama ardente,
Leve pluma empunhei, incontinenti
O fio das ideias fui traçando.
As Ninfas invoquei para que vissem
Do meu estro voraz o ardimento;
E depois, revoando ao firmamento,
Fossem do Vate o nome apregoando.

Oh! Musa da Guiné, cor de azeviche,
Estátua de granito denegrido,
Ante quem o Leão se põe rendido,
Despido do furor de atroz braveza;
Empresta-me o cabaço d'urucungo,
Ensina-me a brandir tua marimba,
Inspira-me a ciência da candimba,
As vias me conduz d'alta grandeza.

Quero a glória abater de antigos vates,
Do tempo dos heróis armipotentes;
Os Homeros, Camões — aurifulgentes,
Decantando os Barões da minha Pátria!
Quero gravar em lúcidas colunas
Obscuro poder da parvoíce,
E a fama levar da vil sandice
A longínquas regiões da velha Báctria!

Quero que o mundo me encarando veja
Um retumbante Orfeu de carapinha,
Que a Lira desprezando, por mesquinha,
Ao som decanta de Marimba augusta;
E, qual um Arion entre os Delfins,
Os ávidos piratas embaindo —
As ferrenhas palhetas vai brandindo,
Com estilo que preza a Líbia adusta.

Com sabença profunda irei cantando
Altos feitos da gente luminosa,
Que a trapaça movendo portentosa
A mente assombra, e pasma à natureza!
Espertos eleitores de encomenda,
Deputados, Ministros, Senadores,
Galfarros Diplomatas — chuchadores,
De quem reza a cartilha da esperteza.

Caducas tartarugas — desfrutáveis,
Velharrões tabaquentos — sem juízo,
Irrisórios fidalgos — de improviso,
Finórios traficantes — patriotas;
Espertos maganões, de mão ligeira,
Emproados juízes de trapaça,
E outros que de honrados têm fumaça,
Mas que são refinados agiotas.

Nem eu próprio à festança escaparei;
Com foros de Africano fidalgote,
Montado num Barão com ar de zote —
Ao rufo do tambor, e dos zabumbas,
Ao som de mil aplausos retumbantes,
Entre os netos da Ginga, meus parentes,
Pulando de prazer e de contentes —
Nas danças entrarei d'altas caiumbas.

(*Primeiras trovas burlescas de Getulino*, 1859)

NO CEMITÉRIO DE SÃO BENEDITO DA CIDADE DE SÃO PAULO

> Também do escravo a humilde sepultura
> Um gemido merece de saudade:
> Ah! caia sobre ela uma só lágrima
> De gratidão ao menos.
>
> Dr. B. Guimarães

Em lúgubre recinto escuro e frio,
Onde reina o silêncio aos mortos dado,
Entre quatro paredes descoradas,
Que o caprichoso luxo não adorna,
Jaz de terra coberto humano corpo,

Que escravo sucumbiu, livre nascendo!
Das hórridas cadeias desprendido,
Que só forjam sacrílegos tiranos,
Dorme o sono feliz da eternidade.

Não cercam a morada lutuosa
Os salgueiros, os fúnebres ciprestes,
Nem lhe guarda os umbrais da sepultura
Pesada laje de espartano mármore.
Somente levantando um quadro negro
Epitáfio se lê, que impõe silêncio!
— Descansam neste lar caliginoso
O mísero cativo, o desgraçado!...

Aqui não vem rasteira a vil lisonja
Os feitos decantar da tirania,
Nem ofuscando a luz da sã verdade
Eleva o crime, perpetua a infâmia.

Aqui não se ergue altar, ou trono d'ouro
Ao torpe mercador de carne humana,
Aqui se curva o filho respeitoso
Ante a lousa materna, e o pranto em fio
Cai-lhe dos olhos revelando mudo
A história do passado. Aqui, nas sombras
Da funda escuridão do horror eterno,
Dos braços de uma cruz pende o mistério,
Faz-se o cetro bordão, andrajo a túnica,
Mendigo o rei, o potentado escravo!

(*Primeiras trovas burlescas de Getulino*, 3ª ed., 1904)

SOUSÂNDRADE (1833-1902)

A ESCRAVA

"Triste sorte me arrasta nesta vida!
Escrava eu sou, não tenho liberdade!
Tenho inveja da branca, que tem dela
    Todas horas do dia!

Eu sinto me crescer vida nos anos,
E mais veloz que a vida amor eu sinto
Querer abrir em mim... eu sou escrava,
    Minha fronte é servil.

Por estes céus meus olhos amorteço,
Nestas plagas de anil piedosa os canso;
Ah! neste horror da escravidão perdida...
    Nestes céus não há Deus!

Tenho amor, sinto dor, minha alma é bela
Aqui na primavera a espanejar-se!
Porém nas próprias asas me recolho,
    O cativeiro as cresta.

Um só raio do sol não me pertence,
Eu nunca o vi nascer; quando ele morre
Ainda o encarnado do Ocidente
    Não posso contemplar:

Mesmo esta hora que furto à meia-noite
Ao meu repouso do alquebrado corpo,
A ver as estrelinhas nos meus olhos
    Como no manso rio,

Eu não tenho segura! o vento leve,
A lua como eu sou d'alvas camisas,
Fazem-me estremecer; eu vejo em tudo
     Meus soberbos senhores.

Eu me escondo, que a terra não me veja,
Nas sombras da folhosa bananeira:
E os insetos noturnos me parecem
     Denunciar meu crime...

Oh! não digam que eu venho ao astro pálido
Minha sorte chorar... eu tenho inveja
Da branca, porque tem todas as horas
     Do dia todo inteiro!

Eu sou bela também, minha alma é pura,
Mais do que ela talvez... cansa o meu corpo
Somente o cru servir, nervosos medos
     E o delírio da morte...

Do mundo o meu amor não se alimenta,
Que não há liberdade: eu sonho os céus...
Mas, nos céus não há Deus... na minha vida
     Não há nenhuma esp'rança!

Embora, o sangue do meu peito seja
Preces ao Criador, meu coração
Virgem dei-lhe: gemendo ao sacrifício,
     Por ele inda se exale.

Tenho inveja da branca, com tal sorte
Quanto eu fora feliz! os dias todos!
Passara todo o tempo aos céus olhando,
     Quisera ver meu Deus!

Ouvira todo o cântico dos pássaros,
Dos ventos e das selvas e dos mares;
As flores eu amara como adorno
    Do meu templo d'estrelas...

Escrava eu sou, embora abra-se a vida,
Esmorece-me tudo e desanima;
Além deste horizonte eu nada espero,
    Aqui me vexa a sorte..."

———

Cantava o galo preto: ela esquecida,
Veio a aurora encontrá-la, que até hoje
Não vira, nunca. Lhe pasmava a vista,
Mas enlevada e doce, prolongando
Nas faces novas reluzentes fios:
E de um encanto rodeada esteve,
Quando o açoite vibrou longe. — Era um preso
Que gemia ao nascer, ao pôr do sol,
Harpas memnônias se escorrendo em dores,
Até que desmaiasse, e adormecia
À cadência dos golpes que o rompiam.
E o deixavam jazendo: a vida e o sangue
Bota em golfadas d'expirante boca.
— Todo o dia dormiu, talvez sonhasse...
Inda dormindo está, no braço o corpo
Em desmembros lanhado se amontoa
Transudando uma água: a ver se é morto,
Com a ponta do açoite o tocam: imóvel,
Ergue os olhos de vidro, e lento os cai
Da luz aos passos lhe inundando os ferros
De sombria prisão. Vive: e começa
De novo a desfazer nos ais um nome;

E tornava a dormir, até que acaba:
Inda o sacodem, gritam, e ferem ainda!
— Era da escrava o irmão: jovem como ela,
Gêmeos do mesmo amor, ambos sonhando
Deste ideal que as almas arrebata
De generoso enlevo. A linda filha
De seus senhores, da crioula inveja,
Ele amara, coitado! ó cor, ó sorte,
Que negro e escravo o fez! Sentenciado
Foi aos ferros morrer de fome lenta,
De sede lenta; e na manhã, no ocaso,
Simbolizando o sol, ir pouco e pouco
A vida mais sensível derramando
Nos laços infernais do vira-mundo!
E do seu peito retalhado nasce
Como da terra um som subterrâneo,
Puros órgãos de amor crescendo aos céus.

———

Tímida espanta-se a crioula, e foge:
Leva o dia a vagar sozinha errante,
Como quem da existência em despedida
  Saúda o sol e os campos.

Mendigando piedade, chora às portas
Da fazenda vizinha: os homens riam,
Em troco lhe pediam seus amores,
  Sobre o seu colo uma hora:

E ela estremecia, e, d'inocente
Qual vagas de pudor vinham sobre ela.
E como o sol caísse, ela voltava
  De si mesma ao Senhor.

Seu erro a confessar, os pés lhe beija,
Que a magoam: soluços não lhe valem
Nem pranto virginal nem Deus do céu,
    Tudo emudece à escrava!

Estendida no chão de finas pedras,
Que já sangram-lhe o corpo que se arqueia,
Pedia a Deus justiça da inocência,
    Compaixão ao tirano.

Peada em duros nós, lhe começavam
Despir o corpo e o seio: ela transiu:
Gargalhada infernal oblíqua ao mundo....
    Emudeceu. Mistério!

E seu irmão gemeu no mesmo tempo,
Em seu túmulo o sol também fechou-se,
E todos para o Deus partiram juntos —
    Crioula, escravo e sol.

                              (*Harpas selvagens*, 1857)

A MALDIÇÃO DO CATIVO

Sou cativo, na cor trago a noite
Desta vida d'escravo tão má!
Mãos do dia que algemas nos tecem
Sanguinosas, no inferno são lá!

No silêncio d'umbroso passado
Um gemido recorda sua dor:
E o fracasso dos sóis qu'inda vêm
Serão sempre gemidos de horror.

Inda mesmo que mude-se a sorte,
Inda mesmo que mude a nação,
Terra onde gememos em ferros
Junquem flores servis — maldição.

———

Não dormido nos braços da esposa,
Que por terras estranhas vendida
Nunca mais eu verei: eu que a via
Entre os dentes d'uma onça incendida.

Vi seu colo arquejante cruzado,
Magoada sua face de amor...
Muito embora, mas nunca dobrada
De mulher que era minha ao senhor!

Entrançada com peias na escada,
Compassados açoites sibilam,
E banhados da carne que trazem
Vão n'areia, e de novo cintilam:

E a cadência do golpe e dos gritos
Mais o horrível da cena redobra:
Ruge a fera de um lado; a inocente
Oh, de dores se morde, se encobra!

Vi seu corpo de negras correntes
Enleado, que o roto vestido
Bem mostrava-lhe, e os ferros e o corpo...
Muito embora, mas nunca vendido!

Muda e lenta passou, fatigada
De um trabalho d'insano sofrer:

E os seus olhos e os meus se encontraram,
E entre pranto vi pranto correr.

———

Dura vida, que amava, onde foi?
E nem mais minha filha e mulher,
Que em labores d'escravo eram brisas
Que em seus seios me vinham colher.

A desoras, sopito o tirano,
Ao mortiço clarão da candeia
Minha filha afagou minha destra
Lá no rancho palhoso d'aldeia.

———

Minha filha cresceu, e formosa
Como a flor lhe nascia a feição —
Eram faces de um preto retinto,
Eram olhos de um vivo loução.

E, depois da ignóbil vingança,
Já vendida na praça, e por i,
Sem respeitos à igreja — qual Deus,
Faz um'órfã, uma viúva, ai de mi!

E, da mágoa infantil esquecido,
Doce mãe quando a obriga açoitar...
E eu cravei-lhe as cadeias... nós ambos
Só por ela esta vida a levar —

Abre os olhos de fera sedenta,
Amoroso da pobre filhinha,

Amoroso... que fera não ama:
Diz, fazê-la, rendida, rainha.

———

Porém eu que no peito cozia
Ódio ingrato de um vil coração,
Aguardava perdido a donzela
Da serpeia, falaz sedução.

Mas a filha d'outrora paterna,
Bem depressa, qual sempre a mulher
Delirante do mundo, de amores
Em seus braços se foi recolher:

Desprezou minha bênção! perdido,
Destruí-los pensei: desgraçado,
Ambos juntos segui pelas sombras,
Como espectro d'infernos armado.

Não que em sangue insensato almejasse
Minha faca tingir: que ante o riso
Da filhinha a quebrara, coitada,
Também Eva pecou no Paraíso:

Mas nas ervas da dor, mutilado
Do tão cru meu senhor vingativo —
Cepa fértil, que frutos lhe dava
De alimento e de amor... ah! Cativo —

Eu fui cão de farejos danados
Trás da prole infeliz e o senhor:
E esta faca como inda se escorre
Em dous sangues! mas de uma só cor.

———

E eu agora por brenhas erradas,
Por invias me fujo a vagar;
Secas folhas meu leito da noite,
Negra coifa por cima a embalar:

E fantasmas me cercam, medrosas
Vão-se as feras no antro esconder;
Leve aragem, passando por longe,
Sinto os gritos quebrar do descrer:

Tudo pasma de ver-me! natura
Treme o monstro como ela não gera!
Não, sou homem também... E eu matara
Mais mil vezes laivada pantera!

Fujo as mádidas horas da tarde,
Moles raios da lua me aterram,
E esses hinos do sol dessas aves
São sibilas que dentro me berram.

E no eterno da dor sombras lúbricas
Vêm-me a fronte d'insônias pisar,
Se destorce o meu corpo, em minh'alma
Se desfarpa o remorso a calar!

Mas de Deus não sou réprobo, o peito
Nem malvado nem brônzeo é meu:
Ensopado nos óleos do crime
Onde geme a inocência, acendeu.

E d'impuro que era, inda sinto
Os meus ossos tremerem rangendo;
Oh! são lavas que as veias me inundam,
Fébrias línguas me a pel refrangendo.

———

E eu matar minha filha... e nem prezo
D'abrir sangue tirânico, ignavo.
Porém, sou renegado, assassino —
E eis a sorte, e eis a vida do escravo.

Baldo em corpo, que outro homem domina;
Alma estéril minando nos vícios,
Desgarrada nas trevas da morte,
Longo inferno de longos suplícios:

Oh! quem foi que forjou-nos os ferros?
Oh! quem fez neste mundo o cativo?
Açoitado, faminto, sem crença,
Sem amor — sem um Deus! — vingativo.

Vós, ó brancos, calcando soberbos,
Inumanos assombros sangrentos,
Negra relva de humildes cabeças,
Como alados de presa sedentos:

Não sentis esfolhada no peito
Murcha paz d'esmaiada virtude,
E de grata poesia estalar-vos
Áureas cordas de um santo alaúde?

Não sentis sentimentos sublimes,
Céus divinos d'enlevo e paixão,
Estrangeiros medrosos fugir-vos
Sem asilo no mau coração?...

Vossos filhos já nascem amando
As delícias do açoite brandido,
Como os cães esfaimados se agarram
Pelo flanco ao tapir perseguido:

Nascem vendo essa nuve agoureira
A formar-se de em torno dos olhos,
Quando fazem-se em vidros, raivosos
Despejando sanguíneos ressolhos.

Castigando sua mãe tão querida
Mãos piedosas de trêmula filha —
Quem fizera! e sorrira-se ao choro
Que ante os olhos maternos humilha?...

Oh, no inferno viveis que vivemos,
Para nós não, os céus não se espraiam:
Vós abutres as carnes nos comem;
Dos cordeiros as pragas vos caiam.

E mirrado da vida que sofro,
Quero a triste na morte acabar:
E o abismo que a voz me sepulta,
Vá meu corpo também sepultar...

———

D'escura grota à pedregosa borda
    Lançando maldição
O escravo sumiu. Oco fracasso
    Bateu na solidão.

E as aves em coro levantaram
    Triste cantar,
Monótono e carpido, eram lamentos
    De longe mar.

E na selva ululada do fugido
    O silêncio caiu.

E o vento estendeu compridas asas,
    E a folhagem 'strugiu.

E eu prendo o ouvido contra a terra
    Que vibra os seios:
Sonora ondulação de longe traz-me
    Latidos feios:

Traz-me por pedras deslocadas lenta
    Cadeia longa
D'elos de ferro, que arrastada eterna,
    Lá se prolonga:

Traz-me rugir de fera; à voz do açoite
    Gemer profundo,
Tão doloroso, tão de piedade —
    Num vasto mundo!

                              Paris

                      (*Harpas selvagens*, 1857)

BITTENCOURT SAMPAIO (1834-1895)

A MUCAMA

Eu gosto bem desta vida,
Por que não hei de gostar?
A minha branca querida
Não hei de nunca deixar.

Eu gosto bem desta vida,
Por que não hei de gostar?

Tenho camisa mui fina
Com mui fino cabeção;
As minhas saias da China
São feitas de babadão.
Tenho camisa mui fina
Com mui fino cabeção.

— "Sinhá permite que eu saia?"
— À tarde pode sair. —
Visto então a minha saia,
Lá me vou a sacudir.
— "Sinhá permite que eu saia?"
— À tarde pode sair. —

Deito o meu torso com graça
E a minha beca também;
Atravesso a rua, a praça.
Dizem logo: "ei-la que vem!"
Deito o meu torso com graça
E a minha beca também.

Se arrasto bem as chinelas
As chaves fazem tim... tim...
Vejo abrir-se uma janela
Donde alguém olha p'ra mim
Se arrasto bem as chinelas
As chaves fazem tim... tim

E o velho diz do sobrado:
"Minha crioula, vem cá!"
Não gosto do seu chamado,

Não sou crioula: p'ra lá
E o velho diz do sobrado:
"Minha crioula, vem cá!"

Os moços todos me adoram,
Me chamam da noite flor:
Atrás de mim eles choram,
Por eles não sinto amor.
Os moços todos me adoram,
Me chamam da noite flor.

Tenho alguém que no caminho
À noite me vem falar;
Que com afago e carinho
Sabe a mucama abraçar.
Tenho alguém que no caminho
À noite me vem falar...

Que me diz com voz mansinha
O que nunca ouvi dizer:
"Minha 'negra', tu és minha,
Hás de comigo viver!"
Que me diz com voz mansinha
O que nunca ouvi dizer.

É sinhô moço! que agrado!
É sinhô como não há!
Diz-me sempre: "Tem cuidado,
Não contes nada à sinhá!"
É sinhô moço! que agrado!
É sinhô como não há!...

Já nem tenho mais saudade
Da minha terra gentil;
Vivo escrava da amizade,

Quero morrer no Brasil.
Já nem tenho mais saudade
Da minha terra gentil.

À noite sei o meu canto
Que faz o peito gemer;
Mas nestes olhos o pranto
Nunca ninguém há de ver!
À noite sei o meu canto
Que faz o peito gemer.

Eu gosto bem desta vida,
Por que não hei de gostar?
A minha "branca" querida
Não hei de nunca deixar.
Eu gosto bem desta vida,
Por que não hei de gostar!

(*Diário Português*, Rio de janeiro, 11 de abril de 1885)

LUÍS DELFINO (1834-1910)

A FILHA D'ÁFRICA

I

E volve os olhos da amplidão imensa,
    E pávida recua,
Como se dela lhe estendesse os braços
    A própria imagem sua!...

Porém não foge. — Vara o véu de trevas
    Com olhar mais profundo...
— O que traz esse exército de bronze
    Das brenhas de outro mundo?

Ouve-se o rebater de ferro em ferro
    Da pesada armadura,
E o relinchar dos mádidos cavalos
    Lá pela treva escura.

Ouve-se o baquear no chão rodando,
    De uma imensa cidade,
Rasgada a bela túnica de pedra
    Às mãos da tempestade.

Ouve-se... é noite. — Mas eis chega o dia...
    A luz já bruxuleia:
Do mar a face em noites de tormenta
    De visões está cheia.

É como a noite negra dessa fronte...
    Que sol hoje viria
Pendurar dos seus raios sobre os mares
    O pavilhão do dia?

Que sol nas tranças de ouro hoje enxugara
    A fronte das colinas,
Por cujas rugas, como as cãs de um velho,
    Debruçam-se as neblinas?

Dele só vê-se a luz, sem na carreira
    O olhar poder segui-lo;
Como do dardo, que golpeia a noite,
    Só se escuta o sibilo.

Mulher, raio de luz perdido em trevas,
    Por que soluças tanto?
Espera! o sol virá... limpa os teus olhos
    Nas fímbrias do seu manto.

Mas o que quer? Àquela mole imensa,
    Que aos pés lhe ferve e estua,
Por que distende os olhos? Pelas vagas
    Que visão lhe flutua?

É a da pátria... — É a visão da terra
    C'roada de palmares,
Que ela está vendo a se mexer nas águas
    Lá na extrema dos mares!...

II

Às abas do Oceano estar cismando
    Costumava a africana,
Enquanto a clina do leão eterno
    Aos seus pés espadana!

Enquanto nas mil voltas das cadeias
    Revolve-se ululante,
Como se estorce o ímpio, — as mãos atadas
    A um só verso do Dante!...

Seu rosto, — um roubo ao ébano da noite,
    Umbroso se explanava,
E a dor, rasgando-o, o ervaçal das ruínas,
    Sem murmurar, plantava!

Nos olhos seus apenas lhe vacila
    Quase extinto fulgor,
Como o da escama de enroscada serpe
    Ao faltar-lhe o calor.

Dores... sofre-as o corpo; mas sua alma
    Parece nele estar
Tão alta, como estrela, ou tão profunda
    Como a concha no mar.

Como a concha onde a pérola adormece
    No fundo do oceano
Enquanto em cima há o batalhar eterno
    Há o lutar insano!

Como a estrela que, após as tempestades,
    Nem mais bela que dantes,
Tendo aos ombros a aljava carregada
    De dardos mais brilhantes!

Nem tanto! — Entre as visões a alma lhe treme
    No íntimo sacrário,
Como balança a alâmpada entre o fumo
    No seu alampadário!

E, às vezes, rola o fio de uma lágrima
    Pela face... tão manso
Como gota de azeite, que transborda
    Da alâmpada ao balanço!...

Naquele coração — naquele abismo —
    Despenhada a ventura,
Livre saltou, correu, rugiu, bem como
    O leão na espessura.

Naquele coração — leito de pedras —
    Mal formado, é verdade
Na virginal beleza em que, selvagem,
    Bramia a liberdade!

Nua, bem como um semideus de Homero,
    A vida em segurança
Levava aos ombros dentro de uma aljava,
    Ou pendurada à lança!

E o coração agora? — É leito a seco,
    Em que as vagas passaram:
É como as rochas negras das montanhas,
    Que os raios calcinaram!

Mas inda pode o olhar medir o rio,
    De pasmo apoderado,
Pela grandeza do bordão de pedra
    A que andou encostado!

Que ele deixou abandonado às selvas,
    Que ao tempo ainda respeita,
Porque à noite, do rio a sombra ainda
    Por sobre ele se deita.

Peregrinai atento no seu rosto;
    Entre escabrosidades
Colhei, dentre o ervaçal, que o tolda, a ossada
    De antigas f'licidades!...

Por essas valas descambando os olhos,
    Que a dor cravou na tez,
Talvez num riso, que tombou nos lábios,
    Ainda tropeceis!...

Esqueleto de um riso!... — Os ossos soltos
    De uma ave que morreu,
Que o verme, a fera, o tempo devoraram...
    Eis o sorriso seu!...

Resta-lhe o lábio, como um ninho seco,
    De um tronco pendurado,
Vazio do que tinha de mais lindo!
    E eis tudo do passado!

Homem, no entanto, nesse porte altivo,
    Nesse olhar quase fero,
Não se parece ver um rei mendigo
    Dos poemas de Homero?

O mesmo raio que devora os mares,
    Que põe por terra o monte,
O raio só do Vingador do Horeb,
    Esfumaçou-lhe a fronte!

E tu hás de aviltar a raça inerme,
    Que merecera dó...
Que amanhã... que hoje mesmo Deus sacode
    Contigo ao mesmo pó?

E entretanto ela vem como o assassino,
    Que treme à voz do crime,
Sentar-se à planta do leão eterno,
    Dar folgo à dor que a oprime!

Vem procurar — entre as visões da noite —
    A terra dos palmares,
Que ela está vendo a se mexer ao longe,
    Lá na extrema dos mares!

III

E um dia, imóvel na atitude eterna
    De estátua abandonada,
Que sofre o pó, o vento, a chuva, o raio,
Ela ficou — num lânguido desmaio —
    À pedra agrilhoada!

Imóvel!... Como a página de um livro,
    Que o furacão abriu,
E o furacão passou, deixando-o aberto,
Que está, — em que de vozes mil coberto,
    Mudo, como caiu!

Imóvel!... Como sombra resumida
    No cabeço de um monte;
Sombra, que pouco e pouco se estendendo,
Solta do flanco negro um grito horrendo
    Que povoa o horizonte.

Imóvel!... feramente os olhos fixos,
    A fronte sobre a mão.
Como na jaula altivo e desdenhoso,
— Quase leão de bronze no repouso, —
    Animado leão!

Imóvel!... Como um deus de eras heroicas
    Em base de granito!
Sua alma, como que enterrada tinha,
Como folha de espada na bainha
    Nas cousas do infinito!

Nas pompas desse dia majestoso
    Bebera um vigor novo!...

O céu, o sol, o mar, que aos seus pés tinha,
Bosques, aves... ali era rainha...
    Tudo isso era seu povo!...

Mas eis que à fronte vem pousar-lhe um nome!
    A mão na fronte passa,
E dela cai-lhe o mundo despenhado,
Como um quadro de vidro pendurado,
    Que o vento despedaça!

E dando um grito como o da leoa,
    Que o caçador feriu,
Que, com a bala a pungir-lhe inda as entranhas,
Bramindo busca o fundo das montanhas...
    Ela ergueu-se e fugiu!

Fugiu!... e desse mundo, que caíra
    Com um sopro aniquilado...
Vi pouco a pouco erguer-se da poeira
A mansilha ensopada da sangueira
    Do corpo lacerado!...

IV

E noutro dia esquecida
De novo à pedra ficou:
Deus nova luz, nova vida
Dos seus olhos pendurou.
Soberbo, como soía,
Trazendo ao seu colo o dia,
O mesmo sol vinha então:
Nas mesmas ímpias cadeias
Mordia as mesmas areias
O mesmo altivo leão!

Mas não veio a fronte inerme
Dourar-lhe linda visão,
Que, — como um pequeno verme,
Esmagara a própria mão.
Ai! o mundo que ela vira,
Que aos pés sem rumor caíra,
Nem pó deixara por fim!...
Ao céu os olhos levava;
Ao mar os olhos baixava:
O que pensava era assim:

— Quem sabe se como eu vivo
O sol não vive também,
E como o leão cativo,
Jaula eterna no céu tem?
Um — preso, no céu suspenso,
Outro — atado ao mar imenso...
Ambos por uma só mão;
Ambos tendo a imensidade,
Ambos tendo a majestade,
Águia — o sol, — o mar — leão?

No universo é tudo escravo!...
Se um dia quebra os grilhões,
O rio soberbo e bravo
Vem rugindo dos sertões;
Sobe morros, galga outeiros,
Nivela despenhadeiros;
Da granítica raiz
Vastas cidades sacode...
Ninguém opor-se-lhe pode:
A voz de Deus assim quis.

Mas se Deus diz: Volta à selva:
O rio, como um cordeiro,

Vai morder a verde relva
À sombra de pobre outeiro:
Rasga os seus velos apenas
Das pedrinhas nas centenas,
Que por suas margens há:
Mesmo no meio — a um seixinho —
Vai pousar um passarinho,
Vai cantar um sabiá.

Quem sabe, pois, se à torrente,
Que Deus na África arrojou,
Que nossos campos— potente, —
Que nossos povos talou!
Deus há de dizer um dia:
— Basta: — e a torrente bravia
Há de ao seu leito voltar:
E há de sair das entranhas
De nossas broncas montanhas
Um rio maior que o mar?

De nossas selvas no seio,
Que fazem nossos leões?
Dormem? — O dormir é feio,
Quando é por sobre grilhões!
Quem sabe se agora mesmo
Não 'stão vomitando a esmo
Pelas gargantas e vãos
Hordas, que irão a milhares
Pedir às praias, aos mares
Os ossos de seus irmãos?!!...

Quem sabe? — Deus pode tudo:
Esta palavra aprendi
De um povo bárbaro e rudo,
No meio do qual nasci:

Aqui não... aqui não creio
No nome de Deus, que veio,
Dos que me rojam baldões;
Caiu-me dentro do ouvido
Como o ferro derretido
De muitos... muitos grilhões!...

E nesse dia voltava,
Se não feliz e sem dor,
Mais calma a mísera escrava
À casa do seu senhor!
Lançava um olhar mais terno
Ao sol — no cárcere eterno —
Lágrimas de ouro a chorar,
Deixando às mesmas cadeiras
Mordendo as mesmas areias
O eterno leão do mar.

V

Hoje inunda-lhe a fronte pensativa
De uma linda manhã a luz mais viva,
    Que a veio inda encontrar!
E os reflexos de uma alma que vacila
Tremem ali na fúlgida pupila,
    No irrequieto olhar!

Enquanto a brisa da manhã rasgava
O véu da noite, em que se envolve a escrava,
    Enquanto o mar bramia,
Enquanto o sol se erguia do Oriente,
A pobre escrava, nesse olhar ardente,
    Gemendo assim dizia:

— Que é isto, meu Deus? Que é isto?
Ai! ontem fui mais feliz!
De tudo que tenho visto,
Vem uma voz, que me diz:
— Escrava! — voz, que murmura,
Que foge, que o olhar procura,
Que voz humana não é! —
— À escravidão condenada! —
O sol, que está longe brada,
E o mar que me está ao pé!...

Escrava! diz o arvoredo:
Escrava! diz o tufão!
Escrava! mete-me medo
Esta voz de maldição!
Dali poisado a um raminho —
Diz escrava! — o passarinho!
De cima dos alcantis
Vozeia a torrente brava:
Escrava! — Mísera escrava!
Tudo o que é livre me diz!

Como os meus olhos os viam
O sol — águia, o mar — leão!
Na mesma jaula fremiam,
Na mesma eterna prisão!
A mão, que aos grilhões os dera,
Nos vãos da terra e da esfera
Lhes cavara o seu lugar!
Entre a curva dos seus braços,
Ó águia, deu-te os espaços,
A ti, leão, deu-te o mar!

Mal Deus repousado tinha
Dos dias da criação,

Leva o sol águia-rainha,
Junto c'o mar rei-leão,
Como dádiva inocente,
Raio de luz mais fulgente,
Vaga de mais escarcéu...
— Rivais — diz Deus: Temo a guerra. —
Prendeu o leão na terra:
Prendeu a águia no céu!

Mas ambos na jaula imensa
Podem correr: — livres são!
Quem me dera tal sentença
Com tão augusta prisão!
E a natureza me insulta:
Com altivez me sepulta
Debaixo dos risos seus!
E o sol me cobre de poeira...
Dessa, que talvez não queira
Pelo seu caminho — Deus.

A esmaltada mariposa,
Que abre ao sol asas de azul,
E o verme, que só repousa
Pelos lodos do paul,
O passarinho na selva,
A juriti pela relva,
Pelas nuvens o condor,
Pelos espaços o vento,
Bradam-me a todo momento...
— Oh! nós não temos senhor!...

Não tendes!... além do braço,
Que suspendeu sobranceiro
O sol no fundo do espaço,
E no mesmo espaço o argueiro!

Que fez com o mesmo trabalho
Grande o mar, pequeno o orvalho,
E que tanto lhe custou
Fazer a águia altaneira,
Como deitar na poeira
O verme, que ao chão rojou!

Oh! livres sois — Como é belo
Respirar a liberdade,
Mesmo atada por um elo
À mais alta majestade!
Deus não vos quer ver a esmo:
Deus vos conduz por si mesmo...
Deus vos leva pela mão.
Oh! suprema f'licidade!
Oh! querida liberdade!
Oh! maldita escravidão! —

Assim à pedra sentada
Somente a escrava pensava,
E na língua malformada
A ideia virgem moldava.
Lá via o voo atrevido
De uma ave: dava um gemido!
Aos bosques, ao sol, ao mar,
Ao verme, às próprias correntes
Só com lágrimas ardentes,
A escrava sabe falar!...

VI

Veio o senhor: — e viu a pobre escrava
    Cismando à beira-mar:

Desenroscando, as serpes dos seus olhos
    Vão nela se cravar.

"Que fazes, diz? Que vens buscar aos mares?
    Que mais pretendes tu?
Fome não sofres: tens melhor choupana,
    Que de colmo e bambu

Não te açouta em nudez o sol ardente,
    E a rija tempestade!
Que mais te falta?" E respondeu a escrava:
    — "Senhor, a liberdade!"

E as lágrimas dos olhos lhe saltavam!...
    Assim de morto galho
A asa do vento, que arrastando passa,
    Sacode o branco orvalho.

A calcorrear a lágrima de um monte
    Na relva se desata:
Aqui se enrosca, ali se desenrosca,
    Como serpe de prata.

Assim lhe serpenteia pela face
    Branquíssima corrente,
Que vem das solidões da alma, e tão fundas
    Como as da África ardente!...

E sorriu-se o senhor!... mas como o nauta
    Na procela ao cismar,
Se nunca viu cavado pelos ventos
    Um sepulcro no mar!...

E sorriu-se o senhor!... mas qual soldado,
    Quando de guerras fala,

E que nunca sentiu a dor que punge,
    O golpe de uma bala.

E a africana lá foi!... viu tudo livre,
    A aurora, que raiava,
E o mar, e o sol, e o bosque, e o vento e o verme...
    E ela somente escrava!...

E a africana lá foi!... E noutro dia
    Tornava à beira-mar,
Para ver ave, e onda, e tudo livre,
    P'ra de novo chorar!

E enquanto lhe restasse na epiderme
    Um só lugar vazio,
Com sangue iriam lhe escrevendo a história
    Do meditar sombrio!...

VII

Africana escravizada,
Sátira viva arrojada
A um povo infame e traidor!
Esta nação é tirana!
Maldiz, mulher africana;
Tu não és da raça humana,
Ou é vil o teu senhor!

Deus te guarda na lembrança!
Como a sombra da vingança,
Sobre ela pousas fatal!
Deus por vezes do infinito
O seu olhar tem já fito

No seu trono de granito,
Na sua c'roa imperial!

Não vês aí ao comprido
Languidamente estendido
Na imensa praia do mar,
Quem do Amazonas ao Prata
O corpo imenso desata,
Do verde berço da mata
Querendo se levantar?

Ei-lo! lá ergue-se agora!
Raia p'ra ti nova aurora,
Tens tua c'roa de Rei,
Lança bem longe as tuas vistas:
— Conquistas sobre conquistas! —
Dos teus troféus não desistas:
És grande afora: bem sei.

Muito o teu olhar descobre!...
Pois vê se és grande, se és nobre;
Profunda-o em teu coração!
Dê-te Deus uma centelha
De luz, e vê que semelha
Ter nas garras uma ovelha
Com direitos de leão?!!...

Vai, pois, nação altaneira,
Aos olhos baixa a viseira,
O azorrague na mão!
Da história os livros manchados,
Dos ferros enferrujados,
Enfeiam já dous reinados
Com as nódoas da escravidão!

Vai, ridículo gigante,
Grande e belo como Atlante,
Cheio de brilho e altivez:
Enverga a nobre armadura,
Louros em tudo procura,
Enquanto aos teus pés sussurra
A raça vil que não vês...

Mas que te cospe na cara!...
Mas... que essa glória manchara
Qualquer que pudesses ter,
Que salpicara teu manto
Com seus gritos, com seu pranto,
E depois — se podes tanto —
Ri aos louros, sem tremer.

Vexame!! triste memória!!
E essa página da história,
Que se não possa arrancar!!
Não há de novo escrevê-la:
Não há torná-la mais bela,
Embora por cima dela
Cem vezes rolasse o mar!

Ai! se na alva, que desponta,
Vingassem eles a afronta!!?
Que diríamos depois?
Quando, com o mesmo direito,
— Os joelhos sobre o peito —
Então tivessem sujeito
O povo — rei, seu algoz?

Quando lançando à fornalha
Para as armas da batalha
O ferro dos seus grilhões...

O povo bárbaro e rudo
Se erguesse... tu, povo mudo,
Que dirias a isso tudo,
Respondendo aos seus canhões?...

Então, morno e sucumbido,
Ai! só terias sabido
O que eras tu, servidão;
Olhando com triste ansiedade
O passar da tempestade,
Que rojava a liberdade
Para as garras do leão! —

VIII

O Brasil, nobre atleta do futuro,
Sobre a armadura ressonando dorme:
Suas cidades são apenas ecos
Das pulsações de um coração enorme!

Ouviu... quem sabe? o rebater pesado
Do camartelo rudo em ferro horrendo,
Com que o séc'lo apunhala o seio às brenhas
E abre rasgões por onde vai correndo.

Aos sons — talvez — desse estrondar acorda!
Rei, soberbo e indolente, a espreguiçar-se
Na verde cama de vergéis floridos,
Boceja e sonha e ri, sem levantar-se!

O almafre de florestas gigantescas
Balança-lhe no elmo das montanhas!
Enquanto dorme, povos e tributos
Roja-lhe o mar das túmidas entranhas!

Sobe o gênio do século os seus rios,
Toca-os nas margens com as mãos de pedra:
Logo pulula um povo torrentoso,
Uma cidade de repente medra!

Belo o porvir do trono seu de trevas
C'roa-lhe a fronte de esperança e flores!
O sol é seu padrinho: a primavera
É sua noiva: é ela os seus amores!

Por que és tão mau, ó filho do Oceano,
Deitado à sombra da floresta antiga?
Quando tudo p'ra ti só tem sorrisos,
A tua mão sem pundonor castiga!

Podes ser grande... hás de ser grande, ó terra!
Mas teus braços — um dia — envergonhados,
Hão de levar do tempo à fronte augusta
Uma c'roa de séculos manchados!

Homem livre e feliz, eu não te canto,
Em que dê pouca luz meu canto inerme:
Não sou um astro que vomita chamas,
Mas não vomito lodo — tal um verme.

Tu, Africana, és infeliz; eu te amo.
Lavar-te os pés com versos meus consente,
Não perde o incenso o odor em tosco jarro,
Nem tem mais cheiro em vasos do Oriente.

IX

Oh! como sobre as asas das estrofes
Sinto minha alma desdobrar-se agora!

Como na areia de uma praia virgem
A vaga bate, e se desdobra e chora!

Os olhos alonguei na funda chaga,
Que a fronte da nação livre ulcerava:
E quando interroguei a boca hedionda,
Ouvi dela sair a voz da escrava.

Roubei meu canto à voz das agonias,
Quis num só feixe atar todas as dores,
E rojá-las à face desse povo,
Em tal banquete as só possíveis flores!...

Tomei nos braços dos grilhões o peso,
E disse: — É necessário um camartelo
Grande... batido à forja por Ciclopes,
Para os poder quebrar elo por elo! —

Mas da cova ao sopé despem-se os ferros,
Deixa-se o cetro, e se abandona a c'roa!
Do pobre ninho ali cavado em terra
Ave brilhante as asas bate e voa.

Como a pomba sacode o pó das penas,
Qual deixa a borboleta a larva impura,
A alma sacode o corpo sobre a terra,
E aos céus adeja em toda a formosura.

(*Revista Popular*, nº 13, Rio de Janeiro, 1862)

JOAQUIM SERRA (1838-1888)

O FEITOR

Que vidinha que leva a Maria,
Já não vai ao serão há um mês!
Só trabalha na horta de dia,
Ao roçado não foi uma vez!

Não reparas no caso, Josefa,
E não sentes o sangue ferver?
Para nós a dobrar a tarefa,
O serviço e mau trato a crescer!...

Eu pensei que as escravas da roça
Eram todas parceiras, iguais;
Mas aqui uma é sinhá-moça,
E parece ter ganja demais...

Somos todas cativas, portanto
Do que as outras nenhuma é melhor!
Aqui anda feitiço ou quebranto:
A Maria governa o feitor!

Eu bem vejo, mais linda crioula
A fazenda não teve e nem tem,
E o feitor, eu bem sei, não sou tola,
Nem tão pouco baú de ninguém,

Gostou dela e já fez a conquista,
A Maria rainha há de ser...
Dentro em pouco, mais uma na lista
Das rainhas de breve poder...

Bem conheces o gênio do homem,
— Já reinaste no seu coração —,
Não há mimos, afagos que o domem,
Mais volúvel não há ninguém, não!

Tu, Josefa, não foste orgulhosa
Nem de resto tratavas a nós;
A Maria precisa uma tosa,
De soberba passou a feroz!

Embirrou sobretudo comigo,
Não me fala senão de revés!
Ouve bem o que agora te digo:
São intrigas, ciúmes talvez...

Pensará que o feitor me namora
Ou que eu gosto d'aquele vilão?...
Pois se engana, que o tal caipora
Não me inspira senão aversão!

É bem certo qu'eu vi quinta-feira
Ele atrás do meu rancho, e após
Fez-me gestos e momos na eira,
Quando os pretos batiam o arroz...

Mas fingi que não via os acenos,
Quebros d'olhos e terno sorrir...
Pois não quero por mais ou por menos
Da Maria com a língua bulir...

O feitor gosta dela deveras,
Por capricho somente me quer,
E eu o ódio prefiro das feras
Ao furor de ultrajada mulher!

O que lucro em trair meu amante,
Que me adora e tem sido leal?
A vaidade de ser um instante
Instrumento deste homem brutal?

Antes ele me odeie e aborreça,
Sem amor eu não quero ninguém,
E não hei de curvar a cabeça
Quando o posso tratar com desdém!

Que remédio tem ele? A vingança
Que lhe resta é dobrar-me o labor,
Mas a mim o trabalho não cansa,
Não o evito seja ele qual for!

Quando irada sua voz determina
Que co'os homens eu vá trabalhar
Na derruba, coivara ou capina,
Apresento-me sem resmungar!

Ou fazendo o serviço na eira,
Ou então apanhando algodão,
Nunca falto, pois sou tarefeira,
Disso eu tenho a maior presunção!

Por aí o feitor não me apanha,
Qu'hei de sempre dar conta de mim;
Use ele de astúcia ou de manha,
E debalde, não chega a seu fim!

Entretanto a fidalga Maria
Não trabalha e murmura de nós!
Isto deve acabar algum dia!
Oh, Josefa, não ergues a voz?

Somos todas cativas, o fado
Deu a todas os mesmos grilhões,
Do senhor basta o jugo pesado,
Entre escravos não há distinções!

É demais! Isto assim não tem jeito!
Já não basta do corpo o suor?
Nem sequer termos nós o direito
De tranquilas dispor do amor!

(*Quadros*, 1873)

A DESOBRIGA

"Chegou o padre da vila,
Cessem amores e briga;
Corra a semana tranquila,
Que é tempo de desobriga.

Lá na varanda da frente
Vai ser o confessionário;
A capela está luzente
E já chegou o vigário.

Eu não quero irreverência,
Cumpro à risca a Escritura.
Exame de consciência
Vá fazer a escravatura.

Não quer o menor brinquedo
Neste negócio o patrão;
Assim pois, amanhã cedo
É virem pra confissão!"

Fazendo este aviso, da extensa senzala
    Sai o feitor;
Começa a gritada, ninguém mais se cala.
    Que grande rumor!

Ouçamos o que diz com vozes lentas
    Aquela velha quase secular.
As outras companheiras são atentas,
    Escutam sem falar!

"Desta feita não veio o barbadinho
    O santo das missões!
O vigário da vila é bem mocinho...
    Jesus! Santa Maria!
Acho que padre moço não devia
    Meter-se em confissões!

Boca que tal disseste! Sou bem louca,
    Já viram cousa igual?
Murmurar do vigário! Calo a boca...
    Que pecado mortal!
Mas se o padre barbadinho
Era um bom confessor, santo varão,
Eu posso lamentá-lo um bocadinho,
Sem maldade fazer comparação!

    Deu-me ele este rosário
    Que foi de S. José,
    E neste relicário
    Um dente de Noé.

    Benzeu esta fazenda
    Um dia ao pôr do sol,
    As casas de vivenda,
    A eira e o paiol.

Bom padre! Era benquisto
Por todo este sertão;
Quando partiu, está visto,
Levou um bom quinhão

De esmolas, de presentes,
Eu dei-lhe os lucros meus;
Quem dá aos indigentes
Dizem que empresta a Deus!"

Cochicham as crioulas
Num canto a sorrir,
Zombando dos contos
Que deixam de ouvir.

E as velhas pensando
No confessionário,
Assim vão falando
Do moço vigário...
E as moças crioulas
Murmuram: Que tolas!

(Quadros, 1873)

JUVENAL GALENO (1838-1931)

O ESCRAVO

Vou cantar a minha vida,
Nos ferros da escravidão...

Calai-vos, celestes auras,
Rugi com força, oh, tufão!
    Que é filha do desespero
A minha rude canção,
    Como a dor que m'apunhala,
Nos ferros da escravidão!

Minha mãe era cativa,
No cativeiro nasci;
Neste mundo a f'licidade
Não gozei, não conheci...
    Que ainda bem pequenino
A minha sorte senti!
    Chorando o meu infortúnio
No cativeiro nasci!

Minha mãe! oh, quantas vezes
Por minha causa sofreu!
Sob os golpes do chicote
Ai, quanto sangue perdeu...
    Té que um dia a miseranda
Tanto penou que morreu!
    Minha mãe! que mil torturas
Por minha causa sofreu!

Oh, sim, morreu! Chorei tanto
Quando morta a vi no chão...
O magro corpo estragado
Pelo azorrague e grilhão...
    Que o meu senhor castigou-me
Mandando calar-me então!
    E entretanto eu não podia...
Quando morta a vi no chão!

Sozinho fiquei sofrendo,
Quando minha mãe perdi;
Mais açoutes, fome e sede,
Mais angústias padeci...
    Que eu não tinha mais aquela
Que se acusava por mi!
      Bem pequeno... sem consolo...
Quando minha mãe perdi!

Bem pequeno... inda criança
Começou o meu penar!
Duas três vezes por dia
Vinham-me o corpo açoutar...
    Que o filho de meus senhores
Chorara no seu brincar!
    Oh, que destino, tão cedo
Começou o meu penar!

Fui crescendo — a minha infância
Gastou-me no padecer;
Quase nu, ao sol e chuva
Trabalhava eu sem poder!
    Qu'embora pequeno o escravo
Sofre e chora... até morrer!
    Ai, que infância foi a minha...
Gastou-se no padecer!

Cresci... agora sou homem...
Homem, não! escravo sou!
Não é homem quem liberto
Neste mundo não entrou!
    Que o meu corpo é do chicote
Daquele que me comprou...

  Que neste inferno em que vivo
Homem, não!... escravo sou!

Sempre escravo... Dia e noite
Ao mando do meu senhor!
Sem descanso, sem ao menos
As delícias dum amor...
  Que minh'alma, como o corpo,
No mundo tem opressor!
  Desgraçado... é tua sorte
O mando do teu senhor!

Se tu amas... quase nua,
Sob o chicote a chorar,
Vês tua esposa querida
Ai, sem podê-la salvar!
  Que o escravo, o miserável
No mundo não pode amar!
  Sua esposa... ou o seu filhinho
Sob o chicote a chorar!...

Desgraçado! Assim nasceste
Sem ventura... sem razão!
Se adoeces... se te queixas
Teu algoz grita que — não!
  Que não sente o pobre escravo
Quando o não quer o mandão:
  Trabalha... sofre calado,
Sem ventura... sem razão!

Desgraçado... oh, quanto custa
Esta vida suportar!
Carrascos... cruéis demônios
Acabai de me matar!

> Qu'eu possa, qu'eu possa um dia
> O meu tormento acabar!
> Oh, que sorte! Oh, quanto custa
> Esta vida suportar!

(*Lendas e canções populares*, 2ª ed., 1892)

O ESCRAVO SUICIDA

> Liberdade!... Liberdade!...
> Já diviso tua luz!
> Neste mundo de maldade
> Vou deixar a minha cruz!
> Vou ser livre! À luz d'aurora,
> Da raça que me devora
> Cativo já não serei!
> E sim livre, e sim ditoso,
> Da liberdade do gozo,
> Noutro mundo, noutra grei!
> Que só vive aqui o livre,
> O escravo não!
> Pois não há pior inferno
> Do que o seu — a escravidão!

> Vou ser livre... Não é crime
> Esta cadeia quebrar;
> A quem da infâmia s'exime
> Não pode Deus condenar!
> E quando fosse um delito?...
> Perdoaria ao aflito
> O meu divino Jesus!
> — Pai do céu! Quanto eu sofria...
> Não era Deus, não podia

Carregar tamanha cruz!
    Não pude mais!... Vive o livre,
        O escravo não!
    Pois não há pior inferno
    Do que o seu — a escravidão!

Fugi dos brancos algozes,
Daquela taça de fel!
Além de açoutes atrozes
A abjeção mais cruel!
Oh, sim, meu Deus! Mais um dia
A sorte que me oprimia
Foi-me impossível sofrer!
Fome, sede, insultos, dores...
Do meu senhor os rigores...
Sem tréguas o padecer!
    Perdoai-me, pois! Não vive
        O escravo não!
    Pois não há pior inferno
    Do que o seu — a escravidão!

Assim ao Deus de bondade
Direi gemendo a chorar,
Ele, a suma piedade,
O meu pranto há de enxugar;
Serei salvo... em santo abrigo,
Bem longe deste jazigo,
Que me causa tanto horror!
Feliz então, meu destino
Sem o chicote ferino
Com que me açouta o feitor!
    Vivendo... pois vive o livre,
        O escravo não!
    Pois não há pior inferno
    Do que o seu — a escravidão!

Livre... salvo... perdoado...
Em breve, em breve serei!
E se fosse condenado
Nada eu perdia... bem sei!
Pois do inferno os tormentos
Não podem ser mais cruentos
Quais os que eu sofro aqui;
Mas o meu Deus é clemente...
Se me julga delinquente,
Sabe quanto eu padeci!
  Serei salvo... vive o livre,
    O escravo não!
  Pois não há pior inferno
  Do que o seu — a escravidão!

Livre... e salvo! Adeus, torturas
Que neste mundo provei!
Adeus, cruéis amarguras,
Adeus, campos que eu lavrei!...
Suando suor de sangue,
Açoutado, vil, exangue...
Chorando mudo e feroz!
Adeus, adeus, ó, parceiros,
Na desgraça companheiros...
Rogarei no Céu por vós...
  Que não viveis... pois não vive,
    O escravo não!
  Que não há pior inferno
  Do que o seu — a escravidão!

Adeus, sol que me queimavas
No campo sem compaixão,
Que minhas chagas secavas
Do chicote e do grilhão;

E tu, lua traiçoeira,
Que a minha afeição primeira
Descobriste ao meu senhor...
Que escarneceu-se nefando,
Ao mesmo tempo açoutando,
A virgem do meu amor!
    Adeus, adeus... Vive o livre,
        O escravo não!
    Pois não há pior inferno
    Do que o seu — a escravidão!

Vento ingrato... tu que irado
Meus trapos vinha rasgar,
E depois quase gelado
Me fazias tiritar...
Adeus, p'ra sempre! E tu, noute,
Que me livraste ao açoute
Em teu véu de minha cor!
Adeus, humana fereza,
Adeus, mundo de torpeza,
Vergonha, prantos e dor!...
    Qu'eu vou ser livre... Não vive,
        O escravo não!
    Pois não há pior inferno
    Do que o seu — a escravidão!

Adeus, mundo! À luz do dia
Bem longe... longe estarei;
Aqui na mata sombria
Este corpo deixarei:
Neste galho pendurado
Ficará para legado
Do branco que me comprou!
Ferido, magro, mirrado...

Assim o deixo ao malvado,
Que sem pena o maltratou!
    Que legue melhor o livre,
        O escravo não!
    Pois não há pior inferno
    Do que o seu — a escravidão!

É pobre, sim, o legado...
Magro corpo... quase nu!
Quem o tornou neste estado?
Foi tu, ó branco, foi tu!
Assim, pois, recebe-o agora...
É teu, compraste-o... devora
Aquilo que te custou!
Devora... corvo funesto,
Devora... consome o resto,
Que o teu chicote deixou!
    Qu'eu vou ser livre... Não vive,
        O escravo não!
    Pois não há pior inferno
    Do que o seu — a escravidão!

É tempo... desponta a aurora...
Fiz o laço... pronto estou!
Em menos de um quarto d'hora,
Grande Deus, convosco, sou!
Mundo torpe... cativeiro...
Ímpio branco e carniceiro...
Vinde ouvir-me: — maldição!
E tu, salve, ó liberdade!
Vou entrar na eternidade...
Santo Deus... Vosso perdão!
    É tempo... só vive o livre,
        O escravo não!

Eis-me salvo deste inferno...
Já não sinto... a escravidão!

(*Lendas e canções populares*, 2ª ed., 1892)

A NOITE NA SENZALA

Maldição sobre aquele que imano
Em seus lares sustenta a opressão;
Sobre aquele que a pátria envilece...
Traficando... vendendo um irmão!
Oh, que nódoa na história brasília...
Maldição... maldição... maldição!...
....

Que noite... que noite aquela,
Que na senzala passei!
Que cenas... que horrível quadro
Ai, chorando contemplei!
Desde então tornei-me imigo
Dos malvados opressores...
Carpindo tantos horrores,
O pobre cativo amei.

Amei-o sim... deplorando
As dores do meu irmão,
Que por lei a mais infame
Morria na escravidão;
Qu'eu via então miserável,
Pelo trabalho alquebrado
Quase nu... ali deitado
Sobre trapos, sobre o chão!

Amei-o... pois padecia;
Amei-o... senti-lhe a dor:
Amo o fraco, odeio o forte
Quando exerce o seu rigor:
Amo o gemido, o queixume
Do cativo desditoso.
Como odeio impiedoso
O desumano senhor!

Pobre irmão! Vinde, tiranos,
Alta noite o contemplar;
Vede... dorme o desgraçado
Sem da ventura o sonhar...
O cristão... o brasileiro...
O cativo miserando...
Té que venha o algoz nefando
Com chicote o despertar!

Aqui fraco delirando
Aquele que não comeu,
Perto a mãe, a desgraçada,
Que todo o dia gemeu...
Vendo o filho de sua alma
Sob os açoutes gritando...
O sangue seu derramando...
Té que os sentidos perdeu!

Ali o velho que chora
Com tristeza e dissabor,
Apesar de escravo, honrado,
Dá largas a sua dor...
Pois viu a filha donzela,

À sua filha querida,
Que rola imbele... perdida...
Nos braços de seu senhor!

Além a esposa aviltada
Aos olhos do esposo seu;
A triste mãe sem o filho,
Que o fero branco vendeu!
O pobre filho que aflito
Viu sua mãe açoutada...
O quadro da lei malvada
Da pátria que Deus me deu!

Ó, vinde, vinde, tiranos,
Contemplai-os sobre o chão,
Enquanto da meia-noite
Geme a fria viração...
Chorando talvez sentida
Tantas dores e torturas,
Desta vida as amarguras,
As mágoas da escravidão!

....

Maldição sobre aquele que imano
Em seus lares sustenta a opressão;
Sobre aquele que a pátria envilece...
Traficando... vendendo um irmão!
Oh, que nódoa na história brasília...
Maldição... maldição... maldição!...

(*Lendas e canções populares*, 2ª ed., 1892)

A ESCRAVA

À Exma. Sra. D. Maria B. G. S. Gaioso

Uma velha muitas vezes
À noite junto à fogueira,
Nos contava a triste lenda
Duma escrava brasileira.

— Não posso lembrar-me dela,
Sem logo os olhos molhar...
Pois neste vale de lágrimas
Sem trégua foi seu penar;
Não pude nunca esquecê-la
Nas horas do recordar!

Seu pranto correndo em fio,
Seus gritos no padecer,
Aquela doce toada
De seu dorido dizer...
Me ficaram dentro d'alma
Com seu penoso gemer!

Inda a escuto... quando chora
Alta noite a viração,
Como ouvi-a na senzala
Com profunda comoção,
Quando a infeliz recordava
Seus males... presa ao grilhão!

Coitada dela, coitada...
No cativeiro cruel!
Nascera livre na pátria,
Como as auras do vergel...

E depois quantos espinhos...
Que amarga taça de fel!

Vou contar-vos sua história...
Francisco, dá-me um tição;
Antônio, traz-me o cachimbo,
Tira o fumo no surrão:
Silêncio agora... escutai-me,
Meus filhos, muita atenção.

    E fumando a pobre velha
    Sentada junto à fogueira,
    Nos contava assim a lenda
    Duma escrava brasileira.

— Era Maria — a cativa
De atribulado viver —
Filho do Congo, portanto
Livre fora o seu nascer,
Como o vento do deserto
Nas terras do seu prazer.

Passara ditosa a infância
Na sua pátria natal,
Ora gozando os carinhos
Do regaço maternal,
Ora brincando contente
À sombra do bananal.

Ficou moça... veio a cisma,
Com ela veio o amor...
Que doce afeto o primeiro...
Que sonhos... quanto langor!
Maria amava extremosa...
Amava com muito ardor.

Quando um dia... passeando
Sozinha pelo palmar,
Viu-se preia dos infames,
Viu seu destino mudar...
Não gritou... que o não podia...
Chorando viu-se amarrar!

Chorando viu-se embarcada...
Vendida em breve também...
Curtindo extrema saudade
De suas terras d'além...
Contar-vos seus sofrimentos,
Ai, quem poderá? Ninguém!

Que o diga porém o canto,
Aquela triste canção,
Que muita vez escutei-lhe,
Quando à noite, no grilhão,
Seu destino lamentava
Ao gemer da viração:

....

"Adeus, ó terras de Congo...
    Adeus!
Que nas asas da desgraça,
Bem longe dos ares teus...
Vou morrer no cativeiro...
    Nos ferros seus...
Para sempre... adeus, ó Congo,
    Adeus!

Tinha um pai que me adorava...
    Onde está?
Tinha uma mãe carinhosa...
    Ficou lá!

Meu amante... de saudades
    Morrerá...
Nunca mais a desgraçada
    Terras de Congo verá!

Adeus, ó terras de Congo...
    Adeus!
Que sou cativa dos brancos
Sem crença, sem fé, sem Deus...
Que jamais serei liberta
    Entre os meus...
Para sempre... adeus, ó Congo,
    Adeus!

Em paga da f'licidade...
    O rigor!
Em troco dos meus sorrisos...
    Esta dor!
Que fiz eu? Qual o meu crime?
    Esta cor!
Por causa dela o suplício...
A escravidão... um senhor!

Adeus, ó terras de Congo...
    Adeus!
Que a miseranda roubada
Da pátria sua, e dos seus...
Vai morrer... perdida a esp'rança
    Dos gozos teus...
Para sempre... adeus, ó Congo...
    Adeus!..."

....

E cantando a pobre velha,
À noite junto à fogueira,
Prosseguia assim a lenda
Duma escrava brasileira:

— Chegando a infeliz Maria
Às terras de Santa Cruz,
Foi no mercado vendida
A quem mais deu... meu Jesus!
Depois escrava de brancos
Tão rigorosos... tão crus!

Depois... depois, que tormentos...
Ai, que terrível viver!
Sem um sorriso nos lábios...
Sem um consolo... um prazer...
Quase nua exposta ao frio...
Muitas vezes sem comer!

Se fitava o branco rosto
Do seu austero senhor,
Baixava os olhos transida
Por desumano rigor...
Só via o seu infortúnio
Quando os fitava ao redor.

Se o senhor moço, o menino,
Chorava... quando a brincar...
Se o marido da senhora
Com ela vinha ralhar...
Ai de Maria... que inferno
Devia tudo pagar!

De vez em quando o chicote
Seu corpo vinha ferir,
A todo o instante a senhora
Na sua face a cuspir
Mil escárnios... mil injúrias,
Ora a ralhar, ora a rir.

Assim passou muito tempo...
Maria sempre a sofrer;
À noite... findo o trabalho,
Deixava o pranto correr
Por suas faces cavadas
Por tão cruel padecer.

    Chorava a velha contando,
    Sentada junto à fogueira
    Esta lenda dolorosa
    Duma escrava brasileira.

— Um dia... por um capricho
Mandou casá-la o senhor;
Foi seu consorte um escravo...
Seu companheiro na dor:
Depois de um ano... vendido
Foi o consorte... oh, que horror!

Já a desgraçada o amava,
Quando o caso aconteceu...
Já dele tivera um filho,
Que trazia ao colo seu...
Toda entregue ao desespero,
A chorar... adoeceu.

Adoeceu... era imensa
Aquela sua aflição;
Que a julgue quem neste mundo
Tem n'alma doce afeição...
Que a julgue a esposa extremosa...
Que a julgue seu coração!

Adoeceu... teve febre
Tão ardente, que secou
Em pouco tempo o seu leite...
Seu filho à fome chorou!
Agora a mãe carinhosa
Que a julgue... quanto penou!

Ai, dor sem termo!... seu filho
Precisava alimentar...
Nem uma gota de leite
Nos peitos para lhe dar...
Ai, dor sem termo! seu filho
Começava a definhar!

Então quis no desespero
As próprias veias romper,
E dar ao ente querido
Todo o seu sangue a beber...
Quando do filho a separam...
Deixando-a só... a gemer!

Ficou só... ardente em febre,
Só... no leito... a delirar...
Se ao longe chorava o filho,
Ela com força a gritar:
— Meu filho! Corre, filhinho...
Vem nos meus peitos mamar!

De enfermo... talvez de fome...
Um dia o filho morreu;
Ninguém lho disse... mas tudo
Ela soube... e emudeceu;
Não falou um dia inteiro...
Noutro dia... enlouqueceu!

Quem lho dissera? É mistério...
Houve quem visse um clarão
No seu leito... e no momento...
Cousa a modo de visão;
O que eu digo é que adivinha
Duma mãe o coração!

    E chorava a pobre velha,
    À noite junto à fogueira,
    Quando contava esta lenda
    Duma escrava brasileira.

— Eu mesma, com estes olhos
Que esta terra há de comer,
Vi-a louca... na senzala...
Sempre a gritar, a gemer:
— Ai, filho destas entranhas...
Tenho leite... vem beber!

Causava dó seu estado;
Presa num duro grilhão...
Só tinha na pele os ossos...
A carne fugira então;
E nos olhos... dous buracos...
Em cada um... um tição!

Quando estava furiosa
Levava o tempo a gritar
Pelo esposo... pelo filho...
Por seu querido palmar...
Depois calma e dolorida
Levava o tempo a cantar:

....

— Era um dia de amarga tristeza...
Eu sozinha no bosque a cismar...
Quando vejo... que susto... que mágoa...
Sou escrava!... podia eu lutar?...
Sou escrava do branco perverso...
Ai, que sorte... que infausto penar!

Congo... adeus! já não sou livre...
    Adeus!
Terna mãe... meu pai... sorrisos...
Doce amor dos sonhos meus...
Não mais... não mais... sou escrava...
    Adeus!

E casei-me... onde foi meu esposo?
Por que tardas nos matos assim?
E chorava... por isso hoje o amo...
Era escravo... que penas sem fim!
Onde foi meu esposo? Vendido!...
E sozinha fiquei?... ai de mim!

João, adeus... ai, volta... escuta...
    Adeus!
Não tardes, não... olha, esposo...
O pranto nos olhos meus...
Manda o branco... agora partes...
    Adeus!

Tive um filho... meu filho? Ele chora...
Ai, quem foi que o meu leite secou?!
Bebe pois o meu sangue... Meu filho!
Onde está? oh, quem foi que o roubou?!
Ai, mataram meu filho! Vingança!
Eia... brancos! quem foi que o matou?

Que lindas asas... tu voas?
    Adeus!
Vais ao céu? Pois pede à Virgem,
Que termine os prantos meus...
Não voltas... não é... filhinho?
    Adeus!

Ai que dores eu sinto... Malditos...
Quero o esposo... e meu filho... e meu lar!
Quero a minha ventura... Ai que morro...
Nestes ferros de tanto pesar...
Oh, vingança do céu... que não vejo...
Quem me possa na terra vingar!

Malditos brancos... vingança,
    Meu Deus!
Filho, espera... meu filhinho...
Que vou dar-te os beijos meus,
E tu, João, esposo... ai, morro...
    Adeus!
....
  — Ai, quem poderá escutá-la
Sem muito pranto verter?
Ai, quem fitá-la pudera
Sem muito se condoer?
  — Homens das leis... vinde ouvi-la,
E vê-la no padecer!

Uma noite, após o canto...
Para sempre se calou
Morreu só... morreu à míngua...
Quem jamais dela cuidou?
— Homens das leis... vinde vê-la,
Ai, vê-la... como expirou!

Oh, vinde... e dizei comigo:
— Ai de quem vive servil
Sob o jugo desumano
Dessa lei ferrenha e vil...
Que envergonha... que desdoura
O nosso lindo Brasil!

Dessa lei que nos avilta...
De grande infâmia padrão!
Só própria da barbaria...
E não dum povo cristão!
— Homens das leis... brasileiros,
Salvai do opróbrio a nação!...

  Assim, a velha, inspirada,
  Chorando junto à fogueira,
  Sempre findava esta lenda
  Duma escrava brasileira.

(*Lendas e canções populares*, 2ª ed., 1892)

O ABOLICIONISTA

1862

Sou com todo o entusiasmo
Soldado abolicionista!

Da falange remidora
Meu nome escrevi na lista;
E nos santos Evangelhos
De minh'alma, pondo a mão,
Jurei dar a própria vida
P'ra acabar a escravidão!
    Sim, jurei, sentando praça
Nas hostes da abolição!

Que importa que me conhece
O desumano negreiro?
Quem meus irmão compra e vende
Eu desprezo sobranceiro!
Amo somente o que é nobre,
Amo somente o que é são;
E darei por isso a vida
P'ra acabar a escravidão!
    Sim, jurei, sentando praça
Nas hostes da abolição!

Enquanto houver um cativo
Na minha pátria adorada,
Não darei costas à luta,
Não largarei a estacada!
Meu cartucho derradeiro
Queimarei na grande ação;
E darei a própria vida
P'ra acabar a escravidão!
    Sim, jurei, sentando praça
Nas hostes da abolição!

Antes, porém, da batalha
Vitoriosa e final,

Jamais cesse o tiroteio...
Não durma quem é leal;
Avante, meus camaradas!
Ninguém descanse ora, não,
Que eu darei a própria vida
P'ra acabar a escravidão!
    Sim, jurei, sentando praça
Nas hostes da abolição!

Pouco a pouco embora! Avante!
Ah, sob o nosso estandarte
Proteção ao flagelado...
Sejamos seu baluarte!...
Derrocando o cativeiro,
Eduque-se a multidão!
Que eu darei a própria vida
P'ra acabar a escravidão!
    Sim, jurei, sentando praça
Nas hostes da abolição!

E vós, fugi de vergonha,
Sanhoso espumando, ó mar...
Quando forem traficantes
Nossos irmãos embarcar!
Na praia deixando a vítima
Da mais nefanda opressão!
Que eu darei a própria vida
P'ra acabar a escravidão!
    Sim, jurei, sentando praça
Nas hostes da abolição!

Já cintila a estrela d'alva...
Perto o dia em que o Brasil

Ao mundo dirá: — Não tenho
Mais elemento servil!
Os prantos do cativeiro
Mais não banham meu torrão!
Ah, darei a própria vida
P'ra acabar a escravidão!
    Sim, jurei, sentando praça
Nas hostes da abolição!

Que danças então, que festas
Ao redor de mil fogueiras,
Onde arderão os malditos
Troncos, chicotes, coleiras...
Ao som dos hinos dos livres,
Ao som da minha canção!...
Ah, darei a própria vida
P'ra acabar a escravidão!
    Sim, jurei, sentando praça
Nas hostes da abolição!

Ó pátria, ó pátria, que glória!
Que prazer, que f'licidade!
Não corarás mais de pejo
No meio da humanidade:
Ergueremos nossas frontes,
Fitando a civilização!...
Ah, darei a própria vida
P'ra acabar a escravidão!
    Sim, jurei, sentando praça
Nas hostes da abolição!

(*Lendas e canções populares*, 2ª ed., 1892)

A ABOLIÇÃO

1887

Salve, salve, liberdade!
Não mais o vil cativeiro
Livre exulte a humanidade
Neste império brasileiro!

    Neste império brasileiro
    Não mais escravos, não mais;
    Todos livres no terreiro,
    No meio dos cafezais!

Nos paços da cristandade
De livres encham-se as salas,
Que o fogo da liberdade
Se acenda e queime as senzalas.

    Se acenda e queime as senzalas
    E ensanguentando os grilhões!
    Da f'licidade as opalas
    Cintilem nos seus clarões!

Não mais de nossa bandeira
As cores... enegrecidas!
Nesta terra brasileira
Somente frontes erguidas!

    Somente frontes erguidas,
    De livres — tocando o céu!
    E do azorrague as feridas
    Da cicatriz sob o véu!

Que chorem debalde ignavos
Os desumanos senhores,
Do vício e ócios — escravos,
Escravos de seus credores.

    Escravos de seus credores...
    O chão aprenda cavar;
    Que o reguem com seus suores
    P'ra nova planta brotar.

A nova planta — igualdade!
Planta de amor, de Jesus...
Que abraçou a humanidade,
Abrindo os braços na cruz.

    Abrindo os braços na cruz,
    Cristo não fez exclusão:
    Raiou a aurora da luz...
    Salve, salve, redenção!

Salve, sim, sol radiante,
Que surge nesta nação!
Salve! Ergue-se e rola avante
A onda da abolição!

    A onda da — abolição
    Já lava a pátria gentil!
    Morre a treva — escravidão...
    A luz inunda o Brasil!...

(*Lendas e canções populares*, 2ª ed., 1892)

MACHADO DE ASSIS (1839-1908)

SABINA

Sabina era mucama da fazenda;
Vinte anos tinha; e na província toda
Não havia mestiça mais à moda,
Com suas roupas de cambraia e renda.

Cativa, não entrava na senzala,
Nem tinha mãos para trabalho rude;
Desbrochava-lhe a sua juventude
Entre carinhos e afeições de sala.

Era cria da casa. A sinhá moça,
Que com ela brincou sendo menina,
Sobre todas amava esta Sabina,
Com esse ingênuo e puro amor da roça.

Dizem que à noite, a suspirar na cama,
Pensa nela o feitor; dizem que, um dia,
Um hóspede que ali passado havia,
Pôs um cordão no colo da mucama.

Mas que vale uma joia no pescoço?
Não pôde haver o coração da bela.
Se alguém lhe acende os olhos de gazela,
É pessoa maior: é o senhor moço.

Ora, Otávio cursava a Academia.
Era um lindo rapaz; a mesma idade
Co'as passageiras flores o adornava
De cujo extinto aroma inda a memória

Vive na tarde pálida do outono.
Oh! vinte anos! Ó pombas fugitivas
Da primeira estação, porque tão cedo
Voais de nós? Pudesse ao menos a alma
Guardar consigo as ilusões primeiras,
Virgindade sem preço, que não paga
Essa descolorida, árida e seca
Experiência do homem!

                        Vinte anos
Tinha Otávio, e a beleza e um ar de corte
E o gesto nobre, e sedutor o aspecto;
Um vero Adônis, como aqui diria
Algum poeta clássico, daquela
Poesia que foi nobre, airosa e grande
Em tempos idos, que ainda bem se foram...

Cursava a Academia o moço Otávio;
Ia no ano terceiro, não remoto
Via desenrolar-se o pergaminho,
Prêmio de seus labores e fadigas;
E uma vez bacharel, via mais longe
Os curvos braços da feliz cadeira
Donde o legislador a rédea empunha
Dos lépidos frisões do Estado. Entanto,
Sobre os livros de estudo, gota a gota
As horas despendia, e trabalhava
Por meter na cabeça o jus romano
E o pátrio jus. Nas suspiradas férias
Volvia ao lar paterno; ali no dorso
De brioso corcel corria os campos,
Ou, arma ao ombro, polvorinho ao lado,
À caça dos veados e cutias.
Ia matando o tempo. Algumas vezes

Com o padre vigário se entretinha
Em desfiar um ponto de intrincada
Filosofia, que o senhor de engenho,
Feliz pai, escutava glorioso,
Como a rever-se no brilhante aspecto
De suas ricas esperanças.

                              Era
Manhã de estio; erguera-se do leito
Otávio; em quatro sorvos toda esgota
A taça de café. Chapéu de palha,
E arma ao ombro, lá foi terreiro fora,
Passarinhar no mato. Ia costeando
O arvoredo que além beirava o rio,
A passo curto, e o pensamento à larga,
Como leve andorinha que saísse
Do ninho, a respirar o hausto primeiro
Da manhã. Pela aberta da folhagem,
Que inda não doura o sol, uma figura
Deliciosa, um busto sobre as ondas
Suspende o caçador. Mãe d'água fora,
Talvez, se a cor de seus quebrados olhos
Imitasse a do céu; se a tez morena,
Morena como a esposa dos Cantares,
Alva tivesse; e raios de ouro fossem
Os cabelos da cor da noite escura,
Que ali soltos e úmidos lhe caem,
Como um véu sobre o colo. Trigueirinha,
Cabelo negro, os largos olhos brandos
Cor de jabuticaba, quem seria,
Quem, senão a mucama da fazenda,
Sabina, enfim? Logo a conhece Otávio,
E nela os olhos espantados fita
Que desejos acendem. — Mal cuidando

Daquele estranho curioso, a virgem
Com os ligeiros braços rompe as águas,
E ora toda se esconde, ora ergue o busto,
Talhado pela mão da natureza
Sobre o modelo clássico. Na oposta
Riba suspira um passarinho; e o canto,
E a meia-luz, e o sussurrar das águas,
E aquela fada ali, tão doce vida
Davam ao quadro, que o ardente aluno
Trocara por aquilo, uma hora ao menos,
A Faculdade, o pergaminho e o resto.

Súbito erige o corpo a ingênua virgem.
Com as mãos, os cabelos sobre a espádua
Deita, e rasgando lentamente as ondas,
Para a margem caminha, tão serena,
Tão livre como quem de estranhos olhos
Não suspeita a cobiça... Véu da noute,
Se lhos cobrira, dissipara acaso
Uma história de lágrimas. Não pode
Furtar-se Otávio à comoção que o toma;
A clavina que a esquerda mal sustenta
No chão lhe cai; e o baque surdo acorda
A descuidada nadadora. Às ondas
A virgem torna. Rompe Otávio o espaço
Que os divide; e de pé, na fina areia,
Que o mole rio lambe, ereto e firme,
Todo se lhe descobre. Um grito apenas
Um só grito, mas único, lhe rompe
Do coração; terror, vergonha... e acaso
Prazer, prazer misterioso e vivo
De cativa que amou silenciosa,
E que ama e vê o objeto de seus sonhos,
Ali com ela, a suspirar por ela.

208

"Flor da roça nascida ao pé do rio,
Otávio começou — talvez mais bela
Que essas belezas cultas da cidade,
Tão cobertas de joias e de sedas,
Oh! não me negues teu suave aroma!
Fez-te cativa o berço; a lei somente
Os grilhões te lançou; no livre peito
De teus senhores tens a liberdade,
A melhor liberdade, o puro afeto
Que te elegeu entre as demais cativas,
E de afagos te cobre! Flor do mato,
Mais viçosa do que essas outras flores
Nas estufas criadas e nas salas,
Rosa agreste nascida ao pé do rio,
Oh! não me negues teu suave aroma!"

Disse, e da riba os cobiçosos olhos
Pelas águas estende, enquanto os dela,
Cobertos pelas pálpebras medrosas
Choram, — de gosto e de vergonha a um tempo, —
Duas únicas lágrimas. O rio
No seio as recebeu; consigo as leva,
Como gotas de chuva, indiferente
Ao mal ou bem que lhe povoa a margem;
Que assim a natureza, ingênua e dócil
Às leis do Criador, perpétua segue
Em seu mesmo caminho, e deixa ao homem
Padecer e saber que sente e morre.

Pela azulada esfera inda três vezes
A aurora as flores derramou, e a noite
Vezes três a mantilha escura e larga
Misteriosa cingiu. Na quarta aurora,
Anjo das virgens, anjo de asas brancas,

Pudor, onde te foste? A alva capela
Murcha e desfeita pelo chão lançada,
Coberta a face do rubor do pejo,
Os olhos com as mãos velando, alçaste
Para a Eterna Pureza o eterno voo.

Quem ao tempo cortar pudera as asas
Suster a hora abençoada e curta
Se deleitoso voa? Quem pudera
Da ventura que foge, e sobre a terra
O gozo transportar da eternidade?
Sabina viu correr tecidos de ouro
Aqueles dias únicos na vida
Toda enlevo e paixão, sincera e ardente
Nesse primeiro amor d'alma que nasce
E os olhos abre ao sol. Tu lhe dormias,
Consciência; razão, tu lhe fechavas
A vista interior; e ela seguia
Ao sabor dessas horas mal furtadas
Ao cativeiro e à solidão, sem vê-lo
O fundo abismo tenebroso e largo
Que a separa do eleito de seus sonhos,
Nem pressentir a brevidade e a morte!

E com que olhos de pena e de saudade
Viu ir-se um dia pela estrada fora
Otávio! Aos livros torna o moço aluno,
Não cabisbaixo e triste, mas sereno
E lépido. Com ela a alma não fica
De seu jovem senhor. Lágrima pura,
Muito embora de escrava, pela face
Lentamente lhe rola, e lentamente
Toda se esvai num pálido sorriso
De mãe.

Sabina é mãe; o sangue livre
Gira e palpita no cativo seio
E lhe paga de sobra as dores cruas
Da longa ausência. Uma por uma, as horas
Na solidão do campo há de contá-las,
E suspirar pelo remoto dia
Em que o veja de novo... Pouco importa,
Se o materno sentir compensa os males.
Riem-se dela as outras; é seu nome
O assunto do terreiro. Uma invejosa
Acha-lhe uns certos modos singulares
De senhora de engenho; um pajem moço,
De cobiça e ciúme devorado,
Desfaz nas graças que em silêncio adora
E consigo medita uma vingança.
Entre os parceiros, desfiando a palha
Com que entrança um chapéu, solenemente
Um Caçanje ancião refere aos outros
Alguns casos que viu na mocidade
De cativas amadas e orgulhosas
Castigadas do céu por seus pecados,
Mortas entre os grilhões do cativeiro.

Assim falavam eles; tal o aresto
Da opinião. Quem evitá-lo pode
Entre os seus, por mais baixo que a fortuna
Haja tecido o berço? Assim falavam
Os cativos do engenho; e porventura
Sabina o soube e o perdoou.
                              Volveram
Após os dias da saudade os dias
Da esperança. Ora, quis fortuna adversa
Que o coração do moço, tão volúvel
Como a brisa que passa ou como as ondas,
Nos cabelos castanhos se prendesse

Da donzela gentil, com quem atara
O laço conjugal: uma beleza
Pura, como o primeiro olhar da vida,
Uma flor desbrochada em seus quinze anos.
Que o moço viu num dos serões da corte
E cativo adorou. Que há de fazer-lhes
Agora o pai? Abençoar os noivos
E ao regaço trazê-los da família.

Oh! longa foi, longa e ruidosa a festa
Da fazenda, por onde alegre entrara
O moço Otávio conduzindo a esposa.
Viu-os chegar Sabina, os olhos secos
Atônita e pasmada. Breve o instante
Da vista foi. Rápido foge. A noite
A seu trêmulo pé não tolhe a marcha;
Voa, não corre, ao malfadado rio,
Onde a voz escutou do amado moço.
Ali chegando: "Morrerá comigo.
O fruto de meu seio; a luz da terra
Seus olhos não verão; nem ar da vida
Há de aspirar..."

                Ia a cair nas águas,
Quando súbito horror lhe toma o corpo;
Gelado o sangue e trêmula recua,
Vacila e tomba sobre a relva. A morte
Em vão a chama e lhe fascina a vista;
Vence o instinto de mãe. Erma e calada
Ali ficou. Viu-a jazer a lua
Largo espaço da noite ao pé das águas,
E ouviu-lhe o vento os trêmulos suspiros;
Nenhum deles, contudo, o disse à aurora.

                          (*Americanas*, 1875)

TOBIAS BARRETO (1839-1889)

A ESCRAVIDÃO
(Improviso)

    Se Deus é quem deixa o mundo
    Sob o peso que o oprime,
    Se ele consente esse crime,
    Que se chama a escravidão,
    Para fazer homens livres,
    Para arrancá-los do abismo,
    Existe um patriotismo
    Maior que a religião.

    Se não lhe importa o escravo
    Que a seus pés queixas deponha,
    Cobrindo assim de vergonha
    A face dos anjos seus,
    Em seu delírio inefável,
    Praticando a caridade,
    Nesta hora a mocidade
    Corrige o erro de Deus!...

(1868)

XAVIER DA SILVEIRA (1840-1874)

MOTE

Homens na Europa nascidos
A nossa pátria oprimiam,
No Brasil se não ouviam
Senão ais, senão gemidos.

Das névoas do firmamento
Rasgando Colombo o véu,
Descortina um novo céu
Já visto em seu pensamento;
Mais propício sopra o vento,
Surgem bosques florescidos,
Pasmam ante as maravilhas
Das nossas costas, das ilhas,
Das verdejantes coxilhas,
Homens na Europa nascidos!

Viram a bela indiana,
Despertando preguiçosa,
Que os céus olhava amorosa,
Qual no Oriente a sultana;
Na selva o sonho se ufana,
Por entre os bosques luziam
Pirilampos infinitos!
Nem reis, nem tronos malditos,
Nem de Torquemada os ritos
A nossa pátria oprimiam!

Nas musgosas serranias,
Nas figueiras seculares,
Nos gigantescos palmares,

Das vagas nas ardentias,
No céu, na terra, harmonias
As aves livres diziam!
Queixas, prantos e gemidos
De almas cativas saídos,
Gritos de homens oprimidos,
No Brasil se não ouviam!

Depois reis alçando a cruz,
Rasgando as leis de Tupã,
Deixam a indiana louçã
Manietada sem luz;
Surge o horror da escravidão,
E surgem reis fementidos!
Já não se ouvem das aves,
Nem das virações suaves,
E até do templo nas naves
Senão ais, senão gemidos!

(*Poesias*, 1908)

FAGUNDES VARELA (1841-1875)

MAURO, O ESCRAVO
A sentença

I

Na sala espaçosa, cercado de escravos
Nascidos nas selvas, robustos e bravos,
Mas presos agora de infindo terror;

Lotário pensava, Lotário o potente,
Lotário o opulento, soberbo e valente,
De um povo de humildes tirano e senhor.

II

Nas rugas da fronte fatídica e rude
Não tinham-lhe as rosas de longa virtude
Do tempo os vestígios lavado em perfumes;
Mas, ah, fria nuvem de horror os cobria,
Nublava-lhe o rosto, mais negros fazia
Dos olhos ardentes os férvidos lumes.

III

No inverno da vida, dos tempos passados
Ninguém lhe sabia. Boatos ousados
Erguiam-se às vezes; mas ah! que diziam?
Lotário era grande; seus bosques passavam
Das serras além; os seus campos brotavam
Riquezas imensas, que a tudo cobriam.

IV

Depois, é tão fácil na sombra noturna
O inseto esmagar-se, de voz importuna,
Que o ouvido nos enche de tédio e de nojo!
Um gesto... uma espera... na estrada uma cruz...
Só sabem-no as selvas, os fossos sem luz
E as serpes que a plaga percorrem de rojo.

V

Na sala espaçosa Lotário pensava.
Roberto seu filho de um lado esperava
Tremente, ansioso, que o pai lhe falasse.
A turba de servos imóveis, silentes,
Os braços cruzados, as frontes pendentes,
A voz aguardava que as ordens ditasse.

VI

— Conduzam-me o escravo! — Lotário bradou; —
O bando de humildes a sala deixou
Às torvas palavras do torvo senhor.
Lotário sombrio voltou-se a seu filho,
De quem, dos olhares, corria, no brilho,
A chama sinistra de um gênio traidor.

VII

— Sossega, Roberto; — lhe disse — é forçoso
Que eu puna o africano feroz, revoltoso,
Que ousou levantar-se da lama a teus pés.
Roberto curvou-se. O pai se afastando
Sentou-se, e, os sobrolhos fatais carregando,
Em cisma profunda perdeu-se outra vez.

VIII

Momentos passados, um surdo ruído
Ergueu-se da escada, por entre o tinido

De férreas cadeias batendo no chão,
E os servos de volta, trazendo o culpado
Tristonho, olhos baixos, o dorso arqueado,
No centro pararam do antigo salão.

IX

Silêncio profundo! nem um movimento
Se via no grupo, que trêmulo e atento
A voz esperava que alçasse o senhor;
Lotário media severo o cativo,
E as faces do filho tirânico e altivo
Cobriam-se aos poucos de vivo rubor.

X

— Escravo, aproxima-te. Ao mando potente,
Moveu-se o inditoso brandindo a corrente,
E erguendo a cabeça fitou seu juiz;
Que traços distintos! que nobre composto!
Que lume inspirado saltava do rosto,
Dos olhos doridos do escravo infeliz!

XI

Oh! Mauro era belo! Da raça africana
Herdara a coragem sem par, sobre-humana,
Que aos sopros do gênio se torna um vulcão.
Apenas das faces um leve crestado,
Um fino cabelo, contudo anelado,
Traíam do sangue longínqua fusão.

XII

Trinta anos contava; trinta anos de dores
Do estio da vida secaram-lhe as flores
Que a aurora banhara de orvalhos e luz,
Deixando-lhe apenas um ódio sem termos,
E d'alma indomável, nos cálidos ermos,
A chama vivaz que a força traduz.

XIII

Mas isto que importa? dos mares no fundo,
No lodo viscoso do pântano imundo,
Tem brilhos o ouro, cintila o diamante?
E a testa cingida de etéreo laurel
Tem vida se o mundo nodoa-a de fel
E curva aos martírios de um jugo aviltante?

XIV

— Conheces teu crime? — gritou o senhor. —
— Não! — Mauro responde com frio amargor,
O tigre encarando que em raiva o media.
— Pois que, desgraçado! — fremente exclamou,
E erguendo-se rubro, Lotário avançou
Ao servo impassível que ao raio sorria.

XV

— Pois que, desgraçado! tu zombas de mim!
E ousado, insolente contemplas-me assim!

A mão levantando Lotário bramiu.
Mas frio, tranquilo, sereno o semblante,
Sem dar nem um passo, mover-se um instante,
O escravo arrogante de novo sorriu.

XVI

Conteve-se o bárbaro. — Mísero cão!
Humilha-te, abaixa-te, é tempo, senão
Com férreos açoutes arranco-te a vida!
— Conheces teu crime? — Ignoro, senhor;
Minh'alma é tranquila, só tenho uma dor,
E essa é de funda, secreta ferida.

XVII

— Tu'alma é tranquila! Tu nada fizeste?
Tu contra meu filho brutal não te ergueste,
Nem duros insultos lançaste-lhe às faces?
— Não nego, é verdade. — Confessas? — Confesso!
E o escravo agitou-se, do ódio no excesso,
Lançando dos olhos centelhas fugaces.

XVIII

Lotário tremeu-se. Nas luzes febrentas
Daquelas faíscas, passaram sedentas
As fúrias medonhas de eterna vingança.
Calou-se um momento, sombrio, engolfado
Num pego de ideias, talvez despertado
Ao súbito choque de viva lembrança.

XIX

Mas logo de novo raivoso, incendido,
Voltou-se ao cativo: — Cativo atrevido,
Por que ultrajaste teu amo e senhor?
— Por quê? — disse Mauro; por quê? vou dizer;
Por quê? eu repito que assim é mister:
Teu filho é um cobarde, teu filho é um traidor!

XX

— Segurem-no!... branco, de cólera arfando,
Rugiu o tirano, convulso, apontando
O escravo rebelde que os ferros brandia.
— Segurem-no! e aos golpes de rábido açoite,
Lacerem-lhe as carnes de dia e de noite,
Até que lhe chegue final agonia!

XXI

O bando de servos lançou-se, ao mandado.
— Ninguém se aproxime! — bradou exaltado
O moço cativo sustendo a corrente.
A turba afastou-se medrosa e tremendo
E Mauro sublime, seu ódio contendo,
Falou destemido do déspota à frente:

XXII

— Não creias que eu tema! não creias que escravo
Suplícios me curvem, ai! não, que sou bravo!

Por que me condenas? que culpa me oprime,
Senão ter vedado que um monstro cruento,
De fogos impuros, lascivos, sedento,
Lançasse a inocência nas lamas do crime?

XXIII

Oh! sim, sim, teu filho, no lúbrico afã,
Tentou à desonra levar minha irmã!
Ai! ela não tinha que um mísero irmão!...
Ergui-me em defesa, teus ferros esmagam,
Humilham, rebaixam, porém não apagam
Virtudes e crenças, dever e afeição!

XXIV

Fiz bem! Deus me julga! Tu sabes meu crime,
O fero delito que a fronte me oprime,
As faltas nefandas, os negros horrores;
Agora prossegue, prossegue, estou mudo,
Condena-me agora que sabes de tudo,
Abafa-me ao peso de estólidas dores!

XXV

E Mauro calou-se. Mais frio que a morte,
Mais trêm'lo que os juncos ao sopro do norte,
À viva ironia Lotário abalou-se.
— Afastem-no!... Afastem-no! ergueu-se rugindo,
E a turba dos servos, o escravo impelindo,
Em poucos instantes da sala afastou-se.

XXVI

Ah! mísero Mauro! passados momentos,
Terrível sentença dos lábios sedentos
Baixou o tirano, que em fúria ardia:
— Amarrem-no, e aos golpes de rábido açoite,
Lacerem-lhe as carnes de dia e de noite,
Até que lhe chegue final agonia.

XXVII

Mas quando a alvorada no espaço raiava,
E os bosques, e os campos, risonha inundava
Das longas delícias do etéreo clarão,
O escravo rebelde debalde buscaram,
Cadeias rompidas somente encontraram,
E a porta arrombada da dura prisão.

O suplício

I

Na hora em que o horizonte empalidece,
Em que a brisa do céu vem suspirosa
De úmidos beijos afagar as flores,
E um véu ligeiro de sutis vapores
Baixa indolente da montanha umbrosa;

II

Na hora em que as estrelas estremecem
Lágrimas de ouro no sidéreo manto,

E o grilo canta, e o ribeirão suspira,
E a flor mimosa que ao frescor transpira
Peja os desertos de suave encanto;

III

Na hora em que o riacho, a veiga, o inseto,
A serra, o taquaral, o brejo e a mata
Falam baixinho, a cochichar na sombra,
E as moles felpas da campestre alfombra
Molham-se em fios de fundida prata;

IV

Na hora em que se abala o santo bronze
Da igrejinha gentil no campanário,
Uma voz lacerada, enfraquecida,
Levantava-se amarga e dolorida
Da sombria morada de Lotário.
....

I

Eu vou morrer, meu Deus! já sinto as trevas,
As trevas de outro mundo que me cercam!
Já sinto o gelo me correr nas veias,
E o coração calar-se pouco a pouco!

II

Eu vou morrer, meu Deus! Minh'alma luta,
E em breve tempo deixará meu corpo...

Tudo em torno de mim foge... se afasta...
Já estas dores não me pungem tanto!

III

Não... meus sentidos se entorpecem. Belo
O meu anjo da guarda me contempla;
Meu seio bebe virações mais puras,
Creio que vou dormir... sim, tenho sono.

IV

Minha mãe!... meu irmão!... eu não os vejo!
Vinde abraçar-me, que padeço muito!
Mas debalde vos chamo... Adeus... adeus
Eu vou morrer... eu morro... tudo é findo...

V

E a voz debilitava-se, fugia,
Como o gemido flébil de um rola
Nos complicados dédalos da selva,
Até que em breve se escutava apenas
O estalo do azorrague amolecido,
Sobre as feridas do coalhado sangue
Da pobre irmã do desditoso Mauro.

VI

Basta! — bradou um dos algozes — basta!
Deixai-a agora descansar um pouco,

Repousemos também; meu braço é fraco,
Inunda-me o suor! logo... mais tarde
Acabaremos a tarefa de hoje.
Logo? estais doudo? a criatura há muito
Que sacudiu as asas.
                    — Sim!... é pena.
— Apalpai-a e vereis.
                    — Com mil diabos!
Ide ao amo falar, — responde o outro,
Limpando na parede a mão molhada.

VII

Os que este ofício lúgubre cumpriam
Era um branco robusto, olhar sinistro,
Cabeça de pantera; o outro um negro
Possante e gigantesco; as costas nuas
Deixavam ver os músculos de bronze
Onde o suor corria gota a gota.

VIII

— Meu senhor...
            — O que queres? fala e deixa-me.
Lotário respondeu voltando o rosto
Ao servo hercúleo que da porta, humilde,
Lhe vinha interromper nas tredas cismas.
— A mulata morreu.
                — Pois bem, que a deixem
E enterrem-na amanhã.
                    A esta resposta
Decisiva e lacônica, o africano

Retirou-se a buscar seu companheiro,
Deixando o potentado, que de novo
Mergulhou-se nas fundas reflexões.

IX

Ao vivo encanto de uma aurora esplêndida
Voltando o rosto a noite despeitada
Cedeu-lhe a criação, e foi ciosa
Esconder-se em seus antros. As florestas
Sacudiam a coma embalsamada,
Onde ao lado da flor o passarinho
Se desfazia em queixas amorosas.
Tudo era belo, radiante e puro,
Palpitante de vida; a natureza
Como noiva feliz, tinha trajado
As mais soberbas galas, e estendia
Os seus lábios de rosa ao rei dos astros,
Que ansioso tremia no oriente
Para libar-lhe seu primeiro beijo.

X

Mas através do manto vaporoso,
Que leve e tênue para o céu se eleva
Nas madrugadas festivais do estio,
Um grupo silencioso caminhava
Pela encosta do monte, conduzindo
Um fardo estranho e dúbio; era uma rede
Nodoada de sangue! um corpo longo,
Rijo, estendido, desenhava as formas
Sobre o sórdido estofo. A madrugada

Que tão linda ostentava-se no espaço,
Tristonha e temerosa, parecia
Das vestes alvas afastar a fímbria
Desta cena sinistra e ensanguentada!

XI

Chegando ao topo da montanha, os vultos
Pararam, descansando sobre a terra
O peso mortuário. A natureza
Que próvida lançara o encanto e a vida
Ao redor deste sítio, parecia
Ter-lhe tudo negado. O solo ingrato,
Revolto, seco, nem sequer mostrava
Uma gota de orvalho; desde a relva
Macia e vigorosa até a urtiga
Nada crescia ali! Triste, solene,
Sobre um monte de pedras, levantava-se
Apenas uma cruz em cujos braços
Dous pássaros beijavam-se gemendo.

XII

— Pega na enxada e cava; disse o homem
Que presidira ao bárbaro suplício
Da pobre irmã de Mauro — abre uma cova
Aqui neste lugar, e bem depressa,
Oito palmos de fundo e três de largo,
Atira dentro o corpo da mulata,
Cobre de terra e calca. Estas palavras
Foram ditas ao negro gigantesco
Que à véspera sorria-se, rasgando

As carnes da infeliz. Depois voltando-se
Aos outros desgraçados: — Venham todos,
São horas dos trabalhos! e partiram.

XIII

Em breve tempo os golpes compassados
De uma enxada pesada, começaram
A cair sobre a terra, lentamente
Abrindo o último leito da inditosa.
O feroz africano prosseguia
No seu lúgubre ofício sem ao menos
Levantar a cabeça. Alguns minutos
Já tinham decorrido quando em frente
Uma voz retumbante levantou-se
Fazendo ouvir-lhe o nome, o brônzeo monstro
Parou, volveu em torno o olhar selvagem,
E murmurou estremecendo: — Mauro!...

XIV

Sim, era Mauro, e quão mudado estava!
Dias sem luzes, noites sem descanso,
Tinham dez anos lhe roubado à vida!
Naquela fronte cismadora e doce,
Onde luziu resignação outrora,
Passavam nuvens de fatal vingança,
De planos infernais! Naqueles olhos
Donde incessante vislumbrava o gênio,
O gênio que o Senhor prefere às vezes
Sobre a choça lançar do que nos paços,
O gênio que alimenta-se de dores

E vive de amargor, naqueles olhos
Raios de sangue se cruzavam, rápidos!
A face descarnara-se, os cabelos,
Os cabelos, oh! Deus, negros, luzentes,
Em poucos dias alvejaram! Mauro
Era uma sombra apenas e uma ideia:
Sombra de dor, ideia de vingança!

XV

Não era o seu trajar o de um escravo,
Nem também de um senhor. Sombria capa,
Grosseira, embora, lhe cobria os ombros
E deixava entrever pendente à cinta
Uma faca ou punhal; largo chapéu
De retorcidas abas inclinava-se
Mostrando a vasta fronte; uma espingarda
Trazia à mão direita. Onde encontrara
O escravo estes recursos? Não se sabe.
Dera-lhe alguém, ou os roubara? Mauro
Era nobre demais: desde criança
Bebera as leis de Deus dos santos lábios
Do velho missionário, e aprendera
A decifrá-las nos sagrados livros,
Embora a furto, a medo, que ao cativo
É crime levantar-se além dos brutos.

XVI

— Mauro!... de novo estupefato, trêmulo,
Ao aspecto do trânsfuga sinistro
O negro murmurou:

                    — Oh! sim, é Mauro!
Bradou aquele adiantando-se; abre
Esta rede depressa, quero vê-la,
Vê-la ainda uma vez, depois... vingá-la!
— É tua irmã...
                    — Bem sei. Abre essa rede,
Abre essa rede, digo-te!
                    — O africano
Deixou a enxada e foi abri-la. Oh! Deus!
Não era um corpo humano, era um composto
De carnes laceradas, roxas, fétidas,
Inundadas de sangue! Massa informe
De músculos polutos, negro emblema
De quanto há de feroz, bárbaro e tétrico,
Cruentamente horrível! O cativo
Exalou da garganta um som pungente,
Tigrino, e tão selvagem, que o africano
Sentiu um calafrio; ergueu os olhos
Abrasados ao céu, depois sem forças
De joelhos caiu junto ao cadáver
E se desfez em lágrimas ardentes,
Em soluços doridos. Impassível,
Frio como as estátuas indianas,
O negro contemplava este espetáculo
Que abalaria de piedade as pedras,
E susteria as rábidas torrentes
Nas rochas escarpadas!
                    — Bem; é tempo,
Basta de inútil pranto! disse Mauro
Erguendo-se do chão; — e tu agora,
— Falou fitando o túrbido coveiro —
Cumpre com teu dever!... De novo os olhos
Encheram-se de lágrimas. — Adeus!
Adeus! mísera irmã, tu és ditosa!

Deus te deu a coroa do martírio
Para entrares no céu; a corte angélica
Espera-te sorrindo... e eu inda fico,
E tenho de esgotar até às fezes
A taça envenenada da existência!
....

I

Tu passaste na terra como as flores
Que a geada hibernal derriba e mata;
Foram teus dias elos de teus ferros,
      E teus prazeres lágrimas!

II

Negou-te a primavera um riso ao menos;
Dos sonhos na estação, nenhum tiveste;
A aurora que de luz inunda os orbes
      Te abandonou nas trevas!

III

Alma suave a transpirar virtudes,
Gênio maldito arremessou-te ao lodo!
Buscaste as sendas lúcidas do Empíreo,
      E apontaram-te o caos!

IV

A providência que os coqueiros une
Quando a tormenta pelo espaço ruge,

Até o braço de um irmão vedou-te,
    Oh! planta solitária!

V

A morte agora te escutou, criança!
Trouxe a alvorada que esperaste embalde,
E adormecida nos seus moles braços
    Pousou-te junto a Deus!...

XVII

Assim Mauro falou. Pesada e surda
A enxada do coveiro retumbava,
Como o bater funéreo e compassado
Do quadrante do tempo. O foragido
Lançou inda um olhar piedoso e triste
Sobre os restos da irmã, depois ligeiro
Afundou-se no dédalo das selvas.

A vingança

I

Três vezes percorrido as doze casas
Tem o rei das esferas. É um dia
Brilhante e festival, cheio de júbilo
Nos imensos domínios de Lotário.
A habitação transborda de convivas,
Retroa a orquestra, tudo ri-se e folga,
E os próprios servos no terreiro juntos

Dançam contentes, sem lembrar-se ao menos
Da escravidão pesada. O que há de novo?
Que fato estranho há transformado a face
Desta sinistra e túrbida morada?
Não o sabeis? Roberto hoje casou-se,
Roberto, o filho amado de Lotário
Cujos domínios não abrange a vista:
Feliz três vezes a formosa noiva!

II

A dança, o riso, os brindes e as cantigas
Até à noite vão; quando já débeis
As luzes vacilavam nos seus lustres,
E o cansaço abatia os seios todos;
Quando convulso o arco estremecia
Nas cordas da rabeca, e os olhos lânguidos
Percorriam os grupos fatigados,
Roberto palpitante de ventura,
Louco de amor, a fronte incandescente
De abrasadas ideias, afastou-se
Do meio dos convivas, e furtivo
Desceu ao campo a respirar as brisas
Embebidas dos lânguidos perfumes
Das noites do verão. Tudo era calmo,
Sereno e sossegado; a natureza,
Num leito de volúpias adormida,
Parecia sorrir-se desdenhosa
Ao júbilo ruidoso que partia
Da casa de Lotário. Pensativo
Roberto se sentou sobre uma pedra
À margem de um regato, abrindo o seio
Ao transpirar balsâmico das flores.

III

Nas noites de noivado, quem se atreve
A deixar o festim, antes que a aurora
Não surja no horizonte? Assim o moço,
Vendo inda longe a hora desejada,
Incendido de férvidos desejos
Maldizia essa festa, esses convivas,
Essa ardente alegria, que adversa
Levantava-se entre ele e a noiva amada.

IV

Longo tempo assim 'steve, mergulhado
Nas suas reflexões; quando se erguia
Para voltar à casa, um vulto escuro
A passagem cortou-lhe. O moço, rápido,
Volveu um passo atrás, e sossegado
De seu primeiro susto, perguntou-lhe:
— Quem és tu? o que queres?
                    Impassível,
O estrangeiro afastou as largas abas
De seu vasto chapéu.
                    — Oh! Deus! é Mauro!
Mauro, o que queres? fala!
                    — Eis o que quero!
O escravo respondeu vergando o moço
Com seus braços de ferro: — Eis o que quero!
— Bradou cruento, amiudando os golpes
Terríveis e certeiros sobre o peito
Do mancebo infeliz; — Eis o que quero!
Repetiu arrastando-o sobre a relva,

E despenhando-o sobre um fosso imundo,
Cheio de lama e apodrecidas plantas:
— Eis teu leito de bodas, boa noite!

V

A orquestra prosseguia, ardente, forte,
Seus ruidosos acordes; dos dançantes
Poucos se achavam do salão no meio,
A maior parte conversava aos cantos
Cansada e sonolenta. De repente
Uma escrava lançou-se alucinada
Entre os grupos esparsos dos convivas!...
— Venham! bradava, meu senhor 'stá morto,
Meu senhor já morreu!... venham, acudam!
Um raio que tombasse no edifício
Não produziria tanto horror! A orquestra
Calou-se repentina; um calefrio
Correu nas veias todas, e nos rostos
A palidez do túmulo estendeu-se.
Levantaram-se trêmulos, medrosos,
Acompanhando a escrava, que apressada
Ao quarto de Lotário os conduziu.

VI

Ele estava deitado no assoalho
Inundado de sangue; um surdo ronco
Partia-lhe do seio, e os olhos baços
Uma janela aberta contemplavam,
Como querendo descobrir nas trevas

Um profundo mistério. O quarto cheio,
Repleto de convivas e de escravos,
Retumbou de questões: — Onde foi ele?
Como foi? conheceram-no? seu nome?

VII

Lotário apenas, já levado ao leito,
Para a janela olhava, abria os lábios,
Uma palavra ia partir, depois
Vendo baldados os esforços todos,
Soltava um som pungente e cavernoso,
Entre espuma sangrenta, da garganta.

VIII

Duas horas de angústias se passaram.
A morte caminhava passo a passo,
E não tardava a vir sentar-se, lívida,
Do leito do senhor à cabeceira.

IX

Tudo era em vão; cuidados e socorros
Gastaram-se debalde. Um dos cativos,
Montado sobre rápido cavalo,
Correra a ver o médico; era longe
A morada do filho da ciência;
E a sina de Lotário estava escrita!

X

Quando a sombra funérea de além-mundo
Começou a turbar-lhe o olhar e o rosto,
Supremo esforço ele tentou; ergueu-se
Por uma estranha força, abriu os lábios
E murmurou com voz lúgubre e funda,
Com essa voz tão próxima dos túmulos,
Que parece partir de negro abismo:
— Também era meu filho!... e extenuado
Caiu sobre os lençóis, rígido, frio,
Já domínio da campa.
                    Em vão tentaram
O sentido buscar dessas palavras
Que Lotário dissera ao pé da morte,
Em vão tentaram descobrir aquele
Que era também seu filho! densas trevas,
Impenetrável manto de mistério
Cobria esse segredo, e o único lume
Que pudera surgir, o gelo frio
Tinha apagado para sempre! A campa,
Discreta confidente, esconde tudo!

                              (*Vozes d'América*, 1864)

O ESCRAVO

                      Ao Sr. Tomás de Aquino Borges

Dorme! — Bendito o arcanjo tenebroso
    Cujo dedo imortal
Gravou-te sobre a testa bronzeada
    O sigilo fatal!

Dorme! — Se a terra devorou sedenta
    De teu rosto o suor,
Mãe compassiva agora te agasalha
    Com zelo e com amor.

Ninguém te disse o adeus da despedida,
    Ninguém por ti chorou!
Embora! A humanidade em teu sudário
    Os olhos enxugou!
A verdade luziu por um momento
    De teus irmãos à grei:
Se vivo foste escravo, és morto — livre
    Pela suprema lei!

Tu suspiraste como o hebreu cativo
    Saudoso do Jordão,
Pesado achaste o ferro da revolta,
    Não o quiseste, não!
Lançaste-o sobre a terra inconsciente
    De teu próprio poder!
Contra o direito, contra a natureza,
    Preferiste morrer!

Do augusto condenado as leis são santas,
    São leis porém de amor:
Por amor de ti mesmo e dos mais homens
    Preciso era o valor...
Não o tiveste! Os ferros e os açoites
    Mataram-te a razão!
Dobrado cativeiro! A teus algozes
    Dobrada punição!

Por que nos teus momentos de suplício,
    De agonia e de dor,

Não chamaste das terras africanas
    O vento assolador?
Ele traria a força e a persistência
    À tu'alma sem fé,
Nos rugidos dos tigres de Benguela,
    Dos leões de Guiné!...

Ele traria o fogo dos desertos,
    O sol dos areais,
A voz de teus irmãos viril e forte,
    O brado de teus pais!
Ele te sopraria às moles fibras
    A raiva do suão
Quando agitando as crinas inflamadas
    Fustiga a solidão!

Então ergueras resoluto a fronte,
    E, grande em teu valor,
Mostraras que em teu seio inda vibrava
    A voz do Criador!
Mostraras que das sombras do martírio
    Também rebenta a luz!
Oh! teus grilhões seriam tão sublimes,
    Tão santos como a cruz!

Mas morreste sem lutas, sem protestos,
    Sem um grito sequer!
Como a ovelha no altar, como a criança
    No ventre da mulher!
Morreste sem mostrar que tinhas n'alma
    Uma chispa do céu!
Como se um crime sobre ti pesasse!
    Como se foras réu!

Sem defesa, sem preces, sem lamentos,
    Sem círios, sem caixão,
Passaste da senzala ao cemitério!
    Do lixo à podridão!
Tua essência imortal onde é que estava?
    Onde as leis do Senhor?
Digam-no o tronco, o látego, as algemas
    E as ordens do feitor!

Digam-no as ambições desenfreadas,
    A cobiça fatal,
Que a eternidade arvoram nos limites
    De um círculo mortal!
Digam-no o luxo, as pompas e grandezas,
    Lacaios e brasões,
Tesouros sobre o sangue amontoados,
    Paços sobre vulcões!

Digam-no as almas vis das prostitutas,
    O lodo e o cetim,
O demônio do jogo, — a febre acesa
    Em ondas de rubim!...
E no entanto tinhas um destino,
    Uma vida, um porvir,
Um quinhão de prazeres e venturas
    Sobre a terra a fruir!

Eras o mesmo ser, a mesma essência
    Que teu bárbaro algoz;
Foram seus dias de rosada seda,
    Os teus — de atro retrós!...
Pátria, família, ideias, esperanças,
    Crenças, religião,
Tudo matou-te, em flor no íntimo d'alma,
    O dedo da opressão!

Tudo, tudo abateu sem dó, nem pena!
    Tudo, tudo, meu Deus!
E teu olhar à lama condenado
    Esqueceu-se dos céus!...
Dorme! Bendito o arcanjo tenebroso —
    Cuja cifra imortal,
Selando-te o sepulcro, abriu-te os olhos
    À luz universal!

(Cantos meridionais, 1869)

MELO MORAIS FILHO (1844-1919)

PARTIDA DE ESCRAVOS

A cancela da fazenda
Bateu, e três cavaleiros
Entraram. Após, na senda,
Ponta de escravos. Certeiros,
Sem que o remorso os oprima,
Vão vendê-los serra acima
Negociantes cruéis.
Na fazenda a dor não cansa
Lá deixam ficar a esp'rança
Os condenados fiéis...
Ao tronco o sofrer não fala:
Na escada, ao azorrague,
Que tem que a vida se apague
Do escravo que a custo a exala?
Do comércio o lucro é certo:

Os três de há muito o deserto
Espantam com alheios ais.
São homens? Sim, são coveiros
A cavalo, cavaleiros,
Arautos dos funerais
De um povo rude, inocente,
Que nos sublimes amores
Vale mais que esses senhores
Irmãos de José, o crente!
Os escravos são do norte,
Que a seca, a miséria, a morte,
Trouxe ao Rio pela mão.
Que sangrento itinerário!
Serve de tela um sudário
Ao pintor da escravidão!...

Sabeis o que eles passaram?
O que passam nos caminhos
Esses pobres perseguidos,
Esses filhos sem carinhos?
Sabeis que fundas torturas
Esses traidores bandidos
Fazem calar aos açoutes?
Quantas tristes criaturas
No mistério das florestas
Deixam o corpo insepulto
Às aves que à noite erram
E grasnam como um insulto?
É medonho! O céu se tolda,
As virações já não falam
Porém, nas sombras, as sombras
Desses comboios resvalam...
Dos três cavaleiros vemos,
(Prodígio do pensamento!)

A comitiva: — a loucura,
A fome, a dor, o lamento.

Seguem eles passo a passo,
E o feitor que os acompanha:
Ao bolso cordas e laço,
Pistola, faca. Tamanha
É a pena imposta ao algoz,
Que têm eles no receio
Expiação mais atroz.
Os negros, sempre adiante,
Quase nus, marcham; se cansam,
Estala o chicote. Aos gritos,
São como animais, — avançam!
Conduz a escrava os filhinhos;
E, contra o seio as mãos postas,
Caminha tendo o mais moço
Atado a um pano nas costas.
Léguas e léguas perdidas,
Quase sem pão e sem tenda,
Percorrem; é-lhes abrigo
A senzala da fazenda
Que o capataz indicou.
É uma estrada maldita!
Às vezes, dos arvoredos,
À amplidão infinita,
A nuvem dos urubus
Desata os voos pesados:
São escravos suicidas,
São escravos enforcados!
Detona um'arma? É o crime
Que salvaguarda a escolta;
Foi o despertar tremendo
Do que sonhou co'a revolta!

Os castigos, a inclemência,
A sede, a fadiga e horrores
Formam degraus execrandos
D'esses torpes mercadores.

Nós que vimos entrar n'essa fazenda
    O lote dos cativos,
A cena contemplemos — a vendagem
    De corpos semivivos.

Chegou o fazendeiro; olhou os negros,
    E no ajuste entrou.
P'ra sempre acorrentada — a liberdade
    Inda uma vez chorou!

Um colóquio se deu; e, lacrimosa,
    À porta, uma mulher
Implora de joelhos: — "Meu senhor,
    Venda a mim, se quiser!"

    — São as crianças lindas.
    Vedes? a escrava é boa;
    Vendo-os por qualquer preço,
    Vendo-as por cousa à toa.
    Traze teus filhos, negra!
    "Só dous? pergunta um d'eles.
    Os outros? É negócio.
    Aqueles? sim... aqueles?

    Se convier na troca,
    Por mim 'stá tudo feito;
    Eu fico com os moleques
    Que não servem pr'o eito."
    — "Quer a senhora apenas

Que me desfaça d'estes;
Podeis contar, aposto,
Perdi... Vós não perdestes!"

O vendedor de escravos
Em pagá-los se ocupa;
Os toma e do cavalo
Suspende-os à garupa.
Ó céus! a minha pena
Vacila e se contrista:
Materno olhar segui-os...
Que desvairada vista!...

N'um círculo de fogo
Acaso o escorpião
Já viste s'estorcendo
E s'enroscando em vão?
E nessa luta infrene,
Suprema, enfurecida,
A si mesmo voltando
O dardo suicida?

Assim a mãe cativa
Se debatia aflita;
Depois, hirta, perplexa,
De pé, muda, contrita,
Retoma um gesto horrendo...
Enfia as mãos à boca...
Coitada ! A pobre escrava
Tinha ficado louca!...

(*Cantos do Equador*, 1880)

AMA DE LEITE

Vinham bater à porta, vinham pessoas vê-la;
Era preta e retinta; a estatura dela
Não era alta; os modos eram gentis, ufanos,
Mostrava apenas ter dezoito a vinte anos.
— "Não foi aqui, pergunta alguém que a pretendia
Que anunciou-se um'ama? — reza o *Jornal* do dia."
— "É certo, sim senhor; de dentro brada antiga
Matrona, e se levanta. Olá! ó rapariga!
Vem cá na sala, vem. Pode sentar-se. É viva
No serviço da casa. Não é forra, é cativa.
É bom experimentá-la; depois, d'ela não mude:
Que certifique o médico, se goza ou não saúde.
Engoma, lava e cose; p'ra tudo ela é jeitosa;
Sabe agradar criança, afirmo; é carinhosa,
Como bem poucas há. Enquanto aos aluguéis,
O menos, é barato: são sessenta mil-réis."
— "Seu filho?"
        A pobre escrava, s'entristecendo toda,
Murmura:
        "Meu senhor, meu filho foi p'ra roda."

                (*Cantos do Equador*, 1880)

O LEGADO DA MORTA

                Ao Dr. Ferreira de Araújo

O quarto é sem adorno, em dous caixões
Descansava uma tábua — era o seu leito;
Crispados lábios, ânsias, orações,
Mortiça lamparina, um Cristo ao peito.

Um corpo negro ao cobertor da esteira,
Em sobressaltos lentos se estendia;
Alva caixinha ao pé da cabeceira,
O tatear de um tato que fugia.

Na varanda por certo alguém chorava...
Um vozear baixinho e leves passos
Faziam reviver da pobre escrava
A luz já quase extinta aos olhos baços.

A senhora assomou; a vela benta
A velha prende aos moribundos dedos.
O instante da morte é o da tormenta;
Há do sepulcro às margens seus segredos.

— Adeus, minha senhora! — Adeus, Teresa.
— Eu morro! eu morro!... — Não, tem fé ainda.
— Dizem que lá no céu não há tristeza,
Que Deus acolhe o escravo à glória infinda...

"Minha senhora moça? Ela não vinha?
O ar me falta..." E se atirando a um lado:
— "Lhe deixo uma lembrança... Era o qu'eu tinha...
Um lenço que bordei p'ra o seu noivado."

(*Cantos do Equador*, 1880)

OS FILHOS

Ele vendera a escrava e mais as duas crias;
Uma, depois da lei, só tinha quinze dias.
Estátua do infortúnio, a dor mais cruciante
Que a mísera levara ao seio agonizante.

Foi um suplício atroz; o derradeiro adeus,
Um grito de blasfêmia, um desafio aos céus.

Três longos anos, sim! de pranto e de martírios
Ela os curtiu sem tréguas: — Ela com seus delírios!
— "Fui mãe, eis o meu crime; a condição o quer:
Não é serviço à escrava o ser também mulher?!..."

Assim pensava a triste. O duro cativeiro
Lhe consumira o corpo. Esforço derradeiro
A subscrição lhe fora: a graça soberana
Da bárbara mulher, que nisso fez-se humana!

"Aqui tens teu papel, o preço está marcado,
P'ra as crianças... Que a ti eu tenho destinado
Que ficas forra. Espera, espera o teu momento,
Por morte de meus netos... Já fiz meu testamento."

E quando ela saíra, horrenda de mau trato,
Uma criança ao colo, outra sustendo um prato,
Aonde a compaixão errante da cidade
Redime o cativeiro aos pés da caridade,

Ela o encontrara, e ela empaleceu de assombro;
Abaixa-se ao mais velho, os dous erguendo ao ombro,
Com voz já quase extinta e os olhos já sem brilhos:

"Esmola, meu senhor! P'ra libertar seus filhos."

(*Cantos do Equador*, 1880)

IMIGRAÇÃO

— Eis a América esplêndida! A liberdade
Deve pujante aqui surgir mais bela;
Di-lo a ave dos céus nos voos largos,
O rio à viração, o sol à estrela!

Aqui parece dilatar-se o peito
Aos seus eflúvios santos e divinos;
A flor do vale sobra p'ra seus prantos,
Ó seus filhos não choram seus destinos!...

Foi assim que Colombo, o navegante,
Inculta a descobrira em sonhos grandes!
E librou-se o condor nos ares livres,
A América subiu, por vê-lo, aos Andes!

Mas as correntes das lianas prendem
Os gigantes da selva entre os fulgores;
É que a selva é o convento, os lenhos monges,
A liana é rosário, as contas flores.

Deixei a pátria minha; o alvião
É todo o meu tesouro; ao mar profundo
Lancei-me e vim pedir o pão à terra,
À terra de Cabral, no Novo Mundo.

Salve, América, salve! O despotismo
Morrera a teu alento mais sutil!
Imigrante, ao trabalho! O trem de ferro
Parte — eu com ele às matas do Brasil!

Tocara ao seu destino — uma fazenda;
O alvião, a enxada o não desdoura;

A cana cresce, os cafezais enormes,
Na terra prometida da lavoura.

Nem um arado ao campo! As sementeiras
Vingam sem termo às jeiras confundidas;
E tanta gente sem um lar na Europa,
E no Brasil as terras tão despidas!

— Trabalho e pátria! Um morador que o ouvira,
Lhe mostra ao longe um homem na senzala.
— Senhor, sou imigrante, a minha pátria,
Da tirania é pálida vassala...

— Já sei, espere um pouco. Ao tronco metam
Este negro que ao eito retardou.
Outros havia no suplício, em ferros;
O imigrante, por Deus! se horrorizou.

— Um instante, senhor... São parricidas?
— São meus cativos; povo d'ignavos.
— Ó perfídia cruel! Quebre-se o arado,
Se o arado é tronco de prender escravos!

Ele exclamou. Ao gesto arrebatado,
Caiu-lhe a enxada e treme, ergue-a do chão,
E convulso a largou: — era um espelho
A refletir no aço a escravidão!

(*Cantos do Equador*, 1880)

O REMORSO DE LUCAS

> A Joaquim Nabuco

Lucas vagando a sós no meio dos sertões,
O escravo que arrosta a fúria dos baldões,
Fugir quisera à luz, que nem sequer descia
A refulgir-lhe ao dorso. Ó ele parecia
Um trânsfuga infernal, um condenado eterno!
Seu corpo era a prisão, era seu crânio o inferno,
Onde su'alma — o crime — a se esconder audaz,
Tinha por deus o roubo, a morte e Satanás.

Ó Lucas!... Lucas, foste ao mais infame agravo
Daquele que no berço ao homem chama escravo,
O eco vingador, a encarnação maldita
Da revolta que cresce e cresce, quando fita
Num templo sem altar — a liberdade amada,
Sem círios e sem reza ao chão amortalhada!

Um dia, ele da Feira o tétrico assassino,
À sua cor dissera: "O meu cruel destino
Assim tão negro é; se me goteja o pranto,
É como d'uma essa a recamar o manto
As lágrimas de prata. A morte em baixo mora,
A escravidão é morte... e sofre e pena e chora!

Eis a estrada, a senda: ali o viandante
Deve passar. Um vulto, um vulto lá distante
O arvoredo apartou... vejamos! Uma bala
Virá trazer-me a bolsa; o mais o morto cala."

Ele volvera após; a estrela da manhã
Ia surgindo bela: assim surge louçã

Ao cálix do Senhor a hóstia consagrada,
Que o sacerdote eleva à multidão prostrada.

Ele volvera após; por entre as covas rasas,
De uma cova que havia, erguendo as leves asas,
Os pássaros aos mil a gorjear nos ares
Lá se foram p'ra'além. Um mundo de pesares
Dobrara-lhe a cerviz. Naquela sepultura
O sono glacial traíra a virgem pura.

Quando à forca subiu, perdendo a fé e a calma:

"Os pássaros... a cova... a penitência d'alma."

(Cantos do Equador, 1880)

MÃE DE CRIAÇÃO

Era já velha a mísera pretinha;
Tão extremosa como as mães que o são:
Era escrava, porém que amor que tinha
Àquele a quem foi mãe de criação!

Cuidava tanto dele... Quando o via
Dos estudos chegar, chegar-se a ela,
Parece que a ventura se embebia,
Como um raio de luz, nos seios dela.

Seu filho lhe morrera em tenra infância...
A sorte do cativo é a dos reveses;
Ela o criara, e d'alma n'abundância
O consagrara filho duas vezes.

Quiseram libertá-la; a liberdade
Tomou como uma ofensa e não cedeu;
Depois: — "Minha senhora, é caridade
Não me apartar do filho que me deu."

Cismava alegre tanta cisma vaga,
Pedia a Deus por ele tanto, tanto,
Que só de crê-lo ausente era aziaga
A hora que o furtava ao seu encanto.

Mas os tempos passaram; tudo acaba;
Nem no sonho feliz o foi sequer!
Há filhos-reptis que cospem baba,
Letal veneno a um seio de mulher.

Ele o fizera. Àquela que os vagidos
De seu berço acudiu, ó mães bondosas,
Que velara, acalmando os seus gemidos
De criança, nas noites dolorosas,

Levou-lhe ao rosto a mão de matricida!...
A pobre velha lá mordeu o chão:
— "Com meu sangue de escrava dei-lhe a vida...
A seus pés, meu senhor... perdão! perdão!"

(*Cantos do Equador*, 1880)

VERBA TESTAMENTÁRIA

— Senhor. Um meu amigo, amigo que eu lamento,
Morreu; porém deixou por verba em testamento,
Para escravos remir, um capital, um fundo.
Eu venho aqui cumprir o que ele, moribundo,
Pediu-me, instou... Eu sei que vossa senhoria

Tem um escravo idoso. Em termos, eu queria
Resgatá-lo. Já vê que nessas condições...
É velho... o ajudou... São duplas as razões!
Não pode o preço seu subir, ser desmarcado:
Além de que, escravo assim tão dedicado,
É força confessá-lo, é mesmo lealdade,
Não sendo sacrifício, — à sua liberdade
Prestar auxílio em tudo...
      — Entendo. Então quereis...
— A carta de alforria.
     — E quanto me trazeis?
— Um conto.
   Na surpresa de seus cegos enganos:
"Um conto? É pouco, é, me serve há quarenta anos."

       (*Cantos do Equador*, 1880)

A FEITICEIRA

É noite! É meia-noite! A selva brava
Ressona ao vento solto na folhagem;
Tudo é paz e descanso; só a escrava
Sente a atração do abismo e da voragem!

Um passo, um passo mais, ao prado aberto
Ela pede o veneno, a morte às flores.
Horror! ser mãe e ver-se num deserto!
Viva — órfão seu filho aos seus amores!...

Ó que longo penar! Grilhões pesados
Do cativeiro arrasta a vida inteira;
Em torno, a prole vil dos desgraçados;
P'ra torná-la feliz — foi feiticeira.

Sim! Na calada das vigílias calmas,
Quando a onça boceja, ao abandono,
Fia ela partir libertas almas
Aos sucos acres que produzem sono.

O pastio lá está, vales, barrancos;
Cintila o orvalho aos ervaçais maninhos;
Arreia à terra o gado o corpo, os flancos,
Muge e rumina à beira dos caminhos.

Ao candeeiro aceso da senzala,
Ergue-se e espreita a solidão infinda;
A feroz crueldade o céu abala
E o ódio no seu peito aumenta ainda!

A porta abriu: ninguém seu plano entrava;
Ela sai: a planície é vasta e nua;
Escolhe plantas a Medeia escrava,
Banhando o rosto negro à luz da lua.

Raízes e cipós ela os conhece,
As solâneas fatais, a estricnina;
Pé ante pé desliza, — a grama cresce;
E as sementes espalha na campina.

Nos córregos d'além, nas fontes belas,
Quem não bebera a morte, o sono eterno?...
Lealdade no ar, lumes d'estrelas,
Ranger de dentes em su'alma-inferno.

Por que tanta vingança?... A feiticeira,
Rindo na barca da escravidão perdida,
Levar quisera à natureza inteira
Desse vinho que estanca a sede à vida.

Porém, silêncio! Ei-la, ei-la que torna...
Uma velha... a infância... ai! pobrezinhas!
Do seio um filtro arranca, ao lábio entorna
D'alvorada da dor — das criancinhas.

Depois, sumiu-se; entrou nesse aposento
Dos cativos do eito, ó sina horrenda!
Da justiça de Deus o algoz cruento,
— A negra feiticeira da fazenda!

(*Cantos do Equador*, 1880)

INGÊNUOS

A Franklin Dória

— Senhor, sua fazenda
É bela realmente!
Sua lavoura é próspera:
Açude, água corrente,
Moendas e paióis,
Terrenos sem ter conta...
É mesmo admirável
A cana que desponta!

— Por esses arredores
Não cuido haver melhor;
A safra deste ano
P'ra outros foi pior.
Das minhas seis fazendas,
(Que o norte chama engenho),
Dou preferência a esta,
Tenho razão... se tenho!

— Porém, quanto trabalho,
Calculo, eu ajuízo!
Depois... e quantos braços,
A gente que é preciso!
— No eito, cem cativos,
Se antecipando ao dia,
Trabalham té seis horas,
Serões sempre à porfia.

Ali 'stão as senzalas
De um lado e d'outro, duas;
São vastas, arejadas,
Ocupam duas ruas.
Aquela é a das escravas,
A outra dos homens, creio
Assim não ter incômodo
Com o que me for alheio.

— E onde a moradia
Que reserva aos demais?
Quero dizer, os quartos,
As casas dos casais?
Com a lei do ventre livre,
Que não nos traz proventos,
Achei desnecessário
Haver mais casamentos.

(*Cantos do Equador*, 1880)

A FAMÍLIA

— Partes, Josefa? — Não parto.
— Não partes, Josefa?! — Não.

— Que sorte terá, tu sabes?
— A sorte da escravidão.

— Tu vais deixar-me? tu deixas-me?
— Não sou casada contigo?!...
— Ó triste escrava! Meus filhos!
Aves do céu em abrigo!

Ontem à tarde abraçava-te;
Sonhava um sonho fingido;
Hoje, Josefa — a desgraça!
Hoje, Josefa — vendido!

— Nossa Senhora! Vendido!...
Tu zombas, dize, não é?
— Ai! pobre escrava! Aos escravos
Negou Jesus Cristo a fé!

Amo-te muito. Os rigores,
Se os suportei, foi por ti;
Não ver-te, é 'star morto n'alma,
Perdoa, esquece, eu menti.

— Mentiste, sim! Amanhã
O que serei, malfadada,
Quando teus filhos disserem,
Não vendo mais tua enxada:

"Onde meu pai? Foi-se embora?"
O que lhes responderei?...
Chorava a escrava, choravam...
— Responde: "Filhos, não sei!"

———

Era uma praia... Nas pedras,
Da dor na ânsia mais crua,
Aponta um grupo um cadáver
Boiando aos fogos da lua!

      (*Cantos do Equador*, 1880)

ESCRAVO FUGIDO

Ele fugira!... Aonde achar abrigo?!...
A serpente, o jaguar a mata infesta;
Ó quem não sente aos pés ter um jazigo
A cada ronco ouvido na floresta?...

Aonde pernoitar?!... A noite escura
Envolve a terra, o ar, a estrela, o céu...
Ele caminha em meio da espessura
Como o gênio do mal, afouto e réu!...

Noivo da escuridão, de um crime ignoto
A garra sangra no seu peito aflito:
Ó Cam, tu buscas que país remoto?...
Escravo, escravo, quem te fez maldito?!...

Ele tateia as ramas penduradas
Da brenha, e agita com seus membros lassos;
Piando, as aves fogem-lhe espantadas,
Causa-lhe medo o eco de seus passos.

Ei-la... uma furna, um antro, uma caverna...
— Penetra a escuridão a escuridade!
Afronta ao céu! injúria, injúria eterna
Sentir-se escravo em plena liberdade!...

E que direito a grandes recompensas
Tem quem prendê-lo? respondei, senhores!
Procuram-no, portanto, homens sem crenças,
Folga a traição a bem dos opressores.

Povo sem coração, algozes frios,
Almas d'esquife e túm'los branqueados,
Por que abrir os mausoléus sombrios
Que não podem conter mais desgraçados?!...

Qual sua vida? — A sós, a sós, no erro
Disputar com a fera o pasto incerto!
O céu lhe fora seu lençol d'enterro,
Se a tumba ao menos fosse-lhe o deserto.

A selva que balança a grenha enorme,
O rio, a solidão, o vento, as flores,
Aumentam na su'alma que não dorme
A silente extensão de seus terrores!

A meiga profundez das noites claras
Estreita o círc'lo estreito ao foragido;
Ele não sai: s'esconde. As balsas raras
Servem de asilo ao pobre perseguido.

Às vezes, se esgueirando ao antro escuro,
O férreo braço mergulhado em sombra,
Espia o céu, e vendo o luar puro
Recua espavorido — a luz o assombra!...

Entanto, alguém o viu. Era ao sol posto.
Os capitães do mato na emboscada
Tiram da faca, e a carabina ao rosto:
— Rende-te ou morres, teu esforço é nada!...

Lutar, lutar, por quê? Perto ao naufrágio,
Que vai sorvê-lo, o nauta, em desalento,
Não lança ao mar, em troca do presságio,
Riquezas, por viver mais um momento?

Assim foi ele! — À corda torturante
Entrega o pulso, e seguem na avenida:
Era um fantasma do sepulcro errante
Mordendo o leme do batel da vida!...

———

À fazenda chegou, e meia-noite
    Batia no terreiro;
O feitor o recebe, o dono, os servos,
    No dia derradeiro.

— Que toque o sino, e os negros formem todos,
    O fazendeiro fala.
Os negros vêm saindo, uns após outros,
    De dentro da senzala.

— Que se acenda a fogueira, e que o castigo
    Comece já, comece!
E a turma cabisbaixa dos cativos
    Se confrange e entristece.

E fazem alas, escondendo o pranto,
    Os olhos para o chão:
Era o horror da treva pela treva,
    Da luz pelo clarão!...

....

O chicote dardeja; o sangue jorra;
　　　Imprecações... lamentos...
Não era mais um corpo — era uma chaga.
　　　E rotos ligamentos!...

Ao desvario extremo o olhar do escravo
　　　Nas órbitas fulgura,
Bem como d'água clara a onda mansa
　　　Numa cisterna escura!

No estertor d'agonia, a morte, ao menos,
　　　Oculta os seus punhais;
Estala o açoute, estala; mas as dores
　　　Já não lhe doem mais.

Deixara de sofrer! — Quando su'alma
　　　Despiu humanos véus,
Foi abraçar a aurora que descia
　　　Lá dos degraus dos céus!...

　　　　　　　　　　(*Cantos do Equador*, 1880)

CANTIGA DO EITO

　　Ó sol, que lá tão longe
　　Levas os raios teus;
　　Ó sol, não enxugaste
　　Todos os prantos meus!

　　Cede-me o corpo à força
　　Do trabalhado dia;
　　Depois, vem o serão,
　　Começa outra agonia.

Eu rego com meu pranto
O pé dos cafezais;
Seus frutos são de sangue,
Trazem da dor sinais.

Ó terra, ó mãe querida,
Teu filho eu sou também;
Abre-me o seio, ó terra!
Ó morte, ó morte, vem!

Demanda a ave o ninho,
O mato é todo em flores;
Pra mim não fez-se o sono,
Só traz a noite horrores.

A safra ri-se à enxada
Com que chorando eu cavo;
Ao cego fez-se o aroma,
Não fez-se o fruto ao escravo.

Ó terra, ó mãe querida,
Teu filho eu sou também;
Abre-me o seio, ó terra!
Ó morte, ó morte, vem!

(*Cantos do Equador*, 1880)

A REZA

D'Ave-Maria o toque extremo o sino exala;
Os negros vêm do eito em busca da senzala.
É a hora em que cismando à sombra dos palmares
Sente o infeliz escravo saudades de seus lares;

E cruza o braço ao cabo da trabalhosa enxada,
E ao céu que o viu partir, envia uma toada:

— Ó terras encantadas da África maldita,
Onde o leão rugindo a juba fulva agita!
Não mais verei teus campos, teu areal extenso,
Onde a serpente enorme, o nosso deus imenso,
No oásis, rastejando, às outras se entrelaça,
Qual carinhosa mãe que os filhos seus abraça!...

Ó andorinhas meigas que rente a mim voais,
Dizei-me se passastes nas tendas de meus pais!
Se acaso vós viestes por eles enviadas,
Como as folhas que levam dos ventos as lufadas,
Para nas asas belas me transportar um dia
A alma angustiada à terra onde eu sorria!... —

Ave-Maria! É a hora da calma e da paixão!
A campa da fazenda chamando à oração,
Os negros se ajoelham às vozes do feitor,
No Cristo ensanguentado contemplam sua dor!

Crianças de faces d'ébano, homens da cor da noite,
Sofrendo ainda as torturas do desumano açoite,
Cantam canções de fé e d'esperança e graça,
— Gotas de mel que adoçam o cálix da desgraça!

Deserto é o paiol, o orvalho cai nas flores,
Do rio em espirais elevam-se os vapores;
No rancho das estradas crepitam as coivaras,
E a *caipora* salta sobre um jirau de varas...
É a hora em que a lenda, na solidão que enleva,
Cai dos braços da noite, para brilhar na treva.

Ave-Maria excelsa! A ti voando a prece,
Que sob um véu de pranto cintila e resplandece,
Volve os olhares meigos ao escravo que te implora,
Funde as algemas frias de tanta dor que chora!

(Cantos do Equador, 1880)

NOS LIMBOS
(Elegia)

> *De quel coté que vous tourniez vos regards, vous ne trouverez ici, ni consolation ni soulagement.*
>
> WILBERFORCE.

Ó Cristo, meu Senhor! nos limbos dous mil anos
Eu tenho te evocado, ó luz, ó claridade,
Ó Cristo, meu Jesus, assombro dos tiranos!

E quando, quando, ó Deus! a voz da liberdade
A mim que sou cativo, ó Redentor, remindo,
Irá soar no templo augusto, o da verdade?

Vivia em meu deserto inóspito, mas lindo;
Areias e chacais, as guerras e o siroco,
Tudo sofri, venci, resignado e rindo.

E qual meu crime? Eu gemo e tenho o peito rouco;
Passou Tiro e Cartago, o tempo abate impérios,
E resta a escravidão, — tal sobrevive o louco

À morte da razão, a excogitar mistérios!
Não descobres, Jesus, do trono teu d'estrelas,
Que assenta luminoso em páramos sidéreos,

Um corpo negro, horrendo, aos gritos das procelas,
Em nave que balança os camarins de ferro,
— Galé preso à corrente aos furacões nas velas?!...

O chicote estalar no flutuante encerro
À dança no convés imundo do negreiro,
Depois, a nostalgia, o mar ter por enterro?!...

Era eu, meu Senhor! Existo — o cativeiro
É minha prole imensa, ó Cristo sempiterno,
Que nunca e nunca exala o alento derradeiro.

Purificado estou! De teu carnal inferno
Redime os filhos meus, aplaca os teus rigores,
Ou nos teus braços dá-me o meu sepulcro eterno.

Foi-te incompleta a obra; erguido aos esplendores,
Deixaste à irrisão mais corpos de cativos
Que trevas tem a noite e meigos céus fulgores.

Nos livros do Evangelho, aos sete selos vivos,
Escuto o eco em vão dizer que é livre o escravo,
Esse fantasma humilde aos olhos teus altivos.

Nas mãos recolho o pranto e teu caminho lavo...
D'aqui, do limbo, espreito a nuvem que se avança,
Que tem no centro o raio e que despede o agravo.

Vejo ocultar-te a Fé seu cálix; à Esperança
A âncora perder-se; a Caridade os filhos
Chorando abandonar. Senhor, basta! não cansa

De teu pai o furor?
      De loiros supercílios,

Outra visão de luz adeja e transparece,
Ensanguentada e langue aos mais serenos brilhos:

— A oração da tarde; o eito orando; a prece
Que lá chegara a Deus, aos voos mais velozes
Que o pássaro que sobe, e sobe, e desparece!

(Cantos do Equador, 1880)

AVE, CÉSAR!

Senhor!

    Quando a Colombo, o nauta genovês,
Mandara um palmejar de vagas ao convés
O eterno oceano, o ralhador profundo,
O coveiro que espera os funerais do mundo,
Que sublime sonhar, o despertar um cântico!
Sobre uma lira — o tempo — o menestrel Atlântico
Vibrara um hino: a senha à mais remota idade;
E retiniu-lhe a voz té onde a tempestade
Sacode a rebramir seus caldeirões de espumas,
Qual ave que a voar cair deixasse as plumas!...
Sonhara ele, Senhor, Adamastor aspérrimo,
Não de escravos um lar, mas um país libérrimo!
Senão, fora-lhe a nave aos ventos derradeiros
A essa dum finado, estrelas os tocheiros,
E ele, face ao céu, em meio a imensidade,
Um morto em seu esquife... a noite... eternidade...
Porém não foi assim; não foi, Senhor, é certo:
Ele aportara a plagas d'esplêndido deserto.
A Providência, Deus, que as leis nunca revoga,
A América mandou, selvagem na piroga,

Dizer: "Colombo, vem! não vês minhas florestas?
A liberdade aqui celebra as grandes festas!"
Da mata secular, escura e soberana,
Um rio rasga o seio, e jorra, e s'espadana...
O condor colossal, leviatã dos ares,
Recorta e páss'ros mil afogueados lares,
Ao lampejar do sol, que no ocidente em brasas
Transforma em porcelana aéreas, níveas asas!
A serpente hibernal às mais ardentes zonas,
No estupor do sono, enrosca-se; o Amazonas,
O caudal S. Francisco, o Paraná gigante,
Do íncola conduz o passo vacilante;
Eleva-se a montanha ao horizonte puro,
É qual dedo de Deus no livro do futuro!...

Sorriram-se Colombo e América à vitória,
— À força d'esplendor, dous sóis toldando a glória!
Mas veio a tirania, a ambição; seu sólio
Conquista o Europeu, conquista um povo-espólio!
Era o altar balcão, o Cristo era um mistério,
O frade traz cativo o índio ao presbitério...
Era o evangelho o anzol à catequese aos bravos;
O pescador da fé, um pescador d'escravos!...

Um facho se ateara — assombra o sul e o norte:
No lívido corcel devasta a selva a morte.

Da hecatombe enorme as tribos espantadas,
A fronte entre o joelho, as pernas abraçadas,
Nos penetrais da mata, em lúgubre retreta,
Fugiam da missão à pérfida sineta.

Do frade e do colono aos campos sem renovos,
O negro apareceu; o sangue desses povos

Correu então. Além, nos mares do Cruzeiro,
As velas dum navio, o brigue do negreiro;
Um corpo que mergulha, o grito, o horror, a mágoa...
À popa o tubarão suspenso ao lume d'água.

E veio a febre, a peste, e veio a insurreição:
O Quilombo é muralha, e poste, e redenção!
A África soluça; escrava, louca, errante,
Procura no martírio as tréguas do levante.
De levante, Senhor! revolta inconsciente,
Que quebra ao cativeiro o peso da corrente;
Sabeis, vós o sabeis que rude estrada trilha
O homem sem ter pátria, o homem sem família;
A pobre mãe que sonha a um meigo desvario
O embalar dum berço — e o berço achar vazio!

Ao banquete da vida estranho o escravo passa,
Conviva do infortúnio, aos urras da desgraça!
Aos livres, tanto amor, e flores, risos, cantos,
A ele a cruz, o horto, o cálix de seus prantos!
A escrava é mulher, de seu senhor à luta:
A esposa é amante; — a virgem, dissoluta.
A vingança ressurge, e traiçoeira, esquiva,
Coloca-se a senhora em frente da cativa.
A moral se corrompe, e sobre o altar do vício
É sempre o coração quem sangra ao sacrifício!...

O escravo o que é, Senhor? — O ultraje do direito;
É da lei conspurcada o horizonte estreito;
É cárcer da razão: que tormentoso inferno!
É Cristo e Prometeu no seu suplício eterno!...

Porém, basta! que vejo? — Alcova mortuária...
Se apressa a multidão revolta, tumultuária,

O sino dobra, é dobre a preces de agonia...
Entanto, quanto hosana e flores e harmonia
Dos céus de minha terra à vastidão sonora!...
D'um leito ao cortinado a luz frouxa d'aurora
Lá começa a bater... Uns cantos festivais,
E um povo a preparar seus arcos triunfais!

Uma nuvem se abriu; resplandecente e lindo
Vejo um anjo baixar do céu, do espaço infindo,
E junto ao respaldar do leito — a escuridade
Fundir já quase inteira: "Eu sou a Liberdade;
No passado gemi, penei nas amarguras,
Mas hoje o verbo sou às gerações futuras!"

E presto a descambar na noite mais profunda,
Saúda a escravidão a César, moribunda!

(*Cantos do Equador*, 1880)

GONÇALVES CRESPO (1846-1883)

A SESTA

Na rede, que um negro moroso balança,
    Qual berço de espumas,
Formosa crioula repousa e dormita,
Enquanto a mucama nos ares agita
    Um leque de plumas.

Na rede perpassam as trêmulas sombras
    Dos altos bambus;

E dorme a crioula de manso embalada,
Pendidos os braços da rede nevada
    Mimosos e nus.

A rede, que os ares em torno perfuma
    De vivos aromas,
De súbito para, que o negro indolente
Espreita lascivo da bela dormente
    As túmidas pomas.

Na rede suspensa de ramos erguidos
    Suspira e sorri
A lânguida moça cercada de flores;
Aos guinchos dá saltos na esteira de cores
    Felpudo sagui.

Na rede, por vezes, agita-se a bela,
    Talvez murmurando
Em sonhos as trovas cadentes, saudosas,
Que triste colono por noites formosas
    Descanta chorando.

A rede nos ares de novo flutua,
    E a bela a sonhar!
Ao longe nos bosques escuros, cerrados,
De negros cativos os cantos magoados
    Soluçam no ar.

Na rede olorosa, silêncio! deixa-a
    Dormir em descanso!...
Escravo, balança-lhe a rede serena;
Mestiça, teu leque de plumas acena
    De manso, de manso...

O vento que passe tranquilo, de leve,
    Nas folhas do ingá;
As aves que abafem seu canto sentido;
As rodas do engenho não façam ruído,
    Que dorme a Sinhá!

(*Miniaturas*, 1870)

NA ROÇA

Ao Dr. Luís Jardim

Cercada de mestiças, no terreiro,
Cisma a Senhora Moça; vem descendo
A noite, e pouco a pouco escurecendo
O vale umbroso e o monte sobranceiro.

Brilham insetos no capim rasteiro,
Vêm das matas os negros recolhendo;
Na longa estrada ecoa esmorecendo
O monótono canto do tropeiro.

Atrás das grandes, pardas borboletas,
Crianças nuas lá se vão inquietas
Na varanda correndo ladrilhada.

Desponta a lua; o sabiá gorjeia;
Enquanto às portas do curral ondeia
A mugidora fila da boiada.

1869

(*Miniaturas*, 1870)

CANÇÃO

A Bernardino Machado

I

Mostraram-me um dia na roça dançando
Mestiça formosa de olhar azougado
Co'um lenço de cores nos seios cruzado,
Nos lobos da orelha pingentes de prata.
    Que viva mulata!
    Por ela o feitor
Diziam que andava perdido de amor.

II

De entorno dez léguas da vasta fazenda
A vê-la corriam gentis amadores,
E aos ditos galantes de finos amores,
Abrindo seus lábios de viva escarlata,
    Sorria a mulata,
    Por quem o feitor
Nutria quimeras e sonhos de amor.

III

Um pobre mascate, que em noites de lua
Cantava modinhas, lundus magoados,
Amando a faceira de olhos rasgados,
Ousou confessar-lho com voz timorata...
    Amaste-o, mulata!
    E o triste feitor
Chorava na sombra perdido de amor.

IV

    Um dia encontraram na escura senzala
    O catre da bela mucamba vazio:
    Embalde recortam pirogas o rio,
    Embalde a procuram nas sombras da mata.
        Fugira a mulata,
          Por quem o feitor
    Se foi definhando, perdido de amor.

(1870)

(*Miniaturas*, 1870)

A NEGRA

    Teus olhos, ó robusta criatura,
        Ó filha tropical!
    Relembram os pavores de uma escura
        Floresta virginal.

    És negra sim, mas que formosos dentes,
        Que pérolas sem par
    Eu vejo e admiro em rúbidos crescentes
        Se te escuto falar!

    Teu corpo é forte, elástico, nervoso.
        Que doce a ondulação
    Do teu andar, que lembra o andar gracioso
        Das onças do sertão!

    As lânguidas sinhás, gentis, mimosas,
        Desprezam tua cor,

Mas invejam-te as formas gloriosas
    E o olhar provocador.

Mas andas triste, inquieta e distraída;
    Foges dos cafezais,
E no escuro das matas, escondida,
    Soltas magoados ais...

Nas esteiras, à noite, o corpo estiras
    E com ânsias sem fim,
Levas aos seios nus, beijas e aspiras
    Um cândido jasmim...

Amas a lua que embranquece os matos,
    Ó negra juriti!
A flor da laranjeira, e os níveos cactos
    E tens horror de ti!...

Amas tudo o que lembre o branco, o rosto
    Que viste por teu mal,
Um dia que saías, ao sol posto,
    De um verde taquaral...

                          (*Noturno*s, 1882)

AS VELHAS NEGRAS

                          A Mme. Aline de Gusmão

As velhas negras, coitadas,
Ao longe estão assentadas
Do batuque folgazão.
Pulam crioulas faceiras

Em derredor das fogueiras
E das pipas de alcatrão.

Na floresta rumorosa
Esparge a lua formosa
A clara luz tropical.
Tremeluzem pirilampos
No verde-escuro dos campos
E nos côncavos do val.

Que noite de paz! que noite!
Não se ouve o estalar do açoite,
Nem as pragas do feitor!
E as pobres negras, coitadas,
Pendem as fontes cansadas
Num letárgico torpor!

E cismam: outrora, e dantes
Havia também descantes,
E o tempo era tão feliz!
Ai! que profunda saudade
Da vida, da mocidade
Nas matas do seu país!

E ante o seu olhar vazio
De esperanças, frio, frio
Como um véu de viuvez,
Ressurge e chora o passado
— Pobre ninho abandonado
Que a neve alagou, desfez...

E pensam nos seus amores
Efêmeros como as flores
Que o sol queima no sertão...

Os filhos quando crescidos,
Foram levados, vendidos,
E ninguém sabe onde estão.

Conheceram muito dono:
Embalaram tanto sono
De tanta sinhá gentil!
Foram mucambas amadas,
E agora inúteis, curvadas,
Numa velhice imbecil!

No entanto o luar de prata
Envolve a colina e a mata
E os cafezais em redor!
E os negros, mostrando os dentes,
Saltam lépidos, contentes,
no batuque estrugidor.

No espaçoso e amplo terreiro
A filha do Fazendeiro,
A sinhá sentimental,
Ouve um primo recém-vindo,
Que lhe narra o poema infindo
Das noites de Portugal.

E ela avista, entre sorrisos,
De uns longínquos paraísos
A tentadora visão...
No entanto as velhas, coitadas,
Cismam ao longe assentadas
Do batuque folgazão...

(*Noturno*s, 1882)

LUÍS GUIMARÃES JÚNIOR (1847-1898)

OS ESCRAVOS

> Eu os lamento e amo: — do passado
> Nas densas névoas vejo tristemente,
> Como num sonho, — a multidão contente
> Desses negros fiéis... Ah! desgraçado
>
> De quem não teve outrora o desvelado
> Escravo de seus pais, junto ao tremente
> Berço em que o nato espírito inocente
> Dorme feliz e dorme descansado.
>
> Por isso, agora, oh velhos protetores,
> Quando a vossa figura carcomida
> Vem contemplar-me, em meio às minhas dores,
>
> Eu me reporto à era estremecida
> Dos amuos, das crenças e das flores...
> E beijo os elos da passada vida.

(Sonetos e rimas, 1880)

NHANHÃ

> Um dia apresentaram-me. Ela lia
>   Num canto do salão.
> Deixou cair aos pés o livro, — e ria
>   Estendendo-me a mão.
>
> Mão de princesa, fina, delicada,
>   De tão macio alvor

Qual se a talhara alguma boa fada
    No cálix de uma flor.

Era no campo. As auras forasteiras
    Suspiravam no ar,
Frescas do grato odor das laranjeiras,
    Dos raios do luar.

Surda uma voz ao longe ressoava
    Em doloridos ais...
Perguntei quem cantava. — Oh! uma escrava!
    Disse ela. E nada mais.

Falou-me então das valsas delirantes
    De Strauss e do furor
Dos novos *cotillons*. Disse-me: — Dantes
    Valsava-se melhor.

E a voz da escrava como um ai de morte
    Adejava ao luar...
— "Li, há dois dias, num jornal da corte
    Que a Patti vai chegar:

Será verdade? Ah! quem me dera! A moda
    Renascerá enfim!"
E ela, a bater as mãos, ria-se toda
    Olhando para mim.

Contemplei melancólico o semblante
    Dessa virgem feliz:
Era mais alva que ao luar errante
    As pálidas *willis*;

Era tão doce como a Fantasia
    Dum bardo sonhador:

Lamartine colhera uma *Harmonia*
    Nos lábios dessa flor.

E enquanto o seu olhar negro brilhava
    Como a onda ao luar,
E a suspirosa aragem derramava
    O aroma do pomar;

Enquanto aquela boca fulgurante
    Mais pura que os cristais,
Repetia-me a crônica elegante
    Dos últimos jornais;

A voz da escrava — trêmula, queixosa,
    Expirou na amplidão,
Longa como uma nênia dolorosa,
    Triste como a paixão.

(*Sonetos e rimas*, 1880)

CASTRO ALVES (1847-1871)

AO ROMPER D'ALVA

    Página feia, que ao futuro narra
    Dos homens de hoje a lassidão, a história
    Com o pranto escrita, com suor selada
    Dos párias misérrimos do mundo!...
    Página feia, que eu não possa altivo
    Romper, pisar-te, recalcar, punir-te...

Pedro Calazans

Sigo só caminhando serra acima,
E meu cavalo a galopar se anima
    Aos bafos da manhã.
A alvorada se eleva do levante,
E, ao mirar na lagoa seu semblante,
    Julga ver sua irmã.

As estrelas fugindo aos nenufares,
Mandam rútilas pérolas dos ares
    De um desfeito colar.
No horizonte desvendam-se as colinas,
Sacode o véu de sonhos de neblinas
    A terra ao despertar.

Tudo é luz, tudo aroma e murmurio.
A barba branca da cascata o rio
    Faz orando tremer.
No descampado o cedro curva a frente,
Folhas e prece aos pés do Onipotente
    Manda a lufada erguer.

Terra de Santa Cruz, sublime verso
Da epopeia gigante do universo,
    Da imensa criação.
Com tuas matas, ciclopes de verdura,
Onde o jaguar, que passa na espessura,
    Roja as folhas no chão;

Como és bela, soberba, livre, ousada!
Em tuas cordilheiras assentada
    A liberdade está.
A púrpura da bruma, a ventania
Rasga, espedaça o cetro que s'erguia
    Do rijo piquiá.

Livre o tropeiro toca o lote e canta
A lânguida cantiga com que espanta
    A saudade, a aflição.
Solto o ponche, o cigarro fumegando
Lembra a serrana bela, que chorando
    Deixou lá no sertão.

Livre, como o tufão, corre o vaqueiro
Pelos morros e várzea e tabuleiro
    Do intrincado cipó.
Que importa'os dedos da jurema aduncos?
A anta, ao vê-los, oculta-se nos juncos,
    Voa a nuvem de pó.

Dentre a flor amarela das encostas
Mostra a testa luzida, as largas costas
    No rio o jacaré.
Catadupas sem freios, vastas, grandes,
Sois a palavra livre desses Andes
    Que além surgem de pé.

Mas o que vejo? É um sonho!... A barbaria
Erguer-se neste séc'lo, à luz do dia.
    Sem pejo se ostentar.
E a escravidão — nojento crocodilo
Da onda turva expulso lá do Nilo —
    Vir aqui se abrigar!...

Oh! Deus! não ouves dentre a imensa orquesta
Que a natureza virgem manda em festa
    Soberba, senhoril,
Um grito que soluça aflito, vivo,
O retinir dos ferros do cativo,
    Um som discorde e vil?

Senhor, não deixes que se manche a tela
Onde traçaste a criação mais bela
    De tua inspiração.
O sol de tua glória foi toldado...
Teu poema da América manchado,
    Manchou-o a escravidão.

Prantos de sangue — vagas escarlates —
Toldam teus rios — lúbricos Eufrates —
    Dos servos de Sião.
E as palmeiras se torcem torturadas,
Quando escutam dos morros nas quebradas
    O grito de aflição.

Oh! ver não posso este labéu maldito!
Quando dos livres ouvirei o grito?
    Sim... talvez amanhã.
Galopa, meu cavalo, serra acima!
Arranca-me a este solo. Eia! te anima
    Aos bafos da manhã!

                              (*Os escravos*, 1883)

A VISÃO DOS MORTOS

> *On rapporte encore qu'un berger ayant été introduit une fois par un nain dans le Hyffhaese, l'empereur (Barberousse) se leva et lui demanda si les corbeaux volaient encore autour de la montagne. Et, sur la réponse affirmative du berger, il s'écria en soupirant: "Il faut donc que je dors encore pendant cent ans"!*
>
>   H. Heine (*Allemagne*)

Nas horas tristes que em neblinas densas
A terra envolta num sudário dorme,
E o vento geme na amplidão celeste
— Cúpula imensa dum sepulcro enorme, —
Um grito passa despertando os ares,
Levanta as lousas invisível mão.
Os mortos saltam, poeirentos, lívidos.
Da lua pálida ao fatal clarão.

Do solo adusto do africano Saara
Surge um fantasma com soberbo passo,
Presos os braços, laureada a fronte,
Louco poeta, como fora o Tasso.
Do sul, do norte... do oriente irrompem
Dórias, Siqueiras e Machado então.
Vem Pedro Ivo no cavalo negro
Da lua pálida ao fatal clarão.

O Tiradentes sobre o poste erguido
Lá se destaca das cerúleas telas,
Pelos cabelos a cabeça erguendo,
Que rola sangue, que espadana estrelas.
E o grande Andrada, esse arquiteto ousado,
Que amassa um povo na robusta mão:
O vento agita do tribuno a toga
Da lua pálida ao fatal clarão.

A estátua range... estremecendo move-se
O rei de bronze na deserta praça.
O povo grita: Independência ou Morte!
Vendo soberbo o Imperador, que passa.
Duas coroas seu cavalo pisa,
Mas duas cartas ele traz na mão.
Por guarda de honra tem dous povos livres,
Da lua pálida ao fatal clarão.

Então, no meio de um silêncio lúgubre,
Solta este grito a legião da morte:
"Aonde a terra que talhamos livre,
Aonde o povo que fizemos forte?
Nossas mortalhas o presente inunda
No sangue escravo, que nodoa o chão.
Anchietas, Gracos, vós dormis na orgia,
Da lua pálida ao fatal clarão.

Brutus renega a tribunícia toga,
O após'lo cospe no Evangelho Santo,
E o Cristo — Povo, no Calvário erguido,
Fita o futuro com sombrio espanto.
Nos ninhos d'águias que nos restam? — Corvos,
Que vendo a pátria se estorcer no chão,
Passam, repassam, como alados crimes,
Da lua pálida ao fatal clarão.

Oh! é preciso inda esperar cem anos...
Cem anos..." brada a legião da morte.
E longe, aos ecos nas quebradas trêmulas,
Sacode o grito soluçando, — o norte.
Sobre os corcéis dos nevoeiros brancos
Pelo infinito a galopar lá vão...
Erguem-se as névoas como pó do espaço
Da lua pálida ao fatal clarão.

(*Os escravos*, 1883)

A CANÇÃO DO AFRICANO

Lá na úmida senzala,
Sentado na estreita sala,

Junto ao braseiro, no chão,
Entoa o escravo o seu canto,
E ao cantar correm-lhe em pranto
Saudades do seu torrão...

De um lado, uma negra escrava
Os olhos no filho crava,
Que tem no colo a embalar...
E à meia voz lá responde
Ao canto, e o filhinho esconde,
Talvez p'ra não o escutar!

"Minha terra é lá bem longe,
Das bandas de onde o sol vem;
Esta terra é mais bonita,
Mas à outra eu quero bem!

O sol faz lá tudo em fogo,
Faz em brasa toda a areia;
Ninguém sabe como é belo
Ver de tarde a *papa-ceia*!

Aquelas terras tão grandes,
Tão compridas como o mar,
Com suas poucas palmeiras
Dão vontade de pensar...

Lá todos vivem felizes,
Todos dançam no terreiro;
A gente lá não se vende
Como aqui, só por dinheiro."

O escravo calou a fala,
Porque na úmida sala

O fogo estava a apagar;
E a escrava acabou seu canto,
P'ra não acordar com o pranto
O seu filhinho a sonhar!

....

O escravo então foi deitar-se,
Pois tinha de levantar-se
Bem antes do sol nascer,
E se tardasse, coitado,
Teria de ser surrado,
Pois bastava escravo ser.

E a cativa desgraçada
Deita seu filho, calada,
E põe-se triste a beijá-lo,
Talvez temendo que o dono
Não viesse, em meio do sono,
De seus braços arrancá-lo!

(*Os escravos*, 1883)

MATER DOLOROSA

> Deixa-me murmurar à tua alma adeus
> eterno, em vez de lágrimas chorar
> sangue, chorar o sangue do meu cora-
> ção sobre meu filho; porque tu deves
> morrer, meu filho, tu deves morrer.
>
> Nathaniel Lee

Meu Filho, dorme, dorme o sono eterno
No berço imenso, que se chama — o céu.
Pede às estrelas um olhar materno,
Um seio quente, como o seio meu.

Ai! borboleta, na gentil crisálida,
As asas de ouro vais além abrir.
Ai! rosa branca no matiz tão pálida,
Longe, tão longe vais de mim florir.

Meu filho, dorme... Como ruge o norte
Nas folhas secas do sombrio chão!
Folha dest'alma como dar-te à sorte?
É tredo, horrível o feral tufão!

Não me maldigas... Num amor sem termo
Bebi a força de matar-te a mim
Viva eu cativa a soluçar num ermo
Filho, sê livre... Sou feliz assim...

— Ave — te espera da lufada o açoite,
— Estrela — guia-te uma luz falaz.
— Aurora minha — só te aguarda a noite,
— Pobre inocente — já maldito estás.

Perdão, meu filho... se matar-te é crime
Deus me perdoa... me perdoa já.
A fera enchente quebraria o vime...
Velem-te os anjos e te cuidem lá.

Meu filho dorme... dorme o sono eterno
No berço imenso, que se chama o céu.
Pede às estrelas um olhar materno,
Um seio quente, como o seio meu.

(*Os escravos*, 1883)

A CRIANÇA

> *Que veux-tu, fleur, beau fruit, ou l'oiseau merveilleux?*
> *Ami, dit l'enfant grec, dit l'enfant aux yeux bleus,*
> *Je veux de la poudre et des balles.*
>
> Victor Hugo, *Les Orientales*

Que tens criança? O areal da estrada
    Luzente a cintilar
Parece a folha ardente de uma espada.
Tine o sol nas savanas. Morno é o vento.
    À sombra do palmar
O lavrador se inclina sonolento.

É triste ver uma alvorada em sombras,
    Uma ave sem cantar,
O veado estendido nas alfombras.
Mocidade, és a aurora da existência,
    Quero ver-te brilhar.
Canta, criança, és a ave da inocência.

Tu choras porque um ramo de baunilha
    Não pudeste colher,
Ou pela flor gentil da granadilha?
Dou-te, um ninho, uma flor, dou-te uma palma,
    Para em teus lábios ver
O riso — a estrela no horizonte da alma.

Não. Perdeste tua mãe ao fero açoite
    Dos seus algozes vis.
E vagas tonto a tatear à noite.
Choras antes de rir... pobre criança!...
    Que queres, infeliz?...
— Amigo, eu quero o ferro da vingança.

(*Os escravos*, 1883)

A CRUZ NA ESTRADA

> *Invideo quia quiescunt.*
>
> Lutero (*Worms*)

> *Tu que passas, descobre-te! Ali dorme*
> *O forte que morreu.*
>
> A. Herculano (Trad.)

Caminheiro que passas pela estrada,
Seguindo pelo rumo do sertão,
Quando vires a cruz abandonada,
Deixa-a em paz dormir na solidão.

Que vale o ramo do alecrim cheiroso
Que lhe atiras nos braços ao passar?
Vais espantar o bando buliçoso
Das borboletas, que lá vão pousar.

É de um escravo humilde sepultura,
Foi-lhe a vida o velar de insônia atroz.
Deixa-o dormir no leito de verdura,
Que o Senhor dentre as selvas lhe compôs.

Não precisa de ti. O gaturamo
Geme, por ele, à tarde, no sertão.
E a juriti, do taquaral no ramo,
Povoa, soluçando, a solidão.

Dentre os braços da cruz, a parasita,
Numa braço de flores, se prendeu.
Chora orvalhos a grama, que palpita;
Lhe acende o vaga-lume o facho seu.

Quando, à noite, o silêncio habita as matas,
A sepultura fala a sós com Deus.
Prende-se a voz na boca das cascatas,
E as asas de ouro aos astros lá nos céus.

Caminheiro! do escravo desgraçado
O sono agora mesmo começou!
Não lhe toques no leito de noivado,
Há pouco a liberdade o desposou.

Recife, 25 de junho de 1865

(*Os escravos*, 1883)

BANDIDO NEGRO

> Corre, corre, sangue do cativo
> Cai, cai, orvalho de sangue
> Germina, cresce, colheita vingadora
> A ti, segador, a ti. Está madura.
> Aguça tua fouce, aguça, aguça tua fouce.
>
> E. Sue, "Canto dos filhos de Agar"

Trema a terra de susto aterrada...
Minha égua veloz, desgrenhada,
Negra, escura nas lapas voou.
Trema o céu ... ó ruína! ó desgraça!
Porque o negro bandido é quem passa,
Porque o negro bandido bradou:

Cai, orvalho de sangue do escravo,
Cai, orvalho, na face do algoz.
Cresce, cresce, seara vermelha,
Cresce, cresce, vingança feroz.

Dorme o raio na negra tormenta...
Somos negros... o raio fermenta
Nesses peitos cobertos de horror.
Lança o grito da livre coorte,
Lança, ó vento, pampeiro de morte,
Este guante de ferro ao senhor.

Cai, orvalho de sangue do escravo,
Cai, orvalho, na face do algoz.
Cresce, cresce, seara vermelha,
Cresce, cresce, vingança feroz.

Eia! ó raça que nunca te assombras!
P'ra o guerreiro uma tenda de sombras
Arma a noite na vasta amplidão.
Sus! pulula dos quatro horizontes,
Sai da vasta cratera dos montes,
Donde salta o condor, o vulcão.

Cai, orvalho de sangue do escravo,
Cai, orvalho, na face do algoz.
Cresce, cresce, seara vermelha,
Cresce, cresce, vingança feroz.

E o senhor que na festa descanta
Pare o braço que a taça alevanta,
Coroada de flores azuis.
E murmure, julgando-se em sonhos:
"Que demônios são estes medonhos,
Que lá passam famintos e nus?"

Cai, orvalho de sangue do escravo,
Cai, orvalho, na face do algoz.
Cresce, cresce, seara vermelha,
Cresce, cresce, vingança feroz.

Somos nós, meu senhor, mas não tremas,
Nós quebramos as nossas algemas
P'ra pedir-te as esposas ou mães.
Este é o filho do ancião que mataste.
Este — irmão da mulher que manchaste...
Oh! não tremas, senhor, são teus cães.

Cai, orvalho de sangue do escravo,
Cai, orvalho, na face do algoz.
Cresce, cresce, seara vermelha,
Cresce, cresce, vingança feroz.

São teus cães, que têm frio e têm fome,
Que há dez séc'los a sede consome...
Quero um vasto banquete feroz...
Venha o manto que os ombros nos cubra.
Para vós fez-se a púrpura rubra,
Fez-se o manto de sangue p'ra nós.

Cai, orvalho de sangue do escravo,
Cai, orvalho, na face do algoz.
Cresce, cresce, seara vermelha,
Cresce, cresce, vingança feroz.

Meus leões africanos, alerta!
Vela a noite... a campina é deserta.
Quando a lua esconder seu clarão
Seja o bramo da vida arrancado
No banquete da morte lançado
Junto ao corvo, seu lúgubre irmão.

Cai, orvalho de sangue do escravo,
Cai, orvalho, na face do algoz.
Cresce, cresce, seara vermelha,
Cresce, cresce, vingança feroz.

Trema o vale, o rochedo escarpado,
Trema o céu de trovões carregado,
Ao passar da rajada de heróis,
Que nas éguas fatais desgrenhadas
Vão brandindo essas brancas espadas,
Que se amolam nas campas de avós.

Cai, orvalho de sangue do escravo,
Cai, orvalho, na face do algoz.
Cresce, cresce, seara vermelha,
Cresce, cresce, vingança feroz.

(*Os escravos*, 1883)

AMÉRICA

> Acorda a pátria e vê que é pesadelo
> O sonho da ignomínia que ela sonha!
>
> Tomás Ribeiro

À Tépida sombra das matas gigantes,
Da América ardente nos pampas do Sul,
Ao canto dos ventos nas palmas brilhantes,
À luz transparente de um céu todo azul,

A filha das matas — cabocla morena —
Se inclina indolente sonhando talvez!
A fronte nos Andes reclina serena.
E o Atlântico humilde se estende a seus pés.

As brisas dos cerros ainda lhe ondulam
Nas plumas vermelhas do arco de avós,
Lembrando o passado seus seios pululam,
Se a onça ligeira buliu nos cipós.

São vagas lembranças de um tempo que teve!...
Palpita-lhe o seio por sob uma cruz.
E em cisma doirada — qual garça de neve —
Sua alma revolve-se em ondas de luz.

Embalam-lhe os sonhos, na tarde saudosa,
Os cheiros agrestes do vasto sertão,
E a triste araponga que geme chorosa
E a voz dos tropeiros em terna canção.

Se o gênio da noite no espaço flutua
Que negros mistérios a selva contém!
Se a ilha de prata, se a pálida lua
Clareia o levante, que amores não tem!

Parece que os astros são anjos pendidos
Das frouxas neblinas da abóbada azul,
Que miram, que adoram ardentes, perdidos,
A filha morena dos pampas do Sul.

Se aponta a alvorada por entre as cascatas,
Que estrelas no orvalho que a noite verteu!
As flores são aves que pousam nas matas,
As aves são flores que voam no céu!

....

Ó pátria, desperta... Não curves a fronte
Que enxuga-te os prantos o Sol do Equador.
Não miras na fímbria do vasto horizonte
A luz da alvorada de um dia melhor?

Já falta bem pouco. Sacode a cadeia
Que chamam riquezas... que nódoas te são!
Não manches a folha de tua epopeia
No sangue do escravo, no imundo balcão.

Sê pobre, que importa? Sê livre... és gigante,
Bem como os condores dos píncaros teus!
Arranca este peso das costas do Atlante,
Levanta o madeiro dos ombros de Deus.

(*Os escravos*, 1883)

ANTÍTESE

> O seu prêmio? — O desprezo e uma carta de alforria quando tem gastas as forças e não pode mais ganhar a subsistência.
>
> Maciel Pinheiro

Cintila a festa nas salas!
Das serpentinas de prata
Jorram luzes em cascata
Sobre sedas e rubins.
Soa a orquestra... Como silfos
Na valsa os pares perpassam,
Sobre as flores, que se enlaçam
Dos tapetes nos coxins.

Entanto a névoa da noite
No átrio, na vasta rua,
Como um sudário flutua
Nos ombros da solidão.
E as ventanias errantes,
Pelos ermos perpassando,
Vão-se ocultar soluçando
Nos antros da escuridão.

Tudo é deserto... somente
À praça em meio se agita
Dúbia forma que palpita,
Se estorce em rouco estertor.
— Espécie de cão sem dono
Desprezado na agonia,
Larva da noite sombria,
Mescla de trevas e horror.

É ele o escravo maldito,
O velho desamparado,
Bem como o cedro lascado,
Bem como o cedro no chão.
Tem por leito de agonias
As lájeas do pavimento,
E como único lamento
Passa rugindo o tufão.

Chorai, orvalhos da noite,
Soluçai, ventos errantes.
Astros da noite brilhantes
Sede os círios do infeliz!
Que o cadáver insepulto,
Nas praças abandonado,
É um verbo de luz, um brado
Que a liberdade prediz.

Recife, 10 de junho de 1865

(*Os escravos*, 1883)

CANÇÃO DO VIOLEIRO

Passa, ó vento das campinas,
Leva a canção do tropeiro.
Meu coração 'stá deserto,
'Stá deserto o mundo inteiro.
Quem viu a minha senhora
Dona do meu coração?

Chora, chora na viola,
Violeiro do sertão.

Ela foi-se ao pôr da tarde
Como as gaivotas do rio.
Como os orvalhos que descem
Da noite num beijo frio,
O cauã canta bem triste,
Mais triste é meu coração.

Chora, chora na viola,
Violeiro do sertão.

E eu disse: a senhora volta
Com as flores da sapucaia.
Veio o tempo, trouxe as flores,
Foi o tempo, a flor desmaia.
Colhereira, que além voas,
Onde está meu coração?

Chora, chora na viola,
Violeiro do sertão.

Não quero mais esta vida,
Não quero mais esta terra.

Vou procurá-la bem longe,
Lá para as bandas da serra.
Ai! triste que eu sou escravo!
Que vale ter coração?

Chora, chora na viola,
Violeiro do sertão.

(*Os escravos*, 1883)

O VIDENTE

> Virá o dia da felicidade e justiça para todos.
>
> Isaías

Às vezes quando à tarde, nas tardes brasileiras,
A cisma e a sombra descem das altas cordilheiras;
Quando a viola acorda na choça o sertanejo
E a linda lavadeira cantando deixa o brejo,
E a noite — a freira santa — no órgão das florestas
Um salmo preludia nos troncos, nas giestas;
Se acaso solitário passo pelas picadas,
Que torcem-se escamosas nas lapas escarpadas,
Encosto sobre as pedras a minha carabina,
Junto a meu cão, que dorme nas sarças da colina,
E, como uma harpa eólia entregue ao tom dos ventos
— Estranhas melodias, estranhos pensamentos,
Vibram-me as cordas d'alma enquanto absorto cismo,
Senhor! vendo tua sombra curvada sobre o abismo,
Colher a prece alada, o canto que esvoaça
E a lágrima que orvalha o lírio da desgraça,
Então, num santo êxtase, escuto a terra e os céus.
E o vácuo se povoa de tua sombra, ó Deus!

Ouço o cantar dos astros no mar do firmamento;
No mar das matas virgens ouço o cantar do vento,
Aromas que s'elevam, raios de luz que descem,
Estrelas que despontam, gritos que se esvaecem,
Tudo me traz um canto de imensa poesia,
Como a primícia augusta da grande profecia;
Tudo me diz que o Eterno, na idade prometida,
Há de beijar na face a terra arrependida.
E, desse beijo santo, desse ósculo sublime
Que lava a iniquidade, a escravidão e o crime,
Hão de nascer virentes nos campos das idades,
Amores, esperanças, glórias e liberdades!
Então, num santo êxtase, escuto a terra e os céus,
E o vácuo se povoa de tua sombra, ó Deus!

E, ouvindo nos espaços as louras utopias
Do futuro cantarem as doces melodias,
Dos povos, das idades, a nova promissão...
Me arrasta ao infinito a águia da inspiração...
Então me arrojo ousado das eras através,
Deixando estrelas, séculos, volverem-se a meus pés...
Porque em minh'alma sinto ferver enorme grito,
Ante o estupendo quadro das telas do infinito...
Que faz que, em santo êxtase, eu veja a terra e os céus,
E o vácuo povoado de tua sombra, ó Deus!

Eu vejo a terra livre... como outra Madalena,
Banhando a fronte pura na viração serena,
Da urna do crepúsculo, verter nos céus azuis
Perfumes, luzes, preces, curvada aos pés da cruz...
No mundo — tenda imensa da humanidade inteira —
Que o espaço tem por teto, o sol tem por lareira,
Feliz se aquece unida a universal família.
Oh! dia sacrossanto em que a justiça brilha,

Eu vejo em ti das ruínas vetustas do passado,
O velho sacerdote augusto e venerado
Colher a parasita — a santa flor — o culto,
Como o coral brilhante do mar na vasa oculto...
Não mais inunda o templo a vil superstição;
A fé — a pomba mística — e a águia da razão,
Unidas se levantam do vale escuro d'alma,
Ao ninho do infinito voando em noite calma.
Mudou-se o férreo cetro, esse aguilhão dos povos,
Na verga do profeta coberta de renovos.
E o velho cadafalso horrendo e corcovado,
Ao poste das idades por irrisão ligado
Parece embalde tentar cobrir com as mãos a fronte,
— Abutre que esqueceu que o sol vem no horizonte.
Vede: as crianças louras aprendem no Evangelho
A letra que comenta algum sublime velho,
Em toda a fronte há luzes, em todo o peito amores,
Em todo o céu estrelas, em todo o campo flores...
E, enquanto, sob as vinhas, a ingênua camponesa
Enlaça às negras tranças a rosa da devesa;
Dos Saaras africanos, dos gelos da Sibéria,
Do Cáucaso, dos campos dessa infeliz Ibéria,
Dos mármores lascados da terra santa homérica,
Dos pampas, das savanas desta soberba América
Prorrompe o hino livre, o hino do trabalho!
E, ao canto dos obreiros, na orquestra audaz do malho,
O ruído se mistura da imprensa, das ideias,
Todos da liberdade forjando as epopeias,
Todos co'as mãos calosas, todos banhando a fronte
Ao sol da independência que irrompe no horizonte.

Oh! escutai! ao longe vago rumor se eleva
Como o trovão que ouviu-se quando na escura treva,
O braço onipotente rolou Satã maldito.

É outro condenado ao raio do infinito,
É o retumbar por terra desses impuros paços,
Desses serralhos negros, desses Egeus devassos,
Saturnos de granito, feitos de sangue e ossos...
Que bebem a existência do povo nos destroços...

....

Enfim a terra é livre! Enfim lá do Calvário
A águia da liberdade, no imenso itinerário,
Voa do Calpe brusco às cordilheiras grandes,
Das cristas do Himalaia aos píncaros dos Andes!
Quebraram-se as cadeias, é livre a terra inteira,
A humanidade marcha com a Bíblia por bandeira.
São livres os escravos... quero empunhar a lira,
Quero que est'alma ardente um canto audaz desfira,
Quero enlaçar meu hino aos murmúrios dos ventos,
Às harpas das estrelas, ao mar, aos elementos!

....

Mas, ai! longos gemidos de míseros cativos,
Tinidos de mil ferros, soluços convulsivos,
Vêm-me bradar nas sombras, como fatal vedeta:
"Que pensas, moço triste? Que sonhas tu, poeta?"
Então curvo a cabeça de raios carregada,
E, atando brônzea corda à lira amargurada,
O canto de agonia arrojo à terra, aos céus,
E ao vácuo povoado de tua sombra, ó Deus!

(*Os escravos*, 1883)

A MÃE DO CATIVO

> *Le Christ à Nazareth, aux jours de son enfance*
> *Jouait avec la croix, symbole de sa mort;*
> *Mère du Polonais! qu'il apprene d'avance*
> *À combattre et braver les outrages du Sort.*

> *Qu'il couve dans son sein sa colère et sa joie;*
> *Que ses discours prudents distillent le venin,*
> *Comme un abime obscur que son coeur se reploie;*
> *À terre, à deux genoux, qu'il rampe comme un nain.*
>
> Mickiewicz, "A mãe polaca"

I

Ó mãe do cativo! que alegre balanças
A rede que ataste nos galhos da selva!
Melhor tu farias se à pobre criança
Cavasses a cova por baixo da relva.

Ó mãe do cativo! que fias à noite
As roupas do filho na choça de palha!
Melhor tu farias se ao pobre pequeno
Tecesses o pano da branca mortalha.

Misérrima! E ensinas ao triste menino
Que existem virtudes e crimes no mundo
E ensinas ao filho que seja brioso,
Que evite dos vícios o abismo profundo...

E louca, sacodes nesta alma, inda em trevas,
O raio da espr'ança... Cruel ironia!
E ao pássaro mandas voar no infinito,
Enquanto que o prende cadeia sombria!...

II

Ó Mãe! não despertes est'alma que dorme,
Com o verbo sublime do Mártir da Cruz!

O pobre que rola no abismo sem termo
P'ra qu'há de sondá-lo... Que morra sem luz.

Não vês no futuro seu negro fadário,
Ó cega divina que cegas de amor?!
Ensina a teu filho — desonra, misérias,
A vida nos crimes — a morte na dor.

Que seja covarde... que marche encurvado...
Que de homem se torne sombrio reptil.
Nem core de pejo, nem trema de raiva
Se a face lhe cortam com o látego vil.

Arranca-o do leito... seu corpo habitue-se
Ao frio das noites, aos raios do sol.
Na vida — só cabe-lhe a tanga rasgada!
Na morte — só cabe-lhe o roto lençol.

Ensina-o que morda... mas pérfido oculte-se
Bem como a serpente por baixo da chã
Que impávido veja seus pais desonrados,
Que veja sorrindo mancharem-lhe a irmã.

Ensina-lhe as dores de um fero trabalho...
Trabalho que pagam com pútrido pão.
Depois que os amigos açoite no tronco...
Depois que adormeça co'o sono de um cão.

Criança — não tremas dos transes de um mártir!
Mancebo — não sonhes delírios de amor!
Marido — que a esposa conduza sorrindo
Ao leito devasso do próprio senhor!...

São estes os cantos que deves na terra
Ao mísero escravo somente ensinar.

Ó Mãe que balanças a rede selvagem
Que ataste nos troncos do vasto palmar.

III

Ó Mãe do cativo, que fias à noite
À luz da candeia na choça de palha!
Embala teu filho com essas cantigas...
Ou tece-lhe o pano da branca mortalha.

(Os escravos, 1883)

O NAVIO NEGREIRO
(Tragédia no mar)

1ª

'Stamos em pleno mar... Doudo no espaço
Brinca o luar — dourada borboleta;
E as vagas após ele correm... cansam
Como turba de infantes inquieta.

'Stamos em pleno mar... Do firmamento
Os astros saltam como espumas de ouro...
O mar em troca acende as ardentias,
— Constelações do líquido tesouro...

'Stamos em pleno mar... Dois infinitos
Ali se estreitam num abraço insano,
Azuis, dourados, plácidos, sublimes...
Qual dos dois é o céu? qual o oceano?...

'Stamos em pleno mar... Abrindo as velas
Ao quente arfar das virações marinhas,
Veleiro brigue corre à flor dos mares,
Como roçam na vaga as andorinhas...

Donde vem? onde vai? Das naus errantes
Quem sabe o rumo se é tão grande o espaço?
Neste Saara os corcéis o pó levantam,
Galopam, voam, mas não deixam traço.

Bem feliz quem ali pode nest'hora
Sentir deste painel a majestade!
Embaixo — o mar... em cima — o firmamento...
E no mar e no céu — a imensidade!

Oh! que doce harmonia traz-me a brisa!
Que música suave ao longe soa!
Meu Deus! como é sublime um canto ardente
Pelas vagas sem fim boiando à toa!

Homens do mar! ó rudes marinheiros,
Tostados pelo sol dos quatro mundos!
Crianças que a procela acalentara
No berço destes pélagos profundos!

Esperai! esperai! deixai que eu beba
Esta selvagem, livre poesia...
Orquestra — é o mar, que ruge pela proa,
E o vento, que nas cordas assobia...
....

Por que foges assim, barco ligeiro?
Por que foges do pávido poeta?
Oh! quem me dera acompanhar-te a *esteira*
Que semelha no mar — doudo cometa!

Albatroz! Albatroz! águia do oceano,
Tu, que dormes das nuvens entre as gazas,
Sacode as penas, Leviatã do espaço,
Albatroz! Albatroz! dá-me estas asas.

2ª

Que importa do nauta o berço,
Donde é filho, qual seu lar?
Ama a cadência do verso
Que lhe ensina o velho mar!
Cantai! que a morte é divina!
Resvala o brigue à bolina
Como golfinho veloz.
Presa ao mastro da mezena
Saudosa bandeira acena
Às vagas que deixa após.

Do Espanhol as cantilenas
Requebradas de langor,
Lembram as moças morenas,
As andaluzas em flor!
Da Itália o filho indolente
Canta Veneza dormente,
— Terra de amor e traição,
Ou do golfo no regaço
Relembra os versos do Tasso,
Junto às lavas do vulcão!

O Inglês — marinheiro frio,
Que ao nascer no mar se achou —
(Porque a Inglaterra é um navio,
Que Deus na Mancha ancorou),

Rijo entoa pátrias glórias,
Lembrando, orgulhoso, histórias
De Nelson e de Aboukir...
O Francês — predestinado —
Canta os louros do passado
E os loureiros do porvir!

Os marinheiros Helenos,
Que a vaga iônia criou,
Belos piratas morenos
Do mar que Ulisses cortou,
Homens que Fídias talhara,
Vão cantando em noite clara
Versos que Homero gemeu...
...Nautas de todas as plagas,
Vós sabeis achar nas vagas
As melodias do céu...

3ª

Desce do espaço imenso, ó águia do oceano!
Desce mais... inda mais... não pode olhar humano
Como o teu mergulhar no brigue voador.
Mas que vejo eu ali... que quadro de amarguras!
Que canto funeral!... Que tétricas figuras!...
Que cena infame e vil... Meu Deus! meu Deus! Que horror!

4ª

Era um sonho dantesco... o tombadilho
Que das luzernas avermelha o brilho,
    Em sangue a se banhar.
Tinir de ferros... estalar de açoite...

Legiões de homens negros como a noite,
    Horrendos a dançar...

Negras mulheres, suspendendo às tetas
Magras crianças, cujas bocas pretas
    Rega o sangue das mães:
Outras, moças... mas nuas, espantadas,
No turbilhão de espectros arrastadas,
    Em ânsia e mágoa vãs.

E ri-se a orquestra irônica, estridente...
E da ronda fantástica a serpente
    Faz doudas espirais...
Se o velho arqueja... se no chão resvala,
Ouvem-se gritos... o chicote estala.
    E voam mais e mais...

Presa nos elos de uma só cadeia,
A multidão faminta cambaleia,
    E chora e dança ali!

....

Um de raiva delira, outro enlouquece,
Outro, que de martírios embrutece,
    Cantando, geme e ri!

No entanto o capitão manda a manobra,
E após, fitando o céu que se desdobra
    Tão puro sobre o mar,
Diz do fumo entre os densos nevoeiros:
"Vibrai rijo o chicote, marinheiros!
    Fazei-os mais dançar!..."

E ri-se a orquestra irônica, estridente...
E da ronda fantástica a serpente
    Faz doudas espirais...

Qual num sonho dantesco as sombras voam!...
Gritos, ais, maldições, preces ressoam!
    E ri-se Satanás!...

5ª

Senhor Deus dos desgraçados!
Dizei-me vós, Senhor Deus!
Se é loucura... se é verdade
Tanto horror perante os céus...
Ó mar, por que não apagas
Co'a esponja de tuas vagas
De teu manto este borrão?...
Astros! noite! tempestades!
Rolai das imensidades!
Varrei os mares, tufão!

Quem são estes desgraçados
Que não encontram em vós,
Mais que o rir calmo da turba
Que excita a fúria do algoz?
Quem são?... Se a estrela se cala,
Se a vaga à pressa resvala
Como um cúmplice fugaz,
Perante a noite confusa...
Dize-o tu, severa musa,
Musa libérrima, audaz!...

São os filhos do deserto,
Onde a terra esposa a luz.
Onde vive em campo aberto
A tribo dos homens nus...
São os guerreiros ousados
Que com os tigres mosqueados

Combatem na solidão...
Homens simples, fortes, bravos...
Hoje míseros escravos,
Sem ar, sem luz, sem razão...

São mulheres desgraçadas,
Como Agar o foi também.
Que sedentas, alquebradas,
De longe... bem longe vêm...
Trazendo com tíbios passos,
Filhos e algemas nos braços,
N'alma — lágrimas e fel...
Como Agar sofrendo tanto,
Que nem o leite do pranto
Têm que dar para Ismael.

Lá nas areias infindas,
Das palmeiras no país,
Nasceram — crianças lindas,
Viveram — moças gentis...
Passa um dia a *caravana*,
Quando a virgem na cabana
Cisma da noite nos véus ...
...Adeus! ó choça do monte!...
...Adeus! palmeiras da fonte!...
...Adeus! amores... adeus!...

Depois, o areal extenso...
Depois, o oceano de pó...
Depois no horizonte imenso
Desertos... desertos só...
E a fome, o cansaço, a sede...
Ai! quanto infeliz que cede,
E cai p'ra não mais s'erguer!...
Vaga um lugar na *cadeia*,

Mas o chacal sobre a areia
Acha um corpo que roer...

Ontem a Serra Leoa,
A guerra, a caça ao leão,
O sono dormido à toa
Sob as tendas d'amplidão!
Hoje... o *porão* negro, fundo,
Infecto, apertado, imundo,
Tendo a *peste* por jaguar...
E o sono sempre cortado
Pelo arranco de um finado,
E o baque de um corpo ao mar...

Ontem plena liberdade,
A vontade por poder...
Hoje... cúm'lo de maldade,
Nem são livres p'ra... morrer...
Prende-os a mesma corrente
— Férrea, lúgubre serpente —
Nas roscas da escravidão.
E assim roubados à morte,
Dança a lúgubre coorte
Ao som do açoite... Irrisão!...

Senhor Deus dos desgraçados!
Dizei-me vós, Senhor Deus,
Se eu deliro... ou se é verdade
Tanto horror perante os céus...
Ó mar, por que não apagas
Co'a esponja de tuas vagas
Do teu manto este borrão?...
Astros! noite! tempestades!
Rolai das imensidades!
Varrei os mares, tufão!...

6ª

E existe um povo que a bandeira empresta
P'ra cobrir tanta infâmia e cobardia!...
E deixa-a transformar-se nessa festa
Em manto impuro de bacante fria!...
Meu Deus! meu Deus! mas que bandeira é esta,
Que impudente na gávea tripudia?
Silêncio!... Musa... chora, e chora tanto
Que o pavilhão se lave no teu pranto...

Auriverde pendão de minha terra,
Que a brisa do Brasil beija e balança,
Estandarte que a luz do sol encerra
E as promessas divinas da esperança...
Tu que, da liberdade após a guerra,
Foste hasteado dos heróis na lança,
Antes te houvessem roto na batalha,
Que servires a um povo de mortalha!...

Fatalidade atroz que a mente esmaga!
Extingue nesta hora o *brigue imundo*
O trilho que Colombo abriu na vaga,
Como um íris no pélago profundo!...
...Mas é infâmia demais... Da etérea plaga
Levantai-vos, heróis do Novo Mundo...
Andrada! arranca esse pendão dos ares!
Colombo! fecha a porta de teus mares!

São Paulo, 18 de abril de 1868.

(*Os escravos*, 1883)

VOZES D'ÁFRICA

Deus! ó Deus! onde estás que não respondes?
Em que mundo, em qu'estrela tu t'escondes
    Embuçado nos céus?
Há dois mil anos te mandei meu grito,
Que embalde desde então corre o infinito...
    Onde estás, Senhor Deus?...

Qual Prometeu tu me amarraste um dia
Do deserto na rubra penedia
    — Infinito: galé!...
Por abutre — me deste o sol candente,
E a terra de Suez — foi a corrente
    Que me ligaste ao pé...

O cavalo estafado do Beduíno
Sob a vergasta tomba ressupino
    E morre no areal.
Minha garupa sangra, a dor poreja,
Quando o chicote do *simoun* dardeja
    O teu braço eternal.

Minhas irmãs são belas, são ditosas...
Dorme a Ásia nas sombras voluptuosas
    Dos *haréns* do Sultão.
Ou no dorso dos brancos elefantes
Embala-se coberta de brilhantes
    Nas plagas do Hindustão.

Por tenda tem os cimos do Himalaia...
O Ganges amoroso beija a praia
    Coberta de corais...

A brisa de Misora o céu inflama;
E ela dorme nos templos do Deus Brama,
    — Pagodes colossais...

A Europa é sempre Europa, a gloriosa!...
A mulher deslumbrante e caprichosa,
    Rainha e cortesã.
Artista — corta o mármor de Carrara;
Poetisa — tange os hinos de Ferrara,
    No glorioso afã!...

Sempre a láurea lhe cabe no litígio...
Ora uma *c'roa*, ora o *barrete frígio*
    Enflora-lhe a cerviz.
O Universo após ela — doudo amante —
Segue cativo o passo delirante
    Da grande meretriz.

....

Mas eu, Senhor!... Eu triste abandonada
Em meio das areias desgarrada,
    Perdida marcho em vão!
Se choro... bebe o pranto a areia ardente;
Talvez... p'ra que meu pranto, ó Deus clemente!
    Não descubras no chão...

E nem tenho uma sombra de floresta...
Para cobrir-me nem um templo resta
    No solo abrasador...
Quando subo às Pirâmides do Egito
Embalde aos quatro céus chorando grito:
    "Abriga-me, Senhor!..."

Como o profeta em cinza a fronte envolve,
Velo a cabeça no areal que volve
    O siroco feroz...

Quando eu passo no Saara amortalhada...
Ai! dizem: "Lá vai África embuçada
    No seu branco albornoz..."

Nem veem que o deserto é meu sudário,
Que o silêncio campeia solitário
    Por sobre o peito meu.
Lá no solo onde o cardo apenas medra
Boceja a Esfinge colossal de pedra
    Fitando o morno céu.

De Tebas nas colunas derrocadas
As cegonhas espiam debruçadas
    O horizonte sem fim...
Onde branqueja a caravana errante,
E o camelo monótono, arquejante
    Que desce de Efraim...

....

Não basta inda de dor, ó Deus terrível?!
É, pois, teu peito eterno, inexaurível
    De vingança e rancor?...
E que é que fiz, Senhor? que torvo crime
Eu cometi jamais que assim me oprime
    Teu gládio vingador?!

....

Foi depois do *dilúvio*... Um viandante,
Negro, sombrio, pálido, arquejante,
    Descia do Arará...
E eu disse ao peregrino fulminado:
"Cam!... serás meu esposo bem-amado...
    — Serei tua Eloá..."

Desde este dia o vento da desgraça
Por meus cabelos ululando passa
    O anátema cruel.

As tribos erram do areal nas vagas,
E o *Nômada* faminto corta as plagas
    No rápido corcel.

Vi a ciência desertar do Egito...
Vi meu povo seguir — Judeu maldito —
    Trilho de perdição.
Depois vi minha prole desgraçada
Pelas garras d'Europa — arrebatada —
    Amestrado falcão!...

Cristo! embalde morreste sobre um monte...
Teu sangue não lavou de minha fronte
    A mancha original.
Ainda hoje são, por fado adverso,
Meus filhos — alimária do universo,
    Eu — pasto universal...

Hoje em meu sangue a América se nutre
— Condor que transformara-se em abutre,
    Ave da escravidão,
Ela juntou-se às mais... irmã traidora
Qual de José os vis irmãos outrora
    Venderam seu irmão.

....

Basta, Senhor! De teu potente braço
Role através dos astros e do espaço
    Perdão p'ra os crimes meus!...
Há dois mil anos eu soluço um grito...
Escuta o brado meu lá no infinito,
    Meu Deus! Senhor, meu Deus!!...

                São Paulo, 11 de junho de 1868.

                         (*Os escravos*, 1883)

SAUDAÇÃO A PALMARES

Nos altos cerros erguido
Ninho d'águias atrevido,
Salve! — País do bandido!
Salve! — Pátria do jaguar!
Verde serra onde os palmares
— Como indianos cocares —
No azul dos colúmbios ares
Desfraldam-se em mole arfar!...

Salve! Região dos valentes
Onde os ecos estridentes
Mandam aos plainos trementes
Os gritos do caçador!
E ao longe os latidos soam...
E as trompas da caça atroam...
E os corvos negros revoam
Sobre o campo abrasador!...

Palmares! a ti meu grito!
A ti, barca de granito,
Que no soçobro infinito
Abriste a vela ao trovão.
E provocaste a rajada,
Solta a flâmula agitada
Aos uivos da marujada
Nas ondas da escravidão!

De bravos soberbo estádio,
Das liberdades paládio,
Pegaste o punho do gládio,
E olhaste rindo p'ra o val:
"Descei de cada horizonte..

Senhores! Eis-me de fronte!"
E riste... O riso de um monte!
E a ironia... de um chacal!...

Cantem Eunucos devassos
Dos reis os marmóreos paços;
E beijem os férreos laços,
Que não ousam sacudir...
Eu canto a beleza tua,
Caçadora seminua!...
Em cuja perna flutua
Ruiva a pele de um tapir.

Crioula! o teu seio escuro
Nunca deste ao beijo impuro!
Luzidio, firme, duro,
Guardaste p'ra um nobre amor.
Negra Diana selvagem,
Que escutas sob a ramagem
As vozes — que traz a aragem
Do teu rijo caçador!...

Salve, Amazona guerreira!
Que nas rochas da clareira,
— Aos urros da cachoeira —
Sabes bater e lutar...
Salve! — nos cerros erguido —
Ninho, onde em sono atrevido,
Dorme o condor... e o bandido!...
A liberdade... e o jaguar!

Fazenda de Santa Isabel, agosto de 1870.

(*Os escravos*, 1883)

ADEUS, MEU CANTO

I

Adeus, meu canto! É a hora da partida...
O oceano do povo s'encapela.
Filho da tempestade, irmão do raio,
Lança teu grito ao vento da procela.

O inverno envolto em mantos de geada
Cresta a rosa de amor que além se erguera...
Ave de arribação, voa, anuncia
Da liberdade a santa primavera.

É preciso partir, aos horizontes
Mandar o grito errante da vedeta.
Ergue-te, ó luz! — estrela para o povo,
— Para os tiranos — lúgubre cometa.

Adeus, meu canto! Na revolta praça
Ruge o clarim tremendo da batalha.
Águia — talvez as asas te espedacem,
Bandeira — talvez rasgue-te a metralha.

Mas não importa a ti, que no banquete
O manto sibarita não trajaste —,
Que se louros não tens na altiva fronte
Também da orgia a coroa renegaste.

A ti que herdeiro duma raça livre
Tomaste o velho arnês e a cota d'armas;
E no ginete que escarvava os vales
A corneta esperaste dos alarmas.

É tempo agora p'ra quem sonha a glória
E a luta... e a luta, essa fatal fornalha,
Onde referve o bronze das estátuas,
Que a mão dos séc'los no futuro talha...

Parte, pois, solta livre aos quatro ventos
A alma cheia das crenças do poeta!...
Ergue-te ó luz! — estrela para o povo,
Para os tiranos — lúgubre cometa.

Há muita virgem que ao prostíbulo impuro
A mão do algoz arrasta pela trança;
Muita cabeça d'ancião curvada,
Muito riso afogado de criança.

Dirás à virgem: — Minha irmã, espera:
Eu vejo ao longe a pomba do futuro.
— Meu pai, dirás ao velho, dá-me o fardo
Que atropela-te o passo mal seguro...

A cada berço levarás a crença.
A cada campa levarás o pranto.
Nos berços nus, nas sepulturas rasas,
— Irmão do pobre — viverás, meu canto.

E pendido através de dois abismos,
Com os pés na terra e a fronte no infinito,
Traze a bênção de Deus ao cativeiro,
Levanta a Deus do cativeiro o grito!

II

Eu sei que ao longe na praça,
Ferve a onda popular,

Que às vezes é pelourinho,
Mas poucas vezes — altar.
Que zombam do bardo atento,
Curvo aos murmúrios do vento
Nas florestas do existir,
Que babam fel e ironia
Sobre o ovo da utopia
Que guarda a ave do porvir.

Eu sei que o ódio, o egoísmo,
A hipocrisia, a ambição,
Almas escuras de grutas,
Onde não desce um clarão,
Peitos surdos às conquistas,
Olhos fechados às vistas,
Vistas fechadas à luz,
Do poeta solitário
Lançam pedras ao calvário,
Lançam blasfêmias à cruz.

Eu sei que a raça impudente
Do escriba, do fariseu,
Que ao Cristo eleva o patíbulo,
A fogueira a Galileu,
É o fumo da chama vasta,
Sombra — que o século arrasta,
Negra, torcida, a seus pés;
Tronco enraizado no inferno,
Que se arqueia escuro, eterno,
Das idades através.

E eles dizem, reclinados
Nos festins de Baltasar:
"Que importuno é esse que canta

Lá no Eufrate a soluçar?
Prende aos ramos do salgueiro
A lira do cativeiro,
Profeta da maldição,
Ou cingindo a augusta fronte
Com as rosas d'Anacreonte
Canta o amor e a criação..."

Sim! cantar o campo, as selvas,
As tardes, a sombra, a luz;
Soltar su'alma com o bando
Das borboletas azuis;
Ouvir o vento que geme,
Sentir a folha que treme,
Como um seio que pulou,
Das matas entre os desvios,
Passar nos antros bravios
Por onde o jaguar passou;

É belo... E já quantas vezes
Não saudei a terra — o céu,
E o Universo — Bíblia imensa
Que Deus no espaço escreveu?!
Que vezes nas cordilheiras,
Ao canto das cachoeiras,
Eu lancei minha canção,
Escutando as ventanias
Vagas, tristes profecias
Gemerem na escuridão?!...

Já também amei as flores,
As mulheres, o arrebol,
E o sino que chora triste,
Ao morno calor do sol.

Ouvi saudoso a viola,
Que ao sertanejo consola,
Junto à fogueira do lar,
Amei a linda serrana,
Cantando a mole *tirana*,
Pelas noites de luar!

Da infância o tempo fugindo
Tudo mudou-se em redor.
Um dia passa em minh'alma
Das cidades o rumor.
Soa a ideia, soa o malho,
O ciclope do trabalho
Prepara o raio do sol.
Tem o povo — mar violento —
Por armas o pensamento,
A verdade por farol.

E o homem, vaga que nasce
No oceano popular,
Tem que impelir os espíritos,
Tem uma plaga a buscar
Oh! maldição ao poeta
Que foge — falso profeta —
Nos dias de provação!
Que mistura o tosco iambo
Com o tírio ditirambo
Nos poemas d'aflição!...

"Trabalhar!" brada na sombra
A voz imensa, de Deus —
"Braços! voltai-vos p'ra terra,
Frontes voltai-vos p'ros céus!"
Poeta, sábio, selvagem,

Vós sois a santa equipagem
Da nau da civilização!
Marinheiro, — sobe aos mastros,
Piloto, — estuda nos astros,
Gajeiro, — olha a cerração!"

Uivava a negra tormenta
Na enxárcia, nos mastaréus.
Uivavam nos tombadilhos,
Gritos insontes de réus.
Vi a equipagem medrosa
Da morte à vaga horrorosa
Seu próprio irmão sacudir.
E bradei: — "Meu canto, voa,
Terra ao longe! terra à proa!...
Vejo a terra do porvir!..."

III

Companheiro da noite mal dormida,
Que a mocidade vela sonhadora,
Primeira folha d'árvore da vida.
Estrela que anuncia a luz da aurora,
Da harpa do meu amor nota perdida,
Orvalho que do seio se evapora,
É tempo de partir... Voa, meu canto, —
Que tantas vezes orvalhei de pranto.

Tu foste a estrela vésper que alumia
Aos pastores d'Arcádia nos fraguedos!
Ave que no meu peito se aquecia
Ao murmúrio talvez dos meus segredos.
Mas hoje que sinistra ventania

Muge nas selvas, ruge nos rochedos,
Condor sem rumo, errante, que esvoaça,
Deixo-te entregue ao vento da desgraça.

Quero-te assim; na terra o teu fadário
É ser o irmão do escravo que trabalha,
É chorar junto à cruz do seu calvário,
É bramir do senhor na bacanália...
Se — vivo — seguirás o itinerário,
Mas, se — morto — rolares na mortalha,
Terás, selvagem filho da floresta,
Nos raios e trovões hinos de festa.

Quando a piedosa, errante caravana,
Se perde nos desertos, peregrina,
Buscando na cidade muçulmana,
Do sepulcro de Deus a vasta ruína,
Olha o sol que se esconde na savana,
Pensa em Jerusalém, sempre divina,
Morre feliz, deixando sobre a estrada
O marco miliário duma ossada.

Assim, quando essa turba horripilante,
Hipócrita sem fé, bacante impura,
Possa curvar-te a fronte de gigante,
Possa quebrar-te as malhas da armadura,
Tu deixarás na liça o férreo guante
Que há de colher a geração futura...
Mas, não... crê no porvir, na mocidade,
Sol brilhante do céu da liberdade.

Canta, filho da luz da zona ardente,
Destes cerros soberbos, altanados!
Emboca a tuba lúgubre, estridente,

Em que aprendeste a rebramir teus brados.
Levanta das orgias — o presente,
Levanta dos sepulcros — o passado,
Voz de ferro! desperta as almas grandes
Do sul ao norte... do oceano aos Andes!!...

                                        Recife, 1865.

                                   (*Os escravos*, 1883)

SANGUE DE AFRICANO

Aqui sombrio, fero, delirante
Lucas ergueu-se como o tigre bravo...
Era a estátua terrível da vingança...
O selvagem surgiu... sumiu-se o escravo.

Crispado o braço, no punhal segura!
Do olhar sangrentos raios lhe ressaltam,
Qual das janelas de um palácio em chamas
As labaredas, irrompendo, saltam.

Com o gesto bravo, sacudido, fero,
A destra ameaçando a imensidade...
Era um bronze de Aquiles furioso
Concentrando no punho a tempestade!

No peito arcado o coração sacode
O sangue, que da raça não desmente,
Sangue queimado pelo sol da Líbia,
Que ora referve no Equador ardente.

                        (*A cachoeira de Paulo Afonso*, 1876)

DESESPERO

"Crime! Pois será crime se a jiboia
Morde silvando a planta, que a esmagara?
Pois será crime se o jaguar nos dentes
Quebra do índio a pérfida taquara?

"E nós que somos, pois? Homens? — Loucura!
Família, leis e Deus lhes coube em sorte.
A família no lar, a lei no mundo...
E os anjos do Senhor depois da morte.

"Três leitos, que sucedem-se macios,
Onde rolam na santa ociosidade...
O pai o embala... a lei o acaricia...
O padre lhe abre a porta à eternidade.

"Sim! Nós somos reptis... Qu'importa a espécie?
— A lesma é vil, — o cascavel é bravo.
E vens falar de crimes ao cativo?
Então não sabes o que é ser escravo!...

"Ser escravo — é nascer no alcoice escuro
Dos seios infamados da vendida...
— Filho da perdição no berço impuro
Sem leite para a boca ressequida...
É mais tarde, nas sombras do futuro,
Não descobrir estrela foragida...
É ver — viajante morto de cansaço —
A terra — sem amor!... sem Deus — o espaço!

"Ser escravo — é, dos homens repelido,
Ser também repelido pela fera;
Sendo dos dois irmãos pasto querido,

Que o tigre come e o homem dilacera...
— É do lodo no lodo sacudido
Ver que aqui ou além nada o espera,
Que em cada leito novo há mancha nova...
No berço... após no toro... após na cova!...

"Crime! Quem te falou, pobre Maria,
Desta palavra estúpida?... Descansa!
Foram eles talvez?!... É zombaria...
Escarnecem de ti, pobre criança!
Pois não vês que morremos todo dia,
Debaixo do chicote, que não cansa?
Enquanto do assassino a fronte calma
Não revela um remorso de sua alma?

"Não! Tudo isto é mentira! O que é verdade
É que os infames tudo me roubaram...
Esperança, trabalho, liberdade
Entreguei-lhes em vão... não se fartaram.
Quiseram mais... Fatal voracidade!
Nos dentes meu amor espedaçaram...
Maria! Última estrela de minh'alma!
O que é feito de ti, virgem sem palma?

"Pomba — em teu ninho as serpes te morderam.
Folha — rolaste no paul sombrio.
Palmeira — as ventanias te romperam.
Corça — afogaram-te as caudais do rio.
Pobre flor — no teu cálice beberam,
Deixando-o depois triste e vazio...
— E tu, irmã! e mãe! e amante minha!
Queres que eu guarde a faca na bainha!

"Ó minha mãe! Ó mártir africana,
Que morreste de dor no cativeiro!

Ai! sem quebrar aquela jura insana,
Que jurei no teu leito derradeiro,
No sangue desta raça ímpia, tirana
Teu filho vai vingar um povo inteiro!...
Vamos, Maria! Cumpra-se o destino...
Dize! dize-me o nome do assassino!..."

....

"Virgem das Dores,
Vem dar-me alento,
Neste momento
De agro sofrer!
Para ocultar-lhe
Busquei a morte...
Mas vence a sorte,
Deve assim ser.

....

Pois que seja! Debalde pedi-te,
Ai! debalde a teus pés me rojei...
Porém antes escuta esta história...
Depois dela... O *seu* nome direi!"

(A cachoeira de Paulo Afonso, 1876)

HISTÓRIA DE UM CRIME

"Fazem hoje muitos anos
Que de uma escura senzala
Na estreita e lodosa sala
Arquejava u'a mulher.
Lá fora por entre as urzes
O vendaval s'estorcia...
E aquela triste agonia
Vinha mais triste fazer.

"A pobre sofria muito.
Do peito cansado, exangue,
Às vezes rompia o sangue
E lhe inundava os lençóis.
Então, como quem se agarra
Às últimas esperanças,
Duas pávidas crianças
Ela olhava... e ria após.

"Que olhar! que olhar tão extenso!
Que olhar tão triste e profundo!
Vinha já de um outro mundo,
Vinha talvez lá do céu.
Era o raio derradeiro
Que a lua, quando se apaga,
Manda por cima da vaga
Da espuma por entre o véu.

"Ainda me lembro agora
Daquela noite sombria,
Em que u'a mulher morria
Sem rezas, sem oração!...
Por padre — duas crianças...
E apenas por sentinela
Do Cristo a face amarela
No meio da escuridão.

"Às vezes naquela fronte
Como que a morte pousava
E da agonia aljofrava
O derradeiro suor...
Depois acordava a mártir,
Como quem tem um segredo...
Ouvia em torno com medo,
Com susto olhava em redor.

"Enfim, quando noite velha
Pesava sobre a mansarda,
E somente o cão de guarda
Ladrava aos ermos sem fim,
Ela, nos braços sangrentos
As crianças apertando,
Num tom meigo, triste e brando
Pôs-se a falar-lhes assim:

                (*A cachoeira de Paulo Afonso*, 1876)

DESPERTAR PARA MORRER

   — "Acorda!"
             — "Quem me chama?"
                      — "Escuta!"
                            — "Escuto..."
— "Nada ouviste?"
          — "Inda não..."
                   — "É porque o vento
   Escasseou".
— "Ouço agora... da noite na calada
Uma voz que ressona cava e funda...
   E após cansou!"

— "Sabes que voz é esta?"
             — "Não! Semelha
Do agonizante o derradeiro engasgo,
   Rouco estertor..."
E calados ficaram, mudos, quedos,
Mãos contraídas, bocas sem alento...
   Hora de horror!...

                (*A cachoeira de Paulo Afonso*, 1876)

LOUCURA DIVINA

— "Sabes que voz é esta?"
                        Ela cismava!...
— "Sabes, Maria?
                — "É uma canção de amores.
  Que além gemeu!"
— "É o abismo, criança!..."
                   A moça rindo
Enlaçou-lhe o pescoço:
                — "Oh! não! não mintas!
            Bem sei que é o céu!"

— "Doida! Doida! É a voragem que nos chama!..."
— "Eu ouço a Liberdade!"
                    — "É a morte, infante!"
  — "Erraste. É a salvação!"
— "Negro fantasma é quem me embala o esquife!"
— "Loucura! É tua Mãe... O esquife é um berço,
  Que boia n'amplidão!..."

— "Não vês os panos d'água como alvejam
Nos penedos? Que gélido sudário
   O rio nos talhou!"
— "Veste-me o cetim branco do noivado...
Roupas alvas de prata... albentes dobras...
   Veste-me!... Eu aqui estou."

— "Já na proa espadana, salta a espuma..."
— "São as flores gentis da laranjeira
   Que o pego vem nos dar...
Oh! névoa! Eu amo teu sendal de gaze!...
Abram-se as ondas como virgens louras,
   Para a Esposa passar!...

As estrelas palpitam! — São as tochas!
Os rochedos murmuram!... — São os monges!
    Reza um órgão nos céus!
Que incenso! — Os rolos que do abismo voam!
Que turíbulo enorme — Paulo Afonso!
    Que sacerdote! — Deus..."

(A cachoeira de Paulo Afonso, 1876)

À BEIRA DO ABISMO E DO INFINITO

A celeste Africana, a Virgem-Noite
Cobria as faces... Gota a gota os astros
Caíam-lhe das mãos no peito seu...
...Um beijo infindo suspirou nos ares...
....
A canoa rolava!... Abriu-se a um tempo
    O precipício!... e o céu!...

Santa Isabel, 12 de julho de 1870.

(A cachoeira de Paulo Afonso, 1876)

CELSO DE MAGALHÃES (1849-1879)

O ESCRAVO

Nasci na adusta África,
No meio das areias.

Senti livre nas veias
meu sangue a borbulhar.
E nos infindos prainos
de meu país ardente
vivia livremente
sem nada recear.

E dos desertos áridos,
de areias no oceano
eu era o soberano,
das matas era o rei.
Meu sangue era de príncipes,
dos meus era o primeiro,
e tinha um povo inteiro
sujeito à minha lei.

E quando o peito túrgido
sedento palpitava,
o meu serralho aí 'stava
contente a me agradar.
E com os abraços lúbricos
das virgens feiticeiras,
podia, horas inteiras,
no gozo me cevar.

E então aos beijos férvidos
da concubina langue
de fogo era meu sangue,
meu peito era um vulcão.
Bramasse o mar horríssono
Co'a horrível ventania ...
Dali só Deus podia
me despertar então.

Um dia dos meus súditos,
P'ra descansar à sesta
no meio da floresta
um instante me afastei;
e o agreste odor balsâmico
das matas aspirando,
dormi — livre — sonhando,
— escravo — despertei.

Trint'anos, trinta séc'los
lá vão qu'estou sofrendo,
martírios padecendo
mais duros que o morrer.
Porém se o braço rígido
um dia levantar-se,
tremendo há de vingar-se
de quem me faz sofrer.

———

De noite aos cantares de meus companheiros
Na vida d'escravo, fazendo serão,
que doces saudades eu tenho dos gozos
     da vida de então!

Mais tarde se durmo — que sonhos tão belos
meu sono de escravo então vem dourar!
No sangue dos brancos eu sonho sedento
     feroz me banhar.

E eu vejo-os, coitados, curvados de joelhos,
pedindo piedade, tremendo convulsos.
Um travo de raiva salpica meu risos,
     e eu mostro meus pulsos.

E eu mostro meus pulsos que a marca dos ferros,
das duras algemas impressa 'inda têm.
E o ferro em seus peitos fuzila e se embebe
    num louco vaivém.

Desperto. Resolve-se o sonho em fumaça
mas sinto no peito o sangue a pular.
Cuidado, meus brancos, jurei pelo inferno
    vingança tomar!

Viana, novembro, 1867.

(*Versos*, 1870)

SÍLVIO ROMERO (1851-1914)

A ESCRAVIDÃO

Moça a terra, uma vez ouvira um grito
Com que as selvas robustas ecoaram;
Era Adão, pai dos homens, que bradava:
"Caim!" Caim!... as gerações clamaram.

Clamaram no futuro. Os séculos todos
Apressados, ruidosos, têm chegado,
Procurando abafar o grito eterno
Aos ruídos das festas; mas... baldado!

Embalde o mar arroja as suas vagas
Para lavar dos homens a memória;

Sempre a mancha se avista no horizonte,
E a lauda negra dorme lá na história.

— E o pensador curvado que medita —
— Como rasgar a página da ira, —
Alça a fronte, ofuscado por um brilho,
Brada: — "Achei!" Mas o mundo diz "Mentira!"

É a voz dos desgraçados, dos perdidos
Para o festim dos livres, que se escuta;
É o choro dos cativos, alternando
Das cadeias com o som, que a vida enluta.

É a voz dos corações rotos aos ventos
Que vai falando... As mágoas não se calam.
É o choro dos opressos, de onda em onda,
Retumbando nos templos, que se abalam.

Cresça mais essa vaga escarcelosa;
Desse mar é que o dia vem raiando,
E desse turbilhão brotam os monstros,
Que os tronos e a miséria vão tragando.

O sofrimento conta este prestígio:
Atirar a vertigem de seu seio,
Jorro negro que sai de um antro escuro,
Trazendo a luz envolta de permeio.

....
....

Passa a festa dos lautos. É perfídia,
Porque ali geme um pobre e um ferro tine...
Quando será que os astros nos segredem,
E essa noute o que sabe nos ensine?

Passa a festa dos lautos. Quanto é grande!
Deixai passar... o gozo, o riso é santo;
É a ventura dos livres que se expande!...
Quem lhe dera mais força, mais encanto!

Que ela chegue até lá... De seus fulgores
Lance essa embriaguez, que nos exalta.
Todos vão se chegando... No banquete,
Mais um pouco de tempo, e ninguém falta.

É a grande ascensão. Não há divisa
Que separe o oceano e os céus amados...
Lá se beijam das ondas aos fervores,
Das estrelas aos risos encantados.

Pois bem; — assim dos homens o destino
Lá num dia há de ser todo fulgente;
Di-lo a América ao eflúvio das esferas,
Inflamando a sua alma incandescente.

Ela que sobre a cordilheira altiva
Aprende como sopra o vento fero,
Ela que pode dos vulcões gigantes
Escutar o bramir profundo e austero.

No brado de Bolívar, lá nos plainos,
Assistindo os aplausos das palmeiras,
Pôde ver como as flores se adiantam
Para saudar o sol, sendo as primeiras.

E na morte de Lincoln, lá na festa,
Mirando como crescem vencedores,
Pôde ver na alma enorme que voava
Da liberdade os sóis interiores.

....
....

    No raio aceso que as manhãs mandaram
    Beijar da linfa a trêmula passagem;
    No raio aceso que as ideias nobres
    Atiraram dos homens na voragem,

    Vêm os risos sonoros dos triunfos.
    E no voar daquela águia, que se oculta
    Da nuvem negra n'asa tremulante,
    Quem não ouve o fervor que o mundo exulta?

    Cale-se o choro inútil dos proscritos,
    Nossas flores de pranto não vicejam;
    E se as auras de lágrimas se molham
    Em nossas faces lânguidas não beijam.

    Ser cativo é fechar a lauda pura
    Em que os sonhos azuis se delineiam;
    Sentir que na passagem do futuro
    Os sorrisos alados não vagueiam.

    Mais um esforço nobre! E o livro d'ouro
    Do porvir se desfolha à claridade?
    E se Adão, rei dos mortos, clamar inda
    "Caim!" Caim! a multidão não brade! —

(*Cantos do fim do século*, 1878)

NARCISA AMÁLIA (1852-1924)

O AFRICANO E O POETA

>   Ao Dr. Celso de Magalhães
>
> *Les esclaves... Est-ce qu'ils ont des dieux?*
> *Est-ce qu'ils ont des fils, eux qui n'ont point d'aieux?*
>
>   Lamartine

No canto tristonho
Do pobre cativo
Que elevo furtivo,
Da lua ao clarão;
Na lágrima ardente
Que escalda-me o rosto
De imenso desgosto
Silente expressão;
    Quem pensa? — O poeta
    Que os carmes sentidos
    Concerta aos gemidos
    De seu coração.

— Deixei bem criança
Meu pátrio valado,
Meu ninho embalado
Da Líbia no ardor;
Mas esta saudade
Que em túmido anseio
Lacera-me o seio
Sulcado de dor,
    Quem sente? — O poeta
    Que o elíseo descerra;

Que vive na terra
De místico amor!

— Roubaram-me feros
A férvidos braços;
Em rígidos laços
Sulquei vasto mar;
Mas este queixume
Do triste mendigo,
Sem pai, sem abrigo,
Quem quer escutar?...
 — Quem quer? — O poeta
 Que os térreos mistérios
 Aos paços sidéreos
 Deseja elevar.

— Mais tarde entre as brenhas
Rasguei mil searas
Co'as bagas amaras
Do pranto revel;
Das matas caíram
Cem troncos, mil galhos;
Mas esses trabalhos
Do braço novel
 Quem vê? — O poeta
 Que expira em harpejos
 Aos lúgubres beijos
 Da fome cruel!

— Depois, o castigo
Cruento, maldito,
Caiu no proscrito
Que o simum crestou;
Coberto de chagas,
Sem lar, sem amigos,

Só tendo inimigos...
Quem há como eu sou?!...
   — Quem há? — O poeta
   Que a chama divina
   Que o orbe ilumina
   Na fronte encerrou!...

— Meu Deus! ao precito
Sem crenças na vida,
Sem pátria querida,
Só resta tombar!
Mas... quem uma prece
Na campa do escravo
Que outr'ora foi bravo
Triste há de rezar?!...
   — Quem há-de? — O poeta
   Que a lousa obscura,
   Com lágrima pura
   Vai sempre orvalhar!?

(Nebulosas, 1872)

PERFIL DE ESCRAVA

Quando os olhos entreabro à luz que avança,
Batendo a sombra e pérfida indolência,
Vejo além da discreta transparência
Do alvo cortinado uma criança.

Pupila de gazela — viva e mansa,
Com sereno temor colhendo a ardência
Fronte imersa em palor... Rir de inocência,
Rir que trai ora angústia, ora esperança...

Eis o esboço fugaz da estátua viva,
Que — de braços em cruz — na sombra avulta
Silenciosa, atenta, pensativa!

Estátua? Não, que essa cadeia estulta
Há de quebrar-se, mísera, cativa,
Este afeto de mãe, que a dona oculta!

(*O Fluminense*, Niterói, 9 de maio de 1879)

LÚCIO DE MENDONÇA (1854-1909)

A BESTA MORTA

> A José F. C. de Mendonça

Na senzala, no chão, numa esteira amarela,
Jaz o filho de Cam, o maldito. É um velho.
No mal coberto ombro os vestígios do relho
Traçaram-lhe uma cruz, — a única que o vela.

Cruza no peito as mãos roídas do trabalho.
Sobram do cobertor os grossos pés informes.
Dorme, descansa enfim, que do sono em que dormes
Já não pode acordar-te a sanha do vergalho!

Como única oração que tua alma proteja,
Por sobre a podridão de tua boca fria
Vibra no ar zumbindo a mosca de vareja...

Enquanto, ao longe, o sino, em voz cansada e lenta,
Reza, doce cristão, a sua *Ave Maria*,
E o moribundo sol as nuvens ensanguenta.

(*Murmúrios e clamores*, 1902)

EMÍLIA DE FREITAS (1855-1908)

A MÃE ESCRAVA

Numa tarde em que o sol brilhava esplêndido
No céu belo e azul do meu país,
Chegou a pobre escrava onde eu me achava
E prostrada a meus pés, eis que me diz:
"Sinhazinha, sou livre... meu senhor
Me deu a minha carta... sim, agora..."
— Se assim é, perguntei, o que lhe aflige,
Por que treme a falar, por que é que chora?!
Humilde como era ergueu a vista;
Seu olhar era triste que doía!
Feria a consciência de quem quer
Que pudesse afrontar tanta agonia!
"Roubaram os meus filhos... estão a bordo...
Hoje mesmo o vapor levanta o ferro
Levando o meu Vicente... a minha Lúcia,
Eis porque hoje aqui chorando erro.
Sinhazinha, por Deus, antes queria
Como outrora cativa e maltratada
Tê-los juntos de mim, pois ora sinto

Qu'era assim muito menos desgraçada.
Estou velha e cansada, já não posso
Suportar deste golpe, a crueldade!
Vou morrer de pesar... eu por tal preço
Não queria esta inútil liberdade..."
E a triste chorando s'estorcia
Com a face no pó do pavimento!
Era a dor duma mãe. Quem não respeita
Esta flor imortal do sentimento?!
Mas daquela infeliz tantos soluços
Não tocou neste mundo a mais ninguém,
Ah! Só eu partilhei de sua dor...
E por vê-la chorar, chorei também.
Desde então quando via numa praça
Os escravos marchando p'ra o mercado,
Minh'alma sentia em desespero
E soltava de horror meu triste brado.

Fortaleza, 1877.

(*Canções do lar*, 1891)

MÚCIO TEIXEIRA (1857-1923)

O CÂNTICO DA ESCRAVIDÃO
(Expressamente escrito para o drama abolicionista *Corja opulenta*, de Joaquim Nunes; e posto em música pelo maestro Dr. Abdon Milanez)

Funesta escravidão!... Terrível sorte
A dessa triste raça perseguida,

Que é arrojada aos páramos da morte
Pelos tufões mais ríspidos da vida!...

E dizer que inda existem criaturas
Que escravizam seus próprios semelhantes:
E lhes infligem bárbaras torturas,
Matando-os em suplícios lacerantes!...

O escravo é na pátria um forasteiro,
Curvado sempre ao jugo de opressores;
Arrastando os grilhões do cativeiro,
Leva n'alma só lágrimas e dores.

Leva n'alma só lágrimas de sangue,
Leva as carnes de látegos feridas;
Até que um dia cai, exausto, exangue,
Como as feras — que morrem esquecidas...

O cativo não acha um peito amigo,
Risos de irmã, nem beijos de consorte:
E ou tem de errar nos ermos, sem abrigo,
Ou de rastros, no *eito*, espera a morte!

A escrava... nem lhe é dado ser esposa!
E se é Mãe: — nas senzalas, às risadas,
Arrancam-lhe o seu filho! E há quem ousa
Violentar-lhe as filhas... a pancadas!...

E dizer que inda existem criaturas
Que escravizam seus próprios semelhantes:
E lhes infligem bárbaras torturas,
Matando-os em suplícios lacerantes!...

(*Poesias e poemas de Múcio Teixeira*, 1888)

ALBERTO DE OLIVEIRA (1857-1937)

RUÍNAS QUE FALAM

Estanislau, senhor que foi antigamente
Desde o rio Tanguá dez léguas ao nascente
De terras baixas, onde imensos canaviais
Ondulavam com o vento, e enxadas que no insano
Tressuado trabalhar move o braço africano
Reluziam ao sol quatrocentas ou mais;

Sem lavouras agora e entregues à ferrugem
As caldeiras de cobre e as máquinas que rugem,
Desentrosado o engenho, ermadas as campinas.
Roto o açude, a abafar-se em matagais a terra,
— Pensativo fantasma, em mudos passos erra
No mudo casarão da Boiauaçu em ruínas.

Dos escravos de outrora um só, como ele, enfermo,
Velho e inútil, ficou de sua vida no ermo
A acompanhá-lo. Nem escravo nem senhor.
Sopraram-lhes aos dois os mesmos infortúnios,
Igualando-os; o medo, em vagas formas, une-os,
Une-os a ancianidade, une-os a mesma dor.

Noite de vento e chuva. Ambos os velhos cismam,
Num passado não longe olhos em mágoa abismam,
Curva a cabeça branca e conturbado o aspecto;
E o silêncio em redor quebra a espaços somente
Nas portas forcejando a lufada inclemente,
E dos ratos o roer incômodo no teto.

ESTANISLAU

Que frio está! as mãos sinto-as enregeladas;
Aconchega-me o poncho. Aí, pelas estradas
Há morte ou roubo, ouvi um grito agudo...

ANTÔNIO

                        São
As corujas no engenho. (*olhando fora*)
              É tudo escuridão!

ESTANISLAU

Antônio, ouve-me, vem, achega-te, mais perto,
Ouve: o salão ali deixaste acaso aberto?

ANTÔNIO

Não; por que, meu senhor?

ESTANISLAU

                Vou dizer-to. Olha bem:
Vês? há um vulto lá dentro, uma figura, alguém...

ANTÔNIO

Nada vejo; há de ser, batendo na vidraça,
A sombra da mangueira.

ESTANISLAU

Oh! que noite! e não passa.
Quanto tempo depois que o sol entrou, meu Deus!
E esta chuva, este vento e estes cuidados meus!
Se enche o rio e transborda e aqui chegando, arrasa
Meus vazios paióis e esta arruinada casa!
Se as paredes alui! Este velho frechal
Não te parece que se dura o temporal,
Possa abater? Aqui tudo é caducidade,
Excede à minha idade, excede à tua idade;
Eu com um sopro me vou, tu com um sopro te vais;
Também com um tempo assim, gastos materiais,
Cujo cerne de há muito ao bicho que o devora
Desfibrou, se fez pó, cedendo de hora em hora,
Toda esta construção velhíssima de avós,
Tremo só de o pensar! pode vir sobre nós...
Que estás tu para aí a resmungar baixinho?

ANTÔNIO

Eu rezo, meu senhor.

ESTANISLAU

Reza, pobre velhinho,
Rezarei eu também. (*ajoelha*)

ANTÔNIO

Ó santa mãe de Deus,
Virgem que estais nos céus...

ESTANISLAU

    Virgem que estais nos céus...
Rezam, curva a cabeça, agora como em calma,
E rezando, até Deus uma alma sobe e outra alma.
Claro raio de fé lhes asserena o aspecto,
E a divina oração interrompem somente
Nas portas forcejando a lufada inclemente
E dos ratos o roer incômodo no teto.

ESTANISLAU (*interrompendo-se*)

Que é isso? o mesmo grito horrível de inda há pouco!
Não, corujas não são; é talvez algum louco,
Alguém talvez que teve o que eu tive, e o perdeu,
E se pôs a pensar, pensou e ensandeceu;

Grita e ri o demente... Oh! mas que ventania!
Tão forte só me lembra a que incessante ouvia
Naquela noite em que Tersina em seu caixão
Vi de tochas cercada aí dentro no salão
E ajoelhei ao seu lado até nascer a aurora...
Minha santa mulher!

ANTÔNIO

    Minha boa senhora!

ESTANISLAU

Já vinte anos se vão! E esta ausência e viuvez
Se hoje me afligem mais, é que hoje é a minha vez,

Quem sabe? Um temporal em meio à espessa treva
Levou-a deste mundo e outro agora me leva.
O terror que me assalta é o da morte, o terror
De estar só, de morrer órfão de seu amor,
Em casa há muito morta ou túmulo com um vivo.

ANTÔNIO

Com dois vivos, meu branco e o seu velho cativo.

ESTANISLAU

Dizes bem, somos dois num esquife, a pedir
Lhes caia em cima a tampa, e a tampa vai cair,
É soprar-lhes de jeito um pouco mais o vento.
Se ela estivesse aqui neste horrível momento!
Oh! mas que vejo, Antônio! olha, ali, no salão
Vês? lá está! vês? moveu-se! acena-me com a mão...

ANTÔNIO

É a parede com a luz dos fuzis...

ESTANISLAU

      Ouço passos...

ANTÔNIO

São as folhas com o vento.

ESTANISLAU

E esse rum-rum a espaços?

ANTÔNIO

É fora, no jardim, de calhau em calhau,
O muro a desabar com a chuva...

UMA VOZ

Estanislau!
Estanislau!

ESTANISLAU

Meu Deus! chama por mim! é ela!
Minha mulher! lá está, branca, ao pé da janela...
Não lhe ouviste dizer meu nome?

ANTÔNIO

Eu nada ouvi.

ESTANISLAU

O meu nome, tão claro! a voz lhe conheci!
Vai falar outra vez.... não, vai-se embora... acena...
Vai-se... Foi-se! Talvez expie alguma pena...

Eis de súbito um baque, alto e lúgubre; ecoaram
Salas e corredor. Os dois velhos se encaram.
Transidos de terror, presa a respiração;
Foi um como rolar de formidanda ruma
Ou o desabamento inopinado de uma
Torre de pedra e saibro a esboroar-se no chão.

ESTANISLAU

Ouviste?!

ANTÔNIO

Ouvi, meu branco.

ESTANISLAU

                        Ergue-te, vai, Antônio,
Vai lá ver o que foi. (*sai Antônio*)
                 Anda solto o demônio,
Ah! se assim continua o tempo como vai,
Neste ermo casarão tudo desaba e cai.
Pois tudo apodreceu, é tudo estragos; come
Suja praga daninha em sua aflita fome,
Cupins, ratos, do chão ao teto, sem cessar,

Quanto encontra; é um roer contínuo e mastigar
Dia e noite. Esta casa inteiramente cheia
'Stá de um turvo chover de impalpável areia,
Sótão, quartos, salões, escadas, tudo. É o pó!
Sinal de destruição, sinal de ruína. E eu só!
Ruína também, eu só! esta ideia me aterra!
A aguardar, preso aqui, role desfeito em terra
Tudo o que mais amei, para cair também!
Mas meu único amigo, o pobre Antônio, aí vem,
São seus passos. Parou. (*chamando*)

                    Antônio! Antônio! Nada!
Oh! lá está outra vez a sombra! a mão alçada
Faz um gesto, a chamar... Que me quer? ai de mim!

A VISÃO

Estanislau!

    (*Estanislau encolhe-se trêmulo, balbucia
ininteligivelmente uma prece. A visão pouco a pouco se esvai*)

ESTANISLAU

Enfim, desaparece!

    (*Vendo chegar Antônio*)

                    Enfim,
És tu, meu derradeiro e devotado amigo!
Novas de quietação possas trazer contigo.

Então? fala. Que foi? que te embaraça a voz?
Fala, tua mudez é dolorosa e atroz!
Vamos: foi o paiol? o renque de senzalas?
A velha escadaria? ou alguma das salas?

ANTÔNIO

Branco, foi o torreão...

ESTANISLAU

          O torreão abateu!
Oh! meu torreão de pedra erguido para o céu!
Atalaia do engenho a lhe indicar o rumo,
E sacudindo no ar o seu pendão de fumo,
Glorificando o esforço, o meu trabalho e fé,
Do alto ao longe a clamar: — Lavradores, de pé!
Vinde o caldo provar, vinde assistir à moagem!
E a animar o trabalho e a palpitar com a aragem:
— Homens que a terra amais, homens rudes, cantai!
Enxada e foice erguei! lavrai! semeai! plantai!
Enchei vales e céus de toadas africanas!
Cantai, carros de bois carregados de canas!
Ecos que repetis seu festivo rumor,
Caminhos que os levais, cercas de espinho em flor,
Várzeas e chãs remexidas pelos arados,
Cerros e chapadões de cafezais plantados,
Cantai! Fumega e atita a máquina veloz,
À tarefa! ao labor! — Com tua alegre voz,
Ó meu torreão de pedra, era assim que dizias!
Da Boiauaçu, porém, acabaram-se os dias,
Um vento mau passou, tudo varreu, desfez;

Agora é tua vez e vai ser minha vez;
Caíste, vou cair... Mas que ali está e alveja,
Claro como com o sol a cal de alguma igreja?
É um sudário, o lençol que me há de amortalhar?
Quem o trouxe, quem o estendeu neste lugar?
Agouro é porventura, ou má lembrança tua?

ANTÔNIO

Aquilo, meu senhor? a modo que é da lua...

Era da lua. A lua surge, desfazendo
O negrume do céu da noite, e peregrina,
À rota claraboia os vidros acendendo,
Salas e corredor do casarão horrendo
Com o seu frio clarão de hora morta ilumina.
E incontáveis agora, ao seu prestígio e encanto,
São os fantasmas; um pela parede, além,
Sobe, outro pelo chão arrasta o longo manto:
Qual se encosta a uma porta, aquele sai de um canto.
Aqueloutro de lá de um aposento vem.

Aos dois anciãos ali cobre a larga mortalha
Do luar; livor de morte aos dois reveste o aspecto.
Foi-se o vento; silêncio amplo em redor se espalha,
Só se ouvindo o chofrar da água fora na calha
E dos ratos o roer incômodo no teto.

(*Poesias: quarta série (1912-1925)*, 1927)

PAULA NEI (1858-1897)

A ABOLIÇÃO

    A justiça de um povo generoso,
    Pesando sobre a negra escravidão,
    Esmagou-a de um modo glorioso,
    Sufocando-a com a lei da Abolição.

    Esse passado tétrico, horroroso,
    Da mais nefanda e torpe instituição,
    Rolou no chão, no abismo pavoroso,
    Assombrado com a luz da Redenção.

    Não mais dos homens os fatais horrores,
    Não mais o vil zumbir das vergastadas,
    Salpicando de sangue o chão e as flores.

    Não mais escravos pelas esplanadas!
    São todos livres! Não há mais senhores!
    Foi-se a noite: só temos alvoradas!

                        (*A vida boêmia de Paula Nei*, 1957)

PAULINO DE BRITO (1858-1919)

ZUMBI

    "Companheiros! Venceu a tirania...
    Convém que a morte eu corajoso afronte!"

Cala-se o negro. Mana-lhe da fronte
O suor copioso da agonia.

Oh! Não era a que entrasse a cobardia
No seu peito mais rijo do que um monte;
Era a raiva somente: ali defronte
Dos escravos o bando se estendia.

O leão africano encurralado
Enfim desfere um pavoroso brado
E se arroja da bronca penedia...

Emudece de espanto a gente escrava...
E enquanto o negro heroico se abismava
O sol da Liberdade se escondia!

> Pará, 1884.

> (*Gazeta da Tarde*, Rio de Janeiro, 22 de setembro de 1884)

RAIMUNDO CORREIA (1859-1911)

BANZO

Visões que n'alma o céu do exílio incuba,
Mortais visões! Fuzila o azul infando...
Coleia, basilisco de ouro, ondeando
O Níger... Bramem leões de fulva juba...

Uivam chacais... Ressoa a fera tuba
Dos cafres, pelas grotas retumbando,

E a estralada das árvores, que um bando
De paquidermes colossais derruba...

Como o guaraz nas rubras penas dorme,
Dorme em nimbos de sangue o sol oculto...
Fuma o saibro africano incandescente...

Vai co'a sombra crescendo o vulto enorme
Do baobá... E cresce n'alma o vulto
De uma tristeza, imensa, imensamente...

(*Aleluias*, 1891)

A LUÍS GAMA

A Raul Pompeia

Tantos triunfos te contando os dias,
Iam-te os dias descontando e os anos,
Quando bramavas, quando combatias
Contra os bárbaros, contra os desumanos;

Quando a alma brava e procelosa abrias
Invergável ao pulso dos tiranos,
E ígnea, como os desertos africanos
Dilacerados pelas ventanias...

Contra o inimigo atroz rompeste em guerra,
Grilhões a rebentar por toda a parte,
Por toda a parte a escancarar masmorras.

Morreste!... Embalde, Escravidão! Por terra
Rolou... Morreu por não poder matar-te!
Também não tarda muito que tu morras!

(*Poesia completa e prosa*, 1961)

BARBOSA DE FREITAS (1860-1883)

AVE LIBERTAS!
(Saudação ao congresso abolicionista cearense, o primeiro celebrado no Brasil, na cidade de Maranguape, em 26 de maio de 1881.)

Salve! da glória os romeiros!...
Os combatedores bravos
Que na luta dos escravos
Se alevantaram do chão!...
Salve! oh plêiade bendita
Que ampara a causa dos fracos,
Salve! novos espartacos
Da arena da escravidão!...

Salve! oh vós, que suspendeis
O martelo do progresso,
A cujo som o Universo
Ergue os braços p'r'amplidão!
Salve! oh vós, — demolidores
Das paredes tenebrosas,
Das espirais assombrosas
Do templo da escravidão!

Salve! oh vós — os mandatários
Da bendita Liberdade!
Que difundis a Igualdade
Do Brasil no coração!...
Salve, oh vós, — os lutadores
Da mais sublime contenda,
Que carregais por legenda
— "O futuro da Nação!"

(*Poesias*, 1892)

AFONSO CELSO (1860-1938)

NA FAZENDA

Dorme a fazenda. Uniformes,
Com seu inclinado teto,
Têm as senzalas o aspecto
De um bando d'aves enormes.

Os cães, no pátio encoberto,
Repousam de orelha erguida;
São como oásis de vida
Da escuridão no deserto.

De vagos tons uma enfiada
Com o torpor luta e vence-o;
É no burel do silêncio
Franja sonora bordada.

Às vezes, da porta estreita
Sai um chorar de criança,
Chamando a mãe que descansa
Morta do afã da colheita.

Talvez no infantil assombro
Já se lhe antolhe mais tarde:
— O eito enquanto o sol arde,
E o peso da enxada ao ombro.

Os cães levantam-se a meio,
Geme a criança um momento
E, a pouco e pouco, em lamento
Sucumbe o isolado anseio.

Longe, na sombra perdido,
Há no perfil de um oiteiro
Algo de estranho guerreiro
Da cota de armas vestido.

Ao lado reluz a linha
De extensa e alvacenta estrada,
Como a lâmina da espada
Que lhe saltou da bainha.

E o disco da lua nova
No lar azul das esferas,
De nuvens que lembram feras,
Como um reptil sai da cova.

Ondula no espaço o fumo
De algum incêndio invisível;
Chora a criança, impassível
Prossegue a noite em seu rumo.

(*Rimas de outrora*, 1894)

NA FAZENDA

Dorme ainda a fazenda: ao longo da varanda
Repousa o boiadeiro em couros estendidos;
Desponta no horizonte aurora froixa e branda,
No meio do terreiro um cão solta ganidos.

Mas nisso de repente escutam-se alaridos,
Dum sino que desperta estruge a voz nefanda;
Começam a soar conversas e balidos
E a ordem de rigor que rude aos negros manda!

Chegou a começar das lides e trabalhos,
Ressoam do feitor os brados e os ralhos:
A boiada desfila à porta do curral.

Os pretos esfregando os olhos sonolentos
Levando samburás lá vão a passos lentos
Da porta da senzala ao denso cafezal.

(Poesias escolhidas, 1902)

13 DE MAIO DE 1888

(A. S. A. I. Regente)

Princesa, em vossa mão de aristocrata,
Mão de criança, melindrosa e fina,
Estua a intrepidez adamantina
Que dos heróis a fábula relata.

Bendita mão! Angélica, arrebata
A infância escrava às garras da rapina,
E a luminosa lei que ela hoje assina
Raça inteira de míseros resgata.

Ante iminentes, pavorosas crises,
Na redentora mão dos infelizes
Não sei se o cetro ficará, ou não:

Mas da história no intérmino cortejo,
Das gerações o reverente beijo
Sempre tereis, Princesa, nessa mão!

(Poesias escolhidas, 1902)

LUÍS MURAT (1861-1929)

RÉQUIEM E APOTEOSE

Ao ator Joaquim Maia

Como num pesadelo, ou na visão de Snorr,
Erriçada de fogo — o ventre escancarado,
Ruge sinistramente e transida de horror
A escravidão que foi o espectro do passado.

Atrelados aos seus dois pés de monstro passam
Formidandos mastins famélicos a uivar;
E as aves de rapina, em negros bandos, traçam
Com as asas sinais cabalísticos no ar.

No fosso onde empulhava o assassinato e o roubo,
Uma aurora de amor a rutilar começa;
E onde estava a grunhir da alcateia um lobo,
Levanta agora um anjo a fúlgida cabeça.

Teve o Brasil também o seu Guilherme Tell,
Hampden, como a Inglaterra ou Marcel como a França;
Que lhe importava a ele um regímen cruel
Se não tardava muito o dia da vingança?

Viam-no os seus irmãos atravessar um eito
Com algemas nas mãos, com algemas nos pés,
E com o olhar no céu e um crucifixo ao peito,
Subir aos cafezais e descer aos vergéis.

Por onde ele passava, a miséria ostensiva
Rebentava no chão como o espinheiro bravo;
E via em cada porta uma mulher cativa
E uma dor a gemer n'alma de cada escravo.

Dos ventos ao tropel, dos mares ao galão,
Ouvia-se uma voz solene que bradava
Ao firmamento azul: — Maldição! Maldição!
Se vendiam a mãe; — e o filhinho ficava.

Tudo quanto aromava a luz do luar sereno,
E tudo quanto o olhar pascia entre os moitais,
No cálice continha um pérfido veneno,
E nas pétalas d'oiro, espinhos e punhais.

A viração do bosque e a viração dos mares
Traziam no queixume uma lágrima e um grito,
E espantadas depois, à sombra dos pomares,
Viam passar o escravo algemado e maldito.

E aos cafezais em flor e ao pêssego a sorrir,
Ao ananás, ao cravo, ao sol e ao gaturamo;
O colibri que vem a alma da rosa haurir
E fica a esvoaçar sem saber em que ramo

Pois é o seu coração volúbil e sequioso,
Tristes, viam passar, do Ocaso à frouxa luz,
De enxada ao ombro, roto, exausto e vagaroso,
O escravo, como o Cristo, a carregar a cruz.

Pátria, vais ser, porém, livre como os condores
E voar de envergadura aberta aos quatro ventos;
Escravos, onde estão agora os teus senhores?
Filhas, as vossas mães, — mães, os vossos lamentos?

Heróis, em cujo sangue há ruflos de tambor,
Só a vós deve a pátria esta metamorfose;
Podes hastear, Luís Gama, o pavilhão do amor!
Patrocínio, começa a tua apoteose!

(*Cidade do Rio*, 26 de março de 1888)

CRUZ E SOUSA (1861-1898)

ESCRAVOCRATAS

Oh! trânsfugas do bem que sob o manto régio
Manhosos, agachados — bem como um crocodilo,
Viveis sensualmente à luz dum privilégio
Na pose bestial dum cágado tranquilo.

Eu rio-me de vós e cravo-vos as setas
Ardentes do olhar — formando uma vergasta
Dos raios mil do sol, das iras dos poetas,
E vibro-vos à espinha — enquanto o grande basta

O basta gigantesco, imenso, extraordinário —
Da branca consciência — o rutilo sacrário
No tímpano do ouvido — audaz me não soar.

Eu quero em rude verso altivo adamastórico,
Vermelho, colossal, d'estrépito, gongórico,
Castrar-vos como um touro — ouvindo-vos urrar!

(*Livro derradeiro*, in *Obras poéticas*, 1945)

DA SENZALA...

De dentro da senzala escura e lamacenta
    Aonde o infeliz
De lágrimas em fel, de ódio se alimenta
    Tornando meretriz

A alma que ele tinha, ovante, imaculada
    Alegre e sem rancor,

Porém que foi aos poucos sendo transformada
    Aos uivos do estertor...

De dentro da senzala
Aonde o crime é rei, e a dor — crânios abala
    Em ímpeto ferino;

    Não pode sair, não,
Um homem de trabalho, um senso, uma razão...
    E sim um assassino!

(Livro derradeiro, in Obras poéticas, 1945)

DILEMA

Ao Cons. Luís Álvares dos Santos

    Vai-se acentuando,
Senhores da justiça — heróis da humanidade,
O verbo tricolor da confraternidade...
    E quando, em breve, quando

    Raiar o grande dia
Dos largos arrebóis — batendo o preconceito...
O dia da razão, da luz e do direito
    — Solene trilogia —

    Quando a escravatura
Surdir da negra treva — em ondas singulares
    De luz serena e pura;

    Quando um poder novo
Nas almas derramar os místicos luares,
    Então seremos povo!

(Livro derradeiro, in Obras poéticas, 1945)

25 DE MARÇO

                        Em Pernambuco para o Ceará

A Província do Ceará sendo o berço de Alencar e Francisco Nascimento — o Dragão do Mar — é consequentemente a mãe da literatura e a mãe da humanidade.

Bem como uma cabeça inteiramente nua
De sonhos e pensar, de arroubos e de luzes,
O sol que de surpreso esconde-se, recua,
Na órbita traçada — de fogo dos obuses.

Da enérgica batalha estoica do Direito
Desaba a escravatura — a lei de cujos fossos
Se ergue a consciência — e a onda em mil destroços
Resvala e tomba e cai o branco preconceito.

E o Novo Continente, ao largo e grande esforço
De gerações de heróis — presentes pelo dorso
À rubra luz da glória — enquanto voa e zumbe

O inseto do terror, a treva que amortalha,
As lágrimas do Rei e os bravos da canalha,
O velho escravagismo estéril que sucumbe.

                                                Recife, 1885

                            (*Livro derradeiro*, in *Obras poéticas*, 1945)

GRITO DE GUERRA

Aos senhores que libertam escravos

Bem! A palavra dentro em vós escrita
Em colossais e rubros caracteres,
É valorosa, pródiga, infinita,
Tem proporções de claros rosicleres.

Como uma chuva olímpica de estrelas
Todas as vidas livres, fulgurosas,
Resplandecendo, — vós tereis de vê-las
Rolar, rolar nas vastidões gloriosas.

Basta do escravo, ao suplicante rogo,
Subindo acima das etéreas gazas,
Do sol da ideia no escaldante fogo,
Queimar, queimar as rutilantes asas.

Queimar nas chamas luminosas, francas
Embora o grito da matéria apague-as;
Porque afinal as consciências brancas
São imponentes como as grandes águias.

Basta na forja, no arsenal da ideia,
Fundir a ideia que mais bela achardes,
Como uma enorme e fúlgida Odisseia
Da humanidade aos imortais alardes.

Quem como vós principiou na festa
Da liberdade vitoriosa e grande,
Há de sentir no coração a orquestra
Do amor que como um bom luar se expande.

Vamos! São horas de rasgar das frontes
Os véus sangrentos das fatais desgraças
E encher da luz dos vastos horizontes
Todos os tristes corações das raças...

A mocidade é uma falena de ouro,
Dela é que irrompe o sol do bem mais puro:
Vamos! Erguei vosso ideal tão louro
Para remir o universal futuro...

O pensamento é como o mar — rebenta,
Ferve, combate — herculeamente enorme
E como o mar na maior febre aumenta,
Trabalha, luta com furor — não dorme.

Abri portanto a agigantada leiva,
Quebrando a fundo os espectrais embargos,
Pois que entrareis, numa explosão de seiva,
Muito melhor nos panteões mais largos.

Vão desfilando como azuis coortes
De aves alegres nas esferas calmas,
Na atmosfera espiritual dos fortes,
Os aguerridos batalhões das almas.

Quem vai da sombra para a luz partindo
Quanta amargura foi talvez deixando
Pelas estradas da existência — rindo
Fora — mas dentro, que ilusões chorando.

Da treva o escuro e aprofundado abismo
Enchei, fartai de essenciais auroras,
E o americano e fértil organismo
De retumbantes vibrações sonoras.

Fecundos germens racionais produzam
Nessas cabeças, claridões de maios...
Cruzem-se em vós — como também se cruzam
Raios e raios na amplidão dos raios.

Os britadores sociais e rudes
Da luz vital às bélicas trombetas,
Hão de formar de todas as virtudes
As seculares, brônzeas picaretas.

Para que o mal nos antros se contorça
Ante o pensar que o sangue vos abala,
Para subir — é necessário — é força
Descer primeiro à noite da senzala.

(*Livro derradeiro, in Obras poéticas*, 1945)

CRIANÇAS NEGRAS

Em cada verso um coração pulsando,
Sóis flamejando em cada verso, e a rima
Cheia de pássaros azuis cantando
Desenrolada como um céu por cima.

Trompas sonoras de tritões marinhos
Das ondas glaucas na amplidão sopradas
E a rumorosa música dos ninhos
Nos damascos reais das alvoradas.

Fulvos leões do altivo pensamento
Galgando da era a soberana rocha,
No espaço o outro leão do sol sangrento
Que como um cardo em fogo desabrocha.

A canção de cristal dos grandes rios
Sonorizando os florestais profundos,
A terra com seus cânticos sombrios,
O firmamento gerador de mundos.

Tudo, como panóplia sempre cheia
Das espadas dos aços rutilantes,
Eu quisera trazer preso à cadeia
De serenas estrofes triunfantes.

Preso à cadeia das estrofes que amam,
Que choram lágrimas de amor por tudo,
Que, como estrelas, vagas se derramam
Num sentimento doloroso e mudo.

Preso à cadeia das estrofes quentes
Como uma forja em labareda acesa,
Para cantar as épicas, frementes
Tragédias colossais da Natureza.

Para cantar a angústia das crianças!
Não das crianças de cor de oiro e rosa,
Mas dessas que o vergel das esperanças
Viram secar, na idade luminosa.

Das crianças que vêm da negra noite,
Dum leite de venenos e de treva,
Dentre os dantescos círculos do açoite,
Filhas malditas da desgraça de Eva.

E que ouvem pelos séculos afora
O carrilhão da morte que regela,
A ironia das aves rindo à aurora
E a boca aberta em uivos da procela.

Das crianças vergônteas dos escravos
Desamparadas, sobre o caos, à toa
E a cujo pranto, de mil peitos bravos,
A harpa das emoções palpita e soa.

Ó bronze feito carne e nervos, dentro
Do peito, como em jaulas soberanas,
Ó coração! és o supremo centro
Das avalanches das paixões humanas.

Como um clarim a gargalhada vibras,
Vibras também eternamente o pranto
E dentre o riso e o pranto te equilibras
De forma tal que a tudo dás encanto.

És tu que à piedade vens descendo.
Como quem desce do alto das estrelas
E a púrpura do amor vais estendendo
Sobre as crianças, para protegê-las.

És tu que cresces como o oceano, e cresces
Até encher a curva dos espaços
E que lá, coração, lá resplandeces
E todo te abres em maternos braços.

Te abres em largos braços protetores,
Em braços de carinho que as amparam,
A elas, crianças, tenebrosas flores,
Tórridas urzes que petrificaram.

As pequeninas, tristes criaturas
Ei-las, caminham por desertos vagos,
Sob o aguilhão de todas as torturas,
Na sede atroz de todos os afagos.

Vai, coração! na imensa cordilheira
Da Dor, florindo como um loiro fruto
Partindo toda a horrível gargalheira
Da chorosa falange cor do luto.

As crianças negras, vermes da matéria,
Colhidas do suplício à estranha rede,
Arranca-as do presídio da miséria
E com teu sangue mata-lhes a sede!

(*Livro derradeiro, in Obras poéticas*, 1945)

XAVIER DA SILVEIRA JÚNIOR (1862-1912)

HISTÓRIA DE UM ESCRAVO
(Poema)

Ao meu eminente amigo o Dr. Ubaldino do Amaral

...mas como narrar tão infando episódio?

(Padre Antônio Vieira, *Sermões*)

Farò come colui che piange e dice.

(Dante, Inf., Canto V)

I

Ele, o guerreiro bravo e destemido,
Que reinos faz, depois de subjugá-los,
Tem um dia nefasto e é traído
Pelo mais vil de todos os vassalos!

Vem para bordo exânime, trazido
Sob o ultrajante açoite, que em estalos
Lhe zurze o dorso túmido e luzido,
Em seguros e curtos intervalos.

Veste-o o sangue, que irrompe em borbotões
Das velhas, reabertas cicatrizes;
E ao fim lançam-no à noite nos porões,

Entre duas centenas de infelizes,
Que não choram, porque seus corações
Lá ficam sob o céu de seus países...

II

Levanta o ferro a nau, desdobra as velas
E ao impulso das dores que transporta,
Por sob a arcada imensa das procelas,
A água infinita do oceano corta.

Trinta dias depois, enfim aporta
Numa praia, onde deixa por parcelas
A sua horrenda carga semimorta
De homens da cor de um céu, ermo de estrelas.

Entre alguns infelizes consignados
À ganância infamíssima de um pravo,
Vai também, com os olhos carregados,

De santa maldição, um triste escravo,
Que tem os negros pulsos algemados,
E que outrora foi rei, foi justo e bravo!...

III

Seguem-se então os dias do cativo
Numa longa e monótona enfiada,
Sem um consolo só, um lenitivo
Que lhe acalente a alma amargurada.
Ainda os raios dos astros matutinos
Cintilam sobre as pálpebras do espaço,
Como bagas de prantos cristalinos
Chorados pelo céu, já os pulsos d'aço
Do africano robusto, avanço a avanço,
Num compasso de pausas infalíveis,
Trabalham sem repouso e sem descanso,
Automáticos, rijos e invencíveis!
E a rude natureza hostil, selvagem,
Começa de ceder na luta infrene
Do homem, que a combate sem coragem,
Mas, que a combate impávido e solene!

IV

Depois o sol parece uma fornalha
A despejar, a escâncaras, da altura
Sobre o dorso do negro que trabalha
Uma chuva de brasas... Catadura
Tirânica, sobrolho imperioso,
De pé, em frente à turma dos cativos,
O feitor, taciturno e rancoroso,
Passeia em volta os olhos maus e vivos.
Se um infeliz um só momento para
A respirar, fitando o céu formoso,
Para volver de pronto à faina amara
E seguir seu fadário doloroso,

O sanhudo feitor, num fero bote,
— Dizei-o, imagens pálidas do abismo! —
Impele-o avante, a golpes de chicote
Como quem põe em jogo um maquinismo!
Por isso, o negro cuja dignidade
Não sofreria tal humilhação
Sem estrugir a imensa tempestade
Que lhe pesava sobre o coração,
Temendo ser levado para o crime,
É visto em pleno eito diariamente,
Resignado, enérgico, sublime,
A cavar, a cavar, continuamente...
Ninguém, ninguém jamais o viu cansado
Bem menos diligente, nem mais fraco!
Ele é eterno, impassível, sossegado,
Como o pulsar do coração de um Graco!
Somente e em atitude silenciosa,
À proporção que o solo vai cavando,
Nos olhos passa a negra mão calosa
Às ocultas, suas lágrimas limpando.
— É que lhe vem à mente o pátrio serro...
Esta opulenta flora tropical
Recorda-lhe na terra do desterro
As solidões do seu país natal...

V

À noite, no silêncio da senzala,
O negro passa as horas embebido
Na grande dor que o peito lhe avassala...
Fixa o dormente olhar sobre um brasido,
E ouve a voz da tristeza que recorda
Página a página, a sua história escura,

— O triste sonho de que nunca acorda,
Pois que parece sonho a desventura —
Surgem perante o seu olhar tristíssimo
Os sítios de sua infância, o vale, o rio,
A cabana, a lagoa, o céu puríssimo
E o majestoso matagal sombrio...
Ouve no espaço estrépitos de guerra,
Ouve combates, gritos de vitória,
E rememora as provas que em sua terra
Se exigem para o mando e para a glória...
Vem-lhe à mente que um dia, triunfante
Por no meio de todos ser primeiro,
Foi aclamado rei, e nesse instante
Ungiu-o um velho e trêmulo guerreiro.
Sente de novo o instante etéreo e doce,
O terno olhar e as circunstâncias todas
Do amor que a noiva estremecida trouxe,
Como o melhor presente de suas bodas!
Já vai longe o cativo, transportado
Pelas visões saudosas... galga os mares
E chega enfim saudoso e extenuado
Aos seus formosos e longínquos lares.
Mas, de repente, encontra, face a face,
O seu rival que o olha... A última injúria
Como um tigre que a fome estimulasse,
Solta um grito de cólera e de fúria,
E cheio d'ódio, trágico, convulso,
Brande o pulso no ar como quem luta,
E pensa que ao brandir o rijo pulso
Um voto antigo e tácito executa!
Neste instante porém, o olhar volvendo,
Depara a realidade... De seu peito
Rompe um soluço enorme, e após tremendo

Cai para um lado, em lágrimas desfeito!
Depois, passada a crise, o olhar morboso
O negro põe nas chamas do brasido,
E entoa melancólico e choroso
Uma canção mais flébil que um gemido...
Em frente, um companheiro — outro africano
Outro triste exilado, — se conserva
Mudo e tristonho ante o pesar insano
E a imensa crise de dor que ele observa!
E enquanto aquele ruge em turva sanha,
Este respeita-lhe a íntima ansiedade,
Mas, ao ouvir o cântico, o acompanha
Gemendo no *urucungo* uma saudade...

VI

Fora do antro escuro, a luz de prata,
Que a lua entorna trêmula e saudosa,
Veste a fazenda, os cafezais e a mata,
De uma vasta escumilha luminosa!
Numa janela, a fronte recostada
Sobre as grades de ferro e pensativo
Olhando a lua esplêndida e magoada,
Vê-se o vulto severo do cativo.
"Oh lua!" diz, "oh lua que eu bendigo!
Tu, que fulguras pelo azul do empíreo,
Sendo talvez no céu o único abrigo
Das anônimas preces do martírio!
Tu, que avistas, do páramo em que dormes,
O cenário da dor e da ventura,
As agonias todas, e as enormes
Angústias que o silêncio mais apura!

Tu que enxergas as dores mais profundas,
Que o abismo humano no seu bojo encerra,
Tu que em ondas de luz o espaço inundas,
E que fulges no céu da minha terra!
Dize-me, oh lua, oh testemunha eterna
Desta mundana e interminável liça,
Dize-me, oh lua, oh virgem sempiterna:
Quem consumiu a alma da Justiça?"

VII

Como um pobre precito condenado
A eternamente errar na noite escura
De um torvo labirinto, praticado
Das entranhas da terra na espessura,
Que quando já não crê, nem mais espera,
Um dia, grande, olímpico, instantâneo,
Sendo um jato de luz de primavera
Iluminando o escuro subterrâneo,
Aquele triste condenado ilota
Teve a surpresa imensa e venturosa
De uma nesga de azul suave e ignota
Que fulgiu na sua noite tenebrosa!
Foi o caso que o negro achou uma escrava
Também negra, da raça e dos martírios,
Mas, cuja alma impoluta recordava
A imaculada candidez dos lírios!
Ao conforto daquela convivência
O seu pesar não era tão completo,
Tinha a alma expansões na confidência,
E bálsamos a dor naquele afeto!
À noite, ao fim do seu trabalho insano,

Encontravam-se os dois; a negra erguia
A fronte suarenta e do africano
Um beijo apaixonado recebia.
Então as duas almas desprendidas
Das tristezas mortais do cativeiro,
Sentiam-se viver, fortalecidas
Pela crença de um sonho aventureiro!...
Era um ano risonho o que passava...
— Foi um ano de paz flóreo e festivo!
Amou e foi amada, ela, uma escrava,
Foi amado e amou, ele, um cativo! —
Apenas o africano meditando,
Revoltava-se a esta horrível cousa,
— A escravidão! Que o ia devorando...

....

Ao fim de um ano faleceu-lhe a esposa...
O mísero viúvo desolado
Morreria também, se a seu ouvido
Não chegasse um sussurro sufocado
Como o frêmito débil de um vagido...
Alça a fronte o proscrito neste instante
E volve o olhar magoado em pranto imerso...
Depois trôpego, exausto, soluçante,
Vai cair de joelhos, junto a um berço!
E pôde assim viver depois da ausência
Eterna do seu sonho de esperança,
Ressurgindo e virando da existência
De uma triste e fraquíssima criança.

VIII

Dezoito anos depois, já o africano,
Ao anômalo peso de uma vida

Passada no trabalho desumano,
Tinha a fronte curvada e encanecida,
Quando Adão, um crioulo altivo e rude,
Em cujo olhar uma alma imensa brilha,
Foi submisso e hesitante na atitude
Pedir ao velho pai a mão da filha.
O negro entristeceu-se... mas, pensando
Que vinha perto a grande noite escura,
Que seu corpo já estava se curvando,
Como inclinado para a sepultura;
Que deixaria só e ao desamparo
Aquela filha que ele tanto amava;
Que Adão era um rapaz honesto, um raro
E belo coração que a honra abrigava,
Chamou a si os noivos, contemplou-os
E com voz carinhosa e triste acento,
Os braços estendendo, abençoou-os...
Ficou assim tratado o casamento.

IX

É noite; o céu é azul e iluminado.
Dorme a fazenda em peso... De repente
Vê-se um vulto suspeito, que apressado
Se esgueira ao longe sub-repticiamente...
A lua, enquanto pelo céu resvala,
Entorna da argentina e etérea taça
Uns reflexos suavíssimos de opala...
A montanha ergue ao longe a informe massa
E a natureza embevecida e calma
Chora ao luar a sorte tenebrosa
De uma raça de mártires, cuja alma
Paira no azul dispersa e silenciosa!...

Canta a brisa nos leques da palmeira
Uma canção que lembra a alma de Orfeu
Vibrando a nota bárbara e primeira,
Que se ouviu nas abóbadas do céu!
E sob a imensa cúpula infinita,
A asa invisível e comovedora
O gênio da Tristeza estende e agita...
Breve, da direção para onde fora
O suspeitoso e acautelado vulto,
Dardeja-se um colérico rugido...
Ouvem-se passos... vozes, e um insulto
Seguido do silêncio e de um gemido!...
Dentro dum leve e passageiro instante
Surge Adão, todo roto e ensanguentado,
Traz na mão uma lâmina flamante
E olha em volta, indeciso e perturbado...
Procura orientar-se e enfim salteia
A janela do quarto do senhor.
"Quem é?" grita uma voz. O negro anseia
E a um vulto que aparece e com rancor
Novamente pergunta quem lhe fala,
Fremente e arrebatado de coragem,
O escravo diz, num ímpeto selvagem:
"É Adão... senhor! Adão, o vosso escravo!
Que vos declara que neste momento
Morreu vosso feitor!" Aflito e cavo
Era o som de sua voz. Num violento
Assomo, prosseguiu: "Ele queria
Infamar minha noiva... mas morreu!
Agora, dai-me a morte ou a enxovia.
Pois quem o assassinou, senhor, fui eu!"

X

Numa sala espaçosa e frouxamente
Aclarada, passeia o fazendeiro
Nervoso, enfebrecido e impaciente,
Monologando infâmias de dinheiro.
Fora, na noite imensa e desolada,
Há um silêncio profundo e religioso,
Que é como uma mortalha desdobrada
Para envolver um crime monstruoso...
Medita o fazendeiro: "O caso é sério...
A família da vítima reclama,
Vem a justiça, explica-se o mistério
E tudo está perdido... Adão proclama
Que o criminoso é ele, e muito embora
Eu finja então desconhecer o fato
E ignorar os detalhes, ah! nessa hora
São capazes até do desacato
De suporem que em mim pode a ganância
Dominar qualquer outro sentimento,
Sendo que Adão — terrível circunstância! —
Adão confirmará tal julgamento!
Nada, nada!... É preciso a toda a força
Que tenha um assassino o assassinado...
Mas... eu por mais que o caso vire e torça
Não encontro um recuo apropriado...
E, quem há de valer-me neste empenho?
Se a justiça vier, nada me exime
De indicar o culpado, pois não tenho
Um meio só de lhe ocultar o crime...
Ah! que atroz! E que dura tirania!
Exigir-se-me assim que atire aos ventos
Por minhas próprias mãos, num belo dia,

Sem mais nem mais, dous contos e quinhentos!"
E o sórdido usurário, o abjeto sorna
Espumeja raivoso e enfurecido,
Como um touro feroz que embalde escorna
O espaço em volta e cai desfalecido!
"Dous contos e quinhentos!" exclamava,
E não ter eu a quem pedir conselho!...
Ah! que se fosse noivo dessa escrava,
Em vez de um preto novo um preto velho..."
Neste momento o aspecto do bandido
Iluminou-se, rápido e instantâneo,
Como o negror de um temporal ferido
Do clarão de um fuzil!... Dentro em seu crânio,
Germinara um projeto tão nefando
Que ele caiu inerte sobre o leito,
Sentindo-se inspirado, e antegozando
De sua ideia o pavoroso efeito...
Ofega, anela e treme com receio
De que lhe fuja a inspiração traidora...
"É impossível" murmura, "não, não creio!..."
E vacila a essa ideia inquietadora.
"Examinemos bem..." pensa o abutre,
Pedindo à mente um novo subsídio
Para a grande esperança que já nutre...
"Examinemos: — causa do homicídio
Foi a paixão que o morto consagrava
À noiva prometida ao preto Adão,
Que em zelos abrasado só esperava,
Para tirar vingança, ocasião!
Ora, a noiva é de Adão, contudo sendo
Filha do velho negro, não podia
Vingá-la acaso o pai?... trama estupendo!..."
E o monstro irradiava de alegria!

"O caso é muito claro, uma suspeita
Leva o velho a ocultar-se com cautela,
Alta noite, num canto, donde espreita...
Surge um vulto, — é o feitor, — bate à janela
E ameaça em voz baixa. O velho pai,
O tenaz protetor, o anjo custódio
Sobre o feitor violentamente cai,
Num salto de pantera, que é o seu ódio!
Trava-se a luta, — o velho é o imprevisto
Que toma o adversário ainda surpreso,
Que o arremessa por terra e sem ser visto
Apunhala-o porque o outro está indefeso.
A história é clara... Adão vale dinheiro...
É o meu primeiro enxada, e o é de lei,
Ao passo que o outro... é um preto verdadeiro,
Um bom e honrado preto... bem o sei...
Mas velho, e já sem préstimo... coitado!
Nem vale dous vinténs!... O desgraçado
É velho..."
       Fora, a lúgubre mortalha
Do silêncio dobrara-se, envolvendo
Na sombra, aquele crime extraordinário!
A noite apavorada ia correndo
Para o abismo do poente. O incendiário
Sol, majestoso e olímpico nascia
Talando o azul do céu nas fulvas chamas!
E os pássaros, saudando a luz do dia,
Vibravam pelo ar confusas gamas...

XI

Resoluto, sereno e indiferente,
Em presença de toda a escravaria,

O horrível monstro sórdido e impudente,
Ao grande sol glorioso desse dia,
Do africano à polícia faz entrega!
Interrogado, o negro olha risonho
E simplesmente com o sorriso nega.
Vendo, porém, o olhar frio e medonho
Que lhe atira a sinistra autoridade,
E ouvindo alguém que o chama — perigoso —
[..]*
Percebe o negro a infâmia; e angustioso
Nessa suprema e triste conjuntura,
Volve um olhar aflito, em que se estilha
Seu coração maior que a desventura,
Buscando em volta os olhos de sua filha.

XII

O velho negro preso é transportado
Para uma estreita e úmida enxovia,
Onde nunca chegara o ar do prado
E onde nunca chegara a luz do dia!
Tudo que o cerca é negro como a noite!
A imposição do crime na tortura,
A inclemência do cárcere e a do açoite,
Num dilema de morte ou de loucura!
Ninguém se compadece um só momento
Do mártir resignado e encanecido!
E a ninguém se sugere o pensamento
De estar ele inocente ou arrependido!...
Respiram todos no asco dos semblantes

---

* Verso faltante.

A crença de que o ancião, que nada pede,
Nem alma tem, nem tem atenuantes,
— Viveu de sangue o monstro e ainda tem sede!
Contudo o triste e moribundo inválido,
Filho dos sóis vermelhos africanos,
Cheio de cãs, envilecido e esquálido,
Vergado ao peso de setenta anos,
Cada vez que a tortura o angustia,
Como uma morte prévia, temeroso
Sente um assomo imenso de energia
E nega que seja ele o criminoso!
Depois com a face em lágrimas banhada,
Ele fica tão mudo e tão sereno,
Como outrora ao escárnio e à bofetada
Ficava mudo e calmo o Nazareno.

XIII

É no sagrado templo do Direito...
Fala o Egoísmo, a Retórica e a Cobiça!
Ao fundo há um Cristo morto, que é o conceito
Da Igualdade, do Amor e da Justiça...

Faz o juiz um temeroso aspeito
De Júpiter colérico que eriça
O sobrolho e fulmina, num trejeito,
Do réu a humilde fronte submissa!

Afinal vem o oráculo... e o inocente,
O triste ancião, o velho escaveirado,
O Prometeu que andara eternamente

Ao poste da ignomínia acorrentado,
É por força da lei, logicamente
Ao suplício da morte condenado.

XIV

A forca ergue-se escura em meio à praça:
Alinham-se os soldados; como a hiena
Sobre um cadáver, vem o povo em massa...
O negro chega e a fronte alta e serena

Afasta a um padre, cuja voz a taça
Dos últimos momentos lhe envenena.
Faz menção de falar, ao povo acena...
Mas, a voz de um comando o ar perpassa...

E dos clarins aos marciais clangores,
E aos rufos prolongados dos tambores,
O negro rompe um gesto desvairado,

Fere em notas febris e sobre-humanas
Uma canção das guerras africanas,
E atira-se na forca alucinado!...

S. Paulo, 1886.

(*História de um escravo*, 1888)

ENÉAS GALVÃO (1863-1916)

LUÍS GAMA

Oh! tu lutaste, e no lutar banhada
A fronte ainda nos clarões da vida.
Treda da morte a sombra enegrecida
Gelou-te o olhar, ó alma iluminada!

Do pobre escravo — o pária envilecido,
Tu foste o bravo defensor sublime.
Oh! tu venceras o trevoso crime
Se não foras da morte então vencido.

Abre-se agora o pórtico brilhante
Da História, e assoma, esplêndido, gigante,
Teu vulto aureolado de grandeza.

Ora da pátria acurvam-se enlaçadas,
Irmãs da dor, da mesma dor tornadas,
A voz do povo e a musa da tristeza.

S. Paulo, 1884.

(*Miragens*, 1885)

NA FAZENDA

Anunciara a orquestra um voluptuoso
Tango, e na sala, súbito, as lascivas
Moças vão se movendo ao cadencioso
Quebro gentil, nos braços dos convivas.

Exibiam-se as vestes de elevados
Preços, o luxo e as joias cintilando,
À láctea flor dos colos desnudados.
Subitamente o deliroso bando

Parou, atento e curioso ouvindo
Na profunda mudez da noite o infindo
Gemer da escrava que o feitor zurzia.

Como um contraste vil a essa plangente
Dor, das sonoras músicas, tremente,
Orgiava, a espaço, um trecho de harmonia.

1884

(*Miragens*, 1885)

CATULO DA PAIXÃO CEARENSE
(1863-1946)

O VENTO VIEIRA
(Lenda sertaneja)

Foi numa Fazenda baita,
lá pros lado de Zaruera.

É um causo que se passou-se
cum gringaião, cum lordaço,
chamado: — José Viera!

Esta história, meu patrão,
é uma história munto veia
dos tempo da escravidão.

O dono, o sinhô de Engenho,
era branco, mas porém,
era de um'arma tão preta,
que dexava, de mardade,
que o feitô, esse capeta,
fizesse cum os seus escravo
as mais pió cruerdade,
que lhe desse na veneta.

Só pru tê visto um cafuzo
descansá o cacumbu,
pra cendê o cachimbinho,
e pra mió trabaiá,
o diabo fez o veinho
passá tres mês interinho
sem licença de pitá!

Duma vez, Pae Benedito
tava bençoando o netinho,
que lhe pedia a benção,
e o danado pôs o veio
uma sumana no tronco,
bebendo uma vez pru dia,
comendo um tico de pão!

Um pobrezinho inocente
outra vez, charumingando,
tava pedindo a maminha
da sua mamãe caboca,
e o mafião, o desgraçado

garrou num ovo bem quente,
garrou despois no inocente
e meteu dento da boca!

Tendo um dia impilicado
cum negrinho munto bão,
mandou inforcá o musgo,
tocadô de sanfoninha,
dizendo entonce ao patrão
que ele tinha se inforcado
pru via duma pretinha.

Pru mode um negro que oiou
pra ele, e não lhe sarvou,
pru tá doente e catimbu,
o capeta fez o negro
trabaiá todos os dia,
de Só a Só, quage nu!

Mandou dá vinte manguada
na Mãe Tudinha, coitada,
uma veia tão querida,
pruquê deu pr'uma criança
uma fruta, uma migança
que tava no chão, caída!

Só pruquê viu, de uma feita,
rezando ao pé da Capela,
ajueiado, o Zé Cremente,
o disgraçado, o rumbio,
quemou a boca do "Tio"
cum a brasa dum ferro quente!

Vaincê sabe o que ele fez,
quando tava lamexando

cuma escrava, e, sirongando,
foi visto pulo Jom Gome?!
Interrou o pobre veio
na terra, inté o pescoço,
inté o veio, seu moço,
morrê de sede e de fome!

Veje esta só, meu patrão!

Só pru rezão do canaia
gostá da muié do Bento,
que era preta, mas fié,
o diabo do sambambaia
fez o sinhô birraiento
vendê a pobre muié!

Mãe Domingua, a mãe Domingua,
 a vozinha mais querida,
mais luzida do sertão,
só pru dizê que o marvado
já não tinha coração,
ficou sem dente e sem língua!!!

*

Quem fizesse meração
dos crime do Zé Viera,
nem vivendo cinco vida,
não fazia a conta intera!

*

O home tinha uma cô!...
Cum licença da palavra!...

uma cô de ... Que bestera
eu ia dizendo inté!!!
Tinha uma cô... cô de cera!

Tinha um nariz de tumbé,
uns oio de curutu,
fucinho de jacaré
e pescoço de aribu!

Os cabelo de taquara,
caindo em riba da cara,
parecia inté castigo!
E a barbaça impererada
era uma grota fechada,
que dispencava do queixo
inté no troncho do imbigo!
Era taliquá, patrão,
um guariba, um macacão!

Agora vaincê vai vê
o fim, patrão, que é o mió!

O feitô tinha xódó
pul'uma cafuzazinha,
e andava já tão bocó,
que um dia, patrão, que um dia,
fez pra ela essa preposta,
e a preposta ansim dizia:
que se ela "gostasse dele",
ele, em paga, compraria
sua carta de arfurria!

Mas a cafuza, a Luzia,
gostava, dende criança,
dum moleque, o Pomba Mansa,

e era amô do coração!
E o feitô não dava cabo
do moleque, do diabo,
pruquê ele tinha arreceio
que a bichinha, de premeio,
morresse de chamegão.

Zé Viera não descansava,
não tinha mais assucego!

O hôme já malucava!

Tava doido! Que chamego!!

O Feitô já não drumia,
não drumia, nem comia!

Mas não dexava a mardade
das suas disbronquidade!

Apois, a mode que inté,
ficava inda mais crué!

No dia que ele abispava
a Luzia e o Pomba Mansa
ambos os dois se falando,
ninguém dele se livrava!
Bacaiau, tala de couro,
manguá, peia-boi, "besouro",
tronco, argema, gargaiera,
nesse dia de cansera,
tudo, tudo trabaiava!!

Era um dia de terrô!
Os veio, os moço, as criança,
tudo se assarapantava,
quando inxergava o feitô!!

O ciúme ansim foi crescendo,
foi frevendo, foi frevendo,
inté um dia isprocá!

Oie! Escute! Eu vou contá.

Duma feita, o Zé Viera
tava escondido na mata,
quando viu a patarata,
dando um bejo no pequeno!
O home entonce istripou,
que nem cobra venenosa,
despois que perde o veneno!

Ali mermo o cafanguero
mandou dois negro garrá
no preto, no molecote,
e sem piadade atacá
cem lambada de chicote!

E o raio do excomungado
fez a pretinha ficá
ali, naquele lugá,
cum os oio bem regalado,
pra vê mermo cum os dois oio
o preto sê castigado!

Mas porém a pobre escrava,
chorando, daquela vez,

pediu a São Benedito
que castigasse o mardito
pru tamanha marvadez!

E o Santo, que tudo viu,
fez bem o que ela pediu!

No outro dia, o miserave
caiu na cama, e no fim
de dois dia era cadave!

Morreu pula minhanzinha,
ante do dia nascê!
Mais porém, ante do interro,
já fedia cumo quê!

Quando o interro foi saindo,
(a tarde vinha caindo)
pegou logo a fuziá!
Parecia que os covero
lá do céu jogava terra,
terra preta, cumo a noite,
pro mundo intero abafá!

Os home que carregava
aquele corpo pesado,
carregado de pecado,
de vez em quando mudava,
pr'outros home carregá!

O interro foi caminhando,
e o cadave ia pesando,
cada vez mais a pesá!

Aqueles home que tinha
os braço, as perna, as espinha
mais fixe que um barbatão,
caminhava trambecando
na areia, que ia socando,
cum os pé fincando no chão!

O céu tava afuziando,
e do subaco da serra
vinha arrotando os trovão!

O interro ia caminhando,
e os home, de vez em quando,
fazia aparro no chão
pro vento, disadorado,
não carregá cum o caxão!
Quando um trovão trovejava,
o vento logo isgrumava,
e omentava a escuridão!

O corisco parecia
que era o diabo que corria,
doido, zaranhão, incréu,
e cum chicote vremeio,
tava agora chicoteando
a cara santa do céu!

Os home pararo ali!

Não podia mais segui!

Era um mistero! Um mistero!

Tava perto o çumitero!

Escuro, que ninguém via!

Inté a noite fedia
cum o cadave do feitô!

Uma zelação riscou!...

Entonce, o céu se rasgou-se,
danou-se a relampejá!

Os trovão berrava tanto,
que parecia o demonho
berrando doido, danado,
pru tê no inferno jurado
o mundo intero acabá.

Foi quando o vento, bufando,
rancou das mão dos escravo
o caxão, que foi rolando,
vorteando, roncando, urrando,
cumo um touro malabá,
inté se assumi nas treva
da noite, e se arrebentá
num relampo, num papogo,
num currupio de fogo,
rodopiando no á!

*

Hoje, quando o vento ziga,
e rompe disimbestado
pulos mato de Zaruera,

não hai boca que não diga:
"Lá vem! Lá vem o Marvado!
Deus te perdoe os pecado,

Zé Viera..."

(*Meu Brasil*, 1928)

EUCLIDES DA CUNHA (1866-1909)

CENAS DA ESCRAVIDÃO

I

Acabara o castigo... áspero, cavo,
Cheio de angústia um grito lancinante
Estala atroz na boca hirta, arquejante;
Na boca negra, esquálida do escravo...

O seu algoz... oh! não — íntimo travo
O seu olhar espelha — rubro, iriante...
É um escravo também, brônzeo, possante;
Arfa-lhe em dor o peito largo e bravo!

Cumprira as ordens do *Senhor*... tremente,
Fita o infeliz, calcado ao chão, dolente,
Velado o olhar num dolorido brilho...

Fita-o... depois, num ímpeto sublime
Ergue-o; no peito cálido o comprime,
Cinge-o a chorar — Meu filho!... pobre filho!...

1884

(*Cadernos de Literatura Brasileira*, Instituto Moreira Salles,
números 13 e 14, 2002)

VICENTE DE CARVALHO (1866-1924)

FUGINDO AO CATIVEIRO

J

Horas mortas. Inverno. Em plena mata. Em plena
Serra do Mar.

    Em cima, ao longe, alta e serena,
A ampla curva do céu das noites de geada:
Como a palpitação vagamente azulada
    De uma poeira de estrelas...

    Negra, imensa, disforme,
Enegrecendo a noite, a desdobrar-se pelas
Amplidões do horizonte, a cordilheira dorme.

Como um sonho febril no seu sono ofegante,
Na sombra em confusão do mato farfalhante,
Tumultuando, o chão corre às soltas, sem rumo;

Trepa agora alcantis por escarpas a prumo,
Eriça-se em calhaus, bruscos como arrepios;
Mais repousado, além levemente se enruga
Na crespa ondulação de cômoros macios:
Resvala num declive; e logo, como em fuga
Precípite, através da escuridão noturna,
Despenha-se de chofre ao vácuo de uma furna.

Do fundo dos grotões outra vez se subleva,
Surge, recai, ressurge... E, assim, como em torrente
Furiosa, em convulsões, vai rolando na treva
Despedaçadamente e indefinidamente...

Muge na sombra a voz rouca das cachoeiras.

    Rajadas sorrateiras
De um vento preguiçoso arfam de quando em quando
Como um vasto motim que passa sussurrando:
E em cada árvore altiva, e em cada humilde arbusto,
Há contorções de raiva ou frêmitos de susto.

A mata é tropical: basta, quase maciça
De tão cerrada. Ao pé do tronco dominante,
Que, imperturbavelmente imóvel, inteiriça
Sob a rija galhada o torso de gigante.
— Uma vegetação turbulenta e bravia
Rasteja, alastra, fura, enrosca-se, porfia:
Moitas de craguatás agressivos; rasteiras
Trapoeirabas tramando o chão todo; touceiras
De brejaúva, em riste as flechas ouriçadas
De espinhos; e por tudo, e em tudo emaranhadas,
As trepadeiras, em redouças balouçando
Hastes vergadas, galho a galho acorrentando
Árvores, afogando arbustos, brutalmente

Enlaçando à jiçara o talhe adolescente...
Cem espécies formando a trama de uma sebe,
Atulhando o desvão de dois troncos; a plebe
Da floresta, oprimida e em perpétuo levante.

Acesa num furor de seiva transbordante,
Toda essa multidão desgrenhada — fundida
Como a conflagração de cem tribos selvagens
Em batalha — a agitar cem formas de folhagens
Disputa-se o ar, o chão, o orvalho, o espaço, a vida.

Na confusão da noite, a confusão do mato
Gera alucinações de um pavor insensato,
Aguça o ouvido ansioso e a visão quase extinta:
Lembra — e talvez abafe — urros de onça faminta
A mal ouvida voz da trêmula cascata
Que salta e foge e vai rolando águas de prata.
Rugem sinistramente as moitas sussurrantes.
Acoitam-se traições de abismo numa alfombra.
Penedos traçam no ar figuras de gigantes.
Cada ruído ameaça, e cada vulto assombra.

    Uns tardos caminhantes
Sinistros, meio nus, esboçados na sombra,
Passam, como visões vagas de um pesadelo...

São cativos fugindo ao cativeiro. O bando
É numeroso. Vêm de longe, no atropelo
Da fuga perseguida e cansada. Hesitando,
Em recuos de susto e avançadas afoitas,
Rompendo o mato e a noite, investindo as ladeiras,
Improvisam o rumo ao acaso das moitas.

Vão arrastando os pés chagados de frieiras...
De furna em furna a Serra, imensa, se desdobra,
De sombra em sombra a noite, infinda, se prolonga;
E flexuosa, em vaivéns, como de dobra em dobra,
A longa fila ondula e serpenteia, e a longa
Marcha através da noite e das furnas avança...

Vão andrajosos, vão famintos, vão morrendo.
Incita-os o terror, alenta-os a esperança:
Fica-lhes para trás, para longe, o tremendo
Cativeiro... E através desses grotões por onde
Se arrastam, do sertão que os esmaga e os esconde,
Da vasta escuridão que os cega e que os ampara,
Do mato que obsta e apaga os seus passos furtivos,
Seguem, almas de hebreus, rumo do Jabaquara
    — A Canaã dos cativos.

Vão calados, poupando o fôlego. De quando
Em quando — fio d'água humilde murmurando
As tristezas de um lago imenso — algum gemido,
Um grito de mulher, um choro de criança,
Conta uma nova dor em peito já dorido,
Um bruxuleio mais mortiço da esperança,
A rajada mais fria arrepiando a floresta
E a pele nua; o espinho entrando a carne; a aresta
De um seixo apunhalando o pé já todo em sangue:
Uma exacerbação nova da fome velha,
A tortura da marcha imposta ao corpo exangue;
O joelho exausto que, contra a vontade, ajoelha...

E a longa fila segue: a passo, vagarosa,
Galga de fraga em fraga a montanha fragosa,
Bem mais fragosa, bem mais alta que o Calvário...
Um, tropeçando, arrima o pai octogenário:

Os mais valentes dão apoio aos mais franzinos;
E mães, a agonizar de fome e de cansaço,
Levam com o coração mais do que com o braço
    Os filhos pequeninos.

II

Ei-lo, por fim, o termo desejado
Da subida: a montanha avulta e cresce
De um vale escuro ao céu todo estrelado;
E o seu cume de súbito aparece
De um resplendor de estrelas aureolado.

Mas ai! Tão longe ainda!... E de permeio
A vastidão da sombra sem caminhos,
Um fundo vale, tenebroso e feio,
E o mato, o mato das barrocas, cheio
De fantasmas, de estrépitos, de espinhos.

Tão longe ainda!... E os peitos arquejantes,
E as forças e a coragem sucumbindo...
Estacando, aterrados, por instantes
Pensam que a morte hão de encontrar bem antes
Do termo desse itinerário infindo...

Tiritando, a chorar, uma criança
Diz com voz débil: "Mãe, faz tanto frio!..."
E a mãe os olhos desvairados lança
Em torno, e vê apenas o sombrio
Manto de folhas que o tufão balança...

"Mãe, tenho fome!" a criancinha geme,
E ela, dos trapos arrancando o seio,
Põe-lho na boca ansiosa, aperta e espreme...

Árido e seco!... E do caminho em meio
Ela, aterrada e muda, estaca e treme.

Vai-lhe morrer, morrer nos próprios braços,
Morrer de fome, o filho bem-querido;
E ela, arrastando para longe os passos,
O amado corpo deixará, perdido
Para os seus beijos, para os seus abraços...

Esse cadáver pequenino, e o riso
Murcho no lábio, e os olhos apagados,
Toda essa vida morta de improviso,
Hão de ficar no chão, abandonados
À inclemência dos sóis e do granizo;

Esse entezinho débil e medroso,
Que ao mais leve rumor se assusta e busca
O asilo do seu seio carinhoso,
Há de ficar sozinho; e, em torno, a brusca
Voz do vento ululante e cavernoso...

E, em torno, a vasta noite solitária
Cheia de sombra, cheia de pavores,
Onde passa a visão errante e vária
Dos lobisomens ameaçadores
Em desfilada solta e tumultuária...

Desde a cabeça aos pés, toda estremece;
Falta-lhe a força, a vista se lhe turva,
Toda a coragem na alma lhe esmorece,
E, afastando-se, ao longe, numa curva
O bando esgueira-se, e desaparece...

Ficam sós, ela e o filho, agonizando,
Ele a morrer de fome, ela de medo.

Ulula o furacão de quando em quando,
E sacudindo os ramos e o folhedo
Movem-se as árvores gesticulando.

Ela ergue os olhos para o céu distante
E pede ao céu que descortine a aurora:
Dorme embuçado em sombras o levante,
Mal bruxuleia pela noite fora
Das estrelas o brilho palpitante...

Tenta erguer-se, e recai; soluça e brada,
E apenas o eco lhe responde ao grito;
Os olhos fecha para não ver nada,
E tudo vê com o coração aflito,
E tudo vê com a alma alucinada.

Dentro se lhe revolta a carne; explode
O instinto bruto, e quebra-lhe a vontade:
Mães, vosso grande amor, que tanto pode,
Pode menos que a indômita ansiedade
Em que o terror os músculos sacode!

Ela, apertando o filho estreitamente,
Beija-lhe os olhos úmidos, a boca...
E desvairada, em pranto, ébria e tremente,
Arrancando-o do seio, de repente
Larga-o no chão e foge como louca.

III

    Aponta a madrugada:
Da turva noite esgarça o úmido véu,

E espraia-se risonha, alvoroçada,
Rosando os morros e dourando o céu.

A caravana trôpega e ansiosa
    Chega ao tope da Serra...
    O olhar dos fugitivos
Descansa enfim na terra milagrosa
    Na abençoada terra
    Onde não há cativos.

Embaixo da montanha, logo adiante,
Quase a seus pés, uma planície imensa,
Clara, risonha, aberta, verdejante:

E ao fundo do horizonte, ao fim da extensa
Macia várzea que se lhes depara
    Ali, próxima, em frente,
Esfumadas na luz do sol nascente,
As colinas azuis do Jabaquara...

O dia de ser livre, tão sonhado
Lá do fundo do escuro cativeiro,
Amanhece por fim, leve e dourado,
    Enchendo o céu inteiro.

Uma explosão de júbilo rebenta
Desses peitos que arquejam, dessas bocas
Famintas, dessa turba macilenta:

Um burburinho de palavras loucas,
De frases soltas que ninguém escuta
Na vasta solidão se ergue e se espalha,
E em pleno seio da floresta bruta
Canta vitória a meio da batalha.

Seguindo a turba gárrula e travessa
Que se alvoroça e canta e salta e ri-se,
Um coitado, com a trêmula cabeça
Toda a alvejar das neves da velhice,
Tardo, trôpego, só, desamparado,
Chega afinal, exsurge à superfície
Do alto cimo; repousa, consolado,
Longamente, nos longes da planície
    O olhar quase apagado;
Distingue-a mal, duvida; resmungando,
Fita-a; compreende-a pouco a pouco; vê-a
Anunciando próxima, esboçando
— No chão que brilha de um fulgor de areia,
Num verde-claro de ervaçal que ondeia —
A aparição da Terra Prometida...

Todo trêmulo, ajoelha; e ajoelhado,
De mãos postas, nos olhos a alma e a vida,
Ele, o mesquinho e o bem-aventurado,
Adora o Céu nessa visão terrena...

E de mãos postas sempre, extasiado,
Murmura, reza esta oração serena
Como um tosco resumo do Evangelho:

"Foi Deus Nosso Senhor que teve pena
    De um pobre negro velho..."

Seguem. Começa a íngreme descida.
    Descem. E recomeça
A peregrinação entontecida
No labirinto da floresta espessa.
Sob o orvalho das folhas gotejantes,
Entre as moitas cerradas de espinheiros,

Andrajosos, famintos, triunfantes,
Descem barrancos e despenhadeiros.

Descem rindo, a cantar... Seguem, felizes,
Sem reparar que os pés lhes vão sangrando
Pelos espinhos e pelas raízes;
Sem reparar que atrás, pelo caminho
Por onde fogem como alegre bando
De passarinhos da gaiola escapo
— Fica um pouco de trapo em cada espinho
E uma gota de sangue em cada trapo.

Descem rindo e cantando, em vozeria
E em confusão. Toda a floresta, cheia
Do murmúrio das fontes, da alegria
Deles, da voz dos pássaros, gorjeia.
Tudo é festa. Severos e calados,
Os velhos troncos, plácidos ermitas,
Os próprios troncos velhos, remoçados,
Riem no riso em flor das parasitas.

Varando acaso às árvores a sombra
Da folhagem que à brisa arfa e revoa,
Na verde ondulação da úmida alfombra
O ouro leve do sol bubuia à toa;
A água das cachoeiras, clara e pura,
Salta de pedra em pedra, aos solavancos;
E a flor de S. João se dependura
Festivamente à beira dos barrancos...

Vão alegres, ruidosos... Mas no meio
Dessa alegria palpitante e louca,
 Que transborda do seio
E transbordada canta e ri na boca,
Uma mulher, absorta, acabrunhada,

Segue parando a cada passo, e a cada
Instante os olhos para trás volvendo:
De além, do fundo dessas selvas brutas
Chama-a, seu nome em lágrimas gemendo,
Uma vozinha ansiosa e suplicante...

Mãe, onde geme que tão bem o escutas
    Teu filho agonizante?

IV

De repente, como um agouro e uma ameaça,
Um alarido de vozes estranhas passa
Na rajada do vento...

        Estacam.

             Como um bando
De ariscos caitetus farejando a matilha,
Imóveis, alongado o pescoço, arquejando,
Presa a respiração, o olhar em fogo, em rilha
Os dentes, dilatada a narina, cheirando
A aragem, escutando o silêncio, espreitando
A solidão; assim, num alarma instintivo,
Estaca e põe-se alerta o bando fugitivo.
Nova rajada vem, novo alarido passa...

Como, topando o rastro inda fresco da caça,
Uiva a matilha enquanto inquire o chão agreste,
E de repente, em fúria, alvoroçada investe
E vai correndo e vai latindo de mistura;
Rosna ao dar-lhes na pista a escolta que os procura,
E morro abaixo vem ladrando-lhes no encalço.

Grita e avança em triunfo a soldadesca ufana.

E os frangalhos ao vento, em sangue o pé descalço,
Alcateia usurpando a forma e a face humana,
Almas em desespero arfando em corpos gastos,
Mães aflitas levando os filhinhos de rastos,
Homens com o duro rosto em lágrimas, velhinhos
Esfarrapando as mãos a tatear nos espinhos;
Toda essa aluvião de caça perseguida
Por um clamor de fúria e um tropel de batida,
Foge... Rompendo o mato e rolando a montanha,
Foge... E, moitas adentro e barrocais afora,
Arrasta-se, tropeça, esbarra, se emaranha,
Arqueja, hesita, afrouxa, e desanima, e chora...

Param.

    Perto, bramindo, a escolta o passo estuga.

Os fugitivos, nesse aproximar da escolta
Sentem que vai chegando o epílogo da fuga:
A gargalheira, a algema, as angústias da volta...

Além, fulge na luz da manhã leve e clara,
O contorno ondulante e azul do Jabaquara.

Adeus, terra bendita! Adeus, sonho apagado
De ser livre! É preciso acordar, e acordado
Ver-te ainda, e dizer-te um adeus derradeiro,
E voltar, para longe e para o cativeiro.

Sobre eles, novamente, uma funérea noite
Cai, para sempre...

　　　　Como a trôpega boiada,
Que, abrasada de sede e tangida do açoite,
Se arrasta pela areia adusta de uma estrada:
Volverão a arrastar-se, humildes e tristonhos,
Tangidos do azorrague e abrasados de sonhos,
Pelo deserto areal desse caminho estreito:
A vida partilhada entre a senzala e o eito...

　　　　Agrupam-se, vencidos,
A tremer, escutando o tropel e os rugidos
Da escolta cada vez mais em fúria e mais perto.
Nesse magote vil de negros maltrapilhos
Mais de um olhar, fitando o vasto céu deserto,
Ingenuamente exprobra o Pai que enjeita os filhos...

Destaca-se do grupo um fugitivo. Lança
Em torno um longo olhar tranquilo, de esperança,
　　　E diz aos companheiros:

"Fugi, correi, saltai pelos despenhadeiros;
A várzea está lá em baixo, o Jabaquara é perto...
　　　Deixai-me aqui sozinho.
　　　Eu vou morrer, decerto...
Vou morrer combatendo e trancando o caminho.

　　　A morte assim me agrada:
Eu tinha de voltar p'ra conservar-me vivo...
E é melhor acabar na ponta de uma espada
　　　Do que viver cativo."

　　　E enquanto a caravana
Desanda pelo morro atropeladamente,
Ele, torvo, figura humilde e soberana,
Fica, e a pé firme espera o inimigo iminente.

Hércules negro! Corre, abrasa-lhe nas veias
Sangue de algum heroico africano selvagem,
Acostumado à guerra, a devastar aldeias,
A cantar e a sorrir no meio da carnagem
A desprezar a morte espalhando-a às mãos cheias...

Não pôde a escravidão domar-lhe a índole forte,
E vergar-lhe a altivez, e ajoelhá-lo diante
    Do carrasco e da algema:
Sorri para o suplício e a fito encara a morte
    Sem que lhe o braço trema,
Sem que lhe ensombre o olhar o medo suplicante.

Erguendo o braço, ele ergue a foice: a foice volta,
E rola sobre a terra uma cabeça solta.
Sobre ele vem cruzar-se o gume das espadas...
"Ah, prendê-lo, jamais!" respondem as foiçadas
Turbilhonando no ar, e ferindo, e matando.

De lado a lado o sangue espirra a jorros... Ele,
Ágil, possante, ousado, heroico, formidando,
Faz frente: um contra dez, defende-se e repele.

E não se entrega, e não recua, e não fraqueja.
Tudo nele, alma e corpo ajustados, peleja:
O braço luta, o olhar ameaça e desafia,
A coragem resiste, a agilidade vence.

E, coriscando no ar, a foice rodopia.

Afinal um soldado, ébrio de covardia,
Recua; vai fugir... Recua mais; detém-se:
Fora da luta, sente o gosto da chacina;
E vagarosamente alçando a carabina,
    Visa, desfecha.

O negro abrira um passo à frente,
Erguera a foice, armava um golpe...

                    De repente
Estremece-lhe todo o corpo fulminado.

Cai-lhe das mãos a foice, inerte, para um lado,
Pende-lhe, inerte, o braço. Impotente, indefeso
Ilumina-lhe ainda a face decomposta
Um derradeiro olhar de afronta e de desprezo.

Como enxame em furor de vespas assanhadas,
Assanham-se-lhe em cima os golpes sem resposta,
E retalham-no à solta os gumes das espadas...

E retalhado, exausto, o lutador vencido
Todo flameja em sangue e expira num rugido.

(Poemas e canções, 1908)

MARQUES DE CARVALHO (1866-1910)

O SONHO DO MONARCA
Introdução

                    Ao cidadão Pedro de Alcântara

    IMPERADOR!

            tu vais ouvir a voz potente
Duns párias miseráveis... pobre, mansa gente

De quem zombas e ris em tua majestade
De monarca orgulhoso... O pária talvez há-de
Vencer um dia a pugna atlética, enervante,
Que se fere renhida e forte neste instante
    Do norte ao sul do império,
    Ó igual de Tibério,
    Imperador senil...
Não tremas, não, não tremas! Toda a cobardia
É indigna dum rei que afronta cada dia
    Seus súditos fiéis
    Co'o cinismo mais vil
    A deturpar as leis.

Tens defronte de ti um filho da Amazônia,
    Da Amazônia gigante,
Que não teme do ódio teu toda a acrimônia
E que vai te falar em verso altissonante.

Vais ser o réu, monarca, ó mísero leproso,
Que te curvas, gemendo, ao túmulo, gotoso,
    Roído do amargor
Que te deve causar na podre consciência
Tristeza sem igual, ao veres a inocência
Sofrer do cativeiro a lancinante dor!...

Quem te acusa?... Adivinha!, vamos! por quem és!...
Se és capaz, adivinha, ó *sábio* dos mais bravos...
Não podes!... Eu to digo: — É quem te roja aos pés,
É quem desprezas, rei...
    — São todos os escravos!

O sonho do monarca

I

Na câmara sombria, imersa no silêncio,
Dorme tranquilamente o velho imperador.
A seus pés estendido, o camarista vence-o
No sono mais quieto e mais reparador.

Há muito que se foi a hipócrita coorte
D'aduladores vis, de pobres cortesãos,
Que se julgam felizes quando a vária sorte
Lhes permite oscular de Pedro as régias mãos.

O imperador se agita a súbitas no leito;
Dos lábios seus escapa um dolorido — ai!
Sua boca desenha um tétrico trejeito
E segundo gemido pelos lábios sai.

É o sonho terrível, implacável, rábido,
Que vem a persegui-lo, como a tosse ardente
O tísico persegue, — fraco espectro tábido
Dum homem que foi são e morre lentamente.

*

Leitor, anda comigo, atira para longe
O receio, vem ver o sonho mau do rei...
O temor só assenta em cérebros de monge
Que só têm fanatismo a perverter a grei.

Penetra livremente: a câmara espaçosa
Todos pode conter; a cena é majestosa,
    Bem vale um sacrifício.
O pano vai subir, vai começar o drama.

Ó minha amante, ó musa, a pena minha inflama,
   Dá-me o teu artifício!

II

Sonhando, Pedro ouviu a voz grave e valente
Dum anjo divinal, que assim o interpelava:
— "Ó monarca, levanta, o Deus onipotente
Deseja te julgar, algoz da raça escrava!"

E, bem a seu pesar, exausto, deslumbrado,
Pedro sentiu-se erguido aos páramos azuis,
Sobre o manto gentil d'estrelas salpicado,
No meio dos anjinhos ledos e tafuis.

Subitamente um grande estrépito medonho
Vibrou no espaço imenso, assim como um trovão;
E o monarca entreviu nas telas de seu sonho
Jesus aparecer envolto n'um clarão.

— "Ó rei!" — bradou raivoso o filho de Maria
A Pedro que chorava procurando um canto
P'ra se ocultar, — "aqui alguém te denuncia;
Mereces o castigo, inútil é teu pranto!"

Voltando-se, Jesus aos cândidos anjinhos
Ordenou: — "Preparai o grande tribunal."
Ouviu-se pelo espaço uns brandos murmurinhos
D'asas e apareceu o conselho fatal.

Surgiram de repente uns pálidos fantasmas
De rosto cor de treva, magros como cães:
Os doentes lembravam torturados d'asmas,
Ou crianças roubadas aos seios das mães.

Eram pobres escravos mortos nas senzalas
Aos golpes do chicote fero do *senhor*;
Vinham sujos da lama dos sepulcros — valas
Onde outrora lançados foram com horror.

Fazia enorme grita a multidão d'espectros
Acordados ao som da tuba de Jesus.
Nas mãos tinham chicotes imitando cetros,
Nos olhos seus brilhava flamejante luz.

— "Eis o réu, eis o rei, o amigo dos malvados,
Que à fome nos mataram!"— todos em tumulto
Bradaram — "Sempre fomos pobres desgraçados
Por culpa de quem nunca deu o nosso indulto."

— "Silêncio!" — ordenou o casto nazareno. —
"Apenas dou licença a um para falar;
Que o resto se conserve impávido, sereno,
Como, quando eu desejo, o vasto e fundo mar!"

Por encanto calou-se a multidão. Do meio
Dela saiu um vulto enorme, colossal...
Alto como o inajá, forte como um esteio,
Fazia recordar o espírito do mal.

— "Imperador, atende! Eu sou Henrique Dias,
 O genial terror do exército holandês,
O negro que espantou com suas valentias
Os imigos brutais do povo português.

Com ardor batalhei em prol da santa causa,
Da causa divinal da nossa liberdade..."
E acrescentou raivoso após pequena pausa:
— "E para compensar a imensa lealdade,

Que sempre me animou ao defender a raça
Da qual mais tarde tu devias descender,
Permitem tuas leis que o vil chicote faça
Do escravo — imunda besta e não — humano ser!

Maldito sejas pois, hipócrita monarca!
Recaia sobre ti a cólera de Deus,
Como outrora o dilúvio circundava a Arca,
O vício castigando, os ímpios e os ateus!"

Calou-se o negro... Então apareceram graves
Milhares de crianças negras e mulatas.
Vinham de toda a parte, em bandos, como as aves
Pequeninas, gentis, das poéticas balatas.

A Pedro assim disseram: — "Somos as crianças
Que uma lei luminosa ao jugo arrebatou.
Nossos pais entretanto na desdita lanças!
No teu peito o remorso nunca se aninhou!

Ah! nunca! nunca! é certo! O povo brasileiro
É maldito por toda a civilização,
Porque no Brasil reina o infame cativeiro,
Esse verme que rói a pútrida nação!

Quase todos nós somos filhos dos senhores
De nossas boas mães, das míseras mulheres
Que de dia sofriam do castigo as dores
E à noite lhes davam sensuais prazeres...

Coitadas! muita vez para longe vendidas
Deixaram-nos p'ra sempre, mártires bondosas,
E vimo-nos sem mães, crianças desvalidas,
Dos próprios pais sofrendo penas rigorosas!

Mas libertos nós fomos, graças aos esforços
De Rio Branco, o grande apóstolo imortal
Da santa Liberdade... — Ó rei! duros remorsos
Não te mordem acaso o coração brutal?"

E voando pelo espaço, a rir amargamente,
Ergueram sobre o rei os látegos nodosos
Tirados aos espectros, que sinistramente
Aplaudiram gritando, loucos, furiosos!

As carnes do monarca as duras chicotadas
Cortaram fortemente: então o meigo olhar
De Jesus osculou as frontes estreladas
Das crianças e fez menção de lhes falar.

Quedas ficaram todas como as viridantes
Comas do arbusto quando a mansa calmaria
Lhes paralisa os movimentos farfalhantes.
Assim falou o santo filho de Maria:

— "Meu Pai ordena, ó rei, que sejas condenado
Ao suplício sem fim das penas eternais!
É justa a punição, foi grande o teu pecado!
Surgi, feras! surgi, demônios infernais!"

Pedro ouviu nesse instante insólitos estrondos,
Semelhando uma enorme e tétrica explosão.
A súbitas surgiram monstros hediondos
E o céu s'iluminou dum rútilo clarão.

E a voz do Salvador altíssona falava:
— "Vais sofrer para sempre e a culpa é tua só.
Compaixão não tiveste pela raça escrava
Que perseguiste, ó fera, ríspido e sem dó.

Por isso vais pagar teus crimes nos infernos,
Sofrendo sem perdão por séculos sem fim.
Afasta-te, precito!... Os fogos sempiternos
Esperam-te!... Crianças, vinde para mim!"

E acolhendo a coorte esplêndida, gloriosa,
D'espíritos gentis, d'arcanjos divinais,
Assentou-se Jesus em nuvem luminosa
E com ela se ergueu aos paços celestiais.

III

Entretanto os demônios impeliram rindo
O monarca infeliz aos lúgubres abismos.
Pedro olhou para trás e viu aos céus subindo
Nova nuvem lançando enormes brilhantismos.

E gritando, a sentir as raivas do precito,
Mais uma vez fitou a nuvem fulgurante...
De seu peito escapou-se um horroroso grito
Que lembrava do toiro o ronco agonizante.

Na nuvem vira, em transfiguração venusta,
Rio Branco, o herói, a remontar a Deus,
Envolto num clarão d'apoteose augusta,
E em breve se sumir nas amplidões dos céus!...

Nada mais pôde ver... Os gênios infernais
As carnes lhe rasgavam louca, alegremente...
Apenas muito ao longe, ouviu uma dolente
Canção d'anjinhos loiros, castos, ideais...

(*O sonho do monarca: poemeto abolicionista*, 1886)

MEDEIROS E ALBUQUERQUE (1867-1934)

A NADINA BULICIOFF
(Em uma festa abolicionista)

    Pois que tu — gênio das artes —
da Liberdade aos clarões,
teu nobre fogo repartes
sobre quebrados grilhões,
pois que teu canto sublime
do escravo aflito redime
o sofrimento feroz,
— a ti, de envolta co'as palmas,
rojamos também as almas,
as almas de todos nós.

    Colhe tu — se tu puderes —
quanta luz! quanta afeição!
dos cantos que tu desferes
se envolvem na suavidão.
E em vez dos negros espinhos,
que dos gênios nos caminhos
costumam sempre apontar,
dos negros prantos das dores
que tu secaste, hão de as flores
para cobri-los brotar!

(Canções da decadência, 1889)

HIPÓCRITAS!
(Lendo o nome de alguns subscritores para a estátua de José Bonifácio)

Judas, que andais fingindo um preito à Liberdade,
à sublime, à viril, à santa claridade
dessa luz que alumia o coração dos fortes;
Judas, que vos tingis no sangue de mil mortes,
que alentais sem pudor o braço dos feitores
e, quando cai prostrado o rei dos lutadores,
como sarcasmo, atroz, estúpido, sangrento,
dais uma esmola em prol do heroico monumento,
— Judas, não insulteis o impávido guerreiro!

Lavai as vossas mãos do sangue carniceiro!
recebei o batismo augusto da alvorada!
tirai da vossa fronte a mancha negregada
de negreiros cruéis, de rábidos algozes!
elevai vossa voz no marulhar das vozes
dos que aclamam a Luz, partem por sobre o mundo,
desprendendo, soltando o turbilhão fecundo
das ideias viris de Liberdade e Glória!
mostrai que vós podeis nas páginas da História,
altivos, sem temor, sem palidez, nem susto,
aparecer de pé, como em proscênio augusto!

Não labuteis na sombra escura e tenebrosa
para surgir, fingindo a crença gloriosa,
como os bandidos vis, os pérfidos falsários,
as almas sem vigor dos míseros sicários,
que andam roubando, à noite, e, quando surge o dia,
aparecem mostrando a infame hipocrisia,
ostentando o respeito, os zelos refalsados!

Redimi! redimi! fundi grilhões pesados!
cedei a luz e a vida ao mísero cativo!

e então podeis erguer-lhe o monumento vivo,
e o Lutador virá da tétrica mansão
vosso nome cobrir de eterna gratidão!

(*Canções da decadência*, 1889)

ALPHONSUS DE GUIMARAENS (1870-1921)

TENEBRA ET LUX

O solitário e tenebroso espaço
que em seu seio encerrava a escravidão
era um círc'lo de ferro, um círc'lo d'aço,
labirinto infernal de corrupção.

Era lá tudo escuro e tudo baço...
nem um fulgente e tímido clarão
da consciência humana, um estilhaço
de luz brilhava na densa escuridão.

Neste círculo, nobre como um bravo,
servo da infâmia, servo d'opressores,
gemia trabalhando o pobre escravo.

Súbito, porém, o "Sol da Redenção"
entre as trevas brilhou com seus fulgores
e do povo negro fez um nosso irmão!

Ouro Preto, 1888

(*Cidade do Rio*, 25 de junho de 1888)

FRANCISCA JÚLIA (1871-1920)

SONHO AFRICANO

(A João Ribeiro)

Ei-lo em sua choupana. A lâmpada, suspensa
Ao teto, oscila; a um canto, um velho e ervado fimbo;
Entrando, porta dentro, o sol forma-lhe um nimbo
Cor de cinábrio em torno à carapinha densa.

Estira-se no chão... Tanta fadiga e doença!
Espreguiça, boceja... O apagado cachimbo
Na boca, nessa meia escuridão de limbo,
Mole, semicerrando os dúbios olhos, pensa...

Pensa na pátria, além... As florestas gigantes
Se estendem sob o azul, onde, cheios de mágoa,
Vivem negros reptis e enormes elefantes...

Calma em tudo. Dardeja o sol raios tranquilos...
Desce um rio, a cantar... Coalham-se à tona d'água,
Em compacto apertão, os velhos crocodilos...

(*Mármores*, 1895)

BATISTA CEPELOS (1872-1915)

PALMARES

I

Domingos Jorge Velho, homem de fibra de aço,
Soberbo sonhador de riquezas, afeito
A desafiar perigo e a romper embaraço,
Estava destinado a um valoroso feito.

Sem trégua, a varejar a terra brasileira,
Que estende, sul a norte, amplos sertões bravios,
Forte, capitaneando uma ousada bandeira,
Ei-lo a romper o mato e a jangadear nos rios!

E os perigos, então, nesses ermos sem nome!
Ronda a Morte através das ramadas intonsas
E, quando se não pensa, aguçado de fome,
Rebrilha na espessura o fulvo olhar das onças!

Ora, é uma cobra imensa enrolada num tronco,
Pondo a bífida língua e pronta para o salto...
Ora, entre abismos, sobe o muro impérvio e bronco
De uma bruta Babel, dominando o céu alto!

A chuva, intumescendo o bojo das torrentes,
Desdobra na planície um grande lençol d'águas,
E a inundação lá vai, com seus flancos potentes,
Alagando rechãs e solapando fráguas!

Depois, dias de sol, quentes como um castigo!
Nem uma gota d'água! O homem a vista alonga...
Debalde! — interrompendo o silêncio inimigo,
Só escuta o martelar de uma triste araponga!

De repente, uma voz mato adentro ressoa...
É a inúbia dos tupis! Principia a peleja:
Zune a seta ligeira, a espingarda reboa,
Relampeia o facão e o tacape estrondeja!

De noite, na pousada, em torno do braseiro,
Na doce evocação das antigas memórias,
Saudoso de São Paulo, o rude aventureiro
Se enternece ao narrar umas velhas histórias...

Recorda-se, talvez, da manhã da partida,
Quando, posto que a fé lhe insuflasse um bafejo,
Sentia que deixava o maior bem da vida,
Colhendo a amarga flor de um derradeiro beijo!

E a noite vai passando. Um silêncio por tudo
Se estende. Eis senão quando o arredor estremece,
Urra um tigre feroz! Depois, num sono mudo,
O arvoredo, ao luar, todo branco, floresce...

E, ao primeiro clarão da madrugada, avante!
Toca a romper caminho e a vencer a bruteza
De uma selva dantesca, onde de instante a instante
O homem tem de tremer em face à Natureza!

Argonautas da selva, eles veem a infinita
Projeção estelar de tesouros arcanos!
Netos do velho Gama, em seu olhar palpita
Aquele gênio audaz, próprio dos Lusitanos!

Como os Lusos, também vão sulcando por entre
A virgindade em flor das brenhas seculares,
E a Terra Americana oferta-lhes o ventre
Suspirando de amor, à sombra dos palmares!

Mas, de repente, surge um medonho embaraço!
Que importa?! Não recua o pé dos sertanistas!
Altas serras azuis, abatei o espinhaço,
Para deixar subir a fama dos Paulistas!

Grande é a sua missão: rasgar com energia,
Através dos sertões, um vitorioso ingresso
Pelo qual o Brasil há de fazer um dia
Correr triunfalmente o carro do progresso,

E por isso eles vão, sem desfalecimentos.
Cortando herculeamente a bravia espessura...
Debalde vocifera a cólera dos ventos
E o tapuio traidor ronda na mata escura!

Porque a odisseia atroz dessa luta selvagem,
Sob o gládio cruel das moléstias palustres,
Como que retempera e amadura a coragem
Que forra o coração desses heróis ilustres.

Assim, nada detinha ao Bandeirante o passo:
Opondo ao mor perigo o baluarte do peito,
Bem revelava ser o homem de fibra de aço,
Destinado a brilhar num valoroso feito.

II

De maneira que, um dia, o chapéu largo à testa,
À guaiaca o facão, sopesando o trabuco,

Depois de violentar o seio da floresta,
Domingos Jorge Velho entrou em Pernambuco.

Logo que ali chegou, as trombetas da fama
Sopraram largamente o seu nome na altura,
E a sua vasta fronte irradiou sob a chama
De uma consagração de força e de bravura.

Ora, por esse tempo, em Palmares, formando
A República Negra os quilombos de escravos,
Firmes na defensão, erguiam-se num bando
Que Zambi transformou num pugilo de bravos.

Várias expedições tinham sido frustradas:
Procurando transpor o reduto de horrores,
As forças do Governo eram desbaratadas,
E tinham de voltar, a toque de tambores...

Pois o Governador de Pernambuco, à vista
Dessas demonstrações constantes de fraqueza,
Logo que ali chegou o preclaro Paulista,
Confiou-lhe a direção dessa arrojada empresa.

III

Desfila a Expedição, na manhã da partida:
À testa da *bandeira*, à luz de um sol risonho,
Domingos Jorge Velho, a ampla barba caída,
Tem nos olhos azuis a centelha de um sonho.

Valente capitão, cuja escola de guerra
Tem sido a própria guerra, em meio do alvoroço,
Bravo dominador do gentio e da terra,
Mostra a calma viril de um soberbo colosso.

Nunca soube recuar nem ceder o terreno;
Por isso, caminhando ao recontro terrível,
Tem no porte marcial, desdenhoso e sereno,
Um traço de altivez, nobremente impassível.

Descansa no valor da própria enfibratura
E na dedicação de cada companheiro,
E, certo de vencer, marcha para a aventura,
Levado pelo ardor do sangue aventureiro.

IV

E chegou e venceu. Mas foi rija a contenda!
Muito sangue correu, de um lado e de outro lado!
O deserto, em redor, àquela ação tremenda,
Pávido, estremeceu, como convulsionado!

Era bela de ver-se aquela heroica gente,
No seu posto, de pé, como um tigre de guarda,
Rechaçando o inimigo, inexoravelmente,
A golpes de facão e tiros de espingarda.

Repelindo a invasão, que atacava de jeito,
Rugiam ferozmente os revoltos escravos!
E chegou-se a lutar muita vez peito a peito,
Sapateando no chão, como dois touros bravos!

Por fim, o Bandeirante é senhor dos Palmares,
Onde entra de roldão, numa forte investida!
Adeus, floresta livre! Adeus, queridos lares!
Terra materna, adeus! Adeus, por toda a vida!

Mas pelo amor da Pátria, essa noiva impoluta
Que embala o berço leve e sustenta o guerreiro,

Palmarenses, lutai até morrer na luta,
Porque a morte é melhor que o infame cativeiro!

Foi então que Zambi, vendo o inimigo fero
Dono das posições, no baluarte envolvido,
Calmo e rijo, de pé, como um herói de Homero,
Olhou em derredor e viu tudo perdido.

"Só me resta morrer!" — disse. E, altivo, sem medo,
Em meio ao recruzar de um fogo vivo e forte,
Passou como um fantasma e, do alto de um rochedo,
Atirou-se no abismo e mergulhou na morte!

Jorge Velho alcançou uma vitória horrível,
Mas, não pelos troféus dessa iníqua vitória,
Mereceu do Brasil a láurea imperecível,
Que a Musa foi colher nos loureiros da História.

O que sobremaneira eleva o Bandeirante
À eterna gratidão das remotas idades
É o sulco que ele abriu, o sulco triunfante
Em que iam florescer as futuras cidades.

(*Os bandeirantes*, 1906)

CIRO COSTA (1879-1937)

PAI JOÃO

Do taquaral à sombra, em solitária furna,
Para onde, com tristeza, o olhar curioso alongo,

Sonha o negro, talvez, na solidão noturna,
Com os límpidos areais das solidões do Congo.

Ouve-lhe a noite a voz nostálgica e soturna,
Num suspiro de amor, num murmurejo longo,
E o rouco, surdo som zumbindo na cafurna,
É o urucungo a gemer na cadência do jongo.

Bendito sejas tu, a quem, certo, devemos
A grandeza real de tudo quanto temos!
Sonha em paz! Sê feliz! E que eu fique de joelhos,

Sob o fúlgido céu, a relembrar, magoado,
Que os frutos do café são glóbulos vermelhos
Do sangue que escorreu do negro escravizado!

(Estelário, 1938)

MÃE PRETA

Lúgubre, acaçapada, espiando no ermo, à beira
Do açude da fazenda, a lua cor de opala,
Com sussurros de reza ou rumores de feira,
Via-se, num quadrado, a sórdida senzala...

Sobre um velho jirau forrado de uma esteira,
Ei-la, embalando ao colo — e com que amor na fala! —
O sinhozinho branco, a quem se dava, inteira,
Até que, adulto, fosse, um dia, vergastá-la!

Sofre como ninguém! Com fervor nunca visto,
Persignava-se ao ver céus azuis e montanhas:
Louvado seja Deus Nosso Sinhô — *Suns Christo*!

Na escravidão do amor, a criar filhos alheios,
Rasgou, qual pelicano, as maternais entranhas,
E deu, à Pátria Livre, em holocausto, os seios!

(*Estelário*, 1938)

LUÍS CARLOS (1880-1932)

CEMITÉRIO DE ESCRAVOS

Em remota rechã da terra fluminense,
Que num deserto imenso em derredor consiste,
Há um velho cemitério extremamente triste,
Pela ruína em que jaz e a casta a que pertence.

Quem passa, facilmente, ao vê-lo, se convence
De que é um pouso final de escravos que ainda existe.
Já não há coração no mundo que o benquiste
Nem olhar que um cuidado humano lhe dispense.

Galga-lhe, entanto, o muro, uma árvore, que o esposa;
Pois, meio curva, mal segura nas raízes,
Sobre os mortos estende a fronde pesarosa!

Tal se fosse o Juiz de todos os juízes,
Transfigurando, ali, nessa feição piedosa,
Santificando a paz daqueles infelizes...

(*Colunas*, 1920)

GOULART DE ANDRADE (1881-1936)

PALMARES

I

Libérrimo, senhor da selva hirsuta e basta,
Forte, Zumbi reinava entre os de sua casta.
Ora amanhava a terra, o tigre combatia,
Ora contra o inimigo empunhava a azagaia,
Enchendo-o de pavor, desde o sertão à praia,
E, onde o seu torso nu, robusto, aparecia.

Numa noite era o céu como um prateado crivo,
Livre dorme, porém, já desperta cativo,
Preso em cilada vil! Malferido leopardo,
Luta, ruge... Debalde!... Adeus à pátria bela
Manda num triste olhar... Depois, na caravela...
Depois, no atro porão como um inútil fardo!

Depois, a lentidão da longa travessia.
Ora, com o temporal, ora com a calmaria;
E ele, sem ver o sol que a natureza acorda,
Ou se põe a pensar, escrutando o futuro
Negro, da sua cor, ou padece no escuro
Aos baques a rolar de uma borda à outra borda.

Quase ao cabo de um mês de tormentoso oceano
Calca seu pé por fim a solo americano:
É a mesmíssima luz que a tua pátria banha!
É o mesmo, o mesmo sol que morde a preta pele,
É a mesma vaga azul que os sargaços impele!
Mas a terra, Zumbi, a terra é outra... é estranha!

Olha, a brisa que move as palmas do coqueiro
Vem de lá de teu lado, infeliz prisioneiro,
Mas o povo? Esse é outro: a alva e fina epiderme
Guarda uma alma feroz, torpemente ambiciosa,
Que se nutre do fraco e floresce, viçosa,
Tal como em corpo humano ascoso, imundo verme!

Aqui, tens de lavrar esta terra fecunda!
Tudo o que os olhos veem! Tudo o que te circunda,
Sob a dura pressão de um feitor desumano!
Sem que aufiras proveito algum, constantemente.
Trabalharás com o sol, desde o levante ao poente,
Para bem de um senhor estúpido e tirano!

Se paras um momento, o látego retalha
Teu alquebrado corpo!... "Ó antes a batalha,
A grita horrenda e rouca, o estrupido da luta,
Do que o labor servil com bárbaro castigo...
À guerra, à guerra, pois!" Zumbi pensa consigo,
Pondo a fronte febril em fria pedra bruta!...

E abisma-se a pensar, num silêncio profundo
Prefere ao fero jugo a vastidão do mundo,
Errando... E sob o olhar cintilante dos astros.
De catre em catre vai, veloz como uma seta:
E conspira e convence e segreda e projeta
E desliza na sombra a mover-se de rastros.

Arrebenta os grilhões na ânsia da liberdade:
Foge que isso é mister... e de herdade em herdade,
Ei-lo presto a correr, que tempo lhe não resta...
A ideia da revolta em cada peito lança;
E se força lhe falta, ele apenas descansa
Nos torvos socavões ou na espessa floresta!

Foge, que isso é mister. Também ao passarinho
Lhe apraz fugir se alguém o arrebata do ninho...
E ele tinha seu pouso, ele era livre, uma ave!
Prenderam-no? Pois bem! Agora correria
Ao seio maternal da floresta sombria
Onde pudesse ter uma existência suave.

Mas vão buscá-lo aí para o aviltante açoite:
Pois é um crime viver um homem cor da noite,
Sozinho, para si, livre de férrea liga.
Já lhe mandam seguir a todo o transe a pista
Pelos ínvios sertões; quando, um dia, ele avista
O pináculo azul da Serra da Barriga!

"Aqui, a salvação, o fim dessa jornada
Aqui, a doce paz, a vida descuidada
Da paragem natal, encontrará por certo..."
Pensa, a encosta subindo, o infortunado louco
Chega, dorme e desperta e, grita... e dentre em pouco,
Bandos de negros nus irrompem, no deserto!

Eis vêm uns... outros mais!... Por toda uma grande área
Começa a agitação, a vida tumultuária!
E Zumbi ordens dá, corre, prepara o abrigo.
Trabalha, fortifica, espia, pensa, vela.
Reza ao céu. Mas o céu, pela voz da procela
Iracunda, anuncia um remoto perigo!

Ei-lo, como um condor no fastígio da serra
Que outras serras domina, atalaia de guerra!
Seis léguas ao redor, nada lhe escondem, nada,
Que a sua vista arguta esmerilha incessante:
A espalda a pique, o vale, a floresta distante,
Desde o tombar do sol ao nascer da alvorada.

II

Cerca de trinta mil fugitivos em coorte,
Congregados ali, às ordens do mais forte,
Sulcam a virgem terra, espalham as sementes
Que mais tarde lhes dão as espigas douradas.
Os frutos tropicais, como nas bem-amadas
Paragens, onde a luz viram, quando, inocentes,

Os olhos para o mundo abriram. A labuta
Da vida pastoril cresce. A ideia da luta
Ora vem, ora vai... Redobra o árduo trabalho;
Fazem valos, leirões; ao riacho o leito mudam;
Ora com a paliçada a aldeia toda escudam
Ora cortam na mata estratégico atalho!

Quem à plaga natal os levará de novo?
Ninguém. Portanto ali o degradado povo
Deve permanecer. E elevam-se cabanas
Feitas da catolé, cuja palma trançada
O abriga da tormenta e da rija nortada...
Dai-lhe refúgio bom, terras americanas!

Mitigai-lhe o penar! Dai-lhe o belo, a fartura,
E sobretudo a paz! Ó dai-lhe a aragem pura,
O deleitoso mel, as águas cristalinas,
A cantiga do ninho, a frescura da alfombra,
A pompa colossal da floresta que assombra,
O perfume da flor, as férteis campinas!

Cansaste do labor? Dormita sem cuidado,
Que não te acordarão o chacal esfaimado,
A hiena carniceira, o tigre bronco e enorme.
Não temas o animal, adormece sem medo,

Se do homem estás longe, o homem falsário e tredo,
Dorme, os astros no céu velam teu sono, dorme!

A caça gorda e sã fornece-te o alimento.
O fruto da estação, gostoso e suculento,
Refrigério te dá: Derruba o lesto veado,
Recolhe o sapoti, a cheirosa mangaba,
A pitanga escarlate, a áurea e doce goiaba..
E vive! Sê feliz neste novo Eldorado.

Ó deixem-no viver, que esta terra tão vasta
Pode a todos conter! Há muita selva basta
Neste solo nutriz que, ansiosamente, espera
Quem lhe fecunde o ventre e cultive as pastagens,
Palpitantes de vida, em ímpetos selvagens.
Neste doudo esplendor de eterna primavera!

Já no úmido marnel a cana reverdece!
Na arenosa charneca a macaxeira cresce!
Pelas secas rechãs o milho se embalança!
E o machado derruba o matagal maninho,
Para que, em seu lugar, haja uma choça, um ninho,
Onde brilhe a lareira e sorria uma criança!

Há fumo, há movimento, há liberdade, há vida!
Mas cuidado com o branco. É existência perdida
A que de novo cai nas mãos de tais senhores...
Cuidado! Que o perdão nesses peitos não medra,
Implacáveis e maus, são mais duros que pedra,
Se até gostam de ouvir gritos e uivos de dores!

Cativos, não saiais da circunvizinhança,
Que o assassino fuzil à espreita, não descansa
Em sua faina inglória: É a emboscada, é a morte,

Friamente, à traição; é a diária derrama
Do sangue que, ao cair, tinge de rubro a grama,
Por sua vez matando a seiva estreme e forte!

"Pois, guerra ao fazendeiro, o bárbaro insaciável,
O déspota opressor, o ser abominável,
Pois, guerra sem quartel nem trégua!..." E as roubalheiras
Vêm! E a devastação se estende e tudo assola:
Mais um furto... um incêndio... um bandido que rola
Sem vida, apodrecendo ao léu, pelas balseiras.

Sufoca essa ambição, ó branco poderoso.
Por que matas o negro, ó caçador odioso?
Por que vens ao covil do infeliz foragido?...
Sofre agora o furor, o arremesso do bravo:
Ele livre quer ser, tu fazê-lo de escravo
Açoitando-o sem dó? Pois bem, toma sentido!

Toma sentido! Foge! A vingança é tremenda!
Ei-la, a depredação: Fazenda por fazenda
Extingue-se, decai! O branco desespera;
Em vão luta; em vão clama!... Enquanto, serra acima,
Ao pouso do Condor segue a colheita opima:
E Palmares floresce! E Palmares prospera!

Invertem-se os papéis: O tirano é oprimido,
O assassino-senhor foge ao servo-bandido!...
E Zumbi, vencedor, lá do alto da chapada
Derrama a vista arguta e esmerilha incessante:
A espalda a pique, o vale, a floresta distante,
Desde o tombar do sol ao nascer da alvorada!

III

Selvícola infeliz que a lenda diviniza,
Povo de meu país que o estrangeiro escraviza,
Que fazes? Corre ao fraco e ajunta-te com ele,
Que ele libertará contigo a pátria amada,
Presa do branco audaz, por seu pé conspurcada...
Que sentimento mau para o forte te impele?

"O que traz o trovão, o surgido do oceano"
Te expulsa e te extermina e se faz soberano
Na terra onde, senhor, tua taba estendias...
Mente quem te cantou a bravura e a clemência:
Tu nunca foste herói, perdoai-me a irreverência,
Ó manes de Alencar e de Gonçalves Dias!

Sê, minha pena, a clava insana e poderosa,
Que destrua e derroque a lenda vitoriosa;
Bate, redobra o afã, não pares um momento,
Que o que tentas quebrar é bronze inquebrantável,
Mas bate com vigor, dá de rijo, incansável,
Quebres-te embora tu de encontro a um monumento!

Tu, nunca foste herói, que o herói lutando morre,
E foges! Mas retorna, ainda é tempo, corre,
Brande o duro tacape e arremete! Cobarde,
Que horrível lassidão teus membros amolece?
Vamos, contra o inimigo a ivirapema desce!
Tuas hostes concita, apressa-te que é tarde!

Mas preferes o furto e a fuga aos golpes cruentos
Pela libertação! Seduzem-te os proventos
Com que o astuto invasor te paga o auxílio infando!
Pois serve-o bem, traidor, que a tua vilania

Ganhará justo prêmio... Ai, não vem longe o dia
Do extermínio dos teus, selvagem miserando!

Tua indústria é nenhuma e teu culto é grosseiro;
Preguiçoso na paz e na guerra traiçoeiro;
Se o inimigo te vem mais forte, não no esperas,
Porém, se, incauto, dorme, então, vens e o atacas
Pondo-lhe o crânio sobre as agudas estacas
Do sujo aldeamento, antro de bestas feras!

Como com o céu assim, entre paisagens destas
De mar tão manso e azul, de tão lindas florestas,
De tão belos vergéis, de lagos tão serenos,
Pôde existir um ser que não seja doçura,
Blandícia, amor, perdão, alma celeste e pura?...
As flores muita vez guardam mortais venenos...

Estás vendo a Cachoeira a correr dos pendores
Da rocha a prumo, e assim coroada das cores
De um arco-íris, rolar, rebramando nas fragas?
Ao Rio São Francisco engrossa tanto e apressa
Que ele, doido e veloz, pelo mar se arremessa
Rompendo com seu curso as turquesinas vagas!...

Pois bem, corre como ele! E desde o centro à praia,
Com valor fere e mata, até que o invasor saia!
E ajuda o negro, e ataca o inimigo mais forte,
Que depois ficarás, livre e senhor de novo,
Formando uma nação de valoroso povo...
Apressa-te, senão tens o extermínio, a morte!...

Primeiro, fugirás das costas e errabundo
Andarás nos sertões. Estéril, infecundo,
O ventre da mulher ser-te-á... O impaludismo

Por certo há de seguir-te espectro feio e horrendo,
E o teu igual, hostil, contra ti combatendo,
E a seca minarão teu cansado organismo.

Expulso, emigrarás para os lados extremos
Do país!... "Segue, pois! Bem pouco te devemos:
Essa mórbida inércia, a falta de confiança,
Esse surdo rancor, essa inferioridade
De espírito, e, afinal, a volubilidade,
Eis o que deixarás conosco por herança!"

O mercenário vem: Fernão Carrilho chega,
E com ele tu vais à luta, ó gente cega,
Como dócil ovelha ao poderoso mando
De um pastor!... Eia, estuda astuciosa emboscada,
(Segue a excursão primeira...) e na ocasião azada
Exsurge como o tigre o leão bravo afrontando.

Já toma o atalho... e rompe adiante... e fura a mata.
Qual traiçoeiro jaguar na triste ronda, à cata
De uma presa que julga inofensiva e mansa...
Mas não vês que te leva à luta um forasteiro?
Pois despeito não sofre o teu ardor guerreiro,
Vendo que à tua frente o emboaba segue e avança?...

Malogrou-se a sortida! E uma vez mais vencido,
Retornas a tremer, empoeirado, ferido,
Que Zumbi nunca dorme! E do alto da chapada
Derrama a vista arguta, esmerilha incessante:
A espalda a pique, o vale, a floresta distante,
Desde o tombar do sol ao nascer da alvorada!

IV

Uma zona estimada em cerca de noventa
Léguas, desde os vergéis que o São Francisco alenta
Ao cabo que de Santo Agostinho tem nome,
Zumbi rege! E domando a emboscada, investidas
De toda a espécie, vai, tira vidas e vidas,
Nos engenhos que ataca e que o fogo consome!

A colonização para e a lavoura morre!
O sangue aos borbotões pelos campos escorre!
A pilhagem, o saque, o incêndio, o assassinato
Campeiam livremente! As pastagens fenecem!
É cinza o canavial! As depredações crescem
Enchendo de temor o branco intimorato!

Um dia, Jorge Velho aporta a esta paragem:
E, juntando a seu povo o mísero selvagem,
Bate o negro na costa, o litoral varrendo
Audaz, a ferro e fogo, e se interna, e combate
Feroz, sertões adentro... e uma vez, e outra bate
O valente inimigo... e persegue-o vencendo...

Por toda a parte brilha a aguçada alabarda
Ao rouco ribombar de espocante bombarda
Retumbando na selva, estrondeando no monte.
Tímidos animais paralisados ficam
Com o barulho brutal que os ecos multiplicam...
Pardo fumo se eleva encobrindo o horizonte!

Recolhe-se o cativo à hirsuta paliçada
E daí luta e mostra uma desesperada,
Douda, tenaz defesa: é o último reduto!
E, golpe contra golpe, e, bala contra bala,

Opõe, fero!... O estridor do prélio hórrido abala
Da selva ao lago azul, do mar ao monte bruto!

Redobra a mortandade e mais o furor cresce.
O vale todo freme, e ao tropel estremece:
A seta zune surda; o tiro parte rouco...
E o molhe humano luta e rola sob um calmo
Céu puro!... E o branco avança e segue, palmo a palmo,
Ao pouso do Condor chegando, pouco a pouco!

O verde palmeiral, a roupagem da serra,
Também desfere ao vento um cântico de guerra
E enche com sua voz o lúgubre retiro!
Heroico, sobre si, a defensa acarreta:
Ora com a fronde escuda o negro contra a seta!
Ora com o tronco escuda o negro contra o tiro!

A serra, como que mais empina seu flanco,
Tornando-o mais abrupto, estorvo opondo ao branco
Um sol abrasador, lá, bem do alto, fuzila,
Escalda a areia, cresta a mata! O agudo espinho
Perigoso e agressivo, erriça o mau caminho,
Onde roja o reptil que o mortal soro instila!

Nada! Nada detém o guerreiro paulista
Que sobe e vai deixando uma sanguínea lista
Após si... Sobe mais! A resistência aumenta:
Ordem não há, nem leis! É tacape contra o aço!
É bala contra o ferro! É fogo contra o braço!
Se o número escasseia o valor acrescenta!

Domingos Jorge Velho ataca a paliçada:
Abate-a... e principia a infrene debandada!
Cativos, para vós o destino é nefasto!

Uns perecem fugindo, outros morrem lutando...
Já das alturas desce o sinistro, atro bando
Dos corvos farejando um colossal repasto.

Morre também, Zumbi, que morta é tua gente!
Para que sejas livre é preciso um ingente,
Último esforço! E tanto esse esforço é preciso
Que se ficares vivo há de esquecer-te a história.
Morre, pois tua morte é mais que uma vitória:
Para quem é cativo a morte é um paraíso!

É preciso morrer: Aos seus pés a boca hiante
Do abismo se escancara, escura, horripilante...
E Zumbi fita, calmo, essa cova tamanha,
Negra, tão negra, como o seu duro destino!
Negra, da sua cor! E, impassível, divino,
Nela se arroja e vai rolando na montanha...

E rolando... rolando... o sangue e a carne deixa
Nas arestas em ponta! E, sem grito e sem queixa,
Bate com surdo ruído ao fundo tenebroso!...
"Repousa em paz, Zumbi, que reboarão nos ares
Os teus feitos de herói, na copa dos palmares,
Quando rijo soprar o temporal iroso!

Bravo, enquanto não for tua alma redimida,
Por certo vagarás nessa plaga querida
Onde a palma farfalha e canta a passarada,
Té que te acolha Deus, percorrerás, errante,
A espalda a pique, o vale, a floresta distante,
Desde o tombar do sol ao nascer da alvorada!"

(*Poesias*, 1907)

AUGUSTO DOS ANJOS (1884-1914)

RICORDANZA DELLA MIA GIOVENTÙ

    A minha ama de leite Guilhermina
    Furtava as moedas que o Doutor me dava.
    Sinhá Mocinha, minha Mãe, ralhava...
    Via naquilo a minha própria ruína!

    Minha ama, então, hipócrita, afetava
    Susceptibilidades de menina:
    "— Não, não fora ela! —" E maldizia a sina,
    Que ela absolutamente não furtava.

    Vejo, entretanto, agora, em minha cama,
    Que a mim somente cabe o furto feito...
    Tu só furtaste a moeda, o ouro que brilha.

    Furtaste a moeda só, mas eu, minha ama,
    Eu furtei mais, porque furtei o peito
    Que dava leite para a tua filha!

(Eu, 1912)

AMÉRICO FACÓ (1885-1953)

MÃE PRETA
(Excerto)

    Ao teu peito, o teu leite, que mamava,
    Alegrava o menino pequenino;

E tu punhas carícias, e blandícias,
No rir, no gesto, na ternura pura,
No olhar escravizado ao neno amado.

Mãe de amor, sem ser mãe, por mãe servias
Ao filho que outra teve, flor de neve;
E mais que a mãe, contente e docemente,
Rias como se tua, mas não sua,
Fosse a criança com as esperanças.

[...]

Era um jardim florido o teu vestido:
Na saia todas cores eram flores;
Mil matizes no xale posto a gosto;
E o cabeção de rendas transparentes
Desnudava mal justo o belo busto.

Preso o infante no laço de teus braços,
Com teu leite bebia a melodia
De tua voz – o canto de acalanto;
E grave, e suave, a Noite distendia
Sobre as rosas do ocaso as negras asas.

Noite fagueira, mensageira alada!
Vinha com ela a paz, o sono, o sonho...
Dormia o filho alheio no teu seio...
Alheio? Não, mas certo teu dileto
Branco filho, que hauriu teu leite branco.

Teu filho, mãe de leite, mamãe preta!
Teu no sonho, no sono sossegado,
A desoras, e teu nas horas claras,
Se ria, se chorava, se chamava
Por ti... Teu bem, de quem eras escrava!

[...]

Onde agora a memória desse tempo?
Onde um traço no espaço percorrido?
Nada sabe o presente indiferente:
Perdeu-se a mocidade na saudade,
E a vida fez-se lento desalento.

Triste saudade, soledade da alma,
Vã miragem de imagens enganosas,
Ermo sem termo de íntimas distâncias,
Tanto insiste a alma triste por fugir-lhe
Quanto arde por achá-la em toda parte!

Velhinha, tão sozinha, que te resta?
Que pode o fido coração ferido?
Deu-se, perdeu-se todo o teu carinho!
E tu mesma, que o deste, não soubeste
Que isso foi bem roubado, não bem dado...

Ou talvez não: amor dá-se por dar-se.
A mãe que ao filho afaga a si se paga
Da ternura e doçura de fazê-lo:
Se mais amor houvera mais lhe deras,
E mais quiseres tê-lo para dar-lhe.

(*Sinfonia negra*, 1946)

OLEGÁRIO MARIANO (1889-1958)

VELHA MANGUEIRA

No pátio da senzala que a corrida
Do tempo mau de assombrações povoa,
Uma velha mangueira, comovida,
Deita no chão maldito a sombra boa.

Tinir de ferros, música dorida,
Vago maracatu no espaço ecoa...
Ela, presa às raízes, toda a vida,
Seu cativeiro, em flores, abençoa...

Rondam na noite espectros infelizes
Que lhe atiram, dos galhos às raízes,
Em blasfêmias de dor, golpes violentos.

E, quando os ventos rugem nos espaços,
Os seus galhos se torcem como braços
De escravos vergastados pelos ventos.

(*Canto da minha terra*, 1930)

OSWALD DE ANDRADE (1890-1953)

A TRANSAÇÃO

O fazendeiro criara filhos
Escravos escravas

Nos terreiros de pitangas e jabuticabas
Mas um dia trocou
O ouro da carne preta e musculosa
As gabirobas e os coqueiros os monjolos e os bois
Por terras imaginárias
Onde nasceria a lavoura verde do café

(Pau-brasil, 1925)

MEDO DA SENHORA

A escrava pegou a filhinha nascida
Nas costas
E se atirou no Paraíba
Para que a criança não fosse judiada

(Pau-brasil, 1925)

LEVANTE

Contam que houve uma porção de enforcados
E as caveiras espetadas nos postes
Da fazenda desabitada
Miavam de noite
No vento do mato

(Pau-brasil, 1925)

GUILHERME DE ALMEIDA (1890-1969)

SANTA CRUZ!

   Mas o tronco da árvore nova foi tronco também de escravos quimbundos:

   foi crucifixo de Cristos coitados que vieram — cruz! credo! — cheirando a moxinga nos fundos

   dos navios pretos; que vieram mazombos, descadeirados e catingudos,

   sem tarimba nem tanga, fazendo banzé muamba e mandinga, corcundas, trombudos;

   chimpanzés mecânicos treparam na cruz com rezas, trejeitos e benzeduras;

   de corpos lambidos por lambadas de fogo, regaram de lágrimas, sangue e suor as terras fecundas mas duras,

   e a terra deu tudo: deu tronco aos escravos, deu ouro aos senhores, deu prata aos feitores;

   e os amos gritaram de gula, e a terra gritou de piedade, e os pretos gritaram de dores;

   fugiram ao bodum das senzalas e, zonzos e fulos, meteram-se em fundos mocambos, escuros quilombos,

   e foram achados por capitães do mato e voltaram com calombos nos lombos e cruzes nos ombros;

   mucamas em molambos fizeram calungas e quimbembeques para as sinhazinhas e para os sinhôs;

com candongas deram o "Sãos Cristo" a toda raça mandona de iaiás
e de ioiôs;

　　moleques, crioulas cantaram lunduns, bateram batuques; pretas minas
cozeram quitutes, cuscuz;

　　dançaram no samba, pularam fogueiras, como zumbis sonâmbulos,
funâmbulos nus

　　de maromba e tição nas mãos adoçadas, acostumadas a dar cafuné...

　　Depois desceram coxeando roxas encostas, com trouxas, canastras e
o amo em bangué...

(Raça, 1925)

MENOTTI DEL PICCHIA (1892-1988)

BANZO

　　E por que deixou na areia do Congo
　　a aldeia de palmas;
　　e porque seus ídolos negros
　　não fazem mais feitiços;
　　e porque o homem branco o enganou com miçangas
　　e atulhou o porão do navio negreiro
　　com seu desespero covarde;
　　e porque não vê mais de ânfora ao ombro
　　a imagem do conga nas águas do Kuango,
　　ele fica na porta da senzala

de mão no queixo e cachimbo na boca,
varado de angústia,
olhando o horizonte,
calado, dormente,
pensando,
sofrendo,
chorando.
morrendo.

(*República dos Estados Unidos do Brasil*, 1928)

TARDE FAZENDEIRA

Tarde cabocla
com banzo de pretos nas sombras,
carícias de escravas mulatas
nas palmas dos longos coqueiros.
Um rouco ribombo de bombo
nos ecos; um trilo de estrídulos grilos
nas moitas; tarde cabocla
com um sol de miçangas, de gangas vermelhas
nos flancos das serras,
com um hálito fresco de folhas pisadas, de verdes pomares
pejados de frutas-de-conde, de mangas maduras,
com aros de lua nascente nos céus e nas águas,
tarde cabocla
com vagas preguiças de redes nas ramas,
com longos bocejos de luz nas encostas,
foi numa tarde como esta
que vieram ao mundo
os mestiços da raça...

(*República dos Estados Unidos do Brasil*, 1928)

JORGE DE LIMA (1893-1953)

PAI JOÃO

      Pai João secou como um pau sem raiz. —
           Pai João vai morrer.
Pai João remou nas canoas —
        Cavou a terra.
        Fez brotar do chão a esmeralda,
          Das folhas — café, cana, algodão.
Pai João cavou mais esmeraldas
        Que Paes Leme.

A filha de Pai João tinha peito de
   Turina para os filhos de Ioiô mamar:
Quando o peito secou a filha de Pai João
Também secou agarrada num
Ferro de engomar.
A pele de Pai João ficou na ponta
Dos chicotes.
A força de Pai João ficou no cabo
Da enxada e da foice.
A mulher de Pai João o branco
A roubou para fazer mucamas.
O sangue de Pai João se sumiu no sangue bom
Como um torrão de açúcar bruto
Numa panela de leite. —
Pai João foi cavalo pra os filhos de ioiô montar
Pai João sabia histórias tão bonitas que
Davam vontade de chorar.

Pai João vai morrer.
Há uma noite lá fora como a pele de Pai João.

Nem uma estrela no céu.
Parece até mandinga de Pai João.

(Poemas, 1927)

ESSA NEGRA FULÔ

Ora, se deu que chegou
(isso já faz muito tempo)
no banguê dum meu avô
uma negra bonitinha,
chamada negra Fulô.

    Essa negra Fulô!
    Essa negra Fulô!

Ó Fulô! Ó Fulô!
(Era a fala da Sinhá)
— Vai forrar a minha cama,
pentear os meus cabelos,
vem ajudar a tirar
a minha roupa, Fulô!

    Essa negra Fulô!

Essa negrinha Fulô
ficou logo pra mucama,
pra vigiar a Sinhá
pra engomar pro Sinhô!

    Essa negra Fulô!
    Essa negra Fulô!

Ó Fulô! Ó Fulô!
(Era a fala da Sinhá)
vem me ajudar, ó Fulô,
vem abanar o meu corpo
que eu estou suada, Fulô!
vem coçar minha coceira,
vem me catar cafuné,
vem balançar minha rede,
vem me contar uma história,
que eu estou com sono, Fulô!

  Essa negra Fulô!

"Era um dia uma princesa
que vivia num castelo
que possuía um vestido
com os peixinhos do mar.
Entrou na perna dum pato
saiu na perna dum pinto
o Rei-Sinhô me mandou
que vos contasse mais cinco."

  Essa negra Fulô!
  Essa negra Fulô!

Ó Fulô! Ó Fulô!
Vai botar para dormir
esses meninos, Fulô!
"Minha mãe me penteou
minha madrasta me enterrou
pelos figos da figueira
que o Sabiá beliscou."

  Essa negra Fulô!
  Essa negra Fulô!

Ó Fulô! Ó Fulô!
(Era a fala da Sinhá
chamando a negra Fulô)
Cadê meu frasco de cheiro
que teu Sinhô me mandou?

— Ah! Foi você que roubou!
Ah! Foi você que roubou!

O Sinhô foi ver a negra
levar couro do feitor.
A negra tirou a roupa.

O Sinhô disse: Fulô!
(A vista se escureceu
que nem a negra Fulô)

    Essa negra Fulô!
    Essa negra Fulô!

Ó Fulô! Ó Fulô!
Cadê meu lenço de rendas,
cadê meu cinto, meu broche,
cadê o meu terço de ouro
que teu Sinhô me mandou?
Ah! foi você que roubou.
Ah! foi você que roubou.

    Essa negra Fulô!
    Essa negra Fulô!

O Sinhô foi açoitar
sozinho a negra Fulô.
A negra tirou a saia
e tirou o cabeção,

de dentro dele pulou
nuinha a negra Fulô.

    Essa negra Fulô!
    Essa negra Fulô!

Ó Fulô! Ó Fulô!
Cadê, cadê teu Sinhô
que Nosso Senhor me mandou?
Ah! Foi você que roubou,
foi você, negra Fulô?

    Essa negra Fulô!

(*Essa negra Fulô*, 1928)

HISTÓRIA

Era princesa.
Um libata a adquiriu por um caco de espelho.
Veio encangada para o litoral,
arrastada pelos comboieiros.
Peça muito boa: não faltava um dente
e era mais bonita que qualquer inglesa.
No tombadilho o capitão deflorou-a.
Em nagô elevou a voz para Oxalá.
Pôs-se a coçar-se porque ele não ouviu.
Navio negreiro? não; navio tumbeiro.
Depois foi ferrada com uma âncora nas ancas,
depois foi possuída pelos marinheiros,
depois passou pela alfândega,
depois saiu do Valongo,
entrou no amor do feitor,
apaixonou o Sinhô,

enciumou a Sinhá,
apanhou, apanhou, apanhou.
Fugiu para o mato.
Capitão do campo a levou.
Pegou-se com os orixás:
fez bobó de inhame
para Sinhô comer,
fez aluá para ele beber,
fez mandinga para o Sinhô a amar.
A Sinhá mandou arrebentar-lhe os dentes:
Fute, Cafute, Pé-de-pato, Não-sei-que-diga,
avança na branca e me vinga.
Exu escangalha ela, amofina ela,
amuxila ela que eu não tenho defesa de homem,
sou só uma mulher perdida neste mundão.
Neste mundão.
Louvado seja Oxalá.
Para sempre seja louvado.

(*Poemas negros*, 1947)

ORESTES BARBOSA (1893-1966)

ABOLIÇÃO

Nos troncos, nas algemas, nos baraços
Com seus braços
Tolhidos nos martírios infernais,
O negro, que foi triste e foi escravo,
Foi um bravo
A gemer e a plantar canaviais.

Campos deu um carvão incandescente
E comovente,
Herói que foi luar e foi vulcão,
E não temeu do ouro o alto domínio:
Patrocínio nos deu a Abolição!

O negro que tirou a sua raça
Da desgraça
Lutando nas trincheiras de papel.
O negro que ficou na nossa História
Com essa glória
E vive na saudade de Isabel!

(*Chão de estrelas*, 1965)

CAFÉ

Negro vivia no tronco,
Negro era triste e era bronco,
Negro não tinha valor.
Velho, moço ou molecote
Apanhava de chicote
E era sempre réu de amor.

Castro Alves protestava.
Negro de ferro no pé
Chorava muito e sangrava
Quando plantava café.

O café, fruto vermelho,
Transforma depois a cor
Na cor da pele onde o relho
Fez sangrar rubis de dor...

(*Chão de estrelas*, 1965)

MURILO ARAÚJO (1894-1980)

TOADA DO NEGRO DO BANZO

Negro —
quando cava, quando cansa,
quando pula, quando tomba,
quando grita, quando dança,
quando brinca, quando zomba
sente gana de chorá...

Negro —
quando nasce, quando cresce,
quando luta, quando corre,
quando sobe, quando desce,
quando véve, quando morre
negro pena sem pará...

Negro, aponta o ponto —
ai Umbanda!
ginga tonto, tonto —
ai Umbanda!
Negro aponta: Oôu!

Negra nua, nua —
ai Umbanda!
toma a bença à lua —
ai Umbanda!
samba nua... Oôu!

Xangô!
Meu céu s'escureceu.
Exu me despachou...
Calunga me prendeu...

Xangô! Xangô! Xangô!
Meu rancho se acabou...
Meu reino — mar levou...
Meu bem morreu... morreu.

Negro —
negro chora, negro samba
na macumba do quilombo,
com malafo pra moamba
dando bumba no ribombo!
do urucungo e do ganzá!

Negro —
cai no congo, cai no congo,
dos mirongas ao muganga,
todo o bando nesse jongo...
roda, negro — roda a tanga
chora banzo no gongá.

Negro aponta o ponto —
ai Umbanda!
ginga tonto, tonto —
ai Umbanda!
Negro aponta: Oôu!

Se Xangô chegasse...
ai Umbanda!
E me carregasse —
ai Umbanda!
Coisa boa... Oôu!

(*A outra infância*, in *Poemas completos de Murilo Araújo*, 1960)

CASSIANO RICARDO (1895-1974)

SANGUE AFRICANO

Ó meu Pai João, por que choraste?
Olhei o negro velho, ao clarão da fogueira,
e pareceu-me ver a noite em forma humana;
e pareceu-me ver a saudade africana
crucificada numa noite brasileira...

Lá fora, no terreiro da fazenda,
a dança trágica e noctâmbula dos pretos,
de sarabanda em bamboleios de perna bamba
no resmungo sem fim do bumbo e do urucungo
no arrasta-pé grosseiro e fúnebre do samba
que retumba na noite lúgubre que descamba:
é o choro surdo e entrecortado do batuque,
no bate-pé que enche de assombro o próprio chão...
E a lua alvíssima derramada na restinga
pinta de cal toda a paisagem de carvão;
nas casas de sapé, nas moitas da caatinga,
pinga na sombra qualquer coisa de mandinga
e assombração.

Ó meu Pai João, eu sei de toda a tua história.
Quando o navio alçou o pano ao vento da África,
algemaram-te as mãos em cadeias de chumbo;
e, no porão, olhando os astros, noite em fora,
quanta vez escutaste o longínquo retumbo
do oceano a estrangular as praias sem aurora
como um negro quebrando as cadeias de chumbo!

Depois... os cafezais, os eitos, ó contraste!
Por entre moitas, espraiados e barrancas,

baixou a noite dos cativos e ficaste
crucificado numa cruz de estrelas brancas!

Depois, fugiste ao cativeiro;
fundaste, à sombra dos palmares,
tua cidade livre, e com o teu próprio sangue
semeaste a redenção do solo brasileiro.

Depois... a tua redenção.

Depois que as tuas lágrimas
já se haviam juntado ao nosso coração;
e que o teu sangue já se havia derramado
nas raízes da raça enterradas no chão...

Tu tens razão... tu tens razão.
Não há nada que mais me oprima ou me machuque
o coração de brasileiro, ó meu Pai João,
do que ouvir, pela noite negra, que foi sempre
a doce mãe dos pretos sem história,
com o seu leite de luar e o seu luto de glória,
ouvir o choro surdo, sapateado e entrecortado do batuque!

Ó meu Pai João, por que choraste?

E ele nem voltou o rosto de carvão.
Como um grito de dor, dentro do coração,
pareceu-lhe escutar o clamor da senzala.
E grandes lágrimas de opala
lhe estrelaram a face negra, à hora do jongo,
como se o pobre preto, em sua noite escura,
conseguisse acender as estrelas do Congo...

(*Vamos caçar papagaios?*, 1926)

A NOITE AFRICANA

"A noite morava lá longe
porque ao começo era só dia.

Havia uma terra encantada
guardada por onças vermelhas
onde morava a indígena mais formosa
que os meus olhos têm visto:
a mesma que hoje mora
com o nome de Uiara..."

E houve um marujo caçador de relâmpagos
que pretendeu casar com a indígena formosa
e ela lhe disse: "vai buscar a noite".

*

Então o marujo partiu, com os seus navios aventureiros
e foi buscar a noite.

(Martim Cererê, 1928)

MÃE PRETA

Havia uma voz de choro
dentro da noite brasileira:
"druma ioiozinho
que a cuca já i vem;
papai foi na roça
mamãe logo vem..."

E a noite punha em cada sonho de criança
uma porção de lanterninhas de ouro.

E o dia era um bazar onde havia brinquedos
bolas de juá, penas de arara ou papagaios;
dia-palhaço oferecendo os seus tucanos de veludo
árvores-carnaval que jogavam entrudo.

Cada criança ainda em botão
chupava ao peito de carvão de uma ama escrava
a alva espuma de um luar gostoso tão gostoso
que o pequerrucho resmungava
pisca-piscando os dois olhinhos de topázio
cheios de gozo.

*

Parou o bate-pé dos pretos no terreiro.
Lá fora anda a invernia assobiando assobiando.
O céu negro quebrou a lua atrás do morro.
Quem é que está gritando por socorro?
Quem é que está fazendo este rumor?

As folhas do canavial
cortam como navalhas;
por isso ao passar por elas
o vento grita de dor...

(O céu negro quebrou a lua atrás do morro)

"Druma ioiozinho,
que a cuca já i vem;
papai foi na roça
mamãe logo vem..."

(*Martim Cererê*, 1928)

A MORTE DE ZAMBI

     Na verde moldura da serra
riscou-se a carvão a República negra.

E cada canhambora moribundo
    de venta larga e pé chato
    pingando sangue pelo corpo
    era uma noite humana a quem o relho
    do capitão do mato
    estrelou de vermelho.

       *

    Mas eu tenho pra mim
    que o chefe dos negros falou
    mais ou menos assim:

"Lutamos há quase cem anos.
Morreu a lavoura nas mãos do inimigo.
  Maior do que a guerra nos montes por entre as trincheiras de pedra é
o fantasma da fome que ronda os mocambos!
    Chegou o momento
    do grande castigo!
    E eu prefiro morrer porque a morte
    é uma noite sem cruz!
    Apaguemos aquelas
    cinco gotas de luz
    que devem ser cinco bátegas
    do suor que vertemos
    na plantação dos canaviais;
    que devem ser cinco lágrimas
    de tantas lágrimas que choramos
    sob o látego infame
    dos capitães do mato;

que devem ser cinco pingos do leite
que as nossas mães pretas verteram
amamentando as primeiras crianças
    por amor do Senhor.
Ó grande cruz, não brilhes mais: fecha os braços de luz,
desfazendo as estrelas no céu descruzadas
que nem cruz que tombasse partida
    em pedaços de luz!"

    *

Faiscavam-lhe os olhos no escuro do rosto.
Moldava-lhe a voz qualquer cousa de nobre e profético.

Radiava-lhe a fronte uma auréola de estranho terror transitório e patético.
Os negros, tocados de estranha magia, beberam-lhe a voz coruscante.

    Foi quando, maior do que nunca,
    na sua renúncia de bárbaro
o herói negro atirou-se de cima do morro
    na garganta do abismo
    rolando e caindo lá embaixo,
    de bruços, com os braços abertos,
    como simples carvão de uma cruz,
    que se houvesse apagado.

    *

Um negro quimbundo
está contando às crianças
que não houve tragédia mais triste no mundo!

                                (*Martim Cererê*, 1928)

O NAVIO NEGREIRO

E o Navio Aventureiro
que trouxe o Descobridor
e que trouxe o Povoador
e que trouxe o Caçador
    de Papagaio
e o ladrão de Pau-Brasil
era um navio encantado
    que ia e vinha
pela estrada cor de anil;
conhecia o Mar da Noite
e tanto vai tanto vem
que trouxe a Noite também...

E qual não foi a alegria
da Uiara na manhã clara!
no instante em que o marinheiro
saltou do Atlântico em primeiro
lugar e logo depois
fez descer de dois em dois
uns homens tintos retintos
que haviam trazido a Noite.

Cada qual mais resmungão...
Chegaram todos em bando.
Uns se rindo, outros chorando.
Vinham sujos de fuligem...
Vinham pretos de carvão
como se houvessem saído
de dentro de algum fogão.

Mais escuros do que breu.
Com eles aconteceu
o que acontece ao carvoeiro
trabalhando o dia inteiro

dentro de tanto negrume
que quando sai da oficina
sai que é um carvão com dois olhos
    de vaga-lume...

Vinham sujos de fuligem...
Tinham a tinta de origem
nas mãos, nos ombros, na face:
como se cada figura
de negro fosse um fetiche
que a treva pintou de piche
marcando-lhe a pele escura
a golpes cruéis de açoite
para que todos soubessem,
bastando vê-los, que haviam,
realmente, trazido a Noite.

Vinham de outro continente
onde jaziam os povos
a quem misteriosamente,
Deus negara a cor do Dia...
Homens pretos picumã
de cabelo pixaim.
Por terem trazido a noite
ficaram pretos assim.

                      (*Martim Cererê*, versão ampliada)

NOITE NA TERRA

    Cabelo assim, pixaim.

    Falando em mandinga e candonga.
    Desceram de dois em dois.

Pituna é bem preta:
pois cada preto daqueles
era mais preto que Pituna.
Asa de corvo ou graúna
não era mais preta
cruz-credo, figa-rabudo,
do que preta mina
que chegou no Navio
    Negreiro.

Carvão destinado à oficina
    das raças.

(Martim Cererê, versão ampliada)

RIBEIRO COUTO (1898-1963)

SANTOS
(Excerto)

VII

Tinha sido mulata muito bonita
No tempo da escravidão.
Sinhá Maria do Bolo vendia doces
E andava arrastada, com reumatismo.
Levava tempo para chegar.

Sinhá Maria do Bolo contava histórias,
Casos de famílias, saudades de outro tempo.

— Sinhá Maria do Bolo, qual foi a barbaridade
Da sua sinhá, no tempo da escravidão?
— Mandô rapá minha cabeça.

(Noroeste e outros poemas do Brasil, 1933)

JOÃO NAGÔ

Preto velho, tua mão
Era trêmula, doente,
E teus pés, pesadamente,
Se arrastavam pelo chão.

Ia longe o tempo mau:
Capitães, matos, cafuas
E umas negras carnes nuas
A sangrar no bacalhau.

Ao morreres tinhas fé
Em que Deus te deixaria
Ir ao Céu no mesmo dia
Ver a Princesa Isabé.

(Província, 1934)

RAUL BOPP (1898-1984)

ÁFRICA

A floresta era um útero.

Quando a noite chegou
as árvores incharam.

Aratabá-becum.

O homem amedrontado espiava no escuro
a selva carregada de vozes ia crescendo no sangue.
Quando vieram as estrelas
o carvão-animal filtrou a luz das estrelas.

(*Urucungo, poemas negros*, 1932)

DONA CHICA

A negra serviu o café.

— A sua escrava tem uns dentes bonitos dona Chica.
— Ah o senhor acha?

Ao sair
a negra demorou-se com um sorriso na porta da varanda.

Foi cantando uma cantiga casa-a-dentro.

Aí do céu caiu um galho
Bateu no chão. Desfolhou.

Dona Chica não disse nada.
Acendeu ódios no olhar.

Foi lá dentro. Pegou a negra.
Mandou metê-la no tronco.
— Iaiá Chica não me mate!
— Ah! Desta vez tu me pagas.

Meteu um trapo na boca.
Depois
quebrou os dentes dela com um martelo.

— Agora
junte esses cacos numa salva de prata
e leve assim mesmo,
babando sangue,
pr'aquele moço que está na sala, peste!

(Urucungo, poemas negros, 1932)

MÃE PRETA

— Mãe preta, me conta uma história.
— Então feche os olhos, filhinho:

Longe muito longe
era uma vez o rio Congo...

Por toda parte o mato grande.
Muito sol batia o chão.

De noite
chegavam os elefantes.
Então o barulho do mato crescia.

Quando o rio ficava brabo
inchava.

Brigava com as árvores.
Carregava com tudo, águas abaixo,
até chegar na boca do mar.

Depois...

Olhos da preta pararam.
Acordaram-se as vozes do sangue,
glu-glus de água engasgada
naquele dia do nunca-mais.

Era uma praia vazia
com riscos brancos de areia
e batelões carregando escravos.

Começou então
uma noite muito comprida.
Era um mar que não acabava mais.

...depois...

– Ué mãezinha,
por que você não conta o resto da história?

(Urucungo, poemas negros, 1932)

NEGRO

Pesa em teu sangue a voz de ignoradas origens.
As florestas guardaram na sombra o segredo da tua história.

A sua primeira inscrição em baixo-relevo
foi uma chicotada no lombo.

Um dia
atiraram-te no bojo de um navio negreiro.
E durante longas noites e noites

vieste escutando o rugido do mar
como um soluço no porão soturno.

O mar era um irmão da tua raça.

Uma madrugada
baixaram as velas do convés.
Havia uma nesga de terra e um porto.
Armazéns com depósitos de escravos
e a queixa dos teus irmãos amarrados em coleiras de ferro.

Principiou aí a tua história.

O resto,
o que ficou para trás,
o Congo, as florestas e o mar
continuam a doer na corda do urucungo.

(Urucungo, poemas negros, 1932)

DIAMBA

Negro velho fuma diamba
pra amassar a memória.

O que é bom fica lá longe...

Os olhos vão se embora pra longe.
O ouvido de repente parou.

Com mais uma pitada, o chão perdeu o fundo.
Negro se sumiu.
Ficou só uma fumacinha.

— Ai leva-me-leva.
E a fumaça tossiu:

Apareceu então uma tropa de elefantes enormes trotando
cinquenta elefantes
puxando uma lagoa.

— P'ronde é que vocês tão levando essa lagoa?
Tá derramando água no caminho.

A água do caminho juntou
correucorreu.
Fez o rio Congo.

— Ai leva-me-leva.

Aquele navio veio buscar o rio Congo.
Então as florestas se reuniram
e emprestaram a sombra pro rio Congo dormir.

(*Urucungo, poemas negros*, 1932)

GILBERTO FREYRE (1900-1987)

HISTÓRIA SOCIAL: MERCADOS DE ESCRAVOS

Entre negros esverdeados
pelas doenças, se exibiam
os corpos de bela plástica
dos animais cujos dentes

de tão alvos pareciam
de dentadura postiça.
Negras lustrosas e moças,
um femeaço de boas
formas, lotes de melecas
passivamente deixando
se apalpar por compradores,
ante as exigências, moles,
saltando, mostrando a língua,
estendendo o pulso como
bonecos desses que guincham.
Havia ainda os moleques
franzinos. Nada valiam
porque se davam de quebra
aos compradores de "lotes".

(Talvez poesia, 1962)

CECÍLIA MEIRELES (1901-1964)

ROMANCE VIII OU DO CHICO-REI
(Excerto)

Tigre está rugindo
nas praias do mar.
Vamos cavar a terra, povo,
entrar pelas águas:
O Rei pede mais ouro, sempre,
para Portugal.

[...]

Muito longe, em Luanda,
era bom viver.
Bate a enxada comigo, povo,
desce pelas grotas!
— Lá na banda em que corre o Congo
eu também fui Rei.

Toda a terra é mina:
O ouro se abre em flor...
Já está livre o meu filho, povo,
— vinde libertar-nos,
que éreis, meu Príncipe, cativo,
e ora forro sois!

[...]

Tigre está rugindo
nas praias do mar...
Hoje, os brancos também, meu povo,
são tristes cativos!
Virgem do Rosário, deixai-nos
descansar em paz.

(Romanceiro da Inconfidência, 1953)

ROMANCE IX OU DE VIRA-E-SAI
(Excerto)

Santa Ifigênia, princesa núbia,
desce as encostas, vem trabalhar,
por entre as pedras, por entre as águas,
com seu poder sobrenatural.

[...]

Santa Ifigênia, princesa núbia,
pisa na mina do Chico-Rei.
Folhagens de ouro, raízes de ouro
nos seus vestidos se vêm prender.

Santa Ifigênia fica invisível,
entre os escravos, de sol a sol.
Ouvem-se os negros cantar felizes.
Toda a montanha faz-se ouro em pó.

[...]

Santa Ifigênia, princesa núbia,
sobe a ladeira quase a dançar.
O ouro sacode dos pés, do manto,
chama seus anjos, e vira-e-sai.

(*Romanceiro da Inconfidência*, 1953)

ROMANCE XIV OU DA CHICA DA SILVA
(Excerto)

> (*Isso foi lá para os lados
> do Tejuco, onde os diamantes
> transbordavam do cascalho*)

Que andor se atavia
naquela varanda?
É a Chica da Silva:
é a Chica-que-manda!

Cara cor da noite
olhos cor de estrela.
Vem gente de longe
para conhecê-la.

[...]

Escravas, mordomos
seguem, como um rio,
a dona do dono
do Serro do Frio.

> *(Doze negras em redor,*
> *— como as horas, nos relógios.*
> *Ela, no meio, era o sol!)*

[...]

Nem Santa Ifigênia,
toda em festa acesa,
brilha mais que a negra,
na sua riqueza.

Contemplai, branquinhas,
na sua varanda,
a Chica da Silva,
a Chica-que-manda!

> *(Coisa igual nunca se viu.*
> *Dom João Quinto, rei famoso,*
> *não teve mulher assim!)*

(*Romanceiro da Inconfidência*, 1953)

MURILO MENDES (1901-1975)

CANTIGA DOS PALMARES

Seu branco, dê o fora,
Deixe os nêgo em páis.
Nóis tem cachacinha,
Tem coco de sobra,
Nóis tem iaiá preta,
Nóis dança de noite;
Nóis reza com fé.
Seu branco é demais.
Praquê que vancêis
Foi rúim pros escravo,
Jogou no porão
Pra gente morrê
Com falta de ar?

Seu branco, dê o fora,
Sinão toma pau
Aqui no quilombo
Quem manda primero
Deus nosso sinhô,
Depois é São Cosme
Mais São Damião,
A Virge Maria,
Depois semo nóis.
Ezerço de branco
Não vale um real,
Zumbi aparece,
Mostrou o penacho,
Vai branco sumiu

Crúiz credo no inferno.
Seu branco, dê o fora,
Não volte mais não.

(História do Brasil, 1932)

AUGUSTO MEYER (1902-1970)

ORAÇÃO DO NEGRINHO DO PASTOREIO

Negrinho do Pastoreio,
Venho acender a velinha
que palpita em teu louvor.
A luz da vela me mostre
o caminho do meu amor.
A luz da vela me mostre
onde está Nosso Senhor.

Eu quero ver outra luz
clarão santo, clarão grande
como a verdade e o caminho
na falação de Jesus.

Negrinho do Pastoreio,
diz que Você acha tudo
se a gente acender um lume
de velinha em seu louvor.

Vou levando esta luzinha
treme, treme, protegida

contra o vento, contra a noite...
É uma esperança queimando
na palma da minha mão.

Que não se apague este lume!
Há sempre um novo clarão.
Quem espera acha o caminho
pela voz do coração.

Eu quero achar-me, Negrinho!
(Diz que Você acha tudo).
Ando tão longe, perdido...
Eu quero achar-me, Negrinho:
a luz da vela me mostre
o caminho do meu amor.

Negrinho, Você que achou
pela mão da sua Madrinha
os trinta tordilhos negros
e varou a noite toda
de vela acesa na mão,
(piava a coruja rouca
no arrepio da escuridão,
manhãzinha, a estrela d'alva
na luz do galo cantava,
mas quando a vela pingava,
cada pingo era um clarão).
Negrinho, Você que achou,
me leve à estrada batida
que vai dar no coração.
(Ah! os caminhos da vida
ninguém sabe onde é que estão!)

Negrinho, Você que foi
amarrado num palanque,
rebenqueado a sangue
pelo rebenque do seu patrão,
e depois foi enterrado
na cova de um formigueiro
pra ser comido inteirinho
sem a luz da extrema-unção,
se levantou saradinho,
se levantou inteirinho.
Seu riso ficou mais branco
de enxergar Nossa Senhora
com seu Filho pela mão.

Negrinho santo, Negrinho,
Negrinho do Pastoreio,
Você me ensine o caminho,
pra chegar à devoção,
pra sangrar na cruz bendita
pelo cravos da Paixão.
Negrinho santo, Negrinho,
quero aprender a não ser!
Quero ser como a semente
na falação de Jesus,
semente que só vivia
e dava fruto enterrada,
apodrecendo no chão.

(*Duas orações*, 1928)

CARLOS DRUMMOND DE ANDRADE
(1902-1987)

INCONFIDÊNCIA MINEIRA

Tem dois escravos Padre Toledo:
José Mina, que toca trompa,
Antônio Angola, rabecão.
O padre mete-se no rocambole
da insurreição.
A Real Justiça levanta o braço
da repressão.

Engaiola o padre na fortaleza
de São Julião.
Confisca os músicos, confisca a trompa
e o rabecão.
Música-gente, crioula música
duas vezes
na escravidão.

(Discurso de primavera, 1977)

FALA DE CHICO-REI

Rei,
duas vezes, Rei, Rei para sempre,
Rei africano, Rei em Vila Rica,
Rei de meu povo exilado e de sua esperança,
Rei eu sou, e este Reino em meu sangue se inscreve.
Arranquei-o do fundo da mina da Encardideira,

partícula por partícula, sofrimento por sofrimento,
com paciência, com astúcia, com determinação.
Era um Reino que ansiava por seu Rei.
Tinha a cor do Sol faiscando depois de sombria navegação,
a cor de ouro da liberdade.
Hoje formamos uma só Realeza, uma só Realidade
neste alto suave de colina mineira.
Aqui edifiquei a minha, a nossa Igreja
e coloquei-a nas mãos da virgem etíope,
nossa princesa santa e sábia: Efigênia,
sob as bênçãos da Rainha Celeste do Rosário.
Meus súditos me são fiéis até o sacrifício,
por lei de fraternidade, não de medo ou tirania.
São livres e alegres depois de tanta amargura.
A alegria de meu povo explode
em charamelas, trombetas e gaitas,
rouqueiras de estrondo e júbilo,
canções e danças pelas ruas.
A alegria de meu povo esparrama-se
no trabalho, no sonho, na celebração
dos mistérios de Deus e das lutas do Homem.
Nossa pátria já não está longe nem perdida.
Nossa pátria está em nós, em solo novo e antiga certeza.
Amanhã, quem sabe? os tempos outra vez serão funestos,
nossa força cairá em cinza enxovalhada.
(Sou o Rei, e o destino da minha gente habita,
prenunciador, o meu destino)

Mas este momento é prenda nossa e renascerá
de nossos ossos como de si mesmo.
Em liberdade, justiça e paz,
num futuro que a vista não alcança,
homens de todo horizonte e raça extrairão de outra mina mais funda

[e inesgotável
o ouro eterno, gratuito, da vida.

(*Discurso de primavera*, 1977)

SOLANO TRINDADE (1908-1974)

QUEM TÁ GEMENDO?

Quem tá gemendo,
Negro ou carro de boi?
Carro de boi geme quando quer,
Negro, não,
Negro geme porque apanha,
Apanha pra não gemer...

Gemido de negro é cantiga,
Gemido de negro é poema...

Gemem na minh'alma,
A alma do Congo,
Da Níger, da Guiné,
De toda África enfim...
A alma da América...
A alma Universal...

Quem tá gemendo,
Negro ou carro de boi?

(*Poemas duma vida simples*, 1944)

13 DE MAIO DA JUVENTUDE NEGRA

Treze de Maio não é mais de preto velho
do pai João, da mãe Maria
do negrinho do pastoreio.

Treze de Maio que não é mais
do misticismo, da "simpatia", do "despacho".

Treze de Maio da Juventude Negra
lutando por outra libertação
ao lado da Juventude Branca
contra os senhores capatazes
capitães do mato
que permanecem vivos
cometendo os mesmos crimes
as mesmas injustiças
as mesmas desumanidades...

Treze de Maio dos poetas conscientes!

(Poemas duma vida simples, 1944)

CONVERSA

— Eita negro!
quem foi que disse
que a gente não é gente?
quem foi esse demente,
se tem olhos não vê...

— Que foi que fizeste mano
pra tanto falar assim?
— Plantei os canaviais do nordeste

— E tu, mano, o que fizeste?
Eu plantei algodão
nos campos do sul
pros homens de sangue azul
que pagavam o meu trabalho
com surra de cipó-pau.

— Basta, mano,
pra eu não chorar,
E tu, Ana,
conta-me tua vida,
na senzala, no terreiro

— Eu...
cantei embolada,
pra sinhá dormir,
fiz tranças nela,
pra sinhá sair,
tomando cachaça,
servi de amor,
dancei no terreiro,
pra sinhozinho,
apanhei surras grandes,
sem mal eu fazer.

Eita! quanta coisa
tu tens pra contar...
não conta mais nada,
pra eu não chorar —

E tu, Manoel,
que andaste a fazer
— Eu sempre fui malandro
Ó tia Maria,

gostava de terreiro,
como ninguém,
subi para o morro,
fiz sambas bonitos,
conquistei as mulatas
bonitas de lá...

Eita negro!
— Quem foi que disse
que a gente não é gente?
Quem foi esse demente,
se tem olhos não vê.

(*Poemas duma vida simples*, 1944)

CANTO DOS PALMARES

Eu canto aos Palmares
sem inveja de Virgílio de Homero
e de Camões
porque o meu canto
é o grito de uma raça
em plena luta pela liberdade!

Há batidos fortes
de bombos e atabaques
em pleno sol
Há gemidos nas palmeiras
soprados pelos ventos
Há gritos nas selvas
invadidas pelos fugitivos...

Eu canto aos Palmares
odiando opressores
de todos os povos
de todas as raças
de mão fechada
contra todas as tiranias!

Fecham minha boca
mas deixam abertos os meus olhos
Maltratam meu corpo
minha consciência se purifica
Eu fujo das mãos do maldito senhor!

Meu poema libertador
é cantado por todos,
até pelo rio.
Meus irmãos que morreram
muitos filhos deixaram
e todos sabem plantar
e manejar arcos;
muitas amadas morreram
mas muitas ficaram vivas,
dispostas para amar
seus ventres crescem
e nascem novos seres.

O opressor convoca novas forças
vem de novo
ao meu acampamento...
Nova luta.
As palmeiras
ficam cheias de flechas,
os rios cheios de sangue,

matam meus irmãos,
matam as minhas amadas,
devastam os meus campos,
roubam as nossas reservas;
tudo isto
para salvar
a civilização
e a fé...

Nosso sono é tranquilo
mas o opressor não dorme,
seu sadismo se multiplica,
o escravagismo é o seu sonho
os inconscientes
entram para seu exército...

Nossas plantações
estão floridas,
nossas crianças
brincam à luz da lua,
nossos homens
batem tambores,
canções pacíficas,
e as mulheres dançam
essa música...

O opressor se dirige
aos nossos campos,
seus soldados
cantam marchas de sangue.

O opressor prepara outra investida,
confabula com ricos e senhores,
e marcha mais forte,

para o meu acampamento!
Mas eu os faço correr...

Ainda sou poeta
meu poema
levanta os meus irmãos.
Minhas amadas
se preparam para a luta,
os tambores
não são mais pacíficos,
até as palmeiras
têm amor à liberdade...

Os civilizados têm armas
e têm dinheiro,
mas eu os faço correr...

Meu poema
é para os meus irmãos mortos.
Minhas amadas
cantam comigo,
enquanto os homens
vigiam a Terra.

O tempo passa
sem número e calendário,
o opressor volta
com outros inconscientes,
com armas
e dinheiro,
mas eu os faço correr...

Meu poema é simples,
como a própria vida.

Nascem flores
nas covas de meus mortos
e as mulheres
se enfeitam com elas
e fazem perfume
com sua essência...

Meus canaviais
ficam bonitos,
meus irmãos fazem mel,
minhas amadas fazem doce,
e as crianças
lambuzam os seus rostos
e seus vestidos
feitos de tecidos de algodão
tirados dos algodoais
que nós plantamos.

Não queremos o ouro
porque temos a vida!
E o tempo passa,
sem número e calendário...
O opressor quer o corpo liberto,
mente ao mundo
e parte para
prender-me novamente...

— É preciso salvar a civilização,
Diz o sádico opressor...

Eu ainda sou poeta
e canto nas selvas
a grandeza da civilização — a Liberdade!
Minhas amadas cantam comigo,

meus irmãos
batem com as mãos,
acompanhando o ritmo
da minha voz....

— É preciso salvar a fé,
Diz o tratante opressor...

Eu ainda sou poeta
e canto nas matas
a grandeza da fé — a Liberdade...
Minhas amadas cantam comigo,
meus irmãos
batem com as mãos,
acompanhando o ritmo
da minha voz!...

Saravá! Saravá!
Repete-se o canto
do livramento,
já ninguém segura
os meus braços...
Agora sou poeta,
meus irmãos vêm comigo,
eu trabalho,
eu planto,
eu construo
meus irmãos vêm ter comigo...

Minhas amadas me cercam,
sinto o cheiro do seu corpo,
e cantos místicos
sublimam meu espírito!
Minhas amadas dançam,

despertando o desejo em meus irmãos,
somos todos libertos,
podemos amar!
Entre as palmeiras nascem
os frutos do amor
dos meus irmãos,
nos alimentamos do fruto da terra,
nenhum homem explora outro homem...

E agora ouvimos um grito de guerra,
ao longe divisamos
as tochas acesas,
é a civilização sanguinária
que se aproxima.

Mas não mataram
meu poema.
Mais forte
que todas as forças
é a Liberdade...
O opressor não pôde fechar minha boca,
nem maltratar meu corpo,
meu poema
é cantado através dos séculos,
minha musa
esclarece as consciências,
Zumbi foi redimido...

(Poemas duma vida simples, 1944)

NAVIO NEGREIRO

Lá vem o navio negreiro
Lá vem ele sobre o mar

Lá vem o navio negreiro
Vamos minha gente olhar...

Lá vem o navio negreiro
Por água brasiliana
Lá vem o navio negreiro
Trazendo carga humana...

Lá vem o navio negreiro
Cheio de melancolia
Lá vem o navio negreiro
Cheinho de poesia...

Lá vem o navio negreiro
Com carga de resistência
Lá vem o navio negreiro
Cheinho de inteligência...

(Cantares ao meu povo, 1961)

ORGULHO NEGRO

Eu tenho orgulho de ser filho de escravo...
Tronco, senzala, chicote,
Gritos, choros, gemidos,
oh! que ritmos suaves,
oh! como essas cousas soam bem
nos meus ouvidos...
Eu tenho orgulho em ser filho de escravo...

(Cantares ao meu povo, 1961)

CONGO MEU CONGO

Pingo de chuva,
que pinga,
que pinga,
pinga de leve
no meu coração.
Pingo de chuva,
tu lembras a canção,
que um preto cansado,
cantou para mim,
pingo de chuva,
a canção é assim.

Congo meu congo
aonde nasci
jamais voltarei
disto bem sei
Congo meu congo
aonde nasci...

(*Cantares ao meu povo*, 1961)

NEGROS

Negros que escravizam
e vendem negros na África
não são meus irmãos

Negros senhores na América
a serviço do capital
não são meus irmãos

Negros opressores
em qualquer parte do mundo
não são meus irmãos

Só os negros oprimidos
escravizados
em luta por liberdade
são meus irmãos

Para estes tenho um poema
grande como o Nilo.

(*Cantares ao meu povo*, 1961)

SOU NEGRO

Sou negro
meus avós foram queimados
pelo sol da África
minh'alma recebeu o batismo dos tambores atabaques, gongôs e agogôs
Contaram-me que meus avós
vieram de Luanda
como mercadoria de baixo preço
plantaram cana pro senhor de engenho novo
e fundaram o primeiro Maracatu
Depois meu avô brigou como um danado
nas terras de Zumbi
Era valente como quê
Na capoeira ou na faca
escreveu não leu
o pau comeu
Não foi um pai João
humilde e manso

Mesmo vovó
não foi de brincadeira
Na guerra dos Malês
ela se destacou

Na minh'alma ficou
o samba
o batuque
o bamboleio
e o desejo de libertação.

        (*Cantares ao meu povo*, 1961)

DEFORMAÇÃO

Procurei no terreiro
os Santos D'África
e não encontrei,
só vi santos brancos
me admirei...

Que fizeste dos teus santos
dos teus santos pretinhos?
ao negro perguntei.

Ele me respondeu:
meus pretinhos se acabaram,
agora,
Oxum, Yemanjá, Ogum,
é São Jorge,
São João
e Nossa Senhora da Conceição.

Basta Negro!
basta de deformação!

(Cantares ao meu povo, 1961)

ZUMBI
(Da peça *Malungos*, musicado em 1996 por Vítor Trindade)

Zumbi morreu na guerra
Eterno ele será
Rei justo e companheiro
Morreu para libertar
Zumbi morreu na guerra
Eterno ele será
Se negro está lutando
Zumbi presente está
Herói cheio de glórias
Eterno ele será
À sombra da gameleira
A mais frondosa que há
Seus olhos hoje são lua,
Sol, estrelas a brilhar
Seus braços são troncos de árvores
Sua fala é vento é chuva
É trovão, é rio, é mar.

(*Solano Trindade, o poeta do povo*, 1999)

JOSÉ PAULO PAES (1926-1998)

PALMARES

I

No alto da serra,
A palmeira ao vento.
Palmeira, mastro
De bandeira, cruz
De madeira, pálio
De fúnebre liteira,
Que negro suado,
Crucificado
Traído, morto,
Velas ainda?
Não sei, não sabes,
Não sabem. Os ratos
Roem seu livro,
Comem seu queijo
E calam-se, que o tempo
Apaga a mancha
De sangue no tapete
E perdoa o gato
Punitivo. Os ratos
Não clamam, os ratos
Não acusam, os ratos
Escondem
O crime de Palmares.

II

Negra cidade
Da liberdade
Forjada na sombra
Da senzala, no medo
Da floresta, no sal
Do tronco, no verde
Cáustico da cana, nas rodas
Da moenda.
Sonhada no banzo,
Dançada no bumba,
Rezada na macumba,
Negra cidade
Da felicidade,
Onde a chaga se cura,
O grilhão se parte,
O pão se reparte
E o reino de Ogun,
Sangô, Olorun,
Instala-se na terra
E o negro sem dono,
O negro sem feitor,
Semeia seu milho,
Espreme sua cana,
Ensina seu filho
A olhar para o céu
Sem ódio ou temor.
Negra cidade
Dos negros, obstinada
Em sua força de tigre,
Em seu orgulho de puma,
Em sua paz de ovelha.

Negra cidade
Dos negros, castigada
Sobre a pedra rude
E elementar e amarga.
Negra cidade
Do velho enforcado,
Da virgem violada,
Do infante queimado,
De zumbi traído.
Negra cidade
Dos túmulos, Palmares.

III

Domingos Jorge, velho
Chacal, a barba
Sinistramente grave
E o sangue
Curtindo-lhe o couro
Da alma mercenária.
Domingos Jorge, velho
Verdugo, qual
A tua paga?
Um punhado de ouro?
Um reino de vento?
Um brasão de horror?
Um brasão: abutre
Em campo negro,
Palmeira decepada,
Por timbre, negro esquife.
Domingos Jorge Velho,
Teu nome guardou-o
A memória dos justos.

Um dia, em Palmares,
No mesmo chão do crime,
Terás teu mausoléu:
Lápide enterrada
Na areia e, sobre ela,
A urina dos cães,
O vômito dos corvos
E o desprezo eterno.

(Poemas reunidos, 1961)

O PRIMEIRO IMPÉRIO

O couro do relho,
O peso da canga,
O sal da salmoura,
A ponta do cravo?
Do escravo.

O pé de café,
Os carros de cana,
Os jogos de amor,
O leme da barca?
Do oligarca.

O punho de renda,
Os dons da marquesa,
O sol da medalha,
O lundu do cantor?
Do Imperador.

O pó do proscênio,
As rédeas do Estado,

Os ratos do imposto,
As contas do palácio?
Do Bonifácio.

(Poemas reunidos, 1961)

O SEGUNDO IMPÉRIO

Sejamos filosóficos, frugais,
Eruditos, ordeiros, recatados
Um casebre, se digno, vale mais
Que palácio de alfaias atestado.

Sejamos sobretudo liberais
E, ao figurino inglês afeiçoados,
Tolerantes, medíocres, legais,
Por jeito d'alma e por razões de Estado.

Sejamos, na cozinha, escravocratas,
Mas abolicionistas de salão:
A dubiedade é-nos virtude grata.

Com ela se garante bom quinhão
Dessa imortalidade compulsória
Que é justiça de Deus na voz da História.

(Poemas reunidos, 1961)

A REDENÇÃO

Considerando
A magnanimidade

Que, por dever de ofício,
Deve dar mostra de
A casa reinante.

Considerando
Da real janela
O clamor popular,
Que manda a prudência
Sempre respeitar.

Considerando
Com antecipação
As muitas vantagens
Da mais-valia sobre
O trabalho sem pão.

Decidimos, com pena
De ouro, chancelar
Carta de alforria
Ampla e universal
A toda a escravaria.

Dado em Palácio
Aos treze dias
Do mês de maio
Do ano de mil e oito-
Centos e oitenta e oito.

(Poemas reunidos, 1961)

CARLOS DE ASSUMPÇÃO (1927)

PROTESTO

    Mesmo que voltem as costas
    Às minhas palavras de fogo
    Não pararei de gritar
    Não pararei
    Não pararei de gritar

    Senhores
    Eu fui enviado ao mundo
    Para protestar
    Mentiras ouropéis nada
    Nada me fará calar

    Senhores
    Atrás do muro da noite
    Sem que ninguém o perceba
    Muitos dos meus ancestrais
    Já mortos há muito tempo
    Reúnem-se em minha casa
    E nos pomos a conversar
    Sobre coisas amargas
    Sobre grilhões e correntes
    Que no passado eram visíveis

    Sobre grilhões e correntes
    Que no presente são invisíveis
    Invisíveis mas existentes
    Nos braços no pensamento
    Nos passos nos sonhos na vida
    De cada um dos que vivem
    Juntos comigo enjeitados da Pátria

Senhores
O sangue dos meus avós
Que corre nas minhas veias
São gritos de rebeldia
Um dia talvez alguém perguntará
Comovido ante meu sofrimento
Quem é que está gritando
Quem é que lamenta assim
Quem é?

E eu responderei
Sou eu irmão
Irmão, tu me desconheces?
Sou eu aquele que se tornara
Vítima dos homens
Sou eu aquele que sendo homem
Foi vendido pelos homens
Em leilões em praça pública
Que foi vendido ou trocado
Como instrumento qualquer
Sou eu aquele que plantara
Os canaviais e cafezais
E os regou com suor e sangue
Aquele que sustentou
Sobre os ombros negros e fortes
O progresso do país
O que sofrera mil torturas
O que chora inutilmente
O que dera tudo o que tinha
E hoje em dia não tem nada
Mas se hoje grito não é
Pelo que já se passou
O que se passou é passado
Meu coração já perdoou

Hoje grito, meu irmão,
É porque depois de tudo
A justiça não chegou

Sou eu quem grita sou eu
O enganado no passado
Preterido no presente
Sou eu quem grita sou eu
Sou eu, meu irmão, aquele
Que viveu na prisão
Que trabalhou na prisão
Que sofreu na prisão
Para que fosse construído
O alicerce da nação
O alicerce da nação
Tem as pedras dos meus braços
Tem a cal das minhas lágrimas
Por isso a nação é triste
É muito grande mas triste
E entre tanta gente triste
Irmão, sou eu o mais triste

A minha história é contada
Com tintas de amargura
Um dia sob ovações e rosas de alegria
Jogaram-me de repente
Da prisão em que me achava

Para uma prisão mais ampla.
Foi um cavalo de Troia
A liberdade que me deram
Havia serpentes futuras
Sob o manto do entusiasmo.
Um dia jogaram-me de repente

Como bagaços de cana
Como palhas de café
Como coisa imprestável
Que não servia mais pra nada.
Um dia jogaram-me de repente
Nas sarjetas da rua do desamparo
Sob ovações e rosas de alegria.

Sempre sonhara com a liberdade
Mas a liberdade que me deram
Foi mais ilusão que liberdade

Irmão, sou eu quem grita

Eu tenho fortes razões
Irmão, sou eu quem grita
Tenho mais necessidade
De gritar que de respirar.

Mas, irmão, fica sabendo
Piedade não é o que eu quero
Piedade não me interessa
Os fracos pedem piedade
Eu quero coisa melhor
Eu não quero mais viver
No porão da sociedade
Não quero ser marginal
Quero entrar em toda parte
Quero ser bem recebido
Basta de humilhações
Minha alma já está cansada
Eu quero o sol que é de todos
Ou alcanço tudo o que eu quero
Ou gritarei a noite inteira
Como gritam os vulcões

Como gritam os vendavais
Como grita o mar
E nem a morte terá força
Para me fazer calar!

(Protesto, 1982)

MEUS AVÓS

À Profª. Eunice de Paula Cunha

Os meus avós foram fortes
Foram fortes os meus avós

Orgulho-me dos meus avós
Que outrora
Carregaram sobre a costas
A cruz da escravidão

Orgulho-me dos meus avós
Que outrora
Trabalharam sozinhos
Para que este país
Se tornasse tão grande
Tão grande como hoje é

Os meus avós foram fortes
Foram fortes os meus avós

Este país meus irmãos é fruto
Das sementes de sacrifício
Que meus avós plantaram
No solo do passado
Há muitas histórias
Sobre os meus avós

Que a história não faz
Questão de contar

Os meus avós foram bravos
Foram bravos os meus avós

Embora ainda não conhecessem
A nova terra
A que tinham sido transportados
Acorrentados como se fossem feras
Nos sinistros navios negreiros
Embora ainda não conhecessem
A nova terra
Os meus avós fugiam das fazendas
Cidades bandeiras e minas
E se embrenhavam nas florestas
Perseguidos por cães e capitães do mato

Há muitas histórias
Sobre os meus avós
Que a história não faz
Questão de contar

E a história
Dos que desesperados
Se atiravam dos navios
No abismo do oceano
E eram acalentados
Por Iemanjá

E a história
Dos que enlouquecidos
Gritavam em vão
Chamando a mãe África
Saudosos da África
Ansiosos por estreitar

De novo nos braços
A velha mãe África

E a história
Dos que morriam de banzo
Dos que se suicidavam
Dos que se recusavam
Qualquer alimento
E embora ameaçados
Por troncos e chicotes
Não se alimentavam
E acabavam morrendo
Encontrando na morte final
A porta da liberdade

E as fugas em massa
Planejadas na noite das senzalas

E os feitores
Mortos nos eitos

E os senhores
Mortos nas casas-grandes
E nas tocaias das estradas

Há muitas histórias
Sobre os meus avós
Que a história não faz
Questão de contar

Os meus avós foram bravos
Foram bravos os meus avós

Não me venha dizer
Que os meus avós se submeteram
Facilmente à escravidão

Não me venham dizer
Que os meus avós foram
Escravos submissos
Por favor não me venham dizer
Eu não aceito mentiras

Cortarei com a espada
Dos meus versos
A cabeça de todas as mentiras
Mal-intencionadas
Com que pretendem humilhar-me
Destruir o meu orgulho
Falseando também
A história dos meus avós

Os meus avós foram bravos
Foram bravos os meus avós

Apesar dos "castigos
Públicos para exemplo"

Apesar de flagelados
Na carne e na alma

Apesar de divididos
E oprimidos
Pelo regime aviltante

Apesar de todas
As crueldades sofridas

Os meus avós nunca
Nunca se submeteram
À escravidão
Há muitas histórias

Sobre os meus avós
Que a história não faz
Questão de contar

Os meus avós foram fortes
Foram bravos
Foram bravos foram fortes
Os meus avós

A quem ainda duvide
Aponto entre outras epopeias
A epopeia dos Palmares
Cujos quilombolas chefiados
Pelo herói negro Zumbi
Acuados pelos inimigos
Muito mais numerosos
Esgotadas todas as forças
Apagadas as esperanças
Despenham-se da Serra da Bocaina
Preferindo a morte gloriosa
À infame vida de escravos

A quem ainda duvide
Aponto as revoltas malês
Quando os bata-cotôs
(Tambores guerreiros)
Puseram em pânico
A cidade da Bahia
Aponto o quilombo de Jabaquara
Outro exemplo de bravura
Dos meus avós

A quem ainda duvide
Aponto as sociedades negras secretas
Que angariavam fundos

Para comprar alforria
De irmãos escravizados

Há muitas histórias
Sobre os meus avós
Que a história não faz
Questão de contar

Meus avós foram fortes
Foram bravos
Foram bravos foram fortes
Os meus avós.

(Tambores da noite, 2019)

ARIANO SUASSUNA (1927-2014)

ODE A CAPIBA

> Quem quiser saber se eu padeço
> pergunte aos canaviais.
>
> Capiba

Não basta que a ventania, vinda do Mar,
seja cortada pelo Gume de pedra dos canaviais,
e, pejada de fatos sem memória, chegue ao Sertão,
curvando para a terra os Lombos dos patriarcas
que cerram os olhos, nos Algodoais, olhando a Distância.

Não basta que toda a terra do Nordeste
receba o impacto de legiões de Arcanjos

que vão deixando, no seu Rastro de fogo,
cicatrizes de Espadas e armaduras.

É preciso lembrar o povo de Anjos da noite,
que cruzou o Mar, gravando na pedra da nova terra
a Queda em que o Sol o despenhou.

É preciso lembrar que todos somos Negros:
legião sem Olhos, precipitada nas Chagas da noite,
esperando que espadas e Mantos sagrados
venham curar nossos Dorsos que o chicote castigou.

Por isso achei-me, Amigo, no teu grande Ritmo negro,
nas Canções tocadas por Rebanhos incendiados,
paridos por graves Atabaques que deuses negros fazem vibrar.
Cantei, assim, os Rifles do sertão, cruzando a Tempestade,
traspassando com balas de Sol corpos amorenados,
e hei de lembrar sempre a epopeia de meu povo
que revive ainda, no Sertão, a marcha dos corcéis épicos.

Agora, porém, quero cantar tua Música severa,
sentindo meu sangue curvar-se ao Sangue coletivo
do grande Povo que cruzou desertos e mares, na Queda.

Meu canto é, portanto, a Canção do povo Negro:
parte de mim, fraterno, e marcha ombro a ombro com Ele,
enquanto o vento vindo do Mar caminha para o sertão,
ao encontro de rifles e Velhos de pedra,
ferido de morte pelo Gume de faca dos canaviais.

1949

(*Poemas*, 1999)

AFFONSO ÁVILA (1928-2012)

OS NEGROS DE ITAVERAVA

Três negros de Itaverava,
irmãos em sangue e aflição,
não dormiam, como os outros,
a noite que é sujeição,
dormiam, sim, as auroras
— as luzes em combustão
dos sonhos que, mesmo estéreis,
sucedem no coração.

Enquanto as almas penadas
nos caminhos pranteavam
o corpo que se perdera
e os cães com elas choravam,
na senzala não se ouviam
os passos que se cuidavam,
as vozes que, a medo e susto,
no paiol confabulavam.

Para quem é jaula o dia,
que seja conspiração
de perfídia e sortilégio,
de roubo e contravenção
a noite cujas estradas
não se sabe aonde dão,
a noite que enlaça o negro
com seus silêncios de irmão.

***

Toda lavoura comum
tinha a safra repartida,
onde os homens são irmãos
mesmo o crime se divida:
que os olhos jovens de Estêvão
sejam polícia e guarida,
que as mãos ágeis de Ventura
aviem a carga escolhida.

Três alqueires de silêncio,
cereal e precaução
nos ombros de Romualdo
pesam menos que o pilão
no bronze do almofariz
contra as amêndoas do grão,
são mais leves que o machado
compondo a destruição.

Mas o desvelo de Estêvão
por muito não distinguia
o que de omisso era astúcia,
quanto da noite era dia,
se a lua — no plenilúnio —
essas faces confundia
e em sua branca denúncia
ladrões e furto perdia.

    ***

Na festa do padroeiro
(Antônio, por provisão
da Mesa da Consciência
del-Rei que reinava então
quando estas terras sangravam
nos estupros da ambição)

os negros de Itaverava
tinham sua devoção.

Ora, houve um junho mais frio
e nele um negro alquebrado,
o corpo que fora rijo
doía de alanceado,
não pela carne rasgada,
mas por aquele congado
ferindo mais do que o relho,
doesto de renegado:

"Romualdo, rei do Congo,
não te bastava a nação?
Trocaste glebas do reino
por três quartas de feijão,
nas roças da tua gente
plantaste mais irrisão,
hoje a incúria é teu quilombo,
tua tribo a compaixão."

***

De Santana a Providência,
do Pé do Morro ao Lamim
o vento cantava a sanha
do malogrado Crispim,
feitor da Barra ao princípio,
mula sem cabeça ao fim,
pois se homem plantou-o à noite,
o dia colheu-o assim.

Não se aplacaram no morto
os ônus da maldição,

para juntar suas partes
não se acorre ao mutirão:
ao norte pende a cabeça
com o olho da delação,
ao esmo o fausto do sexo
e o lastro inútil da mão.

Crispim, agora não moves
o teu consolo de sal
sobre as sevícias que o punho
abria com sua cal
tecendo as formas e os poros
da nuvem lenta e final
como estipêndio que o júbilo
cobrasse pelo seu mal.

* * *

Ah, quem diria que a indústria
amarga da vexação
trabalhasse o mesmo barro,
a terra do mesmo chão
que sofre o tempo da flor
depois sazonada em pão
e fabricasse a vingança
com sua mão de pilão.

Romualdo, no teu ódio,
que estrela te alumiou,
que duende vindo da África,
Ventura, te alimentou?
Os olhos, na tua fúria,
Estêvão, que anjo cegou?
Que cristal de água mais pura
as vossas mãos não lavou!

Três negros de Itaverava,
irmãos em sangue e aflição,
não dormiam, como os outros,
a noite que é sujeição,
dormiam, sim, as auroras
— as luzes em combustão
dos sonhos que, mesmo estéreis,
sucedem no coração.

(*Código de Minas & poesia anterior*, 1969)

WALMIR AYALA (1933-1991)

ROMANCE I

Quem diria tal senhora,
Ana Henriqueta ou Theodora,
que servia a seu marido
todo o dia e a toda hora,
e que por tê-lo de amado,
amado e seu muito embora,
não dispensava tal zelo
nem abriu mão da desforra?

E quem era aquela negra
cujo sorrir lembro agora
por detrás dos véus imensos
desta duvidosa história?
Quem era a que, num descuido
da previdente senhora

veio amenizar a sede
que o senhor trouxe de fora?

E quem foi este senhor
tão ingênuo e sem cautela
que ante a sorridente negra
ousou dizer que era bela,
mal percebendo que atrás
de disfarçada janela
mordia o lábio a senhora
indo de cisne a pantera.

Que vulnerável ouvido
e que má palavra aquela
que depois do senhor ido
deixou a casa em querela?
De onde aflorou este gesto
de silêncio e decisão
quando a ama trouxe a negra
ao peso da própria mão
e com olhar de centelha,
lábio de obstinação,
colocou-a de joelhos
em dura investigação?

Sem obter qualquer prova
nos termos da confissão
transtornada de um ciúme
mordente como a paixão,
armada de ira e torquesa
a senhora ergueu a mão.
E o belo sorrir que abria
na ingênua submissão
desta escrava sem cuidado

foi selo de perdição:
partidos todos os dentes
na triste mutilação.

Sentaram no tribunal
a senhora enlouquecida,
a escrava a curtir seu mal
e o senhor de alma ferida.
Ferida de um novo amor
inconfessado e suicida
pela vítima do ardor
da paixão descomedida.

Dizem que a escrava fiel
manteve a queixa escondida,
e nem sequer formulou
a acusação respectiva.
Sendo assim a ré, por falta
de provas, absolvida.
O que não dizem é que
da tristeza do senhor
perante tal injustiça
foi nascendo estranho amor
pela humilhada mestiça.

Dizem que a louca senhora
curtiu sozinha o seu fado.
E dos outros nada dizem,
da compaixão feita agrado,
do maldito descaminho,
do sonho escandalizado
no qual o estranho desígnio
do amor amaldiçoado
viveu seu sofrido exílio
bebeu seu sabor salgado.

Amor sem rumo ou memória,
franjado de dissabor,
maldito e desenganado
como o tempo desta história.

Tempo que já é passado,
poeira, isento de glória,
onde pousa a sombra fria
do coração condenado.

(*Memória de Alcântara*, 1979)

ROMANCE III

Na rua das Amarguras
morava a gente importante
e era onde a escravatura
pungia o instante.

Era onde era mais dura
a vergasta, e mais constante
o jugo da criatura
na escravidão infamante.

Era onde mais fulgia
o instrumento de tortura
pois quanto mais renomado
o senhor, maior o espaço
na senzala reservado.

E quanto mais farta a mesa
mais poderosa a exigência
que o escravo consumia
entre a sevícia e a demência.

Oh rua das Amarguras
hoje estás deserta e só,
hoje és lembrança espalhada
na fina palma do pó!
Por mais que apure os ouvidos
ouço apenas dos meus passos
o toque uniforme e só.

No entanto és das Amarguras,
rua de amarga lembrança,
a própria luz que te aclara
lampeja como uma lança,
e na falsa paz das pedras
que te cobrem com dureza
levantamos o requinte
daquela pobre nobreza
que sobre as costas humildes
descarregava a tristeza
de seu poder feito nada.

Porque a poeira da estrada
é importante como aquela
em que se viu a nobreza
tristemente transformada

pela morte, que unifica
escravo com malfeitor,
mão partida com mão forte,
gemido com desamor.

Oh rua das amarguras
ficou teu nome marcando
perdido tempo de dor!

(*Memória de Alcântara*, 1979)

ABELARDO RODRIGUES (1952)

À PROCURA DE PALMARES

Como voz de faca
em voo
derrubando pássaros antigos
ou vento de homens
que sopram desejos
de velhos risos perdidos
em correntes,
é preciso que o punho
seja espelho de nossa fé.

E que meus olhos tremidos
estejam ainda na penumbra
da razão negada,
é preciso que se galgue
a poeira levantada
e se ache
entre palmeiras
lanças
guerreiras
intactas.

(*Atlântica dor: poemas, 1979-2014*, 2016)

FRAGMENTOS MARÍTIMOS

Entre mim e ti
África desnuda

a cruz
e naus tumbeiras

fantasmas perenes
num rio vermelho
de medo
Literaturas dolentes
boiando
numa garrafa de rum imaginária
pedindo socorro
em todas as línguas
do mundo

Nem o som dos atabaques
chamando pelos Orixás
e suas míticas lembranças

entrelaçam nossas vozes
e nossas consciências
a ver navios...

Ó mar de incertezas
Messiânicas

Ó terra
ainda estranha
de mim!

— geografia de histórias
abortadas na
via-sacra marítima —

— Minha pele viva
minha alma viva

mescladas de todas as cores
do mundo!

Entre mim e ti
África-rainha

desnudada
de mim
sete mares de
histórias jamais
deletadas

(Atlântica dor: poemas, 1979-2014, 2016)

O BOI O ESCRAVO E O POETA

Sinto suas palavras mansas
arremessadas em minha garganta
como um soco no fígado.

Sento-me na banda da esquerda
ou direita da palavra
Negro
e me arrependo
da minha mudez mansa

Sinto

Que o meu coração
atordoado ante meus olhos
desnudos
arremata essa dor
num jogo de cartas marcadas

em que eu não sou o crupiê
nem o dono da banca
e
desse baile de máscaras
eterno

Sinto
espelhada nos seus olhos
uma angustiante sombra
de caminhos de bois e de escravos

Sinto só angústia

E não saberia como dizer
ó boi companheiro
da nossa vida de canga
de outrora

se tua carga e sina
são maiores
que as amarras sobre meus pés
cerzidos na ignorância do sol

espectro de luz a entorpecer
os caminhos da minha liberdade

Eu não me engano
nessa ladainha
de mansidão
pregada em meus ouvidos
agora moucos

Sinto

E que os velhos senhores
modernizados continuem a solfejar
ideologias de amor e sedução
em minha pele
para calar minha voz
nem pressinto
sinto

Mas tenho ais de senzalas
ainda não resolvidos
caminhando comigo
de mãos dadas

em cada respirar do meu ser

E meus guizos

gritos transfigurados em poema
há tempos esperam
sacolejar esse canto
monocórdio
de se cantar esta vida cabisbaixa
em enredos de silêncio
dos quais eu não faço parte

(*Atlântica dor: poemas, 1979-2014*, 2016)

EDIMILSON DE ALMEIDA PEREIRA (1963)

CEMITÉRIO MARINHO

CENA 1

: embarcados, como
avaliar a tempestade

não é fora que a lâmina
arruína, mas
nas veias

o grito (lagarto que
os dias emagrecem)
insulta a diversão
do escorbuto

onde uma perna
    outra
lista de mercadorias
que valessem
    peça
    por
    peça

nesse cômodo
mal se tira a costela
e a morte instala sua
força-tarefa

no vermelho da hora
um baque
    outro
espanto, deveras

o corpo
— o que expõe em mulher
ou guelra
exasperado?

: embarcados, às vezes
nos desembarcam

antes da ilha, em meio
às ondas
como sacos de aniagem

entregues ao calunga
grande, o que resta?
uma
cilada, outro revés?

    à
superfície um brigue
    é
   o
    que
   é

faca alisando a bandeira
do mar   país
sem continente
garden of the world

      mas
      o
      que
      ele
      arrota
assombra-nos

: na praia, desembarcados
teremos de volta
as pernas   os braços
    a cabeça
    os rios
    os crimes
    a ira
    os lapsos
    as línguas
    a guerra
    a teia
    o horror
    a trégua

    o camaleão
    no céu
    a tempestade?

CENA 2

uma ponte de ossos
    submersa
eis o que somos —

além abismo a sigla
    em gesso
se esculpe e nela

habitam, sob musgo,
la vieja   le bleu

o atirado aos tubarões
que,
devido à calmaria,
flutuou com a barriga
em luto
por meia hora
         o rosto
perto do navio dentro
dos rostos em fuga

         o rosto
esverdeado como um
fruto-memória
    um braço
estendido   além
de seus nervos

eis o que somos — apesar
do abismo e sua colônia
de entalhes

apesar do abismo onde
a forma informe (a
    linguagem)
      nos experimenta

CENA 3

um velho repõe a cólera
não pela intenção
de roubar o sono aos peixes

ou porque uma raia
crispou o coral e sua memória
se esgarçou

— os tendões, uma
vez descolados, acusam
a história

entre essa e a outra
margem do oceano, cabeças
rolaram mas

continuam presas à orelha
    dos livros

se um velho pretende dizer
quem as perdeu
deve se postar na beira

o mar à sua frente
sem nada a recuperar, senão
o exílio

CENA 4

o ventre materno
nave
se atreve nas ondas

não porque os filhos
o pensem umbigo
    fora
       do alvo

o ventre erra
na tempestade, embora
costure os portos
da noite

o que leva dentro
se move
mais que a nuvem
& o comércio

sobre as águas
esse navio
norte de outro norte

mas
traído, o ventre
se inventa
presídio-liberdade

a cabeça (quem
a tiver gire
além do próprio
eixo)
    é o bólido

o que somos
vem de um
enigma
tirado aos peixes

de um corpo
além
das chagas

o ventre materno
nave
esgrime na água

e o que esculpe
excede
ao seu trabalho

: na pele
nenhum risco
que tire desse
corpo o equilíbrio

o ventre materno
diário
rasura a inscrição
de si mesmo

na água em que
submerge
ressoa, estala
se ergue

— a ele, por isso
saúdam as cabeças

CENA 5

a linguagem espolia o museu
de história natural

nem tudo o que ressoa
é som
a palavra ainda menos

se a diamba espuma
a noite
não é que o morto viajará

o pássaro limpa
os dentes do hipopótamo
nem por isso
vão juntos à reza

a grande árvore freme
mas não é
com a chuva que se deita

a linguagem se joga
no oceano — para desespero
da memória
que se quer museu de tudo

CENA 6

a primeira loja (de carnes:
termo usual
para quem perdera
o domínio
de sua violência)

imitava o inferno
em curvas: trezentos
nascidos para morrer
acenando em azul
    e branco
ao país das demências

trezentos entre os seis
e treze
anos apartados do jogo
: uns meninos
outros, meninas
em fila sob trinta e três
graus

no inferno, o azul
o branco, trezentas vezes
lesado,
se esgueira do assédio
    de sua fila, cada
um respira no olvido

trezentos zeros a trinta
e três graus
crepitam na grama: extinto
o negócio,
não se bastam, em flor
em febre em farpa oxidam

CENA 7

recusado, esse

lugar
é o soldo que reduziu
o mar a duas braças

em 110 metros
quadrados
redondos em febre
e assombro

dormem (não como
deveriam)
seis mil cento e dezenove
almas

: as pupilas golpeadas
no mar cevam
um dia
que não se esgota

de óbito em óbito
o horror assunta os vivos
    corta-lhes
herança e umbigo

de óbito em óbito
os sem irmandade ou
crédito
se escrevem à esquerda

de óbito em óbito
navio e continente são
um
mesmo ancoradouro

de óbito em óbito
se calcula a história como
se ao apagá-la
ela se fizesse nova

nesse lugar
de esconjuros a juros
a nudez acossa
o oficial de ossos

a linguagem, corpo
indefeso, cola-se à laje
suas entranhas são
um caniço

e ainda que o silêncio
a ancore   *suona*
: os que morreram antes
de se tornarem

outros foram lançados
a essa barca noturna
sem nome
tirados ao sangue

não pertencem ao hades
olimpo
de nenhuma ordem
são outros além-outros

que engolem a língua
para regressar
à primeira queda
do rio

que temem perder
a cabeça
e sem ela o rastro anterior
ao chão

esse
lugar recusado
invernou sob arcas
e contrapesos

sob alucinações
e mercadorias alheias
ao seu comércio
sobre tal

cemitério
se atulharam
o descuido letras de câmbio
e tumultos

o que fazer, porém
dos espólios
recuperados no golpe
de uma pá?

são os aptos
no manuseio da
equipagem: os mortos
de quem o navio

não partiu, os mortos
tatuados
na cal, os de sempre
que teriam

movido arcos e tinas
comprado & vendido
suas posses
e a si mesmos

os mortos descalços, os
emudecidos
os surdos a qualquer
sentinela

      lá vem a barra do dia
      topar co'as ondas
      do mar

os vermelhos e suas
orquídeas
saídas no flanco
esquerdo

      sua terra é diferente
      vá   m
      orar no campo santo

os mortos que não
viram a cidade
as lianas
mortas, as mortas

      lá vem a barra do dia
      sem as ondas do mar
              de vigo

o que fazer desses
rendidos
na praia, de suas
valises

com nada por dentro?
de seu esqueleto
convertido em
flauta *lá vem a barra*

do dia topar co'as ondas
do mar de sua

cólera enrugando
a manhã?

(Poesia + (antologia 1985-2019), 2019)

IACYR ANDERSON FREITAS (1963)

QUILOMBO

> *O sistema defensivo dos rebeldes parecia intransponível. A tática utilizada por Jorge Velho foi o cerco, imposto por muito tempo, na tentativa de vencê-los pela fome. Não surtindo os efeitos esperados, resolveu lançar mão de outra tática. Distribuiu entre alguns escravos roupas de homens mortos pela varíola e criou condições para que fugissem. Vestidos com essas roupas, livres, os escravos correram para o quilombo, onde involuntariamente espalharam a doença. Isolados, sem víveres e contaminados pela varíola, os negros de Palmares foram completamente aniquilados, em 1695.*
>
> Luís C. A. Costa e Leonel I. A. Mello (*História do Brasil*)

PARA SATISFAZER OS OFENDIDOS

Tamanha epidemia
por nada se aniquila.
Só colando à fatura
muitos mortos em fila.

Só fazendo crescer
no ferro a ferradura
e, dela, uma doença
que por nada se cura.

Tamanha epidemia
com outras se conquista.
Sem pressa: num desfile
de se perder de vista.

A LIBERDADE POSSÍVEL

Não poderá ser livre
quem luta entre muralhas
e sofre ao defendê-las
de canhões e canalhas.

Nenhuma liberdade
foi feita para os guetos,
para os pobres de sempre,
mulatos, índios, pretos.

Logo, aqui se tem
o quilombo possível
(de quando a liberdade
teima em baixar de nível).

PANORÂMICA

O nome confiado:
Quilombo dos Palmares
— uma oportunidade
rara nesses lugares.

Mas estava marcado
como em pele se marca
a posse posta em brasa
e o nome numa arca.

Predito estava o fel,
a dor de seu calvário,
pois tudo é dor e medo:
não há pior cenário.

O SONHO ACALENTADO

Mas uma nova África
acende esses lugares.
África cuja alcunha,
Quilombo dos Palmares,

resiste contra um certo
prazo de validade.
Prazo que não deseja
a própria liberdade.

África que corresse
terra adentro, e escoasse,
mostrando ao vulgo a sua
mesma e múltipla face.

APRESENTAÇÃO DE DOMINGOS JORGE VELHO

O nome do primeiro
dos dias da semana,
com um plural bordado
em luz meridiana.

Mas nome cujas letras
pesam em demasia,
com seu plural de mortes
sem nenhuma alforria.

Seguem com ele, cegas
de seu peso ou prêmio:
sesmarias alcoólicas
para um velho abstêmio.

FALA DE DOMINGOS JORGE VELHO

Sei de muitos domingos
com travo e gosto amargo.
Meu nome não difere
desse mesmo encargo.

Eis um crime herdado
antes de meu batismo
e que muito me assusta
ainda, quando cismo.

Porque existem domingos
para todos os santos:
nenhum para livrar-me
de erros e demos tantos.

O CERCO

Se lá dentro resistem
bem mais de vinte mil,
aqui fora é maior
o arfar de nosso ardil.

Urge não ter mais pressa
no lance do xadrez
e ver a hora certa
em que o tempo se fez.

Chegada a madureza,
que longos céus consome,
fica a batalha ganha
em prol de sede e fome.

OFERENDA MORTUÁRIA

Primeiro se oferece
a pretos alforria,
para cobrar, depois,
o que ninguém previa:

a conta dos seus dias
a juros, banzo e febre,
num lugar onde a morte
galopa feito lebre.

Num lugar já gravado
com o visgo da peste,
que só o larga quando
menos que um sopro reste.

SEMENTE

É preciso deixar
que fujam, e que contem
com as roupas doadas
pelas mortes de ontem.

Eles podem levar
ao destino a semente
— um amor que maltrata
quem mais o experimente.

Mas não deixe que fujam
à fuga verdadeira:
da vida que tiveram
tão pobre e tão rasteira.

AS ROUPAS COM SEUS DENTES

Que sirva de lição
a peste encomendada.
Há vitórias que valem
o suor da jornada.

Arma maior segue rente
à roupa dos parentes.
Eis que o próprio tecido
se serve de seus dentes

e morde o que envolvera
com força e com vontade.
Não veste: antes despe
a pele que o invade.

BALANÇO

Ganga Zumba a Zumbi:
caminho de cem anos,
que se rompe sem pompa
traído por seus panos.

Traído como foi
o Zumbi dos Palmares
e mais nomes menores
de dares e tomares.

Determina o ditado:
que corte-se a cabeça
(melhor se em praça pública)
antes que o dano cresça.

DESPEDE-SE DOMINGOS JORGE, VELHO

Quando nada de ti
no meu corpo restar,
hei de voltar aqui
neste mesmo lugar.

Hei de passar aqui
uma manhã inteira,
até crer que venci
tua antiga bandeira:

a que fere o motim
em que ergo a memória
para saudar, enfim,
Palmares feita escória.

DA NULIDADE

Com tal logro se paga
o que o logro acumula.
Uma vida nos eitos
tem serventia nula.

Como nula é a peste
que se leva de brinde
e mais nula a morte
que todo corpo cinde,

fazendo-o menor
que a menor companhia:
um nada, uma esperança
que do nada se cria.

(*Viavária*, 2010)

CARLOS NEWTON JÚNIOR (1966)

CANUDOS: POEMA DOS QUINHENTOS
(Excertos)

VIII

A terceira raça

Eram escuros, escuros,
mais escuros que a noite eram:
se olhos grandes tinham brancos,
as pupilas azeviche.
Eram escuros, escuros,
cor de betume, de piche.
Mas se a pele se cortava,
com lâmina de aço e ferrugem,
madeira de lei ou corrente,
ferro, couro de chicote,
aparecia, claramente,
o que ver não se queria:
que era vermelho o sangue
abundante que fluía,

o sangue borbulhante e limpo,
cor de vinho e de orgia
— o sangue quente, bem vivo,
de todo filho de Maria.

IX

Chegaram escuros, chegaram
escuros e prisioneiros,
ou bem mais que prisioneiros:
chegaram e não chegaram,
porque homens, mesmo, não eram.

Chegaram corpo, sem alma
(que alma, para o eito, não serve),
chegaram coisas somente:
coisas vivas, de negra carne
e dentes alvos de neve.

Chegaram pernas e braços,
força bruta, que come e bebe.
Danças, cantos e deuses
afloravam à negra pele.

Chegaram como chegaram,
em escuros porões cargueiros
— chegaram imundos, chegaram
dejetos, vômito e fezes.

Chegaram restos humanos,
peças dum jogo macabro.
E a Morte, com um candelabro,
ia tecendo seus panos.

X

Chegaram de angustiante travessia
sobre a planície líquida, de escuridão selvagem
— nem mesmo o sol iluminara tal viagem
entre o Oriente e o Meio-Dia.

Como a descer o Cone, em círculos,
dos nove terraços sinistros
que na descida se estreitam
sem retorno algum ao início,

passaram de um sonho dantesco
— de sangue no tombadilho
e dança forçada a açoite —

para outro, mais fundo e infecto,
pantanoso e terrível,
mais escuro que a própria noite.

XI

Atravessaram o mar e seus cardumes
de monstros mitológicos, de sonhos.
Em frágeis naus, untadas a betume,
enfrentaram a face do Medonho.

Os olhos, de pavor, não se fechavam,
envidrados à quilha espumejante
onde viam Quimeras, como achavam
astrolábios, as velas e os sextantes.

Vêm na procela as ondas da memória,
que então já era antiga e sonegada;

confiscada lhes foi a própria história,
e a condição humana violada.

Não descansava o bicho-de-corcovas,
no seu constante vir para afundar,
trazendo estrelas sobre o dorso líquido
e nuvens mais brilhantes que o luar.

E era tão forte o mar e seu balanço,
que quanto mais se viam navegar
mais mar se desvelava, indócil tanto
quanto era imenso e forte aquele mar.

O mar era terrível: quem num canto
só de paz poderia descrevê-lo?
O mar era infinito, era tamanho,
e salgada era a sede de bebê-lo.

Os rugidos do monstro, que eram roucos,
traspassavam as frinchas da madeira,
inundando o porão em longo esguicho,
tornando os sãos naquele instante loucos.

Estômagos roncavam — o do bicho
e os daqueles feridos pelo laço
de todo sal do mar, punhal de aço
que perfurava o ser dos homens ocos.

Amplexo primeiro: água

Onde estava a razão? Estava em poucos
atirando-se ao mar de qualquer jeito,
apaziguando a fome do Divino,
preenchendo o vazio que há nos peitos.

E o mar num grande abraço vai-se abrindo,
já devorando aqueles pontos negros
que só na morte humanos vão tornando,
e por isso ao morrer morrem sorrindo.

Pois era a sua sina navegar
por todo aquele mar, e mar e mar...

XII

Ur-Canudos

Palmares: este foi
o seu nome primeiro.
Com um terço da Raça
Canudos queria nascer.

E nasceu:
entre fortes paliçadas
de toras pontiagudas,
baluarte de adultos
e crianças barrigudas,
a cidadela crescia,
em liberdade e teimosia.

Mesmo sem sangue malhado
o cachorro já latia,
anunciando as fronteiras
do Povo do Meio-Dia.

Que sonhos sonhou Palmares?
Que Reino lhe aparecia?
Que fraterna comunhão

de raças, povos, destinos,
em semente ali havia?

Estremece o embrião,
em solo mal fecundado:
e um arraial se fazia
com garra, sangue e porfia.

XIII

O grande capitão

Cansado estava, o fero e negro Heitor,
de combater com fé tantos combates.
Alquebrado o seu corpo, sem o ardor
intrépido da curta mocidade.
Zumbi cansado estava, o negro Heitor,
sucumbido ao cair da fria tarde.

No horizonte da Serra da Barriga,
via-se o pôr do sol, um sol de fogo,
esfera incandescente, um sol de guerra,
lançando chamas sobre a terra viva
— o sol sanguinolento dos combates,
o sol que cega a vista de quem erra.

Quando aportou seu Povo àquela terra,
somente noite havia, escura noite.
Um Deus chegou, fugindo à fome e sede,
iniciando ali manhã primeira.
E um inferno antropófago, sem verde,
se estendia sem marcos nem fronteiras.

Além das portas fortes do arraial,
já espreitava a morte, em longas botas;
a morte branca, a morte mercenária,
em espada e bandeiras estampada.
Em torno das defesas dava voltas
a morte branca e vil, encomendada.

Talvez ela aguardasse algum milagre
extemporâneo, sol em outra era,
de muralhas que apenas por palavras
ditadas por um Deus viraram terra.
Talvez ela aguardasse algum sinal
que reluzisse em sua longa barba.

Inúteis pareciam seus desejos:
fortalecido estava um arraial
que até de sangue mouro era ostentado;
a fé que destruía estava dentro;
tampouco poderia haver cavalo
oco, para arrastar-se até seu centro.

Zumbi, grande guerreiro, o capitão,
andava nos penhascos flamejantes.
Bem conduzido estava, pela mão,
por mil deuses de ardor beligerante;
por africanos deuses, tão primeiros
que deles os de Homero descenderam.

Zumbi cansado estava, o negro Heitor,
o Rei que morreria à traição.

XIV

Combateremos na sombra
as suas armas certeiras:
neste coletivo salto
salvamos nossas Quimeras.
Minha sina é sonhar alto
um sonho de qualquer era.
Por tudo isso prefiro,
à sujeição entre os homens,
a liberdade das feras.

Amplexo segundo: ar

Se bem maior é o abismo,
mais demorada é a queda
num voo de toda a vida;
mais rápida Caetana
lamberá nossas feridas
(mais honrosas, mais guerreiras
que os cortes duma Catana).
Morreremos morte-livre,
morte mais doce e humana.

(*Canudos: poema dos quinhentos*, 1999)

HENRIQUE MARQUES SAMYN (1980)

PRETOS NOVOS

    Cruzaram o mar
    para morrer neste solo:
    sem voz e sem nome,
    resta a memória dos ossos.

(Levante, 2020)

BANZO

    Rejeito o que me dás por complacência:
    que o teu favor me seja indiferente.
    Deixai-me entregue ao banzo — e não tenteis
    saber a minha dor: o peito negro
    resguarda o que não cabe na alma branca.

    A vida nada vale escravizada.

    Deixai-me descansar —
                      eternamente.

(Levante, 2020)

FEITOR

    Muito acurado este ofício:
    há que medir as pauladas;
    há que empregar o chicote
    sempre na medida exata.

Usar, com destreza, o cipó
nos bêbados e arruaceiros —
que se imponha a disciplina,
seja o trabalho bem-feito.

Melhor feitor é aquele
ponderado e bem preciso:
preservar o escravo caro,
prevenir o prejuízo.

(Levante, 2020)

AÇOITE

Cinquenta açoites por dia
pela fuga imaginada;

cinquenta açoites por dia
pela revolta calada;

cinquenta açoites por dia
pelo crime inexistente;

cinquenta açoites por dia
por ousar saber-se gente;

cinquenta açoites por dia
por ter no peito a coragem;

cinquenta açoites por dia
por querer a liberdade.

(Levante, 2020)

TRONCO

Arde o corpo sob o sol:
há quanto tempo ali está,
ninguém sabe — o corpo exposto
aos insetos; sangue escorre
das feridas, como veios
que se fundem com o suor.

Como uma estátua de carne,
brilha, negro, sob o sol —
como uma trêmula estátua
consumida pela dor;
queimada pelo calor
que rasga a pele, inclemente.

Como uma estátua — que vive:
que insiste, ainda, em viver —
fitando, com olhos vazios,
tantos homens que ao seu lado
passam, indiferentes.

SUPLÍCIO

Eu vi o suplício do negro —
o líder dos pretos fugidos:

passou aqui, por esta rua,
nas costas levava um cartaz —
"chefe de quilombo", dizia;
da infâmia tirava o orgulho,
    e sorria, sim, sorria.

Altivo, passava entre as gentes,
o corpo ferido, marcado,
e um rastro de sangue deixava;
e olhava nos olhos dos brancos,
    olhava, sim, olhava.

Sabia o destino traçado —
a fuga, sabia impossível:
a morte entre mil vergastadas;
contudo, brioso marchava,
    marchava, sim, marchava.

Mas medo — medo ele não tinha.
Olhava bem dentro dos olhos,
olhava bem dentro de nós —
e dentro de nós via o medo.
Altivo, ele olhava.
    E sorria.

(*Levante*, 2020)

PAI JOÃO

Tu, quilombola às avessas,
pai de toda a traição;
fantasma das almas negras,
pesadelo e maldição —
tu, negação da luta,
companheiro da opressão;
tu, sinistra e infausta sombra,
branca farsa: Pai João.

(*Levante*, 2020)

LUZIA SOARES

Confesso, senhores: se eu pudesse,
vossas almas decerto entregaria
ao pior dos seres infernais.
Contudo, senhores, desconheço
demônio que em maldade vos supere:
se algum inferno existe, é o que erigistes
nas terras que vós, brancos, governais.

(*Levante*, 2020)

QUILOMBOS

De sobre os nossos ombros
o jugo retiramos:
entre nossos irmãos
erguemos nosso lar.

Deixamos os troncos,
chegamos aos quilombos —
havemos de lutar.

(*Levante*, 2020)

PALMARES

Os olhos brancos, quando contemplam,
não conseguem ocultar o pasmo:
parece, sim, uma pequena África —
embora ali não haja apenas pretos:
compartilhamos nossa liberdade.

Os olhos brancos, trêmulos, estáticos,
fraquejam, mas não podem desviar-se:
é bela, sim, esta pequena África,
nascida sob o nome de Palmares,
que se oferece como um espetáculo.

Não viram, os olhos brancos, a grandeza
desta nação que erguemos, soberana,
na qual pudemos ser livres, um dia;

somente viram sua própria inveja:
pelo ódio cegos, deram-se à vingança —
mais fortes o rancor e a covardia.

(Levante, 2020)

OS POETAS

Os textos aqui reunidos, a respeito dos poetas antologiados neste livro, se referem à totalidade da sua obra, não à parte dela dedicada ao tema em questão, ainda que esta seja geralmente comentada. A maior ou menor extensão de cada texto tem a sua primeira origem na importância intrínseca do poeta, mas também, como é natural e não há por que ser negado, na maior ou menor empatia do autor com cada um deles. Se a poesia sobre a escravidão teve importância visceral na obra de Castro Alves, se foi altamente marcante nas de Luís Gama, Juvenal Galeno, Melo Morais Filho ou Jorge de Lima, se deu origem a poemas extraordinários em alguns outros, como Laurindo Rabelo, Fagundes Varela ou Cruz e Sousa, na maior parte deles ela teve um caráter mais ou menos episódico. A grande maioria dos poetas que escreveram sobre a escravidão no Brasil — ou que foram francamente abolicionistas — era fenotipicamente branca, e destacamos o *fenotipicamente*, pois não há outra maneira de abordar o assunto, embora tal panorama se altere no século XX. As exceções, aqueles que tinham uma inegável ascendência africana, agregam nomes como Luís Gama, Tobias Barreto, Machado de Assis, Gonçalves Crespo, Jorge de Lima, Solano Trindade, Conceição Evaristo, Abelardo Rodrigues ou Edimilson de Almeida Pereira, com um caso muito provável, ainda no século XIX, de origem africana pura — o que também é um conceito duvidoso e imponderável — que é aquele de Cruz e Sousa. Não há a menor dúvida de que muitos dos outros poetas aqui representados tiveram ascendência negra e escrava, mas o presente livro trata da escravidão na poesia brasileira, e não de genealogia ou antropologia física.

GREGÓRIO DE MATOS (1636-1695)

Gregório de Matos Guerra, sem qualquer dúvida o primeiro grande poeta do Brasil e o maior do período barroco, representa, para qualquer apreciação crítica, um problema dos mais complexos. Nada tendo publicado em vida, como era comum para autores da Colônia, a sua obra chegou até nós em numerosos códices manuscritos, que, para além da infinidade de variantes textuais e erros de transcrição evidentes, não trazem maiores garantias de autoria, como sempre ocorre no caso, o mesmo que acontece em relação à lírica de Camões. Até a realização da sempre esperada edição crítica, toda a visão de conjunto da sua produção tem que ser, portanto, aproximativa. Além do problema da autoria, a obra recolhida em nome de Gregório de Matos é rica em traduções e paráfrases, especialmente de poetas espanhóis do *Siglo de Oro*, Lope de Vega, Góngora, Quevedo, este mais do que todos, além de paródias, processo por definição imediatamente reconhecível e legítimo. A noção de autoria individual, no século XVII e antes dele, é preciso ressaltar, era muito mais tênue do que a nossa, a sacralização da originalidade como valor estético estava longe de se firmar, dominando acima de tudo a mimese aristotélica. Um dos mais admiráveis e conhecidos sonetos do próprio Quevedo, "*A Roma sepultada en sus ruinas*":

> *Buscas en Roma a Roma, ¡oh, peregrino!,*
> *y en Roma misma a Roma no la hallas;*
> *cadáver son las que ostentó murallas,*
> *y tumba de sí proprio el Aventino.*
> [...]

é uma tradução bastante direta de um soneto de Du Bellay em seu *Les antiquités de Rome*. Em Camões, do mesmo modo, podemos encontrar paráfrases bastante próximas de certos sonetos de Petrarca. Gregório de Matos, que viveu seus primeiros sete anos sob o domínio da Coroa espanhola, que vigorou da morte do cardeal D. Henrique, em 1580, até 1640, não se afastou do costume, e a sua fonte primordial foram justamente os grandes poetas espanhóis desse período áureo da poesia castelhana. Daí as acusações de plágio que tão comumente lhe foram lançadas, desde quando vivo até a atualidade. Se não era hábito de um poeta seiscentista indicar um poema traduzido como tal, mais grave se revela a situação no caso de um autor cujas obras só sobreviveram em códices apógrafos, nos quais os títulos dos poemas, em regra geral, são de responsabilidade dos copistas. Fora isso, muitos poemas, alguns do maior valor, circulavam anonimamente, justificando menos ainda a possível necessidade de um aviso explícito de se tratar de uma tradução. A existência de uma competente edição crítica, sem qualquer dúvida, reduziria esse problema a níveis aceitáveis. Na falta dela, e apesar das importantes contribuições de editores e pesquisadores como James Amado, João Carlos Teixeira Gomes ou Fernando da Rocha Peres, toda análise da riquíssima obra que lhe é atribuída tem de realizar-se sob uma condição provisória. Do mesmo modo que no *corpus* gregoriano há, sem dúvida, obras que não são suas, obras suas devem existir atribuídas a outros poetas do período, ou podem simplesmente jazer no imenso *corpus* anônimo da poesia cultista ibérica. Nada nos resta, portanto, excetuando casos de poemas sabidamente traduzidos ou de outra autoria, do que nos debruçarmos sobre o conjunto geral que aparece sob o seu nome.

Gregório de Matos nasceu em Salvador, na capital da Colônia, tendo estudado no Colégio dos Jesuítas, onde viveu Vieira. Transferindo-se para Coimbra, formou-se em Leis nessa universidade. Passou a exercer um cargo na magistratura, e na mesma cidade escreveu a sátira "Marinículas". Retornou ao Brasil em 1681, sendo protegido por D. Gaspar Barata, arcebispo da Bahia, mas em pouco tempo se entregou à vida boêmia e à implacável atividade satírica que lhe outorgaria o cognome de "Boca do Inferno". A virulência de sua obra, que atacava todos os estratos da sociedade colonial, clero, nobreza, magistratura, burguesia comercial, escravaria, assim como todas as variadas raças "exóticas" que a compunham, acabou por render-lhe um degredo em África, de onde volta, com a saúde abalada, para o Recife, falecendo naquela capital no exato momento em que era conquistado o célebre Quilombo dos Palmares. Fato inegável é a fama de que gozou Gregório de Matos entre os seus contemporâneos, o que se comprova pelo alto número de cópias de suas obras que chegaram até nós, o que não é de espantar, tendo em vista a eficácia arrasadora de suas obras satíricas para nós, seus leitores pósteros de três séculos, quanto mais perante os seus contemporâneos, para os quais muitas referências que nos parecem obscuras deviam surtir efeito imediato, e algumas dificuldades linguísticas, poucas, ou sobretudo nascidas da riqueza do seu vocabulário, não existiam. Mas se a face satírica foi a que lhe deu maior celebridade, é preciso lembrar que a sua obra se expandia, como a de Quevedo, a todos os gêneros poéticos, o lírico, o amoroso, o religioso, o encomiástico, em todos eles havendo grandes realizações, e com uma mestria técnica que visivelmente se compraz, virtuosisticamente, em esgotar o infindável arsenal de recursos estilísticos, formais, rítmicos, rímicos, retóricos, da poesia barroca.

Se há uma parte da obra de Gregório de Matos sobre a qual não pairam dúvidas de autoria, e é um dos monumentos iniciais da poesia brasileira, é a série de sátiras à "pureza de sangue" da nova nobreza e dos novos-ricos da Colônia, assim como a descrição da vida mesquinha que se levava na capital da mesma, como a encontrada em "Aos Caramurus da Bahia", na qual o uso de palavras em tupi é de efeito admirável.

Uso que precede, aliás, o que Manuel Botelho de Oliveira faria, sem tal verve e de maneira descritiva, no seu poema à Ilha da Maré. Em outro soneto com o mesmo tema, "Aos maiorais da Bahia chamados os caramurus", o verso final chega ao puro desbragamento verbal: "Cobepá, Aricobé, Cobé, Paí." A posição ideológica de Gregório de Matos é a do homem letrado, de boa origem e de puro sangue reinol, honesto ou ao menos posto à margem da corrupção generalizada, preterido pelos mestiços e arrivistas da Colônia. Algo semelhante ao que, um século antes, devem ter sentido um Camões ou um Diogo do Couto na mais do que corrupta Índia portuguesa. Como bom homem seiscentista, de língua temível e desabrida, ele lança mão, sem nenhum pudor, o que seria um anacronismo, de todas as pretensas inferioridades, fossem raciais, culturais, sociais, físicas, sexuais, de seus desafetos. Seu retrato da mesquinhez cotidiana da capital da Colônia em "O poeta descreve o que era naquele tempo a cidade da Bahia" é uma obra-prima perfeita.

Sua sátira aos grandes deste mundo alcança um dos seus momentos memoráveis no soneto-despedida ao governador Antão de Sousa de Meneses, "À despedida do mau governo que fez o governador da Bahia", com uma moralidade, vertida em verve irresistível, que é válida para qualquer época e lugar:

> [...]
> Homem sei eu que foi Vossenhoria,
> Quando o pisava da fortuna a roda,
> Burro foi ao subir tão alto clima.
>
> Pois vá descendo do alto onde jazia,
> Verá quanto melhor se lhe acomoda
> Ser home embaixo, do que burro em cima.

No geral, domina-o a impressão do desconcerto do mundo, tão caro a Camões, e que ao próprio inspirou a célebre décima sobre o tema, "Os bons vi sempre passar". Mas o que em Camões é uma espécie de constatação dolorosa, em Gregório é pretexto para uma comicidade impiedosa, não raro vertida nos malabarismos formais tipicamente barrocos, como no famoso soneto "Por consoantes que me deram forçadas". Se a moralidade é universal, a sua aplicação é por eleição a cidade do poeta, imortalizada no mote glosado em três décimas, em "Define a sua cidade":

> *De dois ff se compõe*
> *Esta cidade a meu ver,*
> *Um furtar, outro foder.*

Um dos poemas formalmente mais interessantes da obra gregoriana é o célebre "Juízo anatômico", aqui anteriormente lembrado, início de um título enorme, como era comum nos cancioneiros manuscritos, onde o copista aproveitava a oportunidade da titulação do poema para exercer obra de escoliasta. A forma de tercetos interrogativos, em heptassílabos, com respostas em eco, que por sua vez vêm a compor o último verso da quadra conclusiva que se segue a cada terceto, é admirável. Trata-se de um poema que comunica ao leitor moderno uma impressionante impressão de continuidade dos males nacionais, exceção feita, em parte, àquilo que diz respeito ao clero, apeado de sua preponderância social pela laicização republicana. A obra satírica de Gregório de Matos é, sob qualquer aspecto, riquíssima. Parte importante dela é vazada em *romances*, ou seja, em quadras heptassilábicas com rimas toantes, forma de tradição mais espanhola do que portuguesa, tendo saído de voga em Portugal após a entrada do *dolce stil novo*, através de Sá de Miranda e Camões, a mesma forma em que seria escrita, três séculos depois, boa parte da obra de João Cabral de Melo Neto. Outra forma tipicamente gregoriana é a das estrofes terminadas num bordão implacável, geralmente significando reprovação, forma que seria reutilizada, também trezentos anos depois e com notáveis resultados, por Mário de Andrade, no seu livro *Lira paulistana*, e que poderíamos exemplificar com algumas estrofes de "Benze-se o poeta de várias ações que observa na sua Pátria".

A obra religiosa de Gregório de Matos, dentro da qual se enumeram alguns sonetos de extraordinária beleza, mas de questão autoral mais melindrosa, tendo em vista o imenso *corpus*, inclusive anônimo, do gênero, em Espanha e em Portugal, é também de grande importância, como no antológico soneto "Buscando a Cristo", ortodoxamente barroco.

Dentro da mesma temática encontram-se alguns poemas que poderíamos dizer de arrependimento. Já houve quem, para além da autoria, chegasse a negar a sinceridade dessas peças, mesmo a de uma obra-prima como "A Jesus Cristo nosso Senhor", que só encontra paralelo, como poema de arrependimento, nos últimos sonetos do Bocage moribundo.

A qualidade lírica de tais versos, com um andamento camoniano que não seria indigno do próprio Camões e que nos recordam o andamento, voluntariamente camoniano, que encontraremos depois na poesia *sui generis* de um José Albano, só pode espantar a quem analisa a atribulada fortuna crítica que coube ao poeta, até primórdios do século XX e ainda depois. Na sua antologia *Páginas de ouro da poesia brasileira*, de 1911, Alberto de Oliveira, apenas como exemplo, se furtou a reproduzir um único poema anterior à chamada Escola Mineira, embora haja em Gregório de Matos muito mais rico conteúdo poético do que na maior parte daquela escola. É o exemplo típico da aversão que um movimento exteriormente neoclassicizante, como o parnasianismo, sentia pelo barroco, ao nível histórico, como sentia pelo simbolismo em sua contemporaneidade. Parte disso, sem dúvida, derivaria dos aspectos fesceninos do poeta, fundador no Brasil de uma vertente de poesia licenciosa — abandonada, na verdade, desde os cancioneiros, e que ressurge com ele na língua portuguesa — que daria entre nós, no gênero, as figuras notáveis de Laurindo Rabelo ou Bernardo Guimarães, chegando, após muitos avatares, até os nossos dias. A verve fescenina, que em Gregório de Matos pode chegar à franca pornografia, e, dentro dela, a uma escatofilia desavergonhada, insinua-se, inicialmente, por jogos picantes de palavras, *calembours* mais ou menos explícitos carregados de uma graça inegável, como na célebre décima "A outra freira, que satirizando a delgada fisionomia do poeta lhe chamou pica-for".

Dos quais passa à franca pornografia em "A medida para o malho", tratando de um tema que será muito caro, no Portugal do século seguinte, a um Caetano José da Silva Souto-Maior, autor da *Martinhada*, ao grande Antônio Lobo de Carvalho, o Lobo da Madragoa, e ao inigualável Bocage: o do tamanho do membro viril.

Até chegar a peças de fabulosa violência expressiva, como "A outra freira que mandou ao poeta um chouriço de sangue", "Necessidades forçosas da natureza humana", "Anatomia horrorosa que faz de uma negra chamada Maria Viegas", "À mesma Maria Viegas sacode agora o poeta extravagantemente, porque se espeidorrava muito", entre tantas outras.

Considerado durante séculos de importância simplesmente histórica, repudiado como aconteceu a todos os autores do barroco literário criado no Brasil — com a exceção única e sempre prestigiosa de Vieira —, apodado de plagiário inúmeras vezes, Gregório de Matos é, por mais que uma futura e sempre esperada edição crítica possa vir a reduzir as dimensões de seu *corpus* poético, o primeiro grande poeta do país, posição que apenas uma pequena parte, indubitavelmente sua, do que foi copiado sob seu nome já sobejamente lhe assegura.

FREI MANUEL DE SANTA MARIA ITAPARICA (1704-1769)

Terceiro poeta baiano de importância, após Gregório de Matos e Botelho de Oliveira, mas duas gerações posterior, frei Manuel de Santa Maria Itaparica, nascido na ilha do mesmo nome, foi autor de um poema sacro em seis cantos, em oitavas camonianas, *Eustáquidos*, sobre a vida de Santo Eustáquio. Em apêndice a esse poema, editado no ano de sua morte, aparece a "Descrição da Ilha de Itaparica", em 65 oitavas, do qual o maior momento é, por sua vez, a descrição da pesca da baleia. Dele nos interessam especialmente as estâncias XX e XXXVI, na qual encontramos uma das primeiras manifestações de admiração pelos negros e mestiços do país, que só será superada, na Colônia, pela de Alvarenga Peixoto, no *Canto genetlíaco*.

ALVARENGA PEIXOTO (1742-1793)

Inácio José de Alvarenga Peixoto, com a sua vida atribulada e pequena e fragmentada obra, sobrevive, sobretudo, e talvez injustamente, como personagem da Inconfidência Mineira, como o amante de Bárbara Heliodora no episódio mais mítico da história do Brasil, em que não teve, aliás, atuação das mais dignas, no que não se afasta muito de Tomás Antônio Gonzaga. Nascido no Rio de Janeiro, estudou em Coimbra, formando-se como Doutor em Leis. Em 1769, aparece, na primeira edição do *Uraguai*, com o soneto "Entro pelo Uraguai: vejo a cultura", em louvor de Basílio da Gama. Após alguns anos como juiz de fora em Sintra, retorna ao Brasil, nomeado ouvidor do Rio das Mortes. Em Vila Rica conhece Bárbara Heliodora, com quem terá uma filha natural em 1779. Em 1781 casa-se com a amante, e no ano seguinte — dado controverso, pois muitos o atribuem ao ano da sua primeira publicação e da morte do autor, 1793 — escreve o *Canto genetlíaco*, poema em oitava rima dedicado ao governador Rodrigo José de Meneses. Quatro anos depois é nomeado coronel do Primeiro Regimento de Cavalaria do Rio Verde, pelo governador Luís da Cunha

Meneses, o "Fanfarrão Minésio" das *Cartas chilenas* de Gonzaga. Em 1789, junto com tantos outros grandes da Capitania, é preso na repressão à Inconfidência Mineira. Condenado ao desterro em Angola, no presídio de Ambaca, embarca a 5 de maio de 1792, falecendo, de febre tropical, poucos meses após a sua chegada.

De entre seus poemas, alguns sonetos que às vezes se distanciam mais da receita arcádica que os de Cláudio Manuel da Costa, ou poemas encomiásticos ao marquês de Pombal ou a Maria I, sobrevive, principalmente, a memória de algumas liras, cuja qualidade musical e a simplicidade quase popular nos fazem antever o romantismo, como a que começa pela famosa estrofe, seguida de refrão:

Bárbara bela,
Do Norte estrela,
Que o meu destino
Sabes guiar,
De ti ausente,
Triste, somente
As horas passo
A suspirar.

      Isto é o castigo
      Que Amor me dá.
      [...]

Especial destaque merecem, sobretudo, certos trechos virilmente nativistas e ideologicamente notáveis, como as duas oitavas do *Canto genetlíaco*, aqui reproduzidas, nas quais compara, de forma realmente espantosa, os escravos das minas a heróis da Antiguidade clássica, audácia impensável, que nunca encontraríamos num poeta mais ortodoxo como Cláudio Manuel da Costa, e que nos deixa vislumbrar certa grandeza de alma que as vicissitudes biográficas não permitiram florescer. Talvez, de Alvarenga Peixoto, apesar dos muitos defeitos do homem, pudesse ainda se revelar um poeta maior do que a obra que nos deixou.

TOMÁS ANTÔNIO GONZAGA (1744-1810)

Nascido no Porto, no mesmo ano provável de Alvarenga Peixoto, mas transferido ainda na primeira infância para o Brasil, Tomás Antônio Gonzaga fez, como de regra, seus estudos de Direito em Coimbra. Retornando ao país de adoção em 1782, estabelece-se em Vila Rica como procurador dos Defuntos e Ausentes. Nessa cidade conhece a adolescente Maria Doroteia Joaquina de Seixas, vinte e poucos anos mais nova, que ele transformará na lendária Marília, transformando-se ele próprio no não menos lendário Dirceu. A partir de 1783 indispõe-se fortemente com o novo governador da Capitania, Luís da Cunha Meneses, que o poeta transfigurará no "Fanfarrão Minésio" de suas *Cartas chilenas*, só editadas, incompletas, em 1845, e cujo anonimato criaria uma das mais intrincadas discussões de autoria da nossa literatura, resolvida finalmente, em brilhante análise estilística comparativa, por Rodrigues Lapa e Manuel Bandeira. Denunciado como um dos líderes da Inconfidência Mineira, tem, como os outros poetas inconfidentes, a vida bruscamente truncada pela prisão e pelo exílio em Moçambique, para onde vai degredado em 1792, o mesmo ano em que é editada em Lisboa a primeira parte da *Marília de Dirceu*. Mais afortunado no seu exílio em costas d'África que Alvarenga Peixoto, lá se casa, pouco mais de um ano após a chegada, com Juliana Mascarenhas, mulher de posses. Bem casado e único advogado da Colônia, morre como juiz da Alfândega, rico, em 1810.

   A lenda do poeta superou a realidade concreta da vida do homem. *Marília de Dirceu* foi o livro de poesia mais lido e reeditado na língua portuguesa no século XIX. A nota pessoal, de experiência vivida, aproximou-o, de certo modo, da nova sensibilidade que se instalaria com o romantismo, distanciando-o um tanto da parafernália neoclássica crescentemente insuportável do arcadismo decadente. Desde a primeira lira de *Marília de Dirceu* já se sente a supremacia do indivíduo sobre a camisa de força do estilo de época, o uso mitigado da máquina mitológica, o frescor das imagens, a inegável qualidade lírica que consegue arejar o improvável *lócus amoenus* do Arcadismo e que, unida ao poder transmutador da realidade histórica de todos conhecida, faz do livro um dos momentos centrais da poesia brasileira:

> Eu, Marília, não sou algum vaqueiro,
> Que viva de guardar alheio gado;
> De tosco trato, d'expressões grosseiro,
> Dos frios gelos e dos sóis queimado,
> Tenho próprio casal, e nele assisto;
> Dá-me vinho, legume, fruta, azeite;
> Das brancas ovelhinhas tiro o leite,
> E mais as finas lãs, de que me visto.
>
>   Graças, Marília bela,
>   Graças à minha Estrela!

Fator de não menor importância na obra é a variedade e a liberdade de metros, aspecto no qual Gonzaga superou de longe seus contemporâneos.

   Alguns dos versos de Gonzaga alçam-se a uma notável síntese emocional, como o que inicia a segunda das estrofes abaixo reproduzidas, final da lira segunda da segunda parte, e sobre o qual Jorge de Sena escreveu um poema memorável:

> [...]
> Porém se os justos céus, por fins ocultos,
> Em tão tirano mal me não socorrem,
>   Verás então que os sábios,
>   Bem como vivem, morrem.
>
> Eu tenho um coração maior que o mundo,
> Tu, formosa Marília, bem o sabes:
>   Um coração, e basta,
>   Onde tu mesma cabes.

A grande obra satírica de Gonzaga, as *Cartas chilenas*, tem por modelo evidente as *Lettres persanes* de Montesquieu. Poema inacabado, compõe-se de treze cartas, em decassílabos brancos, ridicularizando violentamente os desmandos do governador Luís da Cunha Meneses, travestido em

"Fanfarrão Minésio", do mesmo modo que o Brasil se traveste em Chile, Vila Rica em Santiago e Coimbra em Salamanca. É um exemplo típico de sátira do final do Setecentos atacando o atraso do *Ancient Régime* lusitano, assim como o fizeram *O hissope*, de Antônio Diniz da Cruz e Silva, inspirado no "*Le lutrin*", de Boileau, ou *O reino da estupidez*, de Francisco de Melo Franco (1757-1823), editado em 1819.

A última obra conhecida de Gonzaga, que só nos chegou em fragmentos, é "A Conceição", poema sobre o naufrágio do navio português *Marialva*, no sul de Moçambique, em 1802. Foi escrito em decassílabos brancos de alta qualidade, que nos fazem antever a grande tradição desse metro mantida no século que começava pelos nossos futuros românticos, especialmente Gonçalves Dias e Fagundes Varela.

MARIA FIRMINA DOS REIS (1822-1917)

Natural de São Luís do Maranhão, Maria Firmina dos Reis foi a primeira mulher a publicar um romance no Brasil, *Úrsula*, em 1859. Professora de primeiras letras e também compositora, militou pela causa abolicionista, mais em prosa do que em verso. Foi autora dos versos e da música de um "Hino à liberdade dos escravos", que aqui se reproduz.

Faleceu cega, aos 95 anos, na cidade maranhense de Guimarães — a antiga São José de Guimarães, para onde se transferira ainda na infância —, na casa de uma sua ex-escrava.

GONÇALVES DIAS (1823-1864)

Antônio Gonçalves Dias nasceu numa fazenda, a catorze léguas de Caxias, no Maranhão, filho de um comerciante português, natural de Trás-os--Montes, e de uma mestiça brasileira. Viviam-se os momentos mais conflagrados da independência do Brasil, estando seu pai ali escondido para escapar à perseguição dos nacionalistas. Fugindo em seguida para Portugal, retorna o pai do poeta em 1825, estabelecendo-se como comerciante em Caxias. Quando Gonçalves Dias contava 6 anos de idade seu pai se separa de sua mãe, para casar-se legalmente com outra mulher, com quem teria quatro filhos. Após os primeiros estudos, o menino começa a trabalhar como caixeiro, aos 10 anos, no estabelecimento do pai. Toda essa série de agruras não nos deixariam supor a imensa cultura que Gonçalves Dias acabou por adquirir, através de muitas outras dificuldades e peripécias. Morto o pai, que o levaria para estudar em Coimbra, em 1837, o poeta retorna a Caxias, mas no ano seguinte consegue finalmente embarcar para Coimbra, só retornando ao Brasil em 1845. Esses quase oito anos em Portugal foram de transcendente importância para a formação do poeta. De lá, de fato, retornava com a "Canção do exílio", que imediatamente o celebrizaria, com duas peças de teatro e o conhecimento de várias línguas. Hospedado em São Luís na casa do seu grande amigo Alexandre Teófilo, conhece a sua prima e cunhada, Ana Amélia Ferreira do Vale. Depois de alguns anos de vitoriosa atividade literária e jornalística no Rio de Janeiro, retorna para o Maranhão em 1851, ano em que saem os *Primeiros cantos*. Reencontrando Ana Amélia, apaixona-se pela moça, no que é correspondido, mas seu pedido de casamento é recusado, por preconceito racial, por julgarem-no já tuberculoso, ou por ambas as coisas. De volta ao Rio, profundamente abalado, casa-se com Olímpia da Costa, filha de um grande médico da Corte, cuja irmã se casaria mais tarde com Benjamin Constant. Não sabemos até que ponto esse casamento com uma mulher da melhor sociedade carioca foi uma espécie de compensação para o poeta, o fato é que resultou num dos matrimônios mais desastrados da literatura brasileira, fato aliás narrado pelo próprio Gonçalves Dias, epistológrafo admirável, em inesquecível carta a Ferdinand Denis. Em 1854 nasce a sua única filha, Joana, que morreria dois anos depois. A partir daí a vida de Gonçalves Dias transforma-se numa série infindável de viagens, nas comissões mais diversas, diplomáticas e científicas, quase sempre na Europa, com algumas missões no Brasil. Com a saúde, que sempre foi frágil, extremamente deteriorada, planeja, em Paris, com seu amigo Odorico Mendes, sua volta ao Brasil, em agosto de 1864, mas no dia 17

Odorico falece subitamente em Londres, levando o poeta a adiar a sua partida para lhe recolher os manuscritos. A 10 de setembro, sofrendo de uma conjunção de doenças dificilmente imaginável, embarca no Havre, no navio *Ville de Boulogne*. Quase moribundo avista a costa brasileira no dia 2 de novembro, mas na madrugada do dia seguinte o navio encalha num baixio. Toda a tripulação se salva, mas quando se lembram do poeta e correm ao seu camarote, esse já estava submerso, de modo que nunca se saberá ao certo se o poeta morreu no naufrágio ou já estava morto naquele momento. Seus manuscritos, talvez contendo os oito últimos cantos de *Os Timbiras*, assim como a sua tradução final de *A noiva de Messina*, de Schiller, desaparecem, tal como o seu corpo, que foi procurado em vão. No final do poema "Adeus", dedicado aos seus amigos do Maranhão, que fecha os *Primeiros cantos*, há uma impressionante premonição da sua morte, escrita pelo menos catorze anos antes:

> [...]
> Porém quando algum dia o colorido
> Das vivas ilusões, que inda conservo,
> Sem força esmorecer, — e as tão viçosas
> Esp'ranças, que eu educo, se afundarem
> Em mar de desenganos; — a desgraça
> Do naufrágio da vida há de arrojar-me
> À praia tão querida, que ora deixo,
> Tal parte o desterrado: um dia as vagas
> Hão de os seus restos rejeitar na praia,
> Donde tão novo se partira, e onde
> Procura a cinza fria achar jazigo.

A publicação dos *Primeiros cantos*, em 1847, marca, de certo modo, o nascimento da grande poesia do romantismo no Brasil, numa categoria não alcançada, nem de longe, por Gonçalves de Magalhães ou Porto--Alegre. A consagração viria pelas mãos de Alexandre Herculano, no texto "Futuro literário de Portugal e do Brasil", em que se misturam o seu profundo desencanto, tipicamente lusitano, com o próprio país, sofrendo da sua aparentemente irremovível "austera, apagada e vil tristeza", e as suas esperanças aurorais para a literatura no Brasil:

> Por si sós esses fatos provariam antes a nossa decadência, que o progresso literário do Brasil. É um mancebo vigoroso que derruba um velho caquético, demente e paralítico. O que completa, porém, a prova é o exame não comparativo, mas absoluto, de algumas das modernas publicações brasileiras.
>
> Os *Primeiros cantos* são um belo livro; são inspirações de um grande poeta. A terra de Santa Cruz que já conta outros no seu seio, pode abençoar mais um ilustre filho.
>
> O autor, não o conhecemos; mas deve ser muito jovem. Tem os defeitos do escritor ainda pouco amestrado pela experiência: imperfeições de língua, de metrificação, de estilo. Que importa? O tempo apagará essas máculas, e ficarão as nobres inspirações estampadas nas páginas deste formoso livro.
>
> Quiséramos que as "Poesias americanas" que são como o pórtico do edifício ocupassem nele maior espaço. Nos poetas transatlânticos há por via de regra demasiadas reminiscências da Europa. Esse Novo Mundo que deu tanta poesia a Saint-Pierre e a Chateaubriand é assaz rico para inspirar e nutrir os poetas que crescerem à sombra das suas selvas primitivas.

O poema que abre o livro, a "Canção do exílio", trazendo como epígrafe alguns dos mais célebres versos de Goethe, tornou-se a peça mais famosa de toda a poesia brasileira, símbolo pátrio comparável à bandeira ou ao hino nacional.

Talvez o excessivo conhecimento, o fato de ser sabida de cor por qualquer brasileiro letrado, empane um pouco da novidade que representou esse *lied* de simplicidade sublime, em que não há um só adjetivo, guardando toda ela, em si própria, seu caráter adjetivo. Logo em seguida a ela, surge a primeira das poesias americanas de Gonçalves Dias, "O canto do guerreiro", com seu inconfundível ritmo binário, em que tantas obras-primas produziria o poeta.

Mas é logo em seguida que nos deparamos com o primeiro dos seus grandes poemas indianistas, "O canto do Piaga", impressionante previsão, pelo olhar do nativo, da série infindável de desgraças que lhe adviria da chegada das naus que traziam os homens brancos. O ritmo agora é ternário, no extraordinário anapesto gonçalvino.

No resto do volume sucedem-se os poemas confessionais, como "Amor! Delírio! — Engano" ou "Quadras da minha vida", os hinos como "O mar", "Ideia de Deus", no qual se sente certa influência do Herculano da *Harpa do crente*, "O romper d'alva", "A tarde", "O templo", entre outros. O verso branco ainda domina majoritariamente o volume, resquícios do classicismo que se apagariam de forma crescente na nossa poesia romântica, até a sua quase desaparição em Casimiro de Abreu e Castro Alves. É do Gonçalves Dias da "Canção do exílio" e dos poemas indianistas, de fato, que sairá o Gonçalves Dias maior, o dos *Últimos cantos*, seu grande livro, um dos ápices insuperados da poesia no Brasil.

Em sua obra seguinte, *Segundos cantos*, de 1848, acompanhada das *Sextilhas de Frei Antão*, o verso branco perde evidente terreno, aguçando-se a dicção lírica do poeta. Mas o que há de mais notável no volume é a força épica do poemeto "Tabira", subtitulado "Poesia americana", em que se encontram os primeiros exemplos da notável força de descrição bélica que reaparecerá em "I-juca-pirama" ou no inacabado *Os Timbiras*. O poder e a violência das imagens são extraordinários.

Na seção intitulada "Novos cantos" encontra-se o maior momento da poesia amorosa de Gonçalves Dias, "Ainda uma vez — Adeus! —", talvez o mais belo poema de sofrimento afetivo da poesia brasileira, nascido de um estranho acaso. Estando o poeta em Lisboa, deu de frente, em plena rua, com o grande amor frustrado de sua vida, Ana Amélia, com quem se recusara a casar sem o consentimento da família, por respeito a esta ou excesso de brios, contra a vontade expressa da noiva. Casado o poeta, casou-se ela, por sua vez, com um comerciante português, estelionatário que acabou tendo que fugir do Maranhão. Tão infeliz quanto ele, nunca lhe perdoou por essa pusilanimidade, e se recusou a lhe falar no encontro ocasional na capital portuguesa. Transtornado, o poeta, assim que se recolheu, escreveu o poema, que enviou para Ana Amélia, rezando a lenda romântica tê-lo ela reescrito com o próprio sangue. É uma dessas peças que unem a total ausência de artifício com aquele caráter de necessidade que há em toda a grande arte, sublime poema de circunstância, naquele exato sentido em que disse Goethe que toda a poesia é de circunstância.

As *Sextilhas de Frei Antão*, por sua vez, constituem uma espécie de exercício poético-filológico, num português aproximativamente do século XVII. São quatro deliciosos poemetos narrativos, todos em sextilhas de heptassílabos, passados em ambiente português antigo. Dizem que a sua origem teria sido uma crítica do Conservatório Dramático do Rio de Janeiro à pureza de linguagem de uma das peças de Gonçalves Dias, que em resposta teria escrito esse virtuosístico exercício filológico para demonstrar o contrário.

Em 1851, com apenas 28 anos de idade, Gonçalves Dias publica os *Últimos cantos*, momento mais alto de sua obra. O título, de certo modo, parece estranho, tendo em vista a idade do poeta, mas a verdade é que daí até a sua morte precoce o turbilhão biográfico o manteria a distância de uma dedicação total à sua arte. Logo o segundo poema do livro era o "Leito de folhas verdes", obra de excepcional erotismo, pela visão feminina, no caso a de uma índia que aguardava em vão o amado, em admiráveis decassílabos brancos. O poema seguinte é "I-juca-pirama", expressão tupi que significa "o que tem que morrer", "o que deve morrer", embora já haja acontecido, num dicionário de literatura estrangeiro, de falarem do "índio I-juca-pirama". Gonçalves Dias, um dos poetas mais eruditos que houve no Brasil, conhecia bem o tupi, tendo inclusive publicado, em 1857, pela Brockhaus de Leipzig, um *Dicionário da língua tupi*. Descendente, sem dúvida alguma, de índios, como a maioria da população brasileira, além das outras duas raças formadoras da nacionalidade, seu interesse pelas questões dos autóctones americanos sempre foi dos mais sinceros, como se depreende das críticas epistolares que fez a Varnhagen por sua visão do indígena em sua *História do Brasil*. Poema fortemente dramático, em "I-juca-pirama" o poeta atingiu o máximo da vocação teatral que lhe ditara as peças *Patkull*, *Beatriz Cenci*, *Leonor de Mendonça*, a melhor de todas, e *Boabdil*. Nunca na poesia brasileira um poema em vários metros, alternando versos brancos e rimados, alcançara a unidade perfeita de "I-juca-pirama", a mais perfeita sagração mítica de uma nacionalidade ancestral que o Brasil realizou. Maior poema de Gonçalves Dias, é, na nossa opinião, o maior poema do romantismo nacional e provavelmente de toda a poesia brasileira. Dividido em dez partes, inicia-se pelo cenário, *lócus amoenus* onde se desenvolverá a grande fusão entre o dramático, o lírico, o épico e o trágico:

> No meio das tabas de amenos verdores,
> Cercadas de troncos — cobertas de flores,
> Alteiam-se os tetos d'altiva nação;
> São muitos seus filhos, nos ânimos fortes,
> Temíveis na guerra, que em densas coortes
> Assombram das matas a imensa extensão.
> [...]

Após a descrição minuciosa do ritual do sacrifício, ouve-se o célebre canto de morte do jovem tupi, cujo pai cego vaga, abandonado e ignorando a sua captura, na floresta, sem condições de sobreviver.

Depois da cruel libertação pelo chefe dos timbiras, julgando-o um covarde que engendrara toda a história para sobreviver, a cruel constatação da verdade e o retorno à floresta, quando, "curvado o colo, taciturno e frio, / Espectro d'homem, penetrou no bosque!", a eficiência dramática do diálogo entre o filho e o velho cego está acima de todos os elogios, assim como a volta à aldeia inimiga, quando ouvimos o extraordinário monólogo, em heptassílabos brancos, do velho tupi, uma sonoridade em versos brancos só igualada, na nossa poesia com métrica, pelos decassílabos de Fagundes Varela.

Após essa obra-prima sem paralelo, outras se sucediam, "Marabá", a "Canção do Tamoio", que alcançou igualmente no Brasil uma condição quase proverbial.

Entre os poemas líricos do livro destacam-se "Olhos verdes", "A concha e a virgem", assim como os admiráveis "Desesperança" e "Se queres que eu sonhe".

Como épico, aspecto para o qual demonstrava uma vocação só igualada depois por Castro Alves, Gonçalves Dias nos deixou os quatro cantos iniciais de *Os Timbiras*, que teria dezesseis, a sua *"Ilíada* americana". É o que de mais realizado nos deixou no gênero o romantismo, ainda que inacabado

— e nunca saberemos se ele de fato o terminou antes do naufrágio —, para além d'*A confederação dos Tamoios*, muito além do *Colombo*, e mesmo de *O Evangelho nas selvas*, poema que se sustenta pelos esplêndidos decassílabos brancos de Fagundes Varela. Mas os de Gonçalves Dias não ficavam atrás.

Na técnica poética, Gonçalves Dias representa uma curiosa encruzilhada e um paradoxo do primeiro romantismo brasileiro. Se, por um lado, provavelmente pela herança lusitana, sua sintaxe é das mais puras, mais castiças, por outro lado, na prosódia, lança mão de processos tipicamente brasileiros, ou impensáveis em Portugal, como o suarabácti, contando *objeto* com quatro sílabas métricas, *observa* com três, *submarinha* com cinco, *ignóbil* com quatro, entre vários outros exemplos. Ao mesmo tempo que usa de alguns arcaísmos, como *i* por *aí*, *mi* por *mim*, *imigo* por *inimigo*, *assi* por *assim*, demonstra uma notável ductilidade com o ritmo do verso, usando brilhantemente dos hiatos, que tanto horrorizavam os parnasianos, e que levaram o já lembrado Alberto de Oliveira a anotar, em seu exemplar de *Os Timbiras* conservado na Academia Brasileira de Letras, diversos versos "errados", como observou Manuel Bandeira. Contraditoriamente a esse disseminado uso de hiatos, utiliza, como quase todos os nossos poetas oitocentistas, as licenças poéticas para supressão de sílabas tão de índole lusitana, *qu'ria*, *c'roa*, mas tão contrárias ao ritmo mais lento da fala brasileira.

Definitivamente o maior poeta romântico brasileiro ao lado de Castro Alves, com o mesmo divide Gonçalves Dias a posição inalienável de poeta nacional. Tradutor notável, etnólogo, historiador, dramaturgo, epistológrafo, deixou-nos uma obra espantosamente vasta e múltipla para a sua vida tão curta e, ainda assim, tão conturbada.

CALDRE E FIÃO (1824-1876)

José Antônio do Vale Caldre e Fião, natural de Porto Alegre, médico, jornalista, escritor e abolicionista, transferiu-se para a Corte na época da Guerra dos Farrapos, formando-se na Faculdade de Medicina do Rio de Janeiro e se dedicando à homeopatia.

Dirigiu o jornal *O Filantropo* entre 1849 e 1851, e foi fundador da Sociedade contra o Tráfico de Africanos e Promotora da Colonização e Civilização dos Indígenas.

De volta à sua província natal em 1852, foi um dos fundadores da Sociedade Partenon Literário e seu presidente. Foi deputado pelo Partido Liberal em 1855, e membro do Instituto de História e Geografia da Província de São Pedro. Teve atuação notável na epidemia de cólera que vitimou o Rio Grande do Sul em 1866.

Em sua chácara em São Leopoldo, notabilizou-se por dar apoio aos filhos de escravos nascidos depois da Lei do Ventre Livre, de 1871. Como escritor, sempre foi especialmente lembrado pelo romance *A Divina Pastora*, de 1847, considerado o segundo romance brasileiro, surgido dois anos após *A Moreninha*, de Joaquim Manuel de Macedo, e do qual não se conhecia um único exemplar, até a sua descoberta, em 1992, no Uruguai.

BERNARDO GUIMARÃES (1825-1884)

Bernardo Guimarães sempre foi, indiscutivelmente, mais conhecido como romancista do que como poeta, autor de títulos célebres da ficção romântica como *O ermitão de Muquém*, *O seminarista* e *A escrava Isaura*. Sua obra poética, no entanto, é das mais vastas. Formado em Direito na Faculdade de São Paulo, onde viveu junto de Álvares de Azevedo e Aureliano Lessa, sua poesia faz a transição estilística da primeira para a segunda geração românticas, e alcança mesmo o momento de dissolução da escola, tendo o autor chegado aos então quase provectos 60 anos, coisa raríssima entre seus companheiros de estro. Seu livro de estreia, *Cantos da solidão*, de 1852, traz poemas importantes, como "O devanear do cético", em decassílabos brancos, retratando o dilema do homem religioso oitocentista perante o avanço ameaçador da ciência, ou "À sepultura de um escravo", poema abolicionista, aqui reproduzido, que começa com o verso "Também do escravo a humilde sepultura", que, sem a menor dúvida, inspirou o verso

"É de um escravo humilde sepultura", de "A cruz na estrada", de Castro Alves, bem como já dera a epígrafe ao poema de Luís Gama "No Cemitério de São Benedito da Cidade de São Paulo".

Cantos da solidão era composto quase exclusivamente em versos brancos, demonstrando como o autor ainda estava ligado aos primórdios da nossa poesia romântica. Na edição das *Poesias* de 1865 aparecem alguns poemas quase sem similar no nosso romantismo, especialmente "A orgia dos duendes", poema fantástico, diabólico, infernal, numa vertente pouco explorada por seus contemporâneos. *Novas poesias*, de 1876, é dominado quase integralmente por poemas patrióticos referentes à Guerra do Paraguai, como foram escritos aos milhares durante o conflito, sem nunca alcançarem resultado estético, nem com Castro Alves, o mais naturalmente dotado para versos bélicos. O verso rimado passa a ser dominante em sua obra a partir desse livro. O título seguinte, *Folhas de outono*, de 1883, compõe-se de poesias encomiásticas, elegíacas, epicédios e epitalâmios aos respectivos passamentos e matrimônios em questão, além de alguns tantos hinos patrióticos, entre eles o "Hino à Lei de 28 de setembro de 1871", em comemoração à Lei do Ventre Livre. Na métrica desse poema, por duas vezes, Bernardo Guimarães utiliza a síncope em proparoxítonas, tão comum entre os nossos românticos, mas sem indicá-las por apóstrofo: no decassílabo "E desses ídolos que a fortuna incensa", e no hexassílabo final "— O símbolo do infortúnio".

Entre os dispersos de Bernardo Guimarães encontram-se alguns poemas célebres, como os bestialógicos e disparates, quais o soneto "Eu vi dos polos o gigante alado", ou os poemas "Mote estrambótico", "Lembranças do nosso amor" e "Disparates rimados", versificação de absurdos que unem um humor sem bridas a uma espécie de pré-surrealismo. Lugar à parte têm os dois famosíssimos poemas pornográficos, duas obras-primas que fizeram a delícia de nossos ascendentes em edições clandestinas, "O elixir do pajé" e "A origem do mênstruo". O primeiro, além de ser uma das grandes realizações do gênero no Brasil, é exemplo admirável de paródia, nesse caso do indianismo de Gonçalves Dias, de quem o poeta reproduz a forma e, de certa maneira, o tema. O segundo é típico do uso pornográfico da mitologia clássica.

LAURINDO RABELO (1826-1864)

Laurindo José da Silva Rabelo nasceu no Rio de Janeiro, de família humilde e com ascendência cigana, povo que teve numerosa colônia naquela capital no século XVIII. Após grandes esforços conseguiu formar-se em Medicina, exercendo a função de médico militar, apesar da vida boêmia que sempre levou, e da fama histriônica que se criou ao redor de seu nome, não pela parte que podemos chamar séria de sua obra, mas graças a seu dom extraordinário para o improviso poético, para a sátira e para os versos fesceninos. Sua magreza lhe trouxe o apelido de Poeta-Lagartixa, com o qual foi vastamente conhecido no Rio de Janeiro.

Estreou em livro com as *Trovas de Laurindo José da Silva Rabelo*, impressas na Bahia, em 1853, que teve outra edição durante a sua vida, em 1855, dessa vez na Corte. Sua pequena obra poética aproximou-se de um estado mais ou menos canônico na edição póstuma das *Poesias*, em 1867, e sobretudo nas *Obras poéticas de Laurindo José da Silva Rabelo*, coligidas e anotadas por Joaquim Norberto de Sousa e Silva, em 1876, outorgando--lhe uma posição de clássico da nossa poesia oitocentista.

Formalmente Laurindo Rabelo se encontra no exato meio-termo entre as tendências classicizantes da primeira geração romântica, ainda utilizando muito o verso branco, ou intercalando-o com o rimado, e a feição que dominaria a geração seguinte. Se parte de sua obra é de clara ambiência popular, como nos improvisos e nas modinhas, a outra parte é de severa grandeza lírica, tal como no célebre poema "Adeus ao mundo", um dos grandes poemas de prenúncio de morte do nosso romantismo, tão rico neles, ou no "Setenário poético", para não falarmos da obra especificamente pornográfica, expurgada do conjunto canônico. Há, por outro lado, em sua obra, poemas de errada atribuição, como o interessante soneto, tipicamente barroco, "Deus pede estrita conta do meu tempo", publicado em seu nome, embora seja de frei Antônio das Chagas.

Sua grandeza lírica, esta pode ser avaliada com exatidão nas estrofes de seu mais célebre poema, "Adeus ao mundo". Mas talvez o poema mais importante da obra de Laurindo Rabelo não seja essa sua espécie de *pièce de résistance*, mas o poema "Dois impossíveis", que descreve, com uma finura psicológica insuperável, o dilema do amante que, racionalmente, sabe que, por todos os motivos, deve deixar a figura amada, mas que, apesar dessa consciência racional, não consegue a ela submeter suas punções puramente emocionais. É a mais perfeita descrição do drama moral da impotência da razão perante a força do instinto amoroso, do hábito, do quase vício indomável de amar.

Esse poema extraordinário, estranho mesmo na ambiência do romantismo brasileiro, e que dá a clara percepção da grandeza de Laurindo Rabelo, termina por uma solução neoplatônica, ligando-o a uma grande corrente da poesia em língua portuguesa, desde o Camões das redondilhas de "Sôbolos rios que vão" até a contemporaneidade. Poema que tangencia de muito perto a militância abolicionista é "As duas redenções", com o subtítulo explicativo "Ao batismo e liberdade de uma menina", justamente sobre uma filha de escravos alforriada no ato de batismo, e aqui reproduzido, poema que, com a maior eficácia e sem grandiloquência, põe o dedo nas mais terríveis feridas morais do cativeiro, podendo emparelhar-se a muitos outros de Castro Alves e ao notável "O escravo", de Fagundes Varela.

Capítulo à parte mereceria o Laurindo Rabelo pornográfico, de uma verve insuperável, de uma qualidade da qual, no Brasil, só Bernardo Guimarães se aproxima, ainda que em apenas dois poemas, mas da maior importância. Suas obras licenciosas foram publicadas em 1882, sob o título de *Obras poéticas*. No prefácio das *Poesias completas*, de 1963, escreve Antenor Nascentes, seu organizador: "Só não incluímos as poesias eróticas. Fiquem elas no *inferno* da Academia, onde Constâncio Alves as depositou." *Eróticas* é puro eufemismo, são francamente pornográficas, de um humor e de uma graça irresistíveis, não constituindo apenas um apêndice sem importância na obra do poeta, assim como no caso das *Poesias eróticas, burlescas e satíricas* — mais uma vez os eufemismos — de Bocage, em relação à sua vasta obra lírica.

Após uma vida das mais atribuladas, em que só granjeou a admiração de alguns amigos e do povo anônimo por seus improvisos e sua verve, Laurindo Rabelo morreu aos 38 anos, tuberculoso, mais um nome na larga lista de trespasses precoces da poesia romântica brasileira.

ANTÔNIO JOSÉ DOS SANTOS NEVES (1827-1874)

Antônio José dos Santos Neves, cuja biografia é controversa, nasceu no Rio de Janeiro (de acordo com Sacramento Blake, em Salvador), tendo sido taquígrafo do Senado, funcionário da Diretoria Geral das Obras Públicas e adido à Secretaria de Estado de Negócios da Guerra, no Rio de Janeiro. Colaborou na imprensa da Corte com poemas abolicionistas e patrióticos. Publicou *Louros e espinhos*, em 1866, e *Homenagem aos heróis brasileiros na guerra contra o governo do Paraguai, sob o comando em chefe dos Marechais do Exército S. H. R. o Sr. Conde d'Eu e Duque de Caxias, oferecido a S. M. I. o Sr. D. Pedro II por A. J. Santos Neves*, obra de grande apuro gráfico, em 1870. Presbiteriano, compôs hinos religiosos, e foi um dos fundadores, em 1865, do jornal *Imprensa Evangélica*. Teria falecido em 25 de março de 1874, no Rio de Janeiro.

Sua poesia, que se ressente de deficiências técnicas, especialmente na metrificação, possui importância mais histórica do que estética, tendo sido o autor um dos poetas abolicionistas brasileiros de primeira hora. Ambivalência curiosa que se nota nos seus poemas de 1850 é a sua convicção abolicionista aliada à sua fúria contra a ingerência inglesa nos assuntos nacionais, fundamental, no entanto, para a proibição do tráfico atlântico.

JOSÉ BONIFÁCIO, O MOÇO (1827-1886)

José Bonifácio, o Moço, sobrinho-neto do Patriarca, professor da Faculdade de Direito de São Paulo, político abolicionista que chegou a senador do Império, publicou *Rosas e goivos* em 1848, além de muitos poemas na imprensa da época. Ainda utilizando regularmente o decassílabo branco, oscilou entre o lírico e o social, compondo alguns poemas interessantes sobre a Guerra do Paraguai, acontecimento que emocionou como poucos o país, mas com resultado poético quase nulo. Destacam-se entre esses "O redivivo", sobre a morte heroica de Andrade Neves, e especialmente "O corneta da morte". Sua poesia abolicionista limita-se ao belo poema

"Saudades do escravo", de 1850, aqui reproduzido, e publicado pela primeira vez em livro, juntamente com outras duas composições do autor, no livro de Luís Gama, *Primeiras trovas burlescas de Getulino*, de 1859. A referência da alma do escravo aos "palmares", ainda que com minúscula, não pode deixar de remeter o leitor ao lendário quilombo.

TRAJANO GALVÃO (1830-1864)

Nascido em Mearim, no Maranhão, e falecido na capital do seu estado, Trajano Galvão de Carvalho, fazendeiro e advogado, que era tido em alta conta por Sílvio Romero — o que criticamente não quer dizer muita coisa, mas no caso o crítico sergipano estava certo —, deixou fama como poeta abolicionista, sendo "A crioula" o seu poema mais conhecido, embora o supere o admirável "O calhambola".

Após haver estreado em 1862 com *As três liras*, ao lado de Gentil Braga e Marques Rodrigues, participou do romance coletivo *A casca da caneleira*, publicado dois anos depois de sua morte. O que essencialmente sobreviveu de seus poemas, que teriam sido em boa parte destruídos pela viúva, só foi reunido tardiamente em livro em *Sertanejas*, de 1898, publicado no Rio de Janeiro com prefácio do seu conterrâneo Raimundo Correia.

LUÍS GAMA (1830-1882)

O grande, o lendário abolicionista baiano Luís Gama, advogado dos cativos, jornalista e poeta, foi vendido como escravo, pelo pai português, aos 10 anos de idade. Sobre a sua mãe — à qual dedica um poema aqui reproduzido —, a lenda parece ter-se misturado de forma inextricável à realidade. Uma das figuras humanas mais fascinantes do Brasil do século XIX, de quem o grande jacobino Raul Pompeia foi secretário particular, publicou em 1859 as *Primeiras trovas burlescas de Getulino*, em que se encontra a magnífica sátira intitulada "Quem sou eu?", mais conhecida como

"A bodarrada", poema sem paralelo no romantismo brasileiro pelo humor implacável com que constata a mestiçagem geral e irrestrita da população brasileira, e que nos faz lembrar as referências, em sentido contrário, de um Gregório de Matos — dois séculos antes e muito cioso da sua pureza de sangue — à proveniência dos fidalgos de nossa terra. Embora mais ligado à questão da generalizada mistura racial do povo brasileiro do que especificamente à escravidão, julgamos que seria injustificável, pela proximidade dos temas, a ausência do poema no presente livro.

Além da sátira célebre selecionamos outros quatro poemas seus, sendo um deles, "No cemitério de São Benedito da Cidade de São Paulo", um dos exemplos do tópico — também encontrado em Bernardo Guimarães (de quem ele extrai a epígrafe) e em Castro Alves — do túmulo do escravo.

SOUSÂNDRADE (1833-1902)

Sousândrade é a forma com a qual assinava o maranhense Joaquim de Sousa Andrade. A presença atual de Sousândrade no panorama do romantismo brasileiro é resultado de um revisionismo crítico marcante, o maior, talvez, ao lado do que houve com Qorpo Santo, embora outro semelhante há tempos se venha firmando em relação ao seu conterrâneo Odorico Mendes, também por obra dos concretistas paulistas e do seu fiel séquito acadêmico.

O que primeiro salta à vista do leitor de Sousândrade, tanto nas *Harpas selvagens* como na quase totalidade d'*O Guesa*, assim como nos dispersos, para nos atermos às partes "tradicionais" de sua poesia, é a invariável dança do verso entre a dureza e a frouxidão. O verso de Sousândrade é invariavelmente um instrumento desconfortável, uma roupa geralmente muito apertada ou muito larga para o corpo da ideia que quer conter. Daí, em parte, o verbalismo absolutamente oco de alguns versos, recheados de adjetivos sem função alguma. É curioso que a crítica que criou no Brasil o que sempre chamamos de fetichismo da objetividade, a poesia "substantiva" etc., tenha preparado a apoteose do autor de versos como estes: "O azul sertão, formoso ou deslumbrante"; "Tal bonina quereis, pura, cheirosa?"; "Circundado de gelos mudos, alvos,", entre centenas e centenas de outros, ou de comparações absolutamente desastradas como esta, bem no início d'*O Guesa*: "Lá, onde o ponto do condor negreja, / Cintilando no espaço como brilhos / D'olhos...". Em tudo isso, ninguém poderá negar, há a marca inconfundível do poetastro, e Sousândrade sempre foi tido, consensualmente, por contemporâneos e pósteros, como poetastro, até a chegada dos irmãos Campos, assim como Qorpo Santo sempre foi julgado louco — e o era de fato, independentemente do valor que lhe busquem na obra — até a sua redescoberta. Sousândrade, durante toda a sua trajetória poética, caía com frequência no bestialógico. O que um Bernardo Guimarães fazia por humor, ele o fazia por incompetência. Como do sublime ao ridículo há apenas um passo, do bestialógico ao originalíssimo também ocorre o mesmo. Para só falarmos dos motivos da canonização do seu "Inferno de Wall Street", o uso do pluriliguismo é velho como a humanidade, passando do alexandrinismo às bizarrices barrocas, do soneto tetralíngue de Góngora — e há muitos do gênero entre nossos poetas dos séculos XVII e XVIII — aos jogos de Rabelais, do *patois* de Gil Vicente aos bestialógicos mais diversos. Outra coisa que cria a ilusão da pretensa modernidade de Sousândrade é ter ele sido um homem fortemente ligado aos Estados Unidos, numa época em que seus contemporâneos eram muito mais ligados à Europa. Como a Grande República do Norte acabou por se tornar potência hegemônica, *ergo*, a sua poesia é moderna... Vejamos a última estrofe da passagem famosa:

[...]
— Bear... Bear é ber'beri, Bear... Bear...
= Mammumma, mammumma, Mammão!
— bear... Bear... ber'... Pegàsus...
        Parnasus...
= Mammumma, mammumma, Mammão!

Para quem já leu a análise desse trecho feita pelos irmãos Campos, uma coisa fica evidente: a única coisa espantosa nesses versos é a análise dos irmãos Campos. São versos para serem analisados, e aí está a chave para tudo. O divórcio absoluto entre literatura e vida. O autor para se fazer teses. A fuga da literatura, reduzida à sua mínima expressão, para algum *bunker* universitário, autofágico e onanista. Sousândrade só é lido, só foi lido, só será lido nas universidades. Quem mandou o pobre homem da rua, ao ler "Mammumma", não se lembrar da ursa Mumma, do *Atta Troll*, de Heine? E que Mammumma deve ser a contração de Mamma com Mumma? E saber que os especuladores da bolsa eram "ursos"? E entender que "ber'beri" é uma redução métrica de beribéri, e que a especulação, portanto, traz a doença? E que Mammão é na verdade Mammon, o dinheiro, a riqueza? Pobre homem da rua. Até com certa escolaridade, o mais provável é que alguém entenda, ao ouvir "ber'beri", síncope absolutamente desastrada (até nos trechos "revolucionários" Sousândrade permanece um errado), que se trata de um habitante do Norte da África, marroquino, argelino ou tunisiano. Como perceber, afinal, que a especulação causa os efeitos da carência da vitamina B1? E "Mammão", em vez de Mammon? É de pensar talvez, ao ouvir o último verso, que um gago ou um idiota implora por uma papaia no meio de uma feira, graças ao aportuguesamento desastrado da palavra, embora em Portugal já tenham usado "Mammona". Mas o homem da rua é um ignorante, que deve matricular-se às pressas numa universidade. "Mammão" pode afinal relacionar a voracidade especulativa com a atividade mamária. E com tal floresta de analogias poderíamos nós extrair toda uma cosmogonia ou uma filosofia de um anúncio de classificados... Mas mesmo depois de inteirado de tudo isso, de toda essa exegese, o que resta para o leitor? Todas essas ideias, se forem ideias, afluem à consciência no tempo que se leva a ler os versos?

José Guilherme Merquior, que deu a Sousândrade o justíssimo epíteto de "poetastro", horrorizado ao constatar como a repercussão de sua obra obscurecia até a de um seu conterrâneo e contemporâneo de gênio como Gonçalves Dias, perdeu o seu tempo, obviamente. Nos dois poemas sobre a escravidão aqui recolhidos, eticamente da mais digna origem, podemos encontrar versos como o seguinte, de "A maldição do cativo", que dispensa comentários:

Fébreas línguas me a pel refrangendo.

E assim por diante...

BITTENCOURT SAMPAIO (1834-1895)

Nascido em Laranjeiras, Sergipe, cidade de João Ribeiro, Francisco Leite de Bittencourt Sampaio estudou na Faculdade de Direito do Recife, terminando o curso na de São Paulo, de cujo "Hino acadêmico", musicado por Carlos Gomes, escreveu a letra. Da colaboração de ambos nasceu igualmente a modinha "Quem sabe?".

Na carreira política foi deputado e presidente da província do Espírito Santo de 1867 a 1868, sendo também diretor da Biblioteca Nacional. Foi um dos pioneiros do espiritismo no Brasil, como fundador da Sociedade de Estudos Espíritas Deus, Cristo e Caridade, em 1876, no Rio de Janeiro, bem como da homeopatia, sempre ligada àquela doutrina.

Seu poema "A mucama", aqui reproduzido, é um quadro de gênero dos mais amenos, mais distantes de qualquer característica reivindicatória, da poesia sobre a escravidão no Brasil.

LUÍS DELFINO (1834-1910)

Luís Delfino dos Santos representa um dos casos mais curiosos da história da poesia brasileira. Autor de uma obra gigantesca, iniciada em pleno romantismo, mas que atingiu o auge num estilo mais próximo do parnasianismo — a dominância numérica do soneto é total — com sutilidades que poderíamos dizer simbolistas, esse homem rico, médico conhecido, senador, grande proprietário imobiliário, e que atingiu a plena velhice, nunca publicou um livro em sua vida, divulgando seus poemas apenas pela imprensa. Esse raríssimo desprendimento bibliográfico, que o fez morrer inédito, aliado à dificuldade de enquadramento estilístico, tudo deve ter contribuído para a situação *sui generis* que foi e é a sua na crítica nacional. Essa obra imensa, de inalterável qualidade formal, de uma facilidade de execução que chega à monotonia, confere a Luís Delfino — que teve todas as obras editadas pelo filho — pelo menos a posição de um dos maiores sonetistas da língua portuguesa. Dos inícios românticos, hugoanos, com poemas de larga extensão, uma peça lírica, "As três irmãs", alcançou grande notoriedade. Na velhice, uma paixão proibida por uma afilhada lhe rendeu os três volumes de sonetos de *Imortalidades, Livro de Helena*, um dos maiores repositórios de lirismo amoroso da poesia brasileira. Se o conjunto majoritário do que escreveu é realmente poesia amorosa, muitas vezes requintadamente ornamental, com um exotismo orientalizante, era capaz também de atingir a mais comovente simplicidade, como no famoso soneto "*Ubi natus sum*", que poderia ser posto ao lado de outro, igualmente célebre, "Visita à casa paterna", de Luís Guimarães Júnior.

Na sua poesia amatória, aliás, nota-se uma curiosa fixação nos pés, como Machado de Assis a tinha, em prosa, por braços. Da sua obra ligada à escravidão aqui reproduzimos o longo poema "A filha d'África", da sua primeira fase romântica. Neste poema, assim aparecia o verso 13 da parte VI, em todas as edições, bem como na primeira publicação na imprensa;

A clocolar a lágrima de um monte

Como este verbo é inexistente, chegamos à conclusão, por lógica ecdótica, que a única palavra que, mantendo a métrica e o sentido, e com semelhança suficiente para justificar o erro do tipógrafo, pode ter sido a original, é a que restituímos abaixo:

A calcorrear a lágrima de um monte

Na obra inesgotável e inclassificável de Luís Delfino encontramos, a cada momento, indubitavelmente, verdadeiros tesouros quase desconhecidos da lírica brasileira.

JOAQUIM SERRA (1838-1888)

Joaquim Maria Serra Sobrinho, poeta, jornalista, político, nasceu em São Luís do Maranhão. Transferiu-se para o Rio de Janeiro em 1855, onde ingressou na Escola Militar, voltando para a sua cidade natal quatro anos depois. Colaborou no *Publicador Maranhense*, no jornal *Coalizão* e no *Semanário Maranhense*. Exerceu o magistério e foi deputado pela sua província. De volta ao Rio de Janeiro em 1868, fez parte das redações d'*A Reforma*, da *Gazeta de Notícias*, da *Folha Nova*, d'*O País*, e foi diretor do *Diário Oficial*.

De acordo com André Rebouças, foi o jornalista brasileiro que mais escreveu contra os escravocratas. Seu principal livro de poemas, *Quadros*, foi publicado em 1873.

JUVENAL GALENO (1838-1931)

Juvenal Galeno, espécie de patriarca da poesia cearense, morto quase centenário, cego, como um aedo sertanejo, publicou as suas *Lendas e canções populares* em 1865. Trata-se, de fato, de poesia quase popular, parecendo mesmo poesia folclórica, de autor anônimo, embora não o seja. Algumas poucas dos seus *lieder* são obras-primas do lirismo nacional, de uma singeleza só comparável à de certos poemas de Casimiro de Abreu, como o célebre "Cajueiro pequenino", ou "A jangada", ou o admirável "O rapaz da guia". Numerosos foram também os poemas abolicionistas dessa espécie de Béranger nordestino, seis aqui reproduzidos, destacadamente, pela audaciosa raridade do tema, "O escravo suicida". Na vasta floração de poesia abolicionista que houve no Ceará, a primeira província a resolver o problema do elemento servil, em 1884, a posição de Juvenal Galeno é única, e de importância nacional no campo da propaganda abolicionista através dos versos.

MACHADO DE ASSIS (1839-1908)

Tradicionalmente, como não poderia deixar de acontecer, a prosa de ficção, cerne da imensa obra de polígrafo de Machado de Assis, relegou a segundo plano — com maior ou menor razão em cada caso — os outros gêneros cultivados pelo mestre carioca. Se na crônica nunca lhe foi negada a importância histórica e a mestria estilística, se na crítica sempre lhe reconheceram certas brilhantes antecipações e um inalterado bom senso, com um mínimo de idiossincrasias, se no teatro o grande escritor parece haver-se restringido a um tom menor, que foi quase sempre o registro do gênero — em comparação com os outros —, dentro da literatura brasileira, na poesia que cultivou, como de costume, antes de todos os outros, e que nunca abandonou até o final da vida, erigiu-se a arena de opiniões ligeiras ou deformadas, às vezes violentamente contraditórias, quanto aos verdadeiros merecimentos líricos do mestre do Cosme Velho.

De fato, perante as três inegáveis obras-primas romanescas, *Memórias póstumas de Brás Cubas*, *Quincas Borba* e *Dom Casmurro*, perante uma meia centena de novelas ou contos que fazem de seu autor, sem disputa, o maior contista da língua portuguesa — e um dos maiores de qualquer língua — e com a superioridade evidente, no gênero lírico, de outros nomes contemporâneos, bastando citar os de Gonçalves Dias e Castro Alves, a questão do Machado de Assis poeta sempre permaneceu das mais controversas, com o agravante de o autor de *Helena* ter sido, coisa rara em quase todas as literaturas, um poeta de evolução lenta, um poeta que, inequivocamente, escreveu na plena maturidade, ou mesmo na velhice, seus melhores poemas. Num país onde, antes do modernismo, o exercício lírico mais parecia uma corrida contra a sepultura — lembremo-nos das mortes de Gonçalves Dias aos 41 anos, tendo aos 28 publicado seu maior livro, os *Últimos cantos*; a de Álvares de Azevedo aos 20, a de Casimiro de Abreu aos 21, a de Junqueira Freire aos 22, a de Castro Alves aos 24, a de Fagundes Varela aos 33, a de Cruz e Sousa, outro poeta de evolução lenta mas fulminante, aos 36, a de Augusto dos Anjos, no apogeu das forças criadoras, aos 30, a de um Raul de Leoni aos 31, entre tantos outros —, ainda mais estranheza causaria a grande floração madura, a das *Ocidentais*, no mestre do *Memorial de Aires*, que se coloca assim, mal comparando, na pequena sociedade dos poetas essencialmente da maturidade, um Kaváfis, um Edgar Lee Masters, um Valéry, entre muito poucos outros.

De fato, é em 1901, aos 62 anos, que Machado publica as suas *Poesias completas*, com um impiedoso corte nos livros anteriores: *Crisálidas*, de

1864, *Falenas*, de 1870, e *Americanas*, de 1875, aos quais acrescenta um quarto livro, que nunca terá edição independente, batizado de *Ocidentais*, em que se encontram sem dúvida alguns de seus maiores poemas. Nessa edição — composta em Paris, como de hábito nas edições Garnier, e célebre pela horrenda gralha do seu prefácio, o famoso "cegara o juízo" com o *e* da primeira palavra trocado por um *a* —, o autor de "O alienista" dava a público a sua imagem final de poeta, à qual faltaria acrescentar, qualitativamente, a admirável série de catorze sonetos sobre o marquês de Pombal intitulada "A derradeira injúria", catorze sonetos formalmente nunca repetidos e publicados em Lisboa dezesseis anos antes, e que talvez pelo específico do tema o escritor não cogitara em recolher, bem como o celebérrimo soneto "A Carolina", que só viria à luz cinco anos depois, na abertura de *Relíquias de casa velha*, como homenagem à recém-falecida companheira de toda uma existência.

Na edição de 1901, de fato, e como índice da autocrítica de Machado, vemos que, em relação a *Crisálidas*, os 28 poemas da primeira edição reduzem-se a doze, sem contar um trecho expurgado aos "Versos a Corina". Dos 28 das *Falenas*, restam dezenove, isso contando-se as traduções chinesas sob o título de "Lira chinesa" como um número único. Nas *Americanas*, no entanto, apenas um poema, "Cantiga do rosto branco" é retirado do conjunto de treze, na maior parte longos, e em que se sente, como nunca antes, o influxo do poeta de *Os Timbiras*. Após esses cortes, muitos dos quais, é preciso lembrar, consistem em traduções, surgem finalmente os trinta títulos das *Ocidentais*, em que entre as traduções de "O corvo", de Poe, que ficou célebre, e outras de Shakespeare, Dante e La Fontaine — todas as coletâneas de Machado, com a exceção de *Americanas*, traziam traduções —, aparecem os seus mais admirados poemas: "O desfecho", "Círculo vicioso", "Uma criatura", "A Artur de Oliveira, enfermo", "Mundo interior", *Suave mari magno*, "A mosca azul", "Antônio José", "Espinosa", "Gonçalves Crespo", "Alencar", os quatro sonetos a "Camões" (talvez os mais belos já escritos sobre o maior poeta da língua), "Soneto de Natal", "A Felício dos Santos", "A uma senhora que me pediu versos" e "No alto". A tudo isso se acrescentava, sob o título de "Velho fragmento", algumas estrofes do poema herói-cômico "O Almada", como uma lembrança melancólica de uma graça já perdida.

Dentre todos esses poemas, inegavelmente dois foram os que mais atingiram o público, sem contarmos a tradução de Poe: "Círculo vicioso" e "A mosca azul". Para além da farta riqueza lexical, muito admirada na época, com traços orientalizantes no segundo, eram dos poemas mais trabalhados, dos que mais se aproximavam de um ideal de escrita parnasiana e, acima de tudo, eram típicos poemas "com mensagem", uma lição ao gosto dos quadros da pintura *pompier* da época: no caso do primeiro poema, uma demonstração da eterna insatisfação humana através de figuras da natureza; no caso do segundo, a capacidade destruidora da análise perante toda a ilusão humana. Mas não era nesses poemas que se encontrava o máximo do poeta.

No panorama da poesia brasileira daquele momento, *Ocidentais* aparecia como um livro de uma gravidade, uma maturidade melancólica, um extremo individualismo sabiamente dissimulado, um pessimismo plácido — já entrevisto num poema como "A flor do embiruçu", em *Americanas* —, que seguramente o igualava ou mesmo o punha acima, para quem o soubesse ver, de alguns dos títulos — mais ou menos contemporâneos — de um Bilac, de um Raimundo Correia, de um Alberto de Oliveira, de um Vicente de Carvalho. No mesmo ano, já morto Cruz e Sousa, viria à luz *Faróis*, livro genial, ao qual se seguiria o ainda superior *Últimos sonetos*. Mas Cruz e Sousa, sobre a morte do qual Machado não emitiria uma única palavra, era assunto dos seus admiradores chefiados por Nestor Vítor, enquanto o jovem Alphonsus de Guimaraens se mantinha escondido entre as montanhas mineiras. Este era o panorama, e nele apareceu, discretamente, o grande, e realmente grande numa pequena obra, poeta Machado de Assis.

Com um domínio absoluto da forma, desde muito conseguido, distanciado quase totalmente da temática amorosa que ainda dominava fortemente um Bilac e um Alberto de Oliveira — mas com menos insistência no pessimista e neurastênico Raimundo Correia, e no mais filosófico Vicente de Carvalho, ao mesmo tempo que dominava de todo a produção gigantesca de um Luís Delfino — o Machado das *Ocidentais* aparecia como um estoico *sui generis*, melancólico sutil mas não descrente na glória através da grandeza humana, como comprovamos pelos não poucos poemas encomiásticos ali encontrados, a Antônio José, o Judeu, a Spinoza, a Gonçalves Crespo, a Alencar, a Camões e Pombal nas mencionadas séries de sonetos, a Victor Hugo, de quem traduzira anonimamente *Os trabalhadores do mar*, em "1802-1885", a Anchieta, longa galeria que se inicia, em poemas de livros anteriores, nas odes a José Bonifácio e Gonçalves Dias nas *Americanas*.

O arrebatamento político, este parece ter passado de todo, tendo deixado como documentos o "Epitáfio do México", poema muitas vezes reeditado, "Polônia" ou, entre os poemas não reproduzidos em livro, "A cólera do Império" e o furioso "Hino patriótico", composto durante a Questão Christie e reproduzido, com partitura, em admirável página litográfica de Heinrich Fleiuss.

O que parece dominar o verso do grande lírico das *Ocidentais* e dos poemas desse período é um certo tom castiço, quase lusitano, quase camoniano, que fica explícito, mas aí por motivos óbvios, nos quatro sonetos a "Camões". Mas o mesmo tom reencontramos no poema a Gonçalves Crespo:

[...]
Mas a sombra do filho, no momento
De entrar perpetuamente os pátrios lares.

Ou no último verso dos sonetos a Pombal, ainda que se trate de um alexandrino:

Sobre um pouco de chão do ninho teu paterno.

E no célebre "A Carolina" sente-se, inegavelmente, todo um tom quase quinhentista, com os camonianos tercetos rimados em particípios, que nos fazem lembrar um José Albano. Ora, retrucaria o leitor, todos os temas tratados neste tópico têm ligação lusitana. De Camões e Pombal não há o que falar. Gonçalves Crespo, sendo brasileiro, foi poeta português e lá morreu, e Carolina era portuguesa. O que talvez seja útil lembrar, em meio a estas reflexões, é a profunda ligação biográfica e literária de Machado de Assis com Portugal. Nascido no Rio de Janeiro, a metrópole mais lusitana do Brasil, 17 anos após a Independência, filho de uma portuguesa dos Açores, criado na mansão matriarcal da viúva lusitana do brigadeiro e senador Bento Barroso Pereira, mineiro de educação lisboeta, casado finalmente com uma outra portuguesa, por aproximação com o irmão, o poeta Faustino Xavier de Novais, de quem era amicíssimo, frequentador de círculos não alheios ao então recente Real Gabinete Português de Leitura, todo esse aspecto e essa ambiência parecem ter sido continuamente subestimados pela questão da sua origem paterna e suas resultantes psicológicas, embora em Machado de Assis — indivíduo discreto no seu abolicionismo, como em quase tudo — o componente português dominasse, sob qualquer aspecto, o componente afro-brasileiro, o que aliás não teria maior interesse, não fosse o comportamento típico das elites eufêmicas brasileiras em relação a tal componente, que se exemplifica à maravilha na famosa carta de Nabuco a José Veríssimo, indignado por este ter ousado chamar o falecido autor de *A mão e a luva* de "mulato", já que branco o considerava.

A evolução de Machado de Assis, como poeta e nos outros gêneros, é sempre espantosa, do pobre adolescente carioca, que aos 15 anos, em 3 de outubro de 1854, escreveu — ao menos do que chegou até nós — o seu primeiro poema, o soneto "À Ilma. Sra D.P.J.A", ao qual se seguiu, com a data de 6 de janeiro de 1885, um outro intitulado "A palmeira", provável parente da "bela mangueira" de Gonçalves Dias, e ainda muito longe daquela em que Alberto de Oliveira sonharia viver num píncaro azulado, e que assim começava:

> Como é linda e verdejante
> Esta palmeira gigante
> Que se eleva sobre o monte!
> Como seus galhos frondosos
> S'elevam tão majestosos
> Quase a tocar no horizonte!

Poucos dias depois, possivelmente com profundo orgulho renovado, via um seu outro trabalho publicado, com o seu último sobrenome em letra de fôrma, o poema "Ela", saído na *Marmota Fluminense*, de Paula Brito, e que assim principiava:

> Seus olhos que brilham tanto
> Que prendem tão doce encanto,
> Que prendem um casto amor
> Onde com rara beleza,
> Se esmerou a natureza
> Com meiguice e com primor.

Até o autor de *Ocidentais*, há todo um mundo de distância. É que nesses olhos adolescentes — nos do autor, não nos da musa — ainda não se haviam plenamente manifestado, como nos de um antigo príncipe indiano, os espectros do sofrimento, da velhice, da doença e da morte, nem aquele da loucura, e muito menos, ao alto da montanha, o "outro" lhe estendera a mão.

TOBIAS BARRETO (1839-1889)

A fama de Tobias Barreto, o líder máximo da Escola do Recife, como poeta deve-se a dois fatores: seu duelo poético com Castro Alves por causa das atrizes cultuadas por cada um, respectivamente Adelaide do Amaral e Eugênia Câmara, um dos momentos mais saborosos da pequena história do nosso romantismo, e o culto em que o envolveu seu discípulo fanático, Sílvio Romero, a ponto de o considerar superior ao autor de "O navio negreiro". A completa mobilidade de opiniões críticas de Sílvio Romero, figura ao mesmo tempo sentimental e atrabiliária, é sobejamente conhecida para que se lhe dê qualquer crédito, ainda mais em se tratando de poesia. A verdade é que, na mesma época, usando dos mesmos metros e formas estróficas, e não poucas vezes tratando dos mesmos temas, Castro Alves é um poeta genial, e o autor de *Dias e noites* um sofrível exemplo do condoreirismo então em voga, subescola que só no baiano, diga-se de passagem, alcançou a grande poesia — apesar dos esforços de um Pedro Luís ou de um José Bonifácio, o Moço — mais um índice do imponderável de toda a arte, com destaque para a dos versos.

O improviso "A escravidão", aqui reproduzido, duas oitavas de circunstância, exemplifica bem a correta mediocridade poética de Tobias Barreto.

XAVIER DA SILVEIRA (1840-1874)

Joaquim Xavier da Silveira nasceu em Santos, formando-se em Direito, na Faculdade de São Paulo, em 1865. Jornalista, foi considerado um dos grandes oradores abolicionistas de sua época. Morreu em sua cidade natal, numa epidemia de varíola. Poeta no típico estilo romântico de sua geração, suas *Poesias* foram publicadas postumamente, em 1908, por seu filho, Joaquim Xavier da Silveira Júnior, que foi prefeito do Rio de Janeiro entre 1901 e 1902, e que, igualmente abolicionista, publicou, em 1888, no ano da Lei Áurea, o poemeto *História de um escravo*, em tiragem de 100 exemplares.

FAGUNDES VARELA (1841-1875)

Quando Luís Nicolau Fagundes Varela estreia em livro, com *Noturnas*, em 1861, a poesia brasileira passava por uma espécie de momento de indefinição. Gonçalves Dias, que morreria em breve, vivia uma longa fase de quase silêncio, Álvares de Azevedo havia morrido, rompendo as maiores esperanças, e muito recentemente Casimiro de Abreu, quase com a mesma idade, seguira o mesmo destino. Varela nasceu na Fazenda Santa Rita, entre Rio Claro e São João Marcos, belíssima cidade dos primórdios do café, que, na década de 1940, depois de classificada como monumento nacional, seria dinamitada e parcialmente submersa pela represa de Ribeirão das

Lajes. Como no caso de Casimiro de Abreu, veio ao mundo num local de natureza privilegiada, entre rios e serras, uma das paisagens mais belas e solitárias da província do Rio de Janeiro. Ainda criança transfere-se para Catalão, em Goiás, onde seu pai fora nomeado juiz de Direito. Sempre atrelado às funções do pai, leva por toda essa época uma vida errante, tendo residido em Petrópolis, Angra dos Reis, Niterói, até que, em 1859, parte para São Paulo, onde visava terminar seus preparatórios para a Faculdade de Direito. Nessa capital, célebre, desde a geração anterior, pela vida boêmia, pelo "cinismo", pelo desregramento byroniano, entrega-se aplicadamente aos mesmos, tornando-se logo figura popular entre os estudantes. Era a ambiência spleenética do *Werther*, das *Confessions d'un enfant du siècle*, de Musset, do *Childe Harold*, do Chatterton suicida, todo um culto malsão do *tedium vitae* e da busca da morte precoce que dominou essa geração.

Em 1862, após um escandaloso envolvimento com uma cortesã chamada Ritinha Sorocabana, casa-se Varela com a filha do diretor de um circo, ela também artista do próprio, Alice Guilhermina Luande. Desse consórcio nasce um filho, Emiliano, cuja morte, aos três meses de idade, inspirará o "Cântico do Calvário". Resolve transferir-se para a Faculdade de Direito no Recife, encontrando-se com Castro Alves, que já o admirava, durante a viagem de navio. Na capital pernambucana morre a sua esposa. De volta à Fazenda Santa Rita, "buscando à vida algum remédio ou cura", como diria Camões, mas cada vez mais tomado pelo alcoolismo e pelo desânimo, acaba por casar-se outra vez com a sua prima Maria Belisária de Brito Rangel, com a qual terá duas filhas e um filho que também não vingará. A partir daí, sem no entanto prejudicar a composição de sua obra literária, o poeta entra de vez num estranho alcoolismo deambulatório, vagando, sem rumo, de fazenda em fazenda, pela região de sua infância, com um capote esfarrapado e uma garrafa de cachaça no bolso. Nos intervalos dessa romaria para lugar algum volta periodicamente à cidade, trabalha, para depois retornar à boêmia, sendo preso não poucas vezes, e identificando-se nas delegacias da província como Lord Byron, Victor Hugo, Alfred de Musset, ou nome que os valha. Em fevereiro de 1875, ao deixar uma festa em São Domingos, Niterói, no meio de uma tempestade e contra o apelo de todos, cai sozinho na estrada, vítima de um derrame cerebral. Encontrado desacordado sob a chuva, é levado de volta à casa de onde partira, na qual morre pouco depois, aos 33 anos de idade.

A poesia de Varela, em parte por sua posição cronológica central no romantismo brasileiro, parece ser uma síntese de todas as tendências difusas nos seus outros grandes poetas. Como Gonçalves Dias, passa ainda pelo indianismo, como este, Gonçalves de Magalhães e Porto-Alegre, intenta um longo poema narrativo, *Anchieta, ou o Evangelho nas selvas*. Byroniano e pessimista como Álvares de Azevedo, escreve poemas abolicionistas como Castro Alves, "Mauro, o escravo", muito influenciado formalmente pelo "I-juca-pirama", sem possibilidades de aproximação qualitativa, e "O escravo", provavelmente o maior poema abolicionista brasileiro não escrito pelo autor de "Vozes d'África".

Após *Noturnas*, em que já se delineiam todas as suas qualidades e características, publica Varela *O estandarte auriverde*, em 1863, livro militante inspirado pela Questão Christie, com diatribes diversas ao imperialismo bretão, à arrogância anglo-saxônica, e sobretudo ao abominável William Christie, diplomata deflagrador do incidente. *Vozes da América*, o livro seguinte, inicia-se justamente com o longo poema narrativo "Mauro, o escravo", aqui reproduzido. A primeira parte, intitulada "A sentença", é calcada da maneira mais visível sobre a abertura do "I-juca-pirama", como já dissemos:

> Na sala espaçosa, cercado de escravos
> Nascidos nas selvas, robustos e bravos,
> Mas presos agora de infindo terror;
> Lotário pensava, Lotário o potente,
> Lotário o opulento, soberbo e valente,
> De um povo de humildes tirano e senhor.
> [...]

No mesmo livro encontra-se o poderoso poema "O mar", inspirado muito de perto por Byron, mas vazado nos estupendos decassílabos brancos do poeta, metro em que nunca foi superado entre nós. Mas é no seu livro seguinte, *Cantos e fantasias*, de 1865, que a sua obra atinge a plena maturidade. A primeira parte da "Juvenília", que abre o livro, é um dos maiores momentos líricos do romantismo brasileiro, numa maneira muito de Varela, seu panteísmo difuso, seu amor pela natureza dominado por um certo receio da efemeridade de tudo, que o distingue, sob esse aspecto, do de Casimiro de Abreu.

A segunda seção do livro se intitula "Livro das Sombras", dominado, como se subentende do título, pelas dores do poeta. As duas quadras dedicatórias, intituladas simplesmente "A...", tornaram-se muito populares, sendo, inclusive, usadas por Castro Alves como epígrafe do seu poema "Aves de arribação".

Num poema como "Sextilhas" revela-se, por outro lado, a profundidade do panteísmo de Varela, expandindo-se, em solidariedade, em empatia na dor, até os mais ínfimos e esquecidos seres, uma rara sensibilidade que só reencontraremos, meio século depois, mas dentro de uma elaborada metafísica da natureza, em Augusto dos Anjos.

Em "Horas malditas", por outro lado, deparamo-nos com uma confissão de medo do poeta perante os aspectos irracionais e noturnos da natureza, quase uma transposição para fora de um receio da loucura que não lhe devia ser estranho. Mas o apogeu de *Cantos e fantasias*, e de toda a obra do poeta, está no "Cântico do calvário", talvez a maior elegia escrita em língua portuguesa. A dedicatória, "À memória de meu filho, morto a 11 de dezembro de 1863", remete à tragédia pessoal que significou para ele a morte do pequeno Emiliano, talvez a *débâcle* da sua última tentativa de "regeneração", e o umbral sem retorno da sua queda numa autodestruição gradativa. Os versos decassílabos brancos, como sempre em Varela, são de uma beleza, uma força viril e uma variedade sonora insuperáveis.

Essa elegia inigualável é o ponto mais alto da obra de Fagundes Varela, fato muito difícil de se constatar, com tal clareza, na obra de qualquer poeta. Nos *Cantos meridionais*, de 1869, encontra-se o grande poema "O escravo", único na poesia abolicionista brasileira pelo seu enfoque na capacidade da escravidão de destruir até mesmo a alma do escravizado, de esmagar o seu senso de justiça e o seu anelo de revolta, uma rara visão da sordidez e da crueldade subjetivas do fenômeno do cativeiro, tão esquecidas perante a presença escandalosa das violências objetivas. Por tudo isso, como dissemos, talvez seja o maior poema abolicionista brasileiro de outro autor que não Castro Alves, poema quase hínico, dos maiores do romantismo brasileiro, onde o sentimento religioso se mistura magistralmente com a indignação social. Sem a capacidade de projeção pictórica, coreográfica, do seu camarada baiano, tal poema atinge, pela pura reflexão ética, alturas idênticas.

Em *Cantos do ermo e da cidade*, seu último livro de poemas líricos, amplia-se a tendência noturna e panteísta de Varela, como nas quadras de "Eu amo a noite", no soneto "Visões da noite" — um dos seus poucos sonetos, gênero sempre escasso entre os românticos —, tudo convivendo com peças de expressão muito próxima do popular, como "A volta" ou "O filho de Santo Antônio". Após a sua morte três obras foram publicadas, os *Cantos religiosos*, com alguns poemas notáveis pelo lirismo e pela sinceridade do sentimento místico, *O Evangelho de Lázaro*, poemeto narrativo, na primeira pessoa, escrito nos sempre admiráveis decassílabos brancos do autor, e, título mais importante, o *Evangelho nas selvas*, sua tentativa épica, editado poucos meses após a sua morte, com um belo retrato do poeta perante o frontispício de alguns exemplares da tiragem.

Dividido em dez cantos, em decassílabos não rimados, separados em estrofes de tamanho variável, o livro narra, pela boca de Anchieta pregando aos índios, a história do Evangelho, essa maior de todas as histórias, de modo que o poema se pode classificar, por um lado, como uma obra religiosa, por outro, como um exemplo de indianismo tardio. A qualidade invariável do verso de Fagundes Varela é que sustenta a obra, como na sua poderosa invocação, quando antepõe, à Árvore da Ciência do Éden, a cruz de Cristo, momento de grandeza miltoniana.

MELO MORAIS FILHO (1844-1919)

Melo Morais Filho, médico baiano filho de importante historiador do Império e tio-avô de Vinicius de Moraes, foi memorialista, folclorista e cronista dotado de saborosíssima prosa e notável senso do registro histórico, havendo deixado como prosador alguns títulos primordiais, como *Fatos e memórias* e *Artistas do meu tempo*, ambos de 1904, sem esquecer o admirável *Festas e tradições populares*, vinte anos anterior. Como poeta, foi um representante tardio do condoreirismo abolicionista, publicando em 1880 os *Cantos do Equador*, seu principal título no gênero, ao qual se seguiu, trinta anos depois, *Altar encerrado*. Na inevitável comparação com seu conterrâneo Castro Alves, a única coisa que se salva nos seus poemas são, como era de esperar, as boas intenções.

Independentemente de tal distância estética, as peças reunidas na última parte dos *Cantos do Equador*, aqui integralmente reproduzidas, e nas quais se nota por vezes uma pouco eficaz influência hugoana, devem ter tido um seguro poder emocional de propaganda abolicionista sobre a geração para a qual foram escritos.

GONÇALVES CRESPO (1846-1883)

Antônio Cândido Gonçalves Crespo, brasileiro por nascimento, mas que é consensualmente considerado um poeta português, não poderia, pela origem e pela temática dos poemas escolhidos, deixar de figurar neste livro.

Filho do comerciante lusitano António José Gonçalves Crespo, homem casado, nasceu de suas relações com a escrava Francisca Rosa da Conceição. Aos 10 anos transferiu-se para Portugal, realizando os estudos preparatórios em Lisboa, e formando-se em Direito na Universidade de Coimbra em 1877. Figura de destaque no parnasianismo português, trabalhou em diversos órgãos de imprensa, e em 1874 casou-se com a também poetisa e escritora Maria Amália Vaz de Carvalho, que foi de grande importância para inseri-lo na vida literária lisboeta. Após o sucesso de *Miniaturas*, em

1870, e especialmente de *Noturnos*, em 1882, faleceu tuberculoso no ano seguinte, aos 37 anos de idade. Em 1887 sua viúva publicou suas *Obras completas*, prefaciadas por Teixeira de Queirós e por ela própria.

Seus poemas, nos quais parece haver um evidente elemento autobiográfico, são quadros de gênero, nos quais não deixam de aparecer alguns dos tópicos clássicos de condenação ao cativeiro, como o da desonra da mulher em "A negra", bem como o das sevícias físicas, o da separação das famílias e o da exploração dos anciãos em "Velhas negras".

LUÍS GUIMARÃES JÚNIOR (1847-1898)

O pernambucano Luís Guimarães Júnior revelou-se um importante poeta romântico com *Corimbos*, de 1866, mas o seu lugar na poesia brasileira seria determinado pela outra feição que a sua obra assumiria a partir de *Sonetos e rimas*, editado em Roma, em 1880. Alguns dos sonetos mais célebres da nossa poesia estão nesse livro, como o de abertura da primeira parte, "O coração que bate neste peito", e que termina com a chave de ouro famosa, "Palpitará de amor dentro da terra", "O esquife", e especialmente "Visita à casa paterna", cujo segundo verso transformou-se em frase feita no Brasil:

> Como a ave que volta ao ninho antigo,
> Depois de um longo e tenebroso inverno,
> Eu quis também rever o lar paterno,
> O meu primeiro e virginal abrigo.
> [...]

Na segunda parte do livro, "Os poetas mortos", fazia Guimarães Júnior uma série de homenagens, todas em sonetos, aos maiores nomes do romantismo já desaparecidos, de Gonçalves Dias até Castro Alves. Assim esse bom e correto poeta, ainda fiel aos seus ídolos românticos, ajudou, através dos seus sonetos, a menos romântica das formas, na afirmação da escola que sucederia àquela.

CASTRO ALVES (1847-1871)

Antônio de Castro Alves nasceu em Curralinho, freguesia de Cachoeira, Bahia, hoje uma cidade que leva seu nome, numa fazenda às margens do Paraguaçu. Filho de um médico ilustre e neto materno de um dos heróis da Guerra de Independência, veio ao mundo entre os ecos heroicos das batalhas que culminaram no Dois de Julho. Sua mãe, filha natural, tinha ascendência cigana, e no espólio de memórias familiares não lhe faltaram, ao lado das reminiscências bélicas, as de violentos crimes passionais. Transferindo-se para Salvador estudou no célebre Ginásio Baiano, de Abílio César Borges, o futuro barão de Macaúbas, o mais conhecido educador do Império, modernizador dos processos pedagógicos com o fim dos castigos corporais, o mesmo que seria, três décadas depois, genialmente caricaturado por Raul Pompeia — seu aluno no Colégio Abílio, do Rio de Janeiro — como o professor Aristarco de *O Ateneu*. No Ginásio Baiano, condiscípulo de Rui Barbosa e aluno do grande filólogo Carneiro Ribeiro, começaria Castro Alves a escrever versos, aos 13 anos de idade, versos encomiásticos, ingênuos e formalmente bem-feitos, dedicados aos anos do seu diretor ou a importantes datas pátrias, como o Sete de Setembro e o já lembrado Dois de Julho, tema recorrente em sua obra.

Em 1862 parte o poeta para o Recife, acompanhado do irmão José Antônio, para se matricularem ambos na Faculdade de Direito daquela capital. No ano seguinte sofre uma hemoptise, deixando clara a sua propensão para a tuberculose, a eufemisticamente denominada "fraqueza de pulmões" que significava quase uma condenação à morte para inúmeros jovens daquela época, e que já lhe roubara a mãe, quando dos seus 12 anos de idade. Em 1864, após sinais crescentes de perturbação mental, seu irmão José Antônio se suicida. A 7 de outubro desse ano, após tantos fatos perturbadores, escreve Castro Alves o poema "O tísico", título depois mudado para "Mocidade e morte". É um desses raros momentos em que podemos datar com exatidão o surgimento de um grande poeta. Após os variados versos sem expressão maior produzidos anteriormente, com "Mocidade e morte", aos 17 anos de idade, Castro Alves alcançava a plena maturidade, dando início a uma fase de sete anos de duração, até a sua morte, em que criaria muitos dos maiores poemas da poesia brasileira e mesmo da língua portuguesa e levaria o nosso romantismo ao seu apogeu, depois do qual só lhe restou o implacável declínio e dissolução.

A partir desse momento, definitivamente, o artista estava pronto, senhor de um instrumental único que se materializaria num lirismo amoroso de alturas inalcançadas entre nós, e numa poesia de caráter épico que, sem nunca perder a qualidade lírica, assumiria um papel tribunício e profético, ligada às grandes causas humanas da época, como aconteceu com tantos nomes do romantismo universal, desde o Byron da independência grega até tantos outros por outras variadas causas. Castro Alves, sob esse aspecto, assumiria, ao lado de Gonçalves Dias — mas num aspecto atual, ao contrário do maranhense, que o representou na sagração de um passado mítico —, o papel de poeta nacional, um papel inalienável para ambos. Como um Eminescu para a Romênia, como um Petöfi para a Hungria, como um Púshkin para a Rússia, como um Mickiewicz para a Polônia, como Solomos para a Grécia, ou como Martí — retornando ao Novo Mundo — para Cuba, Castro Alves representa para o Brasil a figura tipicamente romântica do poeta-herói, obviamente o Castro Alves da poesia social e abolicionista, papel esse já conscientemente reivindicado e assumido por ele próprio no grande poema "O vidente". É característico, diga-se de passagem, das literaturas de países que não passaram pela Renascença, como os do Leste Europeu e os das Américas, esse aparecimento dos poetas nacionais no romantismo, movimento coevo à independência de muitos deles.

Na verdade, a divisão temática da obra de Castro Alves não se restringe ao binômio amatório e social/patriótico, há uma terceira vertente, e de grande importância, que podemos chamar de reflexiva, em parte autobiográfica, tratando de certos motivos centrais de toda a poesia, a morte, a passagem do tempo, a contemplação da natureza, em poemas como "A Boa Vista", "*Sub tegmine fagi*", "Quando eu morrer" e tantos outros, como a belíssima balada dialogal "O fantasma e a canção", a respeito da imortalidade da poesia, metonímia de toda a arte.

No capítulo do lirismo amoroso, as peças capitais se multiplicam na obra de Castro Alves. Fácil de paixões, como bom romântico, criou obras-primas no gênero, desde os primeiros encantamentos não realizados até o último e frustrado romance com a cantora italiana Agnese Trinci Murri, que, diga-se de passagem, passou o resto da vida, em seu país natal, reverenciando o poeta havia décadas desaparecido. Dos nossos românticos, na verdade, Gonçalves Dias e Castro Alves foram os dois únicos e autênticos *coureurs de femmes*, apesar da vida breve do primeiro e brevíssima do segundo. Entre essas musas do poeta baiano dominou, sem dúvida alguma, Eugênia Câmara, a atriz portuguesa com quem viveu o mais longo e o mais conturbado dos seus relacionamentos, figura célebre nos palcos da época, versejadora esporádica e dez anos mais velha que o amante. Das obras-primas do gênero não podemos deixar de lembrar "Hebreia", inspirada pela bela judia Esther Amzalak.

A inesgotável fonte de citações bíblicas, que sempre acompanhou Castro Alves, une-se aí a uma musicalidade lenta, quase indolente, como numa modorra nascida do calor dos desertos do Oriente, impressão que dominará inclusive muito de sua visão da África, como veremos, não fosse ele um entusiasmado leitor de Victor Hugo, o Victor Hugo de *Les Orientales*.

Entre os grandes poemas de seu lirismo amoroso, ou a ele diretamente ligado, é preciso lembrar também "Hino ao sono", "O hóspede", "A volta da primavera", "Adormecida", "Adeus", "Boa noite", onde, a partir do tema shakespeariano do despertar dos amantes e da necessidade da partida, o poeta cria algumas de suas mais belas imagens amatórias.

Espécie de síntese de toda a poesia amorosa de Castro Alves, síntese estética e autobiográfica, é a série de sete sonetos, com uma introdução em seis sextetos, "Os anjos da meia-noite", título possivelmente oriundo de uma peça de teatro célebre na época, *O anjo da meia-noite*, traduzida aliás por Machado de Assis. São os maiores sonetos do romantismo brasileiro, desfile espectral de amantes mortas ou abandonadas, culminando numa última e misteriosa "sombra", antevisão, na verdade, das duas realidades que acompanhariam o final da vida do poeta, soneto de uma imaterialidade que já nos aproxima — o mesmo que ocorre em outros trechos da obra de Castro Alves — do simbolismo.

No vasto campo da poesia social, há duas vertentes na atividade de Castro Alves, uma mais patriótica, heroica, resultando nos versos mais bélicos — exceção feita a Gonçalves Dias — da poesia brasileira, como na célebre "Ode ao Dois de Julho", de 1868, de um fragor guerreiro como pouco se ouviu em português depois de *Os Lusíadas*; ou em "Pedro Ivo", sobre o famoso herói da Revolução Praieira de Pernambuco, figura tipicamente romântica — assunto no qual, no entanto, foi superado por Álvares de Azevedo, com a sua ode do mesmo nome; ou num poema de notável monumentalidade, como "A visão dos mortos", embora esse tangencie diretamente a poesia abolicionista, a sua segunda e mais célebre vertente; ou baseado em episódios da história pátria, como em "Jesuítas". Curioso é o fato de o maior conflito militar da história brasileira, a Guerra do Paraguai, perfeitamente contemporâneo do último romantismo, não ter inspirado um único grande poema aos vates da época, como já comentamos, regra à qual Castro Alves não fez exceção, pondo de lado, ao recolher as peças para o seu *Espumas flutuantes*, único livro publicado em vida, em 1870, o "Pesadelo de Humaitá", poema seguramente inferior à sua média, obra mais ou menos improvisada pela qual foi ovacionado no Rio de Janeiro, em março de 1868.

Os escravos e *A cachoeira de Paulo Afonso*, dois livros póstumos, enfeixam os magníficos poemas que outorgaram a Castro Alves, além dos louros do gênio, os de herói nacional. Se buscava o poeta uma causa, não podia tê-la escolhido melhor, e a sinceridade de sua adesão está acima de qualquer suspeita. Se o tráfico fora proibido em 1850, pela Lei Eusébio de Queirós — ainda que o contrabando nunca haja realmente terminado —, a questão da escravatura continuava envergonhando e mobilizando o país, como continuaria ainda por dezessete anos após a morte do poeta, até a dura e renhida batalha que conduziu à Lei Áurea. Dois meses depois do seu falecimento, era assinada a Lei do Ventre Livre, em 28 de setembro de 1871, lei que, na verdade, ainda que marcasse implacavelmente para 1892 o fim da escravidão no Brasil, e obviamente por isso mesmo, não libertou ninguém, já que os filhos de escravos nascidos a partir daquela data continuariam escravos, ou melhor, "ingênuos", até os 21 anos. O tema da Abolição, portanto, era o mais candente possível na época de Castro Alves, ainda que críticos do século XX tenham chegado a desfazer de "O navio negreiro" por ter sido escrito em 1868, ou seja, dezoito anos após o fim oficial do tráfico, como se o contrabando não tivesse continuado até a Abolição, e como se o poeta não pudesse tratar de um fato que, mesmo anacrônico, o que não era verdade, foi o elemento que possibilitara a escravidão negra por três séculos e meio.

Se "O vidente", peça de grandeza ímpar, sobre a qual já falamos, foi o poema programático do poeta-vate, o que mais nos causa admiração na série de obras-primas inspiradas pelo tema da escravidão é a sua variedade de registro, abarcando do lirismo mais intenso ao bélico mais feroz, do lirismo íntimo de certas seções de *A cachoeira de Paulo Afonso* à invectiva do tribuno, como na espantosa oralidade que encerra "O navio negreiro". Exemplo perfeito do seu lirismo abolicionista podemos encontrar no comovente "Antítese", ou em "A cruz da estrada", quase um *lied*, um dos poemas líricos mais perfeitos da poesia brasileira.

No registro diametralmente oposto desse lirismo, encontramos os grandes poemas abolicionistas de força épica, "Bandido negro", "Saudação a Palmares", "Vozes d'África" — apóstrofe genial dirigida a Deus por um continente africano com cores na verdade mais árabes do que negras, mais da África do Norte do que da subsaariana, como bem observou Alberto da Costa e Silva — e, finalmente, "O navio negreiro". Este seu poema mais célebre merece análise detida, tal a sua riqueza poética e estrutural.

Dividido em seis movimentos, o primeiro se desenvolve através de uma série de comparações, de intensa originalidade e estesia, entre as duas grandezas que formam o cenário do drama, o céu e o oceano, e é bom lembrar que o subtítulo do poema é justamente "Tragédia no mar".

Após essas estrofes de extrema beleza, o poeta se dirige ao albatroz, "águia do oceano", para pedir-lhe as asas. Será através dos olhos do albatroz que terá início o mergulho, o *travelling* descendente, o *plongé* que é o fio desse poema de visualidade quase cinematográfica, tal como um *travelling* descendente conduzirá, anos depois, o fio inexorável e genial de *Os sertões*, de Euclides da Cunha, debruçando-se sobre outra tragédia nacional. O segundo movimento, dirigido aos nautas de todos os países e épocas, de alta qualidade lírica, funciona como uma espécie de *scherzo*, um anticlímax do que virá depois.

Na terceira parte, a mais curta de todas, composta de apenas uma estrofe, o poeta mergulha com o albatroz, e se depara com o fulcro da composição, a cena horrenda, fortemente expressionista, dos escravos obrigados a dançar, ao som dos chicotes, prática realmente utilizada nos navios negreiros com o objetivo de diminuir a alta mortalidade das "peças d'África", obrigando-as a movimentar-se ao sol e ao ar livre, para combater os efeitos deletérios da longa viagem nos porões.

A quinta seção, talvez a mais impressionante do poema, inicia-se então como uma aceleração súbita, um *presto* irresistível, apostrofando a Deus e aos elementos da natureza por seu silêncio perante a desgraça humana, e em relação a esses de uma maneira que diríamos pudovkiniana.

Então, num golpe de teatro, e vale a pena lembrar que foi num teatro que pela primeira vez o poema foi recitado, por seu autor de 21 anos, chegamos à sexta e última seção, quando o poeta pergunta e responde sob qual bandeira navega e se abriga o "brigue imundo", causando ao público, sem a menor dúvida, aquele *stupore* a que almejavam os arquitetos barrocos. As estrofes, não por acaso, são oitavas heroicas, metro de eleição da epopeia nas línguas românicas. É fácil avaliar o efeito avassalador dessas três oitavas, menos para aqueles que retiram do campo do poético toda a capacidade de *pathos* e de catarse coletiva que ela possa ter, como muitas vezes teve.

"O navio negreiro", à frente de toda a admirável floração dos poemas sobre a escravatura, teve ação real na difusão abolicionista no Brasil, um poder que a poesia nunca alcançou nem antes nem depois entre nós. Muito se falou de suas possíveis fontes, o interessante poema satírico de Heine, "*Das Sklavenschiff*", ou uma canção de Béranger, "*Les nègres et lês marionettes*", mas, para além da absoluta superioridade do poema brasileiro, parece-nos que um baiano do século XIX teria tudo para estar mais exatamente informado das práticas e vezos do tráfico marítimo de escravos do que o francês e o alemão. Se há uma obra, mas de outra arte, que podemos aproximar de "O navio negreiro" é o extraordinário quadro de Turner do mesmo nome, *The slaveship*, de 1840, baseado num episódio sórdido e verídico da história da Marinha britânica. Apesar de o poeta, obviamente, nunca ter ouvido falar dele, muito menos tê-lo visto, há uma estranha semelhança na visão prévia que guiou os dois grandes artistas, separados na forma de expressão, no espaço e no tempo, na interpretação da mesma temática. O epílogo dessa vertente social da poesia de Castro

Alves, sempre acompanhada, até a sua morte, da poesia lírica, reflexiva e confessional — desta basta lembrar "*Coup d'étrier*", espécie de despedida emocionada do poeta condenado pela tuberculose — encontra-se em *A cachoeira de Paulo Afonso*, poema narrativo composto de vários poemas independentes, complexa e enredada trama que envolve os protagonistas, os escravos Lucas e Maria, até a loucura desta e a morte dos dois, dentro de uma canoa, despenhando-se pela cachoeira de Paulo Afonso. O poeta da paisagem brasileira sem igual que foi Castro Alves aí atinge o ápice do gênero, em "Crepúsculo sertanejo", na descrição titânica, também em oitavas heroicas, de "A cachoeira", ou num quadro de cromatismo e movimento únicos como "A queimada".

O penúltimo poema de *A cachoeira de Paulo Afonso*, "Loucura divina", que termina naturalmente no poema seguinte, de uma só estrofe, "À beira do abismo e do infinito", é, sem dúvida, o grande momento dramático da poesia de Castro Alves, aquele que ele não pôde alcançar na prosa do drama *Gonzaga*. A um instante de serem tragados pelo abismo de águas e de rocha, um Lucas lúcido e uma Maria enlouquecida dialogam. Nos sinais que ele vê da morte próxima de ambos, ela vê os do seu irrealizado matrimônio. É um grande momento da poesia romântica de qualquer país, com as metáforas naturais e as antíteses, típicas do autor, conduzindo o leitor a uma espécie de estesia extática.

Após uma exaustiva atividade estética e política entre as cidades das duas faculdades de Direito, curso que nunca concluiu, Recife e São Paulo; entre a Corte e a capital de sua província, Rio de Janeiro e Salvador; após os desgostos e o rompimento com Eugênia Câmara; e o desastrado tiro no pé, numa caçada na capital paulista; e a amputação do mesmo, no Rio de Janeiro, tudo formando a voragem de uma vida meteórica, Castro Alves morreu em 6 de julho de 1871, aos 24 anos, no palacete do Sodré, velho solar seiscentista, em Salvador, quatro dias após as festas do Dois de Julho, que tantas vezes cantara. Além da extraordinária obra poética, deixava traduções em verso da mais alta qualidade, e sobretudo esse "odor de genialidade" que já o acompanhara plenamente em vida, coisa tão rara, e com o qual morreu. Sua curta vida, comum a quase todos os seus êmulos de escola, não permitiu que se dispersasse em nada que não fosse aquilo que representa os altos ideais humanos, o amor, a arte, a justiça, embora não nos caiba supor que com mais longa vida sua trajetória fosse diferente. Deixou exatamente o que planejara, as "espumas flutuantes" de seus versos, cumprindo o que havia augurado numa quadra esparsa, depois batizada "Numa página", que rabiscara num seu álbum em 1870, em Curralinho, sua terra natal, um ano antes de desaparecer:

> Horas de tédio ou de amorosa esp'rança,
> — Meteoros da vida!... errantes astros!...
> Fugi!... porém que fique uma lembrança!
> Passai!... deixando os perfumosos rastros!...

CELSO DE MAGALHÃES (1849-1879)

Celso Tertuliano da Cunha Magalhães, literariamente conhecido como Celso de Magalhães, nasceu na Fazenda Descanso, em Viana, Maranhão, no ano de 1849. Formou-se na Faculdade de Direito do Recife. Foi um dos grandes pioneiros do estudo do nosso folclore, especialmente da canção brasileira, tendo publicado, no jornal recifense *O Trabalho*, em 1873, a importante série de artigos intitulada justamente *A poesia popular brasileira*. Como ficcionista, publicou a novela *Ela por ela* e o romance *Um estudo de temperamento*, ambos em 1870, aos quais se seguiu, três anos depois, a novela *Pelo correio*. De volta à sua província natal, foi nomeado promotor público de São Luís, sendo mais tarde exonerado do cargo por haver denunciado a esposa do barão do Grajaú, futuro presidente da província, pela morte de um escravo. Manteve assídua atividade na imprensa pernambucana e maranhense, falecendo aos 29 anos em São Luís. É patrono da cadeira número 5 da Academia Maranhense de Letras.

Seus *Versos*, publicados em São Luís do Maranhão em 1870, trazem o importante poema "Os calhambolas" — o mesmo que quilombolas —, cuja extensão de cerca de oitenta páginas infelizmente não nos permitiu reproduzir aqui.

SÍLVIO ROMERO (1851-1914)

Sílvio Romero, folclorista, crítico, autor de uma obra imensa, foi dos primeiros sistematizadores metodológicos da crítica literária no Brasil. Indiscutivelmente notável como folclorista, a sua *História da literatura brasileira* se ressente, do ponto de vista estético, de grandes deficiências de percepção. Fundador entre nós da crítica sociológica, que predomina até hoje, foi discípulo fervoroso de Tobias Barreto — que sobrepunha a Castro Alves como poeta — e inimigo figadal de Machado de Assis, que descreveu como "um desses tipos de transição, criaturas infelizes, pouco ajudadas pela natureza, entes problemáticos que não representam, que não podem representar um papel mais ou menos saliente no desenvolvimento intelectual de um povo", ou coisas ainda piores. Fora do âmbito das suas idiossincrasias, foi uma das almas mais generosas e idealistas de sua época.

Seu valor como poeta é de todo secundário, mas, apesar da abordagem muito genérica dada ao tema, aqui reproduzimos o poema "A escravidão", do seu *Cantos do fim do século*, de 1878, tentativa perfeitamente frustrada de compor uma espécie de *La légende des siècles* em pequeno formato.

NARCISA AMÁLIA (1852-1924)

Narcisa Amália, natural de São João da Barra, publicou seu único livro, *Nebulosas*, em 1872. Uma das primeiras poetisas da história do Brasil, seu livro era de um condoreirismo bastante correto e precoce, contendo inclusive um poema em homenagem ao recém-falecido Castro Alves. Jovem de grande beleza, como se percebe pelo seu retrato litográfico fronteiro ao frontispício do livro, casada aos 13 anos com um padeiro boçal de Resende, onde morava, despertou paixões extraliterárias em poetas como Fagundes Varela e Otaviano Hudson, e alcançou razoável fama na época, inclusive por uma propalada calúnia de que seus versos teriam sido escritos por seu pai. Separada duas vezes, professora e jornalista, esta pioneira da poesia feminina no Brasil morreu cega e esquecida no Rio de Janeiro, nunca tendo publicado outra obra.

LÚCIO DE MENDONÇA (1854-1909)

Lúcio de Mendonça, o idealizador da Academia Brasileira de Letras, foi um dos últimos poetas de uma vertente romântica liberal em atividade no Brasil, autor de uma poesia republicana, jacobina, como ainda viria a ser a de um Medeiros e Albuquerque, reunida em *Murmúrios e clamores* em 1902. Seu livro *Vergastas*, editado no ano da queda da Monarquia, com uma linda capa do também jacobino Raul Pompeia, é um exemplo precioso do gênero, ainda que em certos poemas, como no admirável soneto descritivo "O rebelde", o poeta já se situe mais próximo do parnasianismo.

EMÍLIA DE FREITAS (1855-1908)

Nascida em Jaguaruana, Ceará, Emília de Freitas se transferiu, após a morte do pai, para Fortaleza, onde se formou na Escola Normal. A partir de 1873 passa a colaborar com poemas na imprensa, tanto na sua província natal como na do Pará. Em 1891 publica *Canções do lar*.

Transfere-se com o irmão para Manaus, onde ensina no Instituto Benjamin Constant, para meninos cegos. No último ano do século XIX retorna à capital de seu estado natal, casada com Antônio Vieira, redator do *Jornal de Fortaleza*.

Em 1889 publica *A rainha do ignoto*, um dos títulos inaugurais da literatura fantástica no Brasil. O período em que escreveu poemas abolicionistas lhe valeu o epíteto de "poetisa dos escravos".

MÚCIO TEIXEIRA (1857-1923)

O gaúcho Múcio Teixeira, romântico tardio, primeiro biógrafo de Castro Alves, grande devoto de Victor Hugo, estreou com *Vozes trêmulas*, em 1873. Deixou uma obra enorme, no meio da qual se encontra um livro de poesias escandalosamente pornográficas, muitas delas paródias, intitulado *Esculhambações*, de 1909.

Em plena maturidade, convertido ao ocultismo, o poeta se transformou no barão Ergonte, profeta, quiromante e astrólogo, mistura de Papus com Sar Péladan, em plena Capital Federal. A partir daí passa a escrever o que se intitulava poesia teosófica, em livros como *Terra incógnita*, de 1916. Sem ter sobrevivido literariamente, Múcio Teixeira é um dos tipos humanos mais interessantes de sua época.

Além do poema reproduzido no presente livro, o autor publicou, na mesma temática, *A canoa da escravidão*, sátira abolicionista, em 1882.

ALBERTO DE OLIVEIRA (1857-1937)

Antônio Mariano Alberto de Oliveira nasceu em Palmital de Saquarema, província do Rio de Janeiro, pouco depois se transferindo para Niterói. Tinha dezesseis irmãos e irmãs, uma das quais, Amélia de Oliveira, ficou célebre pelo seu noivado frustrado com Olavo Bilac, um dos episódios românticos mais mal explicados da *petite histoire* da poesia brasileira. Formado em Farmácia, tendo abandonado a Faculdade de Medicina no terceiro ano, exerceu diversos cargos públicos e no magistério, tendo sido um dos membros fundadores da Academia Brasileira de Letras, em 1897.

Sua estreia, em 1878, com *Canções românticas*, prefaciado por Teófilo Dias, ainda se prende a um romantismo em dissolução, mas várias características, o cuidado formal, certo interesse pelo exotismo e pela Hélade, poderiam indicar, ao leitor atento, sua mais que provável futura adesão à escola que se prenunciava. No seu livro seguinte, *Meridionais*, com prefácio de Machado de Assis, a estética parnasiana se afirma perfeitamente, nesse que seria o mais ortodoxo entre os grandes poetas do movimento. O uso do soneto se expande, assim como a utilização do alexandrino, metro quase estranho à língua portuguesa até o romantismo, a não ser que consideremos como tal os chamados alexandrinos espanhóis — como os usados por Castro Alves, por exemplo, em "O vidente" —, que a rigor não o são. Mas subsiste no Alberto de Oliveira de *Meridionais*, a par da impassibilidade e do descritivismo externo, um senso da natureza que sempre conservou, e mesmo um lado tenebroso, talvez ainda herança romântica, que depois desapareceria, e que percebemos em sonetos como "Pesadelo" ou o notável "Visão do tísico". Em outro conhecido soneto, "Saudade da estátua", em tudo parnasiano, o poeta rima, no entanto, no último terceto, *traz* e *mais*, rima a rigor não admitida pelo estrito código formal da escola.

Sonetos e poemas, de 1885, seu terceiro livro, agora absolutamente adaptado aos cânones do movimento, é que o consagraria definitivamente, graças a certos poemas antológicos, quase sempre sonetos, como era costume na época, um tempo em que a imprensa de todo o país os publicava até nas primeiras páginas dos periódicos, nos quais os mesmos podiam fazer, da noite para o dia, a fama de um poeta, às vezes graças a uma única peça que caísse no gosto do público. Foi o que aconteceu com Bilac com o "Ora (direis) ouvir estrelas! Certo", com Raimundo Correia com "As pombas" e "Mal secreto", com Guimarães Passos com "Teu lenço", e com Alberto de Oliveira com os dois "vasos" de seu terceiro livro, primeiramente o "Vaso grego", no qual, de fato, se encontra o inteiro Alberto de Oliveira. O uso, bem classicizante, da ordem inversa, até o exagero — fato que propiciou a Manuel Bandeira compor um delicioso *À maneira de...* sobre o poeta —, a perfeição formal, a impassibilidade, a visão de uma Grécia perfeitamente imaginária, em suma, uma poesia ornamental, de excelente artesanato, o famoso "lavor de joalheiro" do satírico "Os sapos", do mesmo Manuel Bandeira, da "Profissão de fé" de Bilac, do "Versos a um artista" de Raimundo Correia, todos derivados mais ou menos diretamente do Théophile Gautier de *Émaux et camées*.

De sintaxe mais simples, mas estética igual, era o outro "vaso", o "Vaso chinês", que, como o primeiro, causou furor por todo o país, e é um exemplo perfeito da pintura em versos, uma pequena natureza-morta, em tudo semelhante às que, com pincéis, realizavam os nossos bons pintores acadêmicos do mesmo período.

Em seu livro seguinte, *Versos e rimas*, de 1895, encontramos desde sonetos moralizantes como o pavoroso "A vingança da porta", que, sabe-se lá por quê, também causou furor nacional, até poemas onde se manifesta o senso da Natureza que sempre se manteve presente no autor, como no célebre "Aspiração", poema em que um inegável sopro romântico, reprimido, retorna à alma do poeta, inspirando-lhe uma de suas *pièces de résistance*. *Por amor de uma lágrima*, publicado em anexo de *Versos e rimas*, é um idílio de bela qualidade lírica, em vinte e dois *lieder*, valendo a pena lembrar que o poeta era familiarizado com Heine, e mais de uma vez o traduziu, como aliás uma infinidade de poetas brasileiros. *O livro de Ema*, de 1898, continua, de certo modo, na tradição de idílio narrativo da obra anterior. Em *Alma livre*, que vem em seguida, a feição mais parnasiana se reafirma, especialmente em sonetos como "Taça de coral", talvez uma tentativa de retorno à maneira dos dois "vasos", ou "O muro", outro admirável exemplo de poesia descritiva. O mesmo em *Céu noturno*, de 1905, no qual compõe um singelo e sincero retrato do papel da poesia em sua vida, de grande beleza, em "Horas mortas".

A partir daí a obra de Alberto de Oliveira, publicada em quatro séries de *Poesias*, oscila entre as duas tendências, poemetos narrativos, como o estranho *Cheiro de flor (notas de um veranista)*, que se afasta muito da maneira do poeta, e os livros compostos basicamente de poemas líricos, como *Ramo de árvore*, de 1922, o melhor livro de sua plena maturidade, no qual se manifesta uma natural melancolia crepuscular, e no qual se encontram alguns sonetos admiráveis, dos melhores de sua obra, como "O caminho do morro" e especialmente o que escreveu a respeito da casa em que vivera com a família, depois transformada num convento. A sensação da passagem implacável do tempo, da impermanência das coisas, permite ao poeta, no soneto "A casa da Rua Abílio" um momento confessional de alta qualidade emotiva, impensável nos seus gloriosos momentos de campeão da nova estética.

Alberto de Oliveira, Príncipe dos Poetas Brasileiros, viveu muito, falecendo em 1937, quinze anos depois do advento do modernismo, dezenove anos após a morte de Bilac, 26 após a de Raimundo Correia. Como Coelho Neto, foi obrigado a assistir à dissolução da ambiência estética em que viveu e que ajudou a criar, mas a sua posição na poesia brasileira é inalterável, ainda que injustiçada, e que a sua voz ressoe ao longe, como a voz de Anacreonte no famoso soneto.

PAULA NEI (1858-1897)

Paula Nei, o lendário boêmio cearense, sobrevive exatamente como figura de boêmio, com seu longo anedotário. Cedo transferido para a Capital Federal, viveu sempre do jornalismo, deixando poemas esparsos nos periódicos nos quais colaborou. Sua figura foi imortalizada por seu grande amigo Coelho Neto no seu excelente e esquecido romance *A conquista*, bem como na sua sequência *Fogo fátuo*, no qual se narra, sob os nomes facilmente decifráveis do *roman à clef*, a morte de Paula Nei.

O soneto que aqui reproduzimos, medíocre soneto, é um exemplo dos incontáveis poemas comemorativos que se seguiram ao 13 de Maio de 1888.

PAULINO DE BRITO (1858-1919)

Paulino de Almeida Brito nasceu em Manaus, em 1859. Após estudar na Escola Normal de sua cidade natal, cursou a Faculdade de Direito de São Paulo, terminando o curso na do Recife. Transferindo-se para Belém, viveu da atividade jornalística naquela capital, onde estreou com o livro *Contos*, em 1892. Exerceu importante militância abolicionista no periódico *Folha do Norte*. Faleceu na capital paraense em 1919.

Seu soneto "Zumbi", publicado na imprensa da Corte em 1884 e aqui reproduzido, é uma bela e precisa homenagem ao lendário líder de Palmares.

RAIMUNDO CORREIA (1859-1911)

Raimundo da Mota Azevedo Correia nasceu na costa do Maranhão, a bordo do vapor *São Luís*, nas mesmas águas que cinco anos depois levariam Gonçalves Dias. Ainda na infância transfere-se para a província do Rio de Janeiro e em 1872 matricula-se no Colégio Pedro II, na Corte. Em 1878 entra para a Faculdade de Direito de São Paulo, estreando, no ano seguinte, com *Primeiros sonhos*, livro onde ainda domina a expressão romântica, às vezes social, como no poema "A ideia nova", mas já trazendo um número relativamente significativo de sonetos, forma pouco usada pelos românticos e que seria de primordial importância para os parnasianos e simbolistas. O uso de repetições de palavras, em curiosos jogos sintáticos, típico da maturidade do poeta, aí já se encontra, como em "Noite de inverno", sonetilho cujo título seria quase reproduzido mais tarde, em *Versos e versões*, num soneto magistral.

Em 1883 é nomeado promotor público de São João da Barra, no Rio de Janeiro, mesmo ano em que publica *Sinfonias*. Nomeado para diversos cargos públicos em lugares diversos do país, consolida a sua fama como um dos maiores poetas brasileiros. Em 1897 é eleito como um dos fundadores da Academia Brasileira de Letras e nomeado segundo-secretário da legação brasileira em Paris, seguindo depois para Lisboa. No ano seguinte publica as *Poesias*, em Portugal, espécie de livro antológico que reúne, com muitos cortes, o que ele considerava o cerne da sua obra. Retorna ao Brasil em 1899, continuando a sua atividade de juiz de Direito. Em 1911, parte para Paris, em tratamento de saúde, falecendo naquela capital a 13 de setembro. Seus restos serão solenemente repatriados, junto com os de Guimarães Passos, também falecido e sepultado na capital francesa, em 1920.

É em *Versos e versões*, de 1887, que se inicia a obra poética já formalmente ligada ao parnasianismo e livre de resquícios românticos de Raimundo Correia. O título se justificava pelo grande número de traduções, às vezes paráfrases bastante livres, que ombreavam com os poemas próprios do autor. Entre os poetas traduzidos encontramos Heine — sempre um dos mais vertidos no Brasil —, Coppé, Victor Hugo, o sempre lembrado Gautier, Leconte de Lisle, Armand Silvestre, Richepin, Rollinat — dois poetas algo "malditos" —, Catulle Mendès, o infalível Heredia, e até mesmo Lope de Vega. O poema mais ortodoxamente parnasiano do livro é "Versos a um artista", dedicado a Olavo Bilac, quase uma resposta solidária à "Profissão de fé" do próprio, ambos espécies de poemas-manifestos da escola.

Se esse longo poema, assim como a "Ode parnasiana" de *Aleluias*, revelava o Raimundo Correia prosélito do movimento, o grande artista do verso que ele era se manifestava em poemas formalmente muito mais simples, e de emoção mais autêntica, como no célebre soneto "Saudade", composto após o autor conhecer Ouro Preto, a antiga e decadente Vila Rica, soneto com algumas ressonâncias simbolistas — como não poucas vezes se detectam em sua obra — e notável sonoridade, cujo primeiro verso, "Aqui outrora retumbaram hinos", transformou-se em expressão proverbial.

O Raimundo Correia sabidamente pessimista, por sua vez, revelava-se em poemas como "Sobre Schopenhauer", "O misantropo" ou "Jó", embora a impressão de descrédito na humanidade e de ausência de sentido da vida se encontrem de forma difusa em toda a sua obra.

A plena maturidade de Raimundo Correia é alcançada em *Sinfonias*. Logo na abertura do volume deparamo-nos com um dos poemas mais célebres do Brasil, o soneto "As pombas", extraído, apenas como ideia geral — o que pouca importância tem, embora haja gerado polêmicas —, de um trecho em prosa de Théophile Gautier em *Mademoiselle de Maupin*. Outro soneto seu do mesmo livro, "Mal secreto", sentencioso e muito inferior, mas que alcançou injustamente igual favor público no Brasil, derivava, de maneira semelhante, de uma estrofe de Metastasio.

Além da ligação com o trecho de Théophile Gautier, nesse caso de influências múltiplas, existe um soneto de Antônio Nobre, "Menino e moço" de espantosa semelhança com o de Raimundo. Embora escrito antes do lançamento de *Sinfonias*, é mais do que provável que "As pombas" já muito houvesse circulado pela imprensa antes de sair em livro. A derivação, de qualquer modo, é inegável.

A nota política, bem longe da propalada impassibilidade parnasiana, ainda é bem marcada no livro, como no soneto "Luís Gama", aqui reproduzido, dedicado a Raul Pompeia, grande jacobino e antigo secretário do célebre abolicionista baiano, assim como em "Ao poder público", "A cabeça de Tiradentes", "O tiro do canhão", ou o longo poema anticlerical "Os dois espectros", digno de um Guerra Junqueiro. Embora indubitavelmente ligado ao parnasianismo, permanecia algo de romântico na visão política de Raimundo Correia e na sua expressão em versos. O artista puro, esse se manifestava em quadros de admirável estesia visual e sonora como no soneto "A cavalgada".

O fabuloso artífice que foi o poeta, autor de vários dos versos mais belos da língua portuguesa — versos no sentido exato da palavra, a unidade métrica e mnemônica —, já se percebe claramente, por exemplo, nos oitavo, nono e décimo versos deste soneto, assim como, anteriormente, no oitavo de "As pombas", aquele belíssimo "Raia sanguínea e fresca a madrugada..."

Mas o livro mais importante e característico de Raimundo Correia é *Aleluias*, de 1891. Seu pessimismo se exaspera, como constatamos, já no início do volume, em "Viver! Eu sei que a alma chora" e "Homem, embora exasperado brades", ou, pouco depois, em "Fetichismo", "Deus impassível" ou "*Vae victis!*". Havia de fato, em Raimundo Correia, uma inquietação metafísica, um desconforto com o absurdo do Universo que nunca arranharam nem de leve os seus dois companheiros de Trindade Parnasiana, Bilac e Alberto de Oliveira. Exemplo de obra-prima de um parnasianismo ortodoxo é um soneto como "Citera", mais uma vez dedicado a Raul Pompeia, como o que homenageava Luís Gama.

Como pintura verbal, é difícil imaginar algo mais perfeito do que esse soneto, como arte dos versos idem, com destaque para o oitavo e o último. Dir-se-ia um quadro de Bouguereau, e, de fato, a arte dos nossos parnasianos possui algo que lembra, como já afirmamos, mudando-se a forma de expressão, a dos acadêmicos da pintura finissecular francesa, os pejorativamente cognominados *pompiers*, em seus melhores e também nos seus piores momentos, para ambos os lados.

Entre vários poemas importantes, destaque especial merece "Banzo", magnífica descrição da famosa nostalgia mortal que tomava conta de alguns escravos africanos transplantados para o Brasil, aqui igualmente reproduzido.

Tal obra-prima foi reescrita três vezes pelo poeta, até a versão definitiva e insuperável. Raimundo Correia, como um Camilo Pessanha em

Portugal, era poeta que corrigia incessantemente, tomado por aquele senso do não realizado, da forma insatisfatória, que só se desfaz após o encontro da solução exata. Se a versão definitiva, que lemos, a das *Poesias*, já dista razoavelmente da versão saída em *Aleluias*, a distância em relação à primeira publicação, em *A Semana*, de 10 de janeiro de 1885, é impressionante. Vale a pena comparar a maravilha reproduzida no presente livro com o medíocre soneto saído na imprensa, embora a temática, a ideia, se mantivessem exatamente as mesmas:

> Eis tudo que o africano céu incuba:
> A canícula azul avermelhando;
> E, como um basilisco de ouro, ondeando
> O Senegal, e o leão de fulva juba...
>
> E a jiboia e o chacal... e a fera tuba
> Dos cafres pelas grotas reboando,
> E as corpulentas árvores, que um bando
> Selvagem de hipopótamos derruba...
>
> Como o guaraz nas rubras penas dorme,
> Dorme em nimbos de sangue o sol oculto...
> O saibro inflama a Núbia incandescente...
>
> Dos monolitos cresce a sombra informe...
> Tal em minh'alma vai crescendo o vulto
> De uma tristeza aos poucos, lentamente...

Como podemos ver, fazendo a comparação, só o oitavo e o nono versos foram mantidos. Além de todos os detalhes de estesia verbal que o soneto ganhou na versão definitiva, é preciso ressaltar como fundamental a retirada da primeira pessoa no penúltimo verso, que parecia se referir ao eu lírico do poeta, e não ao escravo, para a indeterminada e geral *alma*, que abraça a todos e a tudo.

Maior artista do verso do parnasianismo brasileiro, foi também Raimundo Correia o poeta de maior riqueza vocabular da escola e o de maior variedade expressiva, embora tivesse seus vezos recorrentes, como a já mencionada maneira de jogar com a repetição de palavras que encontramos, com maior ou menor felicidade, por toda a sua obra:

> Tu, formosa Beatriz, nada disseste,
> Mas, sem nada dizer, disseste tudo.
>
> ("Despedidas")

> Musa! Para o inclemente és inclemente;
> Mas para o manso e bom, és boa e mansa!
>
> ("A Victor Hugo")

> É fraca; mas não há quem não se torça,
> Por mais forte, perante essa fraqueza:
> Se essa fraqueza é toda a sua força!
>
> ("Luisinha")

> Homem, embora exasperado brades,
> Aos céus (bradas em vão e te exasperas)
>
> ("Homem, embora exasperado brades")

Tal maneirismo pode ser encontrado, com objetivos e resultados muito diversos, em Cruz e Sousa, e mesmo em Augusto dos Anjos, como no terceto final do segundo soneto da trilogia "A meu pai".

O último Raimundo Correia, o dos poemas que só apareceram em livro nas *Poesias*, sua síntese de obra, alcança a sua maior realização no célebre poema "Plenilúnio", momento de inegável aproximação com o simbolismo, e que nenhum simbolista deixaria de muito orgulhosamente assinar. Dir-se-ia, na verdade, estarmos perante uma obra do grande e incorpóreo Alphonsus de Guimaraens, o Alphonsus de Guimaraens de "Ismália".

Em que pesem todos os outros grandes momentos da poesia parnasiana entre nós, Raimundo Correia é o poeta de maior riqueza espiritual e domínio técnico da escola, que sempre valorizou muito o último, mas nem tanto o primeiro.

BARBOSA DE FREITAS (1860-1883)

Antônio Barbosa de Freitas nasceu em Jardim, Ceará, em 22 de janeiro de 1860, no Sítio Lameirão, filho natural do rábula Antônio Nogueira de Carvalho com Maria Barbosa.

Desprezado pelos pais, foi informalmente adotado pelo juiz de sua cidade natal, Dr. Américo Militão de Freitas Guimarães, que lhe deu o sobrenome. Seguiu com sua família adotiva para Maranguape, matriculando-se depois no Seminário de Fortaleza. Após deixá-lo, entregou-se a uma vida de boêmia e alcoolismo, morrendo tuberculoso aos 23 anos, na Santa Casa de Misericórdia de Fortaleza, no dia 24 de janeiro de 1883.

Pela evidente feição condoreira de sua poesia, e pela morte precoce, foi por alguns cognominado o "Castro Alves cearense".

Seus versos tiveram publicação póstuma em *Poesias*, de 1892.

AFONSO CELSO (1860-1938)

Afonso Celso de Assis Figueiredo Júnior, filho do visconde de Ouro Preto — chefe do gabinete derrubado em 15 de novembro de 1889 e, portanto, um dos involuntários responsáveis pela Proclamação da República —, formou-se em 1880 na Faculdade de Direito de São Paulo. Poeta, jornalista, político e um dos fundadores da Academia Brasileira de Letras, escreveu o célebre livro *Por que me ufano de meu país*, espécie de manual de otimismo patriótico que gerou a expressão "ufanismo" e fez a delícia dos ironistas, desde a sua publicação em 1900 até os dias de hoje.

Entre os três poemas de Afonso Celso aqui reunidos há o caso curioso de dois deles terem o mesmo título, "Na fazenda", a mesma ambiência, e começarem de forma muito semelhante, sendo um deles em quadras de heptassílabos e o outro um soneto em alexandrinos.

LUÍS MURAT (1861-1929)

Luís Murat, nascido em Itaguaí, Província do Rio de Janeiro, formou-se na Faculdade de Direito de São Paulo. Jornalista profícuo, ligado ao grupo de Bilac, foi o fundador da cadeira nº 1 da Academia Brasileira de Letras. Espécie de romântico tardio, próximo de um condoreirismo verboso e emocionalmente pobre, publicou as três séries de *Ondas*. Na Revolta da Armada de 1893 alinhou-se ao almirante Custódio de Melo. Morreu semilouco, ouvindo os cavalos dos homens de Floriano Peixoto a subir-lhe as escadas da casa, e o que mais o faz lembrado é ter sido o responsável direto pelo suicídio de um dos maiores artistas de toda a literatura brasileira, Raul Pompeia, florianista fanático, aos 32 anos de idade, no Natal de 1895.

O poema aqui reproduzido, "Réquiem e apoteose", foi lido em grande festa realizada pela Confederação Abolicionista, em março de 1888, no Imperial Teatro D. Pedro II, a um mês e meio da Lei Áurea. O título se explica nos dois versos finais do poema, nos quais o autor explicita que a abolição, evidentemente próxima, seria um réquiem para Luís Gama e uma apoteose para José do Patrocínio, proprietário do jornal *Cidade do Rio*, no qual Murat e boa parte dos literatos da época escreviam, e que publicou o poema.

O fascínio de toda essa geração, diga-se de passagem, pela figura poderosa e controversa de Patrocínio talvez tenha a sua melhor representação nos dois sonetos "Sobre a morte de José do Patrocínio", de Emílio de Meneses.

CRUZ E SOUSA (1861-1898)

O fundador inconteste e nome maior da escola simbolista no Brasil, João da Cruz e Sousa nasceu em Desterro, capital da província de Santa Catarina, a atual Florianópolis, em 24 de novembro de 1861. Havendo nascido no dia de São João da Cruz, recebeu o nome do grande místico espanhol, e o sobrenome Sousa do senhor de seu pai, o escravo Guilherme, mestre pedreiro. Seu nome real era, portanto, João da Cruz Sousa, ao qual o acréscimo do *e* retirou parte da banalidade. Sua mãe se chamava Carolina Eva da Conceição, escrava lavadeira, alforriada quando de seu casamento. Cruz e Sousa era negro puro, de ascendência totalmente africana, e foi criado desde o nascimento como filho adotivo dos senhores de seu pai, o marechal de campo Guilherme Xavier de Sousa e sua esposa dona Clarinda Fagundes de Sousa. Essa adoção informal possibilitou que não se perdesse na indigência social, por natural carência de educação, um dos maiores poetas brasileiros de qualquer época.

Após receber as primeiras letras de sua mãe adotiva, estudou na escola do irmão de dona Clarinda, começando muito cedo a escrever e recitar versos. De 1871 a 1876 cursou o Ateneu de sua cidade natal, onde foi aluno do grande naturalista alemão Fritz Müller, que muito se impressionou com a inteligência desse melhor dos seus alunos, considerando-o mesmo uma prova viva da falácia das doutrinas racistas sobre a inferioridade da raça negra, então, e ainda por muitas décadas, universalmente acatadas na esteira do Conde de Gobineau. Deixando o Ateneu, passa a dar aulas particulares e a publicar versos na imprensa. Em 1881 une-se à Companhia Dramática Julieta dos Santos, menina prodígio que fazia grande sucesso na época, com a qual viaja longamente pelo Brasil. Em 1883 publica a sua primeira obra, um opúsculo justamente intitulado *Julieta dos Santos*, polianteia lírica escrita em colaboração com Virgílio Várzea e Santos Lostada. Nomeado promotor da cidade de Laguna, pelo novo presidente da Província, Gama Rosa, o ato de nomeação é impugnado por pressão das oligarquias locais. No ano seguinte, 1885, publica *Tropos e fantasias*, escrito em parceria com Virgílio Várzea. Dirige também um jornal ilustrado com o título provocador de *O Moleque*. Depois de muitas viagens e retornos, em busca de uma colocação, acaba por transferir-se definitivamente para o Rio de Janeiro, em novembro de 1890. Chega à Corte para trabalhar na imprensa, fortemente familiarizado com as últimas novidades da literatura francesa e europeia, especialmente, para não falar das figuras tutelares de Baudelaire e Verlaine, com nomes célebres do que se desenhava como uma reação antimaterialista e antinaturalista na literatura, como Barbey D'Aurevilly, Huysmans, Villiers de L'Isle Adam, Péladan, entre outros. Iniciava-se assim o simbolismo no Brasil.

Os primeiros poemas escritos por Cruz e Sousa, da adolescência até os vinte e poucos anos, reencontrados e publicados muito depois da sua morte, jamais permitiriam imaginar o grande poeta em que se transformaria. De início, seguindo fielmente a forma e o tom condoreiro, como um epígono muito fraco de Castro Alves — cujo influxo é no seu caso mais do que compreensível, tendo em vista a atividade abolicionista que sempre exerceu, até o 13 de Maio —, depois passando para um tom mais pessoal nos poemas sobre Julieta dos Santos, a verdade é que o seu domínio da forma era fraquíssimo, pleno de erros de métrica, de acentuação, de ectlipses, de toda a ausência de artesanato imaginável, logo nele, que seria, na maturidade, um dos poetas formalmente mais perfeitos da poesia brasileira, nada devendo, muito ao contrário, a todos os parnasianos coevos, os grandes propugnadores da perfeição formal. Após as singelas prosas de *Tropos e fantasias*, passam-se oito anos até 1893, data em que publica *Missal*, livro de poemas em prosa, em fevereiro, e *Broquéis*, de versos, em agosto. Na esteira do *Gaspard de la nuit*, de Aloysius Bertrand, e d'*O Spleen de Paris*, de Baudelaire, as prosas de *Missal*, em que pese certo verbalismo excessivo de que a prosa do autor só se livrou nos maiores momentos de *Evocações*, já propunha à literatura brasileira várias das características marcantes daquilo que o simbolismo buscava, pela musicalidade sugestiva, pela magia encantatória do verbo, pela presença do inconsciente na gênese da arte, a muita distância da fábrica pensada, calculada e fria dos parnasianos menos inspirados que determinavam o estilo de época do momento. Mas é nos versos de *Broquéis*, e sobretudo nos dois livros de poemas que se seguirão, que a escola inicia o seu triunfo estético no Brasil, o qual virá acompanhado pela mais perfeita derrota social, num dos episódios mais curiosos da história da poesia entre nós.

Broquéis tinha por epígrafe o muito célebre trecho de Baudelaire:

Seigneur mon Dieu! accordez-moi la grâce de produire quelques beaux vers qui me prouvent à moi-même que je ne suis pas le dernier des hommes, que je ne suis pas inférieur à ceux que je méprise!

O qual, no caso de Cruz e Sousa, vinha a significar algo de quase programático. Sabendo-se e sentindo-se agredido por uma sociedade que havia apenas cinco anos extinguira a escravidão, trazendo em si a explosiva união de uma pobreza completa com o fato de ser um negro puro — os mestiços claros, por motivos óbvios, sempre foram poupados de maiores preconceitos no Brasil — e, além de tudo, poeta, e poeta de uma escola com sensibilidade reconhecidamente aristocrática, já desde esse livro, com a sua epígrafe e com o seu título, *Broquéis*, ou seja, escudos, ele assumia a posição de guerreiro da arte, posição que ao fim dos cinco anos que lhe restavam de vida seria tragicamente trocada pela de mártir.

Iniciava-se o livro por um poema de intensa beleza, "Antífona", de uma beleza completamente estranha à poesia praticada na época, e na qual a obsessão pelo branco viria a dar vazão a todas as analogias pseudopsicanalíticas, por causa da cor do poeta, como se a obsessão de outros tantos poetas por cores outras — a lista seria vasta — pudesse justificar-se de forma tão primária.

Composto sobretudo de sonetos, e de alguns poemas maiores, todo o livro seguia quase ortodoxamente o programa da nova sensibilidade que aparecia entre nós, e isso de maneira autêntica, jamais por uma adesão procurada, *voulue*, do poeta. De fato, logo após abandonar seus inícios como epígono condoreiro, já nos versos ainda hesitantes de *Julieta dos Santos*, sente-se claramente uma tendência ao vago, à embriaguez verbal, ao verso conduzido por associações sonoras que reencontramos em *Broquéis*, às vezes de forma excessiva ou prejudicial em determinados poemas, tendência que desapareceria em *Faróis* e sobretudo nos *Últimos sonetos*, assim como em algumas obras-primas da última fase, recolhidas por Nestor Vítor no *Livro derradeiro*. Cruz e Sousa, sem dúvida alguma, foi o poeta que mais evoluiu esteticamente na poesia brasileira, partindo de um estado muito canhestro até atingir, numa linha reta, as alturas mais rarefeitas. Formalmente, como dissemos, os versos de *Broquéis* são o que há de mais perfeito, característica que manterá em toda a sua poesia futura, e aspecto sob o qual, ao menos este, não lhe poderiam lançar um único senão. Para além de uma sensualidade marcadamente carnal, que se sente quase fisicamente nos versos, apesar do imponderável, do misticismo e da presença constante da ideia da morte, havia certa força cáustica e sarcástica em Cruz e Sousa, como sentimos num soneto que se tornou célebre, "Acrobata da dor".

Os poemas de sua fase seguinte, publicados na época na imprensa, só seriam reunidos em livro postumamente, em *Faróis*, de 1900, um dos livros mais decisivos da poesia brasileira. Composto primordialmente de poemas longos, entre eles se contam alguns dos mais impressionantes da nossa literatura, ascendentes, em tom muito diverso, dos poemas longos de Augusto dos Anjos. A sensação da fragilidade da vida, a da pobreza como gêmea da loucura, a busca discretamente desesperada de uma salvação, algo de duradouro na impermanência geral, dominam os poemas de *Faróis*. "*Pandemonium*", terrível poema em dísticos de decassílabos, escrito em memória de sua mãe, dá, logo de início, uma amostra da força apocalíptica das obras dessa fase.

Em sentido oposto à força dantesca, ao verbo barroco dos poemas longos de *Faróis*, os sonetos do livro se revelam mais plácidos, mais clássicos, diríamos, que os de *Broquéis*, abrindo caminho à rematada arte dos *Últimos sonetos*. Tema recorrente, a salvação pela arte, já simbolizada pela epígrafe de Baudelaire na abertura do livro anterior, encontra uma de suas melhores expressões em algumas quadras de "Esquecimento", outra das suas obras-primas.

Nas duas primeiras estrofes de "Esquecimento" podemos perceber os impressionantes efeitos alcançados por Cruz e Sousa através da reiteração de palavras, tão diversos dos conseguidos por um Raimundo Correia, que muito comumente, mas em forma de todo diversa, lançava mão do mesmo recurso. Entre os poemas de *Faróis* que alcançaram grande repercussão é preciso lembrar "Violões que choram", espécie de monumento ortodoxo do nosso simbolismo, como uma "Ode parnasiana", do recém-lembrado

Raimundo Correia, também o seria, sem tratar-se de um grande poema, para o parnasianismo. No caso de "Violões que choram", o que atingiu, na verdade, a memória popular foi uma estrofe fortemente aliterada, isso provavelmente pelo caráter mnemônico e atrativo de toda a aliteração, assim como pela novidade do uso:

> Vozes veladas, veludosas vozes,
> Volúpias dos violões, vozes veladas
> Vagam nos velhos vórtices velozes
> Dos ventos, vivas, vãs, vulcanizadas.

A consciência de sua fragilidade social — financeira, para não usarmos eufemismos —, sua e de sua família, não abandona, no entanto, o poeta, mesmo nesses momentos em que alcança alturas metafísicas inéditas na poesia brasileira. O nascimento de um filho lhe dá ensejo a um magnífico poema em quadras de alexandrinos intitulado, justamente, "Meu filho", resultado do choque entre o seu natural transbordamento afetivo por esse advento e a preocupação amarga, e na verdade profética, pelo seu futuro. Com suas ressonâncias shakespearianas, é o maior poema que o Brasil produziu sobre tal tema, depois do "Cântico do Calvário" de Fagundes Varela.

As previsões desse poema, todas tragicamente se cumpriram, desde a ausência do poeta, já morto, para acompanhar o futuro do filho, até a miséria que encarniçadamente lhe seguiu a descendência. Funcionário subalterno da Estrada de Ferro Central do Brasil, após o fracasso de sua atividade no jornalismo, perseguido na repartição por um chefe boçal, Cruz e Sousa se casara, entretanto, com uma bela negra chamada Gavita, que conhecera um dia no Cemitério do Catumbi, no Rio de Janeiro. O consórcio geraria quatro filhos, que inexoravelmente morreriam todos tuberculosos, como o pai e a mãe, união provável da má nutrição com o contágio doméstico, além de, talvez, alguma predisposição particular. O último filho, nascido já após a morte do poeta, deixaria grávida, quando de sua morte aos 17 anos, uma adolescente de 15, que, por sua vez, dois anos após o nascimento desse único descendente de Cruz e Sousa e Gavita, póstumo como o pai, morreria atropelada por um bonde. Desse único neto veio a vasta descendência do poeta ainda existente no Rio de Janeiro, descendência física, duplamente sem contato espiritual por criação. Trata-se, de fato, da vida mais trágica da literatura brasileira, seguida de perto pelas de Euclides da Cunha e Raul Pompeia, os três aliás da mesmíssima geração. Em certo momento desse matrimônio de privações Gavita chegaria mesmo a enlouquecer, ao que tudo indica por aguda subnutrição. Após seis meses de tratamento a esposa do poeta recuperou-se plenamente, propiciando a Cruz e Sousa compor o poema "Ressurreição", o mais jubiloso de *Faróis* e talvez de toda a sua obra:

> Alma! Que tu não chores e não gemas,
>   Teu amor voltou agora.
> Ei-lo que chega das mansões extremas,
>   Lá onde a loucura mora!
> [...]

Após o monumental poema "Luar de lágrimas", a mais impressionante das indagações de Cruz e Sousa sobre a morte, sobre o destino dos "mortos meus, meus desabados mortos", outra obra sem similar na poesia brasileira, *Faróis* se encerra com um dos poemas miliários da história do nosso lirismo, "Ébrios e cegos", peça expressionista *avant la lettre*, quase pré-surrealista, em que a miséria da nacionalidade, miséria orgânica, física, moral, como depois a mostrariam Euclides da Cunha e Augusto dos Anjos, é proclamada pela primeira vez entre nós. A descrição terrível de dois cegos totalmente embriagados, amparando-se mutuamente, digna de um Brueghel, de um Bosch ou de um Goya, representa praticamente o ato de nascença da poesia moderna no Brasil.

    A imediata sequência de *Faróis*, como já dissemos, encontra-se não nos *Últimos sonetos*, livro final do poeta, mas em alguns poemas extraordinários postumamente recolhidos no *Livro derradeiro*, em tudo da mesma família dos poemas de *Faróis*, como "Crianças negras", "Velho vento", "Sapo humano", entre outros. De fato, depois do período dos grandes poemas indagadores e arrebatados de *Faróis*, a insuperável série de sonetos publicados por Nestor Vítor em 1905 representa o testamento de Cruz e Sousa, o poeta em sua máscara final, a de poeta-mártir, morto e salvo pela poesia, papel que ele próprio previra para si e que com espantoso estoicismo cumpriu.

Qualquer tentativa de antologiar os *Últimos sonetos* se revela extremamente complexa, tal a unidade essencial e qualitativa do conjunto. São os grandes sonetos do simbolismo brasileiro, ao lado dos de Alphonsus de Guimaraens, verdadeiras sacralizações do papel do poeta, como no inesquecível "Caminho da Glória", até chegar a manifestações de profunda piedade, na verdade pessoal empatia de igual vítima do desconcerto do mundo, pelo sofrimento humano, como em "Vida obscura", poema escrito para um modestíssimo funcionário da mesma repartição na qual o grande poeta sorvia o fel de sua humilhação diária.

E as obras-primas se seguem umas às outras: "Piedade", "A perfeição", "Madona da Tristeza", "Ironia de lágrimas", "Grandeza oculta", "Imortal atitude", "Cárcere das almas", "Único remédio", "Cruzada nova", "Mundo inacessível", "Consolo amargo", "Perante a Morte", "Velho", "Invulnerável", "Ódio sagrado" — poema no qual descreve genialmente a revolta oriunda de seu senso ferido de justiça —, "Sentimento esquisito", "Clamor supremo", "A Morte", "Êxtase búdico", "Assim seja!", "Renascimento", vários e vários dos maiores sonetos escritos em língua portuguesa, nalguns momentos demonstrando certa afinidade com os de Antero de Quental, como no verso final do já mencionado "Êxtase búdico": "Larga e búdica Noite redentora", verso que poderia perfeitamente ter sido escrito pelo grande poeta português, o Antero leitor de Schopenhauer, o autor do "Hino da manhã". Obra de altíssima espiritualidade, quase um tratado sapiencial em versos, *Últimos sonetos* representa a cristalização do triunfo anímico do poeta, engastado no contraste violento de sua derrota biográfica. Três dias antes de morrer, aos 36 anos de idade, na cidade mineira de Sítio, atual Antônio Carlos, na mais perfeita miséria, escreveu Cruz e Sousa o seu último poema, "Sorriso interior", de placidez quase milagrosa, exemplo sem igual, nas nossas letras, de superação espiritual de uma situação concreta.

A morte de Cruz e Sousa repercutiu como um terrível golpe no pequeno círculo de seus fiéis admiradores, quase uma igreja, minúscula seita estética capitaneada pelo dedicadíssimo Nestor Vítor — a quem ele dedicara o belíssimo tríptico "Pacto de Almas", que fecha os *Últimos sonetos* —, da qual faziam parte Maurício Jobim, Tibúrcio de Freitas, Saturnino de Meireles, Carlos Dias Fernandes, Virgílio Várzea, união daqueles poucos que em vida conseguiram compreender a sua grandeza. Morria assim, naquele 19 de março de 1898, o maior poeta vivo do Brasil, em situação de penúria que ficará sempre como uma vergonha nacional no campo das artes. Um ano antes, de fato, fundara-se a Academia Brasileira de Letras, e entre os quarenta fundadores — grupamento no qual, entre grandes homens e algumas mediocridades, existia mesmo um sem qualquer obra publicada, Graça Aranha — não se encontrou lugar para um único simbolista, muito menos para o paupérrimo Poeta Negro, como passaria a ser cognominado. Seu corpo foi trazido até o Rio de Janeiro num vagão de cavalos, por favor da mesma Rede Ferroviária de que era funcionário. Concretizava-se, sem eufemismos, a maldição do puro africano tomado por absurdos ideais de artista, genialmente sintetizada na prosa de "Emparedado", o ponto mais alto de *Evocações*. No seu túmulo, que seria luxuosamente reerguido, quatro décadas depois de sua morte, pelo governo de Santa Catarina, no Cemitério de São Francisco Xavier, no Rio de Janeiro — e do qual, um século mais tarde, tiveram a infeliz ideia de exumar os seus ossos —, foram inscritos em bronze os dois versos finais do soneto extraordinário que lhe resume a vida com perfeição:

TRIUNFO SUPREMO

Quem anda pelas lágrimas perdido,
Sonâmbulo dos trágicos flagelos,
É quem deixou para sempre esquecido
O mundo e os fúteis ouropéis mais belos!

É quem ficou do mundo redimido,
Expurgado dos vícios mais singelos
E disse a tudo o adeus indefinido
E desprendeu-se dos carnais anelos!

É quem entrou por todas as batalhas
As mãos e os pés e o flanco ensanguentando,
Amortalhado em todas as mortalhas.

Quem florestas e mares foi rasgando
E entre raios, pedradas e metralhas,
Ficou gemendo mas ficou sonhando!

Dois textos em prosa de Cruz e Sousa, e por isto mesmo fora do escopo deste livro, se relacionam com a questão da escravidão, o extraordinário e recém-lembrado "Emparedado", que encerra *Evocações*, de forma indireta, e, de forma explícita, o sombrio e trágico "Consciência tranquila". Por mais complexa que seja, em muitos casos, a distinção entre o que seria prosa poética e o que seria poema em prosa, consideramos ambos os textos exemplos da primeira, muito mais do que do segundo.

XAVIER DA SILVEIRA JÚNIOR (1862-1912)

Filho do tribuno abolicionista Joaquim Xavier da Silveira, também representado neste livro, nasceu em Santos como seu pai, e como ele se formou na Faculdade de Direito de São Paulo. Abolicionista e republicano histórico, foi deputado, governador do Rio Grande do Norte e prefeito da então Capital Federal, o Rio de Janeiro, entre 1901 e 1902. Nesta cidade publicou o opúsculo, tirado em apenas 100 exemplares, com o seu poema *História de um escravo*, aqui reproduzido integralmente. Em 1908 editou as *Poesias* póstumas de seu pai.

Levando em conta a grande raridade do folheto, também reproduzimos a seguir as dedicatórias do segundo exemplar da tiragem, que nos pertence, e que foi de Ubaldino do Amaral, a quem o livro é de fato dedicado, e do exemplar de número 5, para Machado de Assis e conservado na Academia Brasileira de Letras. Ambas as dedicatórias foram realizadas no mesmo dia, e revelam uma prolixidade quase exaustiva:

Para Ubaldino do Amaral:

Ao Dr. Ubaldino do Amaral, — o ilustre brasileiro, o prestigioso cidadão, o denodado chefe republicano, o bom e grande amigo, — o homem cujo extraordinário caráter é como o céu amplo e inalterável em que fulgem as constelações superiores e tranquilas de suas brilhantes faculdades intelectuais, — oferece o autor mais que o livro que nada é, oferece as homenagens da mais profunda estima, da mais ardente e entusiástica admiração e de um vivo e inextinguível reconhecimento.

Rio de Janeiro, 10 de junho de 1888.

Para Machado de Assis:

Um amigo benévolo fez-me a muito galante e muito lisonjeira fineza de, sem ciência minha, levar para uma tipografia o manuscrito deste pequeno trabalho.

Ainda sob a emoção de surpresa que me produziu tão delicada e cativante lembrança, compenetro-me da situação em que me coloca este fato acabrunhador e tremendo: — um livro, sob o meu nome, ou antes, um livrinho, que é melhor verdade tanto no aspecto de suas proporções materiais, como e principalmente no de sua indignidade literária.

E a prova de que a compreendo e bem me compenetro dela está em que, ao receber da tipografia os primeiros exemplares impressos, sinto desde logo que me varrem dois grandes e imperiosos deveres.

O primeiro é um dever espiritual que decorre da natureza do trabalho publicado, e que me obriga a tomar deste exemplar e a oferecê-lo por obediência e por disciplina ao escritor Machado de Assis, o glorioso autor de *Brás Cubas*, o estilista impecável, o pensador artista, o benemérito generalíssimo das letras pátrias, o Mestre aclamado e reconhecido.

O segundo é um claro dever de coração, que me diz respeito individualmente, que tem mil outras ocasiões para ser cumprido, mas que me leva a servir-me desta tão feliz oportunidade para apresentar conjuntamente ao homem, ao escritor e ao mestre as homenagens da minha admiração entusiástica, da minha profunda estima, e os protestos do meu imperecível reconhecimento.

Jm. Xavier da Silveira Jr.
Rio, 10 de junho de 1888 —

Apesar das reiteradas declarações de modéstia em ambas as dedicatórias, o poemeto — que se abre e encerra com dois pares de sonetos, sendo todo o resto em decassílabos em rimas alternadas, e no qual há um verso faltante impossível de ser restituído — é de alta qualidade dramática e narrativa.

ENÉAS GALVÃO (1863-1916)

Filho do tenente-general Rufino Enéas Gustavo Galvão, visconde de Maracaju, nasceu em São José do Norte, Rio Grande do Sul. Formado pela Faculdade de Direito de São Paulo em 1886, foi promotor público em Barra Mansa, província do Rio de Janeiro. Três anos depois foi nomeado juiz substituto em Vassouras, sendo transferido em seguida para a Corte, depois Capital Federal. Em 1912 foi nomeado ministro do Supremo Tribunal Federal, na vaga de Epitácio Pessoa.

Ainda na Faculdade pertenceu ao Clube Republicano, e foi redator do jornal *A República* e presidente do Centro Abolicionista Luís Gama. Seu livro mais importante é *Miragens*, de 1885, com prefácio de Machado de Assis. Faleceu em Teresópolis, em 1916. O primeiro dos dois sonetos aqui reproduzidos tem por tema justamente a morte de Luís Gama, que inspirou outro soneto, igualmente presente neste livro, a Raimundo Correia.

CATULO DA PAIXÃO CEARENSE (1863-1946)

Catulo da Paixão Cearense nasceu em São Luís do Maranhão, filho de pai cearense e mãe daquela província. Em 1880, após passar a adolescência no Ceará, transferiu-se para o Rio de Janeiro, onde rapidamente se ligou ao ambiente musical da cidade, entre chorões e autores de modinhas, tendo muitos de seus poemas servido como letras de alguns dos maiores clássicos do nosso cancioneiro de qualquer época, como "Caboca de Caxangá", "Luar do sertão" ou "Rasga o coração".

Como poeta publicou numerosos livros, de *Sertão em flor*, em 1919, a *Mata iluminada* ou *Meu Brasil*, de 1928, alcançando uma repercussão notável, inclusive em Portugal, país onde ela foi possivelmente mais duradoura do que no Brasil. Parte da sua poesia se exprime num estilo próximo de um romantismo tardio, enquanto a outra lança mão de uma espécie de pseudodialeto sertanejo, sem qualquer relação com a autêntica poesia popular brasileira, em suas numerosas expressões regionais. Exemplo desta última maneira é o poema narrativo aqui reproduzido, "O Vento Vieira (Lenda sertaneja)", que reúne vários dos tópicos recorrentes na poesia sobre a escravidão, das sevícias físicas à paixão do senhor ou do feitor por determinada escrava.

EUCLIDES DA CUNHA (1866-1909)

A centralidade da figura imensa de Euclides da Cunha nada deve à sua esparsa atividade poética da juventude, e, se bem que não se limite a seu livro máximo, não existira sem ele. Um dos grandes fascínios de *Os sertões*, monumento maior, ao lado do *Grande sertão: veredas*, da literatura brasileira, reside, sem dúvida, na flutuação entre os gêneros literários de uma realização inclassificável. Nele Euclides alcança a fusão, involuntária mas plenamente realizada, de quase todos os gêneros numa única obra. De fato, antes de tudo, consiste *Os sertões* numa narrativa militar, de inigualável e altamente técnica qualidade de observação. Grandes livros se escreveram no Brasil no gênero, como a obra-prima do Visconde de Taunay, *A retirada da Laguna* — *La retraite de Laguna* no seu original francês — ou alguns importantes títulos pouco lembrados, como as *Reminiscências da Campanha do Paraguai*, do General Dionísio Cerqueira, ou *A Coluna Prestes, marchas e combates*, de Lourenço Moreira Lima, secretário da mesma, cognominado "O bacharel feroz", mas nenhum com a abrangência espantosa do livro de Euclides.

Os sertões, na mesma linha de caracterização múltipla, não deixa de ser uma expressa reportagem do desencantado engenheiro militar que era então o seu autor, muito providencialmente enviado pelo jornal *O Estado de São Paulo* como correspondente para o obscuro conflito que mesmerizava o Brasil. Livro de ciência, sem dúvida, é título que também lhe cabe, tendo em vista o enorme arsenal de teorias científicas — geográficas, geológicas, botânicas, antropológicas — às vezes flagrantemente erradas, sobretudo no último caso, reunido pelo autor no seu trabalho de compreensão do complexo fenômeno com que se deparava a nacionalidade. Epopeia, sem dúvida, pois — fora dos moldes irrecuperáveis da epopeia clássica — há nele as duas características cuja dominância, em nossa opinião, permitiria atribuir, na literatura moderna, tal categoria a determinada obra: a ação bélica e a grandeza, o titanismo, certa deformação algo expressionista, antirrealista por natureza, que confere aos personagens da ação uma altura sobre-humana, inconciliável com os momentos comezinhos da vida. Ambas as coisas encontramos plenamente em Euclides, ainda que narrando um acontecimento histórico, mas cujos contornos atingem alturas que parecem além do real, e qualquer um que retornar ao terrível crescendo do livro — que se inicia, como num *travelling* descendente infinito, abarcando do alto metade do território nacional, e só terminando ao penetrar dentro de uma das órbitas do crânio do cadáver de Antônio Conselheiro — compreenderá isso.

O mais fascinante, no entanto, é que há igualmente em *Os sertões* um romance. Logo Euclides, homem confessadamente sem imaginação — o perfeito contrário de um Guimarães Rosa —, que dizia que a sua escrita era como uma ave, que precisava de um galho, a realidade, para alçar voo, acabou por escrever um romance invisível, onde há um só protagonista oculto, o próprio autor, e um só drama, a lenta alteração das ideias prévias com que se aproximou do teatro das lutas, pela longa e muda aprendizagem de seiscentas páginas. O homem Euclides, com as suas contradições que vão aflorando paulatinamente, é o protagonista inconsciente desta obra romanesca subjacente, palimpséstica, não escrita, que é sem dúvida uma das grandezas maiores do livro. Mas, além de tudo isso, *Os sertões* é uma tragédia. A característica central, definidora, da tragédia, é a de uma força superior e incognoscível, seja a Moira grega, o *Fatum* romano, o Destino ou a Sina para nós, que arrasta os pobres homens inconscientes de seus limites para a sua desgraça e destruição. Naquela guerra fratricida e estúpida, onde nem os jagunços do Conselheiro queriam derrubar a República nem a maior parte dos soldados da República sabiam bem o que vinha ela a ser, naquela tragédia dos erros que envolveu todo um país, havia uma divindade superior, imensa e inalcançável, pairando acima de tudo, a Incompreensão. A Incompreensão assim, com maiúscula. A Incompreensão entre as elites eufêmicas da sociedade positivista, europeizada e laica do litoral à beira do século XX e os sertanejos quase medievais, quase feudais, *arriérés* perdidos num limbo histórico e geográfico dos centros de poder do país.

Poeta bissexto na juventude, tendo deixado um livro inédito, *Ondas*, de um violento republicanismo jacobino típico do autor, o soneto aqui reproduzido, dos seus 18 anos de idade, só foi publicado em 2002, após ser localizado por Franscisco Foot Hardman, e se trata apenas, evidentemente, pelo título e pelo numeral romano, da peça inicial de uma série jamais completada.

VICENTE DE CARVALHO (1866-1924)

Vicente Augusto de Carvalho era, pelo consenso da época, o quarto nome mais prestigioso do parnasianismo. Filosoficamente mais profundo do que Bilac, formalmente muito mais livre do que Alberto de Oliveira, com um senso da natureza superior ao de Raimundo Correia, que o tinha, no entanto, desenvolvido, produziu uma obra menor apenas em extensão às dos três nomes da Trindade, na qual se contam alguns dos poemas mais notáveis do lirismo brasileiro.

Nascido em Santos, formou-se em Direito na Faculdade de São Paulo, como tantos e tantos poetas da segunda metade do século XIX. Estreou com *Ardentias*, em 1885, ao que se seguiu *Relicário*, três anos mais tarde, mas o cerne de sua obra se encontra nos *Poemas e canções*, publicado em 1908, com prefácio de Euclides da Cunha.

Grande apaixonado pelo mar, alguns dos maiores poemas brasileiros sobre o tema se encontram nesse livro. Em toda sua vida de magistrado, aliás, o fato biograficamente mais notável é haver perdido um braço em consequência de um acidente durante uma pescaria. Figura discreta, abolicionista e republicano na juventude, simpatizante da visão do mundo positivista que dominava o Brasil de sua época, Vicente de Carvalho é desses poetas para a análise dos quais os fatos biográficos não apresentam grande importância.

Poemas e canções abre-se com uma série de sonetos, parte inicial da seção "Velho tema", o primeiro dos quais, muito próximo do estilo que seria o de Raul de Leoni, "Esperança", tornou-se quase proverbial.

Obra-prima inegável é o poema "Pequenino morto", que absolutamente nada tem para considerar-se parnasiano, o que mostra o limitado das classificações, antes, pelo processo de repetição de finais de versos e de bordões, aproxima-se mais do simbolismo, assim como faz recordar certos usos da fase final de Guerra Junqueiro ou da primeira fase de Manuel Bandeira. À longa distância da propalada "impassibilidade" da estética parnasiana, esse grande poema, que não faz parte dela, talvez seja a peça mais emocionada criada por um poeta oficialmente pertencente à escola.

Ligados à fixação marinha de Vicente de Carvalho contam-se alguns grandes poemas, como "Palavras ao mar", em versos brancos, mais um indício da liberdade formal muito específica do poeta, "Ternura do mar", "No mar largo", ou as "Cantigas praianas". Peça curiosa, por se tratar de um tardio poema sobre a escravidão, é "Fugindo ao cativeiro", aqui reproduzido, descrição de um êxodo de cativos em direção ao famoso Quilombo do Jabaquara, de grande mobilidade formal e notável grandeza épica e dramática. Belo poema lírico, por outro lado, de uma ambiência quase popular, é "A voz do sino". Exemplo da poesia histórica que produziria entre nós obras de maior ou menor valor, desde um grande poema como "O Caçador de Esmeraldas", de Bilac, até os enfeixados em *Os bandeirantes*, de Batista Cepelos, é, no mesmo espírito, "A partida da monção".

Destaque especial merece o notável poema "Sonho póstumo", poema cruamente materialista, mistura de um certo panteísmo com um paganismo discreto, ambos envolvidos por uma espécie de pessimismo schopenhaueriano, quase budista. Nele o poeta expõe o seu desejo de, ao invés de ser enterrado, ter seu cadáver exposto ao sol e às aves, como os antigos persas. Trata-se de uma áspera, e no entanto lírica, meditação filosófica, em quadras de alexandrinos intercalados com hexassílabos.

Havia em Vicente de Carvalho uma certa sinceridade confessional, no que tange à sua visão do mundo, que raramente aparece em Bilac e quase nunca em Alberto de Oliveira. Essencialmente, quem lhe está mais próximo na escola é Raimundo Correia. De qualquer modo, apesar da exiguidade da obra, o autor de *Poemas e canções* encontra-se no mesmo patamar dos outros nomes mais populares do parnasianismo brasileiro.

MARQUES DE CARVALHO (1866-1910)

João Marques de Carvalho nasceu em Belém do Pará, em 1866. Adolescente, vai estudar em Portugal, prosseguindo os estudos na França. De volta ao Brasil em 1884, dedica-se ao jornalismo, no *Diário de Belém*, na *Província do Pará* e n'*O Comércio do Pará*, nos quais publica obras de ficção, dedicando-se também ao teatro. Em 1886 edita *O sonho do Monarca*, poemeto abolicionista de notável violência contra o imperador, aqui integralmente reproduzido. Dois anos depois publica o romance naturalista *Hortênsia*, sua obra mais lembrada.

Em 1891 ingressa na carreira diplomática, servindo na Guiana Inglesa, Paraguai, Uruguai e Argentina. Cinco anos mais tarde é exonerado sob acusação de peculato, retomando a atividade jornalística em seu estado natal. Em 1898 é condenado pelo Supremo Tribunal Federal, sendo finalmente absolvido no ano seguinte. Em 1900 participa da fundação da Academia Paraense de Letras. Morre em Nice, França, em 1910.

MEDEIROS E ALBUQUERQUE (1867-1934)

Nascido no Recife, republicano histórico, funcionário público, autor de obra muito vasta e variada e um dos fundadores da Academia Brasileira de Letras, Medeiros e Albuquerque estreou em 1889 com dois livros de poemas: *Pecados* e, de bem maior importância, *Canções da decadência*, no qual revela certa proximidade com o simbolismo, especialmente na "Proclamação decadente". No resto, fora os poemas jacobinos e os dois poemas abolicionistas aqui reproduzidos — um em homenagem à cantora lírica russa Nadina Bulicioff, que alforriou, com a venda de uma joia com que fora presenteada, seis escravas, em presença do imperador, em 1886 —, o que marca o livro é uma propaganda materialista de um primarismo a toda a prova, embora o autor se tenha convertido ao catolicismo na proximidade da morte. Seu livro póstumo de memórias, *Quando eu era vivo*, é notável sob vários aspectos, mas o que o faz mais comumente lembrado é a autoria da letra do "Hino da Proclamação da República", no qual, aliás, a escravidão é mencionada.

ALPHONSUS DE GUIMARAENS (1870-1921)

Nome máximo do simbolismo brasileiro ao lado de Cruz e Sousa, Alphonsus de Guimaraens, forma latinizada de Afonso Henriques da Costa Guimarães, nasceu em Ouro Preto, filho de pai português, sendo sua mãe sobrinha materna de Bernardo Guimarães. Aos 17 anos, período em que escreve os primeiros versos, começa a namorar sua prima Constança, filha do autor d'*A escrava Isaura*, que vem a falecer, tuberculosa, no final do ano seguinte, 1888. Esse fato marcará toda a obra do poeta, indubitavelmente o grande poeta da morte na literatura brasileira, e o maior poeta católico da língua portuguesa. Formado em Direito em 1894, é, no ano seguinte, nomeado promotor e depois juiz substituto na comarca do Serro. Casa-se em 1896, com Zenaide de Oliveira. Depois de alguns anos como magistrado e jornalista naquela cidade, é nomeado, em 1906, juiz municipal de Mariana, a velha Ribeirão do Carmo, cidade morta colonial próxima da sua Ouro Preto natal, onde passará o resto de seus dias, até a morte precoce aos 51 anos incompletos. O grande isolamento, o quase exílio desses três lustros passados em Mariana, pobre juiz com uma prole de quinze filhos para sustentar, marcará fundamentalmente a obra e a vida do poeta, ainda que, de certa maneira, tenha-lhe propiciado as condições para criar uma das obras poéticas mais homogêneas e mais sem desníveis da literatura brasileira. O jovem que, em 1895, viera ao Rio de Janeiro conhecer Cruz e Sousa, transformara-se no "Solitário de Mariana", que em 10 de julho de 1919 receberia, coisa muito rara e inesperada, a visita respeitosa e admirativa de um jovem poeta paulistano, Mário de Andrade, fato décadas depois comemorado por Carlos Drummond de Andrade em seu poema "A visita". Talvez o cúmulo da ironia em relação ao seu exílio humano e literário tenha sido o fato de, em 1920, a Academia Brasileira de Letras, perdendo a oportunidade única de apagar a ausência de um só simbolista no seu momento de fundação, ter convidado e empossado como membro dom Silvério Gomes Pimenta, o octogenário arcebispo de Mariana, deixando por lá esquecido o maior poeta do Brasil naquele momento.

Se a estreia de Alphonsus de Guimaraens em livro aconteceu em 1899, com a publicação conjunta de *Setenário das Dores de Nossa Senhora*, *Câmara ardente* e *Dona Mística*, seu primeiro livro escrito, embora só publicado em 1902, foi *Kiriale*, que antecede em uma década a sua edição. Compõe-se ele, majoritariamente, de extraordinários poemas fúnebres, góticos, poescos, próximos de um satanismo *à la* Huysmans, com algo que o aproxima de Charles Cros, uma ambiência nunca vista na poesia brasileira, como no seu poema "À meia-noite" excentricamente ritmado, com algo que nos recorda a tradução-paráfrase de "O corvo" por Machado de Assis.

O mesmo para poemas como *"Initium"*, "A cabeça de corvo", "O cachimbo", "O leito", "Luar sobre a cruz da tua cova", "O lago", "Sete damas", "Presságios", "Espírito mau", *"Succubus"*, enfim, quase todo o livro. Em *Dona*

Mística e *Câmara ardente*, coleções de poemas da mais completa perfeição, o tom fúnebre é substituído pelo religioso, uma elegância hierática *sui generis*, que alcançará seu apogeu no *Setenário das Dores de Nossa Senhora*, 79 sonetos de encadeamento e beleza insuperáveis, que se abrem por uma "Antífona" e se encerram com uma "Epífona" da mesma altitude. É a mais admirável poesia católica composta no Brasil, nesse caso especificamente mariana, cuja qualidade independe da possível fé de qualquer leitor sensível. No terceto final do último soneto do *Setenário*, faz Alphonsus de Guimaraens a confissão clara de sua veneração por Verlaine, veneração que compartilhava, aliás, com o maior simbolista português, Camilo Pessanha:

Estes versos são como um lausperene:
Mais fizera, Senhora, se eu pudesse
Oficiar no Mosteiro de Verlaine.

Para a infelicidade da poesia brasileira, só postumamente, em 1923, sairia o extraordinário *Pastoral aos crentes do amor e da morte*, assim como apenas na edição de suas *Poesias*, em 1938, viriam à luz seus livros derradeiros, *Escada de Jacó* e *Pulvis*, em edição preparada por seu filho João Alphonsus e por Manuel Bandeira. A publicação em periódicos, no entanto, permitiu a divulgação nacional de alguns poemas, como "Ismália", espécie de canção de índole shakespeariana, imediatamente acolhida com uma popularidade que nunca, com a maior injustiça, bafejou a quase totalidade da obra de Alphonsus de Guimaraens, para não dizer a de todos os nossos simbolistas, popularidade que alcançaram também alguns sonetos, dos maiores do lirismo brasileiro, como, do mesmo livro, o que começa pelo verso "Hão de chorar por ela os cinamomos".

Sua obsessão da morte atingirá, no entanto, a expressão máxima nos sonetos de *Pulvis*, livro de um arraigado pessimismo, que só não se pode dizer reunir os maiores sonetos do simbolismo brasileiro por causa dos *Últimos sonetos* de Cruz e Sousa. O soneto foi, de fato, a forma de eleição do parnasianismo e do simbolismo brasileiros. O fato dos da primeira escola terem alcançado uma muito maior popularidade do que os da segunda, e, sobretudo, disso continuar inalterado até hoje, parece revelar uma superficialidade ou uma irrefreável tendência ao prosaísmo do leitor médio brasileiro. O pessimismo, como dissemos, se fortalece na fase final de Alphonsus de Guimaraens, agravado pela ambiência da bela cidade morta em que arrastava a sua vida, como ele mesmo confessa em alguns versos de um poema inacabado em dísticos alexandrinos:

> Na arquiepiscopal cidade de Mariana,
> Onde mais triste ainda é a triste vida humana,
> [...]

Toda a análise da obra poética de Alphonsus de Guimaraens está condenada a certa monotonia, a monotonia de sua qualidade inalterável. Sendo um dos maiores poetas brasileiros de qualquer época, a sua obra é pouquíssimo variada, o perfeito contrário, por exemplo, de um Jorge de Lima ou de um Carlos Drummond de Andrade, poetas de grande variedade formal e temática. Excelente tradutor, como se comprova pela sua versão da *Nova primavera*, de Heine, escreveu também um corretíssimo conjunto de poemas em francês, *Pauvre Lyre*, publicado poucos meses depois da sua morte, do mesmo modo que compôs versos cômicos, possível distração inconsequente na modorra da província. A música solene e plácida de Alphonsus de Guimaraens não possui similar na poesia brasileira, alta posição que ela mantém até hoje.

O soneto reproduzido neste livro, "*Tenebra et lux*", obra de um adolescente de 17 anos, publicado no jornal de José do Patrocínio pouco mais de um mês depois da Lei Áurea, fraco na forma e no fundo, tem exclusivo valor histórico, em nada indicando o extraordinário artista no qual muito rapidamente se transformaria o autor.

FRANCISCA JÚLIA (1871-1920)

A poetisa paulista Francisca Júlia estreou com *Mármores*, com prefácio de João Ribeiro, em 1895. Era a consagração da grande figura feminina da poesia parnasiana brasileira. Os seus dois sonetos sob o título de "Musa impassível", título que acabou por lhe servir de epíteto, eram o programa da mais perfeita ortodoxia dentro da escola, uma correção escultural e fria, plena de temas mitológicos e históricos, com muita influência de Heredia. Em suma, uma parnasiana ainda mais parnasiana que um Alberto de Oliveira, mais papista que o papa.

Ainda mais fiel ao verso alexandrino (de uma correção realmente a toda a prova), que um Emílio de Meneses, perfeita estruturadora, sob esses aspectos ninguém no Brasil foi tão fiel ao programa de escola quanto Francisca Júlia. Seu segundo livro, *Esfinges*, de 1903, também com prefácio de João Ribeiro, o crítico de poesia mais liberto de idiossincrasias estéticas do Brasil de sua época, veio confirmar-lhe o prestígio. Certos sonetos seus, como "A dança das centauras", ficaram antológicos. De permeio com essas características plenamente parnasianas, escreveu Francisca Júlia alguns poemas de cunho religioso que delas se afastam, assim como poemas para crianças, reunidos em *Alma infantil*, de 1912, composto com seu irmão Júlio César da Silva. Francisca Júlia faleceu no dia do enterro de seu marido, que morrera tuberculoso, em 1º de novembro de 1920, certamente em consequência de suicídio. Seu túmulo no Cemitério do Araçá, em São Paulo, é encimado por uma imponente estátua de Brecheret, justamente intitulada "Musa impassível".

BATISTA CEPELOS (1872-1915)

O paulista Batista Cepelos alcançou notoriedade nacional com *Os bandeirantes*, publicado em 1906, com prefácio de Bilac. A segunda parte do livro, "Cenas pátrias", era melhor do que a primeira, que lhe dava o nome, metrificação fria, especialmente em alexandrinos, de um momento épico da história nacional cuja única transcrição poética de valor real continua a ser "O Caçador de Esmeraldas", do mesmo Bilac. De Batista Cepelos o que mais se recorda é ainda o suicídio, ao atirar-se da pedreira da Glória, no Rio de Janeiro, envolvido numa tragédia sentimental digna de espantar até os gregos.

Se a escravidão indígena — principal atividade bandeirista antes das grandes descobertas auríferas — é, por motivos óbvios, escamoteada em *Os bandeirantes*, Domingos Jorge Velho é enaltecido no poema "Palmares" — ao mesmo tempo que Zambi, é preciso reconhecer —, mas enaltecido por suas virtudes bélicas, não pelo feito em si, como se vê na penúltima estrofe:

> Jorge Velho alcançou uma vitória horrível,
> Mas, não pelos troféus dessa iníqua vitória,
> Mereceu do Brasil a láurea imperecível,
> Que a Musa foi colher nos loureiros da História.

Curiosa é a menção, no primeiro verso da terceira parte do poema, aos olhos azuis do bandeirante, fenótipo que, sem ser impossível, não seria muito provável, já que eram todos eles mamelucos, exceção feita dos poucos que nasceram na Europa, como, aliás, o maior entre eles, o português Raposo Tavares. A figura ideal do bandeirante sempre foi a do intrépido aventureiro em busca das pedras e metais preciosos, não, seguramente, a do escravizador de silvícolas, destruidor de reduções jesuíticas e de comunidades de escravos fugidos do cativeiro. Se a "preação de índios" é, portanto, posta de lado no livro, o feito de armas da conquista do mais famoso quilombo de nossa história nele comparece. O poema, que mantém a correção formal típica da escola, sofre do mais comum dos seus defeitos, o prosaísmo, a redução da poesia, nos piores momentos, a não mais do que uma prosa metrificada.

CIRO COSTA (1879-1937)

Ciro Costa nasceu em Limeira, São Paulo, e se formou pela Faculdade de Direito da capital de seu estado em 1902. Após estudos na Europa, entrou para o funcionalismo público no governo de Rodrigues Alves, como delegado de polícia. Foi um dos fundadores da Sociedade de Homens de Letras do Brasil, e exerceu vasta atividade jornalística. Poeta de clara feição neoparnasiana, deixou dois sonetos antológicos — especialmente o primeiro —, "Pai João" e "Mãe Preta", uma espécie de díptico sobre duas figuras emblemáticas da escravidão no Brasil, ambos aqui reproduzidos. Participou da Revolução Constitucionalista de 1932, falecendo cinco anos mais tarde no Rio de Janeiro.

LUÍS CARLOS (1880-1932)

O poeta carioca Luís Carlos da Fonseca Monteiro de Barros, conhecido apenas como Luís Carlos, engenheiro da Estrada de Ferro Central do Brasil, estreou tardiamente, em 1920, com o livro *Colunas*, que o consagrou nacionalmente como um dos últimos grandes nomes do parnasianismo — na verdade do neoparnasianismo — no Brasil, consagração que o levou à Academia Brasileira de Letras.

A poesia de Luís Carlos revela uma técnica muito precisa, e uma capacidade descritiva requintada, que redundou em pelo menos uma obra-prima desse importante sonetista, "O canhão". Sobre o tema de que tratamos, escreveu "Cemitério de escravos".

GOULART DE ANDRADE (1881-1936)

José Maria Goulart de Andrade nasceu em Jaraguá, Maceió, na província, portanto, onde se erguera o Quilombo de Palmares. Fez os estudos primários e secundários em sua cidade natal. Transferiu-se aos 16 anos, foi para o Rio de Janeiro, onde ingressou no curso preparatório para a Escola Naval, que abandonou para matricular-se na Escola Politécnica, na qual se formou engenheiro em 1906.

Ligado ao grupo de Bilac, foi figura importante do parnasianismo tardio, exercendo igualmente o jornalismo, tornando-se membro da Academia Brasileira de Letras. Seu poema "Palmares", escrito em 1900 e publicado nas *Poesias*, de 1907, é dos principais poemas longos inspirados pelo mítico quilombo. Em sua terceira parte o autor lança uma violenta diatribe ao indígena, ao compará-lo com os escravos africanos, crítica que, coerentemente, acaba por atingir o próprio Indianismo:

[...]
"O que traz o trovão, o surgido do oceano"
Te expulsa e te extermina e se faz soberano
Na terra onde, senhor, tua taba estendias...
Mente quem te cantou a bravura e a clemência:
Tu nunca foste herói, perdoai-me a irreverência,
Ó manes de Alencar e de Gonçalves Dias!
[...]

AUGUSTO DOS ANJOS (1884-1914)

Augusto dos Anjos nasceu no Engenho Pau d'Arco, na Zona da Mata da Paraíba, de uma família de posses, mas em plena decadência financeira, que redundaria, após a morte do pai, na perda do engenho que ele imortalizou. Formado em Direito pela Faculdade do Recife, transferiu-se para o Rio de Janeiro em 1910, já casado com a sua mulher Ester. Em 1912 publica o *Eu*, vivendo todo esse período como professor, e em grandes dificuldades financeiras. Já com um casal de filhos, é nomeado diretor do Liceu de Leopoldina, cidade mineira próxima ao Rio de Janeiro, para onde parte com a família. É vitimado por uma pneumonia nos últimos dias de outubro de 1914, após expor-se a uma forte chuvarada na volta de um enterro, da qual falece doze dias depois, tendo vivido apenas quatro meses em Leopoldina. Pouco antes de morrer, dita seu poema derradeiro, o impressionante "O último número", e, a vinte minutos do desfecho, fitando o seu rosto num espelho, pronuncia suas últimas palavras, "Esta centelha não se apagará", aliás um decassílabo. A vida concreta de Augusto dos Anjos foi da mais perfeita banalidade, embora até hoje lhe atribuam, vez por outra, uma tuberculose de que nunca sofreu, já que sempre foi homem saudável, apesar de franzino. É que a grandeza de sua poesia não parece coadunar-se bem com a normalidade chã da sua biografia.

A poesia de Augusto dos Anjos nos impressiona, até hoje, pela extrema especificidade do indivíduo que a compôs, pelo caráter de independência extrema, quase de geração espontânea, com que ela irrompeu no panorama da literatura brasileira. De fato, essa independência do indivíduo pensante, tão ou mais espantosa do que a do poeta que ele era, justifica imediatamente o título do *Eu*, provando, de resto, a aguda autoconsciência de seu autor.

Por mais que haja influências do inconsciente na gênese desses poemas, como em geral sempre há quando se trata da grande poesia, é inegável que, uma vez realizada, cada obra de Augusto dos Anjos era friamente apreendida pela sua cortante inteligência, que não deixaria de perceber, entre características muito menos óbvias, a estranheza profunda que causaria a seus contemporâneos, fato mesmo gerador de dois significativos poemas, "O poeta do hediondo" e "*Noli me tangere*", cruéis e exacerbados autorretratos, menos de como ele deveria se sentir do que de como ele sabia que o sentiriam, e quase uma justificativa prévia de quem se sabia responsável por ultrapassar as fronteiras temáticas do recomendável e do aceito.

Em muitas coisas, no entanto, o poeta de "Os doentes" é visivelmente um homem de sua época e do seu meio, como não poderia deixar de ser, e características suas, do pensador e do poeta, são encontradas em alguns de seus contemporâneos, como facilmente se demonstra. Uma das bases primordiais da sua visão do mundo, e, por conseguinte, da sua obra, o seu propalado cientificismo, caracteriza bem o indivíduo educado nos últimos anos do século XIX, o século por excelência do ufanismo científico, da euforia do conhecimento e da ilusão do progresso ilimitado, criador de uma relativa onipotência do homem sobre a matéria, crenças cruelmente frustradas pelo advento bárbaro da Primeira Guerra Mundial, no ano mesmo da morte do poeta.

Entre diversas generalizações filosóficas possíveis, em voga naquele momento, desde o positivismo até o marxismo, Augusto dos Anjos, de maneira bastante sintomática, adotou como crença pessoal os sistemas que mais dariam ensejo a uma visão predominantemente mística e totalizadora do universo, ou seja, o Evolucionismo, vindo de Darwin, mas sobretudo filtrado por Spencer, e, mais decisivamente, o Monismo, o grande sistema unificador da fenomenologia universal fervorosamente propagandeado por seu criador, Ernest Haeckel, racionalização materialista carregada de grandes possibilidades de expansão religiosa, e construída, aliás, sobre diversas premissas biológicas falsas ou erroneamente interpretadas.

O que nos parece inegável no caso de Augusto dos Anjos é a sinceridade primordial da sua adesão intelectual e mesmo emocional aos postulados dessa visão de mundo, residindo aí, inclusive, a sua capacidade espantosa de escrever alta poesia a partir dos mesmos, fato que elimina qualquer suspeita de um temperamento de *poseur* ou de pedante na sua exibição de pensamento científico. Se na questão do léxico, sobretudo talvez em sua prosa, nos parece que o poeta sucumbiu a uma irresistível compulsão a *épaterle bourgeois* com a sua esmagadora cultura, parece-nos que na sua poesia o uso do mesmo vocabulário, mitigado, aliás, na última fase, é fruto de um fluxo de sensibilidade absolutamente autêntico, não só dos conceitos inerentes aos vocábulos, mas também do poder encantatório estranho e musical de seu arcabouço fonético. A presença de semelhante uso até em sua correspondência pessoal, escrita sem nenhuma intenção de fazer literatura, nos prova, aliás, o quão natural era para ele tal processo, apesar do tom estranhíssimo que adquire no âmago de uma epistolografia familiar.

Parte da incompreensão que se criou em torno desse uso de vocabulário científico, mais especialmente nomes de espécies e termos filosóficos, nasce, na verdade, de uma certa preguiça mental do leitor em relação a vocábulos que lhe causam estranheza e cuja utilização lhe parece despropositada e inútil. A incorporação, no entanto, desses seres ínfimos, desses micro-organismos que nos são tão estranhos quanto os próprios nomes que os designam, está perfeitamente no plano do poeta, porta-voz da essência de todos os seres, e não apenas do homem. A originalidade dessa posição é marcada pela originalidade sonora do nome das espécies. Assim, quando em "Budismo moderno" o poeta se refere às "diatomáceas da lagoa", cuja cápsula criptógama é bruscamente desfeita pelo contato involuntário de uma mão humana na superfície da água, ele cria uma originalíssima metáfora de sua própria fragilidade, que um golpe qualquer de uma força superior pode destruir, ao mesmo tempo que se identifica, na solidariedade de condenados à morte, a essas vidas mínimas que também o são, o mesmo que ocorre em "Alucinação à beira-mar", onde os "malacopterígiossubraquianos / Que um castigo de espécie emudeceu" lhe "Pareciam também corpos de vítimas / Condenadas à Morte, assim como eu!" Como podemos ver, nenhum exibicionismo gratuito, nenhuma proximidade do bestialógico, mas apenas um uso radicalíssimo das infindáveis possibilidades do léxico, de resto estatisticamente muito pequeno em relação ao total de seu vocabulário para justificar a fama imerecida de delírio vocabular que muitas vezes lhe imputaram.

O que é importante ressaltar é a maneira como o monismo evolucionista se transformou, nas mãos de Augusto dos Anjos, em uma espécie de sistema místico totalizador, que lhe serviu de base tão legítima para o exercício estético quanto diversos sistemas religiosos serviram para poetas místicos de todos os tempos. A sensibilidade exacerbada para a percepção da energia potencial oculta em toda a matéria ("O lamento das coisas", "As montanhas", "Numa forja", "O pântano", "A floresta" etc.) é uma de suas características mais marcantes. Em contrapartida, porém, a esse mecanismo quase otimista do caráter evolutivo do universo, sobrevive em seu espírito um forte elemento de negação da vida enquanto criadora do sofrimento, um budismo de origem claramente schopenhaueriana, como encontramos também em Antero de Quental ou Raimundo Correia ("A um gérmen", o "Soneto" ao filho natimorto etc.), que se inclui igualmente entre as influências gerais do pensamento finissecular. Dessa maneira, o que verdadeiramente podemos detectar na visão de mundo do poeta é um movimento pendular entre a adesão a um postulado filosófico e a descrença parcial ou total na sua eficácia, bem como na de todos os outros sistemas, quando confrontados com a simples e implacável presença da maior das evidências da vida e do universo: a morte, destruidora paciente e impiedosa de todos os esforços e devaneios humanos.

Esse caráter pessimista da poesia de Augusto dos Anjos quanto ao pretenso poder da ciência contra o mistério do universo, essa falta de crença na eficácia de todo o esforço humano, é uma das suas características que mais o aproximam de nós, exilados há muito do ingênuo ufanismo cientificista do século XIX. Tal como o Fernando Pessoa que concluía "Não procures nem creias. Tudo é oculto" e afirmava, no poema "Natal":

> Louca, a ciência a inútil gleba lavra

O poeta paraibano, convicto igualmente da impotência da cognição, escrevia no poema "As cismas do Destino":

> Em vão, com a bronca enxada árdega, sondas
> A estéril terra...

Revelando como, muito mais do que poeta da morte, como popularmente o cognominaram, Augusto dos Anjos é o poeta do fracasso do enfrentamento do mistério, da impotência perante o incognoscível, conclusão igual à que encontraria qualquer místico; e a morte comparece, antes de tudo, para esse grande radical, como o último e maior de todos os fracassos, como a mais absoluta e definitiva forma de impotência. Poema central dessa tendência, entre inúmeros outros e fragmentos de outros, é o soneto "O mar, a escada e o homem", bem como o "Solilóquio de um visionário".

Como exemplo da primeira tendência em poetas seus contemporâneos, ou seja, a percepção panteísta ou potencial do universo, podemos citar um belo soneto do poeta mineiro Augusto de Lima (1860-1934), "Nostalgia panteísta", poema no qual, com um tratamento mais clássico, encontramos um tema muito caro ao poeta paraibano, ou o poema "A primeira pedra", de Hermes Fontes (1888-1930), um dos literatos que melhor compreenderam o *Eu* quando de seu aparecimento.

Prova, afinal, da índole essencialmente mística do *soi-disant* materialismo de Augusto dos Anjos encontramos no belíssimo soneto *"Ultima visio"*, no final de "Os doentes" ou em arroubadas e impressionantes estrofes como esta:

> Quando eu for misturar-me com as violetas,
> Minha lira, maior que a *Bíblia* e a *Fedra*,
> Reviverá, dando emoção à pedra,
> Na acústica de todos os planetas!

ou como essa outra (que julgamos muito mais indicada para ser escrita no seu túmulo do que o último terceto de "O poeta do hediondo", que de fato lá está):

> As minhas roupas, quero até rompê-las!
> Quero, arrancado das prisões carnais,
> Viver na luz dos astros imortais,
> Abraçado com todas as estrelas!

"Os doentes", aliás, poema que é como a coluna vertebral da sua obra, estrutura-se como uma terrível dança macabra expressionista da miséria física e moral do povo brasileiro, através da qual o poeta ora afunda em pleno desespero, ora se levanta numa esperança avassaladora e mística, criando uma verdadeira montanha-russa de conformação ou de negação do real.

Esse sentimento de onipotência de que acabamos de falar, esse êxtase do absoluto que é parte inseparável do espírito de Augusto dos Anjos, é que deu origem à contradição trágica que é a base mesma de toda a sua poética. Materialista, acreditando racionalmente em um evolucionismo panteísta em que só a generalidade das formas universais progredia e sobrevivia, o poeta era obrigado a conscientemente se tomar por um efêmero, aleatório e ínfimo acidente genético na grande cadeia das espécies, condenado sem apelação à desaparição total enquanto especificidade individual. O que lhe era, no entanto, convicção racional não lhe podia ser vivência subjetiva. Ciente, portanto, da morte implacável, e crendo nela com a fé com que cria no seu bem construído sistema, e jamais indiferente a esse ou a qualquer outro fato, como ser perscrutador das essências, tudo aliado a uma sensibilidade desmedida, dotada de uma capacidade de representação requintadíssima, podemos sentir com uma nitidez quase solidária o paroxismo de angústia que tal inadequação entre o raciocínio e a sensibilidade deve ter causado ao poeta da "Eterna mágoa".

Se essa vivência trágica é, ao nosso ver, o fundamento mesmo da obra de Augusto dos Anjos, outra característica sua serve para dar à sua dor a ressonância universal e mesmo cósmica que a caracteriza. Tomando nas próprias costas a missão de ser a consciência e a voz da Dor universal, desde as formas inorgânicas até o homem e mesmo até o cosmos, o poeta se torna o possuidor empático e exasperado do tesouro de misérias sociais, fisiológicas e genéticas que a realidade brasileira lhe entrega como espetáculo cotidiano e terrível. Daí tem início o desfile expressionista de bêbados, idiotas, tuberculosos, palermas, leprosos, prostitutas, estropiados, abortos, malucos e muitos outros que invadem com grande frequência partes das mais características de sua poesia. O mesmo fenômeno pode ser explicitamente encontrado em trechos de António Nobre, como na "Lusitânia no Bairro Latino", ou no Cesário Verde da segunda parte de "Em petiz". De fato, sentimos muita coisa da temática e do ritmo de Augusto dos Anjos em estrofes como estas:

> Outros pedincham pelas cinco chagas;
> E no poial, tirando as ligaduras,
> Mostram as pernas pútridas, maduras,
> Com que se arrastam pelas azinhagas!

> Vícios, sezões, epidemias, furtos
> Decerto, fermentavam entre os lixos;
> Que podridão cobria aqueles bichos!
> E que luar nos teus fatinhos curtos!

Da mesma maneira o sistema narrativo do passeio noturno, de uso tão geral na obra do poeta do *Eu*, é o mesmo utilizado por Cesário Verde no "Sentimento de um ocidental". De fato, todos os poetas mencionados, como o António Nobre que exclama: "Qu'é dos pintores do meu país estranho? / Onde estão eles que não vêm pintar?" referindo-se ao cromatismo das dermatoses e ao pitoresco dos desgraçados da rua, possuem essa compreensão pós-baudelairiana das possibilidades estéticas do horrível, que atingiu a poesia ocidental depois de "*Une charogne*". Sua origem, no entanto, mesmo que sempre marginal ao classicismo, é velha como a arte, pelo menos tão ancestral quanto o pé de Filoctetes, explodindo periodicamente nos *memento mori* da arte cristã ou no mórbido do maneirismo e do barroco, em jacentes cobertos de vermes ou nas moralidades claro-escuras de um Valdés Leal.

De Poe até Baudelaire, depois através de todos os "decadentes", de um Richepin da *Chanson dês gueux* ou de um Rollinat de *Les névroses*, essa audácia da análise social dos naturalistas alcança a poesia brasileira por meio dos nossos próprios "decadentistas", mais uma prova da filiação simbolista do Expressionismo de Augusto dos Anjos. Basta, para a compreensão disto, o exame de um poema como "Ébrios e cegos" de Cruz e Sousa, o último de *Faróis*, poesia sob todos os aspectos extraordinária, onde, de maneira pessoalíssima, o Poeta Negro atinge um Expressionismo torturado, trágico, quase surrealista.

A união entre essa liberdade de tratar da maneira mais crua o espetáculo da miséria humana com a adesão a um sistema científico totalizador e ateu, sem haver no realizador de tal conjunção qualquer possibilidade de apaziguamento subjetivo dentro dela, eis, na nossa opinião, a origem primordial da poética do *Eu*.

Formalmente, essa essência foi vazada numa sonoridade rígida e tensa, com recursos extremos na busca da expressividade sonora — uso primordialmente simbolista —, tudo aprisionado, no entanto, numa métrica ortodoxamente parnasiana. Augusto dos Anjos é, de fato, o rei da sinérese implacável na poesia brasileira, mais do que qualquer parnasiano (quem lhe chega mais perto nesse aspecto talvez seja o pouco lembrado Luís Carlos), sendo também, mais do que qualquer simbolista, o rei da aliteração. Raramente encontramos um hiato sobrevivente à sua metrificação impiedosa.

De um virtuosismo no verso praticamente insuperável, embora de variedade bastante limitada, a roupagem normal da poesia de Augusto dos Anjos é o seu sonorosíssimo e persistente decassílabo, no qual as metáforas mais espantosas e exatas se amontoam quase claustrofobicamente, dando-nos sempre a impressão de uma força agrilhoada, de um infinito preso dentro de uma camisa de força, na antevista iminência de explodir, o que é no mínimo um registro perfeito para conter a sua temática de ânsia insanável do absoluto e desespero concreto. Dentro desse ritmo implacável, inseparável dele, é que o leitor encontra o fulcro talvez de sua realização estética, uma exatidão vocabular sem paralelo, iluminadora, acima de todo o uso padronizado da linguagem poética, quase como se o autor escrevesse numa língua original, com uma percepção virgem do sentido das palavras, do mesmo modo que com um olhar virgem do espetáculo do mundo, fenomenologicamente puro e esmiuçador. De fato, o poeta que cria quase a cada verso expressões de inesquecível exatidão, uma "espionagem fatídica dos astros", um "corpo ubiquitário do Criador", ou essa espantosa *"noumenalidade* do NÃO SER", entre centenas de outras, teria que forçosamente realizar um livro da força do *Eu,* cuja uniformidade de grande poesia supera, no total, mesmo a dos maiores livros da poesia brasileira, um *Últimos cantos,* um *Espumas flutuantes,* um *Últimos sonetos,* obras máximas nas quais, mesmo assim, a voltagem às vezes desce um pouco, comparados com a unidade de força do *Eu,* só encontrada em pouquíssimos livros, em um *Clepsidra,* em um *Mensagem.* Materialmente, para a compreensão técnica dessa forma eficaz e original em que se expressou o poeta de "A árvore da serra", entre diversos estudos a ela dedicados retornamos sempre ao ensaio clássico de Manuel Cavalcanti Proença, *O artesanato em Augusto dos Anjos.*

A precisa adequação vocabular, característica da grande poesia em todos os tempos, percorre a totalidade da obra madura do poeta de "O lamento das coisas". Vejamos, por exemplo, nesta poesia agora citada este verso: "A sucessividade dos segundos". Há verso mais "sucessivo" do que este, com a sua infindável cadeia de sibilantes? "Ouço, em sons subterrâneos, do orbe oriundos". Haverá verso mais "fundo" do que esse? Em tudo, nesses momentos de perfeita realização, a marca desse fenômeno da genialidade, específico do mundo da arte, por ser não um grau superior de uma qualidade intelectual qualquer, mas um estado absolutamente pessoal, involuntário, irrepetível, intransferível e inadquirível de colaboração do inconsciente com o consciente, um milagre que se confunde com um homem e não se repete.

Quanto às influências dessas correntes, recebidas pelo poeta na sua formação definitiva, e que ficaram visíveis através de sua obra, parecem-nos afastados os autores de outras línguas, visto não estarmos tratando nem de temática nem da genealogia da mesma, da qual falamos anteriormente, mas de uma concreta presença na sua maneira característica.

Nem Rollinat, do qual já o aproximaram não poucas vezes, nem Poe ou os que o seguiram merecem, exclusivamente por estarem na aludida família de sensibilidade, ser citados nesse caso. A mesma coisa não ocorre com Cruz e Sousa e com Cesário Verde. A influência do poeta dos *Broquéis*, sobretudo em seus sonetos derradeiros, sobre o modo de estruturá-los que encontramos em Augusto dos Anjos, especialmente na primeira fase, é inegável, parecendo-nos que na origem de ambos há algo de Antero de Quental, de resto o iniciador da retomada pós-arcádica do soneto como grande forma na literatura da nossa língua.

Tal genealogia se comprova perfeitamente ao compararmos a construção de dois famosos sonetos, o sublime "Sorriso interior" de Cruz e Sousa, seu último poema, escrito três dias antes da morte e já aqui lembrado, e o "Eterna mágoa" de Augusto dos Anjos, com um título que recorda muito de perto os do Poeta Negro. Em ambos se vê a mesma estrutura baseada num desenvolvimento conceitual que atravessa todo o corpo do soneto, até resolver-se no último verso, o mesmo andamento severo, classicamente solene, apesar da diferença essencial entre o pensamento luminoso do primeiro e a conclusão sombria do segundo.

Mais decisiva, porém, por agir não sobre uma fase de uma forma fixa, mas exatamente sobre a quadra de decassílabos que se tornou o instrumento por excelência da expressão do poeta, nos parece ser a quadra de decassílabos de Cesário Verde, sem esquecer a sua incorporação de um léxico cotidiano, material e prosaico, sendo inclusive o vocabulário científico também encontrado no poeta português. Cronologicamente, no caso do nosso autor, o contato com Cesário Verde deve ter acontecido a partir da segunda edição do *Livro*, a de 1901, visto a primeira, de 1887 e com duzentos exemplares, ter sido muito pouco divulgada. É provável, no entanto, que algo de sua poesia tenha chegado ao Brasil antes da edição popularizadora (o que é fato a ser estudado), como podemos rastrear em poetas como B. Lopes, pois é difícil conceber a existência de um poema como "Inverno", incluído no *Brasões*, de 1895, sem a leitura da obra de Cesário Verde. A seleção, dentre os versos do poeta lisboeta, de algumas de suas estrofes mais cheias das características lexicais que mencionamos, mas sobretudo mais sonoramente aproximadas da maneira de Augusto dos Anjos, causará a qualquer leitor experimentado do poeta do *Eu* uma impressão de evidente familiaridade, às vezes mesmo de quase identidade sonora, muito especialmente certas quadras do longo poema autobiográfico "Nós", nas quais podemos encontrar até o uso característico dos vocábulos esdrúxulos, ou o uso de expressões das ciências naturais, sem contar as metáforas audaciosas e sobretudo a cadência do verso, que demonstram a grande proximidade entre o extraordinário poeta português e o admirável paraibano, parecendo-nos, apesar da inegável influência do primeiro sobre o segundo, um caso de sensibilidades afins, fraternalmente próximas, onde a primazia cronológica é mais um acidente ocasional do que uma ordem implacável, e onde talvez uma simples inversão de prioridade provocasse uma inversão de influência, ao menos se houvesse canais de comunicação eficazes para tanto.

Caso intrigante, quase enigmático, entre esse jogo de afinidades eletivas, é a extrema semelhança que existe entre certos poemas do argentino Pedro Palacios (1854-1917), mais conhecido pelo pseudônimo de Almafuerte, e o poeta do *Eu*, embora tudo indique que jamais tenham tomado conhecimento um do outro, muito menos Almafuerte do grande poeta lusitano.

Da mesma maneira, é justamente com Cesário Verde em Portugal e com Augusto dos Anjos no Brasil que a incorporação de um vocabulário violentamente apoético pelos cânones clássicos, de um léxico da realidade concreta, reles, diária, mesquinha, abre as portas para uma invasão da arte no campo da realidade em seu sentido mais concreto. Se há algo de realmente específico, original, na poesia mundial do último século e meio, é essa conquista do território do banal, essa capacidade nova e extraordinária de extrair o sublime das áreas mais reles da realidade. Como disse Baudelaire: *"J'ai pétri de la boue et j'en ai fait de l'or."* E isso fizeram na nossa língua os poetas em questão. Muito mais importante do que o vocabulário científico, muito mais característico e decisivo para a história de nossa poesia, é o uso feito pelo poeta paraibano dessas palavras, reflexos da realidade em si, que dificilmente encontraríamos num poema de Alberto de Oliveira, de Olavo Bilac ou de Martins Fontes: fogão, bacia, ferrolho, escarradeira, cuspo, querosene, colher, lixo, molambo, entre muitíssimas outras. Sem ser de maneira nenhuma um realista, consciente de que a simples reprodução do real não alcança o âmago essencial da realidade sem se valer para isso dos artifícios da arte, o poeta do *Eu* lança mão deles, tal como seu colega lisboeta, para atingir esse manancial virgem e inesgotável de criação estética e compreensão humana, podendo fazer sua a declaração quase goethiana de Serguei Eisenstein: "Não sou um realista; afasto-me do realismo para atingir a realidade." Ou o exemplo pictórico extremo e decisivo de um Van Gogh. Dessa maneira, acrescentando ao tom e ao repertório elevado da arte clássica a liberdade maneirista e barroca, e alcançando uma vastidão temática nunca imaginada, a arte contemporânea penetrou nos mais defendidos baluartes do real, nas suas manifestações internas ou externas, seja através do ilimitado aprofundamento essencial de um Rilke, de um Valéry ou de um Pessoa, seja através da visão ineditamente totalizadora da realidade material de um Cesário Verde ou do extraordinário artista de que tratamos.

O que, a despeito de tudo isso, de toda essa intrincada e secundária rede de afinidades e origens, é incomunicável e primordial em Augusto dos Anjos, e que encerra a sua maior grandeza, é a sua pessoalíssima e desesperada empatia com a limitação universal, ou seja, a sua quase mística ânsia do absoluto, que produziu para a poesia brasileira a manifestação mais pungentemente trágica de toda a sua história.

AMÉRICO FACÓ (1885-1953)

Américo Facó nasceu em Beberibe, Ceará. Na primeira década do século XX publicou poemas no *Jornal do Ceará*, tendo sido perseguido por sua oposição à oligarquia Accioly, o que redundou na sua transferência para o Rio de Janeiro, em 1910, onde trabalhou na revista *Fon-Fon*, no Instituto Nacional do Livro e no Senado Federal.

Só estreou em livro com mais de 60 anos, com *Sinfonia negra*, de 1946, livro que se inscreve numa linhagem que engloba os *Poemas negros*, de Jorge de Lima, *Urucungo*, de Raul Bopp, ou *Sarobá*, de Lobivar Matos.

A classificação formal de quase toda a *Sinfonia negra* fica na melindrosa indefinição entre a prosa poética e o poema em prosa, com alguns poucos poemas em versos. Em 1951 publicou *Poesia perdida*, em pequena tiragem, como o seu livro anterior.

Foi grande amigo de Carlos Drummond de Andrade, que lhe dedicou *Claro enigma* e o soneto "Viagem de Américo Facó". Sua curta obra, injustamente esquecida, tem sido sistematicamente recuperada por Floriano Martins.

OLEGÁRIO MARIANO (1889-1958)

Olegário Mariano, filho do grande abolicionista pernambucano José Mariano, e irmão de José Mariano Filho, o propugnador do Neocolonial no Brasil, ainda alcançou, no Rio de Janeiro, a roda boêmia de Olavo Bilac e de outros jovens parnasianos tardios. Estreou com *Angelus*, em 1911, primícias de uma obra muito vasta e que alcançou grande sucesso de parte do público brasileiro da primeira metade do século XX ainda infenso à grande poesia modernista. Poeta sempre correto, sentimental, fiel a um parnasianismo mitigado ao qual se misturavam certas sutilidades simbolistas, seus dois livros mais significativos são *Últimas cigarras*, de 1920, e *O enamorado da vida*, de 1937. O primeiro, a quem deveu ele o epíteto de "Poeta das cigarras" que sempre o acompanhou, enfeixava alguns poemas líricos inegavelmente belos, sobretudo os sonetos como "A cigarra que ficou", "As vozes da Natureza", "Conselho de amigo", "Meio-dia", "As almas das cigarras", "A cigarra morta", "O enterro da cigarra" ou "A voz que se calou", que se tornaram todos muito populares. Já em *O enamorado da vida* o tema recorrente eram lembranças da infância no seu Pernambuco natal. Sua obra poética foi reunida por ele nos dois volumes de *Toda uma vida de poesia*, um ano antes da sua morte.

Há, na obra de Olegário Mariano, além do belo soneto aqui recolhido, "Velha mangueira", outros poemas com referências difusas à escravidão, mas todos memorialísticos, quadros da sua infância e juventude no Poço da Panela, onde — mesmo tendo nascido no último ano do Império, o ano seguinte ao da Lei Áurea — tais reminiscências continuavam, compreensivelmente, vivas.

OSWALD DE ANDRADE (1890-1953)

Oswald de Andrade, sem dúvida o maior agitador do movimento modernista, estreou como poeta com *Pau-brasil*, em 1925, livro que reconta, em poemas quase telegráficos, na sua maior parte, a história pátria, com invariável humor. Se um dos seus objetivos era despir a poesia de toda a pompa e retórica que a cercavam comumente ainda nessa época, não poderia ter feito coisa melhor. No livro seguinte, *Primeiro caderno do aluno de poesia Oswald de Andrade*, de 1927, domina a reminiscência da infância e da São Paulo memorialística, em poemas mais longos, embora os poemas curtos permaneçam. Um poema como "Meus oito anos" segue a irresistível tendência modernista de criar paráfrases de Casimiro de Abreu ou Gonçalves Dias. O humor de Oswald de Andrade se mantém inalterado, mesmo quando é ele próprio o objeto do poema:

EPITÁFIO

[...]
Vou falecer do oh! amor
Das mulheres de minh'ilha
Minha caveira rirá ah! ah! ah!
Pensando na redondilha

Há, nos seus poemas curtos, especialmente nos descritivos, uma influência muito forte de Blaise Cendrars, o poeta francês, *globe-trotter* e mutilado de guerra, comicamente apelidado de Blaise SansBras, que por aqui esteve e de quem Oswald de Andrade foi muito amigo. A última fase de sua poesia, representada pelo *Cântico dos cânticos para flauta e violão*, escrito durante a Guerra, em 1942, para a sua última esposa, Maria Antonieta d'Alkmin, é totalmente diversa, uma poesia amorosa de grande lirismo, das mais belas e verdadeiras escritas no gênero na época.

Além daqueles recolhidos no presente livro, os seguintes poemas de Oswald de Andrade, todos do livro *Pau-brasil*, tratam do tema de escravidão, e mereciam ser igualmente aqui reproduzidos: "Cena", "A roça" e "Azorrague".

GUILHERME DE ALMEIDA (1890-1969)

Nos poemas anteriores à sua estreia em livro, com *Nós*, em 1917, sobretudo os depois reunidos em *A cidade da névoa*, Guilherme de Almeida demonstra uma forte influência penumbrista, com toques marcantes de Cesário Verde. Essas características, unidas a um sempre crescente virtuosismo, serão mantidas até *Raça*, de 1925, onde a temática brasileira aflora em versos longos fortemente ritmados, livro que marca a sua conversão poética de fato a um ideário modernista que defendeu desde a primeira hora. A temática brasileira começara a se manifestar, na verdade, em *Meu*, do mesmo ano, muito à distância da falsa Grécia, Grécia à Pierre Louÿs, de *A frauta que perdi*, do ano anterior.

Guilherme de Almeida é, ao que tudo indica, o mais ostensivo senhor das formas poéticas da poesia brasileira, crescentemente se comprazendo no uso e na exibição do seu arsenal de virtuose, que irá das canções de amigo a sonetos camonianos, do haicai — que abrasileirou com rimas nos versos ímpares e duas outras, uma interna, no verso intermediário — até poemas em eco ou chaves de ouro desacompanhadas do poema respectivo. Há, nessa poesia formalmente requintada, muito bricabraque, muito ar de *Fêtes galantes* não verlainianas, que não raramente escorrega para o *Kistch*, sem nunca perder a qualidade técnica.

Figura primordial para a identidade de São Paulo, militante da Revolução Constitucionalista, o livro *1932* reúne os poemas que compôs então, como na década de 1940 viria a compor a bela letra, quase um centão, do

"Hino do Expedicionário". Sem ser um grande poeta no estrito sentido da palavra, e pondo-se à parte os excessos ornamentais — entre eles um uso abusivo de palavras estrangeiras — que o prejudicam, a obra de Guilherme de Almeida é, sem dúvida, um repositório técnico e estilístico dos mais interessantes de sua época.

Reproduzimos no presente livro a quarta parte de *Raça*, "Santa Cruz!", aquela que se refere especificamente à contribuição do elemento escravizado na formação étnica brasileira.

MENOTTI DEL PICCHIA (1892-1938)

A classificação de Menotti Del Picchia entre os poetas modernistas, até uma fase relativamente tardia, se deve a um fato sociológico incontornável: ele ter formado, ao lado de Mário e Oswald de Andrade, Tarsila do Amaral e Guilherme de Almeida, uma espécie de quinteto histórico do primeiro modernismo, embora nada em sua poesia possa até então ser julgado modernista. Com o lançamento de *Juca Mulato*, em 1917, Menotti Del Picchia alcança um sucesso nacional. Desse célebre poemeto chegaram a dizer o seguinte, na orelha não assinada da edição de suas *Poesias* de 1969: "Em 1917, Menotti vinha tirar nossa literatura dos padrões correntes da época e que se caracterizavam pelo alheamento dos intelectuais da realidade brasileira, subordinando suas produções às concepções literárias francesas e a uma gramática genuinamente portuguesa no que ela tem em Portugal de mais regional." Esse pequeno trecho é um exemplo mínimo da falsificação crítica e histórica que avassalou o Brasil a partir do triunfo do movimento. Falar de alheamento da realidade brasileira quinze anos após a publicação de *Os sertões*, de Euclides da Cunha, cinco anos após as tremendas visões da miséria brasileira do *Eu*, de Augusto dos Anjos, no exato ano da publicação de *Tropas e boiadas*, do jovem Hugo de Carvalho Ramos, e a poucos meses do lançamento de *Urupês*, de Monteiro Lobato, chega a ser de uma má-fé repugnante. *Juca Mulato* é um poemeto em sua maior parte vazado nos mais franceses dos alexandrinos, e a sua sintaxe é a mais lusitana possível. Trata-se de uma estetização algo falsa — e até aí nenhum problema — da figura do caipira, uma mistura mal resolvida de Edmond Rostand com Júlio Dantas, pintada de cor local, e não é à toa que o prefaciador do livro tenha sido o próprio Júlio Dantas, a *bête noire* dos futuristas portugueses, contra o qual, dois anos antes, lançara Almada Negreiros o grito célebre: "Morra o Dantas, morra, pim!" É poesia sentimental de notável artificialismo, com as inevitáveis parelhas de versos terminadas em "mulher":

> Deixa de te arrastar, como um doido qualquer,
> atrás da tentação de uns olhos de mulher!"

> ...Quem souber
> cure o veneno que há no olhar de uma mulher!

Ou em *Máscaras*, de 1920:

> Toda história de amor só presta se tiver,
> como ponto final, um beijo de mulher!

Ou em *Angústia de D. João*:

> Para mim era o amor um vinho rosicler
> na taça úmida e em flor de uns lábios de mulher!

Ou ainda neste último:

> Uma coisa tão vasta este meu sonho quer,
> que não pode caber num corpo de mulher.

E assim por diante. É uma obra poética como esta, quase toda escrita em alexandrinos e, com exceção do primeiro poema, de temática europeia, que de acordo com a falsificação crítica que tanto nos infelicitou, além de ser modernista, redescobriu a "realidade brasileira". Os dois poemas, aqui reproduzidos, obras medianas de feição autenticamente modernista, fogem a essa realidade, e nada fizeram pela notoriedade do autor.

JORGE DE LIMA (1893-1953)

Jorge Mateus de Lima nasceu em União, a atual União dos Palmares, em Alagoas, município onde existiu o legendário quilombo, filho de um senhor de engenho e comerciante. Começa a versejar em plena infância, em quadrinhas populares, passando para formas mais elaboradas, como o soneto, aos 13 anos de idade. Aos 17 anos, consegue fama nacional com o soneto "O acendedor de lampiões", na verdade a versificação de um trecho em prosa de uma crônica de Olavo Bilac. Em 1914, ano em que se forma em medicina, publica a *plaquette XIV alexandrinos*, na qual o mesmo se encontra, revelando-se um pós-parnasiano perfeito. Entre outros muitos poemas da mesma fase, publicados ou não na imprensa, deparamo-nos com um soneto intitulado "Bélgica (Distribuído durante a Grande Guerra)", nascido da mesma preocupação que levaria o seu exato contemporâneo Mário de Andrade a publicar *Há uma gota de sangue em cada poema*, ou um curioso soneto de 1913, "Meu decassílabo", muito influenciado por Augusto dos Anjos, na verdade um pastiche, e feito ainda em vida do poeta paraibano.

Esse traço algo mimético é interessante justamente por ser uma característica de Jorge de Lima, assim como de Cassiano Ricardo, apenas como exemplo. Em 1925 adere ao modernismo, publicando o folheto *O mundo do menino impossível*, com algumas das peças em versos livres que reaparecerão em *Poemas*, dois anos mais tarde. É uma reviravolta estilística e de mentalidade completa. Ao lado de poemas de grande beleza, em parte memorialísticos, como o que dava título ao folheto anterior, o célebre "Oração" ou "Pai João", encontramos os longos poemas de um primeiro modernismo ortodoxo, como "A minha América", "Bahia de Todos os Santos", "G. W. B. R." ou "Floriano — Padre Cícero — Lampião", plenos de folclorismo, de elementos regionais e especialmente negros. A culminação dessa tendência viria no ano seguinte, 1928, com a publicação avulsa de "Essa negra Fulô", que no mesmo ano reapareceria abrindo os *Novos poemas*. O sucesso nacional desse poema fortemente dramático, tratando como nunca se tratara de um dos inarredáveis dramas que sempre acompanharam a escravidão, foi imediato. A sua característica dramática e oral pode ser avaliada em qualquer boa recitação, como a de João Villaret, aliás com perfeita pronúncia brasileira. É a mesma oralidade intrínseca que encontraremos em tantos poemas de um Ascenso Ferreira. Como poesia sobre a escravidão — não contra ela, como a que acompanhou o abolicionismo — não se conhecia coisa melhor.

Em 1930 transfere-se Jorge de Lima para o Rio de Janeiro, onde viveria o resto de sua vida. De 1932 são os *Poemas escolhidos*, em que se acentuam muito — mitigado o folclorismo anterior — o sentido religioso e a preocupação social. A maneira de antes, no entanto, conheceria um refluxo nos *Quatro poemas negros*, de 1937, completados nos *Poemas negros*, dez anos depois. Em 1935 tem lugar a conversão do poeta ao catolicismo, fato de importância fundamental. É o ano em que publica, junto com Murilo Mendes, convertido no momento da morte de seu amigo Ismael Nery — fato lembrado em página antológica por Pedro Nava —, *Tempo e Eternidade*, sob o lema comum de "Restauremos a poesia em Cristo". Muitos dos poemas do livro adquirem um sopro mais largo, de origem bíblica, as imagens se tornam mais obscuras, mais oriundas do inconsciente, o que os aproximaria de uma tendência surrealista. Todas essas características se acentuam em *A túnica inconsútil*, dedicado aliás a Murilo Mendes, de 1938, que se abre com o admirável "Poema do cristão". O verso livre longo, típico de certa poesia brasileira dessa década, que encontraremos no primeiro Vinicius de Moraes ou em Augusto Frederico Schmidt, tem aí alguns dos seus melhores exemplos. Entre importantes poemas, como "A morte da louca", "O grande circo místico", "Invocação a Israel", entre tantos outros, encontramos um extraordinário poema em prosa, "O grande desastre aéreo de ontem", dos mais belos da poesia brasileira, com um caráter fortemente pictórico, e dedicado, aliás, a Portinari. Dir-se-ia que a tendência ao verso livre cada vez mais longo desembocara, finalmente, no poema em prosa.

Toda essa tendência a um surrealismo *sui generis*, unido ao forte sentimento místico e lançando mão de versos de sopro cada vez mais largo, diríamos versículos, ou bíblicos ou claudelianos, culminaria no seu livro seguinte, *Anunciação e encontro de Mira-Celi*, só publicado como parte de sua *Obra completa*, organizada por Otto Maria Carpeaux em 1950. É o fim de uma fase, que sofreria outra reviravolta total com o *Livro de sonetos*, de 1949. Após o mais largo versilibrismo retornava Jorge de Lima à forma fixa, num contexto totalmente diverso daquele em que a usara em sua adolescência. O inconsciente passa agora a dominar tudo, estamos em plena poesia pura, só imagens e música. Há sonetos brancos, sonetos com rimas toantes, sonetos com as consoantes tradicionais, ou todas as formas híbridas. O decassílabo domina o livro, ainda que ele se abra por três sonetilhos em versos de quatro sílabas. Fragmentos de memórias, reflexões sobre a própria poesia e a religiosidade de sempre dominam todo o livro, na verdade quase um poema único sequenciado em sonetos, entre os quais se encontram não poucas obras-primas.

Em 1952, um ano antes de sua morte, publica o imenso poema *Invenção de Orfeu*, síntese e culminação de toda a sua poesia, dividido em dez cantos, como a lhe reforçar a ambição épica, desde o início indicada pelas reiteradas referências a Camões, a Dante, às navegações, a Portugal, a Inês de Castro, paralelas a uma larga e brasileiríssima carga memorial. Trata-se de uma composição híbrida, reunindo poemas líricos a longos trechos de caráter mais narrativo, lançando mão de um imenso arsenal de formas. A quantidade de possíveis interpretações desse vasto conjunto poético é infindável, outorgando-lhe em abertura de significações o que perde, por outro lado, em unidade. Grande conjunto desigual — não há nele a espantosa unidade estrutural e qualitativa que encontramos no outro grande poema brasileiro do mesmo período, o *Romanceiro da Inconfidência*, de Cecília Meireles —, há no seu bojo, indubitavelmente, momentos dos mais altos da nossa poesia, como os sonetos do cavalo, no início do Canto Quarto, "As Aparições", os impressionantes alexandrinos de "Aqui é o fim do mundo, aqui é o fim do mundo", ou aqueles, de altíssimo lirismo, de "A garupa da vaca era palustre e bela".

Jorge de Lima passou, no curso de sua obra notavelmente múltipla, por todas as postulações poéticas da primeira metade do século XX no Brasil, e permanece como um dos maiores poetas brasileiros de qualquer época.

Além daqueles recolhidos no presente livro, os seguintes poemas de Jorge de Lima tratam do tema de escravidão no Brasil, e mereciam ser igualmente aqui reproduzidos: "Benedito Calunga", "Passarinho cantando", "Exu comeu tarubá", o muito belo "Ancila negra" — ainda que neste poema a estrita ligação com o cativeiro seja inconclusiva —, "Obambá é batizado", "Poema de encantação", "Rei é Oxalá, rainha é Iemanjá", "Foi mudando, mudando", "Xangô", "Maria Diamba" e "Olá! Negro".

ORESTES BARBOSA (1893-1966)

Orestes Barbosa, jornalista e cronista muito conhecido na imprensa carioca, e grande lusófobo — sem chegar às diatribes espantosas de um Antônio Torres em *As razões da Inconfidência* —, estreia em 1917 com o título bastante característico de *Penumbra sagrada*, sob a égide de Hermes Fontes, Medeiros e Albuquerque e Agripino Grieco.

O que lhe trará notoriedade nacional, no entanto, são alguns de seus poemas musicados, tornados clássicos do cancioneiro popular, especialmente o poema em quatro sextilhas de decassílabos "Chão de estrelas", de 1937, das mais memoráveis celebrações do ambiente das favelas do Rio de Janeiro.

Os dois poemas aqui reproduzidos, "Abolição", de 1951, e "Café", escritos, como sempre no seu caso, como poemas, fazem parte daqueles depois transformados em canções. O primeiro homenageia José do Patrocínio, e o segundo, no final, faz a mesma comparação de Ciro Costa, no famoso soneto "Pai João", entre os grãos vermelhos do café e as gotas de sangue do escravo martirizado.

MURILO ARAÚJO (1894-1980)

Mineiro do Serro, Murilo Araújo estrearia em 1917, com *Carrilhões*. Poeta de obra vasta e constante, com uma rica sonoridade de origens simbolistas, faria parte do grupo ligado à revista *Festa*, uma espécie de vertente carioca do modernismo, de tendência espiritualizante, sem jamais renegar aquela sua relação genealógica, junto a nomes como Tasso da Silveira e Cecília Meireles. Sua longa obra poética, reunida em três volumes de seus *Poemas completos*, em 1960, engloba muitas peças de interesse.

Ao lado da obra em verso, Murilo Araújo deixou importantes textos críticos dispersos pela imprensa, e publicou um interessante tratado de poética, *A arte do poeta*, em 1944. Faleceu no Rio de Janeiro, sua cidade de adoção, no mesmo ano de Gilka Machado.

CASSIANO RICARDO (1895-1974)

Cassiano Ricardo, no panorama da poesia brasileira do século XX — ainda mais do que Jorge de Lima, que sob esse aspecto, e só sob ele, com ele se parece —, foi o poeta que mais acompanhou todas as viradas estilísticas de sua época. De *Dentro da noite*, de 1915, até *Jeremias sem--chorar*, de 1964, Cassiano Ricardo foi parnasiano, modernista, flertou outra vez com as formas fixas na vigência da Geração de 45, em seu livro *Um dia depois do outro*, de 1947, até chegar ao Concretismo e à Poesia Práxis, notando-se mesmo certa influência de João Cabral de Melo Neto e de Ferreira Gullar nalguns poemas da década de 1960. Se o fato de que *l'uomo è mobile* é uma constatação, falta concluir se essa trajetória nasceu de uma autêntica necessidade anímica ou de uma completa incerteza de caráter estético. Seus dois grandes livros, sem maiores dúvidas, são *Vamos caçar papagaios*, de 1926, seu ato de conversão ao modernismo, e *Martim Cererê*, de 1928. Neles domina o nacionalismo e o uso do material folclórico, e, especialmente no segundo, mais do que uma visão nacional, uma visão especificamente paulista, sobretudo na grande coreografia dos "gigantes", ou seja, dos grandes heróis das bandeiras, responsáveis pela expansão nacional. Cassiano Ricardo, estudioso, aliás, da legendária Marcha para o Oeste, é o mais paulista dos poetas, ao lado, talvez, de Guilherme de Almeida, enquanto Mário de Andrade é mais paulistano do que paulista. Toda a sua obra posterior ao advento modernista, a que começa com *O sangue das horas*, em 1943, não é destituída de poemas admiráveis ou bastante interessantes, embora pareça ter-lhe faltado sempre aquela célula irredutível de personalidade que caracteriza e marca os grandes poetas no mais alto significado do adjetivo.

A maioria dos poemas de *Martim Cererê* aqui reproduzidos segue a lição da edição *princeps*. Embora o parâmetro mais correto fosse seguir a versão final do autor, eles foram de tal maneira alterados, e várias vezes, nas edições sucessivas, que, por uma questão de autenticidade temporal, tomamos este partido. Quando se trata de um poema inexistente na edição original, comentamos tal fato.

RIBEIRO COUTO (1898-1963)

Ribeiro Couto nasceu em Santos. Formado em Direito, tornou-se promotor público, entrando depois para a carreira diplomática, que o levaria a vários postos no exterior, especialmente na Iugoslávia. Tuberculoso na juventude, como seu grande amigo Manuel Bandeira, procurou a cura em diversas cidades do Brasil. Faleceu subitamente em Paris, numa época em que começava a perder gradativamente a visão. Sua estreia poética — pois foi também interessante contista, centrado em tipos do interior de São Paulo — se deu em 1921, com *O jardim das confidências*. Trata-se de uma poesia delicadamente penumbrista, crepuscular, com influência de certa poesia francesa posterior ao simbolismo. Num poema como "Noite monótona de um poeta enfermo", encontramos a mesma temática que originou a admirável série de poemas escritos por Bandeira em Petrópolis, no mesmo ano do livro, obviamente num registro diverso do de seu companheiro de doença e de poesia. Em *Poemetos de ternura e melancolia*, de 1924, domina a sensibilidade das pequenas cidades e dos subúrbios, de uma vida modesta e silenciosa. Em *Um homem na multidão*, de 1926, Ribeiro Couto se aproxima bem mais da maneira modernista sua contemporânea, com a presença maior da vida urbana e o uso crescente do verso livre. *Província*, de 1934, retoma poeticamente o tema das cidades interioranas, enquanto *Noroeste e outros poemas do Brasil*, de 1933, volta-se para os temas da nacionalidade, assim como o *Cancioneiro de Dom Afonso*, seis anos posterior. *Entre mar e rio*, por sua vez, de 1952, onde as formas fixas voltam a dominar, é todo dedicado a Portugal, terra do avô materno do poeta, com o qual sempre manteve estreita ligação. Em francês deixou o poeta dois livros, o interessante *Jeux de l'apprenti animalier*, uma espécie de bestiário, de 1955, e, três anos depois, *Le jour est long*. A obra poética de Ribeiro Couto mantém sempre a qualidade, sem grandes voos espirituais e dentro de uma certa monotonia climática.

RAUL BOPP (1898-1984)

Curiosamente, coube a um gaúcho, o diplomata Raul Bopp, escrever o mais conhecido poema amazônico da literatura brasileira, *Cobra Norato*, em 1931. Dividido em 33 partes, trata-se de um dos poemas mais diretamente folclóricos do Brasil, um folclore utilizado com riqueza metafórica e um verso livre de simplicidade dialogal. Numa das afirmações mais insólitas da crítica brasileira, e até hoje bastante reproduzida, Othon Moacyr Garcia chamou *Cobra Norato*, esse poema geográfico quase estático, sem absolutamente qualquer ação bélica, de "único e verdadeiro poema épico da literatura brasileira". O mais estranho nessa ideia absurda é o fato de a própria, após formulada, ainda encontrar, até hoje, numerosos divulgadores. O segundo livro de Raul Bopp, *Urucungo, poemas negros*, que aqui nos interessa diretamente, é um exemplo da boa poesia modernista com essa temática praticada entre nós, na primeira metade do século XX, por poetas tão célebres quanto um Jorge de Lima ou tão esquecidos quanto um Lobivar Matos, o Lobivar Matos de *Sarobá*, mais centrado na temática do negro em sua Corumbá natal do que no seu passado como cativo.

Os poemas de *Urucungo* aqui reproduzidos seguem a lição da edição original de 1932, como no caso dos poemas de *Martim Cererê*, de Cassiano Ricardo, muitos tendo sofrido alterações nas edições posteriores de *Cobra Norato e outros poemas*.

GILBERTO FREYRE (1900-1987)

Perante a inapreciável importância do sociólogo, do cientista social, e mesmo do prosador *tout court*, Gilberto Freyre comparece no presente livro na figura de poeta bissexto, posição que divide, aliás, com Paula Nei, que, ao contrário do autor de *Casa-grande & senzala*, nem livro deixou, e nada mais os aproxima. O poema aqui reproduzido, de *Talvez poesia*, publicado em 1962, tem, no entanto, o mérito específico de tratar de um dos cenários mais importantes e menos literariamente representados da época do cativeiro, o mercado de escravos.

CECÍLIA MEIRELES (1901-1964)

Cecília Meireles — indubitavelmente a maior poetisa da língua portuguesa, sem menosprezar outros nomes de brasileiras ou de lusitanas, da grandeza de uma Florbela Espanca ou de uma Sophia de Mello Breyner Andresen — nasceu no Rio de Janeiro, em 1901, de família, pelo lado materno, de origens açorianas. Tendo perdido o pai antes do nascimento, e a mãe aos 3 anos de idade, foi criada por sua avó materna, D. Jacinta Garcia Benevides. Ainda estudante na Escola Normal estreou com *Espectros*, em 1919, livro inencontrável por muitos anos, até a sua redescoberta e edição fac-similar por intermédio de Antonio Carlos Secchin, em 2001. Casou-se, em 1921, com o artista plástico português Fernando Correia Dias, com quem teve três filhas. Seu marido, amigo de Fernando Pessoa, com o qual ela protagonizou o célebre episódio de um encontro falhado na sua primeira viagem a Portugal, em 1934 — momento em que este lhe deixou um exemplar dedicado de *Mensagem* —, suicidou-se no ano seguinte. Viúva, mãe de três filhas, voltou a casar-se, em 1940, com Heitor Grillo. Educadora, folclorista, jornalista, cronista, tradutora, defensora militante da causa da Escola Nova, exerceu a mais dinâmica atividade nos assuntos culturais brasileiros durante toda a sua vida. Se *Espectros*, publicado aos 18 anos, compõe-se de dezessete sonetos (um em alexandrinos, os outros em decassílabos) de corte parnasiano, sobre personagens bíblicos ou históricos, formalmente muito bem-feitos, seus dois livros seguintes, *Nunca mais... e Poema dos poemas*, de 1923, e *Baladas para El-Rei*, de 1924, indicavam uma derivação evidente para uma estética neossimbolista. Sua obra madura se inicia, no entanto — como ela mesma deixou claro ao organizar, em 1958, a sua *Obra poética* —, com *Viagem*, publicado em Lisboa, em 1939. Tal livro marca a aparição da maior poetisa brasileira de qualquer época, senhora de um estilo completamente pessoal dentro do modernismo brasileiro, no qual, entre a forma fixa e o verso livre, desfilam todas as possibilidades formais do idioma, com sutis influências ibéricas e portuguesas, dos cancioneiros até a contemporaneidade, resultando num vasto e libérrimo arsenal de processos expressivos através do qual se materializaria o que de mais próximo à noção de *poésie pure* se escrevera no Brasil. De fato, a poesia típica de Cecília Meireles independe de qualquer "cor local" — tão em voga na época — ou mesmo de quaisquer referências exteriores, e se constrói sobre um encontro perfeito de sonoridade, sentido, imagens, comparações e metáforas, sem jamais perder, no que isto sugere de impalpável, o mais denso conteúdo humano.

O segundo poema de *Viagem*, "Motivo", tornou-se uma espécie de brasão da autora, e uma das mais belas definições da poesia em nossa literatura:

Eu canto porque o instante existe
e a minha vida está completa.
Não sou alegre nem sou triste:
sou poeta.

[...]

Sei que canto. E a canção é tudo.
Tem sangue eterno a asa ritmada.
E um dia sei que estarei mudo:
— mais nada.

Poucos poetas no Brasil surgiram de um húmus de tal maneira ancestral da índole da nossa língua, e poucos conseguiram ser, paradoxalmente, mais modernos, e, a negação disto, mais libertos de uma marca cronológica. A poesia intemporal de Cecília Meireles, que se inaugura com *Viagem*, viria a dar, por outro paradoxo, o maior poema histórico — ou melhor, poema sobre a História — da literatura brasileira, o *Romanceiro da Inconfidência*. Se um Carlos Drummond de Andrade, especialmente o de *A rosa do povo*, transformava a matéria direta de uma das décadas mais dramáticas do século XX em grande poesia, a obra de Cecília só esporadicamente veio a refletir acontecimentos imediatos, construindo-se a despeito ou acima do evento e de toda a narratividade direta. Era o mundo dos que dele se libertaram, nele permanecendo, como bem retrata o impressionante poema "Estirpe".

Viagem, aliás, foi o pivô de um episódio conhecido como o "Escândalo da Academia Brasileira de Letras", instituição que o premiou após uma defesa justíssima, violenta e polêmica por parte de um dos membros do júri, Cassiano Ricardo, contra outros pretendentes muito inferiores, mas que tinham seus respectivos defensores no mesmo júri.

Seu livro seguinte, *Vaga música*, perseverava na mesma linha de *Viagem*, a poesia mais alta e mais limpa escrita depois do advento do modernismo no Brasil, e que, no entanto, alcançou, por seus inumeráveis momentos antológicos, uma popularidade que se julgaria difícil pelo que há nela de aristocrático, embora a maior parte dessa vasta obra nunca tenha sido apreciada em todas as suas complexidades. A presença marinha, esse quase atavismo lusitano, domina o início de *Vaga música*, em poemas como "Epitáfio da navegadora", "O Rei do Mar" ou "Pequena canção da onda", aos quais se seguiam não poucas obras-primas, como "Vigília do Senhor Morto", "Lembrança rural", "Velho estilo" ou o belíssimo "Memória".

A forma deste último poema, derivada, aliás, do *romance viejo*, em que será escrito todo o *Romanceiro da Inconfidência*, e que foi da maior importância na obra de tantos grandes poetas brasileiros — Manuel Bandeira, Mário de Andrade, Vinicius de Moraes —, é uma das mais fundamentais na obra de Cecília Meireles. Se ainda em *Vaga música* encontramos um poema mais ligado à experiência concreta, com um ar mais "modernista", como "*Mexican list and tourists*", o estilo realmente característico da poetisa retornava, com a forma da qual falamos, num poema quase surrealista como "Alucinação".

O livro seguinte, *Mar absoluto e outros poemas*, de 1945, representa o apogeu de sua poesia especificamente lírica, deixando à parte, pela narratividade e pelo referencial, o *Romanceiro da Inconfidência*, possivelmente a sua obra-prima. O verso livre pleno abre o livro, com o poema que lhe dá título, e voltará a marcar alguns dos seus mais fortes momentos. Um soneto, por sua vez, em apenas duas rimas, "Museu", de inegável índole simbolista, lembrando algo do Fernando Pessoa paúlico, aparece no livro, um dos poucos da obra madura da autora, assim como "2º motivo da rosa", que intercala rimas consoantes com toantes. Momento dos mais altos de toda a poesia em língua portuguesa viria logo depois, na mencionada forma do romance, com "Blasfêmia". Este monólogo do falso arrependimento de um pecador corroído pela lepra, numa tentativa dissimulada e inútil de subornar a divindade, é provavelmente o poema mais trágico da poesia brasileira, de ressonâncias gregas numa ambiência totalmente nacional, dir-se-ia mineira.

O verso livre se mantém em numerosos poemas do livro, como o belo "Lamento do oficial pelo seu cavalo morto", até chegar ao extraordinário poema final, a "Elegia, 1933-1937", dividido em oito partes, em homenagem à avó que criara a autora, no ensejo da exumação dos seus ossos. É o maior poema de linha rilkiana da poesia brasileira, a mais bela elegia escrita entre nós desde "Cântico do Calvário", de Fagundes Varela. De Rilke, aliás, Cecília traduziria uma das obras mais populares, *A canção de amor e de morte do porta-estandarte Cristóvão Rilke*, em 1947.

Após *Mar absoluto*, *Retrato natural*, de 1949, marca um certo retorno à musicalidade pura, assim como *Amor em Leonoreta*, de 1951, representa uma aproximação à forma dos Cancioneiros. O verso livre domina, embora não totalmente, os belos *Doze noturnos da Holanda*, do ano seguinte. Em 1953, pela Livros de Portugal, vem à luz esse monumento sem paralelo da literatura brasileira que é o *Romanceiro da Inconfidência*, longamente idealizado e composto pela autora. O que faz a grandeza ímpar desse livro, além, evidentemente, da mais alta tensão poética sustentada de um extremo a outro da obra e da sua exata arquitetura, é o modo como, de um episódio histórico — o mais emblemático do Brasil, e o que mais literariamente deu ensejo a variadas tentativas literárias que não atingiram a altura possível, do *Gonzaga*, de um poeta genial como Castro Alves, ao *Os inconfidentes*, de um poeta menor como Goulart de Andrade, entre tantos outros —, Cecília Meireles criou uma obra sem igual sobre o tema em si, assim como sobre o acaso, a sorte, o destino, o aleatório de toda vida humana, a História, enfim, com H maiúsculo. Sem se tratar de uma epopeia, podemos dizer que é o livro que, na poesia brasileira, mais cumpre tal papel, pela transmutação heroica da base real, pela altura, ou a baixeza, outorgadas a personagens como o Tiradentes ou Joaquim Silvério dos Reis, o traidor, assim como pelo caráter brilhantemente aforístico dos versos, coisa típica das epopeias plenamente realizadas. Isso, afirmamos, no que se refere ao épico em versos, já que duas obras monumentais, mas em prosa, são como as nossas duas epopeias nacionais, *Os sertões* e *Grande sertão: veredas*, pelo titanismo, o caráter bélico e o *pathos* épico que dominam a narrativa histórico-militar de Euclides da Cunha e o romance de Guimarães Rosa. O *Romanceiro da Inconfidência*, diferentemente, é de índole mais trágica do que épica, e inclusive o primeiro propósito da autora, ao se dedicar a um estudo exaustivo sobre o episódio e a época, era o de escrever uma obra teatral.

Esse poema extremamente viril, criado por uma mulher, abre-se com uma "Fala inicial" que se vai ligar diretamente à sublime "Fala aos inconfidentes mortos", que o encerra, ambos dos maiores momentos do lirismo nacional. Em seguida Cecília Meireles delineia o "Cenário", magistral poema em *terza rima* que, como diz seu título, desenha o espaço cênico dessa obra de teor fortemente dramático. As obras-primas se sucedem nos diversos "romances" do livro, assim como em seus intermédios. O completo artificialismo arcádico é descrito no admirável romance XX, "Do país da Arcádia".

A grande doçura lírica que delineia um romance como este transforma-se, na "Fala aos pusilânimes", em versos agora brancos, de nove sílabas, numa das mais violentas diatribes em verso já escritas em português. O caráter aforístico domina tudo, em definições inesquecíveis, e que hoje correm de boca em boca, como nestes quatro versos do romance XXIV, ou "Da bandeira da Inconfidência":

[...]
Liberdade — essa palavra
que o sonho humano alimenta:
que não há ninguém que explique
e ninguém que não entenda!)
[...]

Se uma das maiores caracterizações psicológicas se encontra no retrato do traidor, no romance XXXIV, ou "De Joaquim Silvério", o momento da maior transcendência heroica está no romance XXVII, ou "Do animoso Alferes", descrição, sem igual, na nossa poesia, daquela espécie de alegria trágica que toma conta do herói no momento em que se percebe perdido, estado psicológico quase religioso, por poucos tão bem descrito, na literatura do século XX, como por um autor como Nikos Kazantzákis nalguns dos seus romances.

O antepenúltimo poema, o romance LXXXIV, ou "Dos cavalos da Inconfidência", magnífica visão, pelo lado das alimárias, de toda a tragédia humana até ali narrada, é outro das maiores realizações da nossa poesia, assim como a já lembrada "Fala aos inconfidentes mortos", que ergue o poema acima de toda a sua contingência originária, a partir da metáfora material da mineração, finalizando o livro com um *pathos* incomparável.

Se em *Canções*, de 1956, assim como em *Metal rosicler*, de 1960, a poesia de Cecília Meireles retorna mais uma vez à pura musicalidade, depois do *tour de force* do *Romanceiro da Inconfidência*, no qual o material histórico básico, de certa maneira, atou a uma base concreta o imponderável tão característico da sua arte, outras obras com motivação externa, agora oriundas de uma experiência pessoal, são os *Poemas escritos na Índia* — país que, como aliás todo o Oriente, sempre fascinou a autora —, bem como os *Poemas italianos*, ou o pequeno *Pistoia, cemitério militar brasileiro*. Já em *Solombra*, de 1963, livro composto por um único poema longo, parece ressurgir o influxo rilkiano. Espécie de poema de despedida, para seu marido Heitor Grillo, é o comovente "Cantar de vero amor", na forma paralelística dos cantares de amigo, de 1964, ano da sua morte, depois recolhido nos *Poemas III*. Do mesmo ano é *Ou isto ou aquilo*, um dos melhores conjuntos de poemas para crianças aparecidos no Brasil. Sua obra poética, imensa, a mais vasta, junto com a de Carlos Drummond de Andrade, entre as dos poetas brasileiros do século XX, é um reservatório inesgotável de surpresas, de riqueza técnica e expressiva e da mais alta poesia.

MURILO MENDES (1901-1975)

Murilo Mendes, nascido em Juiz de Fora, Minas Gerais, perdeu a mãe com um ano de idade, sendo criado pela madrasta. Em 1917, aluno de um colégio interno em Niterói, foge do mesmo, tornando-se, para a família, uma espécie de *enfant gaté*, sem solução biográfica à vista. Em 1921, finalmente, consegue um emprego como arquivista do Ministério da Fazenda, na mesma época em que conhece o pintor Ismael Nery, que exercerá sobre ele uma influência decisiva. Após passar por vários empregos e escrever em diversos jornais, estreia em 1930 com *Poemas*, livro que recebe o Prêmio Graça Aranha. Escreve em seguida o auto em verso "Bumba-meu-poeta", que será publicado em São Paulo, na *Revista Nova*. De 1932 é *História do Brasil*, curioso livro satírico sobre os fastos da pátria, que o poeta depois retiraria de sua obra. Em 1934, no momento da morte de seu grande amigo Ismael Nery, tem uma crise mística que o leva a converter-se ao catolicismo. No ano seguinte publica, a quatro mãos com Jorge de Lima, *Tempo e Eternidade*. A partir daí fundem-se em sua poesia, de forma muito curiosa — o que parcialmente aconteceria também com Jorge de Lima —, uma vertente surrealista e a militância católica, coisa inimaginável no ambiente original do movimento, onde ambos seriam instantaneamente anatematizados e excomungados pelo papa do mesmo, André Breton. Após casar-se com a filha do historiador português Jaime Cortesão, a também poetisa Maria da Saudade, transfere-se para a Europa em 1954, inicialmente para a Bélgica e a Holanda, e a partir de 1957, para a Itália, como professor de cultura brasileira na Universidade de Roma, além de notável crítico de arte, até vir a falecer em Lisboa.

Sua estreia em *Poemas*, no mesmo ano do *Alguma poesia* de Carlos Drummond de Andrade, marca uma data de grande importância, pela marcante liberdade do livro, desde a paródia modernista, no poema de abertura, "Canção do exílio", mais uma das inumeráveis paródias ao poema de Gonçalves Dias, até diversas composições onde o uso de imagens oriundas do inconsciente já permite o rótulo de surrealista, como "Saudação a Ismael Nery" ou "História sobrenatural". A partir do livro seguinte, o auto "Bumba-meu-poeta", a expressão do autor é dominada por uma forma próxima, sem ser exata, das redondilhas, que não rende tanto como o seu verso livre, isso até *O visionário*, de 1941, com incursões periódicas no poema-piada, como nesse dístico da *História do Brasil*:

HOMO BRASILIENSES

O homem
É o único animal que joga no bicho.

Em *Tempo e Eternidade*, onde sua colaboração é numericamente menor que a de Jorge de Lima, aproxima-se Murilo Mendes de um verso livre mais largo, típico da poesia de expressão católica dessa década. Na verdade, os dois amigos poetas alcançam uma certa semelhança expressiva nesse livro conjunto, que se desmanchará em seguida. A fusão de Surrealismo com catolicismo continuará plena em *A poesia em pânico*, de 1938, assim como em *As metamorfoses*, de 1944, onde no verso livre já plenamente dominante é insuflado certo tom apocalíptico, talvez parcialmente motivado pela contemporaneidade com a Guerra, ao mesmo tempo que um certo barroquismo começa a se delinear, como se comprova pelo justamente nomeado "Poema barroco", do livro seguinte, *Mundo enigma*, de 1945, iniciado, aliás, parodiando o célebre fragmento do poema de Parmênides:

> Os cavalos da aurora derrubando pianos
> Avançam furiosamente pelas portas da noite.
> Dormem na penumbra antigos santos com os pés feridos,
> Dormem relógios e cristais de outro tempo, esqueletos de atrizes.
> [...]

Em *Poesia liberdade*, de 1947, o elemento religioso parece diminuir a sua presença. Seus *Sonetos brancos*, por sua vez, da segunda metade da década de 1950, são na verdade mais ou menos do que sonetos brancos, pois não apenas renunciam à rima como à métrica, oferecendo um resultado esteticamente decepcionante — como é comum em alterações de formas fixas seculares —, semelhante ao alcançado por Augusto Frederico Schmidt, seguindo a mesma proposta formal, em *Babilônia*. Mudança total no estilo do poeta é a que se manifesta em *Contemplação de Ouro Preto*, publicado em 1954. Usando a forma do romance, ou dele derivada de perto, o lirismo desse livro parece de certa maneira atropelado, podemos usar esta expressão, pelo do *Romanceiro da Inconfidência*, de Cecília Meireles, absolutamente superior dentro da mesma temática e quase na mesmíssima data, o que também ocorreu em relação a Henriqueta Lisboa. A superioridade lírica, formal, estrutural e metafórica do livro de Cecília é de uma evidência quase escandalosa.

O contato com a velha Europa domina *Tempo espanhol* e *Siciliana*, ambos de 1959. Se *Meditação de Ouro Preto* parece diminuído esteticamente pelo *Romanceiro da Inconfidência*, *Tempo espanhol* fica em situação semelhante se comparado aos extraordinários poemas ibéricos, ou mais especificamente andaluzes, de João Cabral de Melo Neto. Trata-se, no entanto, no caso desses livros, de bela poesia de perfil humanista, como na sua "Meditação de Agrigento", de *Siciliana*.

Convergência, de 1970, é o momento de aproximação de Murilo Mendes à poesia das vanguardas brasileiras de então, na interessante série de poemas dedicados a escritores e artistas, intitulados "Murilogramas", e sobretudo na segunda parte do livro, "Sintaxe", fortemente construída sobre a reiteração e a semelhança dos vocábulos, num processo que se aproxima da Poesia Práxis. A obra poética de Murilo Mendes, muito, talvez excessivamente vasta, cobre uma gama imensa de possibilidades expressivas. O lado surrealista desse conjunto, talvez o mais ponderável do gênero no Brasil, beneficia-se, como é típico do uso do inconsciente, da riqueza de imagens inusitadas, ao mesmo tempo que sofre com a facilidade inesgotável da fonte das mesmas. Há sempre algo com um ar de aleatório na riqueza desse veio interminável, como é possível comprovar analisando-se as alterações feitas nos poemas por seu autor, na magnífica edição crítica organizada por Luciana Stegagno--Picchio. Essa riqueza mantém o fascínio de sua poesia para além de todas as contingências que nela se traduzem.

AUGUSTO MEYER (1902-1970)

O gaúcho Augusto Meyer, de obra mais sólida como crítico do que como poeta, iniciou a sua atividade lírica no princípio da década de 1920, especialmente com sonetilhos de sete sílabas retratando a paisagem gaúcha, espécie de "Cromos" *à la* B. Lopes, em outro registro. Sua adesão ao modernismo, com domínio agora quase total do verso branco, se define nos livros *Coração verde*, de 1926, e *Giramundo*, de 1928. *Duas orações*, de 1928, especialmente por causa da primeira, a "Oração ao Negrinho do Pastoreio" aqui reproduzida, representa um retorno mais lírico aos temas guascas. *Poemas de Bilu*, seu livro mais conhecido, é do ano seguinte. Nunca conseguimos compreender o prestígio desse livro, para nós de grande indecisão formal e ineficácia estética, entre seus companheiros de geração. Abre-se o mesmo por uma "Balada-prefácio" calcada humoristicamente numa das mais célebres baladas de Villon. O resto do livro deriva entre o folclórico, o extremo coloquial e o às vezes erudito, sem apontar um rumo claro. *Literatura e poesia*, de 1931, assim como *Folhas arrancadas*, que aparece em seguida, são tentativas de poema em prosa, com um toque surrealista, mas raramente atingem a rara definição dessa forma. Os "Últimos poemas", constantes da edição das *Poesias* de 1957, talvez reúnam algumas das melhores peças do poeta, como a "Elegia do Arpoador", em homenagem a Camões.

CARLOS DRUMMOND DE ANDRADE (1902-1987)

Carlos Drummond de Andrade nasceu em Itabira, cidade de Minas Gerais famosa pelo minério de ferro, pelo pico que lhe deu nome, e sobretudo pelo poeta, o seu filho mais ilustre. De uma família de fazendeiros, estuda as primeiras letras em sua cidade natal, depois se transfere para um internato em Belo Horizonte, e finalmente para o Colégio Anchieta, em Nova Friburgo, de onde é expulso por "insubordinação mental" em 1919. Em 1924, já exercendo atividades jornalísticas na capital mineira, conhece Mário de Andrade, Oswald de Andrade e Tarsila do Amaral, que viajavam com Blaise Cendrars. Em 1925, ano em que se forma em Farmácia e se casa, funda *A Revista*, órgão modernista. Em 1927 nasce seu primeiro filho, que morre horas depois. No ano seguinte publica o poema "No meio do caminho", na *Revista de Antropofagia*, causando um dos maiores escândalos literários da história do modernismo. Em 1930 estreia em livro com *Alguma poesia*, e em 1934 transfere-se definitivamente para o Rio de Janeiro, como chefe de gabinete de seu amigo Gustavo Capanema, ministro da Educação e Saúde. Em 1945, por convite de Rodrigo Melo Franco de Andrade, passa a trabalhar na então denominada Diretoria do Patrimônio Histórico e Artístico Nacional, órgão do qual se aposenta em 1962. Toda a sua vida no Rio será marcada por intensa atividade literária e jornalística, até a sua morte, doze dias após o falecimento da sua filha única, Maria Julieta.

Alguma poesia vinha revelar, para quem já não a conhecia da imprensa, uma das poesias mais pessoais do Brasil, pela emergência direta da mais desataviada cotidianidade, pelo disseminado humor, por um verso livre que às vezes se firmava como tal, enquanto em outras tangenciava uma possível forma fixa não cumprida. A fragmentação domina o poema de abertura, o antológico e autobiográfico "Poema de sete faces":

Quando nasci, um anjo torto
desses que vivem na sombra
disse: Vai, Carlos! ser *gauche* na vida.
[...]

No poema seguinte, "Infância", que começa pelo verso "Meu pai montava a cavalo, ia para o campo", têm entrada duas das grandes obsessões do poeta, a figura paterna e a família, assim como no seguinte, "Casamento do céu e do inferno", deparamo-nos com imagens que devem ter causado a maior estranheza, como "a lua irônica / diurética". Em "Europa, França e Bahia" reaparece, por sua vez, o recorrente vezo modernista de parodiar ou citar a "Canção do exílio", de Gonçalves Dias.

A presença da província natal, outra das obsessões de Drummond, aparece em "Lanterna mágica", "Cabaré mineiro", "Sesta" e "Romaria", poema todo composto em quadras brancas e soltas, com uma sutil mas não real aproximação de medidas. Pequeno poema sobre o desconcerto e o aleatório da vida humana, que se tornou célebre, é "Quadrilha", de ideia muito semelhante, aliás, a um poema de José Asunción Silva, "*Idilio*", que Drummond seguramente não deve ter lido. "No meio do caminho", escrito, por confissão do autor, como um exercício das possibilidades expressivas da reiteração de poucos elementos, é a consagração efetiva da pedra do escândalo.

Brejo das almas, cujo título e sobretudo a sua justificativa não deixam de constituir um poema, vem à luz em 1934, seguindo ainda de perto o estilo de *Alguma poesia*, embora num poema como "O voo sobre as igrejas" apareça uma forma de grandiosidade e de força como não se encontravam no livro anterior. Em "As namoradas mineiras", por sua vez, reaparece o poema em quadras brancas e soltas que encontráramos em "Romaria", numa espécie de indecisão entre o verso livre e o medido. Em *Sentimento do mundo*, que é lançado em 1940, numa tiragem de apenas 150 exemplares, começa a se delinear a segunda fase da poesia drummondiana, no poema inicial, que dá título ao livro, e, sobretudo, no célebre e perfeitamente autobiográfico "Confidência do itabirano", poema em que a "vida que poderia ter sido e que não foi" de Manuel Bandeira reaparece no grande poeta mineiro, que aliás o homenageia, no mesmo livro, com a longa e bela "Ode no cinquentenário do poeta brasileiro". O humor, tão presente nos dois livros iniciais, cede lugar quase totalmente a uma gravidade crescente e a uma preocupação com o real que se delineia no poema em prosa "O operário no mar", em "Os ombros suportam o mundo", em "Elegia 1938", e sobretudo em "Mundo grande", onde a declaração do verso inicial "Não, meu coração não é maior do que o mundo" é como uma palinódia para a declaração do "Poema de sete faces": "Mundo mundo vasto mundo, mais vasto é meu coração", na verdade glosa de um verso célebre de Tomás Antônio Gonzaga. O humor do indivíduo livre desaparece perante a sua responsabilidade como ser coletivo, ser político. *Sentimento do mundo*, de fato, é publicado num dos momentos mais sombrios da Segunda Guerra Mundial, que encontraria seu maior cantor, no Brasil, justamente no Drummond de *A rosa do povo*.

O livro seguinte, *José*, que não terá edição independente, aparecendo na primeira edição das *Poesias*, em 1942, marca mais um passo no encaminhamento de Drummond para o estilo que dominará o seu livro seguinte. "José", o poema que dá título à obra, e cujo verso final tornou-se proverbial, é uma parábola admirável sobre o indivíduo encurralado na contingência desesperada. A figura paterna, por sua vez, retorna em "Viagem na família", que seria magistralmente musicado por Villa-Lobos. *A rosa do povo* sai no último ano da Guerra, 1945, e é, ao lado de *Claro enigma*, o apogeu da obra do poeta, assim como o apogeu da sua preocupação social e mesmo política. Já no final da "Consideração do poema", que abre o livro, surge um Drummond militante como nunca reencontraremos mais tarde:

[...]
Já agora te sigo a toda parte,
e te desejo e te perco, estou completo,
me destino, me faço tão sublime,
tão natural e cheio de segredos,
tão firme, tão fiel... Tal uma lâmina,
o povo, meu poema, te atravessa.

Estrofe, aliás, que mostra essa característica drummondiana, uma certa indecisão entre o verso livre e o medido, coisa que nunca encontraremos em Manuel Bandeira ou Cecília Meireles, por exemplo, poetas que tiveram um princípio simbolista, ao contrário de Drummond, que surgiu como poeta inteiramente dentro do estilo da nova escola. Obra-prima indubitável é "Carrego comigo", poema que quase inaugura um processo de transformar as coisas mais comezinhas, ou um *fait divers* imaginário, em grandes metáforas de estados muito complexos. O auge da militância de esquerda do poeta está, no entanto, no oitavo e último trecho de "Nosso tempo", revelador de um momento de certezas que nunca mais voltará:

> O poeta
> declina de toda responsabilidade,
> na marcha do mundo, capitalista,
> e com suas palavras, intuições, símbolos e outras armas
> promete ajudar
> a destruí-lo
> como uma pedreira, uma floresta,
> um verme.

Ao mesmo tempo aparecem, pela primeira vez, sonetilhos na obra de Drummond, como "Áporo" ou "O poeta escolhe seu túmulo", prenunciando a grande importância que as formas fixas tomarão no seu livro seguinte. Após uma obra-prima como "Resíduo", surge outra obra-prima de impossível classificação, o magistral "Caso do vestido", poema narrativo, altamente dramático, na verdade dialogal, escrito em dísticos de heptassílabos. Pouco depois dele nos deparamos com a "Morte do leiteiro", exemplo insuperável do processo, que já comentamos, de transformar um acontecimento imaginário ou não, um *fait divers*, uma notícia de jornal, na metáfora de outra coisa. O final do poema, que se encerra no mais alto lirismo, é mais um exemplo da indefinição drummondiana entre o verso medido e o livre.

> [...]
> Da garrafa estilhaçada,
> no ladrilho já sereno
> escorre uma coisa espessa
> que é leite, sangue... não sei.
> Por entre objetos confusos,
> mal redimidos da noite,
> duas cores se procuram,
> suavemente se tocam,
> amorosamente se enlaçam,
> formando um terceiro tom
> a que chamamos aurora.

Estrofe na qual apenas o antepenúltimo verso sai do esquema de redondilhas maiores brancas, e cuja sonoridade nos recorda, muito de perto, a extraordinária fala do velho tupi na sétima seção do "I-juca-pirama", de Gonçalves Dias. Momento à parte dentro do livro é o representado pelos poemas de guerra. Se Manuel Bandeira escrevera: "Não faço versos de guerra / Não faço porque não sei", Drummond o sabia demasiadamente, como comprovamos através de "Carta a Stalingrado", "Telegrama de Moscou", "Mas viveremos", "Visão 1944", e, acima de todos, "Com o russo em Berlim", em quadras brancas compostas por três decassílabos seguidos por um hexassílabo como refrão, não apenas o maior poema inspirado pela Segunda Grande Guerra no Brasil, como dos maiores oriundos do conflito na literatura ocidental.

Grande poema, de encerramento do livro, é o "Canto ao homem do povo Charles Chaplin", um dos ídolos de sempre do poeta. *Novos poemas*, aparecido na primeira edição de *Poesia até agora*, em 1948, marca uma transição perfeita para *Claro enigma*, de 1951, provavelmente o maior livro de Carlos Drummond de Andrade. A forma fixa se solidifica definitivamente em sua obra, inclusive através de numerosos e extraordinários sonetos, entre eles "Legado", que trata justamente do seu poema mais célebre, "No meio do caminho", agora à distância de tudo que fosse proposição do primeiro modernismo, não esquecendo o "Sonetilho do falso Fernando Pessoa", o mais que original "Oficina irritada", "Entre o ser e as coisas", o belíssimo "Fraga e sombra", e o extraordinário soneto para o pai, "Encontro".

Poema curto, em tercetos de cinco sílabas e impressionante beleza, é "Memória", por tantos sabido de cor. Na quarta parte do livro, "Selo de Minas", onde se destaca o magistral "Os bens e o sangue", mais uma obra-prima sobre a sua família, encontra-se o mais belo poema sobre o tempo em toda a obra drummondiana, "Morte das casas de Ouro Preto", em septetos de heptassílabos, com rimas consoantes ou toantes em posicionamento livre, curiosamente pouco lembrado.

Mas o maior poema sobre o tema de família, a obra-prima definitiva, na obra do poeta e em toda a poesia brasileira, é o longo e genial "A mesa", reunião fantasmal dos vivos e dos mortos de uma mesma estirpe, um dos ápices da nossa literatura. Após ele, fechando o livro, sucedem-se mais duas obras-primas, "A máquina do mundo", extraordinário poema narrativo em tercetos de decassílabos brancos magistrais, e "Relógio do Rosário", onde se sente certo influxo de Paul Valéry, difuso, aliás, em outros momentos do livro, ao qual ele empresta a epígrafe, ao lado do de Fernando Pessoa.

Em *Fazendeiro do ar e poesia até agora*, de 1954, a forma fixa mantém sua forte presença, ao lado de um admirável poema em prosa como "Morte de Neco de Andrade" e da grande "Elegia", que lembra sutilmente, pela solene sonoridade, alguns dos poemas longos da obra lírica de Camões. Na mesma edição vem à luz *A vida passada a limpo*, onde se encontra o admirável "Especulações em torno da palavra homem" e o grande poema, em todos os sentidos, "A um hotel em demolição", uma das grandes meditações, curiosamente encerrada com um soneto, de Carlos Drummond de Andrade sobre a vida humana e a passagem das coisas, originado pelo fato banal da demolição do velho Hotel Avenida, na Avenida Rio Branco, ex-Avenida Central, no Rio de Janeiro.

Em *Lição de coisas*, de 1962, no qual o poeta lança mão de certos processos das vanguardas, há o ato "O padre e a moça", o grande poema-cartaz "A bomba", e, momento de intenso lirismo em meio ao resto, o soneto "Carta", escrito para sua mãe, *pendant* do "Encontro" de *Claro enigma*. *A falta que ama*, de 1968, e *As impurezas do branco*, este editado em 1973, marcam uma certa queda de voltagem poética em relação aos livros anteriores, ou melhor, marcam o início de uma espécie de jornalismo em verso, às vezes com grandes resultados, às vezes tangenciando um certo prosaísmo, embora os grandes poemas continuem a existir em ambos os livros. As três partes de *Boitempo*, editadas a partir de 1968, marcam uma interessante experiência de memórias em versos, com alguns poemas extraordinários. *Viola de bolso*, por outro lado, cuja primeira edição data de 1952, reúne alguns grandes poemas, às vezes sob uma aparência circunstancial, como "Inventário", "Obrigado", o "Soneto da buquinagem", "Caso pluvioso" ou o extraordinário "Apelo aos meus dessemelhantes em favor da paz". *O amor natural*, publicado postumamente no ano 2000, revelou ao público os poemas de conteúdo erótico de Drummond, notáveis às vezes tanto pela crueza quanto pelo humor.

    A obra poética de Carlos Drummond de Andrade, imensa, é um repositório inesgotável de muito da nossa grande poesia de qualquer época, ainda que algumas vezes desigual, sem a limpeza, podemos dizer, ou a linha muito coerente da obra de um Manuel Bandeira ou de uma Cecília Meireles. Embora tenha tido momentos mais prosaicos ou desníveis a que não chegaram outros grandes poetas nacionais, seus recursos poéticos são virtualmente infinitos, cobrindo todas as maneiras possíveis e imagináveis de se escrever poesia, o mesmo em relação à largueza humana de sua visão do mundo, que se dissemina também pela sua excelente prosa, tudo, em conjunto, elevando-o ao monumental clássico que de fato é.

SOLANO TRINDADE (1908-1974)

Poeta de temática social e militante, o ator e artista plástico pernambucano Solano Trindade se expressou através de uma poesia muito simples, sem perder a qualidade, e de fácil assimilação. Filho de um sapateiro do Recife, participou desde muito novo de atividades folclóricas e culturais, transferindo-se mais tarde para Duque de Caxias, na Baixada Fluminense. Entre 1944 e 1961 enfeixou sua obra poética em três livros. Em 1965 faz um pequeno mas importante papel numa das obras-primas do cinema brasileiro, *A hora e vez de Augusto Matraga*, de Roberto Santos.

Seu poema mais icônico, o célebre "Tem gente com fome", onomatopeia do som dos trens proletários da Leopoldina, teve grande repercussão. Ativista da causa negra, e não só dela, seu "Navio negreiro" inverte para uma percepção orgulhosa o tema genialmente tratado por Castro Alves em sua "Tragédia no mar".

JOSÉ PAULO PAES (1926-1998)

Nascido em Taquaritinga, no interior de São Paulo, José Paulo Paes estudou química industrial em Curitiba, trabalhando depois num laboratório farmacêutico. Estreia em 1947, com o livro *O aluno*. Em 1949 se transfere para a capital do seu estado natal, onde passa a colaborar em diversos órgãos de imprensa. A partir de 1963 exerce a função de editor, na importante Editora Cultrix.

Na década de 1980, passa a dedicar-se especialmente à tradução, tornando-se um dos maiores tradutores de poesia no Brasil, país especialmente rico nessa dificílima habilidade. Além da poesia e da tradução de poetas estrangeiros de diversos idiomas, dedicou-se igualmente à poesia para crianças e à ensaística.

CARLOS DE ASSUMPÇÃO (1927)

Nasceu na cidade de Tietê, São Paulo, em 1927, onde concluiu o Curso Normal. Transferindo-se para Franca, formou-se em Direito e Letras.

Em 1958, no 70º aniversário do 13 de Maio, recebeu o título de Personalidade Negra, da Associação Cultural do Negro, de São Paulo. Em 1982 ganhou o primeiro lugar no Concurso de Poesia Falada, de Araraquara, com o poema "Protesto".

Colaborou em diversos órgãos de imprensa, bem como nos *Cadernos Negros*.

ARIANO SUASSUNA (1927-2014)

Apesar de sempre ter sido mais conhecido pela obra de dramaturgo e ficcionista, Ariano Suassuna foi grande poeta, com obra que se utiliza de formas populares como o romance, a sextilha ou o martelo, até formas eruditas como o soneto. Nesta forma merecem especial destaque os sonetos que, ilustrados pelo próprio autor, deram origem às duas séries de suas *Iluminogravuras*. Trata-se de vinte sonetos, medularmente brasileiros, que se aproximam, por uma inequívoca genealogia estética, de certa grande poesia do pós-simbolismo português, a poesia paúlica, a poesia do Paulismo, o primeiro dos movimentos estéticos que a inquietude genial de Fernando Pessoa imaginou, justamente batizado a partir de um poema intitulado "Pauis". Tal maneira poética encontra-se no Fernando Pessoa ele mesmo — especialmente no poema mencionado e nos sonetos de "Os Passos da Cruz" —, em Mário de Sá-Carneiro e também em Alfredo Pedro Guisado, assim como em outros poetas menores da mesma década de 1910. A audácia das metáforas, a aproximação violenta, muitas vezes explicitada pelo uso de hifens, de termos aparentemente afastados gramatical e conceitualmente, o uso disseminado e bastante simbolista de maiúsculas, o cunho hierático do todo, parecem confirmar tal afirmação. A diferença é que aquilo que nos grandes poetas portugueses mencionados se constrói comumente sobre um medievalismo ou sobre uma paisagem muito lusitanos, em Ariano Suassuna se constrói sobre um outro medievalismo e uma outra paisagem, os do sertão mítico igualmente heráldico, hierático, armorial em suma. Exemplo do caráter autobiográfico das *Iluminogravuras* pode ser encontrado no soneto da primeira série, "Dez sonetos com mote alheio", de 1980, que começa pelo verso "Aqui morava um Rei quando eu menino", dos mais belos da poesia brasileira, inspirado no assassinato do pai do autor, ex-governador da Paraíba, em meio aos conflitos que se seguiram à Revolução de 1930, quando o poeta tinha apenas 3 anos de idade.

Na segunda série, "Sonetos de Albano Cervonegro" (latinização e aportuguesamento do seu nome), de 1985, plasticamente mais rebuscada, mais barroca, podemos sentir, no último deles, algo como um fecho à viagem autobiográfica empreendida através das vinte *Iluminogravuras*, e que se inicia exatamente com um soneto intitulado "Viagem", com mote de Fernando Pessoa e a temática das viagens marítimas, origem de nosso país e de nosso povo.

O poema de Ariano Suassuna aqui reproduzido, "Ode a Capiba", embora trate mais genericamente do negro brasileiro, traz inequívocas menções à escravidão, inclusive ao tópico da travessia atlântica.

AFFONSO ÁVILA (1928-2012)

Nascido em Belo Horizonte, Affonso Ávila, além de poeta, foi o criador do Instituto Estadual do Patrimônio Histórico e Artístico de Minas Gerais (IEPHA/MG) e diretor do Centro de Estudos Mineiros, CEM, da UFMG. Organizou, em 1963, a Semana de Poesia de Vanguarda.

Estreia com *O açude*, em 1953. Exerceu duradoura atividade jornalística, colaborando em *O Estado de S.Paulo*, nas revistas *Vocação* e *Tendência*, das quais foi fundador, bem como na revista *Barroco*. Além da vasta e premiada obra poética, seus estudos sobre o barroco mineiro constituem obras clássicas sobre o tema.

WALMIR AYALA (1933-1991)

Nascido em Porto Alegre, Walmira Ayala perdeu a mãe, tragicamente, aos 4 anos de idade. Graduou-se em Filosofia no seu estado de origem, em 1954, ano de sua estreia em livro, transferindo-se em 1956 para o Rio de Janeiro, onde manteve uma notável presença cultural até a sua morte precoce.

 Polígrafo, mas notadamente poeta, dramaturgo ficcionista e importante crítico de arte, colaborou em numerosos órgãos de imprensa, tendo sido um dos autores mais premiados de sua geração. Da sua obra imensa, que vem sendo, ainda que de forma lenta, muito justamente redescoberta após a sua morte precoce, e que guarda títulos até hoje inéditos, interessa a este livro, especialmente, a sua *Memória de Alcântara*, de 1979. A respeito de Chico Rei deixou o autor um poema dramático assim intitulado, mas que foi composto em prosa.

ABELARDO RODRIGUES (1952)

Abelardo Rodrigues nasceu em Monte Azul Paulista. Publicou *Memória da noite*, 1978, *Memória da noite revisitada & outros poemas*, 2012, e *Atlântica dor: poemas 1979-2014*, este último diretamente ligado ao tema da escravidão, do qual o autor é um dos mais dedicados cultores contemporâneos.

 Foi cofundador do grupo Quilombhoje, participou dos *Cadernos Negros*, e tem vasta participação em antologias e revistas literárias no Brasil e no exterior.

EDIMILSON DE ALMEIDA PEREIRA (1963)

Importante poeta da geração que floresceu na década de 1980, Edimilson de Almeida Pereira nasceu em Juiz de Fora. É professor e mestre em Letras pela Universidade Federal da sua cidade natal, com doutorado na Federal do Rio de Janeiro e pós-doutorado em Literatura Comparada pela Universidade de Zurique.

 Estreou em 1985, com *Doramundo*, sendo autor de numerosos livros de poemas e importantes estudos sobre a cultura popular.

IACYR ANDERSON FREITAS (1963)

Autor de uma vasta obra como poeta, ficcionista e crítico, Iacyr Anderson Freitas nasceu em Patrocínio do Muriaé, Minas Gerais, transferindo-se depois para Leopoldina e Juiz de Fora. Em 1985 formou-se engenheiro na Universidade Federal desta cidade. Na mesma universidade receberá depois o título de mestre em Letras, com uma dissertação sobre a obra de Ruy Espinheira Filho.

Um dos mais notáveis poetas brasileiros da geração nascida na década de 1960, mas igualmente contista importante, tem obras suas traduzidas em numerosos idiomas e países.

CARLOS NEWTON JÚNIOR (1966)

Pernambucano do Recife, arquiteto, doutor em Literatura Brasileira, professor universitário, Carlos Newton Júnior é um dos mais importantes poetas brasileiros da sua geração. Após um período na Universidade Federal do Rio Grande do Norte, foi diretor de Literatura e Artes da Secretaria de Cultura do seu estado.

Em 2008 transferiu-se para o Departamento de Artes da Universidade Federal de Pernambuco. Autor de diversos livros de poesia e de crítica, é uma das maiores autoridades na obra de Ariano Suassuna, de quem foi aluno.

HENRIQUE MARQUES SAMYN (1980)

Henrique Marques Samyn, poeta, crítico e professor carioca, nasceu em 1980 e foi criado na Praça Seca, Zona Oeste do Rio de Janeiro. É professor do Instituto de Letras da UERJ. Pesquisador especialista em estudos sobre gênero e raça, coordena o premiado projeto LetrasPretas, voltado à divulgação da produção intelectual e cultural de mulheres negras. Foi crítico literário do *Jornal do Brasil*. Atualmente, colabora com o jornal *Rascunho* e é membro do conselho editorial da revista *Mahin*.

Seu livro *Levante*, de 2020, faz um dos mais metódicos e coerentes recenseamentos dos tópicos sobre a escravidão no Brasil, tema central da introdução do presente livro.

BIBLIOGRAFIA

ALBUQUERQUE, Medeiros e. *Canções da decadência*. Pelotas, Porto Alegre, Rio Grande: Carlos Pinto & Comp., 1889.
ALMEIDA. Guilherme de. *Toda a poesia*. 7 vols. São Paulo: Livraria Martins Editores S. A., 1952-1955.
ALVES, Castro. *Obra completa*. Org. Eugênio Gomes. Edição do Sesquicentenário. Rio de Janeiro: Nova Aguilar, 1997.
AMÁLIA, Narcisa. *Nebulosas*. Rio de Janeiro: B. L. Garnier, 1972.
ANDRADE, Carlos Drummond de. *Poesia e prosa*. Rio de Janeiro: Nova Aguilar, 1988.
ANDRADE, Goulart de. *Poesias*. Rio de Janeiro: H. Garnier, 1917.
ANDRADE, Oswald de. *Poesias reunidas*. 5. ed. Rio de Janeiro: Civilização Brasileira, 1971.
ANJOS, Augusto dos. *Obra completa*. Organização, fixação do texto e notas: Alexei Bueno. Rio de Janeiro: Nova Aguilar, 1994.
ARAÚJO, Murilo. *Poemas completos*. Rio de Janeiro: Pongetti, 1960.
ASSIS, Machado de. *Poesias completas*. Rio de Janeiro/Paris: H. Garnier, Livreiro-Editor, 1901.
ASSUMPÇÃO, Carlos de. *Tambores da noite*. São Paulo: Sarau Elo da Corrente, 2009.
_____. *Protesto e outros poemas*. Franca: Ribeirão Gráfica, 2015.
ÁVILA, Affonso. *Código de Minas & poesia anterior*. Rio de Janeiro: Editora Civilização Brasileira, 1969.
AYALA, Walmir. *Memória de Alcântara*. São Luís: Edições Sioge, 1979.
AZEVEDO, Sânzio. "Os poetas cearenses e a abolição". Fortaleza: *Revista da Academia Cearense de Letras*, número especial, ano LXXXIX, v. 45, 1884.
BARBOSA, Francisco de Assis. *Retratos de família*. 2. ed. Rio de Janeiro: José Olympio, 1968.

BARBOSA, Orestes. *Chão de estrelas.* Rio de Janeiro: J. Ozon Editor, 1965.
BARRETO, Tobias. *Dias e noites.* Nova edição aumentada. Rio de Janeiro e São Paulo: Laemmert & Cia., 1903.
BLAKE, Sacramento. *Dicionário bibliográfico brasileiro.* 2. ed. fac-similar. 7 vols. Rio de Janeiro: Conselho Federal de Cultura, 1970.
BONIFÁCIO, O MOÇO, José. *Poesias.* Organização e apresentação: Alfredo Bosi e Nilo Scalzo. São Paulo: Conselho Estadual de Cultura, 1962.
BOPP, Raul. *Urucungo, poemas negros.* Rio de Janeiro: Ariel Editora Ltda., 1932.
_____. *Poesia completa.* Org. Augusto Massi. São Paulo/Rio de Janeiro: EDUSP/José Olympio, 1998.
BUENO, Alexei. *Grandes poemas do romantismo brasileiro.* Rio de Janeiro: Nova Fronteira, 1995.
_____. "Euclides da Cunha e Raul Pompeia", *in Revista Brasileira*, fase VII, jan.-fev.-mar. 2002, ano VIII, n. 30.
_____. *Uma história da poesia brasileira.* Rio de Janeiro: G. Ermakoff Casa Editorial, 2007.
_____. *As desaparições.* Rio de Janeiro: G. Ermakoff Casa Editorial, 2009.
CARLOS, Luís. *Colunas.* 2. ed. Paris: Imprimerie Lahure, 1926.
CARVALHO, João Marques de. *O sonho do monarca, poemeto abolicionista.* Recife: Tipografia Industrial, 1886.
CARVALHO, Vicente de. *Poemas e canções.* São Paulo: Edição Saraiva, 1950.
CAVALHEIRO, Edgar. *Fagundes Varela.* 3. ed. São Paulo: Livraria Martins Editora, 1956.
CEARENSE, CATULO DA PAIXÃO. *Meu Brasil.* 2. ed. Rio de Janeiro: Civilização Brasileira, s./d.
CELSO, Afonso. *Poesias escolhidas.* Rio de Janeiro/Paris: H. Garnier, 1902.
CEPELOS, Batista. *Os bandeirantes.* 3. ed. Rio de Janeiro: H. Garnier, 1911.
COLEÇÃO das leis do Império do Brasil. Rio de Janeiro: Tipografia Nacional, 1866.
CORREIA, Raimundo. *Poesia completa e prosa.* Org. Waldir Ribeiro do Val. Rio de Janeiro: Nova Aguilar, 1961.
COSTA, Ciro. *Estelário.* Rio de janeiro: s./ed., 1938.
COUTINHO, Afrânnio; Sousa, J. Galante.*Enciclopédia de literatura brasileira.* 2. ed. 2 vols. São Paulo: Global Editora, 2001.
COUTO, Ribeiro. *Poesias reunidas.* Rio de Janeiro: José Olympio, 1960.

CUNHA, Euclides da. *Obra completa*. 2 vols. Org. Paulo Roberto Pereira. Rio de Janeiro: Nova Aguilar, 2009.

DELFINO, Luís. *Poesia completa*. 2 vols. Org. Lauro Junkes. Florianópolis: Academia Catarinense de Letras, 2001.

DIAS, Gonçalves. *Poesia e prosa completas*. Org. Alexei Bueno. Rio de Janeiro: Nova Aguilar, 1998.

DOBAL, H. *Poesia reunida, edição comemorativa dos 80 anos de H. Dobal*. 3. ed. Teresina: Plug Propaganda & Marketing Ltda., 2007.

EVARISTO, Conceição. *Poemas da recordação e outros movimentos*. Belo Horizonte: Nandyala, 2008.

FACÓ, Américo. *Sinfonia negra*. Rio de Janeiro: Livraria Editora Zélio Valverde, 1946.

FREITAS, Antônio Barbosa de. *Poesias*. Fortaleza: 1892.

FREITAS, Emília de. *Canções do lar*. Fortaleza, 1891.

FREITAS, Iacyr Anderson. *Viavária*. Juiz de Fora: Funalfa, 2010.

FREYRE, Gilberto. *Talvez poesia*. Rio de Janeiro: José Olympio, 1962.

GALENO, Juvenal. *Lendas e canções populares, 1859-1865, segunda edição aumentada com as "Novas lendas e canções" e precedida de juízos críticos*. Fortaleza: Gualter R. Silva – Editor, 1892.

GALVÃO, Enéas. *Miragens*. Rio de Janeiro: G. Leuzinger, 1885.

GALVÃO DE CARVALHO, Trajano; MARQUES RODRIGUES, A.; ALMEIDA BRAGA, G. H. de. *Três liras, coleção de poesias dos bacharéis*. São Luís do Maranhão: Tipografia do Progresso, 1863.

_____. *As sertanejas*. Rio de Janeiro: Fábio Reis & Cia., 1898.

GONZAGA, Tomás Antônio. *Cartas chilenas*. Rio de Janeiro: Eduardo & Henrique Laemmert, 1863.

GUIMARAENS, Alphonsus de. *Poesia completa*. Org. Alphonsus de Guimaraens Filho. Colaboração: Alexei Bueno e Afonso Henriques Neto Rio de Janeiro: Editora Nova Aguillar, 2001.

GUIMARÃES, Bernardo. *Poesias completas*. Org. Alphonsus de Guimaraens Filho. Rio de Janeiro: INL, 1959.

GUIMARÃES JÚNIOR, Luís. *Sonetos e rimas*. Roma: Tipografia Elzeviriana, MDCCCLXXX.

ITAPARICA, Frei Manuel de Santa Maria. *Descrição da Ilha de Itaparica*. Salvador: P55 Edição, 2011.

JÚLIA, Francisca. *Poesias*. Org. Péricles Eugênio da Silva Ramos. São Paulo: Conselho Estadual de Cultura, 1961.

LIMA, Augusto de. *Poesias*. Rio de Janeiro: Livraria Garnier, 1909.

MAGALHÃES, Celso de. *Versos de Celso da Cunha Magalhães, natural do Maranhão, 1867-1870*. São Luís do Maranhão: Tipografia B. de Mattos, 1870.

MARIANO, Olegário. *Toda uma vida de poesia*. 2 vols. Rio de Janeiro: José Olympio, 1957.

MATOS, Gregório de. *Obra poética*. Org. James Amado. 2 vols. Rio de Janeiro: Record, 1999.

MEIRELES, Cecília. *Poesia completa*. Rio de Janeiro: Nova Aguilar, 1994.

MENDES, Murilo. *Poesia completa e prosa*. Org. Luciana Stegagno-Picchio. Rio de Janeiro: Nova Aguilar, 1994.

MENDONÇA, Lúcio de. *Murmúrios e clamores*. Rio de Janeiro: Garnier, 1902.

MENESES, Raimundo de. *A vida boêmia de Paula Nei*. São Paulo: Livraria Martins, 1957.

_____. *Dicionário literário brasileiro*. 2. ed. Rio de Janeiro: LTC, 1978.

MEYER, Augusto. *Poesias*. Rio de Janeiro: Livraria São José, 1957.

MORAIS FILHO, Melo. *Cantos do Equador*. Rio de Janeiro: Leuzinger, 1880.

MURAT, Luís. *Hino da Redenção, dedicado pela Confederação Abolicionista, e a esta oferecida por Abdon Milanez*. Partitura. São Paulo: Depósito de Henrique L. Levy, s./d., [1888].

MURICY, Andrade. *Panorama do Movimento Simbolista Brasileiro*. 2. ed. 2 vols. Rio de Janeiro: INL, 1973.

NEWTON JÚNIOR, Carlos. *Canudos: poema dos quinhentos*. Fortaleza: Universidade Federal do Ceará, 1999.

OLIVEIRA, Alberto de. *Poesias, quarta série (1912-1925)*. Rio de Janeiro: Livraria Francisco Alves, 1927.

PAES, José Paulo. *Poemas reunidos*. São Paulo: Cultrix, 1981.

PEREIRA, Edimilson de Almeida. *Poesia + (antologia 1985-2019)*. São Paulo: Editora 34, 2019.

PICCHIA, Menotti del. *Poesias, 1907/1946*. São Paulo: Martins, 1958.

PROENÇA FILHO, Domício (org.). *A poesia dos inconfidentes*. Rio de Janeiro: Nova Aguilar, 1996.

RABELO, Laurindo. *Obras poéticas*. Org. Joaquim Norberto de Sousa Silva. Rio de Janeiro: B. L. Garnier, 1876.

_____. *Poesias completas*. Org. Antenor Nascentes. Rio de Janeiro: INL, 1963.

RICARDO, Cassiano. *Poesias completas*. Rio de Janeiro: José Olympio, 1957.

RODRIGUES, Abelardo. *Atlântica dor: poemas 1979-2014*. São Paulo: Córrego, 2016.

ROMERO, Sílvio. *Cantos do fim do século*. Rio de Janeiro: Tipografia Fluminense, 1878.

SAMYN, Henrique Marques. *Levante*. São Paulo: Jandaíra, 2020.

SERRA, Joaquim. *Quadros*. Rio de Janeiro: B. L. Garnier, 1873.

SILVA, J. Romão da. *Luís Gama e suas poesias satíricas*. 2. ed. Rio de Janeiro: Editora Cátedra/INL-MEC, 1981.

SILVEIRA, Joaquim Xavier da. *Poesias de, 1858-1874*. Rio de Janeiro: Tip. Lit. L. Malafaia Júnior, 1908.

SILVEIRA JÚNIOR, Xavier da. *História de um escravo (poema)*. Rio de Janeiro: Tipografia de Bernardo José Pinto, 1888.

SOUSA, Cruz e. *Obra completa*. Org. Andrade Muricy e Alexei Bueno. Rio de Janeiro: Nova Aguilar, 1995.

SOUSA-ANDRADE, J. de. *Harpas selvagens*. Rio de Janeiro: Tipografia Universal de Laemmert, 1857.

SUASSUNA, Ariano. *Poemas*. Org. Carlos Newton Júnior. Recife: UFPE, 1999.

TEIXEIRA, Múcio. *Poesias e poemas*. Rio de Janeiro: Imprensa Nacional, 1888.

TRINDADE, Solano. *Cantares do meu povo*. São Paulo: Editora Brasiliense, 1981.

_____. *Solano Trindade, o poeta do povo*. São Paulo: Cantos e Prantos, 1999.

VARELA, Fagundes. *Poesias completas*. São Paulo: Edição Saraiva, 1956.

VARNHAGEN, Francisco Adolfo de. *Florilégio da poesia brasileira*. 3 vols. Rio de Janeiro: Academia Brasileira de Letras, 1946.

VERÍSSIMO, José. *História da literatura brasileira*. 7. ed. Rio de Janeiro: Topbooks, 1998.

ZILBERMAN, Regina; BAUMGARTEN, Carlos Alexandre; SILVEIRA, Carmem Consuelo. *O Partenon Literário: poesia e prosa: antologia*. Porto Alegre: Escola Superior de Teologia São Lourenço de Brindes; Instituto Cultural Português, 1980.

Este livro foi composto na tipografia Adobe Caslon
Pro, em corpo 11/15,5, e impresso em papel
off-white no Sistema Cameron da
Divisão Gráfica da Distribuidora Record.